Né en 1971, Dominique Maisons est l'une des nouvelles révélations du polar français. Son premier thriller, *Le Psychopompe*, a été couronné du Grand Prix VSD du polar 2011. *Le Festin des fauves* a été sélectionné pour le prix Polar 2016 du meilleur roman francophone du festival de Cognac.

DU MÊME AUTEUR

Le Psychopompe
Les Nouveaux Auteurs, 2011
repris sous le titre
Les Violeurs d'âme
« Pocket Thriller », n° 15017

Rédemption
Les Nouveaux Auteurs, 2012

On se souvient du nom des assassins
La Martinière, 2016

Dominique Maisons

LE FESTIN DES FAUVES

ROMAN

Éditions de La Martinière

TEXTE INTÉGRAL

ISBN 978-2-7578-6369-5
(ISBN 978-2-7324-7492-2, 1re publication)

C'est lorsqu'il parle en son nom
que l'homme est le moins lui-même.
Donnez-lui un masque et il vous dira la vérité.

Oscar Wilde

Prologue

Soudain, une licorne...

Le bal va pouvoir commencer. D'un claquement de doigts dédaigneux, Arnaud Delaunay ordonne aux deux vigiles engoncés dans leurs smokings de refermer les portes de la propriété. Les hommes s'exécutent, gênés par leurs masques de lions en bronze. Ces créations, inspirées par les sculptures des poignées de porte romaines aux sourcils proéminents et aux regards menaçants, confèrent aux gardes une présence archaïque. Dans un ballet rendu irréel par la lueur des lampadaires, ils poussent les lourds battants de fer forgé dont le claquement résonne. Puis ils font glisser une barre de fer derrière les grilles. Les convives du Bal des fauves se trouvent ainsi isolés de l'avenue qui les a menés jusqu'à la villa.

Delaunay, le maître des lieux, un énarque quinquagénaire élancé à l'élégance aussi soignée que sa crinière blanche, regarde les voituriers, de l'autre côté des grilles, qui se pressent de conduire les limousines et les voitures de sport des invités aux parkings les plus proches. Hormis ces allers-retours, la ville est déserte. Neuilly s'endort dans son calme bourgeois. Rasséréné, Delaunay aspire une longue bouffée de son cigare et rajuste son masque de tigre chinois. Il a, cette année, opté pour ce masque traditionnel Han aux crocs saillants et au rouge vermillon flamboyant. Au milieu de ceux de ses invités, qui rivalisent de réalisme avec leurs crinières en poils véritables, ce masque épuré et graphique lui donne une prestance presque inquiétante. Il se satisfait de cette impression en soufflant sa fumée par les naseaux étroits de sa trouvaille acquise à prix d'or lors d'une vente aux enchères à Londres, chez Christie's.

Delaunay jette son cigare dans l'allée et se dirige vers la villa. Tous ses invités l'ont précédé ; seules deux jeunes femmes en robes de soirée échancrées et talons interminables l'attendent sous le porche. Elles portent, comme cela a été demandé à toutes les participantes, des masques de proies. Ces deux biches frémissantes, qu'Arnaud Delaunay a soigneusement sélectionnées parmi les escort girls qui lui ont été proposées, sont sa réserve de chasse personnelle. En hôte prévenant, il a essayé de pourvoir à tous les goûts et désirs inavouables de ses invités, mais en jouisseur invétéré, il a également veillé à sa satisfaction personnelle. Sa favorite, une splendide métisse de vingt ans à la cambrure soulignée par sa robe de soie qui dévoile jusqu'à la naissance de ses fesses, vient se coller à lui et lui passe un bras dans le dos, pendant que la seconde, une Ukrainienne un peu effarouchée mais à la plastique de mannequin, lui ouvre la porte.

Ils traversent le hall de sa villa, couvert pour l'occasion de tentures rouges, et contournent la scène de chasse africaine reconstituée avec des animaux empaillés qu'il a fait installer au centre de la pièce. Deux lions sautent à la gorge d'un buffle et s'agrippent à sa peau de toutes leurs griffes, tendant leurs gueules vers la jugulaire de la bête aux abois. L'effet est saisissant et Delaunay se félicite de cette innovation. Ce Bal des fauves sera le plus beau qu'il ait organisé, et celui qui lui aura coûté le plus cher. Sans regret, car il sait qu'être l'organisateur du bal libertin le plus prisé et le plus sélect de la capitale lui apporte bien plus en influence, réseau et obligés que toute autre mondanité. Ses convives constituent un aréopage unique d'industriels, de banquiers, de politiques de tout bord, d'artistes et de grandes fortunes. Dans ses salons se nouent des amitiés, des complicités et des pactes qui pèsent des centaines de millions d'euros. Peu importe le coût de ces orgies ; tant que ses convives en gardent un souvenir émerveillé, il en sort grand bénéficiaire.

Il lui a fallu des années pour s'installer dans ce rôle, des années de tâtonnements, de semi-échecs en demi-succès, à l'ombre de ses puissants amis, loin de la gloire et des caméras. Mais de vacances dans sa villa colombienne en voyages sur son yacht, il a réussi à faire fructifier l'héritage familial des Delaunay dans ce rôle très particulier d'entremetteur discret et d'organisateur de soirées privées au carnet d'adresses si bien rempli qu'aucune affaire sensible ne lui est désormais étrangère. Il gonfle la poitrine, glisse une main avide dans le dos de la métisse. Sa peau douce et son odeur sucrée lui nouent le ventre, mais il est encore tôt pour se laisser aller à la satisfaction de ses désirs. L'heure de cette biche viendra ; il doit d'abord s'acquitter de ses devoirs de maître des lieux.

La salle de réception bruisse d'un murmure approbateur quand il fend le cercle des noceurs aux bras de ses deux proies. Les baies vitrées donnent sur son parc aux chênes décorés de lampions et illuminés par des torchères disséminées dans toute la propriété. Delaunay a veillé à l'éclairage avec soin ; deux ans auparavant, un riche industriel allemand s'était brisé la cheville en courant derrière une gazelle un peu trop vive lors de la partie de chasse qui marquait le début des festivités. Ce type d'incident ne devait plus se produire, et au vu de l'âge avancé de certains convives, ces activités trop physiques avaient disparu du programme des soirées.

Ils s'avancent vers le grand buffet dressé en face du parc, sur la terrasse de la villa. Une gueule de lion laisse s'écouler entre ses crocs un flux de vin rouge qui va se répandre dans une large vasque ; mise en scène un peu sacrilège pour un grand cru classé, mais l'originalité est à ce prix. Des domestiques sillonnent la salle pour servir des coupes de champagne. Delaunay observe leur ballet avec l'attention d'un général sur le champ de bataille. Aucun d'eux ne lève la tête, il leur a ordonné de garder les yeux fixés au sol et ne jamais croiser le regard d'un des invités. Tout au long de la soirée, ils sont tenus de rester transparents et impersonnels, leur présence ne doit procurer aucune gêne aux libertins. Ils sont payés une fortune pour cela. Si l'un d'eux manquait à cet engagement, Delaunay le ferait congédier sur-le-champ. Dans sa position, il ne peut pas déroger à ses obligations de secret et de discrétion.

Il entend le rire gras du baron de Sénécourt. Ce pourceau a vaguement pris la peine de couvrir son visage d'un masque de tigre en carton-pâte acheté à la va-vite dans un magasin de farces et attrapes. Delaunay lui jette un regard noir dissimulé par son masque. Le gros ventre du baron distend son smoking et sa braguette bée déjà alors qu'il glisse une main grasse dans le décolleté de la jeune femme qui l'accompagne. Delaunay se demande si celle-ci est bien majeure ; il en doute. Il tolère volontiers ces débordements dans sa villa en Colombie, mais ici, en plein Neuilly, il aurait aimé plus de prudence de la part du baron. Sénécourt est bien trop riche et influent pour qu'il puisse se permettre de l'écarter, ou même de lui demander de modérer ses pulsions. Jusqu'à aujourd'hui, il a toujours pu effacer les traces de ses débordements – l'argent et l'influence autorisent des écarts –, néanmoins Sénécourt constitue un danger, non seulement pour la discrétion du Bal des fauves, mais aussi pour sa tenue et son raffinement. Delaunay espère en silence qu'une crise cardiaque causée par l'abus de Viagra finira par emporter ce porc insupportable.

Au bord du buffet, deux jolies antilopes sniffent de longs traits de cocaïne. Des serviteurs occupés à dépecer un sanglier rôti ont grand-peine à ne pas laisser leurs regards dériver vers les deux femmes. Il ira les réprimander à la première occasion. Pour l'instant, il se laisse happer par les mondanités, serre des mains, donne des accolades, flatte des tenues, se félicite de la présence, annonce une soirée délicieuse… Au-dessus d'eux, sur deux étages, les chambres de la villa sont toutes illuminées par les torches qu'il a fait disposer. La décoration a été recomposée dans les moindres détails ; il a fait venir du monde entier des tableaux représentant des scènes de chasse en Afrique, des croquis dont certains signés par Richard Burton, des armes, des peaux et des sculptures en ivoire. Pendant une semaine, les livraisons d'animaux empaillés venus du monde entier se sont succédé, reconstituant une faune sauvage envahissante dans toutes les pièces de la demeure. Lions, tigres, léopards, panthères, lynx, couguars, hyènes, loups, guépards, chacals et servals côtoient biches, gazelles, antilopes, zèbres, cerfs et chevreuils dans une immobilité trompeuse. Toute la villa s'est muée en une ode à la chasse, à la chair, au triomphe des crocs qui déchirent la peau, à la jouissance du sang qui coule dans la gorge, à l'ivresse de la mort de la proie. Bestial, carnassier et sensuel, ce bal marquera les esprits et il jouit à l'avance de la rumeur qui s'ensuivra. Ses récentes déconvenues, dues à l'arrêt de négociations secrètes sur la vente d'armes aux régimes arabes grâce à laquelle il devait encaisser de solides commissions, s'effaceront. Il reste tant d'argent à gagner dans ce pays pour qui sait flatter les hommes dans leurs instincts primaires !

Un avocat parisien trop pressé vient lui parler d'une affaire en cours dans laquelle un de ses confrères et ami défend une compagnie pétrolière. Il sait que le juge d'instruction chargé du dossier est présent à la soirée et il aimerait lui être présenté. Delaunay inspecte le masque vénitien très ouvragé de l'avocat sur lequel une farandole d'animaux sauvages a été sculptée dans le cuir. Le masque est beau, sans aucun doute l'œuvre de la maison *Ca'del Sol* à laquelle Delaunay rend visite à chacun de ses passages dans la Sérénissime. Il répond évasivement à l'avocat ; pour l'instant, il doit prononcer son discours de bienvenue. Il regarde autour de lui pour trouver de quoi s'éclaircir la gorge. Une femme s'avance vers lui ; il n'a pas souvenir de l'avoir sélectionnée, mais certains invités ont souhaité venir accompagnés et il ne connaît pas toutes les proies présentes. Découvrir celle-ci constitue une agréable surprise.

L'inconnue est dissimulée derrière un masque en métal brillant qui évoque une licorne et elle s'extrait d'un groupe d'hommes sombres portant des masques de loups, gibier fuyant une meute vouée à sa mise à mort. Elle est athlétique, mais fine, la peau de son cou glisse sur une musculature aiguisée et ses bras sculptés tendent vers Delaunay un verre de vin rouge comme si elle avait deviné ses attentes. Il sourit en contemplant le corset de cuir moulant qui peine à contenir la poitrine de la licorne et saisit le verre que lui tend une main gantée de latex noir :

– Je n'ai pas la chance de vous connaître, mademoiselle ?

– S'il n'y avait que du gibier d'élevage, votre chasse manquerait d'agrément.

– Avec qui êtes-vous venue ?

– Capturez-moi et vous saurez tout.

L'inconnue fait demi-tour et laisse Delaunay avec un désir inattendu. Le dos de la licorne est couvert d'un tatouage représentant un cerisier japonais en fleur dont les branches s'étendent d'une épaule à l'autre et plongent sous le corset au laçage complexe qui lui enserre la taille. Cette apparition fugitive, ce qu'il a vu de plus sauvage et indompté au milieu de ces fauves de carnaval, pourrait constituer le point d'orgue de son festin. Cette nuit, elle ne lui échappera pas. Il boit le verre de vin rouge d'un trait, s'éclaircit la gorge et jette un œil à sa Rolex. L'heure de prononcer son discours de bienvenue a sonné. Derrière les portes latérales de la villa, dix femmes nues portant des masques africains allument des torches et attendent son signal pour guider ses convives vers leurs territoires de chasse nocturne, aménagés dans les étages.

La fête sera longue et voluptueuse. Delaunay écarte vite une légère inquiétude liée au courrier étrange qu'il a reçu quelques jours auparavant. Un aigri essaye de le faire chanter, sans doute parce qu'il n'a pas été convié au bal, et le menace de mort aujourd'hui, à cette heure précise, s'il ne verse pas la moitié de sa fortune à des œuvres caritatives. Une fois la fête terminée, il s'occupera sérieusement de savoir qui est à l'origine de cette mauvaise plaisanterie et s'arrangera pour la lui faire regretter. Il se réjouit de cette vengeance à venir et, constatant que tous les regards convergent vers lui en silence, il prend la parole malgré une brûlure d'estomac soudaine qui manque de lui couper le souffle.

– Chers amis initiés…

Il ne peut terminer sa phrase, la brûlure devient trop vive. Il porte une main à son ventre et fait un signe de l'autre pour s'excuser. Un murmure parcourt l'assistance. Il se redresse et tente de se reprendre, mais une nausée monte dans son œsophage et le brûle comme de la lave. La douleur est atroce. Il tousse. Du sang éclabousse sa main. Il titube, retire son masque qui se brise en tombant. Les murmures s'amplifient, même Sénécourt cesse de tripoter sa jeune compagne. Delaunay sent un liquide lui couler par le nez et les yeux, il s'essuie et croit défaillir quand il s'aperçoit qu'il s'agit de son propre sang. Il jure et tente d'appeler à l'aide quand la nausée envahit sa bouche. Ses tripes se contractent et il expulse un violent jet qui éclabousse les convives les plus proches. Il vomit du sang, sombre comme du sang artériel. Il tombe à genoux au milieu des cris d'effroi de l'assemblée. Il sent que tous ses organes se liquéfient peu à peu. Du sang coule à flots par son nez et il en expulse un dernier jet avant de s'effondrer au centre d'une flaque rouge qui recouvre peu à peu la terrasse.

Le docteur Jacques Dellandes fend l'assemblée tétanisée de terreur par la monstruosité de ce malaise. Il s'agenouille auprès de Delaunay, jure entre ses dents devant l'ampleur de l'hémorragie : leur hôte pisse le sang par tous ses orifices et le chirurgien esthétique désemparé ne voit aucune manière de lui venir en aide. Delaunay remue les lèvres, le docteur penche son crâne chauve vers le visage souillé de sang et approche son oreille de la bouche du mourant. Encore un mot puis Delaunay décède dans ses bras, exsangue, alors que les portes latérales de la villa s'ouvrent et que la procession aux flambeaux des femmes nues s'avance dans l'indifférence générale. Dellandes se relève et, machinalement, regarde l'heure. Minuit, Arnaud Delaunay est mort à minuit pile.

L'annonce du décès fait l'effet d'une déflagration. Un vent de panique souffle sur les convives qui se précipitent à l'intérieur de la villa, traversent le hall et se ruent vers le vestiaire. Devant la cohue, certains renoncent même à leurs affaires et s'élancent directement vers l'avenue. Les masques volent en l'air et les insultes pleuvent alors que les portiers tardent à ouvrir les grilles de la propriété. Dans le hall, des rixes éclatent comme certains forcent le passage vers leurs sacs ou leurs manteaux. Le bel ordonnancement a cédé la place à une anarchie vulgaire et colérique. Aucun des notables présents ne souhaite voir son nom associé dans la presse à une soirée libertine, à des prostituées et à une mort extrêmement suspecte.

Dellandes reste seul avec le corps sur la terrasse jusqu'à ce qu'un majordome lui apporte un téléphone portable. Le chirurgien compose le numéro de police secours et pendant qu'il attend une réponse, il regarde, désabusé, la fuite des derniers invités. Il se dévouera, puisque tous les autres sont plus préoccupés de ne pas se retrouver impliqués dans une sombre affaire de mœurs que par la nécessité d'apporter leur témoignage aux forces de l'ordre. Leur instinct ne leur ment pas : cette mort n'est pas naturelle, c'est une évidence, même s'il est bien en peine d'en expliquer la cause. Le domestique, qui est resté à ses côtés, lui demande :

– Que vous a-t-il dit avant de mourir ?

– Un mot incompréhensible, il devait délirer.

– Quel mot ?

Avec un soupir d'agacement, alors qu'un policier répond enfin à son appel, le chirurgien lâche au serviteur trop curieux :

– Judex. Il a murmuré : « Judex » !

1

Les déferlantes balayent avec violence le rocher d'Antioche. Même les sternes qui chaque jour pêchent en grappe autour du phare et des brisants sont restées à terre. En haut des falaises de Chassiron, dans la moindre anfractuosité, elles attendent que les éléments déchaînés s'apaisent. Ce moment n'est pas venu alors qu'à tribord, au large de l'île de Ré, le soleil se couche sur l'océan.

À quelques encablures de la côte, dans le creux des vagues qui secouent leur bateau de pêche comme une brindille, Erwan Servier et ses complices peinent à apercevoir l'astre couchant. Ils savent néanmoins que, dans quelques minutes, il fera nuit noire, et que leur escapade sous-marine insensée devra commencer.

Erwan a les tripes nouées. Cette razzia dans la cale du cargo *Maravilha Couteira*, il en est l'instigateur. Il a convaincu ses trois compagnons de profiter de l'arrêt des opérations de secours pendant la tempête pour aller fouiller et piller les cabines du navire échoué. Il ne peut plus reculer sans perdre la face, et la face, c'est tout ce qui lui reste. Depuis la liquidation de sa société de location de matériel de plongée, il est allé d'échec en échec. Cette nuit, il doit inverser la tendance sous peine de voir la misère étreindre sa famille pour les mois, voire les années à venir.

Cela fait trois jours que le cargo brésilien échoué et sa nappe d'hydrocarbure menaçante occupent l'attention médiatique. Le port de plaisance de Saint-Denis-d'Oléron, habituellement si calme hors saison, bruisse depuis le naufrage d'une activité fébrile. Les hôtels et les restaurants fermés en hiver ont dû rouvrir leurs portes pour répondre à l'afflux soudain de visiteurs. Des hordes de journalistes ont pris la capitainerie d'assaut, et, avant la tempête, des nuées d'embarcations sillonnaient le bras de mer entre les récifs d'Antioche et l'île d'Oléron. Erwan et ses amis ont déjà glané quelques centaines d'euros en louant leurs services pour accompagner des journalistes au plus près de l'épave. Mais les marins désœuvrés ne manquent pas en cette saison, et la concurrence des pêcheurs de La Cotinière, avec leurs grosses embarcations, a mis un terme à leur petit commerce.

Les derniers journalistes qu'Erwan Servier a transportés sur les cinq kilomètres qui séparent l'épave de la côte lui ont insufflé cette idée un peu folle. Dans leurs conversations, ils ont évoqué le flou autour des passagers présents sur le cargo au moment du naufrage. Le grumier, navire de charge affecté au transport de bois, convoyait des essences exotiques entre les ports d'Itaqui, au nord du Brésil, et de La Pallice, à La Rochelle. Il s'est échoué en pleine tempête sur des récifs qui n'avaient plus connu pareil sinistre depuis la construction du phare de pleine mer d'Antioche. Les journalistes se perdent encore en conjectures sur les causes du naufrage : dysfonctionnement du phare, grossière erreur de navigation du commandant, avarie mécanique… Une chose semble certaine : avec son tirant d'eau de plus de dix mètres, ce cargo se trouvait à plusieurs miles nautiques de sa route supposée. La tempête seule ne peut justifier un tel écart. Les hypothèses abondent encore, mais comme aucune ne se détache, les curiosités s'échauffent.

L'équipage philippin de ce vraquier de type Handysize et son capitaine russe ont été transférés par hélicoptère à la gendarmerie de Rochefort où ils sont interrogés sur les circonstances du drame. L'identité des occupants de certaines cabines pose question depuis le naufrage. Aucun passager n'est déclaré dans le livre de bord, et tout l'équipage se trouve à Rochefort. Pourtant, trois des rescapés ont fui dès leur arrivée à terre avant qu'on puisse les identifier. L'armateur, une filiale implantée à Guernesey du groupe normand Dantrebert, a déclaré tout ignorer de leur existence. Cette fuite a fait émettre aux journalistes l'hypothèse de la présence à bord de trafiquants.

Dans ce cas, leur cargaison doit encore se trouver dans le *Maravilha Couteira*, car rien n'a pu être emporté pendant l'évacuation sur les maigres canots de sauvetage du grumier. Cet hypothétique trésor englouti a enflammé l'imagination d'Erwan. Le désœuvrement et la fréquentation assidue des bars de l'île l'ont amené à nouer des amitiés interlopes et à participer à quelques cambriolages dans des villas désertes de Saint-Trojan, sur la côte sud de l'île. Il sait donc où revendre ce qu'il pourrait trouver dans l'épave. Une fois l'idée germée, la semer dans l'esprit d'amis plongeurs s'est avéré un jeu d'enfants. En cette période de marasme économique, Erwan s'est même plutôt soucié d'éviter qu'elle se transmette au-delà de ceux qu'il avait choisis. Il ne leur manquait qu'une opportunité pour redonner vie à la tradition des naufrageurs d'épaves oléronais.

La météo s'est mise de leur côté. L'accalmie qui avait permis aux secours d'intervenir et aux opérations de renflouage de débuter n'a pas duré. L'ouragan de force 10 sur l'échelle de Beaufort, qui en compte 12, a étendu un autre de ses bras sur la côte charentaise et toute l'opération a dû être interrompue dans la précipitation. La nuée des canots à moteur s'est évanouie, les bateaux de pêche chargés de journalistes sont rentrés au port et les garde-côtes restent désormais à distance raisonnable des rochers. Avec une mer aussi agitée, aucun plongeur ne se risquerait dans l'épave. Erwan et ses amis se sont alors trouvés piégés par leurs propres fanfaronnades. Dans ces familles de marins, celui qui recule devant les éléments n'est qu'un pleutre, et ils avaient tous tellement besoin d'argent qu'ils ne pouvaient pas s'offrir le luxe de la lâcheté.

Erwan jette un œil à l'homme assis en face de lui sur le banc. Lucas, le plus jeune d'entre eux, est pâle, ses lèvres tremblent. Fils de pêcheur et plongeur breveté, ce n'est pas le mal de mer qui le travaille, mais bien la peur. Ce qu'ils vont faire, personne ne peut s'y attendre, il faut des hommes désespérés pour risquer leurs vies sur un tel coup de poker. Aucun plongeur-spéléologue de la gendarmerie ne le serait assez pour s'aventurer dans le ventre du grumier avec de telles conditions météorologiques. Erwan tente de trouver quelques mots rassurants pour le jeune homme qui le rabroue en refusant d'avouer sa peur et détourne le regard. Vexé, Erwan se donne une contenance en vérifiant pour la troisième fois le bon état de leurs bouteilles d'oxygène. Leur équipement est parfait, il est tout ce qui reste à Erwan de son commerce disparu. Il l'a entretenu avec soin et, sur ce point, il ne craint rien.

Ils ne se trouvent plus qu'à quelques centaines de mètres de là où ils vont plonger avant de rejoindre le cargo sous l'eau, loin de la surveillance des garde-côtes. Leur objectif se rapproche, éperonné sur les récifs d'Antioche. Sa longue coque avant repose pour partie sur les rochers avec ses grues visibles depuis la côte par mer calme. La poupe du vraquier, retenue par l'armature déchirée, plonge dans les eaux jusqu'au château arrière. Seuls les étages supérieurs de celui-ci émergent encore. L'équilibre de l'ensemble reste précaire au vu des conditions météo, l'opération de renflouage n'a pas permis de consolider la coque pour l'instant et la tempête risque à chaque assaut de provoquer le ripage de la cargaison de bois qui, en se libérant de ses attaches, l'entraînerait dans sa chute.

L'obscurité tombe sur l'embarcation et estompe les visages de ses compagnons. Sans un mot, tous ajustent leurs gilets et enfilent leurs palmes. Erwan se hisse sur le bord du bateau. La masse noire du cargo se dresse entre eux et les lumières des avisos des garde-côtes. Pour éviter qu'ils les entendent, ce qui est peu probable au vu du fracas des vagues, leur complice coupe le moteur diesel qui hoquette avant de faire silence. Sur son élan, l'embarcation continue de se rapprocher de leur objectif.

Le vieux pêcheur au visage buriné leur rappelle, pour la forme, en criant dans les bourrasques qui dépassent les cent kilomètres à l'heure et rendent difficile toute conversation, même sommaire :

– Je reviendrai tourner sur cette zone dans quatre-vingt-dix minutes exactement. Ne traînez pas en route !

Ils hochent la tête, mâchoires serrées. Erwan ne peut pas s'empêcher de lancer à la cantonade, avec un entrain factice :

– Allez, les gars, pensez à ce que vous pourrez acheter à vos gosses !

Il regrette cette phrase ridicule avant même d'avoir fini de la prononcer. Il sait que, pour cela, il faudra déjà qu'ils remontent vivants de cette plongée insensée, et que c'est à ça que pensent avant tout ses deux complices. Un rugissement métallique émane de la coque martyrisée du navire.

Ils font face au pont arrière du grumier, enfoncé dans les eaux. L'inclinaison du navire fait planer la menace de voir à tout moment ses seize mille tonnes de bois exotique, *Erisma uncinatum*, *Dipteryx* et *Tabebuia impetiginosa*, selon ce qu'Erwan a lu dans la presse, briser leurs attaches et basculer dans les flots. C'est dans cette bête à l'agonie qu'ils vont devoir entrer et jouer leur vie sur la résistance de sa coque, fouettée par les vagues et déchirée par les récifs. Si elle cède et que le grumier sombre, ils sombreront avec lui.

Sans échanger un autre mot ni même un regard qui aurait trahi leur peur, les trois plongeurs ajustent leurs détendeurs et se laissent tomber en arrière dans les eaux agitées et noires de l'Atlantique. Une fois immergé, Erwan allume son phare de plongée halogène Halcyon et vérifie la direction sur sa boussole. Ses deux compagnons allument les leurs et le rejoignent, puis ils commencent à palmer en direction du grumier. Sous eux, il y a au moins cent mètres de profondeur mais, très rapidement, des rochers vont affleurer.

Comme ils s'y attendaient, les courants sont terribles et tournoyants. La tempête rend l'océan imprévisible, ses flux s'entrecroisent et ils doivent lutter de toutes leurs forces pour rester groupés et réduire la distance qui les sépare de la masse métallique du grumier échoué. Des plongeurs moins expérimentés seraient balayés par les courants, déportés, étourdis et perdus, mais les trois hommes sont des plongeurs aguerris.

Pourtant très puissantes, leurs torches n'éclairent que quelques mètres des eaux riches en plancton de l'Atlantique. La nuit tombée les plonge dans un noir d'encre et ils sont presque surpris quand leurs faisceaux dévoilent un morceau de la coque verte du grumier. Ils ne tardent pas à se retrouver contre une des hélices colossales du navire, dont chaque pale à la longueur d'un autobus. Ils ont atteint la poupe immergée, leur destination. Ils continuent de remonter vers le pont arrière à la recherche de la première ouverture qui leur permettra de pénétrer dans la carcasse du *Maravilha couteira*.

Erwan oriente sa torche vers la surface. Le courant le pousse violemment vers la coque, il se cogne le flanc sur la paroi et étouffe un cri de douleur. Il s'appuie des deux mains sur l'acier et s'aide de ses bras pour remonter vers la passerelle, le long du gouvernail. Ses deux compagnons le suivent et tâtonnent sur la poupe jusqu'à trouver ce qu'ils cherchent, un hublot immergé dont la vitre brisée ouvre sur les cales du grumier. Avec leurs phares et leur équipement, accéder aux cales en passant par la partie émergée les exposerait à la surveillance des garde-côtes.

Ils fixent leurs ventouses sur la coque du navire pour se soustraire aux courants violents et se maintenir à cet endroit, puis Loïck, celui dont la position est la mieux stabilisée, passe prudemment son bras au travers de la vitre brisée et l'ouvre. Le hublot est assez grand pour permettre le passage d'hommes équipés de bouteilles de plongée. Erwan glisse sa torche à l'intérieur et éclaire un couloir. Il sort un dérouleur et fixe l'extrémité de sa bobine de nylon au cadre du hublot. Ce sera leur lien avec la sortie, leur fil d'Ariane. Sans lui, ils pourraient ne jamais parvenir à retrouver leur chemin dans le ventre sombre du grumier et finir asphyxiés dans le noir. Pendant qu'Erwan installe ce guide et en noue l'extrémité à sa ceinture plombée, Loïck fixe avec sa ventouse une bouteille d'oxygène de secours sous l'ouverture. S'ils ont besoin d'une réserve pour regagner la surface et le bateau de leur complice, cette précaution pourra s'avérer salutaire. Une fois ces dispositions de sécurité prises, ils pénètrent sans plus attendre dans le couloir immergé.

Le cargo les accueille avec un craquement lugubre qui résonne longtemps dans le silence de l'océan. Erwan jette un œil à sa réserve d'oxygène. C'est celui des trois qui « pompe » le plus sur les bouteilles. La violence de l'effort qui les a menés jusqu'au cargo lui a déjà fait consommer la moitié de sa première bouteille. Il doit en prévoir autant pour le retour, il lui reste donc une bouteille, soit un peu moins d'une heure, pour explorer les cabines du grumier. Il fait le signe « réservoir à moitié vide » à ses compagnons. Ceux-ci acquiescent et se lancent dans le couloir. Ils n'ont plus de temps à perdre.

Les équipes de secours n'ont pas encore exploré cette partie du cargo. La priorité est le pompage des mille trois cent quatre-vingts tonnes de carburant contenues dans les cuves, pas l'exploration des cabines d'une épave qui menace à tout moment d'entraîner ses explorateurs vers le fond ou de les broyer sous des tonnes de bois.

Le couloir dessert dix portes, cinq de chaque côté, et mène vers une échelle qui le relie aux autres étages. Une fois ce repérage effectué, les trois hommes se répartissent les tâches : trois cabines chacun avant de se retrouver dans la dernière et de partir pour l'étage supérieur puisque, selon toute vraisemblance, en dessous d'eux se trouvent les salles des machines.

Erwan pense aux courriers des huissiers et aux menaces d'interdiction bancaire qui pèsent sur lui et se lance vers la première cabine. Il est trop tard pour avoir des états d'âme, il doit rapporter de quoi retrouver sa dignité, sinon… autant que les eaux l'engloutissent. Il écarte de la main des draps qui flottent et obstruent le passage. Derrière, la cabine est sobre et peu meublée. Des papiers, des vêtements, des affaires de toilette ondoient dans des eaux calmes, apaisantes après ce qu'ils viennent de traverser. Erwan entreprend d'ouvrir tous les placards et tiroirs, il ne trouve que des affaires rudimentaires qui doivent appartenir à un matelot. Mauvaise pioche ; il ressort et entre dans la deuxième.

Derrière une porte difficile à ouvrir se trouve une cabine plus vaste que la torche d'Erwan peine à éclairer en entier. Elle contient un bureau et du mobilier qui dérivent dans le noir. Il ouvre un placard, braque le faisceau vers son contenu et écarquille les yeux de surprise. Sur un portant pendent des tenues exotiques, des pagnes et des coiffes dont sa lampe dévoile les couleurs éclatantes. Ces tenues ressemblent à des costumes de cérémonie tribaux tels qu'il les imagine portés par des Indiens d'Amazonie. Il tire sur un tiroir et en sort un revolver et deux chargeurs. Son instinct lui hurle qu'il touche au but, qu'il explore la chambre des trafiquants. Il redouble d'effort et entreprend de fouiller le reste de la cabine.

Sous un amas de mobilier poussé vers la paroi du fond par l'inclinaison du grumier, Erwan aperçoit une malle de fer noir. Il la dégage tant bien que mal du lit et des chaises qui l'encombrent et constate qu'elle est fermée par deux gros cadenas. Il sort de son paquetage une pince coupante qu'il a prévue pour ce type de protection et fait sauter les attaches de la malle, moins résistantes. Il ne parvient pas à l'ouvrir complètement, un lit en fer en bloque l'ouverture, mais il peut glisser la main dedans et sent ce qui semble être des bocaux alignés les uns contre les autres. Erwan pousse de toutes ses forces sur le lit et soulève un peu plus le couvercle de la malle. Il replonge le bras et sort un des pots. Il l'éclaire et étouffe un cri de joie.

L'espèce de bocal est sertie dans une carapace en or qui la recouvre presque complètement. Son couvercle est du même métal et l'ensemble est parcouru de symboles inconnus d'Erwan. Il tente de sortir un deuxième pot mais peine à nouveau et manque de peu de se blesser sur les attaches découpées. Réalisant qu'il va avoir besoin d'aide pour récupérer les autres, il glisse les deux dans son sac et fait demi-tour.

Erwan jubile en traversant le couloir pour retrouver Loïck. Il pénètre en trombe dans la cabine que son complice doit être en train d'explorer. Il regrette de ne pas pouvoir parler pour crier sa joie et lui annoncer que leurs soucis d'argent sont terminés et que leurs vies vont changer. Cela fait si longtemps qu'il échoue dans tout ce qu'il entreprend que cette découverte prend les contours d'une véritable renaissance. Loïck se tient devant un placard ouvert. Erwan n'aperçoit que les pieds de son ami, masqué par les portes. Il lui tape sur les mollets sans obtenir de réaction. Il avance pour le rejoindre, écartant de la main des cordages qui lui obstruent le passage. Devant lui, l'eau est épaisse et poisseuse et sa lampe ne parvient pas à traverser ce mur opaque. *De l'huile, probablement*, pense Erwan, et il agrippe l'épaule de Loïck.

Loïck ne réagit pas. Erwan le tire vers lui. Son complice se laisse faire, Inquiet, Erwan écarte de nouveau les cordages qui reviennent lui boucher la vue et braque sa lampe vers le visage de son ami. Derrière le masque de plongée, Loïck, les yeux révulsés, livide, a les traits figés dans une grimace atroce. Erwan comprend que l'eau poisseuse qui l'entoure n'est autre que le sang de son associé. De surprise, il laisse tomber son détendeur. Une longue colonne de bulles s'échappe de son équipement le temps qu'il le réajuste.

Il éclaire à nouveau son ami. En dessous du nombril, son ventre est fendu en deux, déchiré sur trente centimètres, et ses boyaux se sont échappés par cette ouverture. Ce sont ses intestins qui flottent dans la pièce, pas des cordages. Une nausée menace de submerger Erwan, mais la peur l'emporte.

Quel accident a pu se produire ?

Incapable de comprendre seul ce qui leur arrive, il sort de la cabine pour aller chercher Lucas. Il s'agite et rampe plus qu'il ne nage pour regagner le seuil, il halète dans son détendeur et frôle la surventilation. Ses réflexes de plongeur prennent le dessus, il s'accroche au chambranle de la porte et régule sa respiration. Calmé, il éclaire le couloir pour voir dans quelle cabine peut se trouver le dernier membre du trio. Dans le halo lumineux, la silhouette d'un plongeur se rapproche. D'un geste de la main, il lui demande de le rejoindre. Ce qu'il aperçoit de l'équipement du plongeur le surprend : son complice n'a pas emporté de fusil harpon alors que celui-là en tient un à deux mains. Ce n'est pas Lucas.

Erwan prend conscience de la situation. Loïck n'a pas eu d'accident, il a été assassiné par d'autres plongeurs.

Ce cargo est un traquenard.

Derrière le plongeur inconnu, deux autres silhouettes se dessinent dans l'eau brouillée. Ils ne portent pas de torches, mais leurs masques sont étranges. Erwan croit reconnaître des amplificateurs de lumière. Ce type d'équipement ne se rencontre que chez des plongeurs militaires de très haut niveau. S'ils croisent Lucas, il craint que les inconnus lui fassent subir le même sort qu'à Loïck, mais il ne peut pas aller le chercher. Les inconnus ont forcément vu le halo de sa lampe. Son instinct lui hurle de fuir sans délai s'il veut sauver sa peau.

2

Jérémy mord dans le muffin aux myrtilles qu'il vient de sortir de son sac et ouvre une dixième fenêtre sur son PC. Il s'impatiente en râlant contre la pathétique lenteur de la machine. Faire carrière dans la police implique de nombreux sacrifices, il en accepte la plupart de bonne grâce, mais abandonner son Mac pour devoir chaque jour travailler sur ces insultes au bon sens et au bon goût que sont les PC lui coûte bien plus que le maigre salaire et les horaires stricts et diurnes. Pour servir le bien public, il a dû faire une croix sur ses habitudes de noctambule, adopter une tenue vestimentaire sobre et une coupe de cheveux plus académique. Une véritable transformation, accompagnée d'exercices physiques obligatoires auxquels il n'avait pas habitué son organisme sédentaire et consommateur de sucreries. Néanmoins, devoir travailler sur ces PC mal conçus et mal équipés constitue sa douleur principale. Il sait pourtant qu'il bénéficie déjà de largesses inhabituelles dans l'administration et que l'équipement dont il dispose sort du cadre réglementaire. Il ne pourrait décemment pas demander plus à sa divisionnaire. Il sourit en pensant que l'affaire sur laquelle il travaille en ce moment est tout sauf décente… Si elle dure, il transmettra une nouvelle liste de demande de matériel et les persuadera de le passer sur Mac.

Il ingurgite une demi-tasse de café et maugrée en regardant les enchères eBay en cours sur une planche originale de Will Eisner, le créateur du Spirit, représentant le justicier tapi sur un toit, son célèbre chapeau dégoulinant d'eau de pluie. Cette page de 1950 a déjà atteint un prix qui excède ce que son salaire de lieutenant peut lui permettre. La journée commence mal. Il répond machinalement à un de ses collègues qui le consulte sur un point technique en regardant avec nostalgie la belle planche de BD en noir et blanc qui vient de lui passer sous le nez.

Indifférents à son malheur, les bureaux de l'OCLCTIC[1] cliquettent et bruissent d'activité. La structure opérationnelle de cette brigade cybercriminelle se trouve à l'étroit dans ses locaux. Contrairement à leurs collègues des autres brigades, les enquêteurs de l'OCLCTIC ne quittent presque jamais leurs ordinateurs, l'exiguïté des lieux leur cause donc de plus grands désagréments qu'à leurs confrères. La promiscuité rend parfois l'ambiance explosive, surtout avec des personnalités comme celle de Jérémy, qui ne brille pas par ses qualités d'empathie relationnelle. Il sent la mauvaise humeur monter en lui, ignore ostensiblement une autre demande de son collègue perdu dans l'identification d'une adresse IP fantôme et chausse son casque audio. Il lance *Keep You Close* de dEUS, qu'il vient de récupérer sur un site de partage, et s'isole dans sa bulle.

Jérémy entame une conversation sur Skype avec sa compagne dessinatrice pour lui confier sa tristesse d'avoir raté la planche de Will Eisner et répond en même temps à sa divisionnaire à propos de l'avancée d'une enquête sur les fraudes massives aux transactions bancaires de pirates lituaniens. Il peut parfois tenir jusqu'à cinq

1. Office central de lutte contre la criminalité liée aux technologies de l'information et de la communication.

conversations en même temps, ce qui lui a valu quelques mois auparavant de devoir s'excuser auprès de sa divisionnaire qu'il avait appelée « ma petite chatte », croyant répondre à sa copine du moment.

Le capitaine Bertrand entre dans l'*open space* et le fusille du regard. Les casques audio sont interdits dans le service. Cet usage est une autre dérogation que l'administration accorde à Jérémy, mais Bertrand continue de gaspiller son énergie à remettre en cause cet avantage acquis. La police manquait, et manque toujours, de profils comme celui de Jérémy Bissanier : hacker, petit génie de l'informatique, né avec une carte mère dans le cerveau et un lien quasi télépathique avec Internet. Pour lui, de nombreuses entorses au règlement ont été faites. Pour qu'il passe les concours, pour qu'il obtienne son affectation et, depuis, pour qu'il reste en poste et trouve un mode de fonctionnement compatible avec celui de la brigade criminelle dont dépend l'OCLCTIC. Sans ces arrangements, Jérémy partirait monnayer ses talents dans le privé et de nombreuses affaires resteraient irrésolues. La divisionnaire Martinelli en a conscience, pas Bertrand. Tant pis pour lui, à ce petit jeu, Jérémy sait qu'il gagnera.

Le capitaine lui fait signe d'enlever son casque, Jérémy fait mine de ne pas le voir. Bertrand se rapproche, agacé. Jérémy ouvre des fenêtres correspondant à l'affaire prioritaire du moment sur laquelle il tient ses informations et ses consignes directement de la divisionnaire. Bertrand n'est même pas au courant du contenu de ce dossier : un bon moyen pour Jérémy de lui rappeler son statut particulier dans la brigade. Parmi les pages qui s'affichent aux quatre coins de son écran, un forum de discussion de 4chan. Ce site rassemble les sympathisants et les membres actifs des Anonymous. Lieu historique de la constitution de ce groupuscule, ses forums coordonnent aujourd'hui encore les actions à venir de ceux qui se revendiquent du mouvement. Les Anonymous n'ont pas de structure, pas de dirigeants, tous ses membres sont égaux et ne doivent leur réputation et leur influence qu'à leurs actions. Cet esprit constitue la « DOocratie » (démocratie du faire). L'aura d'un Anonymous se juge par ses actes, et ceux-ci s'étalent sur 4chan.

Dans ce gigantesque foutoir anarchiste, le groupe de discussion qui intéresse Jérémy s'intitule « /POL/ politically incorrect ». Il le surveille chaque jour depuis le début de l'affaire, en vain jusqu'à cet instant. Jérémy crie de surprise en arrachant son casque audio :

– Banzaï ! La bête est de retour !

Sous les yeux ahuris de Bertrand à qui il fait signe de ne pas l'interrompre et qui est trop estomaqué pour répondre, Jérémy déroule les messages postés sur le forum et vérifie bien que celui qui l'intéresse est le seul provenant de cet expéditeur. Puis il lance une impression. Derrière lui, Bertrand ânonne une interrogation. Jérémy s'emporte et le rejette d'une voix blanche :

– La commission disciplinaire pour écoute de musique au bureau attendra. J'ai du lourd, là, capitaine.

Jérémy court à l'imprimante. L'excitation le gagne et le transporte, ses cent kilos volent au-dessus du sol. La chasse qui s'annonce est la seule vraie raison de sa présence dans les effectifs de la police. Jérémy adore les défis, traquer des cybercriminels astucieux et originaux est une drogue dont il ne pourrait plus se passer et cette affaire comble tous ses désirs en la matière. Il saisit la feuille qui vient de sortir de l'imprimante HP obsolète et se rue directement vers le bureau de la divisionnaire Martinelli.

Il ouvre la porte sans s'annoncer et pose la feuille sur le sous-main de la divisionnaire. La brune ombrageuse aux rondeurs méridionales s'apprête à le sermonner, mais ses yeux se posent sur le papier et elle se fige. Elle jette un regard au brigadier qui lui fait face pour lui demander de sortir. Le policier obtempère. Sans un mot pour Jérémy, Martinelli décroche son téléphone et compose le numéro de portable du directeur de la Police nationale. L'appel bascule sur répondeur. Martinelli, dont l'attitude trahit une inquiétude inhabituelle chez cette femme pragmatique et volontaire, s'éclaircit la voix, inspire profondément et laisse un message laconique :

– Judex a publié un nouveau texte.

3

Erwan hésite un instant à se terrer au fond d'une cabine et disparaître dans l'obscurité. Dans une telle mélasse, même les amplificateurs de lumière dont disposent les plongeurs ne doivent leur conférer qu'une visibilité très réduite, deux mètres tout au plus. S'il se cache, ils peineront à le retrouver dans les vastes entrailles du cargo. Décidé, il coupe son phare halogène. Les ténèbres l'engloutissent et il s'enfuit sur sa gauche avant que les inconnus arrivent jusqu'à lui.

La gorge serrée, Erwan tâtonne le long de la paroi pour trouver un endroit où se cacher. Les hommes barrent l'accès au hublot qui lui a permis d'entrer. Il souffle comme un bœuf dans son détendeur et génère un panache de bulles abondant. Sa respiration lui échappe à nouveau ; à ce rythme, il ne tiendra pas assez longtemps pour que les intrus cessent leurs recherches. Il doit se calmer ou trouver un moyen de fuir. Comme en écho à son angoisse, la carcasse du cargo émet une longue série de craquements. Le bruit des métaux qui se plient sous la violence des courants évoque la plainte d'un monstre marin agonisant. Erwan abandonne l'idée de reprendre le contrôle de sa respiration, il a bien trop peur pour cela.

À quelques mètres, dans les ténèbres, des assassins déterminés, silencieux et invisibles peuvent fondre sur lui à tout moment pour lui faire subir le même sort qu'à ce pauvre Loïck. Il tarde trop à trouver la porte d'une cabine, il sait qu'il ne peut pas rester plus longtemps à découvert en plein sur leur chemin. Sa peur se mue en crise de claustrophobie, il ne voit rien et la sensation d'enfermement le paralyse peu à peu. Erwan ferme les yeux et pense à de grands espaces lumineux comme on le lui a appris pour faire passer ces crises. Il se fige quelques secondes, la sensation reflue, il doit se remettre en mouvement, il va se faire tuer s'il ne bouge pas de là. Erwan change d'objectif et fonce vers l'écoutille au fond du couloir. Son calcul est simple, traverser le niveau supérieur et sortir par le premier hublot. Dans un noir si absolu, ce plan paraît difficile à mettre en œuvre, mais l'immobilité, elle, le condamne à coup sûr.

Erwan glisse en direction de l'échelle, les bras tendus devant lui pour prévenir un choc malencontreux. En quelques secondes il atteint la paroi du fond, se redresse et met la main sur un des barreaux en acier. Le cargo gémit de plus en plus fort, Erwan croit même l'avoir senti bouger. Si l'armature du grumier cède, toute la partie arrière dans laquelle il se trouve plongera en quelques secondes à plus de cent mètres de profondeur et les trois assassins deviendront une menace bien anecdotique comparée à la morsure des abysses. Il se colle à l'échelle pour que ses bouteilles puissent franchir l'étroite écoutille. Il passe les bras, mais ne parvient pas à se hisser, quelque chose le retient. Il pousse de toutes ses forces sans résultat. Avec effroi, il découvre ce qui le bloque : sa ceinture est toujours attachée par le fil d'Ariane. Et de toute évidence, quelqu'un a saisi ce fil et le tire vers lui.

Erwan essaye de coincer ses pieds dans un barreau et libère ses mains pour détacher sa ceinture plombée. Ses palmes ne parviennent pas à se glisser dans l'échelle et la traction l'attire hors de portée. Il se tend comme un arc, cherche une prise à laquelle s'accrocher. Il craint à tout instant de voir jaillir une lame de poignard qui lui déchirerait les entrailles. La panique le rend maladroit et sa ceinture lui résiste. Il pleure et implore quand la traction lui fait faire un bond de deux mètres dans le couloir. Il retombe sur le dos, ses bouteilles résonnent contre le sol métallique. Il croit déceler quelques mouvements dans l'obscurité qui l'entoure. Il craint de vivre ses derniers instants ; en corps à corps, il sait qu'il n'a aucune chance contre trois assassins. Jusqu'au bout sa vie aura été gâchée par sa bêtise, il se maudit d'avoir oublié de se détacher du fil de secours avant de tenter de s'enfuir. Alors qu'il pense que cette dernière erreur lui servira d'épitaphe, une lueur éclaire la scène. La lumière provient de la lampe de Lucas qui vient de sortir d'une cabine, inconscient du danger. Le jeune homme porte un sac volumineux sur l'épaule et balaye les protagonistes avec son phare halogène. Les trois assassins sont bien là où Erwan les devinait, à deux mètres de lui, couteau et fusil harpon à la main. Ils se retournent et découvrent Lucas juste derrière eux. Erwan sait qu'il n'aura pas d'autre chance. Il parvient à retirer la boucle des passants de ceinture et se libère. Il pousse des talons et se propulse vers l'écoutille. Alors que ses bouteilles heurtent l'échelle, il voit, avant qu'elle ne se fonde dans l'obscurité, la silhouette de Lucas se plier en deux, lâcher sa lampe et porter ses mains à son ventre, transpercé par un harpon.

L'étage supérieur lui réserve une surprise. Erwan débouche dans une vaste salle où l'eau ne lui monte que jusqu'aux épaules et où il voit enfin assez clair pour s'orienter. Il se trouve dans le réfectoire du cargo, dans sa partie encore émergée. Des tables, des chaises et des ustensiles de cuisine flottent dans une odeur de pourriture. Quelques hublots donnent sur l'océan déchaîné, certains sont brisés. Par ces ouvertures, il voit au loin la lueur des avisos des garde-côtes. La liberté, à dix mètres de lui.

Hors de l'eau, les hurlements de l'armature lui parviennent dans un long grincement entrecoupé du bruit des vagues qui frappent la coque. Erwan se démène dans les débris pour rejoindre un des hublots brisés, le plancher incliné rend sa progression difficile et il n'a fait que quelques mètres quand une voix l'arrête :

– Reste là ou je t'envoie rejoindre tes amis !

L'homme a un accent étranger, brésilien sans doute. Erwan n'a pas une grande expérience de ces situations, mais il ne comprend pas pourquoi l'inconnu prend le temps de l'interpeller plutôt que de l'abattre immédiatement, comme ses amis. Il ne se retourne pas, mais il devine que l'homme a devancé ses complices et qu'il n'a pas le fusil harpon avec lui. Il faut du temps pour extraire un harpon du corps de sa victime, il doit encore se trouver planté dans les tripes de Lucas. L'inconnu bluffe pour le ralentir. Erwan plonge dans l'eau en direction des hublots brisés.

Arrivé à la paroi avec quelques mètres d'avance sur son poursuivant, il doit arrêter sa course un instant. La vitre cassée à des bords saillants sur lesquels il pourrait se blesser, et dehors, les vagues viennent percuter la coque du vraquier avec violence. S'il ne sort pas dans le creux de la houle, les vagues vont le projeter sur la paroi et lui briser tous les os.

Son poursuivant en profite pour lui agripper la jambe. Erwan rue pour se libérer et se redresse pour faire face. L'inconnu se tient à un mètre de lui et peine à se redresser dans le courant d'eau qui l'entraîne vers la fenêtre, signe que les vagues se retirent. Il empêche Erwan de se jeter dehors en lui barrant l'issue alors qu'à l'autre bout du réfectoire ses complices émergent, fusil harpon armé. Erwan se croit piégé, mais avant que ses agresseurs ne puissent ajuster leur tir, le cargo se mêle au combat.

Un crissement assourdissant envahit le réfectoire, bien plus puissant que le bruit des vagues, un colossal cri de détresse et d'agonie métallique. L'armature du grumier lâche prise. Erwan peut entendre le roulis infernal de la cargaison qui brise ses attaches. Une grue tombe sur le pont et heurte le château au-dessus d'eux. Le temps s'arrête, les opposants restent figés dans l'attente de ce qui va se produire. Les secondes paraissent des minutes, et soudain, le sol baisse de plusieurs mètres dans un fracas épouvantable.

Erwan se cramponne au hublot, sa main se déchire sur les bords coupants mais il ne lâche pas. Devant lui, il voit passer son adversaire, emporté par les eaux, désarçonné. L'eau s'engouffre par le hublot et termine de submerger le réfectoire, Erwan attend que le flux s'apaise pour se hisser jusqu'à l'ouverture et fuir le cargo. La chute de la poupe s'interrompt, quelques armatures parviennent encore à la retenir mais sa fin est proche. Erwan se satisfait de savoir que les trois agresseurs risquent fort de sombrer avec la carcasse du navire. Il parvient à se glisser hors du cercueil en suspens sans se blesser sur le verre coupant. Seule sa main le fait souffrir, il serre le poing pour comprimer la blessure, rallume son phare et palme avec énergie pour s'éloigner du vraquier.

Ses bouteilles d'oxygène viennent de basculer sur leur réserve. La plongée n'a pas duré deux heures, mais elle a été effectuée dans de telles conditions qu'il a consommé deux fois plus que ce qu'il avait prévu. Erwan hésite à rejoindre les avisos des garde-côtes qui doivent se trouver à quelques dizaines de mètres devant lui. Il sait que ce secours se payera au prix fort, qu'il devra expliquer ce qui vient de se dérouler dans le cargo et ne s'en tirera pas sans une inculpation et la confiscation de son butin. Alors qu'en palmant avec régularité et en reprenant son calme, il peut rejoindre la zone sur laquelle son complice doit venir les récupérer. Il opte pour ce dernier risque.

Erwan contourne les récifs, il s'accroche à la perspective des milliers d'euros qu'il transporte en bandoulière pour ne pas céder à l'épuisement. Ses cuisses le brûlent, il peine à conserver son cap et un rythme régulier, mais ses efforts portent leurs fruits. À peine arrivé au point de rencontre, il aperçoit au-dessus de lui le fond du petit bateau blanc avec lequel le vieux pêcheur les a déposés. Il remonte vers lui en gonflant son gilet avec le peu d'air qui reste dans ses bouteilles. Il se prépare à devoir expliquer à Gaëtan que ses deux amis ont été assassinés dans l'épave. Ces morts ne faisaient pas partie de leur accord, Erwan espère que le vieil homme acceptera de garder le silence, mais il craint de devoir, pour l'en convaincre, abandonner la moitié de son butin.

Pendant sa brève ascension, il a le temps de remarquer que le comportement de l'embarcation bafoue les règles élémentaires de la navigation par forte houle. Elle prend les vagues par le flanc, sans essayer d'en diminuer l'impact en allant au-devant d'elles. Dans une telle tempête, elle ne tardera pas à chavirer. Un vieux loup de mer comme Gaëtan ne peut pas naviguer de cette façon. Erwan n'est pas surpris de ne trouver personne quand il monte à bord. Il se hisse avec difficulté dans l'embarcation secouée par les vagues. Il ne prend pas le temps de souffler, il baigne à mi-mollet dans l'eau de mer et la prochaine vague risque de le renverser. Il se rue sur la cabine à peine ses palmes enlevées. Par chance, le moteur redémarre à la première sollicitation. Erwan actionne les pompes pour vider l'eau, puis il s'oriente face aux vagues. En effectuant ces manœuvres, il constate que les instruments de bord sont souillés par une matière rouge poisseuse, qu'il identifie sans peine après ce qu'il vient de vivre. Ses assaillants ont commencé leur expédition meurtrière à cet endroit même, par l'exécution de Gaëtan dont le sang a giclé dans toute la cabine.

Après quelques minutes de lutte contre la houle, Erwan parvient à reprendre le contrôle de la situation. Il fait faire un arc de cercle au bateau et se repositionne en direction de l'île d'Oléron. Dans la nuit noire, le phare de Chassiron lui permet de deviner les contours de la côte et il aperçoit même quelques lueurs qui indiquent l'emplacement du port de Saint-Denis, où sa voiture l'attend sur le parking public. Il ne peut pas revenir seul avec le bateau. La disparition de ses trois complices va entraîner une enquête. S'ils ont tous gardé le silence, comme convenu, Erwan pourrait ne pas être inquiété. Pour optimiser ses chances, il ne doit pas courir le risque d'être vu rentrant au port seul dans le bateau de Gaëtan. Il met donc le cap un peu au sud, vers la plage de La Brée, et confectionne un bandage de fortune pour sa main avec un vieux chiffon détrempé.

À marée haute, Erwan peut couper le moteur à quelques encablures à peine du rivage. Sur son élan, il fait faire demi-tour au bateau et le repositionne face au large. Il rassemble ses affaires, prend bien garde de ne rien laisser à bord lui appartenant. Il balance le gros sac d'équipement qu'il a ramassé dans la baie et retourne dans la cabine ensanglantée. Après avoir bloqué la barre du gouvernail et redémarré le moteur, il lance le bateau vers l'océan et saute à l'eau sans attendre. Erwan nage pour récupérer son sac et regagne la rive. Le bateau a déjà disparu dans la nuit et le bruit du moteur diesel ne tarde pas à être couvert par celui des vagues. Erwan prie pour que ses complices aient été totalement discrets sur leur projet. Leurs corps reposeront bientôt avec le reste du cargo par plus de cent mètres de fond et le nom du vieux pêcheur rejoindra la longue liste des présomptueux avinés disparus en mer un soir de tempête.

À cette heure de la nuit, personne ne passe plus sur le parking du port. Les quelques voitures stationnées appartiennent toutes à des journalistes calfeutrés dans l'hôtel qui domine la baie, à plusieurs centaines de mètres de là. Erwan claque des dents, la longue marche, le vent glacial, mais aussi la chute brutale de son taux d'adrénaline l'ont transi. Il pense qu'il va devoir dormir deux jours d'affilée pour récupérer. Mais ni la fatigue ni la pensée de ses amis morts ne réussissent à entamer sa satisfaction. Il transporte des milliers d'euros d'or. Après des années de manque et d'humiliation, rien ne saurait ternir ce plaisir. Il ne faut jamais avoir connu la misère pour croire que le crime est affaire de morale. Il fourre ses affaires dans le coffre de sa R21 break, mais garde le sac contenant les bocaux avec lui. Une fois au volant, il ne résiste pas à la tentation, allume le plafonnier et sort ses deux merveilles.

À la lumière, les carapaces d'or autour des deux bocaux scintillent de mille feux, comme un trésor pour pirate hollywoodien. Erwan se sent fier, il a échappé à trois tueurs et a réussi une plongée dans des conditions qui auraient fait reculer la plupart des spécialistes. Il sait qu'il devrait être triste pour ses complices, mais il ne se sent pas responsable de leur mort. Loïck, Lucas et Gaëtan savaient ce qu'ils faisaient, la plongée comportait des risques, mais ils participaient de leur plein gré. *Et merde*, soupire-t-il, *au moins ils seront morts comme des hommes plutôt que de crever d'ennui dans ce bled pourri.* Il s'apprête à ranger son butin quand un détail attire son attention.

Alors que le break, balayé par les vents et une pluie si violente qu'elle submerge ses essuie-glaces fatigués, lui donne l'impression d'être sur le point de basculer, le plafonnier clignote et s'éteint. Erwan tape du poing sur l'ampoule encastrée défaillante. Le contact se rétablit et il peut lever un bocal jusqu'à la lumière. Entre les griffes en or qui enserrent le verre fumé, il distingue un liquide teinté de jaune. Dans ce liquide opaque flottent des masses sombres qui ne remuent pas, comme engluées dans de la gelée. En tournant le bocal dans tous les sens, Erwan finit par avoir une vue précise de ce qui constitue ces débris et un long frisson lui parcourt l'échine. Un œil, deux doigts et une oreille, pour ce qu'il peut reconnaître, le reste des déchets organiques échappe à toute tentative d'identification… Son butin et les bocaux qui sont restés à bord contiennent la dépouille en charpie d'un être humain.

4

Louis Le Morvant,

Judex sait,

Judex sait que, non content de ruiner et de déshonorer les gens, il faut encore que vous les assassiniez. Judex vous donne l'ordre, Le Morvant, pour expier vos crimes, de verser la moitié de votre fortune à l'Assistance publique. Vous avez jusqu'à demain dix-huit heures pour vous exécuter.
Judex sait que vous corrompez pour obtenir des concessions et des marchés publics en France, au Mali et au Niger.
Judex sait que vous avez participé au financement de groupes terroristes pour déstabiliser les gouvernements qui n'acceptaient pas vos conditions au Tchad, au Soudan et au Rwanda.
Judex sait que vous niez et dissimulez l'esclavage d'enfants sur vos chantiers en Birmanie, au Yémen et à Madagascar.
Judex sait que vous avez fait exécuter cinq hommes au Gabon pour étouffer une affaire qui vous aurait compromis. Judex sait, car il a les preuves de tous ces crimes. Quand l'heure sera venue, Judex les rendra publiques. Judex sait que la justice ne peut pas vous atteindre, mais Judex, lui, vous a condamné.

Le Morvant,
Abandonnez votre immorale fortune ou demain, à dix-huit heures, Judex vous tuera.

Vous qui connaissez le visage de l'injustice, rejoignez-nous.

Demain, Judex sera légion.

Le message pourrait être l'œuvre d'un adolescent anarchiste exalté, mais il y a eu un précédent. Une lettre menaçant Arnaud Delaunay est apparue par le même canal quinze jours auparavant sans que personne la remarque sauf l'intéressé, qui en a reçu une copie par la poste. Ce n'est qu'après la mort de Delaunay que le message a été découvert et qu'on a chargé Jérémy d'en retrouver l'auteur, d'empêcher sa propagation et de surveiller toutes les communications de sa part. Ce nouveau message reprend la même trame que le précédent, y compris les premières lignes empruntées au roman-feuilleton d'Arthur Bernède et Louis Feuillade intitulé *Judex*, nom qu'a choisi de s'approprier le maître chanteur.

Jérémy regarde la divisionnaire, agitée et nerveuse alors qu'elle attend que le directeur de la Police nationale la rappelle. La menace, directement adressée au président-directeur général du plus grand groupe pétrolier français et européen, va déclencher un véritable séisme. Martinelli et Bissanier angoissent à l'idée d'en découvrir la magnitude.

Les tentatives d'extorsion ne manquent pas, mais elles ne parviennent que très rarement à être crédibles. Les hommes de pouvoir disposent tous de protections qui les abritent des velléités des petits truands. Cela fait plus de trente ans, depuis l'enlèvement du baron Empain, qu'aucune affaire de ce type n'a pris d'ampleur. La divisionnaire meurt d'envie de déchirer la feuille et d'effacer toute trace de ce Judex. Jérémy peut le lire sur son visage et l'entendre à ses doigts qui tambourinent le bord de son bureau. Martinelli exècre les implications politiques de cette affaire ; son pragmatisme et son professionnalisme ne font pas bon ménage avec tout ce qui va suivre, et faire disparaître cette lettre est son vœu le plus cher. Tiraillée, elle ne peut s'empêcher de demander :

– Tu ne pourrais pas effacer ce message et l'empêcher de réapparaître ? On protégerait Le Morvant, mais tout ça resterait secret.

– On aurait un « effet Streisand[1] » à coup sûr. S'il y a bien un endroit où il faut éviter de jouer les censeurs, c'est sur un site des Anonymous. Si j'essaye de faire ça, en supposant que j'y parvienne, le message serait repris et dupliqué par des centaines d'activistes, juste en signe de protestation. Au lieu de l'effacer, on va le multiplier. Il faut rester en retrait… Pour l'instant, ses messages ne déclenchent aucune réaction.

– On va avoir du mal à faire comprendre ça à toutes les personnes impliquées. Elles vont vouloir qu'on intervienne.

– Pour l'instant, ça serait la pire des choses à faire.

Le téléphone de Martinelli se met à vibrer. Elle décroche et explique la situation au directeur de la Police nationale. Le grand flic semble partager leur inquiétude et donne immédiatement des ordres aux personnes qui l'entourent. Martinelli acquiesce. Après ce bref échange, elle raccroche et se tourne vers Jérémy.

1. L'effet Streisand est un phénomène médiatique au cours duquel la volonté d'empêcher la divulgation d'informations que l'on aimerait garder cachées – qu'il s'agisse de simples rumeurs ou de faits véridiques – déclenche le résultat inverse. Par ses efforts, la victime encourage malgré elle l'exposition d'une publication qu'elle souhaitait voir ignorée. (Source Wikipedia.)

– Le rodéo va commencer, il y a une réunion de crise dans une heure au siège de la DGSI[1]. Tu viens avec moi. Ne perds pas de temps à discuter, c'est un ordre. J'imagine que tu n'as pas de cravate ?

1. Direction générale de la sécurité intérieure, service de renseignements du ministère de l'Intérieur français.

5

L'envie de regarder sa montre devient de plus en plus forte. Rossi sait que dans son dos, le psychanalyste ne le quitte pas des yeux et que ce geste serait pour le moins malpoli. Le praticien ne manquerait pas de lui demander s'il veut interrompre la séance. Le commandant ne souhaite pas lui donner l'impression qu'il s'ennuie, qu'il vient presque à contrecœur à son cabinet. Le jeu auquel ils s'adonnent a des règles subtiles, si l'équilibre se brise, le psychanalyste trouvera un moyen de mettre un terme à ses rendez-vous.

Jusqu'à ce jour, Rossi a réussi à brouiller les pistes. Il ne vient consulter Jean-Louis Beauchère que dans le but de le piéger. Le psychanalyste aurait eu une influence discutable sur l'épouse d'un ministre ; ce dernier a demandé à la DGSI de vérifier les antécédents et les méthodes du praticien. Après une enquête de routine, Rossi a accumulé suffisamment de soupçons concernant des manquements à la déontologie de la profession, des abus en tous genres et des détournements d'argent pour avoir envie de le piéger. Seulement, l'homme parvient à conserver une aura si forte auprès de ses victimes qu'aucune ne veut entendre parler d'une plainte, ni même d'un témoignage. Leur mentor a des allures de gourou qui aurait installé sa secte dans un cabinet bourgeois du VIe arrondissement.

Cet écrin molletonné et silencieux agace Rossi. L'endroit ne montre aucune aspérité. Tout ce qu'on peut s'attendre à trouver dans le cabinet d'un psychanalyste s'y trouve, exactement là où on l'attend. Derrière le bureau règne l'imposante bibliothèque, coordonnée au mobilier XIXe, emplie des œuvres complètes de Sigmund Freud et de Lacan. Même le brûlot de Michel Onfray contre la psychanalyse s'y trouve pour faire bonne figure et prouver l'ouverture d'esprit du praticien. Les sculptures africaines parsèment les murs, juste à côté d'une lithographie de Kandinsky. Le commandant pourrait se croire dans un cabinet témoin pour une agence immobilière spécialisée dans le local médical. Cette normalité excessive cache des intentions retorses. La vérité de Beauchère reste à découvrir, ses patients ne s'en soucient guère, Rossi s'en obsède.

Avec difficulté, le ministre a convaincu son épouse de ne plus mettre les pieds dans le cabinet de Beauchère, mais Rossi ne lâche pas sa proie pour autant. Depuis trois mois, il se rend toutes les deux semaines chez le psychanalyste et parvient à donner le change. Il a bien senti les réticences et les doutes du praticien quand il lui a indiqué sa profession. Beauchère a essayé de le dissuader de le choisir et lui a conseillé d'aller consulter des confrères. Mais depuis le début, à chaque séance, le commandant joue le jeu. Il se confie avec sincérité et ses angoisses ne manquent pas. Rassuré, le praticien croit maintenant avoir affaire à un patient qui pourrait s'avérer un contact très utile. Rossi en profite pour glaner des informations, accumuler les renseignements, fouiller dans les dossiers à la première occasion… Petit à petit, il parvient à cerner Beauchère dans ce jeu de dupes. Quand il en aura assez, il le balancera dans les pattes de la PJ. Il se rend compte qu'il se tait depuis plus d'une minute quand Beauchère toussote pour le faire sortir de ses songes. Rossi s'excuse et reprend :

– Le point positif de ces dernières semaines, c'est

que je bois beaucoup moins. À peine un verre ou deux par jour. Je ne sais pas si je n'ai plus envie de boire, ou si l'alcool ne parvient plus à me calmer, mais j'ai l'impression d'en avoir moins besoin. Je sais ce que vous allez me dire, mais non, je ne compense pas avec d'autres substances. Par contre, oui, je suis à cran. Il va me falloir de l'action. Si je dois passer mon temps sur du travail de dossiers, je vais avoir du mal à tenir.

– Est-ce l'activité physique qui vous soulage ?

– Non. Sinon, je ferais plus de sport. Ça peut m'aider, mais l'effet ne dure pas. Je ne peux pas faire de la boxe à longueur de journée. Il me faut de l'adrénaline, de la pression, de la peur même. Il n'y a que dans ces conditions que je me sens bien. Mais ça m'use, je me fatigue à courir sans cesse après les ennuis… J'aimerais beaucoup pouvoir profiter de moments de calme sans être assailli par l'angoisse.

– N'éprouvez-vous pas le besoin de briser votre solitude ?

Rossi est sur ses gardes. Le psychanalyste revient souvent sur ce point. Au début, le commandant lui a expliqué que son mode de vie ne pouvait pas s'accommoder d'une relation suivie, qu'il n'arrivait pas – et ce, depuis son adolescence – à avoir une relation de confiance avec les femmes, qu'il dissimulait, mentait, fuyait plus ou moins consciemment pour ne pas s'engager ou se dévoiler. Le travail à accomplir avant qu'il parvienne à changer cette attitude prendra des années. Par conséquent, l'insistance du psy paraît maladroite, voire suspecte. Rossi décide d'abonder dans son sens, de travestir ses sentiments pour voir où le psy veut le mener. Il soupire comme quelqu'un qui baisse les armes, et reprend :

– Si, bien sûr. Parfois, je me dis que si je pouvais partager ces moments de calme avec quelqu'un, me confier, parler de mes angoisses, avoir des projets, des sentiments… je parviendrais sans doute à passer ces périodes difficiles. Mais on ne peut pas décréter ces choses-là, je suis seul et je ne sais pas comment faire en sorte que cela cesse.

– La solitude est un fléau épouvantable, sans doute le pire de ceux qui rongent nos sociétés où pourtant la communication règne en maîtresse absolue. Tout le paradoxe de nos vies se trouve là : nous parlons avec de plus en plus de monde, mais nous sommes de plus en plus seuls. La multiplication des relations ne fait pas disparaître la solitude, elle l'accroît chaque jour un peu plus. Quand vous vous comptez plus de cent amis, soyez sûr qu'en fait, vous n'en avez aucun.

– D'accord, mais que puis-je y faire ?

– Il y a des groupes qui s'organisent, de véritables réseaux sociaux, entre personnes qui veulent établir des relations claires, saines, profondes et sincères. J'en connais certains, j'en anime même quelques-uns. Considérez-les un peu comme des groupes de solitaires anonymes. Sauf que le groupe constitue le remède au mal qu'on vient y soigner. Ça fonctionne très bien… pour ceux qui jouent le jeu.

Rossi jubile, il serre le poing sur l'accoudoir de la méridienne où il est allongé. S'il peut participer à ces groupes, il sera en contact avec les patients les plus fragiles de Beauchère. S'il parvient à gagner la confiance de certains, il découvrira sans aucun doute des preuves des abus du psychanalyste. Le renard dans le poulailler ; Beauchère commet là une lourde erreur. Le commandant masque sa joie et tente d'avoir l'air raisonnablement réticent.

– Avec mon passé et mon profil, vous me voyez participer à ces réunions ?

– Pourquoi pas ? Nous avons des profils très divers, vous seriez surpris. Mais il faut que vous vous sentiez prêt. Pour l'instant, j'aimerais juste que vous y réfléchissiez.

– Je vous promets d'y penser.

– Pas de promesse, vous ne me devez rien. Ces décisions ne regardent que vous.

Beauchère marque un temps d'arrêt puis enchaîne :

– Pour aujourd'hui, cela suffira. Je sais que vous brûlez d'envie de regarder votre montre. Je vous le confirme, notre heure touche à sa fin.

Le commandant se lève, il vient rejoindre le praticien qui n'a pas bougé de derrière son bureau. Il sourit d'avoir été démasqué.

– Vous commencez à bien me connaître, docteur… Pardon, j'oublie que vous n'êtes pas docteur.

Beauchère rit, son crâne chauve se plisse de mille rides quand ses yeux s'étirent dans une grimace qui se veut chaleureuse. Il a un geste de la main, magnanime, sa chevalière accroche la lumière du jour dans un scintillement fugace mais angélique.

– Si cela vous rassure, vous pouvez m'appeler docteur, mais non, je n'ai pas fait médecine. Je n'ai ni les compétences, ni l'étroitesse d'esprit de la médecine traditionnelle.

Rossi s'acquitte de sa séance et se lève. Il serre la main du praticien.

– À dans quinze jours, docteur !

– Oui. Si vous ne m'avez pas fait arrêter avant, je vous attendrai pour vous aider. Nous avons un long chemin à faire ensemble. Plus long que vous ne le pensez, commandant.

Beauchère a un sourire malin qui donne à sa plaisanterie un sous-entendu complice qui met Rossi mal à l'aise. Il sort du cabinet en se demandant ce que le psychanalyste peut bien avoir compris de ses motivations réelles. Si Beauchère sait que Rossi cherche à le prendre en défaut, il devrait essayer de cesser ses consultations. Les prétextes ne manquent pas et Rossi serait alors contraint de dévoiler son jeu.

Songeur, il descend les escaliers pour rejoindre le boulevard Saint-Michel. Serait-il possible que le psychanalyste, conscient de sa duplicité, continue tout de même à le recevoir parce qu'il sait que le commandant en a besoin et qu'il n'ira jamais voir un de ses confrères sans l'alibi d'une motivation professionnelle ? Cette situation gêne Rossi, il a presque mauvaise conscience d'abuser quelqu'un qui cherche peut-être sincèrement à l'aider, malgré les risques encourus.

À peine rallumé, son téléphone se met à crépiter comme une poignée d'oignons émincés jetés dans une poêle. Ses réflexions sont interrompues par le contenu de sa messagerie. Il doit se rendre d'urgence à la DGSI pour une réunion de crise. Son instinct lui dit qu'il ne va pas manquer d'action dans les jours à venir. Le meilleur des remèdes.

6

L'écran plat qui couvre toute la largeur du mur de la salle de réunion de la direction de la DGSI affiche les deux messages de Judex pendant de longues minutes sans qu'aucune parole vienne troubler leur lecture attentive. Après en avoir pris connaissance, le commandant Rossi parcourt du regard l'aréopage présent autour de la grande table ronde, découpant du bout des ongles la gomme disposée avec un nécessaire d'écriture et une bouteille d'eau devant chaque participant.

La salle sans fenêtres, coupée de toute transmission d'onde par un puissant dispositif de brouillage, accueille une dizaine de fonctionnaires et d'opérationnels de haut rang, du ministère et des directions nationales de la police. Signe indéniable de l'agitation que cause cette affaire, les visages sont sombres, encore plus austères qu'à l'ordinaire – déjà peu primesautier – des réunions de travail du renseignement intérieur.

À la droite du commandant Rossi, son commissaire divisionnaire, Pierre Leterrier, avec lequel ses rapports oscillent depuis des années entre l'entente exécrable et l'ignorance glaciale. Ces derniers temps, le haut fonctionnaire a changé, il a maigri à la suite d'un régime drastique qui lui a ôté une partie de son agressivité en même temps qu'il réglait ses problèmes de cholestérol. Pour Leterrier, l'heure de la retraite approche. Rossi savoure cette séparation prochaine en regardant les plis de peau qui débordent de sa chemise anglaise au col blanc, et confèrent au divisionnaire un cou de pélican.

Avec un sourire narquois, Rossi constate qu'il constitue le maillon faible de l'assemblée, celui qui a le poste le moins élevé. Il en conclut que les emmerdements qui vont pleuvoir le mouilleront en priorité et qu'il sera trempé avant qu'une seule goutte n'éclabousse un autre participant de la réunion. Ce principe, dérivé de celui des vases communicants, pourrait s'énoncer ainsi : « Dans une réunion, la somme des tâches récoltées est inversement proportionnelle au rang hiérarchique occupé. »

Une assistante distribue rapidement un dossier à chacun avant de s'éclipser. La porte se referme derrière elle dans un bruit de verrou électrique. La salle est close, totalement insonorisée, et les brouilleurs d'ondes font apparaître des zébrures caractéristiques sur l'image de l'écran plasma. Le contenu de cette réunion ne devra faire l'objet d'aucun compte rendu écrit, ni même d'indiscrétions de couloir. Boniperti, le directeur de la DGSI, préfet à la carrière militaire et à la droiture toute martiale, rompt le silence en ouvrant le dossier posé devant lui.

– On aurait pu croire à une plaisanterie, à une diffamation gratuite sans lendemain. Mais, vous le savez tous, Arnaud Delaunay a été assassiné au jour et à l'heure indiqués dans le premier message de ce « Judex ». Il a commis l'erreur de ne pas prendre cette menace au sérieux, nous ne suivrons pas son exemple. Vous trouverez dans ce dossier un point sur l'enquête, rédigé par les officiers de la brigade criminelle auxquels elle a été confiée. La qualité de leur travail n'est pas en cause, il ne sera pas question lors de cette réunion de confier l'enquête à une autre équipe. Néanmoins, le parquet et le juge d'instruction chargés du dossier n'ont pas accès à certains des éléments dont vous disposez, car notre priorité est d'éviter la propagation des messages de ce

« Judex ». Nous allons mener une enquête en parallèle de celle de la brigade criminelle, notre objectif sera de l'identifier et de l'arrêter sans interférer avec le travail de nos collègues. Ceux-ci s'orientent actuellement vers les proches et les relations d'affaires de Delaunay que nous ne pouvons pas encore innocenter.

– Cela me semble prudent, après tout nous avons peut-être affaire à une manœuvre de diversion pour nous écarter des véritables motivations des assassins de Delaunay, complète Perben, le directeur général de la Police nationale en feuilletant le dossier.

– Il est mentionné que Delaunay a fait part de ces menaces à la DGSI. Pourquoi aucune mesure de protection n'a-t-elle été prise suite à cette information ? demande Louvion, le commandant de la SAT[1], la section antiterroriste de la PJ.

Rossi ressent une évidente proximité tant physique qu'intellectuelle avec ce dur de dur musculeux, au cuir tanné par les années de service et dont la densité contraste avec l'élégance technocratique des autres participants.

– Nous n'avions aucune raison de prendre cette menace au sérieux ! Delaunay organisait un événement privé que de toute évidence cet individu voulait gâcher. Nous lui avons tout de même proposé une protection pour la soirée, mais il a catégoriquement refusé. Il n'avait sollicité notre aide que pour identifier l'auteur du message, répond assez sèchement Perben.

Rossi en conclut que le DGPN[2] doit avoir donné l'ordre de ne pas surveiller la soirée de Delaunay et qu'il craint de porter le chapeau si l'affaire s'ébruite. Frondeur, le commandant ne peut s'empêcher d'enfoncer le clou.

– Le détail des accusations proférées dans la lettre aurait dû nous inciter à la prendre au sérieux. Seul

1. Section antiterroriste.
2. Directeur général de la Police nationale.

quelqu'un de bien informé, et donc dangereux, pouvait écrire cela.

Lorsqu'il prononce ces paroles, Rossi sait qu'il s'expose à un retour de flamme brutal de la part du DGPN, et celui-ci ne tarde pas.

– Cette lettre n'est qu'un ramassis de ragots déjà parus dans la presse à scandale et d'assertions fantaisistes. Je ne vois pas de quel crédit vous voulez parler ! Nous ne sommes pas là pour prêter la moindre importance au contenu de ces accusations. Elles sont imaginaires et nous devons les traiter comme telles.

Le ton est péremptoire. Rossi sait qu'il marche sur la ligne jaune, mais le regard qu'il échange avec Louvion le conforte. Ce sont eux les deux opérationnels qui vont se coltiner cette enquête. On leur doit bien quelques précisions. Le commandant relance :

– Certaines de ses accusations ne sont pas fondées sur des articles de presse, ni sur des rumeurs qui agitent le microcosme. Si elles ont une part de vérité, savoir comment ce « Judex » en a eu connaissance serait le meilleur moyen de remonter jusqu'à lui.

– Ces accusations sont fantaisistes, insiste orageusement le DGPN. Je ne veux plus discuter de cela avec vous, commandant Rossi. Je ne laisserai pas salir, dans les locaux mêmes de l'institution chargée de les protéger, la réputation d'hommes de valeur, décorés de la Légion d'honneur, qui ont à de multiples reprises rendu de grands services à l'État. Sachez cependant que je veillerai moi-même avec l'aide du préfet Boniperti à vérifier l'origine de ces rumeurs. Cette construction n'est pas le fruit du hasard, et la capacité de nuire de ce terroriste ne sera pas sous-estimée.

Le commandant Rossi prend bien garde de ne pas relever le paradoxe contenu dans la déclaration du DGPN. Il sait qu'il n'a rien à gagner dans un affrontement direct. Il se replonge dans le dossier. Les analystes de la direction informatique ont déjà croisé les informations concernant Delaunay et Le Morvant, à la recherche de convergences, de passé commun ou de projets ayant pu leur valoir les mêmes inimitiés. Rien de très solide n'en ressort. Il voit aussi que le système d'écoute du centre de recherche satellitaire, communément appelé Frenchelon, a programmé ses paraboles pour surveiller toutes les communications où apparaîtrait le mot « Judex ». Ces dispositions exceptionnelles ainsi que la réunion à laquelle il participe prouvent que cette affaire sera traitée comme un dossier terroriste, ce qui demeure discutable aux yeux du commandant. Il reprend les courriers de Judex et relit les dernières lignes :

Vous qui connaissez le visage de l'injustice, rejoignez-nous.

Demain, Judex sera légion.

Le caractère terroriste de Judex ne tient qu'à ces trois lignes, à cet appel à l'insurrection. Sans elles, la lettre reste la vendetta personnelle d'un justicier illuminé, et aucun juge antiterroriste, même complaisant, n'accepterait d'instruire un tel dossier, qui resterait de nature criminelle. Le commandant Rossi sourit en pensant que le maître chanteur a commis là une belle bourde. Sans cette phrase, tous les dispositifs d'exception avec lesquels ils vont le pourchasser n'auraient pu être justifiés, et leur utilisation aurait mené au non-lieu et au fiasco judiciaire. Avec cette étiquette antiterroriste, ils auront les coudées franches sans avoir à demander de commissions rogatoires tant que le dossier ne sera pas prêt à être transmis à l'instruction. C'est pour cela que Louvion est dans la boucle, la DGSI va mener l'enquête pour des raisons de confidentialité et il héritera du dossier au moment de le transmettre au juge antiterroriste. Rossi ne voudrait pas prendre sa place : le juge n'apprécierait pas ces barbouzeries ni d'avoir été tenu à l'écart, et lui faire avaler la pilule nécessitera un certain doigté.

Le commandant Rossi survole à nouveau les accusations proférées à l'encontre de Delaunay. Il en connaissait certaines ; surveiller ce qui sort dans la presse fait partie de son métier. Delaunay servait d'intermédiaire dans des contrats de vente d'armes, parfois dans des conditions suspectes, les dernières révélations le concernant évoquaient des dizaines de millions d'euros qu'il aurait soustraits à l'intérêt du fisc. Le commandant avait récemment lu des papiers aux sources plus discutables qui évoquaient ses villas en Colombie, ses discothèques à Miami et ses yachts amarrés à Dubaï. La lettre de Judex évoquait des affaires de pédophilie, de proxénétisme, de filles mortes lors de soirées privées dont il aurait fait disparaître les corps, toute une litanie d'actes odieux qui n'avaient jamais été relayés dans la presse, même sous la forme de rumeurs, et encore moins devant les tribunaux.

La réunion s'enlise dans des hypothèses sur le groupuscule extrémiste auquel pourrait appartenir Judex. Rossi écoute d'une oreille distraite, mais rien ne lui semble pertinent. Les militants d'extrême gauche français ne se revendiquent plus d'Action directe depuis longtemps, aucun des groupes plus ou moins organisés n'aurait la logistique, les informations et les compétences pour se lancer dans une telle opération. L'affaire de Tarnac a au moins permis à la DGSI de comprendre que la menace anarcho-autonomiste en France reste au niveau du fantasme. Rossi a hâte d'aller poser des questions au lieutenant de la brigade cybercriminelle qui surveille la propagation du message de Judex pour lui soutirer les enseignements de cet affrontement virtuel.

Favier, un jeune loup récemment propulsé à la tête de la division antiterroriste de la DGSI, qui se tenait à l'écart des échanges par prudence, s'agite à l'évocation de la manière dont Delaunay a été assassiné.

– L'acide sulfurique qui a servi de base à la préparation employée peut se trouver chez n'importe quel droguiste spécialisé. Seule sa concentration sort de l'ordinaire. Personne n'utilise d'acide avec une telle concentration d'azéotrope. L'acide sulfurique est stable entre 95 et 98 %, là on est à 99 %, ce qui indique qu'il a été modifié pour augmenter sa nocivité. Le mode d'administration soulève aussi des interrogations. On ne peut pas verser de l'acide sulfurique dans du vin sans déclencher une dessiccation thermodynamique violente, le vin se serait évaporé en quelques secondes en dégageant une vapeur toxique. Delaunay n'aurait jamais avalé ça de son plein gré. Il y a là quelque chose à creuser. Ce Judex est bien plus qu'un chimiste amateur.

Rossi est intrigué. Il ne savait pas Favier si expert en chimie. De sa tirade, rien ne figure dans le dossier, il n'a pas pu inventer les termes techniques. Le divisionnaire a donc été informé de l'affaire avant la réunion, et il a eu le temps de poser des questions aux techniciens et légistes qui s'occupent de Delaunay. Ajoutée à l'attitude dictatoriale du DGPN, cette anomalie incite Rossi à penser que les cartes de cette réunion ont été distribuées avant qu'elle n'ait lieu. Alors qu'il cherche à comprendre pourquoi, Bossuant, le directeur de cabinet du ministère, un technocrate aussi droit et franc qu'un vendeur à la sauvette et qui, six mois auparavant, officiait à l'Agriculture, se permet de récapituler leurs ordres de mission.

– La brigade criminelle va continuer son enquête sur la mort de Delaunay, ils axent leurs recherches sur les participants à la soirée. Vous aurez accès au dossier. S'ils vous font des difficultés pour vous transmettre des éléments, nous interviendrons. Favier, recherchez quel laboratoire clandestin a pu produire ce qui a tué Delaunay. Rossi, trouvez quelle organisation se trouve derrière ce « Judex ». Surtout, quoi que vous fassiez, le contenu de ses messages doit rester confidentiel. J'insiste sur ce point, ils veulent de la publicité, ne la leur donnons pas. Tant que nous pourrons les dissimuler, Judex n'existera pas. Sinon, nous nous exposons à la prolifération d'imitateurs, plus ou moins dangereux ou crédibles. Nous nous occupons de contrôler la presse. Si un journaliste se prend à vouloir sortir l'affaire, on le colle en garde à vue pour complicité avec une entreprise terroriste, cela devrait calmer les velléitaires le temps que vous meniez votre enquête. Rien ne doit filtrer, la moindre fuite créerait une zizanie inacceptable pour le ministre.

Le haut fonctionnaire marque un temps d'arrêt pour toiser les participants, un à un. Cette posture agace le commandant Rossi ; autour de la table se concentrent plus de compétences policières que ce sous-fifre n'en verra jamais. Le commandant trouve ces manières déplacées et vexantes. Le regard qu'il rend laisse filtrer son point de vue. Indifférent à ce reproche muet, Bossuant continue :

– Autre point important, si vous parvenez à l'identifier, ne faites rien sans en avoir référé au ministère. Vous ne procédez en aucun cas à son interpellation.

La réunion se termine. Il est convenu que la DGSI s'occupera de contacter Le Morvant et de mettre en place un dispositif de sécurité discret mais maximal le surlendemain, à l'heure annoncée du meurtre. Tous se saluent, sans grande chaleur, et quittent la salle. Rossi essaye de se rapprocher de Louvion. Il suit son crâne rasé et ses épaules massives jusqu'à l'ascenseur où il le rattrape enfin. Il tente de l'amadouer avec son sourire le plus complice.

– Ça va être coton de refiler ce bébé au juge Vandoren, il va détester ces micmacs. Non ?

À la grande surprise de Rossi, Louvion hausse les épaules et, avec un petit rictus carnassier, lui fait comprendre que ça ne sera pas si difficile. Puis il remonte la fermeture éclair de son bomber noir et s'engouffre dans l'ascenseur sans un mot. Rossi enrage d'être ainsi congédié, comme un stagiaire. Vandoren, le juge antiterroriste, a la réputation d'être une terreur, dans ses mains ce dossier risque de devenir une apocalypse pour la brigade de Louvion, dont le comportement n'a pas de sens. Absorbé, Rossi fait demi-tour et tombe nez à nez avec Martinelli.

Moulée dans un pantalon en cuir et un chemisier blanc, la brune méridionale, restée muette pendant toute la réunion, se tient devant le commandant et lui présente le jeune homme qui l'accompagne sur un ton peu aimable. Rossi sait qu'elle le déteste depuis un malentendu lors d'un séminaire quelques années auparavant. Il n'arrive plus à se rappeler l'objet de cette inimitié. Ce soir-là, comme souvent à l'époque, il avait trop bu et il n'en a gardé que des impressions diffuses. Martinelli, elle, n'a visiblement rien oublié, et sa rancune affleure chaque fois qu'elle lui adresse la parole.

– Jérémy Bissanier, le lieutenant qui est chargé du dossier Judex.

Le commandant détaille le jeune homme au visage à peine pubère qui se tient aux côtés de Martinelli : jean informe et troué aux genoux, baskets délacées, tour de ventre indiquant une pratique distendue de l'activité physique, coupe de cheveux relâchée et, pour clôturer le tout, tee-shirt arborant le logo d'un super-héros de bande dessinée. Rossi soupire en le désignant du menton :

– Je comprends mieux les résultats de votre service. Vous travaillez avec Batman, ça doit aider.

7

Avec la justesse et l'économie de mouvements propres à un rituel maintes fois répété, Lucy applique sur son corps de l'huile prodigieuse pailletée. Elle insiste sur son décolleté, glisse sa paume entre ses seins pour donner un effet optique de volume et caresse ses épaules doucement. Dans sa salle de bains encore embuée, la voix grave de Leonard Cohen accompagne ses préparatifs. Le calme et la majesté du vieux sage canadien participent à cet instant hors du temps. Lucy fredonne en se lavant les mains :

There ain't no cure,
There ain't no cure,
There ain't no cure for love[1].

Avec une douceur aérienne, Lucy ouvre les tiroirs de sa coiffeuse, prend son sérum éclat et s'en tapote le visage et le cou. Puis elle sort une crème de jour hydratante à base d'acide hyaluronique et la fait pénétrer sur les mêmes zones. Sans interruption vient le tour de sa crème contour des yeux qu'elle masse de l'intérieur vers l'extérieur pour activer ses circuits lymphatiques, cela empêche les poches sous les yeux de se former. Elle a encore une dizaine d'années devant elle, mais elle

1. Leonard Cohen, *Ain't No Cure For Love*, chanson tirée de l'album *Your Man*, Columbia Records, 1988.

fait attention aux coins externes de ses yeux, là où les pattes-d'oie se forment après trente ans. Pour terminer, elle oint ses lèvres de baume afin de les hydrater et de les préparer au maquillage. Elle souffle, dénoue la serviette qui entoure ses longs cheveux noirs et allume une cigarette. Elle doit attendre vingt minutes avant de commencer le maquillage, sa peau doit absorber les produits qu'elle vient d'appliquer.

There ain't no cure
There ain't no cure
There ain't no cure for love.

La mélodie véhicule son doux poison sans que Lucy s'en rende compte. Ses pensées dérapent vers le sujet interdit. Lucy ne lutte pas, elle ne gagne jamais ce combat. Tout dans cet appartement lui rappelle Roxana, la chanson ne fait qu'accélérer les choses. Elle ferme les yeux, exhale sa fumée, et l'espace d'une fraction de seconde elle se retrouve dans ce petit restaurant coréen crasseux où elles se sont vues la première fois, six mois auparavant, une vie auparavant. Elle revoit les tables bancales et le comptoir couvert de bols derrière lequel s'agitait Phan, toujours pressé, toujours souriant, jamais curieux. Elle sent presque l'odeur de son bibimbap en train de cuire. D'un point de vue culinaire, l'expérience ne méritait pas qu'elle s'en souvînt. Mais l'échoppe de Phan ouvrait toute la nuit, tous les jours, et il ne se permettait jamais la moindre réflexion sur les tenues et les mines de ses clientes. Filles du monde de la nuit, performeuses, stripteaseuses et prostituées y trouvaient donc un havre de paix, bouillonnant comme une soupe chinoise et tout aussi nourrissant et protecteur.

I see you in the subway and I see you on the bus
I see you lying down with me, I see you waking up

I see your hand, I see your hair
Your bracelets and your brush.

Les deux noctambules s'y sont croisées plusieurs fois, échangeant des regards complices, des sourires fatigués. À l'époque, Lucy travaillait dans un cabaret burlesque de la rue de Beauce où elle exécutait un numéro qui s'avéra trop fétichiste pour la clientèle du lieu. Roxana travaillait dans un bar à hôtesses de la place Blanche avant de s'en faire congédier à cause de son addiction à l'héroïne. Elles se plaisaient, mais Lucy hésitait à l'aborder. C'est la jeune Roumaine qui prétexta des questions sur son tatouage pour faire le premier pas. Quelques jours plus tard, la blonde à l'air d'oiseau tombé du nid posait son sac chez Lucy. Elle allait y rester six merveilleux mois, émaillés de lutte contre la police qui voulait l'expulser, contre son proxénète qu'elle voulait quitter et contre l'héroïne qui voulait la dévorer. Mais pour les jeunes femmes, ces soucis ne pesaient rien au regard de leur passion. Lucy tomba amoureuse de cette petite pute camée qui s'accrochait à elle comme à son dernier espoir de sortir du caniveau.

It's written there in blood
I even heard the angels declare it from above
There ain't no cure
There ain't no cure
There ain't no cure for love.

Les reins de Roxana, son souffle, ses mains, son goût, tout manque affreusement à Lucy qui se mord les lèvres et entreprend de se maquiller pour chasser les bouffées de désir et de tristesse qui l'envahissent. Après avoir légèrement étalé une fine couche de base neutre sur son visage, elle le couvre de fond de teint beige rosé avec un pinceau kabuki, de l'intérieur vers l'extérieur.

Roxana a disparu depuis deux mois, après une énième dispute sur fond de consommation de drogue. Elle a récupéré ses affaires et claqué la porte de l'appartement. Elles avaient traversé d'autres crises similaires, mais qui s'étaient toutes terminées au bout de quelques appels larmoyants, par des excuses et des étreintes brûlantes. Pas cette fois-ci, malgré une dernière conversation qui laissait penser que Roxana allait revenir alors qu'elle divaguait sur des routes normandes, loin de ses mauvaises habitudes de drogue et de trottoir.

La colère qui monte trouble sa préparation. Lucy ferme les yeux un instant, reprend son calme et dessine ses sourcils avec un pinceau. Elle se concentre pour que l'arc de cercle soit accentué tout en gardant la forme originelle. Puis elle pose le coude sur le bord de la coiffeuse pour appliquer l'eye-liner noir à l'aide d'un pinceau biseauté. Pour réaliser un trait régulier, elle ne doit pas trembler, cela demande une précision chirurgicale. Cet exercice écarte Roxana de ses pensées. Elle trace un trait épais de façon qu'il soit bien visible après la pose des faux cils.

Les gendarmes se moquent des suppliques de Lucy. Rechercher une toxico en vadrouille ne fait pas partie de leurs priorités. Elle a dû multiplier les allers-retours à Lisieux pour sillonner les bars, les hôtels, les parkings, poser des affichettes d'avis de recherche sur tous les poteaux. Elle ne lâchera pas, l'indifférence des autorités la rend folle de rage, elle retrouvera Roxana, elle est prête à tout pour cela. Elle dispose un peu de colle blanche sur la tranche d'un faux cil, souffle dessus quelques secondes pour une meilleure adhérence puis l'applique en commençant par le milieu de la paupière, bien au ras des cils. Elle continue avec le coin externe et termine avec le coin interne, appuyant légèrement sur le faux cil avec la pointe d'un pinceau pour le maintenir. En séchant, la colle devient transparente.

Depuis le début de ses recherches, elle a réussi à collecter quelques informations, mais elle a besoin d'aide. Le gendarme de Bernay qui avait accepté de faire quelques démarches a subitement décidé de ne plus l'aider. Cette défection étrange a excité sa curiosité. Elle espère que ses nouveaux associés tiendront leurs promesses. Elle a pris des risques insensés pour eux, par amour pour Roxana.

Elle passe au fard à joues « Désert rose » en partant du haut des pommettes et en remontant sur ses tempes. Elle s'en couvre d'une couche généreuse ; la soirée risque d'être longue et agitée dans le club SM où elle va officier. Elle n'aime pas faire la maîtresse dans les clubs, mais ses spectacles et ses activités de modèle ne lui permettent pas de payer son loyer, alors un riche et généreux candidat à la soumission ne se refuse pas. Elle applique son rouge à lèvres au pinceau, un rouge noir très pigmenté. Satisfaite du résultat, Lucy se caresse du regard quelques secondes dans la glace de la coiffeuse, puis elle vaporise une brume fixatrice sur son maquillage pour qu'il ne vire pas.

Dans la chambre, dont le lit n'exhale plus le parfum de Roxana, Lucy ouvre le dressing. Ses vêtements en latex sont rangés soigneusement à l'envers après avoir été talqués. Elle sort un corset à fermeture à lanières et boucles sur le devant, un porte-jarretelles avec six attaches pour tenir solidement les bas en latex de couleur chair avec trait couture noir. Elle vaporise le tout avec un spray qui donne au latex tout son brillant. Malgré le froid, elle ouvre la fenêtre, car le spray peut s'avérer toxique. Elle enfile un peignoir et se rallume une cigarette en attendant que cela sèche.

Enfin, elle enfile la tenue qu'elle a choisie avec soin. Le latex colle à sa peau comme une armure, et peu à peu,

Lucie l'étudiante disparaît pour laisser place à son alter ego nocturne, la dominatrice Lucy Marvel. Elle prend l'air sévère, serre les mâchoires et crache avec mépris. Elle canalise sa colère ; l'indignation et la révolte qui l'habitent depuis l'adolescence l'aident à jouer ce rôle. Sa rage fait des merveilles et justifie sa réputation très flatteuse de maîtresse. Elle retourne à la coiffeuse, ajoute quelques gouttes de parfum, dans son cou, à l'intérieur de ses poignets et dans le creux de ses seins.

Le taxi ne devrait plus tarder. Elle jette un dernier coup d'œil à ses mails cryptés sur bitmessage pour voir si Hugo tient ses promesses. Il lui a promis de remonter la piste de Roxana. Ce gamin a un talent fou, si quelqu'un peut lui apprendre ce que cache la gendarmerie sur la disparition de Roxana, c'est bien lui. Lucy a respecté sa part du contrat, sans déplaisir mais avec beaucoup de risques. Son téléphone sonne. Le taxi arrive, elle enfile un long manteau noir et saisit son sac de voyage en cuir noir. Il contient fouets, cravaches, paddles, pinces, godes, bougies noires, menottes, plugs anaux de tailles variées, colliers de chien, laisses, écuelles… tout l'attirail dont Lucy Marvel ne peut se passer. Elle se dirige vers la porte alors que Leonard achève la dernière chanson.

8

De dépit, Erwan se cogne le front contre le volant. Son butin va s'avérer bien plus difficile à revendre avec ce macabre contenu. Son receleur ne voudra pas prendre le risque de tremper dans une affaire de meurtre. Il va devoir briser ces bocaux et isoler l'or des débris sans endommager les gravures. À la lueur du plafonnier, le verre paraît très épais. Il doute d'avoir chez lui les outils pour y parvenir, mais il ne reculera pas devant cette ultime difficulté. Il faut qu'il fasse vite, il craint que ce contenu soit la raison de la présence des plongeurs dans l'épave du grumier. Les assassins étaient prêts à tout pour récupérer ces bocaux. Erwan sursaute. Il a cru voir quelque chose bouger dans la ruelle qui s'enfonce derrière la rangée de bars qui jouxte le port. Il ne doit pas rester là plus longtemps. À la troisième tentative, le moteur poussif de sa R21 démarre enfin et il quitte le parking tous phares éteints jusqu'à ce qu'il rejoigne la grand-rue qui remonte du port de plaisance vers le centre-ville.

Les bourrasques de vent dissuadent les autres automobilistes de circuler sur les petites routes cahoteuses de l'île. Erwan sort de Saint-Denis et traverse les vignes dominées par la stature autoritaire du phare qui, par ce temps de tempête, devient un berger veillant sur un troupeau d'îliens apeurés et calfeutrés. Sur les quelques kilomètres qui le séparent de l'autre rive, il regarde nerveusement dans le rétroviseur de sa R21. La peur d'être suivi lui noue les tripes. Erwan rejoint la plage des Huttes, il longe les dunes et bifurque à gauche après un grand camping complètement désert en cette saison. Il entre dans un terrain aménagé pour les mobile homes et les chalets en bois des vacanciers.

Les ruelles de ce dédale sont désertes. Ils ne sont que deux, Erwan et le gardien du camping voisin, à y habiter en cette saison. Erwan s'est installé ici il y a huit mois avec sa femme et leur fillette de deux ans. Il pensait n'y rester que quelques semaines quand les huissiers l'ont contraint à quitter l'appartement qu'il occupait au-dessus de sa boutique de matériel de plongée. Mais le temporaire s'installe, et il ne sait toujours pas quand il pourra proposer autre chose à sa famille que ce chalet de vingt-cinq mètres carrés exigu et mal isolé. Il roule vers le centre de la résidence. À la lueur de ses phares, les chalets aux fenêtres protégées par des panneaux de bois ressemblent plus que jamais à des cubes abandonnés par un enfant capricieux dans un bac à sable. Les peintures colorées des baraques perdent peu à peu de leur éclat, agressées par le vent salé et le sable qu'il fouette continuellement contre leurs murs.

Erwan gare son break sous l'appentis du bar saisonnier où le propriétaire lui permet d'entreposer son matériel en échange de quelques cours d'initiation à la plongée donnés dans la piscine de la résidence aux touristes. À l'étroit dans sa voiture, il retire avec difficulté sa combinaison de plongée, se rhabille et sort. Transi par le froid, il rince son équipement au tuyau d'arrosage en maudissant la perte de son matériel, disparu avec ses complices dans les entrailles du grumier. Il espère que la vente des bocaux lui permettra de couvrir largement cette perte. Alors qu'il se baisse pour ramasser son gilet, il est pris de vertiges. Erwan se sent épuisé, le vent et les trombes d'eau qui le bousculent sous l'appentis achèvent de l'éreinter. Il soupire et bâcle le rangement de son matériel, le laissant tomber sans ménagement dans une grande caisse en bois. Il a besoin d'un lit et d'un whisky, il ne sera bon à rien tant qu'une nuit de sommeil et quelques centilitres d'alcool ne l'auront pas remis d'aplomb. Il reviendra décharger ses bouteilles et le compresseur le lendemain, il se sent trop fatigué pour ça.

La pluie le détrempe le temps qu'il regagne son cabanon. Il retire le cadenas qui ferme la porte du chalet et pousse un long soupir de soulagement en retirant son blouson. Il allume une petite lampe à gaz et règle la flamme sur le minimum. Il n'a pas d'électricité et ses bouteilles de gaz sont presque vides. La pièce principale du chalet offre un spectacle de désolation. Sa femme partie depuis quinze jours passer les vacances chez ses parents en banlieue parisienne, Erwan a abandonné toute velléité de rangement. Il ne se décidera à mettre de l'ordre que si elle lui annonce qu'elle rentre, probabilité qui s'éloigne de plus en plus. Sur la table s'entassent pêle-mêle les courriers de l'assistante sociale, les recommandés d'huissier et du tribunal de commerce, les reliefs de ses derniers repas, chips et pâté en boîte, des photos de sa fille et, ce qui l'intéresse plus que tout, une bouteille de Spirit of whisky à moitié pleine.

L'alcool bas de gamme lui brûle le palais, mais Erwan vide son verre en trois gorgées. Le feu dans son ventre lui fait un bien fou. Il se ressert un verre plein en regardant l'étiquette de ce Glen Turkey de chez Aldi. À une époque pas si lointaine, il ne buvait que du Jack Daniel's. À une époque pas si lointaine, sa femme l'aimait. À une époque pas si lointaine, il avait un avenir. Erwan ouvre le sac et sort les bocaux. Il veut faire vite, casser les récipients, se débarrasser des restes humains, vendre l'or et se racheter un futur. En terminant son deuxième verre, il observe les symboles gravés sur l'or qui entoure la moitié supérieure des bocaux et se transforme en griffes qui enserrent le verre épais. Il ne connaît pas ces signes, tout au plus lui évoquent-ils un artisanat précolombien, maya, inca, ou quelque chose comme ça. Erwan se résout à ne pas risquer d'endommager les gravures en cassant le verre, car il pense que, peut-être, ces dessins ont une valeur.

Les parois des deux bocaux lui paraissent toujours aussi épaisses à la lueur de sa lampe à gaz. Erwan n'a aucun outil dans le chalet qui permette de les démonter. Il jette un œil par la fenêtre. Il y a une caisse à outils dans la réserve du bar. Il n'a pas les clés, mais la porte s'ouvrirait s'il la forçait un peu. Il réparera les dégâts avant que le propriétaire s'en aperçoive. Erwan hésite à sortir, la pluie tombe de plus en plus fort, la ruelle se transforme en boue sablonneuse. Les ordures qu'il a laissées traîner devant la cabane, par paresse, flottent et se dispersent devant sa parcelle de terrain. Il va devoir les ramasser, il ne peut pas risquer de se faire expulser de ce chalet qu'on le laisse occuper par complaisance en attendant qu'il soit vendu. Une lueur attire son regard au coin de la ruelle. Dans une gerbe de boue, une voiture passe au bout du chemin et s'enfonce dans la résidence. Erwan est tétanisé. Puis l'imposant Range Rover noir disparaît de son champ de vision et son sang se met à bouillir.

Personne ne passe la nuit dans cette résidence en cette saison, il n'y a personne à voir, aucun lot à visiter l'hiver en pleine nuit. À part Erwan, seul le gardien réside ici toute l'année, et Erwan sait qu'il s'est absenté pour les fêtes. Cette voiture ne tourne pas là par hasard, elle ne peut pas s'être perdue, des gens le recherchent. Il remercie la providence de lui avoir fait baisser la lueur de sa lampe, l'éclairage discret du chalet a dû échapper à ces guetteurs. Il éteint complètement et, dans le noir, réfléchit aux options qui se présentent à lui. Que ce soient les plongeurs du grumier qui auraient réussi à s'extraire des cales ou leurs complices restés à quai, ces gens ont découvert son adresse. Ses amis assassinés n'ont pas eu l'occasion de parler, mais le vieux pêcheur a pu, avant de se faire égorger, dévoiler leurs identités. La chance d'Erwan tient au fait que la résidence compte plus de trois cents chalets. Pour quelqu'un qui ne les connaît pas, ils sont impossibles à différencier car ils ne portent pas de numéros. Le courrier arrive à l'accueil.

Les inconnus vont donc tourner longtemps avant de le retrouver. Par contre, ils finiront tôt ou tard par découvrir sa voiture, et il sera piégé. Erwan comprend qu'il doit fuir maintenant, tant qu'il a accès à son véhicule. L'adrénaline le réveille, il fourre les deux bocaux dans son sac, attrape quelques affaires de rechange, un couteau et tout l'argent liquide qui lui reste. Il entrouvre la porte et, une fois sûr que le Range Rover n'est pas dans les parages, il court jusqu'à sa voiture sous les trombes d'eau. Il peine à lancer son break qui crachote et tressaute sous les assauts du démarreur. Il ne craint pas que le bruit attire les visiteurs ; dans la tempête, ces quelques vrombissements poussifs ne risquent pas d'être entendus, mais ils peuvent passer à côté du bar et l'apercevoir. L'angoisse lui noue la gorge et rend ses gestes brusques et gauches. Il arrive à ses fins avant que le Range Rover le débusque.

Tous phares éteints, Erwan longe le bar et sa piscine au pas, les sens aux abois. Il espère avoir le temps de bifurquer ou de fuir s'il voit la lueur des phares de la voiture de ses visiteurs. La R21 débouche dans une longue allée qui conduit à la guérite d'entrée de la résidence. Dans l'obscurité, Erwan ne voit pas jusqu'au bout, mais le chemin doit être libre puisque aucune lueur inquisitrice ne le balaie. Il accélère un peu, ces cent mètres lui paraissent interminables, à chaque intersection il hésite quelques secondes, vérifie qu'aucune voiture ne passe par cette voie. Au dernier croisement, son cœur fait un bond quand il distingue les feux d'une voiture qui éclairent le chemin devant lui. Il s'arrête, passe la marche arrière et recule à toute vitesse dans l'allée. Par chance, il a le temps de s'engouffrer dans le passage suivant avant l'arrivée du Range Rover. Il serre les dents et pose la main sur la poignée de porte. Si le 4 × 4 emprunte l'allée dans laquelle il vient de s'arrêter, il devra fuir à pied. Au bout de quelques secondes, il voit le Range rouler devant lui. Il attend une minute, rien ne se passe. L'obscurité a joué pour lui. La voie est libre. Il sort de la résidence, prend à gauche vers la forêt de pins et accélère.

La vitesse lui donne des ailes. Après un kilomètre dans la pinède agitée par les vents violents de l'océan, il crie de soulagement dans la voiture. Indifférent aux éléments déchaînés, il décide de quitter l'île dès ce soir pour rejoindre Saintes, lieu de résidence de son receleur, chez qui il compte se rendre demain à l'aube. Restes humains ou pas, il lui fera acheter ces bocaux. Les trois kilomètres de traversée du pont désert lui confirment que personne ne le suit. Pas une seule autre voiture n'ose braver la tempête qui secoue son break jusqu'à ce qu'il atteigne le continent.

9

Dans le bureau de Rossi, l'ambiance a l'épaisseur du pétrole. Martinelli continue de lui faire payer cette faute dont il n'a plus souvenir et le jeune lieutenant affiche un mépris souverain depuis qu'il s'est moqué de son accoutrement. Le commandant ne fait rien pour détendre l'atmosphère, feignant de consulter ses mails pendant que ses deux visiteurs le fixent du regard, figés dans les fauteuils de cuir profonds qui font face à son bureau. En ambiance sonore, Chet Baker balance son *My Funny Valentine* et Rossi se laisse aller à siffloter. Il les fait attendre le temps que son adjoint les rejoigne, ce qui lui évitera d'avoir à lui rapporter en détail leur échange.

Le silence pesant permet à Rossi de se perdre dans ses pensées. Elles concernent « Judex », ce nom qui sonne comme un appel à la justice. Il pourrait s'agir d'un illuminé, d'un fanatique vivant notre monde comme une insulte à ses principes, mais la mort de Delaunay ne peut pas être l'œuvre d'un cinglé solitaire. Le poison utilisé est complexe, et avoir eu connaissance d'une soirée aussi secrète et la capacité de s'y introduire implique la complicité d'un proche de Delaunay ou d'une entité susceptible de l'avoir espionné longuement. Un groupe assez organisé pour mettre en œuvre de telles actions ne peut pas être inconnu de la DGSI. Il sait qu'ils devront rendre des comptes sur ce point, surtout si l'attention médiatique se focalise dessus. Les coupables se trouvent quelque part dans leurs fichiers, le commandant en est convaincu. Reste à les identifier.

Rossi regarde tout ce que la presse a rapporté de l'affaire. Elle a bénéficié d'une grande couverture pendant quelques jours, puis, faute de faits nouveaux, l'intérêt s'est dissipé. Mais aucun article n'a évoqué, même à mots couverts, l'existence de la lettre de menace. Si ce « Judex » a pour ambition de se faire connaître, il ne semble pas, pour l'instant du moins, compter sur les médias pour y parvenir.

Malic, de son vrai nom Amaury de Malicandre, interrompt ses réflexions en poussant la porte du bureau. Son mètre soixante-dix, son physique de communiant et sa chemise à carreaux arrachent un sourire aux deux visiteurs. Malic ne ressemble pas à un gros bras de la DGSI, tant s'en faut. Pourtant Rossi sait que son adjoint trompe son monde. Malic a démontré à de nombreuses reprises ses qualités de policier opiniâtre, rigoureux et courageux. Son talent naturel pour la paperasse et la diplomatie dans la sphère judiciaire fait tampon entre l'impétuosité du commandant et la rigueur de l'administration. Avec les années, ils ont fini par s'imprégner l'un de l'autre. Rossi boit moins, parvient à conserver son calme et à jouer ses cartes dans la hiérarchie de la DGSI. Il se débarrasse peu à peu de son image de barbouze à gros bras issu des RG, à l'époque où les coups de bottin sur le crâne pleuvaient le soir au fond des garages. Malic, lui, sort chaque jour un peu plus de son univers à fleurs de lys de la noblesse versaillaise. Son côté boy-scout s'efface et il gagne en assurance et en autonomie. Il doit à Rossi son émancipation et d'avoir repris le contrôle sur sa vie privée. Opposés mais complémentaires, ils forment un binôme indissociable.

Rossi tend le dossier à Malic qui le prend, s'assied à sa place habituelle, sous le portrait de Billie Holiday par William Gottlieb sur lequel Lady Day, en plein tour de chant new-yorkais, ferme les yeux, en proie à une douleur infinie. Le lieutenant feuillette le dossier. D'un geste de la main, Rossi incite ses visiteurs à commencer leur exposé. Ils n'y répondent pas. Comprenant qu'il se montre un peu trop discourtois, Rossi se décide à grogner une question :

– Il joue à quoi sur Internet, ce « Judex » ?

Le jeune homme, au tee-shirt improbable, sort de sa torpeur, se redresse, sollicite l'aval de sa supérieure et se lance dans une longue tirade explicative :

– Un jeu assez subtil. Il mène deux types d'actions qui poursuivent le même objectif à mon avis : faire venir à lui la mouvance contestataire altermondialiste et protestataire des Anonymous. Tous n'ont pas ce profil, mais ceux que Judex essaye de liguer autour de lui forment la partie la plus sensible aux discours antisystème, la plus susceptible de se laisser entraîner dans des actions illégales, voire violentes. Toute la difficulté pour lui se trouve dans l'absence d'organisation des Anonymous. Cette mouvance n'a pas de colonne vertébrale, d'organigramme, elle n'est constituée que de l'agrégation de volontés individuelles disparates. Pour déclencher une action, il faut avoir du crédit et la commencer soi-même. Il faut qu'elle soit spectaculaire, drôle ou romanesque, et qu'elle corresponde à leurs idéaux fondateurs de liberté et de partage. Surtout, il ne doit pas leur imposer leur adhésion en se montrant trop envahissant ou démonstratif, l'effet boomerang serait immédiat. Il doit être patient, prouver ce dont il est capable et laisser peu à peu les curieux s'agréger autour de lui et construire sa légende. Pour y parvenir, il poste ses lettres de menace en tout premier lieu sur 4chan, le site le plus emblématique des Anonymous, et en même temps, il lance des attaques de défaçage[1] sur des sites gouvernementaux français. Pour l'instant, je réussis à les contrer avec l'aide des services informatiques concernés, mais on ne peut pas exclure qu'il parvienne tôt ou tard à faire apparaître sa lettre sur le site d'une collectivité locale, d'un ministère, voire de l'Assemblée nationale ou de l'Élysée !

– Pourquoi ne se contente-t-il pas de poster ses menaces sur YouTube et les autres sites du même genre ? Il finirait bien par se faire remarquer, suppose Malic en levant la tête du dossier.

Rossi devance Jérémy Bissanier :

– Pour la même raison qui le pousse à ne pas envoyer tout simplement ses lettres à la presse. Parce qu'il doit détester les médias traditionnels, il doit, comme beaucoup, être persuadé que nous contrôlons ces canaux. Là, il contourne le système et il attend sagement que tout explose. On ne peut certes pas demander à ce site étranger de retirer les pages incriminées, mais pourquoi ne demande-t-on pas aux fournisseurs d'accès français de bloquer l'affichage de ces pages ?

– Parce que ce serait une véritable catastrophe : il n'attend que ça ! On aurait ce qu'on appelle un « effet Flanby ». Excusez-moi pour cette expression imagée, mais elle a du sens. Si vous voulez écraser un de ces flans du plat de la main, vous en envoyez sur tous les murs, et vous passez des heures à nettoyer. De la même manière, si je fais bloquer ses messages, la censure attirera l'attention des Anonymous. Rien ne les excite plus. Et vous pouvez être sûr que, dès le lendemain, ses messages seront repris sur la Toile aux quatre coins du monde par des milliers d'utilisateurs. La rumeur enflera, on sera incapable de la stopper et il aura gagné.

1. Piratage d'un site web qui a pour finalité d'en modifier la page d'accueil.

Martinelli sort à son tour de son silence pour compléter les propos de son lieutenant.

– On a eu beaucoup de demandes en ce sens depuis l'apparition du problème « Judex ». Pour l'instant, la stratégie conseillée par Jérémy a été suivie, malgré les pressions. Et elle donne les résultats escomptés. Les messages de Judex demeurent certes visibles, mais ils sont noyés dans la masse et n'intéressent toujours pas ceux qu'ils ciblent. Les pages ne sont pas vues, il n'y a pas de reprise ou de partage. On contient vraiment la diffusion de ses menaces à 4chan, elles restent confidentielles, ce qui est l'objectif qu'on nous a assigné.

Jérémy fouille dans un sac, besace informe qu'il transporte coincée sous son bras. Il en extrait une pile de livres et de DVD qu'il pose sur le bureau du commandant.

– Pour moi, la piste, elle est là ! Ce type n'a pas pris ce pseudo par hasard. C'est un *fanboy*. Judex, c'est important pour lui !

Rossi s'empare des deux romans et des deux DVD. Les livres sont de Bernède et Feuillade et datent de 1917. L'un des films est de Feuillade, réalisé au fur et à mesure de l'écriture du roman. L'autre film, de Franju, qu'il a vu et apprécié, date de 1963. Martinelli fusille son lieutenant du regard, comme s'il venait de proférer une énormité, mais Rossi, en cinéphile, abonde dans le sens du jeune homme.

– Batman a raison. Le bal de Delaunay ressemble beaucoup au Bal des oiseaux au début du film de Franju. Ça ne peut pas être une coïncidence. Ce Judex a calqué le début de ses méfaits sur celui du film, ce n'est pas juste un nom qui sonne bien et une volonté de se moquer de la police en utilisant le nom d'un fichier[1] de la Gendarmerie nationale. Il s'inspire de ces œuvres.

1. Système JUdiciaire de Documentation et d'EXploitation.

– Le texte des menaces reprend mot pour mot une phrase de la lettre du Judex de Bernède. Le procédé même de la lettre de menace s'inspire du roman. Il ne reproduit pas à l'identique, puisque le Judex de fiction ne tuait pas, mais il s'inspire de sa mythologie, par passion et parce qu'il sait que cette identité parlera aux Anonymous qui adorent se travestir en des personnages emblématiques. Il n'y a pas tant de fans de Judex que ça, cette piste pourrait se remonter !

Manifestement heureux de se voir compris, Jérémy jubile, pratiquement debout. Rossi approuve avec un soulagement certain, ce type de piste correspond plus à ce qu'il se sent capable de suivre. L'aspect technologique de l'autre partie de l'enquête le déconcerte un peu. Là, il tient du concret, de l'humain. Martinelli reprend le flambeau. Elle n'a plus son ton froid et cassant, l'excitation la détourne de ses griefs personnels.

– Jérémy, tu peux aussi leur dire un mot de la piste hollandaise. Elle est ténue, mais on n'a pas grand-chose d'autre pour l'instant.

– Pour lancer ses attaques contre les sites officiels français, il a besoin de puissance de frappe. Il doit pouvoir saturer les serveurs de requêtes pour les faire tomber et planter son drapeau à la place. Il se sert de ce que tous les pirates utilisent, des ordinateurs zombis.

– Il ne manquait plus que ça au bestiaire, jure Rossi.

– Ce ne sont que des ordinateurs individuels tout ce qu'il y a de plus normaux. Ils sont juste infestés par un cheval de Troie qui permet au pirate d'en prendre le contrôle à distance pour lancer ses attaques. Lors de l'une d'elles, il a été si proche de réussir à faire planter le site de l'Hadopi qu'il s'est un peu enflammé et a manqué de prudence. J'ai réussi à choper une centaine d'adresses IP d'ordinateurs zombis qui participaient à l'attaque.

– Si on en retrouve un, vous pourriez savoir qui l'a infesté ?

– Hélas non. Mais j'ai remarqué quelque chose d'intéressant. Une bonne vingtaine de ces ordinateurs sont hollandais, plus précisément amstellodamois. Les autres sont parisiens pour l'essentiel, ce qui nous donne sans doute deux zones de résidence du pirate. Ces adresses hollandaises ne sont pas là par hasard. Il a été là-bas et a piraté des PC portables en utilisant leurs connexions wifi. J'ai pu déterminer que certains de ces PC ont été achetés au mois de mai dernier, je n'en ai pas de plus récent que juillet. Il aurait donc été là-bas entre mai et juillet dernier.

– Vous avez trouvé ça comment ? s'étonne le commandant.

– En contactant directement les propriétaires des PC pour leur signaler que leur bécane était infestée. J'ai remonté la piste de leurs adresses IP et je me suis fait passer pour un employé de la boîte de leur antivirus, je leur ai posé plein de questions soi-disant pour les aider à s'en débarrasser…

– Bien joué, Batboy ! Malic, tu fais un point avec les analystes de la cellule émergence des mouvances violentes. Puisque la contestation antisystème semble la piste la plus sérieuse, je veux en priorité les fiches de tous les Français qu'on a repérés comme ayant des liens avec les Black Blocs[1] néerlandais. Et qu'on mette sur écoute tous ceux qui sont passés par les Pays-Bas entre mai et juillet !

Brandissant sa sacoche, Jérémy se lève en même temps que Malic.

– Je l'accompagne ! Il faut que ces mecs soient des

1. Structures informelles et décentralisées, sans appartenance précise ni hiérarchie. Les Black Blocs sont constitués principalement d'activistes des mouvances anarchistes.

hackers de premier plan. Et des hackers, j'en ai des gigas dans mes disques durs.

Les deux lieutenants quittent la pièce. Une fois seul avec Martinelli, Rossi se lève et ouvre le minibar situé derrière son bureau. Il sert deux whiskys et en tend un à sa collègue.

– Sans glace, si ma mémoire est bonne.

– Pour ces choses-là, elle l'est.

– Pour le reste, on pourrait tous deux oublier, non ?

– Ça t'arrangerait bien. Tu ne sais même pas de quoi on parle !

Martinelli rit, la tension est tombée. Rossi soupire et capitule.

– Sonia, arrête, s'il te plaît. Déjà que Louvion a l'air décidé à me rejouer un épisode de la guerre des polices... Je ne sais pas ce que je t'ai dit ce soir-là, je le regrette, mais ça ne justifie pas ces années de guerre froide, si ?

– Tu as eu des mots odieux, sexistes, des allusions à la manière dont j'aurais obtenu mon poste, tu t'es comporté comme la dernière des andouilles machistes devant la moitié de mon équipe. Tu as sans doute oublié, c'est pour cela que j'attends encore tes excuses...

– Merde, souffle le commandant après avoir vidé son verre d'un trait.

– Je ne te le fais pas dire. J'ai connu quelques brutes idiotes, mais je dois dire que tu es le champion toute catégorie.

– Je suis désolé, j'avais vraiment trop bu. Là, je vais avoir la tête dans l'affaire Judex pendant un moment, mais dès que ça se calme un peu, je t'appelle et on déjeune ensemble. Je crois qu'un lapin n'arrangerait pas mes affaires, alors il vaut mieux laisser passer cet orage avant de prendre des engagements.

– Je te confirme qu'une deuxième muflerie serait malvenue. Appelle, on verra bien si je te laisse une chance.

Ils se sourient avec la complicité de vieux ennemis. Quelque chose dans le sourire et le relâchement de Sonia indique qu'elle ne s'opposera pas à ce rapprochement. Rossi préfère ignorer cette promesse pour l'instant. En silence, son esprit se consacre à Judex, le reste n'y a déjà plus sa place. La perspective de l'action produit sur le commandant l'effet euphorisant qu'il recherche, mais s'accompagne d'une angoisse diffuse. Il peine à mettre des mots sur ce qu'il ressent, mais peu à peu son sentiment se fait plus net. L'affaire ne lui fait pas peur pour lui-même, il s'inquiète de ce qu'elle pourrait déclencher. La société française est une vieille bagnole épuisée qui sort de route en pleine montagne. Sur son élan, elle continue d'avancer au-dessus du vide. Judex pourrait être le début de sa chute…

10

Au crépuscule, le quartier des Abbesses reprend un air de village hors du temps. L'obscurité et la pluie masquent les couleurs criardes de ses enseignes touristiques et les peintures trop fraîches de ses bistrots pour cartes postales. Les touristes regagnent leurs hôtels et les noctambules n'envahissent pas encore les bars et les restaurants. Les boutiques de décoration, de design, de créateurs qui font l'apanage de ce quartier emblématique du bourgeois bohème parisien voient arriver leur véritable clientèle. À l'heure des sorties de bureaux, quelques Parisiennes plutôt élégantes déambulent devant les vitrines à l'abri de leur parapluie.

Indifférent à ce ballet, Erwan Servier cherche un emplacement pour garer son break. Il tourne depuis une vingtaine de minutes entre la place Clichy et ses sex-shops étincelants et la place des Abbesses et ses bars colorés, sans parvenir à s'arrêter.

Sa matinée à Saintes ne lui a pas permis de se débarrasser de ses bocaux. Tiré du lit à grand renfort de coups de sonnette, le bijoutier véreux a douché l'enthousiasme d'Erwan. Il n'avait pas la trésorerie nécessaire pour lui acheter le jour même les quelque trois kilos d'or qui entourent les bocaux. Au prix du marché officiel de l'or, ils représentent plus de cent quarante mille euros, et au prix d'achat des marchandises volées, plus de quinze mille euros. Cette somme, le bijoutier ne l'avait pas en liquide, et même avec une semaine de délai, l'affaire dépassait un peu ses capacités. Erwan avait bien senti que le contenu des bocaux et les inscriptions étranges qui les couvraient posaient aussi problème. Devant l'insistance d'Erwan, le bijoutier lui a donné l'adresse d'un receleur parisien spécialiste des objets étranges, dont les capacités financières peuvent absorber un tel achat. C'est *le Cabinet des curiosités*, niché dans une petite impasse donnant sur la rue Lepic, qu'Erwan essaye de rejoindre en cette fin d'après-midi.

De guerre lasse, il abandonne son break sur un emplacement de livraison de la rue Houdon. Il attrape son sac et remonte à pied vers la place des Abbesses. Les nombreux bars lui tendent les bras, il n'a rien avalé depuis le matin, il a roulé d'une traite et l'envie de prendre un verre devient trop forte. Il pousse les portes d'un bar à vins aux murs couverts de casiers à bouteilles quand son téléphone se met à vibrer. Sa femme l'appelle. Il ne peut pas ne pas lui répondre alors qu'il attend de ses nouvelles depuis plus d'une semaine. Jusqu'à cet instant, elle refusait de lui parler, laissant ses parents lui signifier qu'elle avait besoin de temps pour réfléchir. Il décroche en pointant du doigt le premier vin de la liste avec un hochement de tête pour valider son choix au caviste.

– Nadège ?

– Oui, répond sa conjointe d'une voix glaciale.

– Tu es rentrée sur l'île ?

– Non.

– Ouf, je n'y suis pas non plus. Je suis à Paris, je t'expliquerai.

– Tu viens à Paris sans passer voir ta fille ?

– Elle me manque, mais je n'ai pas eu le temps, je suis sur un gros coup, notre vie va changer, ma chérie.

– Qu'est-ce que tu as encore fait comme connerie ?

– Ce n'est pas une connerie, c'est un super plan, je t'assure.

– Tu me fais peur. Je veux te voir. Aujourd'hui !

La voix de sa femme se charge de colère. Erwan connaît ce ton par cœur, il le pratique depuis des années.

– Pas maintenant, chérie. J'ai un truc à finir. Fais-moi un peu confiance.

– Tu plaisantes, j'espère ! Comment veux-tu que j'aie confiance en toi ? Je veux te voir maintenant, ou tu le regretteras. Où es-tu ?

Erwan avale son vin blanc d'une traite. Le chablis brûle un peu son estomac, vide depuis la veille. Il fait signe au caviste de remplir son verre, puis il capitule. Il ne veut pas se disputer avec Nadège au moment même où leur situation peut s'améliorer. Avec l'argent de l'or, ils vont pouvoir reprendre une affaire, retrouver un logement et se réinventer un avenir. Il pense pouvoir la convaincre.

– Écoute, j'ai une affaire urgente à régler avant la fermeture d'une boutique, mais si tu veux, on se retrouve juste après. Rejoins-moi sur Paris, je t'invite à dîner, ça fait longtemps qu'on n'a pas mangé ensemble au restaurant. Je suis au-dessus de Pigalle, aux Abbesses, tu n'as qu'à me rejoindre à la station de métro dans une heure, ça te va ?

– Tu n'as pas intérêt à ce que ce soit un plan foireux, cette fois-ci. Je te jure que ce serait le dernier. OK, je te retrouve à la sortie du métro Abbesses dans une heure.

Nadège raccroche. Erwan soupire longuement et vide son deuxième verre de vin blanc. Tout cela a été si vite qu'il ne pensait même plus à la mort de ses trois complices. Les remords l'assaillent, il les a entraînés dans ce traquenard, sa responsabilité devrait l'écraser. Il fait signe au caviste et boit un nouveau chablis. Il pose son ultime billet de dix euros et s'arrache avec difficulté du comptoir. Plus d'alcool lui ferait du bien, mais il n'en a ni le temps ni l'argent. Sa carcasse doit tenir encore quelques heures. Il sort du bar à vins, remonte la rue des Abbesses jusqu'à la rue Tholozé sous une pluie glaciale. Il longe des magasins d'alimentation aux étals colorés, la faim le tenaille, mais il n'a plus assez d'argent pour s'acheter une baguette de pain. Il accélère le pas jusqu'à la rue Lepic.

Là, il passe sous un porche et débouche sur une cour pavée, bordée de magasins anciens. Quelques réverbères du début XIXe et une fontaine Wallace complètent le décor suranné dans lequel quelques rares flâneurs défient le mauvais temps. Les devantures des ateliers et des créateurs de bijoux sont toutes éclairées et décorées. Toutes, sauf celle du *Cabinet des curiosités*, qui détonne : étroite, peinte en bordeaux, elle est écaillée et délavée. Ses deux vitres opaques semblent couvertes de suie. Erwan ne distingue rien de l'intérieur. Aucun panneau n'indique les horaires d'ouverture. Sous les lettres rouillées de l'enseigne métallique, on peut juste lire : « Artificialia, Naturalia, Exotica, Scientifica depuis 1852 ». Erwan pousse la porte, qui s'ouvre en raclant le sol en grès rouge, et pénètre dans un invraisemblable capharnaüm.

La boutique s'étire sur une dizaine de mètres de long, des étagères en bois couvrent ses deux murs. Un incroyable fatras poussiéreux repose dans ces niches. Erwan distingue des animaux empaillés étonnants par leur taille ou leur morphologie : un sanglier à trois yeux, un lièvre à deux queues, un chat obèse ; des collections d'insectes punaisés sur des panneaux d'entomologie : papillons, sauterelles, hannetons, araignées de toute taille et provenance ; des squelettes d'origines diverses ; de vieux livres aux couvertures de cuir… Le tout sent la moisissure et le formol. Erwan fait quelques pas vers le fond de la boutique quand un vieil homme apparaît entre un planisphère et une collection de crânes d'oiseaux.

Le vieillard sans âge qui avance vers Erwan pourrait presque figurer sur les étagères de sa boutique. Il boite, traînant sa jambe droite derrière lui. Il ne mesure pas plus d'un mètre soixante et sa maigreur extrême le fait flotter dans une chemise noire qu'on croirait accrochée à un cintre. Ses rares cheveux blancs ornent son crâne tacheté d'un duvet fragile. Dans son visage à la peau parcheminée, un de ses yeux reste fixe ; les chairs meurtries autour de son orbite laissent deviner les stigmates d'une ancienne blessure qui l'a condamné à porter un œil de verre. De son œil valide, il détaille Erwan de bas en haut avant de lui demander, d'une voix étonnamment jeune et ferme :

– Que puis-je pour vous, monsieur ?

– Je pense détenir quelque chose que vous aimeriez acheter.

Erwan sort les bocaux de son sac et les lui montre, précisant qu'ils contiennent des restes humains. L'œil du vieillard brille de convoitise, il fait signe à Erwan de le suivre. Ils prennent une porte latérale et traversent une petite chambre exiguë encombrée de livres et de boîtes de médicaments. Le receleur pousse sur une de ses armoires et dévoile une lourde porte blindée.

– Certaines pièces ne peuvent pas être exposées au public. Je dois prendre quelques précautions, dit-il en se retournant, un revolver dans sa main tremblotante.

Il ne paraît pas capable de presser la détente. Erwan n'a aucune raison de le contrarier : il se laisse fouiller de la tête aux pieds. Soulagé, le vieillard déverrouille la porte blindée en tapant un code sur le système d'ouverture et fait signe à Erwan de passer en premier. Ils descendent un escalier en colimaçon et débouchent dans une salle dont le modernisme tranche avec l'aspect de la boutique. De grandes vitrines éclairées entourent un bureau soigneusement rangé. Erwan se croirait dans l'arrière-boutique d'un diamantaire. L'air conditionné souffle un air sec et tiède, presque incommodant. Comme s'il devinait les pensées d'Erwan, le vieillard lui explique :

– Les caves de Montmartre sont trop humides pour mes merveilles, il a fallu que j'équipe un peu les lieux.

Installé derrière son bureau, le receleur examine les bocaux avec une grande loupe qui démultiplie la taille de son œil valide. Son arme reste posée à portée de ses vieilles mains. L'examen s'éternise, Erwan laisse son regard divaguer sur le contenu des vitrines. Il y découvre d'étranges statues composées d'ossements assemblés – dont certains paraissent d'origine humaine – qui forment une farandole de squelettes de créatures imaginaires assez effrayante. Un petit panneau posé devant les monstres indique leur provenance : « Sedlec, République tchèque ». Quelques livres encadrent ce bestiaire imaginaire. Leurs titres sont illisibles, mais leur cuir noirci donne une idée de leur ancienneté. Le receleur repose sa loupe et désigne les ouvrages du menton.

– Vous vous intéressez aux livres anthropodermiques ?

– À quoi ? s'étonne Erwan.

Le vieillard lui jette un regard méprisant.

– Aux livres écrits sur de la peau humaine. J'imagine que vous ne pouvez pas me dire comment vous êtes entré en possession de ces objets ?

– Je ne préfère pas, non.

– Vous n'avez aucune idée de leur origine ?

– Brésil… je pense, murmure Erwan en se souvenant de l'accent des tueurs et des costumes de la cabine. Du moins, ils y sont passés…

– Vous y êtes presque, à quelques centaines de kilomètres près. Allons aux faits : je peux vous en proposer vingt mille euros, en liquide, aujourd'hui. Puis vous disparaissez et ne mentionnez jamais à qui vous avez vendu ces objets.

L'accord se scelle sans difficulté. Erwan ne marchande pas, il sait que la proposition correspond aux usages des receleurs. Il ne trouvera pas meilleure offre dans un délai raisonnable. Avec une célérité qu'il ne lui aurait pas soupçonnée, le borgne ouvre un tiroir, compte une liasse de billets de cinq cents euros et la pose devant lui. Erwan l'empoche et se laisse raccompagner en silence vers la sortie. Mais juste avant de franchir le seuil de la boutique, il ne peut s'empêcher de s'adresser une dernière fois au vieillard.

– Que signifient les symboles gravés dans l'or ?

– Rien que l'on soit en mesure de décrypter. Ce n'est pas un langage, ce sont des symboles funéraires. Mais recopiés par des faussaires du XVIe siècle en singeant l'art inca afin de faire passer cette civilisation pour barbare, motivée uniquement par la soif de l'or. À la place de ces bocaux, il y avait des urnes en céramique, hélas brisées depuis longtemps. Pizarro avait rapporté des restes humains dans ces urnes enchâssées dans des gangues d'or, prétendant devant la cour d'Espagne qu'elles contenaient les cœurs de victimes de sacrifices humains. On sait maintenant qu'il mentait. Ce sont des pièces rares et historiques, les « Mensonges de Pizarro », disparues du musée des Jacobins à Auch depuis une dizaine d'années. De belles pièces, je n'aurais pas acheté cette marchandise volée sinon.

La porte se referme sur le *Cabinet des curiosités* avant même qu'Erwan puisse nier. Il n'insiste pas, le mépris affiché par le vieillard l'horripile. Il serre la liasse de billets et se dirige vers le porche d'un pas volontaire. Nadège sera dans un quart d'heure à la station de métro des Abbesses et il tient dans la main de quoi faire redémarrer leur histoire.

Perdu dans ses pensées, Erwan ne remarque pas l'utilitaire Renault blanc qui se glisse près de lui en longeant la file des véhicules stationnés. Alors qu'il arrive sur la place des Abbesses, plus aucune voiture ne gêne l'approche du fourgon. Sa porte coulissante s'ouvre. Il accélère et vient se coller à Erwan. Celui-ci se retourne, mais avant qu'il n'ait le temps de crier, deux bras puissants l'agrippent et le tirent à l'intérieur. Le tout ne dure qu'un bref instant et passe inaperçu pour les quelques personnes qui bravent la pluie sur la place.

Balancé sur le sol métallique du fourgon, Erwan tente de se relever et se débat, mais le canon d'un revolver appuyé sur son front le dissuade de continuer à lutter. Un homme brun au teint mat, les cheveux attachés en queue-de-cheval, se tient à genoux sur son ventre. Le cou de l'homme a la taille d'un tronc, ses muscles et ses veines saillantes impressionnent Erwan par la puissance qu'ils dégagent. Des tatouages tribaux dépassent de sa chemise blanche et recouvrent sa nuque, deux pointes contournent ses oreilles et finissent sur ses joues, au bord de ses mâchoires carrées. Assis sur la roue, un autre homme le dévisage, il ressemble trait pour trait à celui qui vient de l'agripper, ils doivent être frères. Son ravisseur l'interpelle avec un fort accent brésilien tout en appuyant si fort sur le canon qu'un filet de sang coule du front d'Erwan.

– Tu nous auras fait courir. Mais quand on veut jouer au fugitif, on ne donne pas de rendez-vous à sa bonne femme…

– Vous… Vous n'avez rien fait à Nadège ? s'inquiète Erwan en grimaçant de douleur sous le poids de son agresseur.

– Non, on a juste espionné son portable. Si tu es

raisonnable, on ne lui fera rien, ni à ta fille. Où sont les urnes ?

Le souvenir de la promesse faite au vieillard fait hésiter Erwan quelques secondes malgré sa peur. Néanmoins, il ne se sent pas taillé pour l'héroïsme, surtout s'il doit mettre en danger sa femme et sa fille. Alors que le fourgon cahote sur les pavés des rues de Montmartre, il lâche du bout des lèvres :

– Je les ai vendues au *Cabinet des curiosités*, rue Lepic.

Son ravisseur acquiesce, l'air satisfait. Son frère ou complice leur tend une bouteille de whisky en grimaçant un sourire. L'autre retire ses genoux du ventre d'Erwan et le laisse respirer et se redresser.

– Allez, bois un coup, on a vu chez toi que tu aimes bien ça. Tu l'as mérité.

À bout de forces, Erwan se laisse tenter et il avale une longue rasade de Jack Daniel's. Quand il a fini, son ravisseur prend la bouteille, mais, au lieu d'en boire à son tour, il renverse son contenu sur le visage d'Erwan, qui crache et secoue la tête.

– Qu'est-ce que… ânonne-t-il.

– Ta gueule, connard ! aboie son agresseur.

Il lui repose un genou sur le ventre sans ménagement. Le souffle coupé, Erwan recrache une giclée de bile imbibée de whisky. L'homme lève le poing et le frappe violemment au front. Sa tête heurte le plancher de l'utilitaire et la douleur est si vive qu'il ne peut se retenir de hurler alors que le poing de son agresseur s'écrase à nouveau sur son front. Le second choc est si violent qu'Erwan croit entendre sa nuque craquer, la douleur descend dans ses jambes, il essaye de lever les bras pour se protéger, mais son assaillant les bloque de tout son poids. Étourdi, il tente de l'implorer, mais ne parvient qu'à gémir. Les coups cessent. Il entend le deuxième Brésilien raisonner son complice.

– Ne fous pas du sang partout, on est presque arrivés.

L'utilitaire s'arrête, la portière du conducteur s'ouvre, puis claque. Pendant quelques minutes, ses ravisseurs ne bougent pas. Enfin, l'un d'eux ouvre la porte coulissante et regarde dehors. Il fait signe à son acolyte. Les deux hommes enfilent des bonnets et des manteaux gris et sales, puis soulèvent Erwan par les bras et le traînent hors du fourgon, à peine conscient et incapable de tenir debout, jusqu'au jardin public sur le terre-plein du boulevard Richard-Lenoir. Un attroupement de clochards avinés et agités attend l'ouverture du centre d'accueil d'urgence Yves-Garel à quelques dizaines de mètres de là. À travers le brouillard dans lequel il est plongé, Erwan entend des insultes proférées par des bouches édentées qui se veulent intimidantes, il voit des silhouettes qui se heurtent les unes aux autres, puis un homme qui s'éloigne de cette foule malodorante et les rejoint. Il ressemble aux deux autres, ce doit être le conducteur de l'utilitaire. Il leur annonce :

– C'est bon, je les ai excités, ils vont se battre comme des chiens enragés.

– Vite, les flics seront là dans quelques minutes.

Les ravisseurs grimés en vagabonds traînent Erwan derrière un arbre, hors des regards de la bande de clochards qui commence à échanger des coups en plus des invectives. Leur ballet grotesque est éclairé au gré des phares des voitures qui défilent sur le boulevard. Avec maladresse, ils s'agrippent par les cheveux, lancent des coups de poing dans le vide, trébuchent, tombent, dans un brouhaha de jurons abjects. Se réjouissant du spectacle, les trois hommes balancent Erwan sur le tronc du platane. La peur lui redonne un coup de fouet, il tente de leur parler. Il leur a donné ce qu'ils cherchent, que lui veulent-ils encore ? Il les voit enfiler des gants en latex et échanger des regards amusés. Comme s'ils rivalisaient de politesse pour laisser l'autre passer en premier. Puis, l'enfer se déchaîne.

Les trois hommes tabassent Erwan avec méthode et violence. Les premiers coups portés au visage lui cassent plusieurs dents, la mâchoire et lui explosent les arcades. Il lève les bras pour se protéger et tombe sur le côté. Les coups se portent sur son corps, lui cassent les côtes comme du bois sec, ses poumons sont perforés et du sang envahit sa gorge. Son foie éclate à la pointe d'une chaussure, ses bras se brisent à plusieurs endroits. Il se roule en boule, au sol, proche de l'inconscience. Du sang coule de sa bouche. Ses agresseurs marquent une pause, le temps de laisser passer un clochard qui titube vers la sortie du parc. Erwan saisit l'épaisse liasse de billets dans sa poche et la tend en tremblant vers ses assaillants. Il articule, dans un bouillon de sang et de dents brisées :

– Pour ma femme… pitié…

Un des agresseurs se baisse et prend les billets tachés de sang, puis il va les jeter avec dédain dans l'égout le plus proche alors qu'Erwan gémit de désespoir. L'homme rejoint ses amis et les presse :

– Bon allez, il faut le terminer vite, on a encore le temps de passer s'occuper de la petite fouineuse comme on avait prévu.

– Ça nous fera du bien, un peu de tendresse…

Et les coups reprennent, plus précis, plus décidés, une véritable mise à mort. Sous leurs semelles le crâne d'Erwan éclate. Il est mort alors que ses agresseurs le bastonnent encore avec une joie morbide. Hémorragie cérébrale sévère, percement des os temporaux sphénoïde et mastoïde, rupture de la glande pinéale, du thalamus, de l'hypophyse… comme l'expliquerait un rapport d'autopsie. Mais il ne dirait pas la peine et la douleur, les espoirs brisés et le crâne écrasé à coups de talon. La gueule fracassée dans le caniveau.

Pour la police, la victime d'une absurde bagarre entre clochards, exactement ce que ses agresseurs ont voulu faire croire.

11

Le marchand d'art est secoué par un haut-le-cœur. Lucy recule un peu le bassin et dégage quelques centimètres du gode-ceinture qu'elle lui enfonce dans la gorge. La salive de son client dégouline le long de l'appendice en plastique noir et il respire bruyamment. Elle sait que ses gémissements et ses râles expriment pourtant du plaisir, elle ne doit pas cesser. L'homme a le ventre posé sur un cheval-d'arçons en cuir, les pieds au sol, les mains attachées dans le dos et porte une combinaison en cuir qui moule son corps gras et blanc. Elle lui crie quelques insultes, il faut qu'il souffre mais elle ne doit pas non plus lui démonter la mâchoire.

Rester sur le fil, l'exercice demande une extrême concentration. Il lui faut toute sa rage pour aller jusqu'à la limite et toute sa lucidité pour ne pas la dépasser. La réputation d'une maîtresse dominatrice tient à cet équilibre délicat. Il faut que le soumis la sente sur le point de déborder, il doit avoir peur d'elle intensément, mais tout doit se terminer sans autre conséquence que quelques ecchymoses. Lucy puise dans ses failles, dans son passé douloureux et dans la colère qu'elle ne cesse de ressentir contre les hommes riches et pervers, tels que ceux qui ont brisé son enfance. Il lui suffit de se replonger dans l'hiver de ses quinze ans pour alimenter sa haine, pour faire jaillir les coups et les insultes. Les situations se construisent à l'avance, quelques jeux puisés dans l'interminable catalogue des perversions disponibles. Ce qui donne toute sa puissance à ces jeux vient de sa capacité à s'enrager à devenir dure, froide et impitoyable.

La disparition de Roxana ne fait que s'ajouter au réservoir noir et bouillonnant qui alimente les transformations de Lucy. Ce porc vieillissant en fait l'expérience pour son plaisir. Lucy sait en jouer, mais elle doit reconnaître que, ces derniers temps, d'autres personnes ont su utiliser ces réserves pour la manipuler. Son client commence à avoir des crampes à la mâchoire. Elle lui crache dans la bouche, le gifle et le traite de « sale porc ». Elle replace son bâillon à boule qu'elle resserre derrière sa nuque. Elle ne ressent plus aucun dégoût, elle ne peut plus s'appuyer sur son mépris pour les appétits sexuels déviants de cet homme pour faire croître sa cruauté, ce ressort ne fonctionne plus. Au-delà de l'aspect pécuniaire, ses collègues font ça par plaisir, par construction intellectuelle, par jeu théâtral. Lucy a pris le temps de lire et de théoriser ses pratiques, elle connaît Fournier, Sade, Prigent, Masoch, *Histoire d'O*... Mais elle n'en a jamais eu besoin pour construire son personnage. Chez elle, cette attitude est viscérale.

Lasse de ces simulacres, sa concentration retombe un peu, et son esprit divague pendant qu'elle continue machinalement son ouvrage. Elle se surprend à penser à Delaunay, au crime qu'elle a commis malgré elle quelques jours auparavant. Elle n'éprouve aucun remords, elle s'agace juste d'avoir été manipulée. Ce Judex la tient désormais, il a fait d'elle sa complice, une criminelle. L'habileté de la manœuvre la rend presque admirative. Cet homme connaissait tout de son passé, les moindres détails du drame qui a brisé son adolescence. Il a su, en quelques lettres transmises par l'intermédiaire d'un gamin, trouver les mots justes, frotter une plaie qui ne demandait qu'à se rouvrir et proposer un marché qu'une personne seule et passionnée ne pouvait pas refuser.

Il avait suffi de quelques photos des gamines maltraitées par les amis de Delaunay lors de ses soirées en Colombie et en France, des adolescentes abusées dont on a payé les parents pour qu'ils se taisent, pour qu'ils les fassent taire, pour qu'ils leur demandent d'y retourner... Delaunay lui-même ne semblait pas avoir ces appétits, mais pour Lucy, ça le rendait encore plus coupable que les monstres qui se laissent aller à leurs pulsions. Delaunay œuvrait dans l'ombre. Pour l'argent, pour le pouvoir, il acceptait de satisfaire tous les vices de ses puissantes relations d'affaires, comme ceux qui avaient brisé la jeunesse de Lucy. Elle avait haï Delaunay à la seconde où Judex lui avait fait parvenir les photos et son offre. Il avait le visage de ces hommes blancs fortunés qui croient que leur argent leur permet de s'affranchir de toute morale. Ces « clients » qui abusent des jeunes filles mineures dans les pays du tiers-monde, au Vietnam, en Colombie, en Thaïlande, au Brésil et en France, de plus en plus chaque jour... Ces salauds pour qui une jeune fille pauvre s'achète et se vend comme une marchandise, qui croient que leur argent répare tout, qu'elles ont bien de la chance de gagner ce fric, même si ce travail se paye au prix de leur santé physique et mentale, même si elles en sortent détruites... quand elles s'en sortent.

Lucy avait accepté le marché de Judex : elle l'aidait à faire payer Delaunay pour ses crimes et il l'aidait à retrouver Roxana.

Comment cet homme avait-il pu savoir tout ça ? Connaître l'histoire de Lucy qu'elle n'avait confiée qu'à une poignée de personnes ? Savoir exactement ce qui la faisait vivre, que sa haine pour Delaunay et ses semblables se révélerait assez forte ? Être au courant de la disparition de Roxana et de l'attitude de la gendarmerie ? Judex savait énormément de choses et il en jouait à merveille pour obtenir l'impensable. Lucy n'avait plus qu'à espérer qu'il respecte sa part du contrat et l'aide à retrouver son amie, qu'elle ne soit pas devenue une criminelle pour rien.

Alors que son soumis se tortille dans l'attente qu'elle s'occupe de lui avec plus d'attention, la musique du club situé en dessous d'eux lui parvient de manière plus distincte. Il semble que la porte de leur salon privé vient de s'ouvrir. Agacée par ce manque de savoir-vivre, elle se dirige vers l'entrée de la pièce, mais dès qu'elle aperçoit les intrus, elle comprend qu'il ne s'agit pas de simples clients.

Trois hommes bruns en costumes sombres et chemises blanches au col ouvert ont fait irruption dans le salon. Avant même que Lucy ne puisse ouvrir la bouche, deux des hommes la saisissent et la plaquent au mur. Une main épaisse se pose sur sa bouche pendant que le dernier intrus referme la porte. Ses agresseurs ont le corps couvert de tatouages, Lucy les voit sur leurs mains, leurs cous, jusqu'au bord de leurs visages… Ils se ressemblent comme des frères, leurs traits paraissent amérindiens, ils ont la peau mate et la musculature si imposante qu'ils la décollent du sol sans le moindre effort. La surprise passée, Lucy tente de réagir, mais malgré ses années de pratique et sa ceinture rouge de taekwondo, les deux hommes ont trop de force pour qu'elle se libère de leur emprise. Ils bloquent ses coups de pied comme ceux d'une enfant et lui saisissent les bras. Le troisième complice attrape une paire de menottes dans le sac d'accessoires qu'elle a laissé sur le sol et lui accroche les mains au-dessus de la tête, à un des anneaux scellés dans le plafond du salon. Le marchand d'art essaye de se relever, mais il se fait à son tour plaquer sans ménagement sur le cheval-d'arçons. Un des agresseurs crache au visage de Lucy avec un fort accent brésilien :

– Tu aimes violer des hommes, salope ? Ça te dirait qu'on t'en fasse autant ?

Son complice glisse une main entre les cuisses de Lucy. Elle serre les jambes jusqu'à la lui écraser. Surpris par la force de la jeune femme, il la retire en grimaçant et lui donne un violent coup de poing dans le ventre.

– Ne joue pas à l'héroïne, chérie… Aujourd'hui, ce n'est qu'une visite de courtoisie. Ne nous donne pas envie de passer à l'étape suivante.

Le souffle coupé, Lucy se tortille de douleur, pendue au crochet. Un des hommes lui saisit un téton à travers son corset en latex et le pince jusqu'à ce que des larmes lui viennent aux yeux. Elle étouffe à force de crier sous la main qui lui écrase la bouche. À chaque fois qu'elle se débat, l'homme pince à nouveau son mamelon meurtri. Lucy finit par se calmer alors que des larmes coulent le long de ses joues.

– Voilà, c'est plus raisonnable. Tu sais, nous aussi on a beaucoup d'imagination. Ne nous force pas à nous en servir pour te faire du mal.

L'homme qui lui maltraite la poitrine sort un coupe-choux de la poche de son costume. Il l'ouvre et promène le fil de la lame sur la joue de Lucy pendant que l'autre explique :

– On va faire simple, ma belle. Ta copine Roxana en avait marre de lécher ta jolie petite chatte, elle a décidé de reprendre son ancien métier. Où elle est partie et avec qui, ça ne te regarde pas, elle est majeure et elle a le droit de vivre sa vie. Alors tu vas arrêter de fouiner et de la chercher. D'accord ? Sinon, on va revenir et on va vraiment devoir esquinter ce joli visage… Ce serait dommage. Fais-lui voir les photos.

À l'injonction de son complice, l'homme sort son téléphone qu'il place sous le nez de Lucy. Elle voit défiler une série de filles défigurées, les joues déchirées jusqu'aux oreilles par la lame d'un rasoir. On leur tient la tête vers l'objectif qu'elles regardent en implorant, ensanglantées et misérables.

– Quand je te défigurerai, quand j'arracherai ton joli minois morceau par morceau, ta beauté m'appartiendra à jamais. Plus personne ne pourra la contempler, elle partira avec moi et je la mangerai. Je me régalerai de ta beauté, ma chérie… Si tu me donnes une raison de manger tes chairs, tu le regretteras. Il vaut mieux que nous ne nous croisions plus, n'est-ce pas ? Alors, fais en sorte qu'on n'ait pas besoin de te revoir. Oublie Roxana et vis ta vie avec tes amis qui aiment se faire maltraiter par des gonzesses…

Pour conclure sa tirade, l'agresseur balance un second coup de poing dans l'estomac de Lucy. Alors qu'elle se tortille de douleur, ils lui enfoncent dans la bouche un bâillon à boule qu'ils serrent volontairement trop fort. Puis ils attachent le marchand d'art ébahi et terrorisé à un autre crochet. Lucy sait qu'elle vient de perdre un de ses meilleurs clients, un bon millier d'euros mensuel s'envole à cause de ces brutes. Son ventre lui fait un mal de chien mais elle n'a pas peur, elle ne compte pas céder à leurs menaces, elle ne veut plus céder aux désirs des mâles. Elle se l'est juré il y a des années, elle préférerait crever sur place plutôt que d'y renoncer. Elle les retrouvera et leur fera payer.

Les trois brutes quittent le salon en lui adressant des baisers ironiques. Ils ferment la porte et descendent dans le club. Ces crétins ne connaissent ni la disposition des lieux ni les menottes de sex-shop… Leur arrogance et leur fatuité viennent de leur faire commettre une erreur. Les menottes que Lucy utilise dans ses séances s'ouvrent sans clé, par une simple pression sur un bouton. Ses clients souhaitent être attachés, il n'y a aucune raison de s'exposer à une perte de clé malencontreuse. Elle se libère, retire son bâillon et l'ustensile qui se dresse entre ses jambes, puis elle détache le marchand d'art terrorisé. Elle lui demande de rester calme le temps que leurs visiteurs quittent le club.

Pour rejoindre la sortie, ceux-ci doivent descendre de deux niveaux dans les caves, traverser le salon burlesque et le bar décoré en boudoir XVIIIe pour remonter par l'escalier opposé qui donne sur l'accueil, à quelques mètres du salon où se trouve Lucy. Seuls les habitués du lieu savent qu'une porte relie directement le salon du fond à la sortie. En l'empruntant, Lucy pourra arriver avant ses agresseurs. Elle se précipite, décidée à ne pas les lâcher avant de savoir qui les envoie et quel est leur lien avec Roxana.

La porte claque sous la poussée violente de Lucy. Sous les regards étonnés de deux noctambules en combinaisons Catanzaro noires en train de déposer leurs manteaux au vestiaire, elle se précipite vers le guichet, leur grille la politesse et interpelle la jeune femme aux bras chargés par leurs tenues de ville. La belle Eurasienne qui accueille les visiteurs connaît Lucy depuis son arrivée à Paris. Malgré quelques jalousies, elle peut compter sur son aide.

– Alissia, il faut que tu me donnes les clés de ton scooter, je t'en supplie, c'est super important, fais vite ! Trois types vont arriver et ils ne doivent pas me voir !

– Les trois Brésiliens ! Ils t'ont agressée ? Je me disais aussi qu'ils avaient l'air bizarre… Je n'aurais pas dû les laisser rentrer ! Tu veux que j'appelle les flics ?

D'un coup de menton, Alissia désigne le commissariat du XVIIe arrondissement, situé à quelques dizaines de mètres dans la rue Truffaut. Elle pose les manteaux devant elle et met la main sur son téléphone portable. Lucy l'arrête :

– Non, je veux gérer ça moi-même… Je sais ce que je fais, je te le jure. Passe-moi tes clés, je t'en prie. Je te le rendrai sans une égratignure ou je t'en rachète un neuf…

L'exaltation de Lucy fait s'envoler les dernières réticences de la jeune femme. Alissia ne sait pas refuser quelque chose qu'on lui demande avec tant de ferveur. Elle tend son casque et ses clés à Lucy qui s'en saisit et se précipite dans le coin fumeurs face au guichet, juste avant que les trois Brésiliens apparaissent en haut des escaliers. Elle enfile le casque à l'abri du local alors que les trois hommes passent dans le hall sans s'arrêter, saluant Alissia d'un « bonne soirée » ironique. Quand elle entend la porte se refermer derrière eux, Lucy sort du fumoir et ouvre le vasistas. Elle jette un œil dans la rue Truffaut et voit les trois hommes descendre en direction de la rue des Dames.

Alissia a attaché son scooter devant le club. Lucy enlève l'antivol et l'enfourche alors que les trois hommes s'installent dans un gros 4 × 4 noir. Lucy serre le petit cinquante centimètres cubes entre ses cuisses. Elle a l'impression de chevaucher une boîte d'allumettes. Les deux cents kilos de sa Kawasaki ZX-10r vont lui manquer. Elle soupire, démarre et lance le scooter sur la chaussée détrempée, à la suite de la voiture. Le vent glacial se glisse sous son manteau léger, sa tenue en latex ne la protège pas suffisamment de sa morsure et ses bottes à hauts talons rendent le pilotage du deux-roues aléatoire. L'excitation irrigue ses veines et elle zigzague dans le trafic nocturne vers la place de Clichy, vers ce qu'ont à lui révéler ces messagers aux appétits étranges.

12

Une fois Martinelli partie, Rossi se jette sur son ordinateur pour consulter les fiches des victimes passées ou annoncées de Judex. Il peut comprendre que le ministère ne souhaite pas semer le trouble chez les proches de Delaunay en laissant entendre que les accusations de son supposé assassin pourraient être fondées. Toutefois, il lui faut savoir où il met les pieds. Il ne veut pas se lancer sur la piste d'un groupe terroriste avant d'avoir vérifié les profils et les intérêts de proches immédiats à qui le crime aurait pu profiter directement. Cette piste, naturelle, sera suivie par la Crim, mais les bases de données de la DGSI contiennent des informations auxquelles la brigade criminelle n'aura jamais accès.

Du bureau voisin lui parviennent les éclats de rire de Malic et de Jérémy. Les deux lieutenants ont l'air de bien s'entendre, mais leur bonne humeur ne se communique pas au commandant qui enrage devant la pauvreté des résultats de sa recherche. Les fiches de Delaunay et Le Morvant ne révèlent rien. Deux, trois lignes de présentation, leur CV détaillé et les enregistrements de quelques affaires mineures, excès de vitesse ou procédures lancées contre leurs entreprises, mais rien d'un tant soit peu sensible.

Cette excessive normalité lui met la puce à l'oreille. Pour lui, il est évident que ces fiches ont été purgées, nettoyées, filtrées. Avant même qu'on ne leur parle de cette affaire, en interne, une main autorisée a réécrit l'histoire. Le commandant connaît trop bien les pratiques de la DGSI pour savoir que leurs hautes responsabilités devraient leur valoir une fiche détaillée. Delaunay servait d'intermédiaire dans des ventes d'armes, Le Morvant dirige un groupe pétrolier franco-néerlandais de premier plan. Ces types de carrières n'échappent pas à l'intérêt du pouvoir en place, ne serait-ce que pour des raisons de sécurité. Des fiches aussi succinctes ne peuvent être que le résultat d'une manipulation.

Agacé, Rossi se remémore la tirade de Favier sur les causes du décès de Delaunay. Le divisionnaire devait forcément avoir eu accès au dossier bien avant la réunion. Il y a donc bien eu des conciliabules et Rossi n'accepte pas de ne pas en connaître la teneur. Sur une impulsion, il jaillit de son bureau, passe devant les deux lieutenants assis derrière un écran d'ordinateur, ignore la supplique de son assistante sur le point de partir et traverse les couloirs jusqu'au bureau de Favier. L'interminable succession de murs blancs et de corridors climatisés fait baisser peu à peu sa colère et il n'a pas un grand effort à produire pour se montrer courtois avec l'assistante de Favier. Celui-ci raccroche son téléphone avec un sourire complice quand il voit le commandant Rossi entrer dans la pièce. Il semble avoir deviné la raison de sa présence :

– On dîne bien ensemble ce soir, Paul ?

– C'est ce qu'on avait prévu, Nicolas, répond le commandant avec le même sourire ironique.

– Vingt heures au *Dessirier*. Sois ponctuel, pour une fois.

– Le dernier arrivé paye l'addition, concède le commandant en se retournant.

Les locaux de la DGSI ne se prêtent pas aux conversations sur des sujets sensibles. Favier et Rossi savent parfaitement qu'ils pourraient être écoutés à tout instant, tout comme leurs téléphones portables. Le commandant connaît assez le divisionnaire pour savoir que ce rendez-vous improvisé ne signifie pas que Favier acceptera de dévoiler ce qu'il sait du dossier. Cela veut juste dire qu'il n'abordera pas le sujet dans les locaux.

Malic l'attend devant son bureau, trépignant et jouant nerveusement avec la monture de ses lunettes.

– On a sans doute un truc. Mais il va falloir le feu vert du directeur.

– Rassure-moi, tu n'as pas prévu de tuer quelqu'un ?

– Pas dans l'immédiat. Mais par contre, je pense qu'un petit voyage aux Pays-Bas s'impose.

– À la recherche d'un hacker français ? Autant chercher une aiguille dans une botte de foin, Malic. On ne peut pas sillonner Amsterdam pendant des semaines…

– Sauf erreur de ma part, les Anglais ont un homme dans la place.

Rossi ne répond pas, mais il a compris où son adjoint veut en venir. Il fait signe à Malic de le suivre jusqu'au bureau de Boniperti. Dans le domaine du renseignement intérieur, la construction européenne avance à pas très comptés. Pourtant, depuis quelques années, le MI6 damne le pion aux services de renseignements alliés en parvenant à infiltrer les réseaux de l'ultragauche européenne. Un de leurs hommes fait parvenir à la DGSI des notes et des alertes par le bureau de liaison de Scotland Yard à Paris. La présence d'un agent britannique au sein du noyau dur des Black Blocs hollandais transparaît de ces informations que Malic connaît bien parce qu'il les retraite pour partie. Le savoir est une chose, mais forcer les Anglais à l'admettre et obtenir leur collaboration serait un exploit, assorti de lourdes contreparties et d'une âpre négociation.

Le directeur Boniperti les reçoit après une petite minute d'attente, délai très court qu'ils interprètent tous deux comme un signe de la nervosité que provoque l'affaire Judex. Ils s'installent dans le salon où Boniperti accueille ses hôtes de marque. L'assistante du directeur éteint la télévision qui diffuse en boucle les chaînes d'info et leur sert des sodas avant de s'éclipser. Le directeur a la cravate desserrée, fait rare chez cet ancien militaire à la mise toujours très stricte. Il écoute Rossi en roulant entre ses doigts le bout de ses épaisses moustaches. Quand le commandant se tait, ils restent silencieux, le temps que Boniperti soupèse les options qui s'offrent à lui. Puis, décidé, il tape du plat de la main sur la table :

– De Malicandre, vous prenez un vol pour Amsterdam ce soir. Je contacte le MI6, vous verrez leur agent rapidement.

– Nous prévenons la police néerlandaise ? s'enquiert Malic.

– Ni police, ni BVD[1]. Vous ne vous lancez dans aucune opération délicate, vous posez des questions et vous revenez avec des réponses.

Boniperti se lève et met fin à l'entrevue, il raccompagne ses deux hommes à la porte. Rossi lui souhaite bonne chance pour ses négociations avec les Britanniques, le directeur soupire :

– Azincourt, ça va être Azincourt…

Une heure plus tard, Malic parti pour l'aéroport Charles-de-Gaulle, Rossi s'extirpe enfin de la circulation anarchique de la place du Maréchal-Juin et abandonne sa Lancia aux voituriers du *Dessirier*.

À une petite table reculée, loin des baies vitrées de la prestigieuse adresse, Favier l'attend avec un sourire triomphant. Le quadragénaire, qui arbore un élégant

1. La sécurité intérieure néerlandaise.

costume noir, regarde sa Breitling Blackbird et fait mine d'applaudir l'arrivée de son collègue.

– Bravo, Rossi, seulement dix minutes de retard ! Mets-toi donc au scooter comme moi, tu feras des économies.

Le commandant grommelle quelques considérations sur la circulation dans Paris les jours de pluie et se laisse servir un verre de pouilly juste assez frais pour lui rendre le sourire. Ils échangent quelques banalités courtoises sur l'actualité, commandent plateau de fruits de mer et observent les autres clients par pur réflexe policier. Une fois ce tour d'horizon effectué, ils demandent au maître d'hôtel de les changer de table pour les installer à l'autre bout de la grande salle encore à moitié vide du restaurant. Surpris, celui-ci accepte la requête et le pourboire qui l'accompagne et dresse une table à côté de l'écailler. Si des oreilles indiscrètes les ont suivis, leur propriétaire doit désormais lui aussi changer de table et se faire repérer. Aucun mouvement de ce type ne se déclenche, la clientèle âgée et discrète du *Dessirier* reste indifférente à leur déplacement. Le divisionnaire sort son téléphone portable et l'éteint, il fixe Rossi jusqu'à ce qu'il fasse de même. Le commandant obtempère même s'il trouve cette précaution excessive. Satisfait, Favier porte un toast aux réunions en comité restreint et confie à Rossi :

– Je suis attendu pour dîner à vingt et une heures trente. Je vais juste prendre quelques huîtres pour t'accompagner, mais je ne vais pas pouvoir rester longtemps. Que veux-tu savoir, Paul ?

– Que me cache-t-on dans l'affaire Judex ? Pourquoi les fiches de Delaunay et de Le Morvant ont-elles été réécrites ? Pourquoi mène-t-on cette enquête en comité restreint ? Pourquoi ce malade ne contacte-t-il pas la presse directement ? Enfin, pour faire bref : qu'est-ce que c'est que ce bordel ?

Favier ricane.

– Ne sois pas paranoïaque ! Pourquoi crois-tu qu'on te cache quelque chose ? On a tous intérêt à ce que cette affaire se règle au plus vite et, pour ça, on sait que tu as besoin de toutes les informations. Ne te trompe pas d'adversaire.

– Favier, je t'en prie, je ne suis plus un enfant. Peux-tu m'expliquer comment tu es devenu un expert en acides ? Je croyais que tu avais fait Sciences-po, pas des études de chimie. Tu avais consulté le dossier avant la réunion, vous l'avez préparée en petit comité, et vous avez décidé de réécrire les fiches DGSI de Delaunay et Le Morvant. Trop rapidement si tu veux mon avis, votre maquillage n'abusera même pas un magistrat stagiaire. Donc je te le redemande : qu'est-ce que c'est que ce bordel ?

Le plateau de fruits de mer arrive opportunément pour laisser le temps à Favier de réfléchir. Rossi jette un œil aux magnifiques belon n° 0 qui illuminent leur table. Son interlocuteur en saisit une et hoche la tête en signe de capitulation. Le commandant sait que le jeune divisionnaire a besoin d'appuis dans la maison. Il fait partie de la nouvelle vague de policiers en costumes noirs tout droit sortis de *Reservoir Dogs*. Leur allure de voyous à la Tarantino tente de faire oublier leur profil de technocrates à qui le ministère a demandé de rationaliser les pratiques du renseignement intérieur. Mais le bateau ne se laisse pas manœuvrer comme un jouet et, pour y parvenir, ils doivent s'assurer du soutien d'hommes de terrain accomplis et indiscutables comme Rossi. Ce soutien se négocie dans ces instants, Favier le sait et accepte le tarif demandé.

– Notre bordel, Paul… notre foutu bordel, soupire-t-il avant de boire une longue rasade de vin blanc. Au vu des circonstances, on a dû faire du nettoyage dans les dossiers. Ils contenaient des informations sur Delaunay et Le Morvant… Certaines phrases des textes de Judex font clairement allusion à des faits qu'on a préféré taire. S'il rend ses preuves publiques, comme il menace de le faire, il vaudra mieux qu'on n'ait pas à se justifier.

– On les a couverts dans des opérations illégales, ça me semble évident et ça ne serait pas la première fois. Mais lesquelles ? insiste Rossi en piochant dans le plateau de fruits de mer.

– Un employé de Delaunay s'est fait choper dans une histoire de proxénétisme assez salée. Pour échapper à la taule, il a tout balancé à la BRP[1] : il a servi de rabatteur à Delaunay pour ses amis, en France, en Colombie… des mineures souvent.

– Dégueulasse ! Et on a couvert ça ?

– Ce n'est pas le pire… Une de leurs soirées a dégénéré et une gamine est morte, c'est d'elle que parle Judex dans son message. Le type a aidé Delaunay à faire disparaître les traces.

Devant le regard désapprobateur et presque agressif de Rossi, Favier repose ses couverts et se passe la main sur le front, l'air hagard.

– Je sais, Paul. Mais Delaunay n'est pas un assassin, c'était un accident causé par un de ses contacts, un de ses acheteurs africains, un ministre tchadien, un gros client pour la France, pour nos armes… On ne l'aurait jamais arrêté, il ne reviendra pas en France. À quoi bon remuer la merde ? On a gardé ça pour nous, la BRP s'est écrasée et on l'a relâché.

– Et Le Morvant ?

– L'histoire des assassinats d'opposants politiques au Gabon… C'est du sérieux.

– On savait tout ? s'étonne Rossi, qui pense que ce dossier serait plutôt du ressort de la DGSE[2].

1. Brigade de répression du proxénétisme.
2. Direction générale de la sécurité extérieure.

– Un neveu de Bongo arrêté l'année dernière pour avoir tabassé un type en boîte de nuit. Avant que son escouade d'avocats débarque, on l'avait déjà secoué un peu et il a balancé plein de trucs… On en a utilisé une partie… pas celle-là.

– Cinq morts, quand même, grimace le commandant.

– Ça ne s'est pas passé en France, justifie Favier avec un geste d'impuissance. Tu crois que la police gabonaise s'en serait chargée si on lui avait transmis les informations ?

La question de Favier est rhétorique et n'appelle pas de réponse. Les deux hommes mangent quelques huîtres en silence. Rossi comprend que si Judex a des preuves, cette affaire sera difficile à gérer pour la DGSI. Des têtes tomberont et l'institution, nouvellement créée pour faire oublier les dérives des RG, sera souillée pour longtemps. Le nettoyage des fiches s'imposait ; un juge d'instruction trop curieux ou une commission parlementaire pourraient obtenir le droit de les consulter. La décision de préserver la DGSI et ses hommes peut se comprendre, surtout du point de vue des coupables. Une dernière chose chiffonne le commandant. Alors que Favier termine son verre en regardant sa montre pour préparer son départ, Rossi s'interroge à haute voix :

– Pourquoi ne pas tout balancer à la presse directement ? On ne peut pas les museler tous, et il y a Wikileaks…

Favier grimace en se levant.

– Il veut jouer avec nous, Paul. Je ne sais pas comment ce Judex chope ses informations, ni où il veut en venir, mais je pense qu'il veut se payer la DGSI. Il joue avec nous comme un gros chat vicieux avec un moineau moribond.

Sans avoir à poser la question à Favier, Rossi comprend l'attitude de Louvion à la fin de la réunion. Le commandant de la brigade antiterroriste ne se préoccupe pas de savoir comment il transmettra le dossier au juge d'instruction parce que, de toute évidence, Judex sera éliminé avant de comparaître devant un magistrat. Leur adversaire en sait bien trop pour qu'ils lui donnent l'occasion de se livrer à un grand déballage. Judex sera exécuté. Pour le public, la presse et les juges, il s'agira d'un règlement de comptes entre complices, d'une arrestation qui dérape, d'un cas de légitime défense ou d'un accident, mais Judex connaîtra une fin tragique avant de pouvoir s'expliquer publiquement. Le commandant regarde autour de lui dans le restaurant. Favier a raison de craindre des écoutes et des filatures : tant que l'origine des informations dont dispose Judex n'aura pas été découverte, l'ambiance à la DGSI sera irrespirable.

Sur la place du Maréchal-Juin, un clochard aviné se fait renverser par un scooter en traversant. Il gît, inconscient, au milieu de la chaussée. Dans le trafic, l'incident provoque un embouteillage monstre. Les klaxons se déchaînent, une grosse Audi passe sur le trottoir et manque de rouler sur le clochard pour continuer sa route. De la table, Rossi regarde un instant le désordre s'installer, perdu dans ses pensées. Il cherchait un lien entre Delaunay et Le Morvant, il l'a trouvé. Les deux hommes ont bénéficié de la protection de la DGSI alors qu'elle aurait dû saisir le parquet des crimes constatés. Delaunay servait d'intermédiaire dans des ventes d'armes et participait probablement à des opérations de financement politique occulte, Le Morvant dirige un groupe dont les intérêts rejoignent ceux de la France. La justice passe après ces considérations. Les messages de Judex indiquent qu'il entend solder les comptes de ces affaires.

L'hypothèse d'un piratage informatique des dossiers de la DGSI par des fanatiques de l'ultragauche paraît bancale à Rossi. La plupart des informations sensibles circulent sous la forme de « blancs » : des mémos internes sans auteur ni destinataire indiqués. Quand un responsable politique demande ce type d'informations – une surveillance ou une enquête hors de tout cadre légal – il le fait de manière anonyme pour éviter qu'une alternance politique à venir ou un juge d'instruction zélé lui demande des comptes sur ces méthodes de cabinet noir. Seuls celui qui les rédige et un cercle restreint de lecteurs y ont accès, sans laisser aucune trace. Une fois lus, ces « blancs » sont détruits, ou conservés dans les archives sécurisées de la DGSI. Ce mode de communication est inhérent au renseignement politique, surtout en démocratie. Plus le risque d'alternance ou d'intrusion judiciaire existe, plus l'anonymat de l'information collectée « illégalement » devient une protection essentielle pour son rédacteur et son commanditaire.

Ces dernières années les « blancs » se multiplient. Le commandant ne sait pas s'il faut y voir le signe d'un recul de la démocratie ou celui d'une escalade dans la haine entre les différents candidats aux plus hautes fonctions. Quoi qu'il en soit, les informations sensibles de ce type ne sont jamais rendues accessibles à des ordinateurs connectés au réseau extérieur, ce qui rend impossible en théorie tout piratage de ces données. Si Judex y a eu accès, il a dû disposer de complicités internes de haut niveau.

Pourtant, pour l'instant, Rossi n'a pas d'autre piste à suivre que celle des hackers anarchistes. Quand il tourne à nouveau la tête, Favier a disparu. Il a dû le saluer en partant, mais le commandant ne l'a même pas entendu.

Seul à sa table, Rossi sort son iPad. Il a chargé les films de Franju et de Feuillade ainsi que le roman de Bernède. Si ce Judex puise son inspiration et sa motivation dans ces œuvres, leur analyse s'impose. Dehors, les klaxons redoublent d'intensité. Rossi lève les yeux. Favier se tient au milieu du trafic pour tenter de le juguler, il ordonne au propriétaire du scooter d'aider le clochard à se relever pour qu'il rejoigne le trottoir. *Un vrai boy-scout*, soupire le commandant, qui sourit et se demande quand il a perdu la foi. Malic aurait agi comme Favier, lui n'y a même pas pensé. Le cynisme le corrompt. Favier magouille, certes, mais lui au moins croit encore à la justesse de ses choix. Cette certitude doit être réconfortante.

13

Le message du directeur Boniperti parvient à Malic alors qu'il emprunte les escalators qui descendent vers la gare de Schiphol, sous l'aéroport. Le lieutenant ignore tout des tractations difficiles qui ont permis d'arriver à ce résultat, mais il a bien rendez-vous le soir même avec l'agent infiltré du MI6. Ils doivent se retrouver une heure plus tard dans un restaurant indonésien sur la Rembrandtplein. Malic profite du trajet en train jusqu'à la gare centrale d'Amsterdam pour réserver une chambre à l'*Hôtel de l'Europe*, à quelques centaines de mètres du restaurant, sur les rives de l'Amstel. Sa messagerie contient quelques invectives hargneuses de son ex-femme ; il devait garder ses enfants ce week-end et, vu la tournure des événements, il a dû annuler. Le moindre incident de ce type constitue un prétexte au déferlement de haine de son ancienne belle-famille. Le divorce peut devenir une vraie guerre à côté de laquelle la pire des enquêtes offre une bouffée d'oxygène salvatrice. Son ex-femme a pris soin de demander à chacun de ses trois enfants de laisser un message à leur papa pour lui dire à quel point ils sont déçus de ne pas le voir ce week-end et combien son comportement les blesse. La manipulation porte ses fruits puisque Malic a encore les yeux humides quand il monte dans le taxi qui le conduit à l'hôtel. Il passe y déposer ses bagages, change sa chemise et se rafraîchit avant de rejoindre à pied l'*Indrapura* à l'heure convenue.

La Rembrandtplein bruisse d'activité, des hordes de noctambules s'entassent à la sortie de ses bars et *coffee shops*, pintes de bière et cigarettes à la main. Des braseros disposés sur les terrasses de la grande place rectangulaire réchauffent cette assemblée bruyante et déjà avinée. Dans quelques heures, ces jeunes fêtards migreront vers les nombreuses boîtes de nuit de la place pour y finir leur nuit. Le lieutenant profite de cette promenade dans le froid piquant de la métropole batave pour chasser ses idées noires. Il traverse la foule et entre dans l'*Indrapura* dont il a aperçu l'enseigne verte dès son arrivée sur la Rembrandtplein.

L'ambiance à l'intérieur du restaurant contraste avec l'agitation de la place. Il avance dans une longue salle feutrée aux lumières dorées, baignée par l'écho d'un piano qui égrène quelques mélodies surannées, et traversée par des serveurs en tenues traditionnelles indonésiennes. Une magnifique Eurasienne en robe rouge le guide jusqu'à la table réservée à son nom. Il est le premier. On l'installe et lui apporte un cocktail de bienvenue auquel il ne touche pas. Ses pensées divaguent vers Versailles et vers ses enfants qui doivent déjà dormir à cette heure tardive.

L'arrivée de son contact fait presque sursauter le lieutenant. Il regardait depuis quelques minutes un cracheur de feu faire son numéro au centre de la place, entouré de quelques-uns de ses amis aux cheveux décolorés et aux chiens vagabondant entre les spectateurs. Au grand étonnement de Malic, l'agent anglais a un style assez similaire à celui de ces comédiens de rue. L'homme mesure presque deux mètres, arbore de longues dreadlocks blondes attachées en un faisceau serré qui lui tombe sur la nuque, son visage s'orne d'une dizaine de piercings sur les lèvres, le nez et les oreilles, ses avant-bras sont tatoués et il porte des vêtements vraisemblablement achetés dans un surplus militaire. Avec un sourire peu avenant, il tend à Malic une main ferme et calleuse. *Des mains d'alpiniste*, se dit le lieutenant. L'homme montre le fond de la salle et demande en anglais avec un fort accent écossais :

– Pouvons-nous aller nous installer dans le fond ? Je ne tiens pas à être vu avec vous.

Les deux hommes hèlent la serveuse, sensible aux yeux bleu délavé du Britannique. Elle les installe au fond de la salle, loin des vitres et à l'écart des autres convives. L'Écossais, toujours glacial, en profite pour commander un menu dégustation pour deux et une bouteille de merlot australien. Il justifie son empressement à Malic.

– Au moins, que ce rendez-vous me permette de manger à ma faim. Ce n'est pas toujours évident là où je suis infiltré.

La conversation se poursuit en français. Malic parle anglais et allemand, mais pour éviter que des bribes de leurs échanges soient comprises par les serveurs ou d'autres clients, le français leur semble un bon compromis. L'agent britannique se montre peu loquace, il fait comprendre au lieutenant qu'on lui a arraché ce rendez-vous qu'il estime inutile et dangereux. L'homme n'a aucune confiance dans ses homologues français et absolument pas envie de collaborer avec eux.

– Je ne peux pas vous donner la liste des hacktivistes français passés par Amsterdam au printemps ! Je ne peux pas surveiller tous les squats et les points de rendez-vous de la ville.

Malic pose devant lui les photos des hackers connus de la DGSI et de Jérémy Bissanier. Avec son collègue de la brigade cybercriminelle, ils ont isolé une centaine de profils susceptibles d'être le pirate qu'ils recherchent. L'Écossais survole les clichés dédaigneusement.

– Je n'en connais aucun. Vous perdez votre temps avec moi, je le crains.

Le Britannique prend à peine le temps de les regarder. Malic enrage, se dresse sur sa chaise et pointe un doigt accusateur vers son interlocuteur.

– Il y a des vies humaines en danger, vous pourriez essayer d'être un peu plus coopératif. Vous êtes flic ou la fréquentation des milieux anarchistes vous a-t-elle insufflé la haine de l'uniforme ?

La voix de Malic résonne dans le restaurant feutré. Le Britannique fusille son homologue de son regard délavé et menace :

– *Don't be such an asshole*, soyez discret ou je pars tout de suite. *You got it, right ?*

– Désolé, *my dear friend*, mais je n'ai pas les mêmes priorités que vous. Nos services ont convenu de ce rendez-vous pour que vous m'aidiez. Alors, soit vous le faites sans réserve, soit je vais m'arranger pour que vous soyez complètement grillé en quelques jours. Je suis désolé de devoir vous menacer, mais des vies sont en jeu. Collaborez ou je dévoile votre identité à vos amis libertaires !

– Vous ne savez même pas comment je m'appelle ! ricane l'agent britannique. Je perds mon temps avec vous…

– Je n'aurai pas de mal à le découvrir. Un Écossais de trente ans champion d'alpinisme qui mesure près de deux mètres, ça ne passe pas inaperçu et ça laisse des traces. Je suis prêt à parier que je trouverai votre vrai nom et une bonne partie de votre parcours, croyez-moi. Avec les photos de vous que je vais prendre, le tout posté sur 4chan et partout ailleurs… Votre mission à Amsterdam va vite devenir compliquée.

– *Son of a bitch !* crache le Britannique, qui trouble à son tour le calme du restaurant.

La tension monte entre les deux hommes pendant

quelques secondes, Malic craint même qu'ils n'en viennent aux mains ; face à ce géant, il serait loin d'avoir l'avantage. Puis l'homme aux dreadlocks se calme, boit un verre de vin, et finit par sourire au lieutenant qui reste pourtant crispé.

– Bon. Vous avez gagné. Appelez-moi Andrew, champion des Highlands d'escalade libre en 2002. Mais je ne connais pas ces hommes, vraiment. Par contre, je peux vous dire où aller poser vos questions.

Andrew sort son téléphone portable, affiche une photo et glisse l'appareil vers Malic. Une jeune blonde regarde pensivement un canal amstellodamois. La fille, qui porte un tee-shirt kaki sans manches, est plutôt jolie, mais trop maigre, sale, les cheveux emmêlés et les traits tirés.

– Céline Barbier, vingt-quatre ans, bordelaise, arrivée à Amsterdam il y a deux ans, militante Attac, artiste peintre fainéante et complètement accro au crack et à tout ce qu'elle peut trouver. Elle tourne autour des hackers. Elle les encourage à monter des arnaques aux cartes bancaires pour acheter ses drogues. *Easy money*. Si un hacker français a habité dans les squats de la Spuistraat, elle le connaît, elle a même sûrement couché avec lui…

– Elle se prostitue ?

– Non, elle aurait un problème pour ça. À Amsterdam, la prostitution est légale mais très contrôlée, il faut faire des tests… et la demoiselle a… l'*AIDS*, lâche l'Écossais après avoir en vain cherché le mot français.

– Le sida. Comment savez-vous ça ?

– Mon boulot, c'est d'être curieux, de regarder dans les tiroirs, dans les téléphones, d'ouvrir les courriers, surtout ceux qui viennent d'un laboratoire. De chercher tout ce qui pourrait être utile. Ça, ça l'est. Surtout que cette *fucking bitch* le garde pour elle. Elle ne se soigne pas et elle ne le dit à personne : elle a déjà dû contaminer beaucoup de partenaires sexuels.

Malic sourit, cette information constitue ce que Rossi appellerait un « point d'appui ». Une faiblesse qu'on peut utiliser pour manipuler un informateur, le forcer à collaborer aux conditions qu'on souhaite. L'Écossais le sait aussi, donner ce contact doit lui coûter. Malic comprend pourquoi Andrew a résisté. Depuis le début, il savait que, pour l'aider, il devrait griller une de ses meilleures munitions.

– Merci, Andrew, vous faites du super boulot. Où pourrai-je la trouver ?

– Ce soir, elle doit traîner dans les bars. Remontez le canal Single jusqu'à la Spuistraat. Une fois dans la zone des squats, vous verrez la Snakehouse, vous ne pouvez pas la manquer. Juste après, il y a un grand bar ouvert la nuit. Elle devrait y être.

Andrew chasse les derniers remerciements du lieutenant d'un revers de la main et de quelques boutades sur la construction européenne. Puis il conseille à Malic de changer un peu d'apparence vestimentaire s'il ne veut pas attirer l'attention là où il compte aller. Il engloutit les dernières bouchées de *gulai* et se lève.

– Maintenant, je vais partir. Attendez dix minutes avant de sortir à votre tour. Et bonne chance à vous, lieutenant.

Pour se donner du courage, Malic se ressert un verre de vin. La Spuistraat se trouve à vingt minutes de marche et changer de tenue à cette heure risque de s'avérer compliqué. Il réfléchit à cette perspective pendant qu'Andrew quitte le restaurant et retourne déambuler sur la place parmi ses semblables, du moins en apparence.

14

Judex toise l'assemblée avec raideur. Son smoking impeccable tranche sur la blancheur des murs du château dans un contraste expressionniste. Son visage se cache derrière un impressionnant masque d'oiseau inspiré des caricatures de Daumier. Le justicier se retourne, saisit une colombe inconsciente sur la margelle d'un puits et entre dans un long corridor où dansent des couples masqués de façon moins sophistiquée. Tous s'interrompent, suspendent leurs gestes pour le regarder passer, magnétisés par la majesté de l'arrivant. La musique scande chacun de ses pas : le destin vient d'entrer dans le palais du banquier Favraux.

Cette scène du film de Franju fascine le commandant qui se la repasse en boucle, cherchant dans ces quelques instants des réponses aux questions qui le taraudent. Il est maintenant assez familier avec le personnage de Judex, l'habitude de lire et de synthétiser d'épais dossiers a rodé sa mécanique intellectuelle à ce type d'exercice d'apprentissage rapide.

Les différentes œuvres créées autour du personnage de Judex racontent presque toutes la même histoire de vengeance à la Monte-Cristo. Le roman-feuilleton écrit par Bernède n'a eu qu'une suite, un autre ouvrage de sa main passé inaperçu et difficile à trouver. Les deux films sont tirés du premier roman. Celui de Louis Feuillade, dans une expérience unique pour l'époque, fut même tourné au fur et à mesure de l'écriture du feuilleton par

Bernède, les deux hommes se disputant par la suite la paternité du personnage.

Depuis 1917, la seule œuvre utilisant Judex à avoir marqué les esprits a été le film de Franju, réalisé en 1963. Pourtant, le personnage de Judex, avec sa cape, son large chapeau, son identité secrète, ses capacités extraordinaires, sa cave, sa voiture et ses gadgets novateurs, possédait déjà toutes les caractéristiques de ce qui fait le succès de ses homologues américains. *Judex*, « le juge » en latin, l'ancêtre des justiciers masqués. Trop ambigu pour un pays qui rejette l'autodéfense, craint ceux qui se déclarent plus vertueux et qui, surtout, se méfie comme de la peste de tout ce qui se prétend surhomme depuis la fin de la Seconde Guerre mondiale.

Le Judex du feuilleton se venge du banquier Favraux, le responsable de la mort de son père poussé à la ruine par ses pratiques spéculatives malhonnêtes. Pourtant Judex ne tue pas, jamais. Son pseudo-héritier balaye cet aspect du justicier, mais lui aussi agit certainement par vengeance. La mort de Delaunay, lors d'un bal similaire à celui du film de Franju, intrigue toujours le commandant. Il ne peut détacher son regard de la séquence du Bal des oiseaux, comme hypnotisé par la musique de Maurice Jarre qui rythme la lente arrivée de Judex avant qu'il ne redonne vie à la colombe et que le banquier s'effondre. Pour planifier un crime aussi complexe en imitant la scène d'un film, il faut être un admirateur compulsif, déraisonnable. Cinéphile, Rossi sait que Franju fut un des créateurs de la Cinémathèque française et qu'elle accueille de nombreuses expositions, des photos et des archives de ses films. Autour de lui, le restaurant se vide peu à peu, le commandant décide d'aller y faire un tour avant sa fermeture.

La dernière projection de la soirée se termine à peine. Un public clairsemé se disperse peu à peu sur l'esplanade vers la rue de Bercy ou la rue Belmondo. Les affiches annoncent un cycle Tim Burton, dans le hall retentissent les dernières notes de musique du générique de *Batman* où Prince a donné pour la dernière fois la pleine mesure de son talent d'amuseur populaire. Une jeune femme range la caisse quand elle voit Rossi rentrer à contre-courant dans le hall et se faufiler entre les derniers spectateurs.

– Vous avez oublié quelque chose ? s'enquiert-elle avec un sourire aimable.

Le commandant vient jusqu'à elle, sort sa carte et la pose sur le comptoir. La caissière ressemble à une étudiante des années 1970, elle porte des lunettes trop grandes pour son visage, a les cheveux roux tirés en arrière dans un chignon travaillé et arbore une robe mauve qui moule ses hanches généreuses.

– *Have you ever danced with the police in the pale moonlight ?* plaisante le commandant en hommage à une réplique célèbre du film qui s'achève. Commandant Paul Rossi, DGSI. J'espère que vous n'aviez pas de rendez-vous.

Sans entrer dans les détails de l'affaire, Rossi explique à la jeune femme qu'il a besoin de consulter les archives du film *Judex*. La perspective de participer à une enquête policière semble la survolter. Il n'a besoin ni d'insister ni d'évoquer la possibilité d'une commission rogatoire et la perquisition qui l'accompagnerait. Son interlocutrice devance tous ses souhaits et se propose de l'aider, autant de temps qu'il le faudra. Le commandant sourit, accepte l'aide et se dit qu'il ne faut jamais sous-estimer le besoin d'aventure des étudiantes cinéphiles.

– Vous avez de la chance, on termine à peine une rétrospective Franju, tous les documents sont encore là. On a plein d'archives du film et les photos de tournage de Pierre Zucca qui attendent d'être renvoyées à leurs propriétaires.

Les archives occupent une petite pièce dans les sous-sols de la Cinémathèque. Le commandant remonte la dizaine de cartons dans un bureau ouvert par la jeune femme. La bonne humeur et la bonne volonté de celle-ci résistent aux cinq heures durant lesquelles le commandant explore avec soin le contenu des cartons. Scénarios annotés, story-boards, courriers de la production, photos des avant-premières, interviews et photos du tournage, le matériel abonde. Lucille – puisque c'est son nom – photocopie toutes les pièces qui intéressent le commandant, et lui-même photographie une partie des documents avec son téléphone. Il enregistre des dizaines de noms, des personnes décédées pour la plupart, mais il compte fournir ces listes aux analystes de la DGSI afin qu'ils vérifient les fiches existantes de tout cet aréopage. Il s'intéresse aussi beaucoup à la liste des bienfaiteurs ayant soit prêté des documents, soit fait des dons à la Cinémathèque pour financer la rétrospective.

Sa montre indique cinq heures du matin quand il referme le dernier carton, les prémices de l'aube se dessinent par la fenêtre du petit bureau. Rossi prend les deux pochettes pleines des documents et des noms qu'il vient de compiler. Devant lui, Lucille s'est assise sur une table d'angle. Ses pieds nus pendent dans le vide et elle a appuyé sa tête sur une pile de cartons. Elle dort, sans doute depuis de longues minutes. Reconnaissant, Rossi se lève en silence, il retire les lunettes de la jeune femme, les pose à côté d'elle, éteint la lampe à pied qui éclairait son bureau puis l'embrasse sur le front et quitte la pièce.

15

La Spuistraat remonte du canal Singel, au centre de l'Amsterdam touristique, vers les quartiers résidentiels du Jordaan. Ses trottoirs couverts de vélos en stationnement longent des immeubles en brique typiques de la Venise du Nord. À cette heure, peu de voitures l'empruntent, ses boutiques ont les volets tirés et seuls quelques restaurants animent la longue rue pavée. Malic a troqué son anorak contre un sweat-shirt à capuche informe avec un jeune fêtard rencontré devant un bar de la Rembrandtplein. Il a dû ajouter vingt euros pour convaincre l'adolescent de lui abandonner sa pelure qui sent la sueur et le haschisch à plein nez. Avec ça sur le dos, son visage juvénile et son jean, Malic se fond parfaitement dans la faune noctambule.

La Snakehouse se dresse entre deux bâtiments de petite taille. L'ancien immeuble d'habitation, squatté depuis le début des années 1980 par des artistes marginaux, constitue l'épicentre des squats anars de la ville. L'immeuble a été intégralement repeint en jaune vif par ses occupants et doit son nom à la silhouette de serpent multicolore peinte le long de ses quatre étages dont la gueule ouverte accueille les visiteurs. Tous les autres squats du quartier sont peints et tagués, mais la Snakehouse reste l'emblème de la Spuistraat et des mouvements libertaires qu'elle héberge.

Un peu plus loin dans la rue, un bar de nuit déverse une partie de sa clientèle bruyante sur le trottoir. Les pulsations d'une musique électronique répétitive parviennent au lieutenant qui reconnaît le bar indiqué par l'agent britannique. Il traverse lentement les groupes amassés devant les portes de l'établissement et laisse dériver son regard sur les femmes de l'assemblée, à la recherche de la jeune Française. Quelques filles présentent le même profil, mais son œil exercé de flic, habitué à faire défiler des photos pour reconnaître des personnes, sait chercher les détails qui permettent une identification. Ne la voyant pas, il décide de rentrer dans le bar.

À l'intérieur, une vague de *house music* planante l'assaille. Presque étourdi par l'air chaud suffocant et la musique oppressante, Malic se dirige vers le bar en continuant d'observer les jeunes femmes de l'assemblée. Il commande une chope d'Amstel et détaille les lieux. Des fresques à la gloire des icônes de la culture pop couvrent les murs de l'établissement. Peintes par les artistes des squats voisins, elles confèrent au bar une modernité en décalage avec son mobilier de récupération et son vieux comptoir en zinc. Une faune bigarrée festoie dans la grande salle, des artistes bohèmes, des fêtards aux tenues fétichistes, des prostituées provocantes en fin ou début de service, des punks et des jeunes zonards couverts de tatouages et de piercings, une bonne sœur portant une robe et une coiffe en latex, un immense chauve presque nu au crâne couvert d'épingles, un monsieur Loyal de cirque avec son fouet… Malgré son sweat-shirt, le lieutenant détonne un peu au milieu de cette assemblée déjantée.

Quelques gorgées de bière fraîche accoudé au comptoir l'aident à reprendre ses esprits et ses recherches. Si Andrew ne se trompe pas, Céline Barbier se trouve quelque part dans cette salle. La patiente inspection de Malic finit par porter ses fruits, il débusque la jeune femme assise en tailleur avec un petit groupe de zonards au pied d'un portrait géant de Bob Marley. Elle lui paraît encore plus maigre et pâle que sur la photo. Cette jeune femme se meurt peu à peu, le crack la massacre encore plus vite que le virus qu'elle véhicule.

L'aborder alors qu'elle discute avec un groupe d'amis compromettrait la suite de leur discussion. Malic doit trouver un moyen d'entrer en contact avec elle sans avoir à gérer ces oreilles indiscrètes. Peu à peu, le groupe qui entoure sa cible s'éparpille. Un couple part, deux autres vont danser, un dernier rejoint le comptoir. Céline se retrouve seule au pied du rasta géant. Le lieutenant décide de profiter de cette opportunité. Il traverse la salle et vient s'appuyer contre le mur à deux mètres de la jeune femme. Puis, le plus naturellement possible, il se laisse glisser et s'accroupit à ses côtés. Céline se retourne et lui sourit. De près, sa peau laisse apparaître les marques d'un vieillissement prématuré, ses dents commencent à noircir et elle dégage une persistante odeur d'éther, certainement liée à sa consommation de cristaux de crack. Quelques mois auparavant, cette fille devait être jolie, mais aujourd'hui, le masque de la mort se dessine sur son visage. Malic n'est pas là pour lui venir en aide ; il a une mission à remplir et il ne doit pas s'en laisser détourner. Il engage la conversation en français :

– Bonsoir, vous êtes française, n'est-ce pas ?

Il s'entend parler, caricature de dragueur maladroit, mais la jeune femme semble bienveillante et la conversation s'engage. Malic tente de se faire passer pour un hacktiviste, selon Andrew la jeune femme aime ce genre de profil. La réaction de Céline confirme les informations de l'agent britannique. Elle oublie rapidement ses amis néerlandais et se laisse entraîner à l'écart pour une longue discussion avec le lieutenant. Malic garde en tête qu'il a besoin de l'isoler, et il lui propose de sortir fumer une cigarette. Céline le suit sans difficulté.

Sur le trottoir, Malic doit crapoter quelques bouffées de tabac pour donner le change.

Il commence à pleuvoir, les autres clients regagnent le bar sauf une poignée d'irréductibles qui se tassent sous l'auvent pour finir leurs joints. Malic attrape la jeune femme par le bras alors qu'elle se dirige vers les portes du bar et lui propose d'aller plutôt faire un tour. Il n'a jamais été aussi direct avec une femme, il en serait complètement incapable s'il n'agissait pas dans le cadre d'une mission. Il ne pensait pas arriver aussi vite à ses fins dans ce type de circonstances, et le oui de Céline le surprend un peu. Elle lui prend la main et l'entraîne vers le haut de la Spuistraat, ils bifurquent sur la gauche et Céline le tire sous le porche d'un immeuble. Elle se colle à lui et l'embrasse. Le lieutenant avale une pleine bouffée d'haleine puant l'éther. Il essaye de paraître excité, car tant qu'il n'a pas obtenu ce qu'il veut, il faut qu'il continue à jouer son rôle. Il doit être convaincant, car les mains de Céline agrippent sa ceinture. Ce geste provoque la colère du lieutenant qui repousse la jeune femme à deux mains.

– Mais bordel, il va falloir que tu en contamines combien avant d'arrêter tes conneries ?

Céline prend l'air surpris, essaye de nier en bafouillant et tente de s'échapper. Mais Malic la bloque sous le porche. Elle se débat, il la gifle violemment et lui ordonne de se calmer. Le lieutenant s'étonne lui-même de la noirceur de sa rage. L'autodestruction de la jeune femme l'exaspère. Il peut comprendre le malheur et respecter la douleur qu'il entraîne, mais cette jeune femme se détruit de son propre choix, c'est intolérable. Il continue de la gifler jusqu'à ce que son nez se mette à saigner.

Il suspend son geste, l'horreur de son comportement lui apparaît. Il souffle et inspire profondément, retrouve un peu de raison alors que Céline, sans broncher, s'essuie dans la manche de son pull-over. Apaisé, Malic lui parle malgré tout avec une dureté qu'il ne se connaît pas.

– On arrête de jouer, Céline. Tu ne crois pas que tu as assez fait de conneries comme ça ? Ils vont le prendre comment tes copains libertaires quand ils vont savoir que tu es séropositive et que tu ne les as jamais prévenus ? Tu vas te débrouiller comment pour qu'ils te refilent les drogues qui te bousillent une fois qu'ils sauront ça ?

– Les capotes, ça existe, connard ! crache la jeune femme dont le visage se décompose un peu plus à chaque mot de Malic.

– Il faudrait encore que tu leur en fasses mettre… Allez, tu en as dupé combien ces six derniers mois ? Vingt ? Trente ? Plus encore ? Comment ils vont réagir quand je vais leur dire ? Pourquoi tu fais ça ?

La dernière phrase sort comme un cri. Malic croit pourtant comprendre ce qui se passe chez la jeune femme, perdue, condamnée, aigrie et finalement prête à tout pour nier la réalité le temps de quelques étreintes, quitte à entraîner ses partenaires dans son malheur. Céline sanglote et supplie.

– Ne fais pas ça, je n'ai plus rien, ni d'endroit où aller… Je ferai tout ce que tu me demanderas, je t'en prie…

Dans la rue, un groupe de jeunes passe en riant. Céline pourrait en profiter pour fuir, mais elle ne tente rien. Elle reste appuyée sous le porche, les yeux dans le vide, rattrapée par sa condition et son désespoir. Pris de pitié, Malic essaye de se racheter de son comportement violent.

– Je vais te demander de me donner des informations. Si tu collabores, je ne ferai pas le tour de tes amis pour leur annoncer la nouvelle et leur dire de passer un test. Mais je pense que toi, tu devrais le faire. Si tu acceptes de faire ça et que tu m'aides, moi aussi je t'aiderai. Si tu ne changes rien, tu seras morte dans quelques mois, tu le sais aussi bien que moi…

– Tu crois que je n'ai jamais essayé ? répond-elle sèchement, avec un sourire amer.

– Je peux te faire entrer dans une très bonne clinique sur Paris. J'irai parler à ta famille aussi.

– Pas question. Je ne veux plus les voir… Je suis seule. Tu sais, je peux crever, ça ne dérangera personne.

– Ça me dérangera moi, et beaucoup d'autres, j'en suis sûr. Allez, viens, on va trouver un autre bar, j'ai des photos à te montrer et des noms à te demander.

Céline le suit sans un mot. Ils traversent quelques rues du Jordaan en direction du centre et de ses *coffee shops* enfumés. La pluie ruisselle sur eux sans qu'ils y prêtent attention. Malgré le succès de sa mission, la honte laisse un goût un peu amer dans la gorge du lieutenant…

16

Par chance pour Lucy, la poursuite dans les rues de Paris ne dure pas. Elle manque de déraper à plusieurs reprises car elle surestime les capacités de son scooter, mais, après quelques minutes de filature dans Pigalle, la voiture monte vers Montmartre et s'arrête rue Lepic. La place Blanche et les rues autour des Abbesses bruissent d'activités crapuleuses ou festives. La rue Lepic, elle, dort paisiblement. Lucy ne prend pas le risque de se faire repérer, elle dépasse le 4 × 4, tourne à droite et arrête sa machine hors du champ de vision des Brésiliens.

Les trois hommes sortent de leur voiture et remontent la chaussée dans sa direction. Lucy jure entre ses dents et se plaque contre le mur. Son cœur bat la chamade, la rue est déserte, s'ils tournent et la voient, ils vont la démolir. Si au moins Alissia avait opté pour un casque intégral au lieu de ce bol ridicule qui laisse le visage découvert… Elle a abandonné le scooter entre deux voitures : remonter dessus et démarrer risque de l'exposer alors que s'ils ne font que traverser ils ne la verront peut-être pas. Elle se colle à une porte cochère. Elle serre les poings, ses faux ongles enfoncés dans ses paumes. Dans son dos, elle sent les boutons d'un interphone. Elle se jettera dessus si les Brésiliens la découvrent.

Quelques instants passent, les hommes n'apparaissent pas. Au rythme de leurs pas, ils devraient pourtant avoir déjà parcouru la distance qui les séparait. Ils ont dû s'arrêter avant le croisement. Lucy ose un regard et ne les voit plus sur le trottoir. Ce n'est pas possible, ils vont lui échapper ! Elle redescend la rue Lepic et découvre un porche ouvert sur une cour intérieure aménagée autour d'une fontaine Wallace. Les trois Brésiliens se sont arrêtés devant une boutique vétuste aux lumières éteintes, comme toutes celles qui bordent la cour.

L'un d'entre eux téléphone pendant que ses complices tambourinent avec force sur la porte du magasin. À bientôt minuit, le propriétaire du lieu finit pourtant par réagir. Une lumière s'allume dans l'arrière-boutique puis la porte s'ouvre. Par l'entrebâillement, Lucy distingue la silhouette d'un vieil homme en robe de chambre. Un conciliabule s'engage, mais les Brésiliens doivent se montrer persuasifs car ils finissent par être invités à entrer. Lucy se rapproche, regarde discrètement par la vitrine crasseuse et aperçoit les trois hommes et le commerçant au fond de la longue boutique. L'homme en robe de chambre tient un revolver à la main, mais il ne le braque pas sur ses visiteurs. Tout en parlant, ils disparaissent par une porte latérale.

Lucy doit entrer pour glaner de précieuses informations. Après cet arrêt, ses agresseurs vont remonter dans leur voiture et elle risque de les perdre à tout moment, un tour de périphérique où son scooter ne pourra pas suivre et elle ne les reverra peut-être jamais. Avec eux s'évanouira la piste qui peut la mener à Roxana, sa princesse roumaine. À cette heure, elle se trouve sûrement dans une camionnette en bord de route, défoncée à toutes les saloperies que ses exploiteurs doivent lui filer pour qu'elle accepte de se faire baiser à la chaîne. Lucy ne peut pas l'abandonner, personne d'autre ne la cherchera, et accepter sa perte serait se résigner à devenir une victime.

On ne devient une victime que si on le décide. Pour

Lucy, il y a des agresseurs, des bourreaux, des violeurs, des coupables, mais pas de victimes. De quinze à dix-huit ans, elle s'est considérée comme telle car c'est ainsi que la société la définissait. Mais c'est finalement ce qui lui a fait le plus de mal, car on a beau souffrir, tant qu'on ne se met pas dans cette position, on reste combatif. Être une victime, c'est être déresponsabilisé, se servir de ce prétexte pour se complaire dans son malheur et devenir faible. Lucy refuse de s'y abandonner, comme toutes ces femmes qui s'engluent dans l'idée que, étant femmes, elles sont forcément les victimes d'un système qui les opprime. Un système mis en place par les hommes… Lucy a horreur de ce mot, « victime », désignant les personnes au secours desquelles il convient de se porter, empreint de misérabilisme, d'infantilisme et d'assistanat. Attendre devant la porte et laisser les Brésiliens lui échapper serait pour Lucy l'abandon de la lutte. Alors, le souffle court et la sueur emportant son maquillage, elle pose sa main sur la poignée en fer.

Le bas de la porte frotte sur le carrelage, Lucy doit la soulever pour éviter les grincements. Elle l'ouvre juste assez pour se faufiler. L'éclairage indirect provenant de la pièce où se trouvent les quatre hommes plonge la longue salle d'exposition dans une pénombre dérangeante. Au gré de son avancée, Lucy distingue les objets étranges qui reposent sur les étagères encombrées du magasin, un capharnaüm infernal, poussiéreux et hétéroclite. Des animaux empaillés monstrueux la menacent de leurs yeux vides. Elle se demande dans quelle succursale de l'enfer elle vient de mettre les pieds. Dès qu'elle parvient à entendre les voix des quatre hommes, elle s'arrête, à mi-chemin de la sortie pour pouvoir s'enfuir avant qu'ils ne la voient. La discussion semble tendue, même si elle reste courtoise dans la forme :

– Vous comprenez bien qu'il s'agit d'accusations

graves, sermonne le vieil homme d'une voix ferme. Si vous n'avez aucun acte de propriété, ni de certificat d'achat… Accuser mon fournisseur de vol et me considérer comme un receleur me semble déplacé. Et, que je sache, rien ne prouve que ces urnes soient en ma possession !

L'un des Brésiliens soupire :

– Admettons que nous soyons disposés à payer pour récupérer ces urnes. À quel prix les évalueriez-vous ?

– Rien que pour leur poids en or, il y en aurait pour cent cinquante mille euros. Ce sont des pièces rares, riches de sens et d'histoire. En admettant que je les aie et que je souhaite les vendre, il me faut du temps pour les faire expertiser.

– Est-ce que vous en donner trois cent mille euros en liquide serait susceptible de faire accélérer les choses ?

La voix du Brésilien trahit une colère sur le point d'éclater.

– Si on me donnait une telle somme en liquide et si j'avais ces urnes, je serais disposé à les rendre à ses légitimes propriétaires. Laissez-moi vos coordonnées. Si jamais j'entends parler de ces pièces, je vous appelle pour convenir des modalités.

– Voilà notre carte. Nous comptons sur un appel rapide de votre part, monsieur Monestier. Nous vous conseillons vivement de n'en parler à personne et de nous garder l'exclusivité des tractations.

La voix du Brésilien se fait menaçante, sans ambiguïté. Les ayant vus à l'œuvre, Lucy est convaincue que s'ils savaient où le vieillard a caché ce qu'ils veulent, il ne serait plus là pour en parler. Le sang-froid et l'autorité du commerçant l'impressionnent. Il tient tête sans trembler aux trois colosses. À n'en pas douter, il a l'habitude de ces affaires sensibles et peut-être qu'à son âge, la mort paraît une perspective familière…

Dans la petite pièce, la discussion touche à sa fin. Lucy se dépêche de regagner la sortie. Elle referme à peine la porte qu'ils entrent dans la salle d'exposition. Soulagée de s'en tirer à si bon compte mais encore insatisfaite des informations glanées, Lucy court à son scooter aussi vite que ses talons interminables le lui permettent. Elle démarre sa frêle machine et se poste au coin de la rue. Le 4 × 4 ne tarde pas à passer devant elle et elle se lance à nouveau à sa poursuite.

Cette fois-ci, la filature tourne court. La voiture redescend vers la place de Clichy, remonte le boulevard du même nom jusqu'à une voie d'accès au périphérique et ce que Lucy craignait se produit… son petit scooter ne lui permet même pas de se risquer à leur suite. Lucy regarde avec aigreur le Range Rover disparaître dans le trafic. Rien de ce qu'elle a appris ne la rapproche de Roxana. Elle reste quelques secondes immobile et songeuse, arrêtée devant une station-service, à ressasser les événements de cette soirée. Un coup de klaxon la sort de sa torpeur. Elle tourne la tête et voit trois jeunes hommes dans une vieille BMW qui l'interpellent avec des yeux brillants et des gestes obscènes. Elle suit leurs regards et constate que son manteau flotte au vent, ouvert sur son corset et ses bas en latex. Emportée par sa fougue, elle n'a même pas senti le froid. Lucy frissonne, referme son manteau, indique du doigt aux jeunes hommes les transsexuels qui font le trottoir à quelques mètres. Elle redémarre sans attendre leur réponse.

17

Les bords de la petite tasse en porcelaine brûlent encore un peu. Le directeur Boniperti la repose sur la table basse en verre et souffle sur le bout de ses doigts. En face de lui, le divisionnaire Leterrier replie un exemplaire du *Figaro* et le replace dans le porte-revues. Le divisionnaire a les traits tirés, sa nuit a dû être mauvaise. Boniperti espère que son bras droit tiendra jusqu'à la fin de l'affaire Judex. Son départ à la retraite programmé pour l'année suivante ne peut pas être anticipé ; son remplaçant ne connaîtrait aucun des dossiers en cours et la désorganisation qui en résulterait causerait de bien pires dommages que la santé défaillante du divisionnaire. Boniperti lui sourit. Il espère que ce vieux soldat a les ressources pour gagner une dernière bataille. Le divisionnaire Leterrier consulte son BlackBerry et commente d'une voix monocorde ce qu'il y découvre.

– De Malicandre vient de rentrer des Pays-Bas, il rapporte des informations intéressantes à ce qu'il semble. Il a réussi à obtenir les noms de cinq pirates informatiques français ayant rendu visite aux groupuscules d'ultragauche hollandais au printemps dernier. Il propose qu'on les fasse tous mettre sous étroite surveillance.

– Bien sûr, immédiatement ! Faites surveiller toutes leurs lignes téléphoniques et placez-les sous filature permanente.

Après avoir marqué un temps d'arrêt, le directeur reprend, pensif :

– Vous croyez qu'ils ont le profil de pirates suffisamment doués pour s'introduire dans nos serveurs sans laisser de traces ?

– Difficile à dire pour le moment, monsieur le directeur. Seuls deux d'entre eux sont fichés. Ceux que nous connaissions ne nous semblaient pas capables d'actions d'un tel niveau, mais pour les autres, il va falloir vérifier. De Malicandre nous demande aussi d'obtenir une place à la clinique Montevideo pour l'indic qui lui a communiqué ces informations.

– Le lieutenant m'exaspère avec sa naïveté de boy-scout, soupire Boniperti. Un bon indic, on le laisse sur le terrain, pas question de s'en priver. Dites-lui que vous allez étudier sa demande. Vous ne la rejetterez qu'à la fin de l'affaire Judex. On ne va pas prendre le risque de le démobiliser avant. Avec son divorce, il devient un peu soupe au lait.

Leterrier acquiesce. Suit un silence que Boniperti ne rompt pas : il repense aux hackers identifiés. Pour obtenir l'aide des Britanniques, il a dû lâcher des informations précieuses. Il espère que ces renseignements en valent le prix. Pourtant, il a du mal à accepter l'idée que leurs systèmes informatiques aient pu être piratés. La DGSI, ainsi que tous les services de police du monde, constitue une cible de choix pour les postulants à la gloire virtuelle. Ses serveurs font partie des plus protégés qui soient. Un tel pillage d'informations sensibles, réalisé sans laisser aucune trace, rend perplexes tous les spécialistes des réseaux informatiques consultés depuis la mort de Delaunay. Mais l'autre hypothèse serait plus grave encore.

Elle se résume à une liste, que Boniperti connaît par cœur à force de la relire. Elle comprend les noms des agents de la DGSI qui ont pu avoir accès aux « blancs » concernant Delaunay et Le Morvant. Dix noms, tous de très hauts responsables actuels ou passés des services de renseignements intérieurs. Le gratin, l'élite du renseignement à la française. Imaginer qu'un de ces hommes puisse être un traître, imaginer qu'il ait pu communiquer ces informations à des activistes, voire qu'il soit lui-même l'assassin de Delaunay abasourdit Boniperti. Il sait qu'il faut réduire ce Judex au silence, il n'y a pas d'autre issue raisonnable, mais des personnalités de cette envergure ne s'éliminent pas aisément. Pour l'avenir de l'institution, l'hypothèse du piratage aurait infiniment moins de conséquences.

Le matin même, sous la pression du ministère de l'Intérieur, Boniperti a déclenché une opération interne d'une ampleur sans précédent. Obéissant à ses ordres, la DGSI s'espionne elle-même. Tous les bureaux, tous les téléphones portables et fixes, tous les courriers électroniques de ses collaborateurs ont été placés sur écoute. Les techniciens et analystes de Frenchelon à Boullay-les-Troux ont reçu des consignes très claires. Toutes leurs missions en cours ont été suspendues jusqu'à nouvel ordre pour qu'ils puissent retourner les moyens technologiques de surveillance du renseignement intérieur vers ses propres agents. Boniperti a réussi à éviter l'intervention de l'IGS[1], voire des renseignements militaires. L'honneur de l'institution a été épargné pour l'instant, mais le directeur sait que, faute de résultat, cela ne durera pas. En interne, personne n'a été informé de ce dispositif. Seuls Boniperti, le cabinet du ministre et les analystes de Frenchelon savent ce qui se passe. Si la DGSI abrite un traître en son sein, elle doit se donner les moyens de le débus-

1. Inspection générale des services.

quer et de le mettre hors d'état de nuire dans les meilleurs délais.

Les réflexions du directeur sont interrompues par l'irruption d'une assistante de leur hôte. La jeune femme, qui arbore le physique et la morgue d'un mannequin slave, vient les chercher pour les conduire à Ludovic Le Morvant, nouvelle cible désignée de Judex et président-directeur général de Petral, le premier groupe pétrolier européen. Boniperti fait signe aux deux techniciens de la DGSI qui se tiennent debout à côté du canapé du salon d'attente. Sur son ordre, les deux agents entrent dans la pièce leurs mallettes à la main, suivis par le directeur et son bras droit.

Le quartier général de Le Morvant occupe le cinquante-deuxième et dernier étage d'un bâtiment récent de la Défense. Le bureau s'étend sur tout l'étage, de la taille d'une piste d'atterrissage d'hélicoptère, et il y règne un silence de cathédrale. Ses baies vitrées s'ouvrent sur trois flancs de la tour et offrent une vue à couper le souffle sur tout l'Ouest parisien. Le mobilier, les œuvres d'art et l'espace visent à étaler puissance et richesse pour impressionner le visiteur. Ils y parviennent sans réserve. Leur hôte les attend, seul, comme cela lui a été demandé, au bout d'un tapis persan en soie et fils d'or de plus de dix mètres de longueur.

L'assistante hautaine quitte la pièce. Boniperti salue Le Morvant avec moins de chaleur que leur statut de condisciples de Polytechnique pourrait autoriser. L'objet de leur visite impose de la retenue. Le Morvant semble le comprendre, la présence des techniciens constituant un signal suffisamment fort. Le dirigeant n'est pas étonné. Il a l'habitude des situations à risques, le monde de l'industrie pétrolière justifie ce type de procédures à chaque fois qu'une réunion concerne un dossier sensible. Le Morvant, la soixantaine élégante, costume sombre et prestance renforcée par la pratique régulière du polo, se désintéresse des hommes qui ouvrent leurs mallettes et en sortent des scanners. Il adresse un de ses fameux sourires, qu'on qualifie dans la presse de « carnassiers », à ses visiteurs.

Pendant qu'ils échangent quelques politesses d'usage, les techniciens font le tour du bureau avec des détecteurs de systèmes d'écoute. Ils inspectent les nombreuses œuvres d'art moderne qui ornent la pièce. Le Morvant leur propose un autre café. Quand l'assistante revient avec le plateau, les techniciens confirment que la pièce ne contient aucun dispositif d'espionnage. Rassurés, les trois hommes s'installent autour du bureau de Le Morvant face à un ciel gris pesant de tout son poids sur la tour Eiffel. Boniperti dévoile enfin la raison de leur venue :

– Nous avons des raisons de penser que vous êtes la cible d'un maître chanteur qui se fait appeler « Judex ». Me confirmez-vous que vous avez reçu un courrier de menace signé de ce nom ?

Le dirigeant gratifie ses visiteurs d'un franc sourire, il croise ses mains derrière sa nuque à la calvitie entretenue au millimètre et répond d'un air détaché :

– Enfin, messieurs, avez-vous idée du nombre de courriers de ce type que je reçois chaque jour ? Mon groupe a des intérêts dans plus de cent pays de par le monde, qui se chiffrent en milliards de dollars. Dans certains de ces pays, la violence constitue le mode d'expression le plus usuel et le meurtre est un moyen de négociation comme un autre. Alors un courrier de menace… Comment voulez-vous que j'y prête attention ? Mon directeur de la sécurité pourrait vous en dire plus que moi à ce sujet.

Le Morvant ment. Les deux hommes savent qu'il ne peut pas avoir ignoré ce courrier, même si ce qu'il dit sur le quotidien de l'activité pétrolière reste exact.

Mais la lettre de Judex contient des informations trop sensibles pour ne pas avoir retenu son attention. De plus, elle a dû lui parvenir chez lui, ou à une adresse inconnue de l'énorme majorité de ceux qui tentent de forcer les négociations avec le groupe pétrolier. Il l'a forcément lu et sait de quoi on lui parle.

Boniperti a besoin de la collaboration du polytechnicien, il ne peut pas se permettre de le contredire de manière frontale.

– Ce courrier a des caractéristiques très particulières. Nous avons des raisons de croire que ce « Judex » constitue une réelle menace pour ceux à qui il s'adresse, et nous savons que vous êtes sa prochaine cible, insiste-t-il pour faire comprendre sans le dire que Judex a déjà frappé.

– Je suis entouré d'un service de sécurité comparable à celui d'un chef d'État. Je ne me déplace qu'en hélicoptère ou en voiture blindée. Mon domicile bénéficie d'une surveillance permanente et étroite. Qu'est-ce qui vous fait croire que ce « Judex » pourrait m'atteindre ?

Malgré son ton fanfaron, la voix de Le Morvant trahit une réelle préoccupation qui confirme les doutes de ses visiteurs.

– Il dispose de moyens importants et il a déjà frappé. On le croit capable de vous atteindre si nous ne prenons pas des dispositions, annonce Leterrier d'une voix blanche, susceptible, à dessein, de renforcer l'inquiétude de Le Morvant.

– Delaunay, c'est ça ? C'est lui qui a eu ce pauvre Delaunay ? questionne le pétrolier en avançant son torse vers le bureau, toute trace de désinvolture effacée.

– Nous avons de solides raisons de le craindre. Mais cela reste entre nous, concède Boniperti, un peu agacé que son interlocuteur ait fait si vite le rapprochement avec le meurtre qui disparaît pourtant peu à peu des journaux. Ne craignez aucune publicité sur l'affaire, ni ingérence de notre part quant au contenu du courrier, nous ne sommes là que pour vous convaincre de nous aider à renforcer votre sécurité jusqu'à demain. Nous n'avons pas plus intérêt que vous à ce que cette lamentable tentative d'extorsion soit rendue publique.

– Ma sécurité a été renforcée, personne n'accède à cet étage sans avoir été contrôlé à plusieurs reprises, vous avez dû vous en rendre compte. Ce soir à dix-huit heures, je serai en vidéoconférence avec des responsables de forage dans ce bureau, totalement hors de portée de ce « Judex », à moins qu'il ne dispose de missiles sol-air !

La mention de l'heure annoncée par Judex sonne comme la reconnaissance tacite de la tentative d'extorsion et du refus d'y céder. Les deux hommes doivent pourtant convaincre Le Morvant de modifier ses plans. Derrière lui un hélicoptère passe dans le ciel gris, menace virtuelle et silencieuse.

– Vous savez, monsieur Le Morvant, la seule façon de vous protéger est de faire en sorte qu'il ne sache pas où vous trouver. Nous pensons qu'il est essentiel de modifier votre emploi du temps, car quelles que soient les mesures que vous avez prises, on ne peut pas écarter qu'il parvienne à les contourner. Croyez-nous, il prépare minutieusement ses coups et sait obtenir des complicités étonnantes. Ce ne sont que quelques heures, mais de dix-sept heures à vingt heures, je suggère que vous deveniez invisible, explique Leterrier.

– Nous avons mobilisé deux équipes du service de protection des hautes personnalités, une qui sécurisera en amont les lieux que vous nous indiquerez, l'autre qui vous suivra pas à pas. Nous avons aussi réquisitionné des véhicules blindés destinés aux transports de chefs d'État étrangers en visite diplomatique. N'utilisez pas vos propres moyens, n'allez pas où vous deviez aller, soyez imprévisible, renchérit Boniperti.

– Vous attendez de moi, en somme, que je bouleverse

mon agenda et que je joue à cache-cache avec ce fou dangereux pendant trois heures ?

– Faute de savoir qui il est et quels sont ses réels moyens d'action, c'est sans aucun doute notre meilleure option.

18

Un jeune homme au visage patibulaire descend les escaliers, entouré par deux brigadiers. Il laisse derrière lui un sillage odorant de crasse, de tabac froid et d'alcool, l'odeur caractéristique du crime crapuleux sordide. Rossi s'écarte et laisse les trois hommes regagner la cour dans laquelle un fourgon blindé attend ses passagers. Les bureaux du 36, quai des Orfèvres bruissent d'activité, le commandant saisit quelques bribes de conversations animées en remontant vers l'étage ou le capitaine Dupuy l'attend. Il jette un regard sans nostalgie vers la galerie des portraits des anciens patrons de la Crim qui orne les escaliers. Dans sa longue carrière, Rossi n'a jamais travaillé au quai des Orfèvres. Il ne partage pas la fierté et l'esprit de corps de cette unité, il s'en méfie même, comme il se méfie de toutes les castes et fraternités. Les complicités et les renvois d'ascenseur l'agacent, mais il se fend pourtant d'un grand sourire hypocrite quand Dupuy lui tend la main.

– Rossi ! Vieux chien de chasse ! Content de te voir fureter dans nos locaux, ça faisait longtemps !

– Trop, Dupuy, trop… Mais tu sais, je ne fais pas vraiment dans l'assassinat, ça ne me réussit pas toujours très bien.

– C'est vrai, tu préfères chasser du gauchiste fumeur de pétards, ironise le capitaine Dupuy.

– Et de la fleur de lys, et du crâne rasé… Je ne suis pas sectaire.

– Oui, tant qu'ils sont plus à l'aise avec un stylo qu'avec un flingue, ils sont pour vous. Les autres, vous nous les laissez.

Rossi arbore un air sombre pour mettre un terme aux plaisanteries de son collègue dont il ne supporte déjà plus la prétention et les fanfaronnades. Il le questionne sur l'affaire, en réprimant un bâillement, conséquence de sa nuit passée presque entièrement dans les archives de la Cinémathèque.

– Vous en êtes où dans l'affaire Delaunay ?

– On n'a pas chômé. Ça a été une sacrée partie de manivelle, mais on a réussi à identifier l'intégralité des invités de la soirée.

– Vous avez tous les témoignages ?

– Non, loin de là, ricane Dupuy comme si la question n'avait pas de sens, les faire venir tourne à l'affrontement systématique. Pas un seul n'accepte de voir son nom mêlé au dossier, et ils ont tous des cabinets d'avocats retors et procéduriers. On réussit à leur parler hors procédure, mais ils chantent tous le même air du « je ne suis au courant de rien, c'est la première fois que je venais à une soirée de Delaunay, je ne le connaissais pas, juste bonjour au revoir… ». On fait le max, mais pour l'instant, on n'a aucune piste sérieuse.

La Crim ne sait pas traiter avec des clients de ce type, ses enquêteurs marchent sur des œufs, la peur de déplaire au ventre. En une semaine, ils n'ont pas identifié une seule personne ayant un mobile sérieux pour tuer Delaunay. Pourtant, dans les eaux troubles où celui-ci nageait, les candidats ne devraient pas manquer. Rossi ne s'étonne pas, dans un dossier aussi sensible, il faut déployer des trésors de précaution avant d'envisager de considérer une personne en vue comme un suspect potentiel.

Il s'assied au bureau de Dupuy et se plonge dans le dossier que celui-ci lui tend. Le commandant n'a nul besoin de rappeler les consignes de Louvion, la Crim lui ouvre grands ses dossiers sans rechigner. Le classeur contient les comptes rendus d'interrogatoires du personnel de Delaunay. Rossi découvre, méticuleusement consignés par les lieutenants de la Crim, les témoignages des domestiques, des serveurs et du secrétaire particulier de Delaunay.

Le témoignage de cet homme constitue l'élément essentiel. Il ne participait pas à la soirée, mais, en homme de confiance de Delaunay, il a contribué à l'envoi de la plupart des invitations et son témoignage a permis de retrouver les quarante convives. Par contre, il n'a pas pu donner d'informations sur les filles. Delaunay s'occupait seul de les sélectionner. Plus qu'un travail, ce repérage alimentait la passion et les pulsions de l'énarque, il n'aurait pour rien au monde délégué cet ouvrage. L'analyse de ses ordinateurs a néanmoins livré quelques pistes.

Malgré les tentatives d'obstruction de la famille, la perquisition ordonnée a permis de mettre la main sur le carnet d'adresses de Delaunay. Celui-ci comprend pas moins de deux mille adresses de prostitués. Tout l'éventail de la profession y figure, *escorts*, mondaines, semi-mondaines, belles de jour, hôtesses, occasionnelles, masseuses, transsexuelles, travesties, dominatrices, esclaves… De tous les âges, tarifs, couleurs et silhouettes, femmes et hommes. Malheureusement, la victime ne conservait aucune trace de ses correspondances et les fadettes de ses portables ne révèlent aucun appel vers ces numéros. Delaunay devait avoir d'autres appareils enregistrés sous un nom d'emprunt pour régler ces affaires, et sans doute quelques complices proxénètes pour l'instant non identifiés. À cause de ce secret soigneusement entretenu, sur la soixantaine de filles, nombre qui ressort des témoignages des participants, seules trente-quatre ont été identifiées et interrogées sans qu'aucune information intéressante ressorte.

Dupuy, qui l'a laissé lire sans le déranger, revient avec deux cafés.

– Pour un visiteur de renom, je suis allé faire fonctionner la machine à expresso du patron. Je t'ai même mis un sucre. Pour te dire si on aime la DGSI, ici !

– Arrête, tu vas me faire rougir, essaye de sourire Rossi qui commence à bouillir face à la morgue de son confrère. Pour les filles, vous n'avez pas retrouvé celle aux tatouages qu'on a vue parler avec Delaunay et lui donner le verre empoisonné ?

– Eh non… On est dessus depuis une semaine pourtant, mais la BRP n'a rien dans ses fiches qui nous permette d'avancer. Parmi les filles interrogées, aucune n'a un tatouage rose, noir et blanc qui lui couvre le dos et personne ne la connaît. J'avoue qu'on aimerait bien l'identifier. Mais elle était masquée et on n'a ni empreinte digitale, ni ADN… Vous ne l'auriez pas dans vos fichiers ? Les putes, c'est aussi un peu votre truc, non ?

– Non, tu dois nous confondre avec ton père, crache Rossi en reposant son café.

Dupuy éclate de rire, un rire théâtral, forcé. Fatigué, Rossi n'a pas pu retenir sa saillie. Il ne la regrette pas : les masques tombent, ils se détestent et vont pouvoir cesser de faire semblant. Le silence s'installe, Rossi revient au dossier. Il parcourt les résultats de l'autopsie de Delaunay et les conclusions des légistes sur l'origine du poison, similaires à celles évoquées par Favier lors de la réunion. Après des jours de recherches, le verre a été retrouvé parmi les centaines utilisés ce jour-là. Aucune empreinte autre que celles de Delaunay n'a pu y être relevée, mais l'acide a pu être isolé et analysé. Les tentatives de la brigade pour remonter la piste de son fournisseur sont restées vaines. Personne ne sait qui est capable de modifier de cette façon le poison qui a tué Delaunay. Rossi craint que ces démarches ne mènent à rien, Judex ayant pu se procurer cette substance à l'étranger des mois, voire des années auparavant. Remonter à lui par ce biais se révélera à coup sûr impossible.

Dupuy le regarde avec un sourire moqueur, les mains croisées derrière sa crinière blonde, ses biceps tatoués tendant ses manches de chemise. Rossi glisse le dossier sur le bureau en chêne jusqu'au sous-main vermillon. Un antique PC poussiéreux occupe la partie droite du meuble. Cette machine obsolète donne une idée à Rossi, une manière de retrouver la prostituée tatouée avant les lieutenants de la Crim ou de la BRP et, ainsi, de damer le pion à ces prétentieux. Cette perspective l'enchante et il se lève en soupirant.

– Bon, vous n'êtes pas tout à fait sur le point de choper le coupable, on dirait. Faites-moi signe si vous avez quelque chose d'un peu plus tangible que ce tas de papiers.

– On n'y manquera pas, Rossi. D'ici là, n'hésite surtout pas à aller te faire enculer ! lui balance Dupuy sans cesser de sourire ni décroiser les mains.

– Ah, je suis désolé, là, je ne peux pas, il faut que je passe voir ta femme. Elle fait un meilleur café que ton patron.

Dupuy hoche la tête, l'air consterné. Le commandant quitte le bureau et sort son portable pour appeler Jérémy.

– Robin ? C'est Batman. Je vais avoir besoin de ton aide, sors ta cape et ton masque.

– À votre service, commandant Rossi, soupire le jeune homme.

Rossi suspend sa descente du mythique escalier du 36… Il s'arrête devant l'un des portraits de la galerie des anciens membres de la prestigieuse unité.

– Commandant ? Vous êtes toujours là ? relance son interlocuteur, surpris de ce silence soudain.

– Oui, oui… Pardon, je viens d'être frappé par une idée. Quand on n'est pas habitué, ça peut faire mal.

Sa supposition est trop confuse encore pour qu'il l'explique à Jérémy. Il demande au jeune homme de venir le rejoindre à la DGSI toute affaire cessante et raccroche. Il dévale l'escalier, manque de bousculer un avocat qui jure en s'écartant de son chemin. Il court sur le gravier de la cour jusqu'à sa voiture. Sur la banquette arrière, il retrouve un des dossiers d'archives qu'il a copiés à la Cinémathèque. Il fouille quelques minutes puis se rappelle brusquement qu'il a photographié la pièce qu'il recherche avec son téléphone. Il s'assied, manipule son portable jusqu'à afficher la photo souhaitée.

Une dizaine d'enfants sont photographiés alors qu'ils assistent à un tour de magie improvisé par l'acteur principal de Judex : Channing Pollock. L'acteur au physique hiératique, qui avait connu la célébrité en tant que magicien, profitait d'une pause du tournage pour faire étalage de ses talents de prestidigitateur, pour le plus grand plaisir des enfants figurants du film. Sur le cliché, le bras tendu, il fait apparaître une colombe dans sa main au milieu d'un foulard blanc. Pour l'occasion, il a gardé son costume de Judex, large chapeau noir, manteau-cape et longue écharpe. La liste des enfants émerveillés a été indiquée au verso par une secrétaire de la production. Le commandant l'a aussi photographiée. Le troisième nom indiqué, peu commun, l'a fait tiquer quand il l'a lu quelques heures auparavant. Il avait cru à une homonymie. Grâce au portrait qu'il vient de voir, il comprend qu'il pourrait s'agir de plus que cela. Il cherche à quel enfant ce patronyme correspond sur la photo et découvre un jeune garçon brun d'une dizaine d'années, fasciné par le numéro de Channing Pollock. Sans l'ombre d'un doute, ce visage ressemble, à cinquante années d'intervalle, à celui exposé dans l'escalier du 36. La coïncidence, énorme, justifie au moins une vérification.

Le portrait est celui du commissaire divisionnaire Karl Stransky, véritable légende de la Police nationale, fondateur du RAID et patron incontesté de l'Antigang et de la Crim, avec à son palmarès quelques-unes des plus belles affaires de ces deux brigades. Retraité depuis quelques années, Stransky a réussi sa reconversion en écrivant ses mémoires et en parcourant les plateaux télé pour en faire la promotion. À chaque grosse affaire, la presse sollicite ses commentaires et il répand la bonne parole. Ses airs de gourou omniscient moralisateur et narcissique exaspèrent le commandant. Pas au point de le croire capable d'être impliqué dans les exactions de Judex, mais puisque les faits accréditent la piste d'une complicité interne, la vieille gloire pontifiante va devoir être surveillée de près. Stransky a les connexions nécessaires et un lien surprenant avec le nom choisi par le maître chanteur.

19

L'écran du petit téléviseur de cuisine offre un spectacle saisissant : une myriade d'hélicoptères entoure la carcasse échouée d'un grand porte-conteneurs. Lucy lève la tête de son bol de thé vert. Un nom, prononcé par la journaliste filmée dans le vent, dos à un petit port de plaisance, vient d'attirer son attention. Le journal de treize heures ne s'attarde pas sur ce sujet mais s'étend longuement sur la nappe d'hydrocarbures qui dérive de l'épave vers les plages de l'île d'Oléron. Lucy se moque de ces considérations écologistes, par contre, le nom de Dantrebert, cité comme celui de l'armateur du bateau, achève de la réveiller.

Elle se rue sur son ordinateur pour consulter les sites d'information et découvrir tout ce qui lie le groupe Dantrebert au naufrage.

Ce que lui apprennent les différents sites consultés la laisse sur sa faim. Le groupe Dantrebert apparaît comme la maison mère de l'armateur de Guernesey à qui appartient le navire. Le grumier transportait du bois destiné à alimenter les papeteries du groupe, métier d'origine de la famille Dantrebert dont l'activité s'étend aujourd'hui dans la presse, le bâtiment et les énergies renouvelables. Personne n'accuse le groupe d'une quelconque responsabilité dans le naufrage, les autorités portuaires attestent du bon entretien et de la conformité du cargo à toutes les normes en vigueur. La tempête et la fatalité, seules, portent la responsabilité du sinistre en mer.

En terminant son thé, Lucy clique sur les entrées plus anciennes proposées pour le groupe Dantrebert dans Google actualités. Elle relit des articles dont elle a déjà pris connaissance. Le groupe occupe la presse économique avec les soubresauts d'une pénible affaire familiale qui remet en cause la gouvernance de la holding normande. Alexandre Dantrebert, le capitaine d'industrie ayant transformé la paisible papeterie en un groupe de dimension internationale, se voit menacé d'une mise sous tutelle par ses héritiers. Sa fille et son fils, deux quinquagénaires parisiens évincés de toute responsabilité dans le groupe par le vieillard, tentent de le faire déclarer irresponsable.

La santé d'Alexandre Dantrebert alimente la polémique et de nombreux articles. L'octogénaire a subi un accident vasculaire cérébral deux années auparavant. À compter de cette date, ses rapports avec ses enfants se sont brutalement envenimés. Ceux-ci se sont opposés à ses projets d'investissement au Brésil, principalement centrés sur l'exploitation minière de concessions au cœur de l'Amazonie. Devant l'entêtement du patriarche, ils ont eu recours à l'argument médical, arguant que les facultés de leur père avaient été diminuées par son accident vasculaire et qu'il se trouvait aujourd'hui dans l'incapacité de présider le groupe. Les héritiers ont avancé qu'Alexandre Dantrebert était sous l'influence d'amis brésiliens qui avaient comme objectif de faire main basse sur sa fortune, au détriment de ses légitimes héritiers. Depuis, leurs avocats bataillent à coups de communiqués de presse et d'expertises médicales. Le juge des tutelles, pris en tenaille, étend la procédure au maximum prévu par la loi. Sordide chronique de l'avidité humaine, l'affaire n'intéresse Lucy que parce que le nom de Dantrebert a surgi au milieu de ses recherches pour retrouver Roxana.

Lucy doit cette apparition à Judex et à son jeune complice. En contrepartie de sa participation à la soirée de Delaunay et de l'administration de la drogue qu'on lui a remise, Judex lui a communiqué l'intégralité des notes et procès-verbaux consignés par la gendarmerie de Lisieux dans le cadre de la brève enquête menée pour retrouver la jeune Roumaine. Enquête bâclée que seule l'obstination de Lucy à coller des avis de recherche sur tous les panneaux, poteaux, abribus, et arbres du Calvados avait réussi à motiver. Un jeune gendarme avait fini par prendre le temps de poser quelques questions dans les bars, gares, hôtels et stations-service de l'agglomération lexovienne.

La trace de Roxana s'évanouissait après un début de soirée arrosé dans un bar du centre-ville où elle avait annoncé son intention de rentrer sur Paris en autostop. Un seul témoignage postérieur à cette soirée avait été enregistré. Un jeune pompiste d'une station-service située sur la nationale en direction d'Évreux et de Paris certifiait l'avoir vue monter dans une Mercedes noire à la sortie de sa station durant cette même soirée. À force de voir les avis de recherche placardés par Lucy, le pompiste avait contacté la gendarmerie. Les caméras de vidéosurveillance de la station n'avaient rien révélé, la jeune Roumaine devait se trouver hors champ. Mais le gendarme avait consigné les plaques minéralogiques de deux Mercedes noires qui avaient fait le plein d'essence à la station le soir du signalement. Une de ces voitures appartenait au groupe Dantrebert, enregistrée comme voiture de direction du président de la holding. L'autre appartenait à un couple de médecins parisiens en week-end dans leur maison de campagne du Bocage normand. Le gendarme s'était rendu au domicile des médecins qui avaient attesté n'avoir jamais croisé la route de la jeune Roumaine. Le chauffeur de M. Dantrebert, dont le manoir se trouve à quelques kilomètres de Lisieux, avait tenu le même discours. L'enquête du gendarme s'arrêtait là. Impossible pour lui de remettre en cause le témoignage de tels notables, encore moins de les imaginer prendre en stop une jeune prostituée roumaine toxicomane.

Ces précautions, Lucy ne les avait pas prises. Les médecins parisiens, un peu surpris, l'avaient reçue à leur cabinet rue de la Pompe pour lui confirmer leur déposition avec sincérité. Elle avait remué ciel et terre en vain pour essayer de rencontrer le chauffeur de Dantrebert afin de lui poser les mêmes questions. L'homme n'avait répondu à aucun de ses appels et sa porte était restée fermée. Ne pas répondre à ces sollicitations ne faisait pas de Dantrebert et son chauffeur des suspects, loin de là. Lucy et Roxana ne représentaient rien pour eux, et leur mépris pouvait sembler légitime à défaut d'être empathique.

Mais à la lecture des articles relatant les démêlés familiaux des Dantrebert, un détail frappe l'imagination de la jeune femme. Le cargo échoué revenait du Brésil et la famille accuse des amis brésiliens d'Alexandre Dantrebert de vouloir détourner leur héritage. Or les trois hommes qui ont agressé Lucy pour lui faire cesser ses recherches parlaient avec un fort accent brésilien... Peut-être s'agit-il d'une coïncidence, mais elle pique la curiosité de la jeune femme.

Elle s'habille à la hâte, enfilant un chemisier blanc Anne Fontaine et un pantalon en cuir. Elle s'apprête à aller se coiffer quand son téléphone portable sonne. L'appel vient d'une amie *escort*, un temps très proche, qui lui a permis de se faire inviter à la soirée de Delaunay. Lucy ne peut pas faire autrement que de prendre l'appel.

– Lucy, ma chérie ! Je m'excuse, je vais faire vite... Je

dois retrouver un client, souffle l'*escort* qui, à l'entendre, est en train de marcher rapidement.

– Je ne t'en voudrai pas, Ana. Encore merci pour l'autre soir !

– C'est de ça que je voulais te parler. Les flics cherchent partout une fille avec le dos tatoué comme le tien. La Mondaine est venue m'interroger hier. Je ne leur ai rien dit, bien sûr, mais je préfère te prévenir.

– À part toi, personne ne me connaissait. Ils ne vont pas me retrouver, ne t'inquiète pas.

– J'espère, ma chérie. Si c'est le cas, je compte sur toi pour ne pas leur dire qui t'a fait venir à la soirée. Je ne veux pas d'emmerdes. Je ne sais pas dans quoi tu trempes pour retrouver ta Roumaine, mais je ne veux pas y être mêlée. Ce n'est pas toi qui as tué Delaunay, au moins ? chuchote l'*escort* pressée.

– Je n'ai fait que lui passer le message d'un autre. Comme convenu. Merci, Ana, je vais me mettre au vert un moment en attendant que ça se calme.

– Ça serait mieux. Fais-moi signe quand tout ça sera terminé, ça fait trop longtemps qu'on ne s'est pas fait une bouffe tranquille entre filles…

Lucy ignore l'invitation et salue son amie. La perspective de voir la Mondaine et la Crim se rapprocher d'elle l'angoisse. Elle ne sait rien de Judex, elle n'a qu'un gamin comme contact et elle risque de porter le chapeau dans l'affaire. Personne ne croirait qu'elle ignorait tout des effets des gélules qu'elle a administrées au défunt. Judex et son acolyte lui doivent de l'aide et des explications.

Elle retourne à son ordinateur lance bitmessage et contacte Hugo, l'intermédiaire de Judex. Consciente des faiblesses du jeune hacker, elle déboutonne son chemisier et le laisse grand ouvert.

Lucy_M : *Slt Hugo, tu as 5 mn stp ?*
Jshadow : *Hi m8 :)*
Lucy_M : *On peut se parler en chat vidéo ?*
Jshadow : *Suis en plein MOBA sur WOW, urgent ?*
Lucy_M : *Oui, très. Les flics me recherchent...*
Jshadow : *Judex a tout prévu, newbie, on reste en mode furtif ;)*
Lucy_M : *Je vais devoir me barrer de chez moi, ça craint. J'ai plein de trucs à vous demander, il va falloir m'aider maintenant. Connecte-toi en visio, stp !*

L'inconscience d'Hugo, qui continue à se croire dans un jeu juste un peu plus excitant que ses jeux de rôle, exaspère Lucy. Il y a eu un mort, de sa propre main ; le temps de la plaisanterie et de l'insouciance a pris fin quand Delaunay a bu le poison. Elle sait que l'intelligence supérieure d'Hugo le détache des responsabilités et de la réalité. Dans son monde virtuel, la mort de Delaunay n'a pas plus d'importance que celle d'un personnage de World of Warcraft. Comme des centaines d'ados, Hugo souffre de psychopathie virtuelle, doublée dans son cas d'un sentiment de supériorité agaçant. Judex l'a très bien choisi, le jeune homme constitue une victime de choix pour un manipulateur adroit. Son visage poupin envahi par une acné mal soignée apparaît dans la fenêtre bitmessage. Malgré sa mégalomanie, Hugo reste sensible aux charmes de Lucy. Par cela aussi, il peut se laisser manipuler, et elle compte bien en profiter. Elle l'accueille avec son sourire le plus enjôleur.

– Salut, Bogoss, c'est quand même mieux quand on se voit, non ?

– Grave ! T'es toujours PEGI 18, Lucy ! claironne Hugo en découvrant la tenue de son interlocutrice.

– Il faut qu'on se voie, Hugo. Vous ne pouvez pas me laisser me débrouiller seule. J'ai fait ce que vous m'aviez demandé, même si vous m'aviez caché que le mec allait en mourir.

– Hey, fais pas ta *whineuse* ! On ne gagne pas une guerre avec des fleurs, OK ? Judex sait ce qu'il fait et ce bâtard de Delaunay le méritait, *Freekill*, non ? Quand tout va péter, tu vas voir, ça sera énorme et tu ne risqueras plus rien.

– D'accord, mais j'ai besoin que tu me trouves des informations, Hugo, s'il te plaît… minaude la jeune femme.

Penchant la tête, elle glisse lentement le bout des doigts dans ses longues mèches brunes.

– OK. Tu veux savoir quoi ?

– Je veux tout ce que tu pourras trouver sur trois Brésiliens, la trentaine, peut-être des frères, qui seraient en France et auraient un lien avec le groupe Dantrebert. Tu peux trouver ça ?

– Je peux chercher… Je te dis ce que je chope.

– Il me faudrait aussi des infos sur une boutique, *Le Cabinet des curiosités*, dans le XVIIIe.

– Ça commence à faire beaucoup, tu comptes payer comment ?

– On est des *teammates* ou pas ?

– Voilà, je préfère ça ! Esprit d'équipe, Lucy ! s'enthousiasme le jeune homme.

– En attendant que ça se calme, il faut que je passe te voir. Je ne peux pas rester chez moi, la Mondaine cherche partout une nana au dos tatoué, je ne suis pas connue de leurs services comme *escort* mais, s'ils élargissent aux performeuses fétichistes, ils vont finir par se pointer chez moi… Il faut que vous m'aidiez à disparaître un moment.

– Tu ne peux pas passer, Lucy, ce sont les règles du jeu, pas de contact entre nous. Je n'ai jamais vu Judex ! Pas de lien, pas de souci, on reste en *single player*.

Lucy se penche en arrière, elle sent son chemisier

s'ouvrir et glisser sur sa poitrine, la dévoilant en partie. Elle sourit à Hugo, provocatrice et amusée.

– Qu'est-ce qu'il y a, Hugo ? Tu me caches une copine qui vit avec toi, ou peut-être que tu vis encore chez tes parents ?

– Non, non… Mais Judex a interdit tout contact, se défend piteusement le jeune homme, piqué au vif.

– Hugo, tu n'as pas confiance en moi ? Tu dois tout lui demander ?

– Il sait tout, Lucy, il est en *God mode*… On ne peut rien lui cacher.

– Hugo, je te demande juste de me filer un coup de main avant que la Mondaine débarque chez moi !

L'adolescent garde le silence un moment, mais son désir crève l'écran et il finit par succomber alors que Lucy reboutonne, avec une feinte naïveté, son chemisier impudique.

– OK, viens. Je t'envoie l'adresse. Mais assure-toi bien que tu n'es pas suivie.

Lucy lui envoie un baiser du bout des doigts. Elle éteint sa webcam et sourit. Elle vient d'allumer un ado, rien de très glorieux. Mais, comme l'a si bien dit l'amateur de jeux vidéo : « On ne gagne pas la guerre avec des fleurs ! » Elle note l'adresse et empile dans son sac de voyage des affaires pour une dizaine de jours.

20

L'habitacle ouaté de la DS5 limousine se nimbe d'un halo électrique orangé. Sans ces projecteurs halogènes, les vitres filtrantes blindées du véhicule plongeraient ses occupants dans une obscurité presque totale en cette fin de journée parisienne. Enfoncés dans les épais fauteuils en cuir, Boniperti, Leterrier et Le Morvant devisent calmement sur l'actualité politique du moment et sur le budget du ministère de l'Intérieur. Leur conversation ne parvient pas à donner le change ; à cinq heures et demie, la menace de Judex règne dans chacun de leurs silences, dans chacun de leurs regards qui traversent les vitres opaques de la limousine. Le véhicule s'arrête dans le trafic abondant de la place de la Madeleine. Chaque scooter qui se faufile entre les files de circulation leur arrache des coups d'œil fébriles. Pourtant les portières de leur voiture sont couvertes d'une plaque de blindage militaire de douze centimètres, il faudrait une arme lourde pour ne serait-ce qu'entamer sa peinture. La voiture dispose également d'une protection contre les attaques chimiques et bactériologiques, une escorte les précède et une autre les suit. Dans ces conditions, une attaque frontale de Judex semble impossible, mais son venin circule tout de même entre les occupants de la limousine.

Le Morvant tend la main vers le minibar. Il se sert un deuxième whisky et porte un toast qui se veut détaché alors que la voiture redémarre dans le trafic.

– Messieurs, je vous remercie d'être venus m'accompagner pendant mes dernières heures !

– Qu'elles ne soient que les premières d'une très longue série ! sourit Leterrier en levant son verre d'Islay noyé dans l'eau de Seltz.

– Avez-vous décidé de l'endroit où vous souhaiteriez passer l'heure fatidique ? s'enquiert le directeur Boniperti qui ne parvient pas à feindre la légèreté.

– Tout à fait ! Figurez-vous que nous ne sommes pas très loin de l'église Notre-Dame-de-Bonne-Nouvelle qui accueille chaque événement important de la vie de la famille Le Morvant. Je trouve adéquat d'y aller prier pour passer l'heure cruciale.

En réponse à ce souhait, Leterrier transmet la consigne d'inspecter Notre-Dame-de-Bonne-Nouvelle de fond en comble à l'équipe du service de protection. Dans l'attente de leur feu vert, la limousine circule lentement sur les Grands Boulevards pendant que les trois hommes reprennent leur conversation mondaine. Dans l'habitacle ouaté, le bruit de la pluie qui tombe à verse sur la capitale ne leur parvient même pas. Malgré ses airs bravaches, la tentation de se terrer dans cet environnement protecteur chemine dans l'esprit de Le Morvant. Toutefois, il ne s'autorisera pas cette lâcheté. La voiture rejoint l'église néoclassique massive et sans grâce qui donne son nom au quartier Bonne-Nouvelle. L'autorisation d'entrer arrive alors qu'ils remontent au pas la rue éponyme qui longe son mur d'enceinte.

L'équipe de protection a procédé à l'évacuation courtoise mais rapide de l'édifice. Celui-ci sera vide pour accueillir Le Morvant. La rue de la Lune, petite artère calme et parallèle au boulevard de Bonne-Nouvelle qui passe devant le porche d'entrée de l'église, constitue la principale difficulté. Pour éviter que des voitures la sillonnent, le service de protection la bloque en amont devant un hôtel. Une autre voiture s'arrête derrière la limousine pour circonscrire tout trafic aux abords de l'entrée de l'église. Les bancs du petit jardin public qui fait face à l'entrée sont garnis d'agents en civil. De toute façon, personne d'autre ne s'y risquerait par un temps aussi défavorable.

Des grilles séparent l'entrée de l'édifice de la rue et obligent les trois hommes à traverser à découvert. La nervosité de l'équipe de protection devient palpable quand la portière de la limousine s'ouvre. Des agents, carrures imposantes et costumes sombres, les attendent parapluies ouverts, autant pour les protéger de la pluie que pour les masquer aux yeux d'éventuels tireurs embusqués à une fenêtre d'un des immeubles qui ceignent le lieu de culte. D'autres policiers déplient leurs mallettes pare-balles et se disposent de chaque côté des trois hommes. Sous les injonctions du capitaine du RAID, ils pressent le pas. La colonne ainsi formée escalade la volée de marches la tête baissée, s'engouffre en quelques secondes sous les colonnes doriques du porche et pénètre dans l'église déserte.

Six heures moins cinq à la Jaeger-LeCoultre de Boniperti. L'angoisse étreint la gorge du directeur. L'intérieur de l'église incite pourtant au calme. Au fond, le chœur scintille dans la pénombre et le silence. Des hommes du service de protection montent la garde au pied des colonnes doriques qui entourent la grande nef, tous paraissent aux abois et scrutent chaque recoin de l'édifice. Le visage fermé et la main sur son arme, le capitaine recommande aux trois hommes de marcher le long des murs et d'éviter de s'arrêter en face des vitraux. Leterrier sourit, il essaye de communiquer un peu de sérénité à ses deux compagnons. L'endroit a été aussi sécurisé que possible, rien ne doit pouvoir les atteindre dans les minutes qui viennent. Personne n'a pu anticiper cette destination, la solitude et la surprise constituent leurs meilleures protections contre un éventuel complot.

Nullement rasséréné, Le Morvant a desserré sa cravate et ne cesse de regarder sa montre. Malgré les UV, sa pâleur fait peine à voir. Leterrier l'enjoint à conserver son calme. Puis le divisionnaire au teint jaune et aux joues creuses se dirige vers un modeste bénitier, trempe sa main et se signe. Le Morvant lui emboîte le pas. Boniperti, athée convaincu, les attend devant un baptistère creusé au centre de la nef et fermé par d'épaisses grilles ouvragées. Il les regarde satisfaire à ce rite de dévots.

Le geste de foi redonne quelques couleurs à Le Morvant. Il vient de se placer sous la protection la plus haute qui soit et sa confiance remonte. Les trois hommes font quelques pas devant les sculptures monumentales qui occupent les niches des bas-côtés. Ils s'arrêtent devant un ange Gabriel annonciateur, trompe à la main, au pied duquel prie une Vierge Marie béate.

Six heures.

Les hommes du SDLP[1] se rapprochent, des consignes transmises par leurs oreillettes leur intimant l'ordre de resserrer la protection. Aucune menace particulière ne se précise, mais l'heure annoncée par Judex les rend nerveux. Ils se disposent en arc de cercle autour des trois hommes absorbés par la contemplation de la statue, pourtant sans grand charme. Personne n'ose plus parler, ni regarder sa montre.

Les secondes passent. Peu à peu, la gorge de Boniperti se desserre, il commence à croire qu'ils ont exagéré la menace et que ce « Judex » dispose de moins de complicités et de ressources que ce qu'ils craignaient.

1. Service de la protection.

Un sourire de soulagement se dessine sur le visage du directeur. L'atmosphère de l'église devient moins pesante. Par l'oreillette d'un des agents, il entend annoncer que le quartier est calme, que tout est sous contrôle. Boniperti soupire d'aise. À ses côtés, Le Morvant manifeste sa joie d'une manière plus visible, un rictus étire ses lèvres jusqu'à lui faire afficher un sourire démesuré. Il penche la tête, porte la main à sa bouche et part d'un rire sonore qui résonne dans toute l'église. Boniperti essaye de se contenir, ce fou rire menace de s'emparer de lui, Leterrier affiche un sourire qui lui aussi tend à se transformer en hilarité. Boniperti échange un regard incrédule avec le divisionnaire puis tous deux haussent les épaules. Cette réaction paraît étrange, mais après avoir subi une grande angoisse, la libération peut s'avérer spectaculaire.

Les éclats de Le Morvant s'intensifient. Son rire déborde comme un torrent en crue, sa gorge s'irrite, il s'étouffe presque et ses mains cramponnent la barrière qui les sépare de la statue. D'un seul coup, l'humeur du directeur se retourne, ce rire devient inquiétant.

Les hommes du service de protection se rapprochent de Le Morvant, le capitaine Navis de Hautecloque le saisit par l'épaule. Le rire à gorge déployée du PDG s'éteint subitement, Le Morvant rejette la tête en arrière et émet un gargouillis pathétique qui se mue en râle d'homme qui étouffe. Navis de Hautecloque hurle dans son micro de faire venir une équipe de secours de toute urgence. Le Morvant s'effondre à ses pieds sans qu'il puisse le retenir. Boniperti et Leterrier tentent de s'approcher, mais le capitaine leur intime l'ordre de rester à distance tant que l'origine du malaise demeure inconnue.

Au centre du cercle formé par les agents, tétanisés par leur impuissance, un spectacle effroyable se déroule. Sur les dalles usées de l'église, Le Morvant ne rit plus.

Son corps tressaute sous l'effet de spasmes violents, ses mains se serrent autour de sa gorge, il ne parvient plus à respirer.

– Il faut lui percer la trachée, il étouffe ! crie le capitaine.

Un des hommes se penche vers Le Morvant pour le maintenir alors que le capitaine sort un couteau et un stylo d'une poche intérieure de son costume pour pratiquer une intubation sommaire dans la trachée de l'homme en train d'agoniser. L'agent qui essaye de l'immobiliser étouffe un juron quand Le Morvant ouvre grand la mâchoire et que sa langue boursouflée jaillit. L'organe fait trois fois sa taille normale, il occupe toute la bouche de la victime, empêchant l'air de rentrer. La gorge gonfle aussi à vue d'œil, ainsi que son visage en une sorte d'œdème de Quincke foudroyant. Navis de Hautecloque crie dans son oreillette que l'homme fait une crise d'allergie et qu'il lui faut une injection d'adrénaline de toute urgence, Il s'agenouille, incise la gorge de Le Morvant sur laquelle coule de la salive teintée de sang, puis introduit son stylo dans la plaie.

Le capitaine suspend son geste. La langue de l'homme à terre vient de se couvrir de boursouflures translucides. La commissure de ses lèvres suinte de sang, les dents se plantent dans la langue trop épaisse qui ne cesse de gonfler au-delà des limites de la mâchoire. Du sang coule au coin des yeux de l'agonisant. Navis de Hautecloque garde son calme et frappe du plat de la main sur le stylo posé sur la gorge. Le Bic s'enfonce d'un coup sec et un sifflement se fait entendre, signe que l'air entre en trombe dans les poumons asséchés. Mais cette ouverture ne pallie pas le pire mal dont souffre Le Morvant. Son visage continue de gonfler au point qu'on ne peut plus distinguer ses traits, le sang coule de ses yeux et de ses joues dont la peau, trop gonflée, se déchire. Les cloques sur sa langue explosent dans un bruit de succion, expulsant un liquide blanc et malodorant. Navis se détourne pour éviter ces projections, peut-être infectieuses. Les doigts du polytechnicien gonflent au point que leurs jointures disparaissent, ses mains doublent de taille et leur peau, elle aussi, commence à se déchirer. Épouvanté, Boniperti comprend que celui qu'ils devaient protéger meurt sous leurs yeux.

En quelques secondes, le rythme d'apparition et d'éclatement des cloques blanches s'emballe. La langue de Le Morvant semble posée sur un gril, l'odeur devient épouvantable et force les agents, Boniperti et Leterrier à se couvrir le nez. L'agonie s'accélère et bientôt aucun sifflement ne se fait plus entendre au bout du stylo. Navis de Hautecloque tente un massage cardiaque désespéré qui a pour seul effet de faire jaillir le sang par le larynx percé du cadavre. Leterrier se détourne pour vomir dans son mouchoir. Le directeur se prend la tête entre les mains. La catastrophe, l'ampleur de sa défaite le terrassent.

Lorsque l'équipe de médecins entre en courant dans l'église accompagnée de brancardiers, tous masqués et en combinaisons antibactériologiques, Le Morvant a déjà succombé. Son cadavre boursouflé baigne dans une mare de sang et de pus. Pendant qu'on l'évacue en urgence, Boniperti essaye de recouvrer ses esprits alors qu'on lui fait une prise de sang dans une ambulance stationnée devant l'église. Toujours groggy, il donne l'ordre de placer Notre-Dame-de-Bonne-Nouvelle en quarantaine le temps de savoir à quoi Le Morvant a succombé. Quel que soit le subterfuge employé par Judex, il vient de triompher.

21

Le bureau du commandant Rossi disparaît sous une pagaille de documents hétéroclites, photos, livres, extraits de journaux, rapports, notes de service, DVD… La documentation disponible sur Karl Stransky ne manque pas, il a passé près de trois heures à la compiler. Il en connaissait l'essentiel pour avoir lu l'autobiographie de Stransky, *Force doit rester à la loi*, parue deux ans auparavant. Plus que de mémoires, le commandant parlerait volontiers d'hagiographie tant l'icône Stransky a su soigner son image médiatique.

Né en 1951 à Dampierre dans les Yvelines, père instituteur, mère au foyer, cinq frères plus âgés que lui, l'un d'eux meurt à vingt et un ans en Algérie en 1959. Plutôt brillant, Karl obtient une bourse et pousse ses études jusqu'à une maîtrise de droit obtenue en 1974. Il entre dans la police dès son diplôme en poche. Très bien noté à l'école des officiers de police, il sort major de sa promotion et choisit de rejoindre l'Antigang du commissaire Broussard où il participe aux grandes affaires de la fin des années 1970, notamment la dernière arrestation de Mesrine, l'enlèvement du baron Empain et la prise d'otages de l'ambassade d'Iran. Il reste dans l'ombre de son légendaire patron pendant ces années et apprend sans doute à gérer l'aspect médiatique de sa carrière.

En 1982, Stransky a l'occasion de se faire un nom lors de l'affaire de la BNP du boulevard Voltaire. Arrivé en premier sur les lieux, il convainc les preneurs d'otages de le prendre à la place des deux caissières retenues dans l'agence. Enfermé vingt-quatre heures durant avec les trois hommes, il négocie pied à pied les conditions de leur reddition. Au terme de ces échanges, les trois braqueurs se rendent sans tirer un coup de feu. Karl Stransky sort en héros, sa légende vient de débuter. Nommé commissaire en 1984, il rejoint Broussard pour participer à la création du RAID, dont il assure la direction jusqu'en 1988. Nommé divisionnaire, il prend la tête de l'Antigang puis de la Brigade criminelle pendant dix années – un record – avant d'être promu préfet hors cadre et de rejoindre, en 2002, le directeur de la Police nationale en tant qu'adjoint chargé des polices urbaines et de la lutte contre le terrorisme. Il fait valoir ses droits à la retraite en 2011. Commandeur de l'ordre national du Mérite, il parcourt depuis les plateaux télévisés pour éclairer de son avis les affaires en cours. Devenu une sorte d'icône de la Police nationale, son éditeur annonce près de cinquante mille ventes pour le premier tome de ses mémoires. Stransky est marié depuis 1976 avec la fille d'un général de gendarmerie avec qui il a eu trois enfants dont le cadet fait actuellement Saint-Cyr.

Fier de son image d'homme du peuple qui a construit sa carrière à la force du poignet, Stransky incarne pour le grand public la fermeté face aux criminels et la lutte sans compromission contre le crime organisé. Un homme d'honneur, respecté de tous – autant des ministres que du milieu. Rossi, qui se méfie comme de la peste de ces images d'Épinal, a croisé Stransky à plusieurs reprises sans jamais avoir pu se constituer une opinion personnelle sur l'homme aux grands yeux bleus malicieux et désarmants qui ne sort jamais du rôle qu'il a lui-même écrit. Mais quelques photos et articles de presse prennent une nouvelle signification pour le commandant.

Jusqu'en 1985, Stransky participait aux galas annuels de la police parisienne en proposant un numéro de magie dont l'exécution déclenchait des salves de louanges. Rossi regarde les quelques photos où Stransky épate la galerie avec ses talents de prestidigitateur amateur, en cape et chapeau noir. Le lien avec Judex et les dons de Channing Pollock saute aux yeux et renforce la curiosité du commandant pour le jeune retraité.

À bientôt dix-huit heures, Rossi ouvre le bar de son bureau et se sert son premier verre de pur malt de la journée. Malic doit encore être en train de faire le tour des hackers français qu'il a pu identifier lors de son séjour à Amsterdam. Jérémy planche depuis leur rendez-vous sur la recherche des *escorts* tatouées en suivant ses méthodes particulières. Ce sera donc au commandant d'aller se coltiner la gloire nationale, ce qui ne sera pas une partie de plaisir. Cette perspective justifie bien un remontant. Il a une pensée pour l'ultimatum de Judex. Il ne peut pas imaginer que celui-ci soit parvenu à ses fins, mais il ressent une légère appréhension quand son écran de téléphone affiche l'heure fatidique. Il s'installe au bord de la fenêtre et sirote son Lagavulin, oubliant peu à peu l'heure de l'ultimatum. Il laisse ses pensées divaguer sur le mauvais pressentiment qu'il éprouve depuis le début de cette affaire. Il se sent surveillé, scruté et ne peut s'empêcher de penser que la résolution de l'enquête lui échappera. Il se sent comme un chien de chasse en laisse qu'on autorise à flairer la piste, mais auquel on ne permettra pas de voir le gibier, encore moins d'y planter ses crocs. Il sursaute quand une sonnerie de son téléphone lui indique un message en attente. C'est Leterrier.

LM à terre. Église Notre Dame de Bonne Nouvelle. Venez immédiatement !

Quand Rossi arrive sur les lieux, des barrières bloquent déjà l'accès à la rue de la Lune. Il montre sa carte aux agents en faction et gare sa Lancia sur le trottoir derrière une longue file de véhicules de la protection civile, d'ambulances et de fourgons de police. Toute la rue s'illumine au gré des gyrophares. Aux fenêtres, les résidents du quartier profitent du spectacle en échangeant leurs impressions sur l'origine du drame. Certains tentent de sortir de leur immeuble, mais ils se font sévèrement repousser par les agents qui verrouillent l'accès au lieu. Ces éclats de voix accompagnent le commandant alors qu'il remonte rapidement la rue.

Une tente jaune en forme de corridor encadre la sortie de l'église, passe entre les colonnes et descend jusqu'à la rue. Elle rejoint un camion de la protection civile qui occupe toute la chaussée et dont les puissants gyrophares clignotants baignent la rue et la devanture de l'édifice dans une lueur intermittente et irréelle. Autour de cette installation, des agents s'assurent qu'aucun badaud ne traverse. Rossi se présente, on lui rétorque que, sans équipement adéquat, il ne peut pas entrer dans le bâtiment. Il demande à parler au divisionnaire Leterrier. L'agent va aux renseignements auprès d'un homme en combinaison jaune, portant un masque respiratoire, des lunettes de protection et une charlotte en plastique. L'homme en combinaison fait un signe de la main au commandant pour lui demander de patienter et il entre dans le corridor.

Après quelques minutes d'attente dont le commandant profite pour s'assurer que Malic arrive sous peu, un légiste de l'Institut médico-légal sort du corridor et vient droit vers lui. Il retire son masque et Rossi reconnaît un des pontes de l'institut qu'il a parfois eu l'occasion de côtoyer. Le médecin regarde autour de lui et grimace, puis indique le bout de la rue Notre-Dame-de-Bonne-Nouvelle d'un mouvement de menton.

– Venez par là, je ne peux pas prendre le risque d'être entendu.

Le légiste se débarrasse prestement de sa combinaison et la jette en boule à un jeune assistant, puis il accompagne le commandant au-delà de la barrière. Ils descendent une volée de marches qui mène aux Grands Boulevards et s'arrêtent devant un café, à cinquante mètres du groupe de curieux massé derrière les barrières. Là, couverts par le bruit du trafic, ils peuvent parler plus discrètement.

– Leterrier et Boniperti ne sont plus là, explique le médecin, on les a emmenés à l'hôpital Saint-Louis pour passer des examens. Ils vont bien, je vous rassure, mais on a préféré ne prendre aucun risque. Vous êtes la seule personne à laquelle ils nous ont autorisés à parler pour le moment. J'ai connu des affaires tordues, mais là, je crois que c'est le pompon.

– Le Morvant est mort ?

– Oui, et d'horrible manière, soupire le praticien aux traits tirés. Vous aurez le rapport d'autopsie. Vous avez de la chance, personne d'autre ne l'aura ! ironise le médecin.

– Qu'est-ce que vous racontez ?

– En vingt ans de carrière, je n'ai jamais vu ça. On m'a demandé de transférer le corps à l'Institut médico-légal, de l'autopsier et de transmettre mes conclusions directement à la DGSI sans en parler à personne d'autre. Je vais devoir signer le permis d'inhumer alors qu'aucun juge ne sera saisi ! C'est quand même un homicide ! On est dans l'illégalité complète, là…

– C'est sans doute temporaire, rassurez-vous. Mais l'affaire est très sensible.

– Je veux bien le croire. Vous savez que personne de l'Institut médico-légal, à part moi, ne doit connaître l'identité du mort ? Il n'y a pas un seul flic sur la scène de crime et, pour couronner le tout, j'ai les techniciens de la Direction du renseignement militaire dans les pattes !

– Qu'est-ce qu'ils font là ?

– Le Morvant a été tué par une arme chimique, sa mort n'a rien de naturel. Un angio-œdème ne tue pas aussi rapidement, même en cas de choc anaphylactique. Putain, ce mec a la moitié des organes qui ont littéralement explosé ! Je ne l'ai pas encore ouvert, mais je peux vous dire qu'il est en charpie. On a craint une arme bactériologique virale qui aurait pu contaminer les lieux, alors la DRM vérifie tout, mais ils ne trouvent rien. Pour l'instant, je ne sais pas ce qui a tué cet homme. Mon truc, c'est la médecine légale, pas la guerre bactériologique…

– Qu'en pensent les techniciens militaires ?

– Je les ai entendus parler de « sirop de Mossoul », je ne sais pas ce que c'est. Mais ils doivent me transmettre leurs conclusions pour que je les intègre à mon rapport.

– Je peux voir la scène de crime ?

Le commandant se laisse guider jusqu'au camion de la protection civile. Il enfile sa combinaison, les gants et le reste de l'équipement sans broncher. Une fois équipé, on le laisse entrer.

Des projecteurs halogènes installés par les techniciens de l'IML éclairent la scène jusqu'à la baigner dans une lueur blanche presque aveuglante. Un des techniciens prend en photo les moindres recoins de l'église, les autres font des prélèvements tout autour du corps allongé dans un bain de sang. Rossi ne peut reconnaître Le Morvant tant son visage a gonflé. Ses mains, elles aussi raides et difformes, complètent ce tableau pathétique. Un des techniciens porte une tenue militaire sous sa combinaison jaune. Identifiant un homme de la DRM, Rossi se dirige vers lui et questionne bille en tête :

– Commandant Rossi, DGSI. Pouvez-vous me dire ce qu'est le « sirop de Mossoul » ?

Surpris, le militaire marque un temps d'arrêt. Il a dû

avoir des consignes vis-à-vis de la DGSI, car il finit par répondre, avec un haussement d'épaules :

– Lieutenant-colonel Bertin. Le « sirop de Mossoul », du nom de la ville où il était produit, est une saloperie bactériologique inventée par l'armée irakienne dans les années 1990, un neurotoxique cousin du célèbre sarin. Ils s'en sont servis pour empoisonner des puits et des réserves d'eau kurdes. C'est une arme chimique à l'efficacité assez effroyable, et surtout, en fonction de sa concentration, elle peut disparaître après quelques secondes, minutes, heures ou jours et rendre l'eau empoisonnée tout à fait buvable à nouveau, contrairement au sarin. Ce qui est très pratique quand on veut s'approprier un territoire sans le rendre inhabitable.

– Vous pensez que c'est ce qui a tué cet homme ?

– Je crois, oui. Il n'a pas fait ces œdèmes à cause d'une piqûre d'abeille, raille le militaire. Non, plus sérieusement, les premiers symptômes sont caractéristiques : la victime a d'abord été prise d'une crise de fou rire, qui correspond au moment où la production de peptides vasodilatateurs s'emballe. On ne connaît qu'une seule arme chimique susceptible de provoquer cela…

– Comment aurait-il été contaminé ?

– Comme je viens de vous le dire, les substances actives disparaissent et ne laissent aucune trace. Pour l'instant, on n'a rien relevé. Tout comme le sarin, le sirop de Mossoul peut agir après un simple contact avec la peau. Il peut être vaporisé, ingéré, voire imprégné dans un vêtement, un mouchoir… On a peu de chances de retrouver sa trace si celui qui l'a utilisé l'a bien dosé.

– Il met combien de temps à agir ?

– Tout dépend de la manière dont il a été administré. Pour ce qu'on en sait, il agit instantanément s'il est ingéré, mais il lui faut quelques minutes s'il est inhalé ou s'il entre en contact avec la peau.

– Quelques minutes, ça veut dire combien ?

– Aucune idée, n'oubliez pas que nous n'utilisons pas d'armes de ce type, notre connaissance n'est que théorique et basée sur des renseignements incomplets. De toute façon avec des gélules gastrodispersibles, vous pouvez faire ingérer un poison à effet immédiat et attendre plus d'une heure, le temps que la gélule fonde dans l'estomac…

– On peut s'en procurer comment ? Il y a un marché noir de ces substances ?

– Non, non, soupire le lieutenant-colonel, il n'y a aucun marché pour ça, c'est bien trop spécifique et compliqué. Les laboratoires qui en produisaient en Irak ont été détruits par le régime baasiste avant la première guerre du Golfe. Cela fait vingt ans. Et on n'a plus jamais entendu parler du sirop de Mossoul depuis…

– L'assassin a-t-il pu le produire lui-même ?

– Pourquoi se casser la tête à reproduire un truc aussi compliqué ? Il y a des centaines de poisons plus simples et tout aussi efficaces… J'avoue que ça me dépasse. Mais bon, c'est votre enquête. Je vais donner ces infos aux légistes, vous aurez votre rapport et nous, nous sommes censés oublier tout ce que nous avons vu ce soir, conclut le militaire, englobant d'un geste du bras l'ensemble de la scène surnaturelle qui les entoure.

Le commandant ne répond pas, il se laisse absorber dans ses pensées, les yeux posés sur la statue de l'ange Gabriel au-dessus du cadavre. Il devine que le choix de cette arme chimique rare et à l'histoire particulière constitue un nouveau message de Judex, mais il n'en comprend pas encore le sens.

22

Le dispositif de mise en quarantaine du quartier Bonne-Nouvelle se disperse peu à peu. Le corps de Le Morvant vient d'être emmené discrètement à l'Institut médico-légal. Rossi retire sa combinaison de protection et aperçoit Malic qui remonte la rue de la Lune à grandes enjambées. Essoufflé, le lieutenant s'excuse d'arriver si tard et explique qu'il se trouvait à Versailles auprès de ses enfants. Ses traits tirés inquiètent le commandant qui s'enquiert de l'avancée de sa procédure de divorce.

– Ça n'avance pas. Elle fait tout pour que ça tourne à la guerre de tranchées. Là, elle monte mes gosses contre moi en leur faisant croire que je profite de la séparation pour me débarrasser d'eux et me consacrer à temps plein à mon boulot. Elle sait les manipuler, et avec l'affaire qui vient de nous tomber dessus, j'ai du mal à leur prouver le contraire.

– On va avoir droit à une réunion de crise à Levallois, mais si tu veux, on se débriefe rapidement et tu pourras rentrer.

– À cette heure, ce n'est plus la peine, tu sais, ils seront couchés avant mon retour.

Rossi hausse les épaules. Il ignore à quelle heure se couchent les enfants… en réalité il ignore tout des enfants et a bien conscience de ne pouvoir apporter qu'une aide très limitée à son ami. Il se contente de lui taper sur l'épaule avec une moue qui se veut réconfortante.

Puis ils redescendent la rue vers leurs voitures garées à quelques mètres l'une de l'autre, et, appuyés sur la Clio du lieutenant, ils se transmettent leurs dernières informations avant de prendre la route pour Levallois.

La grande salle de réunion baigne dans la pénombre, personne ne songe à augmenter l'éclairage. Les salutations sont expédiées sans aucun sourire, aucune plaisanterie. Depuis la veille, l'atmosphère s'est épaissie. Les mêmes participants reprennent leur place en silence : Martinelli, la commissaire divisionnaire de la brigade cybercriminelle, Favier, le divisionnaire de la cellule antiterroriste de la DGSI, Bossuant le directeur de cabinet du ministère de l'Intérieur, Perben, le directeur général de la Police nationale, et Louvion, le commandant de la section antiterroriste de la PJ. Leterrier et Boniperti arrivent en dernier, tout juste sortis de l'hôpital Saint-Louis où les examens ont écarté une éventuelle contamination. Rossi dévisage tour à tour les participants à la réunion, à la recherche d'un éventuel complice de Judex. La paranoïa gagne du terrain. Leur adversaire dispose de trop d'informations pour ne pas avoir de complicités internes et personne ne peut être exempt de tout soupçon au vu de l'ampleur de la crise qui secoue l'institution. Le silence pesant dure, preuve que cette inquiétude est partagée autour de la table de noyer. Dans ce contexte, Rossi et Martinelli n'osent même pas échanger un sourire complice, de peur que celui-ci soit sujet à interprétation.

Boniperti a les traits marqués. Rossi n'a pas souvenir de l'avoir vu aussi pâle, les rides aussi creusées et les yeux aussi cernés. Leterrier, quant à lui, semble effondré, tassé dans son fauteuil, gris et chétif. Le travail de sape de Judex porte ses fruits sur le corps même des membres de l'institution qu'il harcèle. Boniperti doit se rendre compte de l'effet qu'il produit car il se redresse, retrouve une stature digne, se racle la gorge et prend la parole d'une voix empreinte de gravité :

– Vous savez tous que ce soir, à dix-huit heures, Le Morvant a été assassiné dans des conditions épouvantables, ce, malgré un dispositif de protection maximale, coordonné par nous-mêmes. Il faut y voir, selon toute vraisemblance, l'œuvre du terroriste qui se fait appeler « Judex » et dont les menaces nous ont déjà amenés à tenir réunion hier matin en ce lieu même. Les moyens et les informations dont dispose l'organisation qui met en danger notre institution et certains des plus brillants de nos concitoyens sont un véritable sujet de préoccupation à tous les niveaux de l'État. Dès demain matin, nous devrons présenter au ministre le détail des actions entreprises et l'avancée de notre enquête. Ce terroriste se joue de nous et nous ridiculise. Par chance, la presse ignore encore tout de ses menaces et de son rôle probable dans la mort de Delaunay et de Le Morvant. Ce silence constitue notre bien le plus précieux, nous devons tout mettre en œuvre pour que la plus grande discrétion continue d'entourer cette affaire. Les directeurs Bossuant, Perben et moi-même avons déjà pris quelques décisions en ce sens, que le divisionnaire Leterrier va vous exposer.

– Notre objectif principal, annonce Leterrier d'une voix plus ferme que celle du directeur, sera d'empêcher la propagation des messages diffamatoires de Judex. Tant que celui-ci choisira de rester dans l'ombre et d'ignorer les agences de presse et les grands médias, nous agirons de même et nous ferons tout pour que son existence demeure inconnue du grand public. Officiellement, Le Morvant est décédé d'une crise cardiaque à son domicile parisien. Nous avons obtenu l'accord et la collaboration de sa famille. La fermeture de l'église Notre-Dame-de-Bonne-Nouvelle sera attribuée à une fuite de gaz. La famille de Le Morvant ainsi que les membres du comité de direction de Petral, qui connaissent les circonstances du décès, sont convaincus que l'assassinat est l'œuvre des cartels mexicains qui font chanter le groupe depuis des mois. Ils souhaitent de la discrétion pour éviter de paniquer les marchés et ce que nous leur avons proposé leur convient parfaitement. Ils n'ébruiteront pas les causes réelles de la mort de Le Morvant et sa réputation ne sera pas entachée par les accusations grotesques que faisait porter le message de Judex.

Le jeu va pouvoir continuer. Le commandant ne comprend pas pourquoi l'auteur des crimes ne tente pas plus directement de rendre ses messages publics. Ses déclarations sur Internet ne portent pas leurs fruits, quelques communiqués de presse auraient un effet bien plus direct et seraient plus difficiles à contrôler pour la DGSI. Même si on parvenait à imposer un black-out aux médias, le milieu bruisserait de rumeurs et ce silence ne durerait que quelques jours, quelques semaines au maximum. Il faut donc croire que Judex lui-même trouve un intérêt dans ce relatif anonymat et qu'en réalité, ces mesures jouent son jeu.

Boniperti a repris la parole. Le commandant essaye de se concentrer sur les déclarations de son directeur.

– L'objectif de notre adversaire est de susciter l'adhésion à ses thèses dans les milieux de l'ultragauche et des hacktivistes. Nous surveillons de très près la propagation de ses messages vers ces cibles. Sur ce point, la situation devient urgente, car on constate de plus en plus de commentaires sur les messages de Judex et même quelques reprises de ses textes, particulièrement sur les dernières vingt-quatre heures. Nous avons même identifié, parmi les lecteurs des pages publiées par Judex, les adresses IP de deux journalistes d'investigation, pigistes pour une agence de presse indépendante spécialisée dans le fait divers. Nous n'avons pas assez de prise sur eux pour éviter qu'ils ne répandent leur poison. Nous allons donc les faire placer en garde à vue pour soixante-douze heures et leur passer l'envie de s'intéresser à ce sujet. Louvion, vous vous en chargerez. Dans le cadre de la lutte contre une entreprise terroriste vous n'avez pas besoin de l'aval d'un juge d'instruction. Mettez-nous ces deux fouille-merdes au frais pendant trois jours. À nous d'avancer sur l'enquête entre-temps.

On s'enlise, pense Rossi qui craint de deviner juste : *Cette attitude et ces débordements sont le véritable but de Judex*. Ils s'enlisent dans les mensonges, la manipulation, les entorses à la loi et engendrent une affaire dans l'affaire. Pour cacher ses propres compromissions originelles et les dossiers qu'elle a étouffés, la DGSI agit de manière contraire aux principes qui devraient la régir. Si l'affaire finit par éclater, le discrédit rejaillira sur toute l'institution. Les politiques ne pourront que prendre des mesures et procéder à une grande purge. Si Judex a pour objectif de couler la DGSI, ils lui facilitent la tâche.

Le commandant ronge son frein. Exprimer cette opinion ne ferait que le disqualifier, le marginaliser, et risquerait de l'éjecter de l'enquête. Il serre les dents et décide d'attendre un moment propice pour exprimer son point de vue : pour mettre fin aux agissements de Judex, il faudrait tout rendre public, être transparents et reconnaître leurs erreurs passées, sans attendre… Mais Rossi sait que personne autour de la table n'accepterait cela. Pour le moment, l'espoir de s'en sortir indemnes, sans bruits incommodants ni taches disgracieuses, prédomine. De toute évidence, Judex a raison de parier sur la lâcheté de ses adversaires.

Le commandant écoute d'une oreille distraite le monologue de Bossuant sur la menace terroriste et la préoccupation du ministère. Seul le passage sur l'arme chimique réveille un peu son intérêt.

– Nous devons encore attendre le résultat de l'autopsie,

mais selon les premières constatations, Le Morvant a été victime d'une arme chimique conçue dans les années 1990 par l'armée irakienne. Le fait que ce « Judex » ait pu se procurer une telle arme accrédite les informations transmises par la DGSE qui font état de rapprochements entre les milieux de l'ultragauche et des groupuscules terroristes de l'AQMI ou palestiniens. La haine pour notre modèle de société constitue un ciment plus fort que leurs évidentes divergences idéologiques. Cette menace protéiforme doit être intégrée dans nos schémas de lutte antiterroriste. Judex constitue la première entreprise d'envergure issue de cette union contre nature. Nos ennemis se liguent, nous devons savoir où et comment !

Rossi réprime un sourire narquois. La menace extérieure, l'union des ennemis de la République, voilà la touche finale au bal des hypocrites et des menteurs. Le bouc émissaire est désigné, la fête peut continuer. Peu importe si l'on danse au-dessus d'un volcan, tant que l'on sert des cocktails assez frais et que la musique couvre les grondements de la lave… Judex est l'un des nôtres. Il nous connaît suffisamment pour avoir anticipé tout cela.

23

La gifle résonne quelques secondes dans le silence de la cage d'escalier. Hugo se tient la joue, ébahi par la rudesse de la rencontre avec Lucy. Le jeune homme s'attendait à des salutations plus chaleureuses, il porte pour l'occasion une chemisette blanche et ses cheveux bouclés humides viennent d'être shampouinés. Mais sa visiteuse ne lui a pas laissé le temps d'ouvrir la bouche. Dès qu'il est apparu sur le seuil de la porte, elle l'a frappé avec force. Il bredouille son incompréhension mais la jeune femme le pousse à l'intérieur de l'appartement.

– Ça, c'est pour m'avoir prise pour une conne ! « On veut lui gâcher sa petite fête… » Tu m'étonnes ! Delaunay n'est pas près de refaire la fête, et moi, je suis recherchée pour meurtre !

– On ne pouvait pas prendre le risque que tu recules à la dernière minute. Tu hais Delaunay autant que nous, tu ne vas pas me dire que tu regrettes sa mort ? justifie Hugo en massant sa mâchoire endolorie.

– J'aurais bien aimé avoir le choix ! crache Lucy en toisant le jeune homme du regard jusqu'à ce que, vaincu, il baisse les yeux.

L'appartement ressemble à une caricature de chambre d'ado. Ses quatre pièces plutôt spacieuses ne contiennent presque pas de meubles : un matelas sur le sol, quelques étagères pleines de jeux vidéo et de livres, des vêtements sales disséminés au hasard, des posters de groupes punks, une télévision allumée sur une chaîne d'info et du matériel informatique en abondance. Le vrombissement continu des ventilateurs emplit la pièce où Lucy se tient, droite et furieuse. Drôle d'antre pour une conspiration criminelle. Elle saisit Hugo à la gorge et le plaque contre un poster de Rancid.

– Il est où ton Judex ? Ça a assez duré cette petite blague.

– Je ne sais pas qui il est, ni où il est. Il vaut mieux ne pas le savoir, je t'assure. Si tu le déranges, il te fera disparaître. Arrête tes conneries et choisis ton camp ! assène Hugo en se dégageant.

– Tu veux me faire croire que tu n'es qu'un petit sous-fifre minable qui ne sait même pas pourquoi ni pour qui il travaille ?

– Je sais très bien pour quoi je travaille. On a un but et un *gameplay* bien établi, je ne suis pas un gamin cinglé qui se croit dans un *doom-like* et qui tire au fusil dans les couloirs de son lycée ! Notre plan implique que nous n'ayons aucun contact entre nous, jamais, pour ne pas permettre aux flics de remonter jusqu'à nous. On est autonomes, c'est tout !

La colère d'Hugo lui confère un accent de sincérité qui convainc Lucy. Judex attise sa curiosité, mais par-dessus tout elle a besoin de leur aide pour retrouver Roxana, même s'il faut pour cela oublier leur tromperie initiale. Elle ne pleurera pas Delaunay, cette ordure méritait son sort. Elle s'écarte un peu du jeune homme et prend un ton moins sec :

– Tu as une énorme dette envers moi, Hugo. As-tu retrouvé les informations que je t'ai demandées ?

– Ouais, j'y ai cramé une partie de ma nuit, mais j'ai trouvé des trucs qui…

La pointe du talon de Lucy vient se poser sur les lèvres d'Hugo dans un mouvement rotatif du bassin de la jeune femme. Elle se prête souvent à ce jeu avec ses soumis, l'exercice les impressionne toujours. Sa longue pratique du taekwondo lui autorise ce *mom dolyeu tchagui*, sans grand risque pour l'intégrité physique de ses partenaires. Sa jambe tendue reste en suspens devant le jeune homme qui bredouille de manière incompréhensible. Il louche sur les cuissardes luisantes et reste le souffle bloqué, le talon de Lucy pointé vers son visage.

– Hugo, tu me dois tout ce que je te demande jusqu'à ce que j'estime que tu as payé ta dette. Toutes tes nuits m'appartiennent tant que je n'ai pas décidé du contraire, compris ?

– OK.

– Pas OK : Oui, Lucy. Répète !

– Oui, Lucy.

– C'est mieux, lâche-t-elle en baissant la jambe, tu peux me montrer ce que tu as trouvé.

Le jeune homme s'installe devant un des écrans d'ordinateur qui encombrent la pièce principale de l'appartement. Lucy se place derrière lui, les mains posées sur ses épaules. Hugo pianote quelques secondes et une photo des trois agresseurs de Lucy s'affiche. Sur le cliché, ils se tiennent à la sortie d'un immeuble moderne que la légende situe à Manaus. Tous en costumes sombres, ils encadrent un vieil Indien tatoué de la tête aux pieds, en costume traditionnel, pagne et coiffe colorée. L'article, grossièrement traduit du portugais par Google, apprend à Lucy le nom de ses trois visiteurs. « Le chef Jeppipo Wasu entouré de ses trois fils Vratinge, Alkindar et Ipperu à la sortie du tribunal de Manaus ». Hugo lui résume les informations glanées pendant la nuit.

– La photo date de 2006. La tribu des Tupi-guarani Omaga venait juste de voir reconnaître ses droits par la justice brésilienne sur des terres situées non loin de la frontière péruvienne, sur les rives du Rio Branco. Un beau morceau de forêt de quelques centaines de kilomètres carrés, perdu dans une des parties les plus inaccessibles de l'Amazonie, mais une jolie victoire symbolique pour les occupants originels de la région. Ce qui va sans doute t'intéresser, c'est que cette tribu a un lien très fort avec Dantrebert : selon sa biographie officielle, c'est chez eux qu'Alexandre Dantrebert a vécu entre 1965 et 1967 lorsqu'il a disparu dans la forêt amazonienne. Il y cherchait de nouvelles essences de bois pour relancer l'activité de son groupe. Il a gardé un lien très fort avec eux puisque c'est lui qui a financé les études des trois fils Wasu et qui a payé les frais de justice de 1998 à 2006 pour que la tribu parvienne à garder le contrôle de ses terres. Aujourd'hui, les trois hommes travaillent pour le groupe Dantrebert. Ils sont responsables de l'exploitation forestière au Brésil. Ils sont aussi au centre des démêlés juridiques du vieux Dantrebert avec ses propres enfants. Ils sont accusés par les enfants Dantrebert d'avoir une influence catastrophique sur leur père depuis son AVC et de vouloir abuser de sa faiblesse pour détourner l'héritage du groupe à leur profit. Un beau sac de nœuds, mais si tu cherches trois frères brésiliens qui ont un lien avec Dantrebert, c'est forcément eux… Je t'ai imprimé plein de trucs que j'ai trouvés sur l'actualité récente du groupe. On ne voit jamais d'autres photos de ces trois types, ils se font très discrets. J'ai eu beaucoup de mal à retrouver ce cliché… C'est sans doute pour ça que tu ne les as pas vus avant.

Le cœur de Lucy tambourine dans sa poitrine. Pour elle, il n'y a maintenant plus de doute : la Mercedes dans laquelle Roxana est montée à la sortie de Lisieux appartenait à Alexandre Dantrebert. Elle décide de repartir en Normandie dès le lendemain pour reprendre la piste là où elle l'a laissée, à la station-service et au témoignage du pompiste. Elle enfonce involontairement ses ongles dans les épaules d'Hugo qui grimace. Elle relâche la pression. Il reprend :

– Ce qui est amusant, c'est que cette tribu des Tupi-guarani Omaga est célèbre depuis plusieurs siècles. Elle a été découverte en 1550 par Hans Staden et décrite dans un récit de voyage intitulé *Nus, féroces et anthropophages*. On peut dire que Staden leur a fait une très mauvaise réputation… Enfin, ils ont dû changer de régime alimentaire depuis, je pense…

– Très bien, Hugo, très bien, approuve Lucy, perdue dans le souvenir des clichés atroces sortis par les trois hommes quand ils l'ont menacée. Tu as pu trouver quelque chose sur la boutique aussi ?

– Pas grand-chose, jusqu'à ce que j'aille fouiller dans les fichiers des infractions constatées de nos amis de la police… Et là… bingo ! Le *Cabinet des curiosités* est une affaire familiale qui existe depuis plus de cent cinquante ans. Sans faire de vagues, le gérant, Émile Monestier, vend ses brocantes de mauvais goût et ses bricoles ésotériques sans grand intérêt. Chiffre d'affaires médiocre, mais les murs lui appartiennent, donc ça peut continuer à exister… Par contre, Monestier a un joli CV, il a fait de la taule pour recel, vol, association de malfaiteurs, profanation de sépultures, trafic international d'objets de culte… et je te passe les détails. Il a soixante-quinze ans, dont à peu près vingt années de prison. Tout à fait infréquentable, si tu veux mon avis.

– Aucun lien avec Dantrebert ?

– Non, je n'ai rien trouvé.

– Ce n'est pas suffisant, il faut que tu creuses un peu plus, mais pour aujourd'hui ça ira. Je vais devoir passer quelques coups de fil pour annuler mes rendez-vous de demain, et après on ira manger dehors puisque tu as mis une belle chemise, propose Lucy en massant les épaules du jeune homme.

Avec maladresse, Hugo essaye de saisir la main de Lucy pour transformer la flatterie en caresse sur son torse. Elle se dégage avec vigueur.

– Ça va pas non ? Tu me prends pour qui ?

– J'ai de l'argent ! Tu pourrais me prendre comme client !

En réponse, Lucy lui pince violemment le triceps jusqu'à ce qu'il se torde de douleur sur sa chaise et la supplie de le lâcher, les larmes aux yeux.

– Mes clients, je les choisis, tu es loin de mériter mes faveurs. Tu vas aller faire quelques courses, car il n'y a rien pour le petit-déjeuner de demain dans ton bordel, et pendant ce temps-là, je vais passer mes appels. Ne t'avise plus de me faire la moindre proposition ou je te pète le bras, c'est bien compris ?

– Oui, Lucy.

Sa liste de courses à la main, Hugo quitte l'appartement. Lucy en profite pour annuler ses rendez-vous et fouiller la tanière du jeune homme. Elle n'essaye pas d'accéder au contenu de ses innombrables ordinateurs, elle sait que le gamin doit avoir mis en place des protections qu'elle est incapable de contourner. Par contre, elle fouille de fond en comble ses affaires, découvre son identité complète et l'adresse de ses parents, des tickets de caisse de sa librairie et de ses magasins de jeux vidéo attitrés. Mais elle ne trouve rien qui puisse la mener à Judex. Hugo possède bien des livres, des DVD des affiches et des bandes dessinées qui concernent le personnage de fiction, mais rien qui permette de remonter la piste de celui qui le manipule, s'il existe vraiment.

Quand Hugo revient, Lucy a changé de tenue pour se faire encore plus provocante. Elle ne veut laisser aucun répit à son futur soumis. Sa robe dos nu et ses cheveux ramassés en chignon permettent à son grand tatouage de donner toute sa mesure. Perchée sur des Louboutin Astéroïd couvertes de piques acérées, elle coupe le souffle à Hugo, ce qui la comble d'aise. Elle lui fait porter son sac et tenir son manteau pendant qu'elle l'enfile et ils marchent jusqu'à la rue des Martyrs où ils dînent dans un petit restaurant tibétain. Elle écoute avec bienveillance le jeune homme fanfaronner sur ses opinions politiques radicales, ses lectures et son hacktivisme pour bouleverser l'ordre corrompu établi. Le gamin s'exalte, il est tellement sûr de lui et de ses capacités face à un ordinateur qu'il se croit chargé d'une mission, porteur d'un avenir différent. Il étouffe de mépris pour la bourgeoisie et les classes dirigeantes, caricature de l'ado rebelle égocentrique, arrogant et travaillé par ses hormones qu'il ne sait pas canaliser.

Cette suffisance permet à Lucy d'exclure la possibilité que le jeune homme ait pu agir seul. Il brûle trop d'étaler ses talents et ses idées à la face du monde pour agir dans l'ombre. S'il n'avait pas dans son entourage une figure tutélaire qui le contrôle et l'impressionne, Hugo plastronnerait tous azimuts et son identité ainsi que le moindre détail de ses motivations s'afficheraient dans tous les journaux.

De retour à l'appartement, elle laisse Hugo lui préparer un thé vert avant de le juger imbuvable et de le renverser dans l'évier avec une grimace. Ils regardent un instant une chaîne d'info qui annonce le décès du dirigeant d'un groupe pétrolier dont la mort semble réjouir le jeune homme. Puis, constatant l'agencement des lieux, Lucy accepte de partager le matelas qui sert de lit une fois que les draps en auront été changés. Plein d'espoir, Hugo s'exécute avec énergie pendant que Lucy se rend dans la salle de bains encombrée et crasseuse. Elle exige que toutes les lumières soient éteintes pour en sortir, même si elle porte un tee-shirt qui lui tombe presque aux genoux.

Lucy se glisse dans le lit. Elle peut sentir la nervosité d'Hugo qui peine à rester en place dans l'attente d'une hypothétique étreinte. Elle lui murmure un « bonne nuit » et lui précise que si une main venait à la toucher pendant la nuit, elle n'hésiterait pas à lui casser un ou plusieurs doigts. Après quelques minutes, alors qu'elle feint le sommeil, elle perçoit l'excitation dans la respiration agitée de son voisin. Elle glisse la main sous son oreiller pour récupérer le gant qu'elle y a glissé en se couchant. Elle se tourne vers Hugo et, avant que celui-ci n'ouvre la bouche ou ne tente quoi que ce soit, elle lui pose un doigt désormais ganté de latex sur les lèvres pour lui intimer l'ordre de se taire. Puis sa main glisse sous les draps jusqu'au caleçon du jeune homme, déjà déformé par une érection violente.

Avec une lenteur presque cruelle, la main gantée de Lucy abaisse le sous-vêtement. Hugo souffle comme s'il venait de courir un cent mètres, mais il n'ose ni parler ni bouger. Il reste figé sur le dos, son sexe tendu vers le plafond, statufié dans l'attente de la caresse qui tarde à venir. Lucy promène le bout d'un doigt hautain sur la queue offerte, ce qui arrache un long soupir à son propriétaire. Puis elle tient le gland entre ses doigts quelques secondes, le massant doucement et écoutant les gémissements du jeune homme. Loin de vouloir abréger ses souffrances, la main gantée saisit finalement le sexe pour entamer une très lente masturbation, chaque mouvement ralenti à l'extrême pour transformer la tension en une insupportable frustration. Les gémissements d'Hugo deviennent presque plaintifs tant le jeune homme attend en vain que la caresse le soulage, mais Lucy n'accélère pas, sa main branle avec cruauté et elle s'amuse de l'extrême tension du sexe dont elle se joue. Après de longues minutes de ce jeu cruel, le soulagement finit par monter le long du pénis boursouflé. Lucy enserre alors fortement la base du sexe et bloque la montée de sève. Hugo se cambre et crie presque de douleur, mais son éjaculation reste bloquée. Son bourreau lui annonce d'une voix ferme :

– Tu ne jouiras que quand je te le dirai.

Et elle reprend sa lente caresse malgré les supplications du jeune homme. Ce petit manège recommence de nombreuses fois, elle attend que les larmes montent aux yeux de son soumis, épuisé par l'attente et le désir. Quand elle le sent à bout, elle se rapproche de son oreille et lui murmure : « Jouis. » Sans plus attendre, Hugo hurle « merci » alors que ses bourses se déversent longuement sur son ventre. Lucy relâche le sexe gorgé de sang qui ne débande pas, se retourne, lui jette un « va te laver » autoritaire, retire son gant et sourit de contentement alors que le jeune homme s'exécute.

Hugo lui appartient désormais corps et âme. Quel que soit le conditionnement que lui a fait subir son mentor, elle obtiendra ce qu'elle veut. Le contrat qu'elle vient de lui faire signer avec son propre sperme l'attache à elle au-delà de tout engagement antérieur.

24

Dans la brume matinale, le château de Dampierre disparaît presque au bout de la longue allée de son parc. Rossi frissonne en sortant de sa voiture arrêtée devant les grilles. Stransky vient de se garer à quelques centaines de mètres. L'ancien préfet marche dans la rue bordée de restaurants et s'arrête pour acheter une épaisse liasse de quotidiens. Il serre de nombreuses mains sur son parcours. Rossi, qui le suit à distance, se rappelle avoir lu qu'il allait figurer sur une liste aux prochaines élections municipales et constate que la campagne a débuté. Le commandant a fait placer sa cible sur écoute, mais il a éprouvé le besoin d'aller lui-même suivre l'ex-policier d'élite quelques heures pour le sentir, humer la piste, se faire une opinion sur son invraisemblable hypothèse qui ferait de la gloire de la Crim un terroriste sanguinaire.

Le retraité s'arrête prendre un café dans une auberge cossue où il s'attelle à la lecture ostensible du *Figaro* et où, campagne oblige, il commente ses lectures avec les autres clients de l'établissement. Puis Stransky remonte dans son break Volvo et part en direction de la villa discrète qu'il a fait construire sur un joli morceau de terrain, au milieu d'un bois qui domine Dampierre, sur la route de Chevreuse. Rossi s'arrête dans la forêt, à quelques dizaines de mètres de la propriété. À vrai dire, il trouve sa cible trop calme, trop simple, trop conforme à ce qu'on attend d'un préfet à la retraite. Il actionne les essuie-glaces de sa Lancia qui grincent en chassant la rosée matinale. Il s'apprête à repartir quand son téléphone portable se met à vibrer pour indiquer la réception d'un SMS.

Commandant Rossi, venez donc prendre un café plutôt que d'attendre devant mes portes. Amicalement, Karl Stransky

Le message lui arrache un juron. Avec sa filature grossière, il a sous-estimé l'instinct du vieux flic qui a dû le repérer et le reconnaître au bout de quelques minutes. En faisant marcher ses contacts, le préfet a obtenu les coordonnées téléphoniques du commandant et il vient le narguer. Reculer ridiculiserait Rossi, il doit accepter l'invitation. Il voulait flairer sa cible, l'occasion se présente de le faire au-delà de ses espérances.

Stransky le pilote du bras jusqu'à ce qu'il gare sa Lancia derrière le break Volvo, au bout d'une allée de gravillon entretenue avec soin comme le reste de la propriété bourgeoise, calme et entourée par les chênes de la forêt de Chevreuse. Le préfet l'attend devant la villa de plain-pied, en pierres meulières. Il lui tend la main avec un sourire qui paraît sincèrement amusé.

– Commandant Rossi, la DGSI manque-t-elle donc à ce point de criminels à surveiller que vous vous trouviez dans l'obligation de filer un vieux retraité paisible pour occuper vos matinées ?

– Pour tout vous dire, j'hésitais juste depuis une heure à venir vous poser quelques questions sur une affaire en cours pour laquelle vous pourriez m'apporter des renseignements utiles.

– Dans ce cas, il ne fallait pas hésiter voyons ! affirme le préfet en guidant Rossi vers le salon de sa villa.

L'ex-grand flic n'a rien perdu de sa prestance, son mètre quatre-vingt-dix ne se voûte pas avec les ans, sa silhouette reste fine et ses gestes souples. Sa belle trogne d'acteur de théâtre et ses grands yeux bleus intelligents n'ont rien perdu de leur charme ni de leur acuité quand ses cheveux sont devenus blancs. Il sert un café au commandant, enfoncé dans un canapé profond qui le place dans une désagréable position d'infériorité. La décoration des murs du salon est composée d'anciennes affiches de spectacles de magie. Sur les étagères reposent des ustensiles ayant appartenu à des prestidigitateurs célèbres, photos à l'appui. Remarquant les regards du commandant, Stransky précise avec bonhomie :

– Ces souvenirs intimident moins mes visiteurs que mes reliques policières…

– C'est un peu pour ces souvenirs que je suis venu vous rendre visite.

– Que vous m'avez filé comme un criminel, corrige l'ex-flic sur un ton moins chaleureux où pointe même un reproche amer.

Déstabilisé, Rossi se lance dans une explication maladroite sur une affaire en cours impliquant un amateur du film de Franju et justifie sa visite par la découverte de la photo où figure Stransky. Le commandant laisse entendre qu'il recherche quelqu'un d'assez passionné par le personnage de Judex pour se glisser dans sa peau au moment de commettre ses crimes. Il se dit que cette révélation aura au moins le mérite de mettre la pression sur l'ex-flic si celui-ci a un lien quelconque avec l'affaire. Un criminel sous pression risque plus de commettre une erreur. Pendant cette explication, Stransky dévisage le commandant, l'air affligé par l'objet de cette visite. Puis, un sourire moqueur aux lèvres, il livre ses pensées :

– Si votre suspect utilise le pseudonyme de Judex, ne croyez pas qu'il s'agisse pour autant d'un assoiffé de justice. Contrairement à ce qu'on pourrait penser, Judex, le juge, n'agit pas par esprit de justice, mais par pure vengeance. C'est un Monte-Cristo qui a préparé son retour depuis des années, il a soigneusement élaboré chaque étape de son plan et veut uniquement faire mordre la poussière à ceux qui ont causé du tort à sa famille… Judex n'est pas un justicier mais une personne blessée, ivre de rage et prête à tout pour se venger. Votre criminel aurait pu choisir de se faire appeler Monte-Cristo… Mais je ne vois pas ce que vous espériez que je vous apprenne de plus à ce sujet. J'ai certes été figurant à douze ans dans le film de Franju, mais depuis, ce film et ce personnage ne représentent rien dans ma vie. Rien du tout, commandant.

– Votre passion pour la magie semble pourtant indiquer le contraire, conteste le commandant en désignant la décoration du salon d'un mouvement de menton.

– Pour votre gouverne, j'aimais la magie avant de participer au film, Channing Pollock m'a certes donné quelques conseils pendant le tournage, mais ma passion pour la prestidigitation remonte à bien avant Judex. Seriez-vous en train d'insinuer que je pourrais être le criminel qui vous cause des soucis ? Vous ne manquez pas de toupet, Rossi, avec vos états de service discutables, crache Stransky, glacial.

– Ils ne sont discutables que parce que j'essaye de faire mon boulot plutôt que de faire de la politique. On ne juge pas un flic au nombre de ses amis haut placés, répond le commandant avec un sourire en coin qu'il sait provocateur.

Stransky hausse le ton, rouge de colère :

– Il me reste beaucoup de ces amis haut placés ! Je les ai connus grâce à mon intégrité et à mon travail acharné pour la justice de ce pays. Assez pour faire botter votre cul de parasite alcoolique si vous osez venir encore fouiner autour de chez moi !

Le préfet retraité se lève avant de continuer :

– Maintenant quittez ce domicile, à défaut de quitter ce corps de métier que vous souillez de votre présence !

Loin de s'émouvoir, Rossi se dirige seul vers la porte de la villa. Il ne doute pas un instant que Stransky finira par apprendre qu'il a été mis sur écoute ; mais en attendant, les coups de fil qu'il va passer pour faire sanctionner Rossi et découvrir le fond de l'affaire vont être riches d'enseignements. Si l'ex-préfet a un lien quelconque avec Judex, la pression lui fera peut-être commettre une erreur, ou du moins cette montée d'adrénaline devrait permettre d'avoir de passionnants échanges à analyser. S'il n'a aucun lien avec leur affaire, les enregistrements des conversations de l'ex-préfet demandant des sanctions mettront de toute façon Rossi à l'abri de celles-ci... Quant à l'inimitié de Stransky, le commandant s'en réjouit presque autant qu'il la partage.

Dans le couloir, une affiche sous verre et encadrée attire son attention. Il s'agit d'un original d'une publicité célèbre de 1892 de Toulouse-Lautrec, sur laquelle Aristide Bruant figure, avec son célèbre chapeau noir et son écharpe rouge, pour vanter les mérites de son cabaret montmartrois. Troublé par les dernières piques acerbes de Stransky, Rossi n'arrive pas à mettre des mots sur ce que lui évoque cette affiche et il se retrouve sur le gravillon avant d'y parvenir. Une fois à l'intérieur de sa Lancia, il frappe le volant du plat de la main en se rappelant avoir lu, dans une interview de Feuillade, que l'origine du costume de Judex provenait de cette même affiche, de cette silhouette de Bruant si populaire à l'époque...

– Pas d'autre lien avec le film de Franju, mon cul ! jure le commandant.

Il se maudit d'avoir l'esprit d'escalier et cherche dans son téléphone la confirmation du lien entre l'affiche et Judex. Il ne retrouve pas le texte de l'interview, mais il tombe sur une déclaration de Bruant faite au moment où le chanteur optait pour ce costume de scène. Elle donne une résonnance particulière à ce choix :

Le guignol est terminé !... Un nouveau Bruant est né !... Et ce Bruant-là va dire deux mots à la foule des fils à papa, des fainéants, des incapables !... Il leur criera la haine menaçante des pauvres et des révoltés... ainsi que la douleur blottie dans les bas-fonds...

25

Le dernier hacker identifié à Amsterdam réside à Marcq-en-Barœul, dans la banlieue bourgeoise de Lille. Malic a choisi de s'y rendre lui-même. Il a pris la route aux aurores pour arriver avant midi devant le pavillon des parents d'Hugo Castellin. Ce pirate informatique de dix-huit ans a à son actif quelques attaques contre les systèmes informatiques de son lycée, de quelques entreprises et de sites internet dédiés aux jeux vidéo. Le gamin figure aussi dans les dossiers de la DGSI comme participant régulier aux manifestations des Anonymous contre la scientologie et il a été photographié et identifié en marge de plusieurs manifestations regroupant des groupuscules de l'ultragauche européenne. Rien de très criminel à ce jour, mais le jeune homme montre les prémices d'un basculement vers des actions plus radicales.

L'homme qui ouvre à Malic lui répond d'une voix monocorde, entrecoupée de soupirs las. Sa tenue correspond aux standards bourgeois de la ville, mais son pull Lacoste pend sur ses hanches, déformé et usé. Ses lunettes Hugo Boss tiennent grâce à un morceau de Scotch sur la branche droite. Le lieutenant ne s'étonne pas de trouver dans le salon une accumulation de papiers répartis autour du canapé familial, point de repli de l'homme de la famille – un homme en latence, chômeur de toute évidence et dépressif à l'entendre. Le père d'Hugo s'enquiert sans grande conviction des raisons de la venue du lieutenant.

– Vous enquêtez sur mon fils ? Qu'est-ce qu'il a fait ?

– On ne peut pas dire que nous enquêtons sur lui, rassurez-vous. *A priori*, il n'a rien à se reprocher. Nous aimerions juste pouvoir lui poser quelques questions sur son voyage à Amsterdam au printemps.

– Il est allé à Amsterdam ? Je n'en savais rien. Quel bon père je fais ! ricane l'homme en se laissant choir dans le canapé. Je n'ai plus de ses nouvelles depuis le jour de ses dix-huit ans. Pas le lendemain, hein ! Le jour même ! Alors qu'on avait prévu un grand repas familial pour célébrer sa majorité… pfuit ! Disparu sans laisser d'adresse ! On ne va pas dire que ça nous a surpris, sa mère et moi… Nos relations avec Hugo étaient… compliquées. Il nous prenait vraiment pour des débiles… Je ne suis pas sûr qu'il avait tort…

– Vous ne savez pas du tout où il se trouve en ce moment ? questionne le lieutenant en jetant un œil attristé sur les boîtes de Lexomyl posées sur l'accoudoir du canapé.

– Absolument aucune nouvelle. Mais, vous savez, il ne me parlait plus depuis déjà des années alors qu'il était à la maison… Donc maintenant qu'il en est parti…

– Il ne voit pas non plus sa mère ? Sa sœur ?

– Non, la dernière fois qu'il a parlé à sa mère c'était pour l'insulter la veille de son départ. Et sa sœur n'a que huit ans… On préfère la laisser loin de tout ça. Je devance vos questions : on a déjà demandé aux quelques amis du coin qu'on connaissait s'ils savaient où Hugo voulait partir. Mais, non, personne ne sait rien. On a aussi fouillé dans son ordinateur, il avait tout nettoyé, et je peux vous dire que, quand il nettoie, il ne laisse rien… Il a un don pour l'informatique. Je suis ingénieur en systèmes d'information, enfin j'étais, jusqu'à ce qu'ils trouvent un Indien pour faire mon boulot, mais à quatorze ans, Hugo me dépassait déjà sur tous les points… Faut dire que je dois être un sacré tocard, puisqu'un Indien à cinq roupies peut me remplacer du jour au lendemain…

– Pouvez-vous me montrer sa chambre ?

– Vous avez un mandat ou un truc comme ça ?

– Non, mais si vous voulez qu'on retrouve votre fils, il faut nous aider un peu.

– Le retrouver ? Pour en faire quoi ? Mais bon, venez, on est de bons citoyens chez les Castellin, même si le monde nous crache à la gueule, on l'accueille avec le sourire… Dignes dans le désastre, on crèvera avec politesse, sans faire de bruit !

Tout en continuant sa tirade dépressive, l'ingénieur au chômage entraîne Malic vers le fond du pavillon. Il pousse une porte barrée d'un panneau sens interdit et s'efface devant la chambre de son fils disparu. La pièce comprend un lit en mezzanine, un petit bureau niché sous le sommier, une malle, une armoire et une grande bibliothèque, le tout en pin, propret, tout juste égayé par quelques posters de jeux vidéo punaisés çà et là entre les meubles. Seule, sur le mur face au lit, trône une grande affiche de *V pour Vendetta*. L'œuvre culte inspire le mouvement des Anonymous, qui s'est approprié le masque de V, le héros de la bande dessinée. Nullement surpris de cette référence anarcho-informatique, Malic jette un œil dans les armoires vides et les tiroirs sous le lit qui ne recèlent rien d'intéressant, si ce n'est quelques clichés sur lesquels le jeune homme apparaît. Malic les photographie avec son téléphone. Le lieutenant s'arrête devant la bibliothèque, son contenu indique sans l'ombre d'un doute que l'occupant des lieux n'a aucune lecture commune avec un adolescent ordinaire.

– Très politisé. Il ne lisait rien d'autre, pas de romans, pas de BD ?

– Non, jamais, ces choses lui semblent futiles, bourgeoises. Il exècre tout ce qui peut le détourner de son combat. Pas de sport, pas de copains, pas de petite amie, pas de cinéma, pas de famille… Rien que les jeux vidéo, l'informatique et l'insurrection à préparer.

Entre les livres, quelques photos sont glissées. Elles représentent des révoltes urbaines, les indignés espagnols à en lire les banderoles. Le père commente.

– L'année dernière, il est allé à Madrid, soi-disant en voyage linguistique. On n'a pas osé lui refuser, pour une fois qu'il montrait de l'intérêt pour quelque chose de normal… On a cru que ça allait lui changer les idées… Quand on a découvert qu'il avait passé son temps sur les barricades… Je crois que ça a été la fin de nos relations. Je n'y comprends rien, on a pourtant tout essayé. Je ne sais pas où on a merdé, mais on a tout raté, c'est sûr…

– Vous n'avez jamais entendu parler de Judex ?

– Non, ça ne me dit rien. Qu'est-ce que c'est ?

– Un mouvement politique, élude Malic en saisissant un exemplaire de *L'insurrection qui vient*.

Une petite carte tombe du livre. Malic la ramasse, sur le bristol blanc, quelques mots sont écrits d'une main malhabile.

Cher agent de la DGSI, je sais que vous adorez les bibliothèques, je vous ai donc laissé la mienne intacte afin que vous puissiez l'inventorier et la référencer correctement. À l'occasion, lire quelques-uns de ces ouvrages vous ferait le plus grand bien. Les temps changent, que vous le vouliez ou non.

La phrase prémonitoire arrache un sourire au lieutenant. De toute évidence, il a trouvé le bon hacker. Il tend la carte au père afin qu'il identifie l'écriture. Celui-ci confirme qu'il s'agit bien de l'œuvre de son fils, puis il soupire et ses épaules s'affaissent encore un peu plus.

– Dites-moi la vérité, il a fait une grosse connerie, hein ? Vous savez, je m'y suis préparé… Je vais vous dire, Hugo me fait peur. Il est trop intelligent, et il déteste tout ce qu'on fait, ce qu'on dit, ce qu'on est… Et pas que nous les adultes, hein ! Il hait tout autant, voire plus, les gamins de son âge. Il est coupé du monde, dans sa bulle. Vous savez quoi ? À chaque fois que j'entends parler d'un de ces jeunes qui commettent des massacres aux États-Unis, je me dis qu'Hugo pourrait faire ça… C'est affreux, hein ? Suis-je un monstre de penser ça de mon fils ?

– Non, non, vous êtes juste un peu fatigué. Vos craintes sont tout à fait excessives, essaye de le rassurer le lieutenant, abasourdi.

– Allons, je ne suis pas si stupide, malgré ce que pense mon fils. Si vous êtes là, c'est parce qu'il a fait une grosse connerie…

Le père d'Hugo soliloque. Malic, qui peine à supporter son discours, fait mine de s'y intéresser quelques secondes. Il a des vues sur l'ordinateur et va avoir besoin de l'aval du chef de famille pour l'embarquer.

– Comment voulez-vous qu'ils n'aient pas envie de tout faire péter ? Vous voyez l'état de notre modèle social ? On croyait qu'ils avaient besoin de nous pour produire, pour créer, on croyait qu'une fois les usines parties et les mines fermées, la grande migration s'arrêterait là ! Que nos compétences nous permettraient de continuer à tirer notre épingle du jeu, mais pensez-vous ! Vous savez ce qu'ils voulaient ? Ils voulaient juste qu'on le croie ! Pour qu'on continue à s'endetter et à acheter leurs produits ! On s'endette sur des générations pour maintenir leurs profits, et maintenant que la Chine, l'Inde, le Brésil vont consommer à leur tour… alors pfuit ! Plus rien à cirer des formidables ingénieurs français ! De l'État français ! On peut crever avec nos dettes ! Vous voyez quelles perspectives on offre à nos mômes ? J'ai honte, lieutenant, j'ai envie de crever et de m'excuser pour ce qu'on leur laisse…

– Allons, ce n'est qu'une crise économique, il y en a eu d'autres et il y en aura d'autres… Et votre ado se révolte comme les autres générations l'ont fait avant lui. Maintenant, il faut s'assurer qu'il n'est pas tombé dans les griffes de gens malintentionnés… Est-ce que je pourrais emporter le disque dur de son PC ? Après tout, même Mozart faisait des fausses notes.

– Oui, oui, si ça peut aider à retrouver mon Hugo, pleurniche le père, en s'affalant dans un fauteuil.

Malic démonte le PC pendant que le monologue dépressif continue. La détresse du père d'Hugo l'afflige, mais tout ce qu'il peut faire pour lui, c'est essayer d'éviter le pire à son fils. Sans grande difficulté, le lieutenant extrait le disque de l'unité centrale. De toute façon, au vu de la tournure des événements, il y a fort à parier que la prédiction d'Hugo se révèle exacte et qu'une équipe de la DGSI vienne inventorier la chambre et passer son contenu au peigne fin. Le père tient dans ses mains une manette de jeu vidéo qu'il fait tourner dans tous les sens. Il regarde le lieutenant, les yeux pleins de larmes.

– Vous avez des enfants, lieutenant ?

– Oui, trois, répond Malic, un peu surpris par la question.

– Et vous vous en sortez ? Je veux dire, ils croient dans le monde qu'on leur laisse ?

– Ils sont encore petits, mais je crois que tant que leur père se tiendra debout, ils auront de l'espoir. Reprenez-vous ! Quoi que votre fils ait fait, il a besoin d'un père qui fait face.

– Faire face… au peloton d'exécution néolibéral ! crie le père en appuyant sur le bouton rouge de la manette.

Puis il éclate de rire, un rire de dément qui se mue en larmes, alors que Malic quitte la chambre, presque paniqué, le disque dur dans sa main crispée.

26

Les quatre cylindres en ligne de la Kawasaki Ninja feulent quand Lucy pousse la poignée de gaz à son maximum. La bête d'asphalte, libérée, bondit entre les voitures et atteint les deux cents kilomètres à l'heure en quelques centaines de mètres. Le dernier radar de l'A13 passé, Lucy se laisse aller à ce déferlement de puissance, grisée par le vrombissement de la machine et par le vent qui la plaque contre le réservoir. Elle a quitté l'appartement d'Hugo à l'aube, avant que le jeune homme se réveille. Hors de question pour elle de compromettre son emprise sur lui en se laissant regarder au saut du lit. Quand elle est partie, il dormait encore, épuisé par ses expériences nocturnes.

La seule chose qui pourrait lui permettre d'acculer Dantrebert et de le contraindre à avouer ce qu'il doit savoir sur la disparition de Roxana serait de retrouver le jeune pompiste et de lui faire identifier de façon plus formelle la Mercedes qui a embarqué son amie, cette fâcheuse nuit, à la sortie de Lisieux. Reprendre la piste là où la gendarmerie de Bernay l'a laissée et voir jusqu'où elle mène. Lucy prend son pied dans les lacets qui séparent Évreux de Lisieux et ne ralentit que pour traverser les quelques bourgades qui bordent la nationale, isolée par la vitesse et les pulsations hypnotiques de la bande originale de *Drive* déversées dans ses écouteurs.

Un petit pincement de regret lui serre la gorge quand elle arrive à la station-service au bord de la nationale, juste avant l'entrée de l'agglomération. Derrière la station apparaissent les prémices standardisées de toute ville de moyenne importance : centre commercial, *McDonald's*, *Buffalo Grill*, centre auto, grandes surfaces de bricolage et d'ameublement… Alors que dans le dos de Lucy le Bocage normand reprend ses droits, la station tient le rôle de poste frontière entre ces deux univers. Lucy fait le plein de sa monture fumante sous le regard admiratif de la gérante, qui la complimente sur sa ZX-10r. Elle en profite pour questionner la pompiste sur Karim, le jeune homme qui a témoigné avoir vu pour la dernière fois Roxana.

– Karim ? Il ne travaille plus ici depuis un mois, lui répond la quadragénaire blonde décolorée au visage buriné, boudinée dans une tenue aux couleurs de la compagnie dont le PDG vient de décéder.

– Dommage, il était sympa. Pourquoi a-t-il arrêté ?

– Les horaires, l'odeur du gasoil… On a du mal à trouver des jeunes qui tiennent plus de quelques mois. Le parfum du diesel à six heures du mat, il faut avoir l'estomac solide et ne pas sortir en boîte la veille. Il a fini son CDD et il est reparti chez lui. Dommage, en effet, il était mignon, appuie la gérante avec une œillade salace. Vous voulez son adresse ?

– Oh non, pas la peine, les beaux mecs, ce n'est pas ce qui manque, plaisante Lucy qui a déjà récupéré les coordonnées du jeune homme dans le compte rendu du gendarme.

Lucy règle son plein, retourne à sa moto et regarde sur le GPS de son téléphone comment se rendre chez Karim. L'ex-pompiste habite de l'autre côté de la vallée de la Touques, sur les hauteurs de Lisieux, dans ce qu'il convient d'appeler une « zone d'habitation populaire ». Elle démarre son bolide, le fait rugir quelques secondes sous l'œil envieux de la gérante et part en trombe vers la rocade qui contourne la basilique et le centre-ville.

Chaque fois que Lucy doit se rendre dans une de ces petites bourgades moribondes de province, son estomac se noue. Elle a grandi dans une ville de ce type, Lons-le-Saunier, et elle a fui le lendemain de ses dix-huit ans pour ne jamais revenir. Elle ne supporterait plus d'avoir à y habiter à nouveau, l'anonymat des métropoles permet à ses différences de s'épanouir. Ici, elle dépérirait sous le poids de l'opprobre. Cette fuite la rapproche d'Hugo, alors que le côté petit-bourgeois prétentieux en révolte du jeune homme l'horripilerait plutôt. Ce point commun adoucit sa manière de voir ce rebelle un peu paumé.

Le quartier où réside Karim Belladj se compose de six barres, longues d'une cinquantaine de mètres et hautes de trois étages, regroupées en hexagone autour d'un parc et d'un terrain de jeu mal entretenus. Le tout ne transpire pas l'émeute, mais sans doute la délinquance prospère. Lucy s'inquiète un peu pour sa moto, apercevant quelques épaves de voitures désossées et à moitié calcinées. Elle se promet de ne pas s'éterniser, surtout après avoir dû faire le tour des barres à trois reprises pour localiser celle où Karim est censé habiter. La jeune femme a noté les regards inquisiteurs d'une poignée de lascars installés sur l'escalier de l'entrée d'un des bâtiments, et elle craint qu'ils ne viennent s'enquérir de plus près des raisons de sa visite.

Sa Ninja attachée au bas de l'escalier C de l'immeuble 4, Lucy trouve l'interphone de la famille Belladj. Une voix enfantine lui répond.

Elle se présente comme une amie de Karim et la fillette lui ouvre les portes. Elle entre dans l'immeuble avec un dernier regard vers son bolide et emprunte un escalier qui empeste le chien mouillé. Une fois au premier étage, l'accueil est glacial. Elle n'a pas le temps de se présenter qu'un homme moustachu, la cinquantaine grisonnante, sort de l'appartement et la cueille sur le palier avec une agressivité palpable.

– Qu'est-ce que vous lui voulez à Karim ? On ne vous connaît pas ici, partez, on ne veut pas entendre vos histoires.

– Je veux juste lui parler quelques minutes. Je ne lui veux rien de mal, calmez-vous, s'il vous plaît, insiste la jeune femme en essayant son sourire le plus désarmant.

– Il n'habite plus ici Karim, de toute façon. Il est parti gagner sa vie à l'étranger. Allez, fichez le camp ! ordonne l'homme avec un geste dédaigneux du revers de la main.

– Dites-moi juste où je peux le contacter et je m'en vais, promis, propose Lucy en s'avançant d'un pas, incapable de plier l'échine face à un ordre, quel qu'il soit.

– Dégage, sale chienne ! balance l'homme, furieux de voir que Lucy soutient son regard.

Il crache à ses pieds et ajoute :

– Je suis chez moi ici, c'est moi qui commande. Si tu ne pars pas tout de suite, j'appelle des amis et tu vas regretter d'être venue.

La jeune femme comprend que cette conversation ne la mènera à rien, pourtant elle éprouve une réelle difficulté à rebrousser chemin sous les insultes de cet homme. Son sang bout dans ses veines, elle crève d'envie de lui balancer son pied dans la figure. Elle serre les dents et fait demi-tour, tentant de rester sourde aux injures qui accompagnent sa sortie. Pour adoucir sa capitulation, elle envoie un mail à Hugo pour lui demander de retrouver la trace de Karim Belladj.

Le retour à sa moto lui réserve une nouvelle surprise désagréable. Deux jeunes mecs aux dégaines d'ados obsédés par les marques s'amusent à tripoter la Ninja. L'un d'eux s'apprête même à l'enfourcher quand Lucy sort de l'immeuble. Ils ont l'âge de savoir que ça ne se fait pas et la carrure pour l'imposer, s'ils en ont envie. Elle parvient à leur sourire malgré la colère qui continue de bouillir en elle.

– Hé, ce n'est pas un jouet ! Faites gaffe !

Les deux zonards interrompent leur mouvement et détaillent Lucy de bas en haut avec un désagréable sifflement admiratif.

– Clairement, il y a mieux à faire ! dit celui qui s'apprêtait à enfourcher la Ninja.

– Ah ouais ! Je préfère monter là-dessus, moi, enchérit son pote qui fait un pas vers Lucy en la désignant du menton.

– Tu m'étonnes, méchamment carrossée ! Elle doit dépoter encore plus que sa bécane !

Leur exploser la tronche, Lucy n'a que cela en tête. Elle serre les poings, ils vont payer pour l'ensemble des humiliations de sa journée. Elle se prépare à frapper quand elle voit arriver de la barre voisine quatre autres hommes, plus âgés et franchement patibulaires, qui se dirigent droit vers eux. La situation devient délicate, elle soupçonne le père de Karim d'avoir appelé les gros bras pour lui faire passer l'envie de revenir. Elle change de plan, sourit aux deux gamins et s'abaisse vers l'antivol alors qu'ils continuent leurs blagues salaces en reluquant ses fesses.

– Ça te dirait pas de venir passer un petit moment avec nous avant de partir, histoire de visiter les caves de la cité ?

– T'es un vrai bonbon, toi, on va te déguster longtemps, ma parole, promet celui qui se tient à côté d'elle en se caressant le sexe au travers de son pantalon.

– Laissez-moi d'abord détacher ma bécane. Après, si

vous voulez, je vous emmènerai faire un tour, propose Lucy en retirant l'antivol.

– T'as pas compris, chérie, on s'en fout de ta moto de pute, crache le plus proche des deux jeunes hommes en posant sa main sur le crâne de Lucy pour tourner son visage vers son entrejambe.

Derrière lui, les quatre hommes ne sont plus qu'à une cinquantaine de mètres…

La colombe roucoule de contentement en picorant frénétiquement dans le bol de graines qu'Hugo vient de poser sur la margelle du balcon. Le jeune homme déplie le petit message contenu dans le rouleau fixé à la patte de l'oiseau messager. Ce mode de communication amuse Hugo ; si décalé, si obsolète et pourtant si imprévisible et impossible à espionner. Judex utilise des pigeons voyageurs dans le roman, ses héritiers prennent un malin plaisir à marcher sur ses traces. Parmi les services de renseignements du monde, tous enclins à se livrer à une surenchère technologique, aucun n'est aujourd'hui capable d'anticiper, de contrer ou d'intercepter des messages envoyés ainsi. Comble de l'ironie.

Comme chaque fois, le message ne contient rien d'autre qu'un horaire et un point de rendez-vous. Avant de s'y rendre, le jeune homme fait le point sur les dernières demandes de son mentor. La programmation du serveur que Judex a acheté en Nouvelle-Zélande est terminée. Les prochains messages partiront automatiquement aux dates déterminées. Comme prévu, Hugo va pouvoir se mettre en retrait et laisser passer l'orage. Leurs prévisions se confirment, peu à peu les messages de Judex se répandent et sont lus sur la Toile. Sans forcer la main à personne, leurs idées se propagent.

Hugo se prépare à lui reparler de Dantrebert. Il connaît la réponse à l'avance : « Judex ne condamne pas sans preuve. » Mais pour Lucy, il se sent obligé d'insister. Il ne parvient pas à penser à autre chose, la jeune femme l'obsède. En regardant la colombe s'envoler au-dessus des toits de la rue Milton, il se demande si ce n'est pas ça, être amoureux.

27

Sur le tee-shirt de Jérémy, un drôle de type masqué en collants verts braque un anneau vers un extraterrestre repoussant. À en croire le texte affiché, l'homme aux collants s'appelle « *Green Lantern* », la lanterne verte. Rossi demande à Jérémy s'il faut voir là un manifeste écologiste. Le lieutenant hausse les épaules en soupirant et se laisse tomber dans un fauteuil. Le commandant lui tend un sous-verre pour son gobelet de café, alors qu'il s'apprête à le poser sur le bois fragile du bureau.

– J'ai identifié trois filles qui peuvent correspondre à celle que vous recherchez.

– Parfait. Éclaire donc ma lanterne : tu as fait comment ?

– Comme vous me l'avez suggéré, je me suis focalisé sur le tatouage et les éléments contenus dans les rapports de la Crim. J'ai laissé tomber les sites d'*escorts* et j'ai fait le tour des tatoueurs. Tous les témoignages où elle est mentionnée parlent d'un dessin rose, blanc et noir. Mais deux sont plus précis et évoquent un arbre. Je les ai pris au sérieux, et, en croisant l'arbre et ces couleurs, on tombe sur un *sakura*, un cerisier japonais, symbole de renaissance. J'ai ciblé mes recherches là-dessus. Puis j'ai considéré l'âge et le niveau social de la jeune femme. On sait qu'elle participait à la soirée de Delaunay, donc elle gravite dans un milieu très fortuné, on peut supposer qu'elle en tire des revenus confortables. On sait aussi qu'elle a moins de vingt-cinq ans, selon les témoignages. Au final, on peut imaginer qu'elle s'est fait tatouer chez un grand artiste, en France et il y a moins de sept ans, car se faire tatouer mineur est interdit. Il y a environ une cinquantaine de professionnels talentueux dans ce secteur, ils ont tous des sites web et des catalogues. Et vous aviez raison : quand ils réalisent une pièce telle qu'un *sakura* qui couvre le dos d'une très jolie fille, ils prennent des photos pour leurs archives. Alors j'ai fouillé, je me suis introduit dans leurs bécanes et j'ai cherché minutieusement des minettes brunes, plutôt sportives et musclées avec un tatouage d'arbre dans le dos. J'ai dû ruser, mentir, menacer, forcer des protections…

– Ça restera entre nous, ne t'inquiète pas, Sémaphore chlorophylle.

– La piste méritait d'être remontée, de tels dessins, des « grosses pièces » comme ils disent, ne courent pas les rues chez des filles de cet âge. Pour les dessinateurs à qui j'ai parlé, il faut une bonne dose de maturité et de force de caractère pour se lancer dans une telle modification corporelle, un choix qu'on fait plutôt vers trente ans. Les minettes se font faire un dauphin, un dragon, un truc tribal de quelques centimètres, mais une jeune femme qui se fait tatouer tout le dos, il n'y en a pas des milliers, ça implique un choix de vie assez radical. Donc, en tout, j'ai dégoté une quinzaine de noms de filles avec un profil qui pourrait correspondre. Et j'ai commencé à me renseigner sur elles. Une fois écartées celles qui ne vivent plus en France, celles qui ont pris vingt kilos, celles qui ont le crâne rasé et des piercings partout, celles qui vivent en province avec trois gosses, celles qui sont devenues pharmaciennes et se sont fait teindre en blondes… Il m'en est resté cinq. Après enquête rapide, deux ont des alibis en béton pour le soir du meurtre, une était hospitalisée et l'autre en vacances au Club Med… Donc il nous en reste trois, et si on ne se plante pas dans notre approche, la fille citée dans les témoignages des partouzeurs mondains est l'une d'entre elles…

Habiter en face d'une boutique de tatouage rue Greneta a parfois des avantages. Le commandant passe tous les jours devant une vitrine couverte de photos de modèles. Il a eu mille fois l'occasion de remarquer que les tatoueurs montrent leurs travaux précédents à leurs clients. Le don de Jérémy a fait le reste. Il attrape la feuille imprimée par le lieutenant avec les noms et adresses des trois filles. Il envoie ces noms aux analystes de la DGSI et leur demande en retour un portrait exhaustif de chacune d'entre elles. Avant d'en savoir plus, il transmet une demande de mise sur écoute immédiate de toutes les lignes ouvertes à leurs noms, avec géolocalisation des appels. Pour clôturer le dispositif, il donne des ordres afin qu'un équipage de la DGSI planque devant le domicile des trois filles et les place sous étroite filature. La perspective de griller la politesse à la Crim et ses méthodes antédiluviennes en retrouvant la fille avant elle plonge le commandant dans une légère euphorie. Il se laisse même aller à remercier le lieutenant pour son efficacité.

Une fois les messages transmis, Rossi se replonge dans la lecture de la presse quotidienne. La mort de Le Morvant ne fait l'objet que de quelques brèves, car elle est survenue tardivement la veille. Les éditions du lendemain en parleront plus longuement. Mais nulle part, dans ces quelques lignes ou sur les chaînes d'info, la thèse de la mort naturelle n'est remise en question. Le mensonge de la DGSI fonctionne, mais Rossi craint que ça ne soit que temporaire.

28

Les secondes qui s'écoulent paraissent irréelles à Lucy. Sa décision prise, les gestes décidés, tout se ralentit autour d'elle. Les voix des jeunes hommes se brouillent en un bourdonnement diffus. La chaîne de l'antivol claque sur les rayons en libérant la roue, son poids dans sa main la rassure.

Sans un mot, elle saisit le bras qui lui tient la tête et le tord brutalement.

Dans le même mouvement, elle se relève et assène un coup de genou sec dans l'entrejambe qu'on lui offrait. Elle entend l'autre jeune homme se rapprocher en criant, alors elle détend son bras prolongé par la chaîne et le projette dans un arc de cercle qui se termine par le choc du lourd cadenas s'écrasant sur la tempe de son assaillant. La tête de celui-ci part en arrière alors que son arcade explosée macule l'escalier de sang. En face de Lucy, l'autre gamin se tient les parties en gémissant, elle ne lui laisse pas le temps de se reprendre et lui balance un coup de poing dans le plexus. Elle y met toutes ses forces, son poing l'élance quand il percute sa cible, mais elle sent les côtes de son opposant craquer sèchement et il s'effondre dans la seconde qui suit.

Ses deux agresseurs à terre, Lucy enfourche sa moto. Les quatre hommes arrivent en courant, elle pourrait voir le blanc de leurs yeux furieux quand les cylindres de sa Kawasaki vrombissent. Leurs mains tendues la frôlent mais la puissance de sa Ninja se libère et elle décolle presque du sol en avalant le bitume du parking. Le temps qu'ils rejoignent leurs voitures, son démon à deux roues l'a déjà propulsée trop loin pour qu'ils la suivent. Elle esquive de peu deux voitures qui rentrent dans la cité, se faufile entre un bus aux couleurs criardes et un panneau publicitaire, et, en quelques instants, rejoint la rocade et s'éloigne de la cité qui voulait la piéger.

Après deux kilomètres pleins gaz, elle s'arrête au bord de la route pour mettre son casque. Sa peur a disparu, elle sait gérer une agression, son passé et la pratique du taekwondo l'y ont préparée. Elle sait faire face et elle recommencera à battre les hommes sur leur propre terrain chaque fois que cela s'avérera nécessaire. Sa colère, par contre, ne retombe pas. L'adrénaline court dans ses veines et l'empêche d'accepter cet échec. Dantrebert ne refermera pas toutes les portes devant elle.

Les rapports de la gendarmerie de Bernay indiquent l'adresse du manoir du vieil homme. Elle veut voir par elle-même le lieu où la Mercedes a peut-être emmené Roxana. Un bref coup d'œil sur son GPS lui indique que la propriété de Dantrebert se trouve sur les rives de la Courtonelle, nichée au creux d'une vallée peuplée de villages aux noms charmants qui lui évoquent la traduction française des noms des hameaux de la Comté de Tolkien. Un écrin bucolique, à la poésie surannée. Pourtant, comme dans la dernière partie de l'œuvre du romancier anglais, elle craint que le mal ne se soit installé au cœur de ces collines verdoyantes, aux appellations délicates.

En cette saison, le bocage devient presque menaçant, dans l'attente glaciale d'un peu de soleil qui lui rendra sa douceur. La Kawasaki de Lucy ralentit et aborde les lacets des routes vicinales détrempées et glissantes avec la délicatesse d'un chat. Elle traverse des villages aux murs de pierres brunes, aux façades en colombages et aux toits de tuiles grises, et, dans la campagne, entre les bourgades, longe les jardins de résidences secondaires cossues et des exploitations agricoles discrètes. Au bout de l'unique rue d'un hameau perdu au milieu des bois, Lucy s'arrête devant les portes de la propriété de Dantrebert.

L'immense parc qui s'étend derrière elle sur plus de deux cents hectares couvre une vallée, des collines, une forêt, un lac et le cours de deux rivières affluentes de la Courtonelle. Une fois le moteur de sa moto tu, Lucy est assaillie par le silence total qui règne sur les lieux.

Les portes et le mur qui ceignent la propriété mesurent plus de trois mètres de haut et interdisent aux curieux tout regard sur le manoir et ses dépendances. Elle n'aperçoit même pas d'interphone, seule une caméra au-dessus du pilier droit surveille les visiteurs. On ne lui abaissera pas le pont-levis, il lui faut un cheval de Troie pour accéder à cette forteresse. Elle prend son téléphone et y affiche la vue du ciel du manoir sur Google Maps. La bâtisse s'étend sur trois ailes, des écuries et des dépendances, dont un pavillon de chasse en pleine forêt. Il faut du monde pour s'occuper d'une telle propriété, *beaucoup d'employés*, pense Lucy en écrivant un message à Hugo :

Trouve-moi tout ce que tu peux sur le personnel qui travaille au manoir normand de Dantrebert, et surtout trouve-moi comment, et par qui, sont recrutés les saisonniers et les remplaçants.

Pas de bonjour, pas de formule de politesse, pas d'humour, son soumis doit continuer de savoir à qui il a affaire. Elle lui envoie sa requête et remarque que le garçon a déjà répondu à sa demande précédente concernant Karim Belladj :

Easy game, Karim Belladj passe ses journées à poster sur Facebook à quel point il kiffe son nouveau boulot chez Dantrebert au Brésil... Très bon job pour un mec qui a planté son BTS, tu me diras à qui envoyer mon CV... Pour le contacter... essaye Facebook ;)

Le prix du silence du pompiste s'affiche sans ambiguïté. Lucy comprend qu'elle perdrait son temps à tenter d'obtenir un témoignage plus précis du jeune homme. Comme les immenses portes de sa propriété le démontrent, Dantrebert sait protéger ses secrets. La guerre autour de l'héritage et de sa mise sous tutelle doit renforcer la paranoïa de son entourage proche ; pénétrer ce dernier cercle et le faire parler risque de se révéler impossible. La colère de Lucy ne reflue pas, bien au contraire. Elle fait vrombir son moteur et démarre en projetant une pelletée de terre humide et de gravier jusqu'au mur d'enceinte du domaine. Il ne lui reste plus qu'une piste à suivre, celle qu'ils ne s'attendent pas à la voir remonter, celle qui l'a menée dans cette boutique étrange de la rue Lepic...

Pour apaiser ses nerfs, Lucy choisit de rentrer par les routes nationales plutôt que par l'autoroute. Un peu de pilotage sur chaussée mouillée entre les poids lourds l'oblige à rester concentrée sur sa conduite au lieu d'enrager en ressassant ses échecs du jour. Défoulée, elle rejoint son appartement rue de Malte à deux pas de la place de la République et rentre son bolide dans la cour de l'immeuble. Pour retourner voir le revendeur, elle va avoir besoin d'utiliser son trésor de guerre, le liquide qu'elle garde en rouleaux au fond d'une de ses paires de bottes. Elle remonte chez elle, récupère son argent et en profite pour prendre quelques affaires supplémentaires. Lucy ne compte pas surenchérir sur l'offre de trois cent mille euros des Brésiliens, elle n'a pas les fonds nécessaires. Par contre, elle peut investir quelques milliers d'euros pour savoir avec précision ce qui intéresse les trois hommes dans la boutique. Tout dans la conversation qu'elle a surprise – l'horaire, le lieu et le casier judiciaire du commerçant – indique que la transaction sort de l'ordinaire. Sans doute sans lien avec Roxana, mais elle n'a rien d'autre qui pourrait lui permettre d'approcher voire d'obliger à négocier le cercle des proches d'Alexandre Dantrebert. Elle va jouer cette dernière carte à fond.

Le *Cabinet des curiosités* n'accueille aucun client quand Lucy en pousse la porte grinçante. Après quelques minutes d'attente à contempler l'improbable amoncellement de bizarreries poussiéreuses qui occupent les lieux, le vieillard se décide à s'enquérir des raisons de sa venue. De jour et face à face, le commerçant au casier judiciaire chargé apparaît à Lucy dans toute la crudité de sa déchéance. Il traîne sa jambe morte comme une ancre, son orbite mort fixe devant lui sans raison et laisse couler des larmes sanguinolentes. Fragile, usé et d'une maigreur extrême, Émile Monestier semble ne vivre qu'au prix d'un incroyable oubli de la Faucheuse qui l'aurait laissé traîner par mégarde lors de sa dernière visite. Déstabilisée par l'apparition, Lucy bafouille un peu, mais elle ne tourne pas pour autant autour du pot :

– Je recherche des informations sur des urnes qui sont en votre possession pour lesquelles trois acheteurs brésiliens vous ont fait une belle offre avant-hier.

– Mademoiselle, je ne vois pas du tout de quoi vous parlez. Vous ne trouverez pas dans ma boutique d'accessoires de mode ou de fanfreluches pour jeune personne entichée de « gothique ». Allez donc faire votre shopping dans le Marais, répond le vieillard avec un mépris profond.

– Écoutez, je sais que vous les avez. Et je ne souhaite pas les acheter, je veux juste que vous me disiez tout ce que vous savez à leur sujet. Pourquoi valent-elles si cher pour ces trois hommes ? Je peux vous payer pour ça, donnez-moi votre prix, ça restera entre nous, je vous le jure, implore presque la jeune femme.

– Il y a des hommes qui méritent qu'on les respecte et des petites putains qui méritent qu'on les égorge ! lui jette le vieillard d'une voix étonnamment ferme.

– Qu'est-ce que vous dites ? bredouille Lucy, estomaquée par la brutalité du commerçant.

– Tu m'as bien compris. Dégage !

Le vieillard fait demi-tour et s'éloigne sans un autre mot. Furieuse, Lucy saisit une tête de singe empaillée posée sur une desserte encombrée. Elle insulte le vieillard indifférent et balance le crâne de primate vers une étagère. La collision déclenche une petite apocalypse, une cohorte d'objets étranges se déverse sur le sol de la boutique dans un fracas infernal. Lucy sait que le vieillard va revenir avec une arme, et de toute façon, elle se sent incapable de violence sur une personne dans un tel état physique. Il ne lui reste qu'à fuir à nouveau. Elle claque la porte derrière elle sans prêter aucune attention à la Ford Mondeo garée quelques mètres plus loin, ainsi qu'aux deux hommes qui l'occupent et viennent d'observer l'esclandre avec beaucoup d'intérêt.

29

Depuis l'aube, deux journalistes expérimentent les conditions de garde à vue réservées aux criminels endurcis auxquels la Crim ne veut faire aucun cadeau. Rossi lit avec consternation le compte rendu envoyé par Louvion. Son ton ne laisse pas transparaître la moindre interrogation sur la légitimité d'une telle procédure, pourtant digne des pires dictatures. Les deux hommes sont placés à l'isolement dans une cellule blanche éclairée vingt-quatre heures sur vingt-quatre, personne ne leur demande rien et on ne leur donne à boire que de l'eau javellisée. Le commandant soupire. Il craint que ces débordements, cet usage abusif des législations antiterroristes se payent comptant. Il jette un œil sur les profils des deux journalistes détenus quand Malic entre dans le bureau, surexcité.

– On a une piste chaude sur une des filles tatouées ! jubile le lieutenant.

– Chaude comment ?

– Lucie Merpaz, vingt-trois ans, étudiante, énumère Malic en posant la fiche détaillée de la jeune femme sur le bureau du commandant. Elle s'est rendue ce midi dans une boutique appelée *Le Cabinet des curiosités* et il y a eu une explication houleuse avec le gérant.

Rossi s'apprête à répondre qu'une histoire de service après-vente ne constitue pas une piste brûlante quand le nom de la boutique l'interpelle. Il connaît la réputation de ce magasin et retient ses sarcasmes le temps que Malic détaille.

– Notre cible a eu des mots assez vifs avec Émile Monestier, un receleur, voleur et trafiquant à ses heures, dont le casier judiciaire tient sur trois pages. Rien dans le profil détaillé de la jeune femme ne laisse supposer de telles connexions et Monestier a fait suffisamment de prison pour pouvoir servir d'intermédiaire dans tout type d'affaire louche. Son carnet d'adresses doit être un véritable bottin mondain du milieu.

– Il aurait pu aider notre Judex à recruter la fille… conclut pensivement Rossi, qui jette un œil au profil de Lucie Merpaz et s'étonne : Il est sacrément détaillé ce profil ! Les analystes n'ont pas pu dégoter tout ça en une matinée !

– Non, confirme Malic. De toute évidence, la jeune femme a déjà fait l'objet d'une enquête… Peut-être à cause de ses connexions avec les altermondialistes et diverses associations très virulentes.

– Peut-être, oui. Ce qui est sûr, c'est que quelqu'un de la maison s'est intéressé à elle… Tu peux essayer de savoir qui et quand ?

– Je l'ai déjà demandé. Bizarrement, toutes les traces de l'ordre de mission ont été effacées, répond Malic avec une moue sceptique.

– Creuse, il y a bien des êtres humains qui ont de la mémoire dans cette boîte !

Cette anomalie et l'altercation avec le fourgue éveillent l'intérêt du commandant qui demande à Malic les fadettes de la jeune femme et le lieu d'où elle a passé ses appels. Il transmet des consignes de grande vigilance à l'équipage qui la file et demande que le fourgue soit lui aussi surveillé et placé sur écoute.

La lecture de la fiche de Lucie Merpaz apporte des informations utiles au commandant. Le point saillant de la biographie apparaît vers l'âge de quinze ans. Avant, Lucie semble vivre la vie normale d'une adolescente de province. Fille aînée d'une famille de trois enfants. Son père travaille comme contremaître dans une scierie de Lons-le-Saunier. Elle pratique la danse et l'équitation et a des résultats scolaires très prometteurs, comme l'atteste son brevet des collèges obtenu avec mention. Par contre, à ses quinze ans, tout bascule. Plus de danse ni d'équitation et des résultats scolaires en chute libre, renvoi de quatre établissements scolaires, interpellations pour des délits mineurs : vol à l'étalage, détention de stupéfiants. Cerise sur le gâteau, elle est soupçonnée de se livrer à la prostitution dans les toilettes de son lycée… La petite fille modèle a soudain pris du plomb dans l'aile. Par contre, elle pratique le taekwondo avec passion, et jusqu'à un assez haut niveau, à en croire la lecture de ses résultats lors de diverses compétitions régionales. À dix-huit ans et un jour, elle quitte le foyer familial et part s'installer à Paris où elle s'inscrit en fac de psycho. Elle est aujourd'hui en master et milite dans de nombreuses associations de lutte contre les violences faites aux femmes, de soutien aux victimes de viols et diverses causes altermondialistes.

L'origine des revenus de Lucie Merpaz reste inconnue. Rien n'indique comment elle parvient à payer son loyer, ses études, sa grosse moto japonaise et le tatouage hors de prix qu'elle s'est fait faire chez un des plus grands artistes parisiens à dix-neuf ans à peine. Mais ce qui intéresse Rossi est ce point de bascule de sa vie. La fiche contient beaucoup d'informations annexes sur cette période, on peut y lire que son père a eu une belle promotion, passant de contremaître à directeur d'usine, que ses frères ont été admis dans la plus grande école privée de la région, que la famille a demandé un permis de construire pour un agrandissement significatif de leur maison… Les Merpaz ont connu une amélioration flagrante de leur niveau de vie alors que leur fille aînée faisait sa sortie de route. Détail éloquent, le premier achat important de la famille à cette époque, avant les travaux, la voiture et l'école privée des frères, a été un très beau cheval acheté pour Lucie alors qu'elle arrêtait l'équitation… La promotion du père met Rossi sur la piste. Il parierait volontiers que Lucie a été violée par le propriétaire de la scierie ou par son fils et que le silence de Lucie et de sa famille a été acheté à bon prix. Ce qui a causé le dérapage de la jeune fille. Le commandant s'intéresse à cette faille, car si la fiche la détaille avec autant de précisions, c'est qu'elle représente un excellent levier pour quelqu'un qui aurait cherché à la manipuler. Tout spécialiste des techniques de renseignement – et donc probablement le commanditaire de cette fiche – sait qu'on peut obtenir ce que l'on veut de quelqu'un quand on connaît sa blessure la plus intime.

Sur sa photo d'identité, la jeune femme a les cheveux attachés en chignon et l'air un peu austère. Lucie a les traits fins et un grain de peau remarquable. *Une beauté, sans l'ombre d'un doute*, pense Rossi. Sa bouche un peu trop grande et pulpeuse pour son visage lui confère une sensualité que la rigueur de sa mise et son regard noir ne parviennent pas à effacer.

Décidé à prendre lui-même le relais de l'équipage qui surveille la jeune femme, voire à entrer en contact avec elle, le commandant se lève et attrape sa veste. Mais alors qu'il ouvre la porte de son bureau, son assistante l'interpelle :

– Le directeur Boniperti vous attend de toute urgence dans son bureau.

30

Le numéro semble correspondre à un téléphone étranger, pourtant l'origine du SMS ne fait pas de doute. Lucy termine son café au comptoir d'un petit bistrot des Abbesses, dont le patron s'active pour servir des plats du jour à une clientèle de commerçants et de banquiers. Elle relit le message d'Hugo.

Surtout, ne passe pas à l'appart. On coupe tout contact qui pourrait être intercepté. Je te contacte via MLM. Jshadow.

Jshadow, l'ombre de Judex, le pseudo d'Hugo. MLM, Maîtresse Lucy Marvel, le site où elle offre ses services de performeuse fétichiste et de maîtresse SM. Le site dispose d'une rubrique « contact » qu'Hugo a utilisée la première fois pour lui proposer le marché de Judex. Elle a veillé, lors de sa création, à ce que le site ne permette pas de remonter jusqu'à sa véritable identité. Sauf commission rogatoire internationale, l'hébergeur suisse ne la révélera pas et le lien entre Lucie Merpaz et Lucy Marvel restera protégé. Elle doute que cette protection suffise à Hugo, mais elle imagine que le jeune hacker a pris de son côté les précautions nécessaires.

La messagerie du site déborde, elle a négligé sa clientèle de soumis ces derniers jours. Elle prend le temps de répondre à ses meilleures vaches à lait et parvient à être suffisante, arrogante et insultante. Elle efface les demandes de contact les plus grossières émanant de fantasmeurs à la petite semaine, archive une demande de participation à la prochaine « Nuit élastique » et finit par tomber sur ce qui doit être le message d'Hugo.

Maîtresse Lucy, êtes-vous toujours disponible pour notre rendez-vous de 14 h au Club 88 ? Je vous attends avec impatience et dévotion. Cosplayer H

Cosplayer, le nom de ces fans de jeux et de bandes dessinées qui se déguisent avec ferveur en leur personnage préféré lors des conventions, la rencontre entre l'univers des jeux vidéo et du fétichisme, la rencontre entre Lucy et Hugo, pseudo bien trouvé, le garçon peut parfois s'avérer subtil. Le rendez-vous n'existait pas, le jeune homme tente de brouiller les pistes de toutes les manières envisageables. Cette débauche de précautions inquiète un peu Lucy, son complice semble avoir peur. La meilleure façon de savoir pourquoi est de se rendre au rendez-vous. Lucy règle son café et se met en route pour le quartier des Halles.

Le *Love Hotel* du *Club 88* décline un concept populaire au Japon en proposant des chambres à l'heure pour batifolages diurnes au-dessus d'un sex-shop grand comme un hall de gare. Le lieu a la vulgarité tapageuse et Lucy le fuit comme la peste. Elle préfère des rendez-vous dans des donjons privés ou dans des clubs plus discrets. Mais Hugo a sans doute choisi le premier lieu proposé par les moteurs de recherche, le plus évident étant le moins suspect.

Une fois sa Ninja garée dans un parc de la rue Sébastopol, Lucy rejoint la rue Saint-Denis qui grouille de salariés en promenade pour l'heure du déjeuner. Elle longe la devanture des multiples sex-shops du quartier, salue une entraîneuse qu'elle a croisée dans quelques soirées et retrouve le *Club 88*, bien nommé puisque situé au 88 de la rue Saint-Denis. Sans hésiter, elle passe la porte automatique à l'enseigne flamboyante et entre dans la boutique. Elle salue le patron d'un signe de tête et se dirige droit vers l'escalator au fond du magasin, après une interminable succession de bacs pleins de films X, le long desquels des danseuses de peep-show déambulent et tentent d'attirer leurs spectateurs. À son arrivée sur Paris, Lucy a travaillé dans un club similaire à Pigalle. L'évocation de ce souvenir l'écœure et elle presse le pas. Après l'escalator, elle passe devant un alignement de cabines où des messieurs se masturbent avec ferveur devant les icônes pornos à qui ils offrent leur semence. Avec une grimace de dédain pour un des hommes qui la gratifie d'une œillade équivoque, elle prend un escalier en carrelage blanc comme dans une clinique. Sur la gauche, des cloisons noires avec des portes qui forment des cubes sans fenêtre : le *Love Hotel*, enfin.

Les chambres ont la taille d'une cellule de prison, ambiances variées : gondole vénitienne, case africaine, dojo japonais, palais oriental, cabine de navire et donjon. Lucy frappe à la porte de cette dernière. Hugo ouvre aussitôt, le regard fixé sur ses chaussures, il bredouille :

– Pardon, Lucy. Judex ne m'a pas laissé le choix. Il était *berserk*, si je ne lui avais pas obéi, je pense qu'il nous faisait liquider tous les deux.

Pour toute réponse, elle le pousse sèchement dans la chambre en soupirant et manque de buter contre le lit tant la pièce est exiguë. Face au matelas recouvert d'un simple drap-housse, un grand écran propose l'intégralité du catalogue vidéo du sex-shop. Un miroir, une douche, un petit lavabo, un peignoir et une paire de chaussons jetables pour se rendre aux toilettes communes à l'étage complètent ce sinistre panorama. L'endroit pue le détergent parfumé et le sport collectif. Ce qui justifie l'appellation « donjon » de la chambre tient dans le papier mural imitation brique, les montants du lit couverts d'un skaï noir brillant et surtout dans une croix de Saint-André en contreplaqué collée sur le mur du fond.

– Tu ne pouvais pas trouver un endroit moins sordide ?

– Il y a beaucoup de passage, tu es probablement suivie depuis ce matin et il ne faut pas qu'ils me repèrent, justifie Hugo en s'asseyant au bord du lit.

– Suivie par qui ? Comment sais-tu ça ?

– Par la DGSI. Judex m'a prévenu, je ne sais pas comment il peut savoir ce qui se passe chez eux, mais tu peux le croire, tu as la DGSI aux fesses et…

– Ne me parle pas sur ce ton, pas de familiarité entre nous, Hugo, compris ? coupe sèchement la jeune femme en frappant du plat de la main sur le montant du lit.

– Oui, Lucy, pardon.

– J'aime mieux ça. Qu'est-ce que c'est la DGSI, des flics ?

– Le FBI à la française ! raille le jeune hacker. Une grosse machine un peu crétine, issue de la fusion des renseignements généraux, qui avaient mauvaise presse à force de magouilles politicardes, et de la DST, qui s'occupait de contre-espionnage, ambiance guerre froide un peu dépassée. Deux trucs obsolètes qu'on a assemblés pour qu'ils aient l'air plus neufs. Oui, à la base, ce sont des flics.

– Je croyais que j'étais recherchée par la Mondaine et par la Crim pour Delaunay ?

– La DGSI fourre son nez partout, bafoue tous les droits des citoyens. Ils écoutent tout, fichent tout ce qui les intéresse, arrangent les faits pour servir les thèses à la mode dans les couloirs des ministères. Une vraie police politique, les chiens de garde du système capitaliste, tout ce que je déteste. Dès qu'il y a un truc tordu, Tarnac, Merah, ils ne sont pas loin. On se croit en démocratie, mais dès que tu refuses le système bourgeois capitaliste, tu peux être sûre que tu as la Stasi de Levallois collée à tes basques comme des morpions. Si on veut faire tomber ce modèle de société corrompu jusqu'à la moelle, c'est par ses chiens de garde qu'il faut commencer. Tu n'as pas idée des magouilles qu'ils ont étouffées depuis soixante ans ! Si on les fait chuter, le système ne s'en remettra pas. Nos ennemis ce sont eux !

La tirade fébrile d'Hugo n'étonne pas Lucy, elle connaît sa propension à s'enflammer autour de lectures libertaires mal digérées. Que son mentor dispose d'informations sensibles et partage ces thèses anarchistes l'inquiète un peu plus. Elle n'a nullement envie de se retrouver mêlée à un règlement de comptes politique. Sans être passée par les lectures d'Hugo, elle craint que ces affaires finissent par l'élimination propre et discrète des témoins.

– Il ne faut plus qu'on se voie, Judex me l'a ordonné. C'est dommage, j'ai bien aimé ce qu'on a fait la nuit dernière, ose Hugo en posant une main sur la cuisse de Lucy.

Le geste la sort de sa torpeur.

– Tu te prends pour qui, petit connard ! explose-t-elle en rejetant la main du hacker qui vient cogner contre la table de nuit. Tu crois que ta piaule sordide et tes excuses vont me faire écarter les cuisses comme une chienne en chaleur ? Il va m'en falloir beaucoup plus avant que je ne me laisse aller à un geste comme celui de cette nuit !

– Oui, Lucy, pardon, bredouille Hugo, contrit. Je t'ai rapporté tes affaires, ajoute-t-il en montrant du doigt le sac posé au pied du lit.

– C'est mieux. Tu as pu te renseigner sur les employés du manoir de Dantrebert ?

– Oui, j'ai commencé. Tu as pas mal de chance, apparemment il va y avoir une grosse fête chez lui dans trois jours. Pour l'occasion, ils ont recruté une vingtaine de personnes par une agence spécialisée dans le haut de gamme. Accord de confidentialité, salaires élevés, ne compte pas trop sur l'aide d'un des employés.

– Tu as leurs noms et adresses ? Pour le reste, laisse-moi m'en charger…

– Pas encore, le serveur de l'agence d'intérim est bien protégé, mais c'est juste l'affaire d'une heure ou deux.

– Bien. Tu me l'enverras sur maitresselucymarvel.fr comme les autres messages ?

– Oui. Il faut aussi que tu abandonnes ton téléphone portable. Ou du moins que tu l'éteignes et que tu retires la puce. Essaye de les semer et de t'éloigner… Ils n'ont rien contre toi, juste quelques témoignages imprécis qui évoquent un tatouage. Si tu restes en dehors de l'affaire, tu ne risques rien, précise Hugo, servile et protecteur.

– On verra. J'ai aussi des trucs à régler qui ne vous concernent pas directement. Si tu continues de m'aider à distance, sans prendre de risques, je m'en souviendrai et tu seras récompensé quand on pourra se revoir. D'accord ?

– Je… je… j'arrête pas de penser à toi… Oui, je t'aiderai.

– Tu auras ta récompense si tu t'en montres digne. Tourne-toi.

– Quoi ? marmonne le jeune homme.

– Tourne-toi, je vais te faire un cadeau pour t'aider à te passer de moi quelques jours.

Hugo s'exécute et fixe avec obéissance la croix de Saint-André. Lucy s'assure qu'il ne la voit plus et entreprend de se déshabiller. Elle retire ses bottes montantes de motarde. Le bruit de fermeture éclair fait dresser les oreilles d'Hugo. Puis elle ouvre son pantalon de cuir noir et l'abaisse. Devant elle, le jeune homme tremble comme une feuille, *comme un puceau le grand jour*, pense Lucy avec un sourire de compassion qu'elle s'autorise parce qu'il ne la voit pas. Elle fait un petit pas de côté pour sortir ses pieds de son pantalon. Elle sait que ce décalage la fera apparaître dans le coin du miroir et dans le champ de vision d'Hugo. Elle se tourne et se penche en avant pour retirer sa culotte noire en dentelle. Le glissement soyeux qui dévoile ses fesses marquera son soumis pour la vie. Puis elle refait un pas en avant et son reflet sort du miroir. Elle en profite pour tâter avec une petite grimace son genou, encore rougi par le coup qu'elle a assené à son agresseur de Lisieux, puis remet son pantalon et ses bottes. Droite comme une cravache, elle tend la culotte au niveau du visage d'Hugo.

– Tiens, c'est un honneur que je ne fais pas à tous mes soumis. J'espère que tu sauras t'en montrer digne.

Rouge et tremblant, Hugo se saisit du morceau de dentelle et le serre entre ses mains jointes. Il n'ose pas le porter à son nez pour le sentir ; à raison, Lucy aurait sanctionné durement un tel manque de respect. Le cadeau semble lui plaire, mais il reste un peu sonné par l'émotion. Lucy met donc elle-même un terme à leur rendez-vous.

– Si j'ai bien compris, il ne faut pas qu'on sorte ensemble. Je vais partir la première pour que mes morpions me suivent et ne te voient pas. Attends une petite demi-heure et pars à ton tour. Je compte sur toi pour m'envoyer dès ce soir les noms et adresses des employés de Dantrebert. D'accord ? insiste-t-elle, extrayant son soumis de sa torpeur érotique.

– Oui, Lucy.

En sortant de ce temple du rendez-vous adultérin son sac sur le dos, Lucy ne peut s'empêcher de dévisager tous les hommes qu'elle croise pour voir si elle peut différencier un flic d'un pervers normal. Il faut croire que les deux se ressemblent trop, car elle n'y parvient pas. Mais puisqu'ils la suivent, elle se dit qu'au moins, elle n'a plus de raisons de ne pas passer chez elle. Sa mise au vert attendra le lendemain…

31

Sénateur Edgar Marchioni,

Judex sait,

Judex sait que, non content de ruiner et de déshonorer les gens, il faut encore que vous les assassiniez. Judex vous donne l'ordre, Marchioni, pour expier vos crimes, de verser la moitié de votre fortune à l'Assistance publique. Vous avez jusqu'à demain dix-huit heures pour vous exécuter.
Judex a regardé pendant des années le spectacle pitoyable de votre tartufferie. Pour vous laisser la vie sauve, Judex exige que vous lui offriez le spectacle d'aveux télévisés lors de la grand-messe du journal de demain soir.
Judex sait que vous avez bafoué toutes les règles de la démocratie pour organiser une tricherie massive : procurations extorquées, listes électorales modifiées, vote de personnes décédées, personnes âgées abusées... Ce, dans tous les scrutins de votre circonscription, pour vous assurer des réélections injustes entre 1986 et 2002.
Judex sait que vous avez participé au financement illégal de votre parti en acceptant des remises d'argent liquide de malfaiteurs notoires comme Paul Zucchetti ou Olivier Leonetti en échange de l'indulgence et du relâchement de procédures policières quand vous étiez ministre.

Judex sait que vous avez organisé un système de corruption massif autour de l'attribution de permis de construire dans le Var, votre département, et que vous avez fait assassiner votre ancien adjoint Yannick Pierrat qui menaçait de tout révéler par Enzo Francuzzi, un membre de la famille Leonetti.
Judex sait que vous avez abusé de vos titres de député, maire, ministre et sénateur pour vous enrichir personnellement au détriment du bien public, que vous avez noué des amitiés avec des malfaiteurs et participé au financement du casino de Boa Daï en Chine avec le fruit de vos détournements.
Judex sait que vous avez fait assassiner le journaliste Thibault Garcia qui s'intéressait de trop près à ces zones d'ombre de votre parcours par un autre membre de la famille Leonetti.
Judex sait, car il a les preuves de tous ces crimes. Quand l'heure sera venue, Judex les rendra publiques.
Judex sait que la justice ne peut pas vous atteindre, mais Judex, lui, vous a condamné.

Marchioni,
Vous êtes la honte de la République, le vers qui ronge le fruit et le gâte.
Abandonnez votre immorale fortune, confessez-vous publiquement ou, demain, Judex vous tuera.

Vous qui connaissez le visage de l'injustice,
Rejoignez-nous.

Demain, Judex sera légion.

Autour de la table, les participants, épuisés par les derniers jours, sont sous le choc. Seuls les membres de la DGSI ont déjà pu rejoindre la salle de réunion voisine du bureau de Boniperti. Leterrier et Favier saluent le commandant Rossi qui s'installe à la table après avoir lu le texte affiché sur l'écran mural. Marchioni, le vieux lion du Var, une figure majeure de la vie politique de ces trente dernières années, systématiquement réélu dans son fief malgré l'accumulation de procès, soldés par des non-lieux, et les incessantes rumeurs. Un clientéliste à l'ancienne manière, distribuant les prébendes et endormant la méfiance des foules avec sa faconde et sa bonhomie méridionale. Que ce personnage sulfureux ait pu être un éphémère ministre de l'Intérieur a toujours sidéré Rossi. Mais au-delà d'être un truand notoire, Marchioni s'est toujours montré un ardent défenseur de la France laïque et républicaine, notamment pendant les heures sombres des années 1960 et 1970, quand la lutte politique se faisait au revolver. De tels engagements créent des amitiés et des renvois d'ascenseur spectaculaires, surtout quand on a de la mémoire et des dossiers.

Le texte de Judex ne fait pas allusion à ces années de lutte ouverte, il se focalise sur la vie politique publique du vieux lion, sur les années pendant lesquelles la DGSI a dû fermer les yeux sur certaines de ses actions, sur ordre et par servilité. Le coup porté à l'institution s'annonce plus violent que lors des attaques précédentes. Le déballage pourrait s'avérer bien plus large et impliquer de nombreux personnages publics. Marchioni ne se laissera pas enterrer sans réagir, il a souvent menacé de révéler une partie de ses dossiers quand la justice s'intéressait d'un peu trop près à sa carrière. S'il a reçu la lettre de Judex, de nombreux téléphones doivent déjà sonner. À soixante-quinze ans, Marchioni sortait peu à peu de la vie politique, il terminait son dernier mandat de sénateur sans intention d'en briguer un autre. À travers lui, Judex vise l'institution, le système qui produit et fait prospérer de tels ploutocrates corrompus.

La réunion s'enlise dans une longue litanie de mensonges. On fait un point sur l'autopsie de Le Morvant, sur la propagation contenue du message de Judex, sur la recherche des origines des armes utilisées… Rossi apporte son écot en détaillant l'avancée de la recherche d'Hugo Castellin et la filature de Lucie Merpaz. Boniperti met la pression sur ses équipes et demande que soit mise en œuvre une protection totale et sans faille de Marchioni. Après le fiasco Le Morvant, il précise que le SDLP ne pourra plus s'impliquer dans ce dispositif, mais que la responsabilité de la sécurité du sénateur incombera à la DGSI. Le commandant enrage devant ce qu'il considère comme un aveuglement dangereux, et profite du faible nombre de participants pour faire enfin entendre son point de vue.

– C'est suicidaire ! lance-t-il pour s'assurer d'avoir l'attention de la petite assemblée. Judex attend que nous agissions ainsi. Nous faisons son jeu, exactement ce qu'il attend de nous. Nous essayons de cacher nos petits secrets, d'étouffer les aspects gênants de l'affaire et, ce faisant, nous nous enfonçons chaque jour un peu plus dans le mensonge et l'illégalité. Il nous regarde agir et attend que le fruit soit mûr pour secouer la branche et nous faire dégringoler.

– Épargnez-nous vos métaphores arboricoles, Rossi, tempère le directeur. Allez au bout de votre pensée, que recommandez-vous ?

– Il faut tout rendre public, saisir le parquet antiterroriste et faire une enquête normale. Associer toutes les forces de police et ouvrir – dans la mesure du raisonnable – nos archives qui peuvent aider à identifier ce Judex. Il ne faut pas se voiler la face, il sait des choses qu'il ne devrait pas savoir, sauf s'il a des oreilles parmi nous. Pas dans la pièce, modère le commandant, mais au sein de la DGSI tout au moins. Si on veut s'en sortir il faudrait anticiper quelles seront ses prochaines cibles, chercher ce qui pourrait nous embarrasser et le prendre de court. À vouloir nous épargner la moindre remise en question, on galope après lui dans un jeu dont il a défini les règles… Ça va être un désastre.

– La possibilité qu'il dispose de complicités internes ne nous a pas échappé, commandant, répond le directeur avec une voix plus calme que ne le craignait Rossi, qui s'attendait à se faire proprement exécuter. Mais cette partie de l'enquête ne vous concerne pas. Vous comprendrez qu'on ne peut pas être juge et partie. Nous ne laissons aucune piste de côté, rassurez-vous. Mais je ne pense pas avoir à vous en rendre compte, je me trompe ?

– Non, bien sûr, mais en cloisonnant les informations, on ampute notre efficacité. Si on avait accès à tous les dossiers avant qu'ils soient censurés, on aurait peut-être déjà réussi à identifier ses sources. Je suis persuadé que nous avons des informations sur ce qu'avance Judex contre Marchioni. Peut-être pas dans une fiche, car ces renseignements sont trop sensibles, mais quelque part dans vos « blancs », vous avez trace de ces allégations, je me trompe ? insiste Rossi *mezza voce*, car il sait que, cette fois-ci, le retour de bâton va être brutal.

– Ces fantasmes libertaires ne feront pas avancer l'enquête, commandant ! explose Leterrier. Concentrez-vous sur votre partie du dossier. Je crois que vous avez à faire sur ces points. Nous ne pouvons pas imaginer un seul instant participer à la souillure publique de personnes éminemment respectables. Ces « blancs » sont un pur fantasme, que ce soit bien clair ! Nous ne sommes pas là pour alimenter la presse à scandale, je me trompe ?

– Je me plierai, bien entendu, à votre décision, capitule Rossi.

– Pour mettre un terme à vos angoisses, commandant, ajoute le directeur Boniperti, la protection du sénateur Marchioni ne sera confiée qu'à un nombre extrêmement restreint de personnes. Si le sénateur l'accepte, il sera placé à l'isolement dans un endroit connu uniquement de deux personnes de la DGSI. Sa sécurité proche sera assurée par deux commandos parachutistes choisis de manière aléatoire et qui resteront avec lui, sans contact avec l'extérieur jusqu'à la fin de son isolement. Son entourage ne sera prévenu de rien, personne ne sera prévenu de rien. Sauf à entrer dans le cerveau des deux personnes de confiance choisie, Judex ne pourra rien contre le sénateur.

– Ça me semble prudent. Et qui seront les deux agents choisis ?

– Vous et de Malicandre. Votre première tâche pour ce soir sera d'aller convaincre le sénateur en personne du bien-fondé du dispositif. Nous avons pris rendez-vous avez lui à son domicile parisien, à vingt heures. Vous vous y rendrez. Soyez diplomate, persuasif, mais ne révélez rien qui concerne les décès de Delaunay et Le Morvant. Dans les mains de Marchioni, ces informations deviendraient de véritables bombes à fragmentation.

D'un hochement de tête, Rossi confirme son accord. Il sait que ce « cadeau » constitue un véritable siège éjectable. Malic et lui serviront de fusibles si quelque chose doit encore mal tourner. Leterrier et Boniperti se retirent du front et envoient leurs deux hommes liges essuyer les tirs ennemis. La lâcheté s'ajoute à la veulerie, Judex peut continuer son opération vengeresse de destruction, ses adversaires s'attachent eux-mêmes à la croix. Pour s'en tirer, Rossi a au moins une carte en main : s'il convainc Marchioni de se plier à son dispositif, il fera en sorte que le vieux lion soit invulnérable, caché et enfermé dans un abri tel qu'il faudrait une arme nucléaire pour l'atteindre.

32

Installés dans leur Range Rover aux vitres teintées, Vratinge, Alkindar et Ipperu Wasu observent avec attention le manège des voitures le long de la rue Lepic. Leur avocat français les a renseignés sur Émile Monestier car son cabinet a assuré la défense du vieil homme par le passé. Ils savent donc qu'ils doivent se méfier de ce receleur retors et cupide. Arrivés depuis une heure, ils prennent le temps de s'assurer que le propriétaire du *Cabinet des curiosités* ne leur a pas préparé une mauvaise surprise. La Ford Mondeo grise stationnée depuis leur arrivée à l'entrée de l'impasse a attiré leur attention. À l'intérieur, deux hommes fument cigarette sur cigarette, les yeux rivés sur la boutique. Des flics en planque, une filature plutôt relâchée et improvisée pour se faire repérer aussi aisément.

Leur présence interdit aux trois hommes l'accès au *Cabinet des curiosités*. Au cœur des démêlés juridiques du procès de mise sous tutelle d'Alexandre Dantrebert, ses trois plus proches collaborateurs ne peuvent pas courir le risque de voir leur nom associé à la chronique judiciaire, quelle qu'elle soit. Alkindar sort du Range Rover et remonte la rue jusqu'au café *Extrême Noctambule,* au numéro 98. Au grand étonnement du serveur à qui on ne doit plus guère le demander, il s'enquiert du téléphone, situé au sous-sol à côté des toilettes. Baigné dans l'odeur d'urine et cerné par les graffitis à la gloire d'une dénommée Céline, Alkindar décroche le combiné et compose le numéro du *Cabinet des curiosités*.

– Monsieur Monestier, je suis l'un des acquéreurs des urnes. Nous devions passer aujourd'hui vous apporter la somme dont nous avions convenu…

– Mais vous préféreriez que cela se passe plus discrètement, coupe le vieil homme de sa voix fluctuante, entre soupirs et intonations graves. Je sais, je les ai aux basques depuis ce matin. Je vous jure que je ne sais pas ce qu'ils me veulent, je connais bien les flics du quartier et ceux de la brigade des œuvres d'art, mais ceux-là sont inconnus au bataillon. Ne vous inquiétez pas, ma boutique à des ressources cachées. Venez au 84, rue Lepic et sonnez à l'interphone au nom de Rictus, je m'occupe du reste.

– Pas de mauvaise surprise, monsieur Monestier, nous n'apprécions pas les plaisanteries, menace Alkindar.

– N'ayez crainte, vous ne risquez rien.

Les trois Brésiliens sonnent comme indiqué, puis attendent une dizaine de minutes, appuyant à intervalles réguliers sur la touche noire. Ils s'apprêtent à rebrousser chemin quand la porte de l'immeuble s'ouvre enfin sur la physionomie décrépite du receleur.

– Toutes mes excuses, le passage est étroit, l'escalier raide et mes jambes vieillissantes, se justifie le receleur essoufflé.

– Mais vos visiteurs patients, répond Vratinge avec une esquisse de sourire.

Monestier les fait entrer dans le hall d'un immeuble bourgeois, au tapis rouge et aux dorures un peu prétentieuses dans ce quartier à l'histoire populaire. Sous l'escalier, une porte ouvre sur les caves. Au fond de celles-ci, un réduit dont il a la clé permet d'accéder à une trappe qui s'enfonce sous le bâtiment. Après avoir refermé la porte du réduit, le vieil homme descend en s'agrippant aux barreaux métalliques avec une dextérité que ne laissent pas supposer son âge et sa jambe boiteuse. Il attend les trois Brésiliens, demande au dernier de claquer la trappe derrière lui, et ils s'enfoncent dans un étroit boyau éclairé par une ampoule nue qui démultiplie leurs ombres sur les parois humides du tunnel.

– Ce passage secret date de la Commune de Paris, c'est un petit morceau d'histoire que vous traversez, commente le vieillard.

Après une centaine de mètres, une nouvelle échelle les mène à une pièce récente aux murs plâtrés et peints, à l'éclairage plus intense. Monestier referme la trappe derrière eux et la bloque avec une barre de fer. Puis il introduit une clé au dessin sophistiqué dans la serrure de la seule porte. Une fois déverrouillée, celle-ci coulisse et leur permet d'accéder à une salle d'exposition aux vitrines éclairées, d'une modernité étonnante. Au centre de la pièce, posées sur un petit bureau équipé d'une loupe à pied de diamantaire, les urnes brillent sous la lumière d'un projecteur.

– Elles sont à vous, si vous avez apporté ce qu'il faut, indique le receleur.

En réponse, Ipperu pose un sac sur le bureau. Le receleur se jette dessus avec l'avidité d'un vautour et plonge ses mains décharnées dans les liasses de billets qu'il contient. L'œil valide du vieillard brille de concupiscence et, tout à son plaisir, il ne remarque pas qu'Alkindar s'est saisi du revolver qu'il avait glissé dans son pantalon. Il ne relève la tête que lorsque le Tupiguarani en retire le chargeur et le glisse dans sa poche. Ses frères, de chaque côté du bureau, encadrent le vieil homme et retirent leurs vestes sans un mot. Comprenant ce qui va se jouer, Monestier bafouille :

– Non, non, c'est inutile, je serai muet comme une tombe ! Je me moque de ce que vous transportez dans ces urnes, j'en ai vu d'autres, vous savez.

– Nous ne pouvons pas prendre de risques, monsieur

Monestier, nous avons déjà trop sacrifié pour reculer ou échouer.

Les deux frères plient leurs chemises et leurs pantalons. Une fois nus, leurs corps tatoués et sculptés ébahissent le vieillard, et sa réponse reste étouffée dans sa gorge. Vratinge et Ipperu sont scarifiés jusqu'à la moindre parcelle de peau. Les cicatrices et les motifs aux riches nuances de couleurs reproduisent l'état d'un corps décharné, décomposé, faisant d'eux de dérangeants cadavres vivants. Des tendons, des muscles et des os peints bougent sur leurs dos, bras et jambes au gré de leurs mouvements. Sur leur torse serpentent des tentacules noirs qui partent de leur cœur, remontent sur leurs épaules et terminent sur leur nuque, en fines pointes derrière leurs oreilles. Sur leur ceinture abdominale, une gigantesque gueule bestiale est gravée en scarifications fines et profondes. Des crocs jaunis, des implants sous-cutanés, jaillissent de cette mâchoire menaçante que la contraction de leurs muscles anime d'une vie dérangeante. Stupéfait, Monestier ne voit plus que ça : deux gueules ouvertes et avides qui avancent vers lui.

Ipperu attrape le crâne du vieillard à deux mains et le serre. Monestier tente de desserrer l'étreinte, mais Vratinge passe dans son dos et lui saisit les bras.

– Méfiez-vous, pas d'ADN sous ses ongles ! prévient Alkindar qui pose les urnes dans le sac ouvert sur le bureau.

Ses deux frères approuvent d'un hochement de tête et soulèvent le vieillard du sol. Ballotté comme une poupée de chiffon, le receleur gémit et implore. Les deux Tupi-guarani le transportent jusqu'à l'escalier en colimaçon qui monte à la boutique. Ils s'arrêtent au palier et posent le vieillard sur la dernière marche. Monestier respire et cherche quels mots pourraient le sortir de cette situation.

– Une jeune femme est venue, souffle-t-il avec douleur, car Ipperu lui a luxé la mâchoire. Une très jolie brune, une motarde… Elle voulait des renseignements sur les urnes.

Les deux frères haussent les épaules avec dépit. En bas, Alkindar, qui ouvre la porte du souterrain, soupire et conclut en sortant de la salle d'exposition :

– Je ne sais pas comment elle est arrivée jusqu'ici mais il va falloir s'occuper d'elle après… Je vais ouvrir la cave et je ramène les clés. Faites vite, il ne faut pas s'éterniser, un client pourrait venir.

Ipperu regarde le vieillard avec une grimace compatissante :

– Dommage, vous étiez une vieille ordure sympathique… Bon voyage !

De concert, les deux Tupi-guarani poussent le vieillard dans l'escalier. Monestier bat l'air d'un moulinet de bras désespéré et dégringole dans les marches en acier du colimaçon auxquelles sa chétive carcasse n'arrache même pas un grincement. Les deux frères descendent et viennent constater le résultat de leur sauvagerie. À leur grande surprise, Monestier, malgré une hanche brisée, deux fractures ouvertes aux bras, un tibia à angle droit avec os ressorti au travers des chairs et une hémorragie importante, respire encore. Son œil valide roule dans son orbite et sa respiration siffle en se frayant un chemin dans son palais aux dents brisées. En dépit de ces blessures, la vie refuse de quitter la carcasse malingre du receleur. À force de commercer des restes humains, sa grande familiarité avec la mort doit lui permettre de repousser ses avances. Vratinge secoue la tête et se baisse pour ramasser le corps.

Les deux frères montent l'escalier et jettent une nouvelle fois le vieillard dans les marches. Un nez brisé, un poignet disloqué et une grande plaie ouverte au crâne viennent s'ajouter à la liste de ses blessures. Son œil de verre tombe de son orbite et roule sur le sol de la salle, mais il respire encore…

Ipperu jure entre ses dents. Tuer s'avère toujours plus difficile que dans les films, l'être humain s'accroche à la vie, il faut la lui arracher fibre après fibre. Les deux frères remontent encore et balancent le corps sanguinolent avec rage. Cette fois-ci, l'abdomen enfoncé et les côtes qui jaillissent de son flanc comme d'une carcasse de poulet ne laissent aucun doute, Émile Monestier vient de rendre son dernier souffle, fracassé jusqu'au dernier cartilage et baignant dans une mare brune.

Alkindar revient, les clés à la main, et sourit en regardant ses frères maculés de sang et essoufflés.

– Difficile à tuer, le vieux, on dirait ! Heureusement que vous aviez retiré vos costumes…

Il repose le trousseau sur la table, attrape le sac, regarde ses frères s'essuyer, s'habiller et fourrer les mouchoirs imbibés de sang dans leurs poches. Puis ils effacent leurs empreintes et ressortent par le souterrain après un dernier regard pour la galerie morbide de Monestier dont la dépouille brisée vient compléter la collection – offrande païenne au pied du bureau-autel qui a vu passer tant de restes humains.

33

Pétrifiés par le hiératisme du lieu, Malic et Rossi patientent en silence. Le bureau Empire de Marchioni, où son assistante parlementaire les a fait entrer, dresse une frontière claire entre son propriétaire et le reste du monde. *Il possède le pouvoir, attendez et réclamez votre obole !* semblent murmurer les buffets en noyer massif et les dorures martiales des portes. Le meuble en acajou posé sur quatre statues de lionnes ailées attend son occupant, une horloge surplombée de bustes en bronze permet aux visiteurs de savoir exactement combien de temps le sénateur les aura fait attendre. Les fenêtres de la salle située en angle donnent d'un côté sur le Théâtre de l'Odéon, et de l'autre sur le jardin du Luxembourg. La République déploie ses derniers fastes pour ses plus vieux serviteurs, alors que, dehors, ses dorures se craquellent jour après jour.

Le parquet grince au rythme des pas de leur hôte. Son arrivée se fait entendre de longues secondes avant que la porte du bureau ne s'ouvre lentement, dévoilant le costume anglais à la coupe parfaite, la chemise à rayures bleu ciel et la cravate rouge fixée par une épingle en or fin du sénateur Edgar Marchioni. Le septuagénaire, de petite taille, aux cheveux noir de jais et au teint virant à l'orange à cause des autobronzants, se fend d'un sourire enjôleur, à la blancheur artificielle.

– Mes chers amis, assène-t-il avec la familiarité que

seul son accent méridional peut permettre, vous arrivez à l'heure de l'apéritif, il ne faut pas vous étonner que je vous fasse attendre !

– Sénateur, nous sommes à votre service, flatte le commandant en serrant la main du vieux lion.

– Commandant Rossi, enchanté ! J'ai bien connu un de vos prédécesseurs, Philippe Tomassin, avez-vous eu l'occasion de travailler avec lui ?

– Hélas non, c'est une légende de la DGSI, mais nous ne nous sommes que croisés, ment Rossi dans une orgie de servilité.

Tomassin a été renvoyé de la DGSI suite à une alternance politique. Ses accointances avec l'extrême droite et sa participation à moult règlements de comptes musclés à l'époque du SAC étaient encore tolérées pendant la guerre froide, mais ces dinosaures n'avaient plus leur place quand les RG sont devenus autre chose qu'une police politique anticommuniste. Qu'il ait été l'ami de Marchioni n'étonne pas Rossi qui, contrairement à ce qu'il a répondu au sénateur, n'a pas une estime folle pour ces barbouzes aux mains lestes qu'il a remplacés.

– Que me veulent vos patrons qui leur colle tellement les miquettes qu'ils n'osent pas descendre de Levallois pour me le dire ? Le vieux lion leur fait encore peur à ces deux gazelles ? plaisante le sénateur en riant lui-même de ses propres boutades alors qu'il s'installe dans son fauteuil doré aux accotoirs sculptés en forme de mufles de lions.

– Ils nous ont envoyés pour vous parler de la lettre d'un dénommé Judex que vous avez dû recevoir, lâche Rossi quand le rire cesse enfin.

– Oh commandant ! s'emporte le sénateur avec un accent qui ne déparerait pas sur le Vieux-Port. Si vous saviez le nombre de lettres de menace que j'ai reçues durant ma carrière ! S'il me prenait l'envie de les regrouper, je pourrais faire trois volumes à la Pléiade… Notez, elles sont souvent mal écrites, mais bon, tous les fadas du monde ne peuvent pas avoir du style et de l'imagination. Ce serait beaucoup leur demander ! Ils me distraient, c'est déjà ça. Alors quoi ? Oui, un dénommé Môssieur Judehex, Sa Majesté le Juge, s'est fourré dans sa petite caboche étroite qu'il pourrait faire chanter Edgar Marchioni avec un ramassis de fadaises… Eh bien, je vais vous dire, commandant, à Edgar Marchioni, ça lui en bouge une sans déranger l'autre, si vous voyez ce que je veux dire ! Et Edgar Marchioni, il se dit que vous feriez mieux de courir aux fesses de ce fêlé du bocal plutôt que de venir user le velours fragile de mes fauteuils avec vos augustes postérieurs policiers…

– La menace est sérieuse, répond Rossi qui tente de ne pas se démonter face aux outrances du sénateur. Judex a une organisation et des complicités inquiétantes. Nous sommes évidemment mobilisés pour l'interpeller, et nous devrions y parvenir dans peu de temps, mais d'ici là, je pense que…

– Je ne vous ai pas attendu, commandant, coupe Marchioni. J'ai demandé à des amis d'assurer ma protection, le vieux lion aura sa garde prétorienne pendant quelques jours, votre Judehex pourra aller se rhabiller, ce sont des gens fiables ; d'anciens légionnaires, comme vous, si je ne m'abuse…

– C'est exact. Mais Judex a des méthodes particulières, il excelle dans le maniement des poisons et des armes chimiques, argumente Rossi, conscient que de la sécurité de Marchioni dépend son avenir à la DGSI.

– Un Borgia dans la République française ! Diable ! Ce sont des méthodes de Ruskof ! En France, on poignarde, on décapite, mais on n'empoisonne pas ! Rassurez-vous, je ne me ferai servir que des plats préparés par des gens de confiance… et de talent, si possible.

– Nous savons de source sûre que Judex dispose de moyens techniques pour différer les effets de ses armes bactériologiques. Par ailleurs, puisqu'il sait que ses demandes sont inacceptables, à l'heure actuelle vous avez peut-être déjà ingéré le poison sans le savoir. Faites-nous confiance, je vous en prie, le danger est bien réel.

– Ses demandes sont inacceptables et ses accusations sont fantaisistes ! martèle Marchioni avec une voix d'où a disparu toute trace d'accent. Qu'avez-vous prévu pour parer à cette menace ?

– Tout d'abord, explique Malic, qui attendait ce point précis pour intervenir, nous allons vous emmener au Val-de-Grâce où une équipe vous attend pour procéder à une batterie d'examens afin de s'assurer que vous n'êtes pas déjà contaminé. Si les résultats démontrent que vous ne courez aucun risque, nous vous ferons placer à l'isolement complet dans un lieu tenu secret que nous ne révélerons ni à vous, ni à vos proches, ni à personne.

– Vous nous donnerez une liste de ce que vous voulez emporter avec vous pendant ces deux nuits, enchaîne le commandant, ainsi que ce que vous voulez manger. Pendant que je vous accompagnerai au Val-de-Grâce, le lieutenant s'occupera de rassembler vos affaires et de faire les courses nécessaires puis il nous rejoindra et vous serez coupé du monde, gardé par deux légionnaires détachés par le GRLE[1] de Nogent qui ignorent tout de leur mission. Votre assistante annulera tous vos rendez-vous de demain en prétextant une intoxication alimentaire. Si vous acceptez, passez quelques coups de fil à vos proches pour les prévenir de votre absence sans rien leur révéler, puis laissez votre téléphone portable sur votre bureau et rejoignez-nous dans l'antichambre.

– Pourquoi donc ce dispositif si particulier ? Le SDLP n'est-il plus capable d'assurer sa mission ? Pourquoi est-ce la DGSI qui s'en charge ? Il faut que je parle

1. Groupement de recrutement de la Légion étrangère.

au ministre… cette histoire n'est pas claire, annonce Marchioni, ombrageux.

– Le ministère est au courant et approuve l'opération, vous pouvez contacter Jérôme Bossuant. L'affaire est sensible à cause du contenu polémique des lettres. Nous pensons qu'il est préférable que cela reste confidentiel… La DGSI en est chargée dans votre intérêt, répond Rossi en soutenant le regard du vieux lion qui a perdu sa suffisance débonnaire et se tasse de plus en plus dans son immense trône Empire.

– Je capitule, kidnappez-moi pendant deux nuits. Je devais dîner ce soir au *Grand Véfour*, il n'y aurait pas moyen de différer mon internement ? demande le sénateur avec une mine gourmande qui ressemble à une dernière salve avant renoncement.

– Hélas non, le dispositif sera mis en place sans délai, nous ne pouvons courir aucun risque. Surtout pour vous rendre dans un endroit où votre venue est attendue et publique, achève le commandant.

– Laissez-moi cinq minutes, j'appelle mon épouse et je vous rejoins, conclut le sénateur, le regard sombre, en ouvrant sa boîte à cigares.

Une fois dans l'antichambre à la décoration tout aussi pompeuse que celle du bureau, Rossi et Malic soupirent et échangent un regard complice, épuisés par la négociation mais satisfaits de son dénouement. La pression reste pourtant sur leurs épaules : Judex ne doit pas parvenir à s'approcher du vieux lion.

34

La manifestation de soutien à un groupe de punk rock féminin russe incarcéré par le pouvoir pour blasphème aurait, en temps normal, peu de chances, d'interpeller le commandant au point de s'y rendre en personne. Mais la participation d'associations féministes dans lesquelles Lucie Merpaz milite et l'annonce sur 4chan de l'implication de représentants des Anonymous français ont suscité son intérêt. La jeune femme pourrait y rencontrer des personnes ayant fait le lien entre elle et Judex. Notamment Hugo Castellin que la DGSI s'avère pour l'instant incapable de retrouver.

Autre avantage certain aux yeux du commandant, la manifestation se déroule sur la place Igor-Stravinsky, à deux pas de Beaubourg et à quelques centaines de mètres de son propre domicile rue Greneta. Pour l'instant calfeutré dans un café voisin, le commandant boit un expresso en regardant les sculptures de Tinguely disparaître peu à peu derrière la foule bigarrée qui s'amasse sur la place.

Le sommeil de Rossi a été court, la mise à l'isolement de Marchioni a duré une bonne partie de la nuit : le Val-de-Grâce, les coups de fil au ministère que le sénateur a fini par exiger, l'attente des résultats, la longue promenade dans Paris avec cinq changements de véhicule pour semer tout éventuel suiveur, puis l'arrivée dans l'appartement réquisitionné au centre d'une résidence occupée par un bataillon de gendarmerie porte de Vanves sur le coup des deux heures du matin. Là encore, malgré la fatigue, il a dû expliquer en détail leur mission aux deux légionnaires, calmer le sénateur qui n'acceptait pas le peu de confort du lieu et ne comprenait pas que Malic ait préféré lui acheter les affaires demandées plutôt que de prendre les siennes, ni qu'on lui ait interdit d'emporter des cigares de sa réserve. Le commandant rentra chez lui sur les coups de six heures du matin.

À peine quatre heures après, la fatigue lui fait paraître les rues parisiennes encore plus grises et humides que d'habitude.

Les associations féministes sont arrivées les premières. Les militantes déplient peu à peu leurs panneaux appelant à la libération des Pussy Riot. Certaines se couvrent la tête avec des cagoules de toutes les couleurs en hommage à celles portées par le groupe lors du spectacle dans la cathédrale du Christ-Sauveur à Moscou, qui leur a valu leur interpellation. Pendant que le regroupement se constitue, le commandant se met en quête d'un traiteur libanais qui pourrait satisfaire le dernier caprice du sénateur. Il entrecoupe ses recherches de coups d'œil vers la foule et constate que les agents de la DGSI chargés de surveiller la manifestation, de photographier et de ficher les participants viennent d'arriver. Ce dispositif, la norme de la surveillance des mouvements contestataires, est maintenant mis en place au début des rassemblements car, lors de ces happenings, de plus en plus de participants se maquillent ou portent des masques. Il vaut mieux arriver avant qu'ils ne revêtent leur tenue de scène. La disposition de la place interdit aux agents de s'abriter dans une camionnette banalisée – un sous-marin, dans le jargon. Ils n'ont d'autre choix que de se mêler à la foule.

Ces rebelles qui revendiquent le droit d'utiliser l'espace public pour contester l'ordre établi reproduisent les critères d'anonymat et de viralité d'Internet. Leur génération se masque et détourne les codes de la société du spectacle pour alimenter sa contestation. Rossi sait que le premier indice de la propagation des idées de Judex sera la présence de manifestants reprenant son costume. Si cela se produit, cela voudra dire que leur adversaire est sur le point de gagner la bataille. Ces jeux et détournements se répandent ensuite comme une traînée de poudre dans toutes les manifestations. La DGSI tente de s'adapter à ces mutations, mais cette génération de militants anonymes qui font passer leurs idées avant leur ego, qui fuient les leaders et recherchent le consensus pour chaque décision, s'avère particulièrement difficile à suivre, à influencer et à contrôler – au grand dam de l'ordre que représente le commandant, habitué à mettre un nom et un visage sur ses ennemis.

La foule remplit désormais toute la place Stravinsky, Rossi sort de son sac un masque de Guy Fawkes et s'en couvre le visage. Il sait qu'il n'a pas le profil type des manifestants et, pour le coup, l'anonymat peut le servir. Il sillonne la foule à la recherche d'une de ses cibles, si celle-ci commet l'erreur de venir protester à visage découvert. Joyeux et pacifique, le regroupement se déroule sans heurt ni fait remarquable. Au milieu des féministes cagoulées, le commandant remarque quelques masques d'Anonymous comme le sien, mais ce signe de ralliement est devenu si populaire qu'il ne peut pas en déduire une participation réelle du mouvement.

Dans la foule, des manifestants répètent en boucle : « Sainte Vierge chasse Poutine ! » Des anarchistes scandent : « Ni Dieu ni maître, non à l'ordre moral ! » Deux vieux athées chantent : « Si Marie avait connu l'avortement, on n'aurait pas ces emmerdements… » Des filles encagoulées rient, fument des joints en glissant leurs filtres au travers des mailles et lancent des slogans féministes…

Les minutes défilent et le commandant commence à

se demander s'il ne perd pas son temps quand il aperçoit l'équipage de la DGSI chargé de surveiller Lucie Merpaz. La cible ne doit pas se trouver loin d'eux, quelque part parmi le petit groupe de jeunes femmes habillées pour une « marche des salopes » qu'observent les deux agents. Le commandant détaille la dizaine de filles vêtues en caricatures de prostituées : talons interminables, jupes minimales, décolletés bravant le froid et maquillage spectaculaire et vulgaire.

Lucie lui apparaît ; elle virevolte parmi les salopes autoproclamées avec l'aisance d'un papillon. La cible passe de l'une à l'autre, salue, embrasse et plaisante avec familiarité. Par contre, sa tenue ne ressemble pas à celle de ses amies, elle porte un petit tailleur gris et rose très ajusté – hommage détourné aux tailleurs des années 1950 en plus déluré –, des bas couture et des escarpins rose bonbon aux talons si hauts qu'ils imposent à ses pieds une courbure de danseuse classique. Ses cheveux serrés dans un chignon à la Audrey Hepburn participent à l'impertinence et la légèreté de sa mise. Rossi croit bien apercevoir quelques coups d'œil en coin rieurs de la jeune femme vers ses gardes-chiourmes. Il enrage de savoir l'équipage ainsi démasqué et sort à regret de sa contemplation pour se diriger vers eux d'un pas martial. Sans s'adresser directement aux agents, il lève son masque, se fait reconnaître et leur lance d'une voix sévère :

– Elle se fout de votre tronche, les mecs, vous vous êtes fait griller par une jouvencelle !

– Commandant, sauf votre respect, on n'est pas des bleus. Ou elle a été informée qu'elle était suivie, ou c'est une grande pro. Elle nous trimbale depuis hier midi avec sa grosse bécane. Dans Paris c'est un cauchemar. Là, c'est relâche, elle est venue en métro. C'est une sacrée cliente, la gamine, elle est aussi chiante à suivre que jolie à regarder.

– Vous êtes sûrs ? Pas de fierté mal placée, ça changerait mon analyse.
– Certains, commandant. Soit c'est une pro de la filature, soit elle a été avertie.

Agacé de voir s'évanouir toute perspective de contact entre Lucie Merpaz avec le reste du réseau, le commandant se demande qui tire les ficelles dans ce jeu de dupes. Il s'éloigne vers le bar où il vient de voir arriver Malic. Ils s'attablent autour d'un café. Le lieutenant accueille avec un soupir las l'annonce de la nouvelle fuite dans leur dispositif.
– Ce n'est pas tout, enchérit-il en sortant des feuilles de son blouson. Ce matin, j'ai remonté la piste de sa fiche d'information. Accroche-toi, ça va décoiffer. L'analyste qui s'en est chargé se rappelle parfaitement de qui la demande émanait. Et pour cause c'était la première fois de sa carrière qu'il recevait une note de service venant de si haut.
– Abrège bordel, on n'est pas dans un thriller américain ! Qui a demandé ce « blanc » ?
– Boniperti.
– Merde.
– Tu m'ôtes le mot de la bouche. Et ce n'est pas tout, le « blanc » contenait une actualisation récente que quelqu'un a dû effacer. L'agent a accepté de me restituer ce dont il se souvenait. Tout est là, conclut Malic en poussant les feuilles vers le commandant qui ne fait pas un mouvement, les yeux dans le vide.
– Je ne peux pas y croire, ânonne-t-il.
– À quoi donc, Paul ?
– Que Boniperti soit à l'origine de la fuite, le complice de Judex… C'est trop gros, explique Rossi, il doit nous cacher quelque chose. Cette affaire ne vient pas juste de commencer, il y a eu des chapitres préliminaires dont on n'a pas été informés.

– J'y ai pensé, mais il y a une autre option, lance Malic en se passant nerveusement les mains dans les cheveux. Notre adversaire a des complices en interne qui sont capables de contrefaire la signature de Boniperti. Je me suis permis d'aller demander à son assistante si elle avait conservé une trace de cette demande, elle n'a rien retrouvé. La demande ne vient peut-être pas du directeur…

– … mais de quelqu'un qui connaît assez bien les procédures internes pour les détourner, abonde Rossi.

– Et qui, d'une manière ou d'une autre, peut rentrer dans notre système informatique quand il en a besoin. Pas uniquement par voie de hacking, la DGSI n'est pas une auberge espagnole, quand même…

– Il a peut-être des amis qu'il manipule… Comme cette merde pontifiante de Stransky ! accuse Rossi en frappant du plat de la main sur la table.

– Il est sur écoute, et pour l'instant, ça ne donne rien d'intéressant, relativise le lieutenant qui ne partage pas l'inimitié de Rossi pour les vieilles gloires médiatiques.

Le commandant grogne en signe de capitulation, le lieutenant a raison d'être prudent avec Stransky. Il devra par contre parler au plus vite de cette demande d'information fantôme avec le directeur. La maison n'échappera pas à une remise en ordre musclée. Il avale son café en une gorgée et se plonge dans la lecture de la deuxième partie de la fiche de Lucie Merpaz. La jeune femme a fait un don de cent cinquante mille euros trois ans auparavant à une association venant en aide aux femmes victimes de viol. On note un décalage important entre le niveau de vie de Lucie et son absence de revenus déclarés, hormis quelques participations à des spectacles et revues fétichistes sous le nom de Lucy Marvel. Mais la fiche s'étend principalement sur la disparition de la petite amie de Lucie : une dénommée Roxana Mircea,

Roumaine de vingt et un ans, prostituée et toxicomane. En situation irrégulière, elle a été arrêtée à plusieurs reprises par les stups et la BRP et reconduite deux fois en Roumanie alors qu'elle était encore mineure. L'analyste se rappelle avoir appelé le gendarme de Bernay qui a mené l'enquête sur la disparition de la jeune femme à Lisieux, deux mois auparavant. Il se rappelle avoir rapporté que la voiture d'Alexandre Dantrebert avait peut-être pris la jeune Roumaine en stop ce soir-là. Rossi siffle entre ses dents.

– Gros poisson le Dantrebert, si ma mémoire est bonne. Tu pourrais me sortir sa fiche à l'occasion ? Je crois que le monsieur a un passif chargé…

– Jamais aucune condamnation, commandant, pas de casier.

– On doit quand même avoir deux, trois « blancs » sur lui. Demande à Leterrier, pas sûr que cela serve à grand-chose, mais au cas où…

Sa phrase reste en suspens. Malic vient de lui planter ses ongles dans l'avant-bras et lui désigne l'extérieur du bar d'un air catastrophé. Rossi tourne la tête et partage l'effarement du lieutenant. Trois nouveaux groupes viennent de se mêler à la manifestation : un groupe d'indignés portant des banderoles « *Occupy all streets !* », un groupe de punk rock, les Orties, constitué de sœurs jumelles qui, juchées sur le rebord de la fontaine Stravinsky, bombardent l'assistance avec leurs textes provocateurs sur fond de guitares saturées, et surtout un groupe de quatre hommes en noir qui se tiennent par la main et dansent en farandole sur la musique des Orties. Les jeunes hommes portent un long manteau noir et un chapeau à large bord caractéristique. Comme si cela ne suffisait pas, l'un d'eux tient à la main une pancarte clamant d'un côté : « Ils ont la justice, nous avons Judex ! », et de l'autre : « Avec Judex contre la corruption de la justice ! ». Le commandant se précipite dehors vers les agents de la DGSI qui collectent des informations. Il leur montre les quatre garçons qui, vus d'un peu plus près, sont à peine majeurs.

– Je veux tout savoir sur ces mômes, tout, de leur naissance à aujourd'hui. Et pour ce soir, débrouillez-vous !

– On les connaît déjà, commandant, répond un des agents. Je n'ai plus leurs noms en tête, mais on vous les enverra, ce sont des petits fils à papa de Neuilly qui se prennent pour des révolutionnaires. Ils participent au mouvement des Indignés pour faire chier leurs parents surtout. Ils ne sont pas bien dangereux.

– Ces costumes, c'est quoi cette mascarade ?

– Oh, ça, c'est Judex ! s'exclame l'agent. Il ne faut pas vous affoler pour ça, c'est un vieux personnage de feuilleton populaire français qui faisait chanter les banquiers corrompus…

– Je sais qui est Judex, merci, rétorque sèchement le commandant. Je veux savoir depuis quand il est apparu dans les mouvements contestataires.

– C'est tout frais, on a vu les premiers hier, en marge d'une manif anti-gaz de schiste dans le 77. On s'est un peu rencardés du coup. Mais ce n'est pas méchant, ils recyclent la culture populaire, cette génération croit plus à ça qu'aux grandes théories marxistes ou autre… Les temps changent, philosophe l'agent en haussant les épaules.

Rejoint par Malic, le commandant observe le ballet des Judex pendant quelques minutes, les mâchoires serrées. Leur déroute danse devant eux au son d'un groupe punk maladroit. Il voit Lucie Merpaz les observer également, mi-étonnée, mi-amusée, avant de quitter le rassemblement, suivie par l'équipage désabusé de la DGSI. Furieux, Rossi crache entre ses dents :

– Toi, ma jolie, on ne va pas tarder à se revoir !

Il saisit la fiche de Lucie pour la relire en détail. Le dossier transmis par Malic se termine par la liste des appels émis par la jeune femme ces derniers jours et par leur géolocalisation. Pour certains, la triangulation est assez précise pour déterminer l'emplacement exact où elle a passé ses appels. *Normandie, Lisieux... Roxana*, pense Rossi. *84, rue de Malte : son appart. 13, rue Milton... Bingo !* Le commandant fait signe à Malic d'approcher pendant qu'il tape quelques mots-clés dans le moteur de recherche de son téléphone. Puis il s'exclame :

– Céléritas !

– Qu'est-ce que c'est que ce truc, Paul ? s'inquiète Malic, un peu surpris.

– L'agence du détective privé qui aide Judex dans le roman ! Ses bureaux sont situés au 135, rue Milton. Ce numéro n'existe pas, la rue est trop courte. Par contre, elle a bien un numéro 13.

– Jusque-là, je ne peux pas te contredire, commandant… sourit le lieutenant.

– Ça ne peut pas être une coïncidence. Lucie Merpaz a passé cinq coups de téléphone depuis cette adresse avant-hier. Notre Judex est trop fier de son personnage, et trop sûr de lui, ça le perdra. On le tient peut-être !

35

Au 13 de la rue Milton se dresse un immeuble des années 1950, lisse et sans grand charme. Le bâtiment fait l'angle avec la rue Manuel ; son rez-de-chaussée accueille un bar désaffecté aux vitres placardées de grands panneaux de contreplaqué couverts d'affichages sauvages divers. L'entrée s'étire en un couloir au bout duquel monte un escalier desservant les quatre étages. Avant cela, une porte mène aux caves, une autre ouvre sur le local à poubelles et une grande porte blindée appartient au bar désaffecté. Des boîtes à lettres occupent le mur de gauche. Rossi et Malic les détaillent une à une avant que le commandant tapote l'une d'entre elles avec un sourire triomphant.

– Cocantin ! Le nom du détective privé du roman, on tient quelque chose, Malic ! Appelle tout de suite le bureau pour savoir à qui appartient officiellement cet appart. Vu que notre ami a l'air d'être informé du moindre de nos faits et gestes, on ne va pas attendre de renforts… On va lui rendre une petite visite.

Le temps que Malic appelle leur assistante pour qu'elle se renseigne sur les propriétaires de l'appartement situé au troisième étage, Rossi a déjà escaladé l'escalier au pas de course. Il attend le lieutenant sur le palier, son Glock à la main, et lui fait signe de se placer de l'autre côté de la porte. Puis il sonne longuement, à trois reprises, sans obtenir de réponse. Avec une grimace de dépit, le commandant se place dos au mur, face à l'appartement, et s'apprête à fracasser la porte aux serrures assez simples. Malic l'arrête en posant la main sur son épaule.

– Tu ne crois pas qu'on ferait mieux de placer l'appartement sous surveillance ?

– Arrête, Malic, souffle Rossi, tendu. Depuis le début on se fait trimbaler, il saura que l'appart est fliqué et il n'y foutra plus les pieds. On inspecte les lieux et, en fonction de ce qu'on y trouve, je veux bien passer la nuit sur le palier moi-même, mais on joue solo. On ne peut faire confiance à personne.

Sans attendre de réponse, Rossi donne un premier coup de talon dans la porte. Il doit s'y reprendre à cinq fois pour faire exploser le bois autour de la serrure. La porte s'ouvre à la volée. Rossi saisit son arme et entre dans l'appartement. Resté en retrait, Malic remarque qu'une porte du palier vient de s'entrebâiller sur l'œil inquisiteur d'une voisine, aussi âgée qu'inquiétée par le bruit. Pour ne pas avoir la visite de collègues du commissariat de quartier, il sort sa carte et entreprend de la rassurer. Le commandant pénètre dans un appartement vide, totalement vide : pas une chaise, pas un meuble, pas un papier qui traîne… Le repaire de Judex a été nettoyé avec méthode. Il ne reste rien dans les quatre pièces de l'appartement. Rossi fouille pourtant avec minutie les moindres recoins, refusant de s'avouer vaincu, floué par leur énigmatique adversaire. Il passe la main dans le bac de la douche, celui-ci est encore humide. La fuite de ses occupants doit remonter à quelques heures à peine. Si elle a été précipitée, ils ont pu commettre une erreur, il faut fouiller cet appartement avec méthode.

Téléphone à l'oreille, le lieutenant entre à son tour. Il constate la fuite des résidents et rejoint le commandant. Il raccroche et détaille ses informations.

– La voisine a identifié la photo d'Hugo Castellin, elle n'a vu personne d'autre occuper l'appartement depuis le départ des anciens locataires. Le syndic nous a transmis les coordonnées du propriétaire, deux locaux de l'immeuble ont été rachetés par une SCI luxembourgeoise il y a trois ans : le bar et cet appartement. Officiellement, les deux n'ont pas de locataires depuis.

– Qu'est-ce que c'est que cette SCI ?

– Une couverture fiscale. La SCI n'a qu'une boîte aux lettres au grand-duché, elle y est déclarée comme filiale d'une société panaméenne et gérée par un cabinet d'avocats spécialisés…

– Une de ces fameuses sociétés au porteur si prisées par les fraudeurs au fisc, je parie…

– Eh oui, gémit Malic, une société panaméenne dénommée Musidora, détenue anonymement par celui qui a les actions dans son coffre. Complètement illégal dans tous les pays du monde, sauf au Panama…

– Ce monde est merveilleux pour ceux qui ont de l'argent et peu de scrupules. Au moins nous avons la confirmation du lien Castellin/Judex. Et il y a le bar…

– Avec sa porte blindée, il va falloir changer de méthode.

– Oui, concède le commandant. Appelle une équipe de serruriers habitués à travailler pour la PJ… Tant pis pour la discrétion.

Pendant que Malic entreprend de faire venir une équipe d'intervention d'urgence pour ouvrir les portes du bar désaffecté, le commandant continue de fouiller l'appartement avec rage et détermination, jusqu'à ce que son téléphone portable l'interrompe. Il consulte son message et vitupère :

– Putain ! Le fourgue de la rue Lepic a cassé sa pipe ! Notre équipage vient de le retrouver en puzzle au bas de son escalier. La boutique n'est pas loin, je vais y aller jeter un œil avant que tout ne soit pollué par les pandores du coin. Occupe-toi de la porte et appelle-moi si vous entrez.

Le commandant part en courant vers sa Lancia. Il préfère pouvoir inspecter en paix la boutique et la dépouille d'Émile Monestier avant que le commissariat de quartier intervienne et rende tout compliqué. Il prend la rue des Martyrs dont l'encombrement chronique l'oblige à sortir son gyrophare et à se frayer un chemin à coups d'avertisseur sonore jusqu'à la place Pigalle, qu'il traverse en trombe pour monter aux Abbesses et à la rue Lepic.

36

Alkindar se sent pris dans un tourbillon, irrésistiblement attiré vers le fond. Depuis le naufrage absurde du cargo qui les ramenait du Brésil avec leur morbide cargaison, les faits s'enchaînent et la chute ne semble plus avoir de fin. Pourtant les centaines de millions d'euros que pèsera l'héritage du groupe une fois les démêlés juridiques terminés n'ont jamais été aussi proches. Ils ne peuvent plus s'arrêter. Chaque fois qu'il sent le doute, l'envie d'abandonner et de rentrer à Manaus l'envahir, il regarde un de ses frères et se dit qu'il ne pourra plus les stopper. Leur projet les occupe depuis maintenant cinq longues années, depuis les confidences avinées de Dantrebert un soir dans l'une de ses exploitations sylvicoles du delta de l'Amazone. Ce soir où Alkindar a compris que le bienfaiteur de son peuple sombrait peu à peu dans la folie, assiégé par ses souvenirs et le poids de ses fautes.

Le jeune homme, diplômé en médecine de la meilleure université de São Paulo, a cru que cet ascendant moral sur Alexandre Dantrebert, qui faisait de lui et ses frères ses plus proches conseillers, ses soutiens, les seuls à même de le comprendre et de l'aider, leur permettrait de s'imposer dans le groupe et de détourner la majeure partie de son héritage à leur profit. Alkindar est à l'origine de ce projet insensé : devenir si proches de Dantrebert, dans sa folie, qu'il renierait sa propre famille pour faire d'eux ses héritiers. Cette perspective l'a poussé à convaincre ses frères d'abandonner leur pays pour venir s'installer en France auprès du vieil homme ; elle les a fait devenir les assistants serviles de la folie grandissante de leur bienfaiteur milliardaire. Les premiers temps, Alkindar l'a savamment entretenue, distillant informations réelles et imaginaires sur leur tribu d'origine et ses supposées pratiques barbares. Mais depuis quelques mois, ces manœuvres ont engendré une obsession immonde pour la chair chez le vieillard.

Après son AVC, cette folle gourmandise a atteint un point de non-retour. Pris au piège de sa propre machination, Alkindar a fait de lui et de ses frères des assassins prêts à toutes les monstruosités pour répondre aux attentes de leur maître et pour entretenir le silence autour de ses folies.

Les regrets l'assaillent parfois, mais pour ses frères, pour ce qu'il les a déjà amenés à commettre, il ne s'autorise pas à flancher. Pourtant, ce qui l'obsède, c'est la joie malsaine qu'il voit dans les yeux d'Ipperu et Vratinge chaque fois qu'ils doivent faire couler le sang. Ils ne font qu'exécuter des ordres, appliquer un plan qu'il a lui-même conçu, mais, sans l'ombre d'un doute, donner la mort les fait jubiler. Jamais depuis qu'il a terminé ses études paolistes pour revenir au sein de la tribu il n'avait mesuré à quel point le gouffre creusé entre ses frères et lui par ces années d'absence était abyssal. Alkindar commet ces actes horribles par nécessité, mais il sait maintenant que, pour ses frères, cela n'est qu'un prétexte, un alibi qui leur permet de donner libre cours à des pulsions bestiales et sanglantes qui faisaient l'apanage de leur peuple jusqu'à la génération de leur père. Il a ouvert une porte, et derrière, deux paires d'yeux rouges ouverts refusent de se refermer.

Depuis de longues heures, ils guettent la sortie de l'immeuble de la rue de Malte où loge leur dernière cible désignée – la fouineuse qu'ils pensaient avoir effrayée lors de leur visite dans son club deux jours auparavant. Ils ont sous-estimé sa détermination à retrouver sa petite amie disparue. Le père du pompiste les a prévenus de sa visite et les caméras de surveillance de la propriété l'ont saisie devant les grilles, faisant vrombir le moteur de sa moto en signe de provocation. Cela aurait été déjà suffisant pour les forcer à agir de nouveau, mais sa visite à la boutique du receleur a scellé son sort. Elle aussi doit disparaître, dernière victime collatérale de ce stupide naufrage, dernière épreuve à surmonter pour les frères Wasu avant de retourner au manoir et d'attendre leur heure, en continuant la longue bataille juridique contre les enfants Dantrebert. Alkindar n'a pas d'états d'âme car il ne s'agit là que de récupérer ce que ces profiteurs ont pillé dans les ressources naturelles de leur pays, en construisant leur fortune sur la destruction systématique de leur forêt natale.

Mal installés à l'arrière du fourgon, qu'ils ont à peine nettoyé et qui empeste le sang du crétin qui a cru leur voler leurs urnes, ils patientent sur un emplacement de livraison juste devant l'immeuble de leur cible. Ils comptent l'embarquer avec sa moto pour l'emmener hors de Paris et simuler un tragique et fatal accident. Au vu de la façon dont pilote la jeune femme, cela sera une fin logique, « tout juste anticipée », a même plaisanté Alkindar. Ils n'ont plus qu'à attendre qu'elle sorte avec son bolide, si possible à une heure creuse, quand cette rue peu commerçante n'offrira aucun témoin gênant.

Une heure plus tôt, la jeune femme a regagné son appartement, excentrique comme à son habitude, dans un tailleur rose pâle très ajusté. Alkindar serre dans son poing la petite bouteille bleue d'éther qu'il a prévue pour endormir Lucy. Il regrette de devoir éliminer une si jolie fille, mais ils ont fait ce qu'ils pouvaient pour la pousser à fuir et abandonner ses recherches absurdes. Cette garce ne les a pas écoutés. Elle va, pour son malheur, en assumer les conséquences.

37

Les ailes du *Moulin de la galette* ne tournent pas. Le commandant ne sait pas si elles le peuvent encore où si elles ne servent plus que de décor, comme ornement supplémentaire au musée à ciel ouvert qu'est devenu Paris. Il laisse sa Lancia garée de travers devant le porche blanc du moulin et redescend la rue Lepic vers le magasin d'Émile Monestier. Il presse le pas, il sait qu'il y a peu de chances, au vu du *curriculum vitae* du mort, que le magistrat saisi n'ouvre pas une instruction au terme de l'enquête de flagrance. S'il veut avoir la paix et chercher ce qui peut lier le vieillard à Lucie Merpaz et à Judex, il va devoir se dépêcher et le faire avant que le commissariat de quartier n'investisse les lieux et ne traîne dans ses pattes.

L'équipage de la DGSI qui surveillait Monestier l'attend devant la porte de la boutique. Les deux agents, des débutants stressés, accueillent le commandant avec empressement. Ils savent qu'ils vont devoir appeler sans trop tarder le commissariat pour signaler le décès, il ne leur reste que peu de temps. Ils guident Rossi à travers le capharnaüm poussiéreux de la salle d'exposition, tournent à droite dans une petite chambre dont un meuble écarté du mur dévoile un passage s'enfonçant sous la boutique. Ils racontent leur découverte :

– On a vu deux clients entrer et ressortir, l'air surpris, frapper à la porte, prendre leur téléphone et s'en aller, dépités. On ne comprenait pas, le vieux était là, on ne l'avait pas vu partir… On est entrés dans la boutique, il n'y avait personne, par contre dans sa chambre il y avait ce passage ouvert. Comme les clients ont dû le faire, on a appelé, mais personne ne répondait. Alors on est descendus. Et là…

Pressé, le commandant abrège leurs explications confuses et les précède dans l'escalier qui s'enfonce en colimaçon vers les souterrains de Montmartre. Du sang et des lambeaux de chair, de dents et d'os maculent les marches, il fait attention de les éviter et descend sur la pointe des pieds. En bas, un corps détruit gît sur le sol. Sur le stratifié un peu en pente, son sang s'écoule et forme une flaque quelques mètres plus loin. Des os jaillissent de plusieurs plaies béantes. La chute a brisé le vieux corps comme si la main d'un géant l'avait saisi et fracassé sur des rochers. Les dégâts paraissent importants, peut-être trop pour une simple chute même si l'escalier aux marches en acier ne convenait pas à un habitant aussi âgé.

Le reste de la pièce réserve aussi quelques sujets d'étonnement. De grandes vitrines éclairées dévoilent une collection digne d'un profanateur de sépultures. Statues de l'ossuaire de Sedlec, livres en peau humaine, urnes, décoration de tombeau, morceaux d'os et de tombes de personnages célèbres inhumés à Montmartre et au Père-Lachaise… À n'en pas douter, le trésor caché d'Émile Monestier vaut une petite fortune et son origine intéressera autant la PJ que l'Office central de lutte contre le trafic de biens culturels. Le commandant, lui, s'il en prend note, ne perd pas de temps à détailler cette accumulation morbide. Il s'écarte des fantaisies de Monestier, attrape un crayon de papier avec un mouchoir et s'en sert pour ouvrir les tiroirs du petit bureau, au centre de la pièce. Ceux-ci lui dévoilent un amoncellement de paperasse et de fournitures diverses, pas de livre de comptes, pas d'agenda, juste un vieux carnet en moleskine usé jusqu'à la décoloration. Le commandant le feuillette prudemment. À la dernière page, il peine à déchiffrer quelques annotations griffonnées d'une main tremblante : « Vente aux enchères chez Christie's de la collection Granger. » Et sur la dernière ligne : « Acheteurs potentiels pour le mensonge de Pizarro ? » Tout cela laisse Rossi dubitatif. Il repose le carnet, ouvre les derniers tiroirs mais ne découvre rien d'autre que quelques pinces, loupes et produits servant à l'entretien des vieux objets entreposés dans les vitrines. Aucun livre, catalogue ou liste, Monestier connaissait son stock et ses clients par cœur sans doute, le vieux fourgue venait d'une époque où l'informatique appartenait à la science-fiction et ses démêlés judiciaires lui avaient appris à ne garder aucune trace écrite de ses activités.

Contrarié, le commandant se relève et se dirige vers l'autre porte de la pièce, dont il devine le contour et la serrure sur la paroi de droite de la salle. Comme il n'a vu aucune clé dans le meuble, il avance vers le cadavre et glisse sa main dans la poche de la robe de chambre de Monestier. Sans grande surprise, ses doigts découvrent la surface lisse d'une clé à la découpe sophistiquée. Il la prend et la glisse dans la serrure. Elle tourne et il fait glisser une lourde porte qui ouvre sur un passage souterrain plongé dans le noir. Rossi tâtonne le long du mur et finit par trouver l'interrupteur. Une ampoule nue éclaire le passage. Derrière lui, il entend les agents s'impatienter, ne pas avoir appelé le commissariat de quartier commence à les miner. Il les autorise à prévenir leurs collègues et s'engouffre dans le passage.

Le boyau humide le mène jusqu'à une trappe, qu'il atteint après avoir gravi les quelques barreaux d'une échelle. La trappe s'ouvre, son verrou n'est pas fermé. Il accède à un réduit dans les caves d'un immeuble bourgeois dont la porte n'est pas verrouillée. Le commandant fait la moue, laisser ouvert le passage ne correspond pas à l'idée qu'il se fait du vieillard, plutôt prudent. Ce détail, cumulé à la violence exagérée de la chute, le fait douter : s'agit-il réellement d'un accident ? Il ne voit personne dans le hall de l'immeuble. Il espère que les policiers du commissariat de quartier ne bâcleront pas l'enquête de voisinage : *a priori*, un assassin a emprunté le passage pour sortir par la porte du bâtiment quelques heures auparavant.

Deux brigadiers arrivent dans la boutique alors que Rossi remonte de la cave. Il peste de perdre son temps à échanger quelques banalités avec eux. Il ne leur dévoile rien des raisons pour lesquelles il surveillait le fourgue mais il leur donne son sentiment : pour lui, la mort du receleur n'a rien à voir avec leur enquête. Après tout, rien ne prouve que cette mort ne soit pas accidentelle et encore moins qu'elle ait un lien avec l'affaire. Pour la forme, il leur demande de lui adresser une copie de tous les PV et de ne pas bâcler l'enquête de voisinage. Il quitte à peine la boutique quand son téléphone se met à sonner : un message de Malic.

L'équipe de serruriers arrive vingt minutes après le départ du commandant, dont la réputation ombrageuse n'est pas étrangère à leur empressement, malgré l'absence de commission rogatoire. Le lieutenant sort sur le trottoir pour les accueillir. Les deux techniciens, civils mais habitués à être réquisitionnés pour des affaires judiciaires, s'étonnent de ne trouver qu'un lieutenant au profil juvénile sur le site. Malic doit forcer sa nature et se montrer autoritaire et cassant pour qu'ils se mettent au travail.

Les deux quinquagénaires ventripotents ravalent leurs interrogations et s'agenouillent en maugréant devant la porte blindée sécurisée cinq points. La lutte se révèle difficile, Malic leur ayant interdit d'utiliser des appareils qui laisseraient des traces manifestes de l'entrée par effraction. Donc pas de scie, de bélier ou autres acides ; les serruriers doivent forcer les serrures avec délicatesse, chose à laquelle on ne les a pas habitués. Ils posent leurs mallettes, en sortent un arsenal de pinces, extracteurs, burettes d'huile, jeux de clés et se mettent à l'ouvrage en soupirant. Par chance, aucun locataire de l'immeuble ne passe devant eux, ce qui épargne au lieutenant d'avoir à fournir des explications laborieuses sur les raisons de leur intrusion. La pose de plaques de protection sur les garnitures de la porte et autour des verrous leur prend de longues minutes, mais les deux hommes finissent par se relever. L'un d'eux sort un mouchoir maculé de taches de cambouis pour s'éponger le front, puis annonce à Malic :

– Vous pouvez y aller, c'est ouvert. Mais ce volume de travail et ce matériel, au vu des indemnités que nous donne la préfecture, c'est pas possible, lieutenant, on va couler notre boîte.

– Vous serez dédommagés par la DGSI. Donnez-moi votre carte, je vous enverrai les formulaires à remplir. Il n'y a pas d'alarme ?

– De là, on n'a rien vu… Mais pour en être sûrs, il nous faudrait plus de matériel que ce qu'on a là, et nous ne sommes pas des spécialistes. Mais si ça sonne au commissariat, ça ne devrait pas vous poser de problème, non ?

Le lieutenant empoche leur carte et rassérène les deux techniciens sur le mode : « Non, je ne crains pas l'arrivée du commissariat de quartier, au contraire… » Il ne peut pas leur avouer que, par contre, il appréhende l'arrivée éventuelle de Judex et de ses complices. Hésitant à leur demander de quitter les lieux – il pourrait avoir besoin d'eux pour une autre porte dans le bar –, il se contente de leur demander de l'attendre dans le hall de l'immeuble. Une fois seul, il sort son Glock et pose la main sur la poignée, le cœur battant la chamade à l'idée d'entrer dans l'antre de Judex. Sans le commandant, Malic ressent encore plus qu'il n'a pas l'âme d'un homme d'action. Bloquant sa respiration, il ouvre la lourde porte qui claque contre le mur. Son arme pointée en avant, le lieutenant s'avance, scrutant la pièce enfin révélée.

Ce qu'il voit est décevant de normalité : une vaste salle de bar désaffectée, un zinc encombré et poussiéreux, des chaises et des tables de bistrot empilées les unes sur les autres. Le percolateur et la tireuse à bière sont couverts avec des draps blancs. La lumière du jour filtre à peine entre les planches qui condamnent les fenêtres, une obscurité jaunâtre règne sur les reliquats ordinaires de ce café de quartier. Le lieutenant baisse son arme avec un soupir désabusé quand il remarque une anomalie.

Derrière le comptoir, la porte qui dessert probablement la cuisine et les réserves détonne dans ce cadre de bistrot ordinaire. En fer, sans poignée, elle paraît conçue pour protéger une banque, tant sa masse en impose aux visiteurs. Elle doit coulisser le long du mur, mais son ouverture ne se déclenche qu'une fois un code entré sur un clavier semblable à un digicode, mais alphabétique. Malic pense à appeler les serruriers, mais son intuition lui suggère de tenter sa chance. Il tape les cinq lettres JUDEX sur le clavier et, presque sans surprise, le mécanisme de la porte s'actionne. Une sorte de piston à air comprimé émet un sifflement et la pièce de métal massif coulisse devant lui.

Une lumière s'allume derrière la porte. Le lieutenant reste bouche bée en voyant ce qu'elle révèle. Baignée par la lumière vive de néons, l'arrière-salle du café a été transformée en une sorte de laboratoire, carrelé de blanc du sol au plafond. On y entre par un sas aux parois vitrées que Malic traverse pour rejoindre une salle toute en longueur, bordée de paillasses équipées pour brancher des appareils qu'on a dû faire disparaître. Il ne reste plus rien dans la pièce d'une propreté immaculée qui dégage une légère odeur d'eau de Javel, hormis un écran plat encastré dans le mur du fond et une mallette noire posée en dessous. Malic n'ose toucher à rien, même s'il se doute que les occupants n'ont laissé aucune empreinte, ce que tend à indiquer l'odeur de Javel. Il envisage tout de même de faire venir des techniciens de la PTS[1] pour passer le bar et l'appartement au peigne fin.

La mallette l'intrigue. Elle ne peut pas avoir été oubliée, Judex l'a laissée à dessein, et le lieutenant ne sait pas s'il doit s'en saisir ou faire venir des artificiers. Alors qu'il choisit d'appeler des démineurs et la PTS et de ressortir sans rien toucher, l'écran s'allume et diffuse l'image d'une silhouette portant un grand manteau noir et un chapeau à bord large dont l'ombre lui masque le visage. Judex… Malic frôle la panique, son entrée a été remarquée ; il craignait un système d'alarme, les faits lui donnent raison. Alors qu'il hésite à fuir, la silhouette se met à siffloter l'air du *Temps des cerises*. Étonné, le lieutenant stoppe sa fuite, et entend la voix de Judex chantonner, toujours sur le même air :

Quand nous en serons au temps d'anarchie
Les humains joyeux auront un gros cœur
Et légère panse.
Heureux on saura – sainte récompense –,
Dans l'amour d'autrui, doubler son bonheur ;
Quand nous en serons au temps d'anarchie,
Les humains joyeux auront un gros cœur.

Judex se moque de lui avec ce vieil air anarchiste montmartrois. Malic connaît ses classiques révolutionnaires, bagage culturel indispensable d'un membre de la division de la subversion violente. Cette chanson,

1. Police technique scientifique, division de la Police nationale.

contemporaine du premier film où apparaît Judex, a été modifiée, édulcorée pour devenir *Le Temps des cerises* que l'on connaît, mais sa version originale reste un classique des mouvements contestataires.

« Vous aimez ma chanson, commandant ? » interroge la silhouette avec une voix modifiée par des filtres numériques.

Estomaqué, Malic tourne la tête dans tous les sens à la recherche d'une caméra de surveillance. Si Judex a commis cette erreur, remonter jusqu'à la source ne prendra que quelques heures, la poursuite va continuer.

« Ne cherchez pas. Il n'y a pas de caméra. C'est un message enregistré, je savais que vous alliez venir. L'ouverture de la porte a actionné cette diffusion et quelques autres surprises. Je suis ravi de vous avoir accueilli, mais il va falloir partir maintenant. Je crains que cet endroit devienne inhospitalier très rapidement. On ne sait jamais, j'ai peut-être laissé des empreintes et je ne peux prendre aucun risque, vous vous en doutez. Au revoir, commandant. »

La silhouette disparaît alors que l'air du *Temps d'anarchie* envahit de nouveau la salle. Judex pensait avoir affaire à Rossi, il n'y a donc pas de vidéosurveillance, ou bien il ne les connaît pas assez pour les distinguer. Malic se perd en conjectures quand, soudain, des tuyaux déversent un liquide rosâtre sous les paillasses. L'odeur puissante monte à ses narines, lui arrachant un haut-le-cœur. Le sol du laboratoire se couvre d'essence, la suite se devine aisément. Malic s'affole. Dans quelques secondes, le laboratoire va s'embraser. Il saisit la mallette et se met à courir. Ses pieds clapotent dans le combustible et, dans le bistrot, l'essence se répand déjà sur le plancher. Il a presque atteint la sortie quand tout s'embrase. Le laboratoire ne doit plus être qu'une boule de feu. Il saisit la poignée de la lourde porte et la referme derrière lui alors qu'un souffle brûlant se répand dans le café désaffecté. Craignant l'explosion, il se jette au sol dans le couloir, mais la porte résiste à l'attaque des flammes. Tapotant l'arrière de son crâne où quelques cheveux ont roussi, Malic se redresse, envoie fébrilement un message au commandant puis appelle les pompiers.

En attendant l'arrivée des secours, le lieutenant fait le tour des couloirs de l'immeuble en criant pour faire sortir les habitants le plus rapidement possible. La mallette à la main, il tente d'organiser l'évacuation de l'immeuble et porte assistance aux quelques personnes âgées qui y résident. Se rendre utile, faire son travail, voilà qui soulage momentanément sa honte, sa culpabilité et sa colère. Après quelques minutes, les pompiers investissent les lieux et prennent le relais. Il rejoint la rue, passe de l'autre côté du cordon de sécurité et donne ses informations au commandant de l'escouade. Les sapeurs ont arraché quelques planches de la façade du bar et passent leurs tuyaux par les fenêtres brisées. Le café brûle du sol au plafond, mais l'intervention rapide des secours devrait empêcher la propagation de l'incendie aux étages supérieurs et éviter un désastre.

Alors qu'il élude les questions du commandant des pompiers sur l'origine du sinistre, Malic voit arriver Rossi.

Raconter son fiasco lui prend quelques minutes, pendant lesquelles le commandant ausculte la mallette avec attention. Il la soupèse, la secoue, la palpe. Seule l'évocation de la chanson lui fait lever un œil interrogateur. Alors que Malic en arrive à l'évacuation de l'immeuble, le commandant place ses doigts sur les fermetures de la mallette et les actionne. Malic tend la main pour l'interrompre.

– Attention ! Elle est peut-être piégée !

– Non, elle est vide, il n'y a rien là-dedans…

Les fermetures claquent et la mallette s'ouvre. Les

nerfs à vif, Malic ferme les yeux. Rossi ne bronche pas et se contente d'annoncer d'une voix blanche :

– … si ce n'est un message.

Avec une moue sceptique, le commandant tourne l'intérieur vers le lieutenant. La mallette ne contient rien. Par contre, une petite plaque de cuivre qui indique le nom du propriétaire orne le velours rouge qui la rembourre :

Hussein Ibrahim Saleh al-Joubouri

S'il s'agit bien d'un message, son sens échappe pour l'instant aux deux officiers qui s'écartent pour laisser passer une dizaine de membres de la brigade des sapeurs-pompiers de Paris en tenue de protection aluminée étanche. Ignorant les deux policiers, les soldats du feu courent vers les flammes qui lèchent la devanture de l'immeuble.

38

Son sanctuaire apporte la paix qu'elle cherchait à Lucy. De retour de la manifestation où elle se devait de passer par respect pour ses compagnes de lutte, elle a fait couler un bain et consacré une heure à s'occuper de son corps. Gommage, épilation, manucure, crèmes, onguents, parfums… Elle a multiplié les soins, enveloppée par la voix de la Callas interprétant l'*aria* « Casta diva » de la *Norma* de Bellini jusqu'à ce que ses nerfs s'apaisent et que la tension des jours précédents s'évanouisse. Légère, elle se laisse porter par la vague et profite de ses derniers moments de paix dans son antre. Elle lance Tor, le navigateur du darknet, pour masquer son IP et consulte sa messagerie anonyme sur bitmessage. Elle a reçu la liste des intérimaires embauchés par Dantrebert pour sa soirée normande et elle va partir en fin de journée pour préparer son infiltration dans le manoir. Elle sait que le chemin est encore long, mais elle est heureuse de ne pas avoir baissé les bras. Pour la première fois depuis longtemps, elle a sorti des photos de Roxana et les a regardées sans pleurer, fière de sa lutte pour retrouver sa poupée folle, sa Roumaine vagabonde.

La messagerie de son site contient des mails alarmés de l'un de ses soumis. Lucy devait dîner avec lui le soir même et elle a dû décommander. L'homme, un financier britannique, s'inquiète de cette absence. Leur rituel dure depuis des mois : Lucy choisit un restaurant luxueux pour leur tête-à-tête, l'homme vient exprès de Londres, les testicules noués par des cordons qui le meurtrissent. Lucy ne lui parle pas et donne aux serveurs l'ordre de ne pas lui adresser la parole non plus. En maîtresse implacable, elle ne lui fait manger que les reliefs de son dîner. De temps en temps, elle le pince ou lui plante sa fourchette dans la cuisse. Le trader n'a jamais droit à aucune faveur sexuelle, pourtant il paye cher et ne raterait ses rendez-vous pour rien au monde. Lucy sait qu'elle risque de le perdre si elle doit à nouveau repousser leur cérémonie, mais les circonstances ne lui laissent pas le choix. Elle lui adresse un message insultant pour lui expliquer qu'il n'est pas digne de la revoir et qu'elle attend qu'il lui prouve son attachement avant d'envisager un nouveau rendez-vous. Ce message rassurera sans doute l'homme sur l'attention que lui porte sa maîtresse, du moins pour quelques jours.

Puis elle déballe un paquet qui l'attendait tassé dans sa boîte aux lettres. Il contient un serre-taille bondage de The Model Traitor en satin et résille. Une petite folie achetée chez Brigade Mondaine qu'elle compte utiliser lors de ses prochaines performances fétichistes. Elle vérifie la taille et se pavane avec cette création qui lui confère la silhouette létale et vénéneuse dont elle rêvait. Elle retire la pièce délicate, la pose sur la table, attrape le carton d'emballage pour la ranger mais suspend son geste… Sur la table en pin, quelques miettes de brioche attirent son regard. Elle n'a pas passé l'éponge après son déjeuner, elle si maniaque, ça ne lui ressemble pas. Mais au fond, elle connaît la raison de cet oubli. Elle mouille son index avec sa langue, tapote les miettes pour les coller au bout de son doigt puis les lèche avec gourmandise. Roxana faisait ça tout le temps, ça la faisait hurler, elle, la maniaque psychorigide du ménage. Sa blonde compagne s'esclaffait et lui rétorquait que, quand on a connu la faim comme elle, on ne laisse pas se perdre un morceau de pain, si petit soit-il. Lucy finissait par rire elle aussi, par saisir les fesses de Roxana à pleines mains en lui disant qu'elle n'avait plus l'air de souffrir de la faim, préliminaires à un chahut tendre qui finissait, échevelé, dans la chambre.

Ces souvenirs lui crient que le moment de passer à l'action est venu. Lucy retourne à son ordinateur et imprime la liste des intérimaires participant à la soirée du manoir, elle fait quelques recherches sur les premiers noms de la liste et déniche assez vite une victime potentielle. Elle pousse les investigations et réussit à glaner des informations grâce aux réseaux sociaux dont sa cible semble raffoler. Alors qu'elle planifie son infiltration, les questions qu'elle aurait aimé ignorer finissent par se frayer un chemin jusqu'à elle. Si Roxana avait été enlevée par son proxénète ou par un autre réseau du même sinistre commerce, elle aurait compris les raisons de la disparition, mais là… Qu'est-ce que les Dantrebert et leurs acolytes brésiliens peuvent bien lui vouloir ? À cette gamine paumée et utilisée depuis l'adolescence comme une marchandise ? Dantrebert a les moyens de s'offrir toutes les jeunes prostituées qu'il désire. Cette absence de logique effraye Lucy, qui ne peut pas imaginer une issue heureuse. Si conte de fées il y a, elle craint que ça ne soit plutôt un remake douteux de *Barbe-Bleue*.

Autour de la place de la République, une manifestation syndicale se disperse peu à peu, laissant la chaussée jonchée de détritus et les murs couverts d'affiches rouges et noires. Lucy soupire en pensant que ce sera la seule trace tangible de ce rassemblement – agitation vaine issue d'une autre ère qui n'entravera pas un instant la marche forcée libérale. Elle ignore quelles revendications celle-ci portait. Bien qu'à seulement cent mètres de la place, elle devra allumer son ordinateur pour le savoir. Pour Lucy, cela suffit à démontrer l'inutilité de ce mode de combat. Une poignée d'activistes peinturlurées mais originales au pied de Beaubourg déclenche plus de bruit médiatique qu'une foule ordonnée par ces organisations issues du XIXe siècle. Quoi qu'il en soit, la chaussée se libère et Lucy compte en profiter pour tracer sa route jusqu'en Normandie sans plus tarder. Elle enfile un jean et un blouson de cuir et prépare une nouvelle fois son sac pour abandonner son sanctuaire.

Son casque sous le bras, elle dévale l'escalier et récupère son bolide nippon dans la cour de l'immeuble. Elle détache sa Ninja et se dirige en la poussant vers la porte cochère du bâtiment. Elle la pose contre le mur, le temps d'ouvrir. Une camionnette de livraison blanche cabossée gêne la sortie, mais elle devrait pouvoir se faufiler. En maugréant, elle reprend le guidon de sa Kawasaki et la pousse lentement vers la rue. Quand elle relève la tête, les portes de la fourgonnette lui bloquent le passage et trois masses noires se ruent vers elle sous le porche.

Les bras pris par sa moto, son sac et son casque, Lucy tarde à réagir. Elle lâche sa lourde mécanique en la poussant vers les pieds de ses agresseurs. Les trois individus portent des masques de lutteurs mexicains, des crânes enflammés grimaçants presque comiques dans leur outrance. Elle a pourtant reconnu sans hésitation les trois Brésiliens, venus mettre leur menace à exécution. La moto ralentit la course d'un des hommes mais les deux autres l'ont contournée et se précipitent sur elle avant qu'elle ait le temps de pousser un cri. Elle lance son casque en direction de la tête de son assaillant de droite, mais il le bloque. Elle se libère et lui balance la paume de sa main sur la trachée d'un coup sec. L'homme recule et titube ; malgré sa musculature imposante, le coup a comprimé sa trachée et il manque d'air au point de soulever le bord de son masque pour respirer plus librement. Celui de gauche en a profité pour empoigner la jeune femme, il la serre contre lui et lui applique un chiffon sur le visage alors que le troisième parvient à lui saisir les jambes malgré une ruade désespérée.

Le chiffon pue l'éther. Lucy parvient à assener un coup de genou au visage de celui qui lui tient les jambes. Il relâche un peu sa prise mais pas assez, son masque se tache de sang autour du nez. Elle n'a pas le temps de s'en réjouir, le porche devient flou, la tête lui tourne. Elle donne un coup désespéré du crâne à l'homme qui la serre dans ses bras, mais l'étreinte ne faiblit pas. L'éther remplit son office, Lucy n'a plus assez de force, ses jambes l'abandonnent, elle se laisse aller dans la prise de ses agresseurs, gémissant contre sa défaite.

39

La Lancia du commandant suit le trafic dense de l'avenue de Villiers en direction de Levallois. Les hôtels particuliers cossus se succèdent le long des vitres latérales crasseuses de la voiture, avec toute l'arrogance de leur élégance. Malgré les embouteillages, Rossi résiste à la tentation d'allumer son gyrophare et de prendre la bande d'arrêt d'urgence, au moins le temps de passer quelques coups de fil. Il a lancé les analystes de la DGSI sur le nom indiqué dans la mallette qu'il a gardée avec lui, et il attend leurs premiers retours. Jérémy, lui, tarde à répondre, mais Rossi insiste, la présence de jeunes imbéciles déguisés en Judex à la manifestation de soutien aux Pussy Riot l'a interpellé. Le commandant veut connaître l'ampleur de la déroute qui se dessine sur le front numérique. Ce que lui apprend le lieutenant ne le rassure pas.

– Ce qu'on pouvait craindre de pire est en train de se produire, soupire Jérémy. Tous les sites des Anonymous ou apparentés se sont mis à relayer les messages de Judex… Au début, ils se demandaient quoi en penser, et puis les hacktivistes de Telecomix s'y sont mis hier soir en y associant des pages qui pointent les zones d'ombre des parcours de Delaunay, de Le Morvant et du sénateur Marchioni. Oh ! Bien sûr, tous ne cautionnent pas les assassinats ! Loin de là même, mais autour de la myriade de collectifs qui se sont emparés du sujet, il y a suffisamment d'extrémistes, d'anarchistes qui gravitent pour que de nombreux individus s'y retrouvent pleinement et s'y associent.

– On dirait bien que ta politique d'indifférence n'a pas porté ses fruits, tance Rossi, qui sait pourtant que Jérémy était dans le vrai.

– Elle nous a fait gagner du temps, commandant, quelques jours. Je n'ai jamais dit que ça tiendrait éternellement, conteste le jeune homme, lassé d'avoir à se justifier sans cesse.

– La rumeur reste confinée aux groupuscules d'extrémistes ou nous sommes face à une vague qui va toucher les médias grand public ?

– C'est une vague, commandant, il ne faut pas se voiler la face… D'ici quelques jours Judex fera la une des hebdos et son hashtag grimpera dans les sommets du classement de Twitter. Nos grands patrons continuent de croire qu'ils vont pouvoir tenir tout ce petit monde et le contraindre au silence, mais si le truc devient énorme sur Internet, les journaux seront obligés d'en parler… Sinon, ça ne ferait que donner du grain à moudre aux conspirationnistes.

– À ton avis, on a combien de jours de calme devant nous ?

– Pff, les liens circulent déjà sur les réseaux sociaux grand public. Si nos directeurs tiennent la presse aussi bien qu'ils le prétendent, on a peut-être quelques jours. Mais la lettre adressée à Marchioni a un peu changé la donne. Pour les précédentes, même s'il y avait des dates de publication, on pouvait toujours croire à des hoax, des canulars, mais là… La lettre a été lue par suffisamment de monde pour que sa date de publication ne puisse pas être remise en cause. Si Judex a la peau de Marchioni ce soir, comme il l'annonce, ce n'est pas une vague qu'on aura, mais un tsunami. Pour l'instant, nos big boss ont décidé de jouer l'intimidation avec Telecomix. Louvion va faire une descente en fin de journée dans l'atelier qu'ils occupent à Saint-Ouen pour saisir des ordinateurs et placer tous ceux qui y seront en garde à vue. Ils vont donner un grand coup de pied dans la fourmilière. Au lieu d'étouffer l'affaire, ils vont exciter tout le monde et le buzz va monter encore plus vite. Quoi qu'ils en pensent, il y a de fortes têtes dans les médias…

– Merci, Batboy, coupe Rossi qui n'a pas besoin qu'on lui dresse un panorama de la presse française. Juste un petit conseil : achète-toi une grande pelle pour retirer la merde de ton bureau si ce truc pète avant qu'on ait chopé Judex, mort ou vif…

– Ouais, je crois que je vais avoir rapidement du temps pour écrire des BD…

Louvion, son bomber kaki et ses rangers cirés, en train de faire une perquisition chez les hacktivistes de Telecomix… Rossi soupire de dépit : la manœuvre sent la panique à plein nez, le gamin a raison, elle ne va faire qu'accélérer les choses. Boniperti et Leterrier perdent pied, mais il ne pourra pas les faire changer d'avis. À la simple pensée de l'ambiance de guerre civile larvée qui doit régner dans les bureaux de la DGSI, Rossi envisage de faire demi-tour pour passer au traiteur libanais, rapporter son repas à ce vieillard capricieux de Marchioni et rentrer chez lui faire l'autruche jusqu'au lendemain. Ajouter des réunions de crise et des guerres d'ego à une situation déjà compliquée lui paraît improductif et il a besoin de son énergie pour le seul objectif qui vaille : mettre la main sur Judex avant que l'affaire éclate au grand jour. Malic est déjà en route pour rédiger son rapport sur les événements du soir, il pourra s'en acquitter seul. Alors qu'il hésite à bifurquer vers le parc Monceau et changer de destination, son téléphone sonne et met un terme à ses atermoiements en lui imposant la direction du quartier de République où l'affaire semble connaître un nouveau développement.

Rue de Malte, deux agents de la DGSI fébriles et essoufflés répondent à l'interphone et ouvrent les portes de l'immeuble au commandant. Il avale l'escalier quatre à quatre et les retrouve dans le salon d'un appartement moderne aux grandes baies vitrées ouvertes sur une cour intérieure arborée. L'entrée et la salle principale avec cuisine américaine sont peu meublées et d'une propreté maniaque. Rossi jette un coup d'œil périphérique aux livres soigneusement disposés sur la table basse. Il s'appuie sur une table en pin qui sépare la cuisine du salon et écoute le compte rendu du brigadier, fonctionnaire fatigué aux yeux cernés de noir et aux cheveux gras luisants.

– On était dans notre sous-marin devant l'hôtel de Mareuil à cinquante mètres d'ici. On attendait que la cible sorte de chez elle avec sa moto quand on a remarqué le manège bizarre d'une camionnette blanche qui est venue se garer sur un emplacement de livraison devant l'immeuble sans que personne en sorte. On a vérifié son immat', elle était enregistrée au nom d'une entreprise de maçonnerie du Puy-de-Dôme. Pas de vol signalé. Il y avait trois types dedans qui n'avaient pas vraiment des allures d'ouvriers du bâtiment…

– Vous avez tout photographié ? coupe le commandant.

– Oui, bien sûr, on y vient. On hésitait à aller contrôler leurs identités quand la jeune femme a ouvert la porte cochère de l'immeuble pour sortir sa bécane. Avant qu'on ait eu le temps de bouger le petit doigt, les trois types se sont rués sur elle avec des masques bizarres et l'ont endormie avec un chiffon imbibé d'éther. On n'a pas eu d'autre choix que de griller notre planque et d'aller les interpeller. On n'a pas traîné, je vous assure, commandant, mais on avait à peine posé le pied dehors que les trois types remontaient dans leur Partner et démarraient en trombe. Ils nous ont filé sous le nez. On a transmis l'immat' et leur signalement aux patrouilles du secteur, mais on ne pouvait pas les suivre avec le soum[1], on ne les aurait jamais rattrapés, et de toute façon, on les avait photographiés sous toutes les coutures.

– Vous les avez identifiés ? Où sont ces photos ? presse le commandant avec anxiété.

– Tout est dans le soum, on va balancer ça aux analystes et regarder dans les fichiers. On va les retrouver, ces connards.

– Allez me chercher toutes vos photos, s'emporte le commandant, je gérerai la suite. Rien de cette affaire ne doit sortir du service. C'est bien clair ? Ils ont pu embarquer la fille le temps que vous traversiez ? Vous avez des semelles de plomb, putain !

– Non ! Ils ont lâché la fille et sont partis les mains vides !

– Elle est où alors ?

– Dans sa chambre, elle dort encore. On l'a montée et on a appelé SOS médecins, ils ne vont sans doute plus tarder…

– Pff, si c'était de l'éther inhalé, elle va juste vomir et avoir mal à la tête pendant une demi-heure, pas besoin de médecins pour ça, annulez… Bon, allez récupérer les photos des trois types et rapportez-les-moi !

La chambre de Lucy étonne le commandant par son classicisme et son raffinement discret, simple et bourgeois. De toute évidence, la jeune femme a besoin d'un havre de paix au centre de son univers fétichiste. Elle dort, allongée sur le dos, dans un lit haut aux oreillers et édredons rebondis. Un immense dressing occupe la moitié de la pièce sans l'étouffer, car ses grands miroirs

1. Terme d'argot policier désignant un véhicule utilitaire banalisé servant pour les planques.

donnent plus de profondeur que sa masse n'en absorbe. Rossi se penche sur la jeune femme. Elle respire avec régularité, son sommeil paisible ne montre aucun signe inquiétant. Il se glisse à quatre pattes au-dessus d'elle et respire son haleine, le nez à quelques centimètres de la bouche charnue à la largeur gourmande qui vibre au gré des respirations. Elle sent l'éther, elle va avoir un réveil nauséeux, un mauvais moment à passer, mais le commandant compte sur elle pour découvrir l'identité de ses agresseurs et pour se rapprocher de Judex. Il hésite quant à la manière de gérer ses entretiens avec la jeune femme : la secouer ou essayer d'obtenir sa coopération ? Perdu dans ses réflexions, il retourne dans le salon et s'intéresse à l'ordinateur de Lucy.

Sa première visite est pour le site professionnel de la jeune femme. Il n'a pas de mal à le trouver, des cartes de visite avec son adresse traînent dans les tiroirs de son bureau. Les photos du site la montrent dans une succession de tenues en cuir et latex toutes plus étonnantes les unes que les autres. Rossi passe vite sur ces galeries, presque mal à l'aise face à la beauté provocante de la jeune femme. Il découvre l'autre aspect des activités de Lucy. Derrière sa façade de performeuse, elle exerce ses talents de dominatrice en toute discrétion auprès d'une clientèle d'habitués et de recommandés. Sans pouvoir accéder à la messagerie, ni à l'espace administrateur, le commandant se fait tout de même une idée des services, tarifs et clientèle de la jeune femme. Celle-ci précise avec soin la nature et la durée de ses prestations : sévices avec pinces et aiguilles, humiliation publique ou privée, bondage shibari avec cordes japonaises, soumission, introduction d'objets, de baguettes chinoises, mise au pilori, mise en cage, bougies fondues… Perversions variées qui excluent pour autant toute pénétration, mais dont les tarifs impressionnent le commandant. La jeune femme est exigeante et onéreuse. Il en siffle d'admiration.

Son humeur s'assombrit quand il se lance dans l'exploration de l'ordinateur : pas de messagerie, pas d'historique de navigation. Il laisse échapper quelques jurons en découvrant les icônes de Tor et de ses programmes associés. La jeune femme dissimule ses activités sur le Web. C'est un signe – on ne le fait pas quand on n'a rien à cacher. Machinalement, il jette un œil à son historique de recherches Google. Il est maigre, mais il existe, Lucy manque un peu de rigueur dans ses habitudes quotidiennes. Il le fait défiler avec intérêt quand il est interrompu par les deux agents qui reviennent dans l'appartement l'air encore plus hagards et essoufflés que quand il les a retrouvés. À leurs mines déconfites, Rossi anticipe le pire.

– Le sous-marin a été forcé. Ils ont dû revenir sur leurs pas et ils ont défoncé les portes pour nous piquer notre matériel… Ils ont embarqué les photos sur lesquelles ils apparaissaient. On n'a plus rien. On ne pouvait pas imaginer qu'ils seraient assez gonflés pour faire ça !

En écoutant les deux agents, la tête du commandant lui tourne, le sang bourdonne dans ses tempes. Il frappe du poing sur la table, le portable saute sous le choc et les enceintes tombent au sol. La rage monte en lui, il se relève et se tourne vers les deux hommes qui reculent, apeurés.

– Dégagez ! tonne le commandant. Retournez chez vous ! Je ne veux pas de rapport sur ces incidents, rien, pas un seul mot à qui que ce soit. Votre nullité restera entre nous, mais je vais être obligé de prendre des risques pour rattraper vos conneries et je ne veux pas que ça laisse de traces. Suis-je bien clair ?

– Mais, bredouille le plus âgé des brigadiers, à cause du matériel volé, on va bien être obligés de faire un rapport !

– Vous dites que vous vous êtes fait braquer à un autre endroit, à l'autre bout de Paris. Vous vous démerdez, je ne veux plus en entendre parler ! Maintenant, dégagez avant que je change d'avis et que je vous plombe vos évaluations pour les mois à venir !

Les deux agents ne se font pas prier et déguerpissent. Le commandant tourne en rond dans le salon dont la luminosité décline avec le jour. Laissant la pénombre gagner du terrain sans allumer, il essaye de se calmer, mais voir toutes les pistes s'évanouir l'exaspère. À jouer le jeu selon les règles, ils auront toujours un coup de retard sur Judex. Ils doivent s'y prendre autrement. Incapable de parler, tant la colère lui serre la gorge et l'étouffe, il envoie un SMS à Malic pour lui demander de le rejoindre toutes affaires cessantes, puis retourne dans la chambre de Lucy. La jeune femme dort toujours profondément. Il monte sur le lit, s'agenouille à ses côtés, glisse ses bras sous son dos et ses cuisses pour la soulever. Il la porte jusqu'au salon où il la pose devant un vieux radiateur en fonte, touche anachronique sans doute héritée des anciens locataires. Il lui passe des menottes et l'attache au radiateur, les mains dans le dos. Du statut de victime d'une agression, il la fait basculer vers celui de suspecte sur le point d'être interrogée. La manœuvre ne réveille pas la jeune femme qui reste affalée sur le sol dans une position pourtant inconfortable, le menton appuyé sur la poitrine.

En attendant son réveil, Rossi est incapable de tenir en place. Il se décide à inspecter aussi la cuisine. Le réfrigérateur ne lui propose rien qui soit susceptible de calmer sa faim ; il y trouve juste quelques bières chinoises qu'il emporte au salon. Le commandant s'assied en face de Lucy et décapsule une Tsingtao. Il descend d'un trait la bière un peu trop fraîche et commence à s'impatienter. Il tape du pied, soupire et estime qu'il a assez attendu. Il retourne dans la cuisine et remplit un verre d'eau. Debout, au-dessus de Lucy il penche le verre et regarde le filet d'eau froide couler vers le sommet du crâne de l'endormie. L'eau clapote et s'écoule sur le visage de la jeune femme avant de disparaître sous le col de son chemisier noir. Peu à peu, l'effet attendu se produit, Lucy recule la tête pour échapper au filet d'eau, mais Rossi la suit du bout du bras. La jeune femme cligne des yeux, gémit, essaye de lever les mains pour se protéger et bafouille son incompréhension. Le verre vidé, Rossi se recule et retourne s'asseoir à la table du salon.

Pendant que la jeune femme recouvre ses esprits, le commandant boit une deuxième Tsingtao. Elle tente de se coucher sur le flanc, mais les menottes l'entravent, elle replie ses jambes, les genoux aux épaules, et semble enfin discerner ce qui l'entoure. Sa voix lourde, épaissie par une langue qui paraît avoir gonflé au point d'occuper toute sa bouche, formule quelques interrogations auxquelles Rossi ne répond pas, la laissant s'épuiser en silence. L'effort coûte à la jeune femme qui est prise de haut-le-cœur de plus en plus forts, au point de devoir vomir devant elle, entre ses jambes repliées. Rossi ne bouge pas et termine sa bière. Alors qu'elle appuie la tête sur le radiateur en demandant un verre d'eau, il se lève et vient se placer devant elle.

– T'as eu du bol cette fois-ci, crache le commandant avec une voix dénuée de compassion, on est arrivés juste à temps pour empêcher tes anciens complices de te faire disparaître. À deux minutes près, tu ne revoyais plus ta collection d'escarpins.

– Mais qui vous êtes ? Et pourquoi vous m'avez attachée ?

– La cavalerie, les flics, les bleus, les condés… Les mecs qui sauvent les jeunes filles en détresse, mais qui attachent les criminelles aux radiateurs. Personne n'est parfait.

– Mais je suis chez moi, vous n'avez pas le droit de me faire ça !

Lucy regarde autour d'elle avec désespoir. Voir ainsi son sanctuaire violé par un flic grossier l'écœure et lui soulève l'estomac autant que l'éther. Elle ressent cette intrusion dans sa chair ; plus jamais elle ne pourra se sentir chez elle dans ces lieux souillés par cette invasion. Des années d'effort pour parvenir à faire de son appartement le seul endroit capable de l'apaiser s'évanouissent au rythme de l'interrogatoire qu'elle doit subir.

Indifférent à ses tourments, le flic continue de lui parler, mais elle ne comprend plus ce qu'il lui dit. La douleur vrille son crâne comme si une perceuse le traversait, elle vomit de nouveau. Elle souille ses cheveux et ses vêtements et ne peut retenir ses larmes. Mais le flic ne s'arrête pas. Il lui attrape la tête à deux mains et lui crie presque au visage, manifestement agacé de ne pas obtenir de réponse. Malgré l'étourdissement qui la gagne, elle lui jette avec ce qui lui reste de panache et de dignité :

– Remballe ta testostérone, connard. Je ne sais pas ce que tu veux, mais je sais que je ne te dirai rien.

– Tu joues à la féministe alors que tu suces des bites pour te payer des Louboutin. Tu cultives le paradoxe, mais va falloir changer de disque si tu veux te débarrasser de moi.

40

La tête de Lucy repose, inerte, dans les mains du commandant. La jeune femme vient de perdre connaissance. Rossi se demande s'il n'a pas un peu trop forcé le trait. L'heure ne se prête pas aux états d'âme, mais il a le sentiment de se comporter comme le dernier des salauds. Il pose la tête de Lucy contre le radiateur. Elle respire et semble dormir profondément. Le commandant hésite sur la conduite à adopter : la laisser se reposer ou continuer de la harceler. Il n'a pas tranché quand Malic sonne à la porte et entre dans l'appartement. Le lieutenant regarde la scène avec un étonnement manifeste, dévisageant la jeune femme qui dort, attachée à un radiateur et baignant dans son vomi. Sa physionomie juvénile et sa blondeur lui confèrent un côté « Tintin au pays de la torture », qui arrache un sourire au commandant. Rossi lui fait signe de s'asseoir, lui tend une Tsingtao et s'ouvre la dernière.

– Enfin, Paul, raisonne le lieutenant, c'est une victime d'agression, on ne peut pas la laisser comme ça !

– Si on joue selon les règles, elle se fera hospitaliser trois jours, après on devra la placer en garde à vue, son avocat débarquera et on sera partis pour quarante-huit heures à jouer au chat et à la souris juridiques. On n'a pas le temps, Malic. Il va falloir innover.

– Paul, on va se faire démolir par l'instruction. On n'a rien contre elle, tout juste des témoignages diffus des participants à la soirée de Delaunay et des coups de fil passés au mauvais endroit. Si en plus on ne respecte pas ses droits et on met sa santé en péril…

– Si on en arrive là, on niera en bloc, assène le commandant en martelant la table d'un index rageur, parole contre parole. Dans une affaire aussi sensible, les résultats primeront, je te le garantis. Et si ta conscience te travaille, n'oublie pas qu'on lui a sauvé ses jolies petites fesses. Je ne sais pas où les trois mecs voulaient l'emmener, mais je pense qu'elle est mieux avec nous. Il faut la faire parler. J'ai joué sale flic, fais donc le bon jusqu'à ce que je revienne. Mais on ne la lâchera pas avant de lui avoir fait cracher ce qu'elle sait sur Judex… Si ces mecs voulaient la faire taire, c'est qu'elle a des choses à dire, et je veux les entendre.

Les années passées à seconder le commandant permettent au lieutenant de savoir qu'il ne le fera pas changer d'avis. Il capitule et lui donne des nouvelles de l'incendie. Les dégâts se limitent au rez-de-chaussée, mais l'origine criminelle n'échappera pas aux experts et le commissariat du XVIIIe sera saisi de l'enquête. Leterrier a affirmé au lieutenant qu'il se procurerait les éléments du dossier. Le montage juridique ne leur permettra par ailleurs pas de remonter jusqu'aux réels propriétaires du bar et de l'appartement, rien n'obligeant le cabinet d'avocats luxembourgeois qui en assure la gestion à communiquer les éléments en leur possession. Peu d'espoir de progresser sur cette voie, par contre le nom inscrit dans la mallette en a ouvert une nouvelle.

Hussein Ibrahim Saleh al-Joubouri possède un épais dossier à son nom dans les archives de la DGSI. Enfin, sous forme numérique, l'épaisseur devient relative, mais son abondance ne se discute pas. Al-Joubouri fut longtemps un des sujets de préoccupation principaux de la DST et la littérature consacrée à ses faits et gestes remplirait plusieurs tomes d'encyclopédie. Né à Mossoul en 1936 d'une famille de notables sunnites enrichie sous le protectorat britannique dans la prospection pétrolière, Al-Joubouri fut l'un des premiers membres du parti baasiste fondé par Saddam Hussein en 1960. Scientifique de formation, conseiller proche de Saddam Hussein, il fut l'un des cadres du régime pendant les années sombres de la guerre contre l'Iran et de la répression de la minorité kurde. Al-Joubouri fut aussi l'un des principaux artisans de l'amitié franco-iraquienne, paradigme de la politique du Quai d'Orsay en Mésopotamie pendant les années 1980, jusqu'à l'explosion de la première guerre du Golfe. Francophile et amoureux de la Bourgogne et de son vin, il possédait un château dans la côte de Nuits où il passait régulièrement ses étés, loin de la fournaise de Bagdad. Ami de la France et choyé à ce titre, il bénéficiait d'une protection et d'une surveillance permanente de la DST pendant ses séjours. Il fut associé à la conclusion de nombreux contrats d'armement avec le régime de Saddam Hussein et participa en contrepartie, sans que cela soit mentionné dans son dossier, au financement des partis politiques français de 1980 à 1990. Accusé de crime contre l'humanité par les Américains dans leur charge contre le régime de Saddam Hussein, il fut déclaré *persona non grata* sur le territoire français après le déclenchement de la première guerre du Golfe. Ses biens et avoirs furent saisis et officiellement ses liens avec la France cessèrent.

Passé cette date, les informations collectées le concernant deviennent plus parcellaires. Rossi suppose que le dossier, désormais plus du ressort de la sécurité du territoire, a dû être transmis à la DGSE. Les derniers points notés dans sa fiche concernent sa disparition. Al-Joubouri s'est évanoui dans la nature en 2003, au moment de l'invasion américaine et de l'effondrement du régime baasiste. Il fait partie des personnes les plus recherchées qui figurent dans les fameux jeux de cartes avec portraits distribués aux GI's pour qu'ils les reconnaissent. Mais l'homme a disparu corps et âme et, à ce jour, rien ne permet de savoir où ce Sunnite de bientôt quatre-vingts printemps se cache ou si la mort ne l'a pas définitivement soustrait à la justice des hommes.

En annexe, la liste des crimes de guerre et contre l'humanité pour lesquels Al-Joubouri devrait comparaître devant le Tribunal international de La Haye impressionne le commandant. Il apparaît parmi les principaux responsables du massacre de populations civiles kurdes et il dirigeait les programmes de développement d'armes chimiques pendant le conflit avec l'Iran. Rossi soupire de dépit en constatant que ces faits ne pouvaient pas échapper aux autorités qui lui offraient le gîte et le couvert pendant les années 1980 au nom d'une *realpolitik* aux relents nauséeux. Le commandant partage son malaise avec Malic.

– Il y a un autre lien possible entre l'affaire Judex et ce chimiste francophile, commente Rossi en rendant les feuilles au lieutenant.

– Oui, le sirop de Mossoul qui a tué Le Morvant et l'acide inconnu employé pour liquider Delaunay, répond Malic qui a déjà fait le lien.

– Tout juste… Il va nous falloir l'aide de la DGSE, ils doivent savoir d'autres trucs sur Al-Joubouri. Le labo, les armes bactériologiques de Judex et cette mallette me font penser qu'il n'a peut-être pas disparu pour tout le monde, le vieillard indigne…

– On demande au directeur Boniperti de se renseigner auprès de la DGSE ? questionne Malic avec une moue dubitative.

– Il le fera. Mais il vaut mieux compter sur des infos *off*. Si la DGSE a collaboré à la fuite d'un criminel recherché sur toute la planète par nos alliés, ils ne l'avoueront jamais de manière officielle. Je vais plutôt compter sur mon réseau personnel pour me faire une idée.

– Une pièce de plus pour le puzzle… souffle le lieutenant, alors que Rossi se dirige vers la porte de l'appartement.

– Si on nous retire nos bandeaux, on finira par réussir à l'assembler… prophétise Rossi en posant la main sur la poignée. Bon, allez, je te laisse en bonne compagnie. Profites-en bien et ne sois pas trop dur avec elle, elle va avoir un réveil difficile et, quand je vais revenir de la planque du sénateur, le deuxième round va être saignant.

41

Sans visage, j'ai celui de tous ceux qui veulent me suivre.

Les paroles de Judex résonnent dans l'esprit d'Hugo, alors qu'il pioche un cheeseburger froid et gras au fond de son sac McDonald's. Il mord dedans avec appétit. Depuis son déménagement forcé et son arrivée dans le nouvel appartement fourni par Judex, il n'a pas eu le temps de s'alimenter. Son estomac serré comme un poing par l'angoisse hurle qu'il faut le remplir et faire cesser sa douleur. Hugo habite désormais rue Florentin, à deux pas du passage de la Madeleine où il se nourrit enfin. Son nouveau repaire pue la moisissure et le bois vermoulu. Le cinq-pièces sombre et mal agencé n'a pas été occupé depuis des années et des infiltrations d'eau ont saccagé ses plafonds et tentures murales. Hugo a ouvert les fenêtres le temps d'installer ses ordinateurs, mais l'air y est à peine respirable.

Alors qu'il inspecte la rue autour de lui, il se souvient de la caractéristique la plus étonnante de cet appartement qui lui est apparue alors qu'il terminait le branchement de son serveur. La cloison du salon aux moulures Empire s'est ouverte sur un passage obscur, descendant droit vers les catacombes. Sans lampe de poche, il essayait de discerner quelque chose dans les ténèbres quand des pas ont retenti dans l'étroit escalier. Le cœur d'Hugo battait la chamade ; Judex sortait des ombres. Le visage couvert par le col droit de son manteau noir, son écharpe et son chapeau à bord tombant, son mentor a cogné les talons de ses souliers pour faire tomber la glaise et les cailloux récoltés pendant sa traversée des sous-sols, puis, sans un mot, il a traversé le salon pour s'asseoir dans un fauteuil poussiéreux au dossier haut. Hugo, le souffle coupé par l'apparition, a peiné à bredouiller quelques mots pour saluer son hôte et s'enquérir des raisons de sa présence. Désignant l'autre fauteuil, Judex a invité le jeune homme à s'y installer en lui tournant le dos.

– Paris a plus de ressources que ces espions technophiles le soupçonnent. Leur obsession moderniste joue en notre faveur, Hugo. Je connais par cœur leurs faiblesses, eux qui se targuent de connaître tout de nous. Leurs fiches, leurs écoutes et leurs dossiers les aveuglent au point qu'ils finissent par ignorer la réalité elle-même.

Exalté par sa première conversation libre avec celui qui guide ses actions, Hugo lui a raconté les progrès de leur cause dans les réseaux sociaux, l'inexorable propagation de leurs lettres et des connivences qu'elles mettent au jour. Judex a acquiescé, sans partager la joie du jeune homme, Hugo lui a demandé s'il resterait anonyme, lui qui était l'initiateur d'un mouvement qui, selon lui, n'attendait qu'un leader.

– Judex est un principe, il n'a pas de chair. Sans visage, j'ai celui de tous ceux qui veulent me suivre.

Au fond du sac en papier, Hugo saisit une poignée de frites molles et les envoie rejoindre le cheeseburger dans le bain acide qui gargouille derrière ses abdominaux. Il n'a rien répondu à Judex. Les choix de son mentor l'éloignent de ce que lui recherche, la célébrité et le pouvoir. Mais il ne peut pas s'opposer aux choix de l'homme au chapeau noir, il sait qu'il le briserait sans peine et son admiration demeure sincère. Comme si l'homme avait capté ses pensées, il a enchaîné : « Ton désir d'épanouissement personnel ne doit pas t'aveugler, Hugo, sinon tu céderais à leurs chimères. Il n'y a rien de réel dans ce dont tu rêves. Que tu désires la petite catin, ça, je le comprends. Patiente un peu et tu l'auras. Aujourd'hui, elle doit encore nous servir. »

Une voiture de patrouille de la police municipale passe le long de l'église de la Madeleine. Hugo baisse les yeux par réflexe et engloutit ses frites froides. Ses acolytes se dissimulent derrière des véhicules en stationnement. Sa petite équipe se compose d'une demi-douzaine de Roms, âgés de sept à dix ans, malicieux, crasseux, effrontés et vifs comme des furets.

Qui espionne les espions ?

La négociation avec le protecteur des jeunes Roms, leur père ou leur oncle, un sale type vulgaire couvert de tatouages et puant l'alcool bon marché, a été brève. Pour quelques dizaines d'euros, ces mômes affamés sont prêts à tout. Par contre, leur présence dans le quartier huppé de la Madeleine provoque des tensions. S'ils doivent rester trop longtemps, les commerçants des boutiques de luxe qui pullulent autour de la place et de ses rues adjacentes vont finir par appeler les flics et compromettre leur filature.

« Que tu désires la petite catin… » Euphémisme, rien que de penser à elle, Hugo bande à s'en faire mal. Il a eu beau se masturber sans cesse depuis leur dernière entrevue jusqu'à en avoir le sexe endolori, son excitation ne faiblit pas et elle finit même par gêner sa concentration. Ses pensées dérivent en permanence vers une série de scènes de fornication toutes plus insensées les unes que les autres où sa libido trouve enfin le moyen de prendre le contrôle du corps de Lucy. Il ne peut plus fermer les yeux sans voir son cul et le désir l'étouffe. Judex a dû le comprendre. Mais il lui a aussi annoncé que Lucy venait de se faire prendre par la DGSI. Se redressant dans son fauteuil, Hugo s'est alarmé de ce qu'elle pourrait révéler. Judex l'a calmé en agitant une main molle et gantée au-dessus de l'accoudoir.

– Elle ne sait rien qui puisse vraiment nous gêner. Je devine où elle va les mener, elle est forte et déterminée, c'est elle qui va apporter la touche finale à notre œuvre. Tu verras, cela te surprendra, mais Lucy sera notre arme sans le savoir. Tu l'auras plus tard. Laisse ta sève s'écouler, nous avons mieux à faire.

– Comment savez-vous qu'ils l'ont eue ? Et pourquoi ne l'avez-vous pas prévenue ? s'est emporté le jeune amoureux.

– Qui espionne les espions ? Qui s'intéresse à ceux qui trouvent bon de nous ficher, d'enregistrer nos faits et gestes ? Qui veille à ce que les fautes de ceux qui se croient au-dessus des lois soient sanctionnées ?

Ses questions trouvant d'elles-mêmes leurs réponses, Judex a enchaîné :

– Je n'ai pas prévenu Lucy parce qu'il fallait qu'elle soit prise. Elle n'est pas aussi fiable que toi, depuis le début j'ai dû la manipuler pour qu'elle nous aide. Mais maintenant que tu lui as transmis les informations sur Dantrebert, elle va les mener où nous voulons, droit à la cible, comme une flèche…

L'estomac d'Hugo lui renvoie une longue traînée acide, il l'éteint en vidant le fond de son gobelet de Coca insipide. Faire chuter la police politique, les chiens de garde du système, mettre au jour les compromissions du pouvoir, venger son père brisé et faire exploser cette bourgeoisie pourrissante, enveloppée dans un manteau de fourrure mis en gage à Pékin ou à Doha. Sa rage se ravive en regardant les notables du VIIIe arrondissement venus faire leurs emplettes chez *Fauchon*, de l'autre côté de la place. Un panneau publicitaire lui rappelle que Warlords of Draenor, nouvelle extension de World of Warcraft, vient de sortir et qu'il ne l'a pas encore téléchargée. Il se promet d'y remédier dès ce soir, quand il rentrera de cette mission nocturne.

Hugo jette un œil sur son Smartphone. La balise du flic a disparu, comme Judex le lui avait annoncé. Le flic a dû éteindre son téléphone, mais ils savent où l'attendre. Ils l'attendent déjà. *Qui espionne les espions ?* Les Roms s'agitent, l'un d'eux lui fait signe que la cible vient de sortir de la station de métro et qu'elle se dirige vers le passage de la Madeleine.

Quelques heures plus tôt, dans l'appartement, Judex s'est levé dans la pénombre. Son manteau noir à épaulettes lui conférait une allure massive, peut-être sans relation avec sa stature réelle. Il s'est dirigé vers le passage secret en faisant signe à Hugo de rester assis et a désigné un rouleau de papier posé sur le fauteuil.

– Je te laisse une série d'instructions, des messages à poster à des jours et heures bien précis. Ce soir, tu vas devoir passer à l'action. Tout est prêt, mais je ne peux pas agir en personne. Ce que tu dois faire et à quel moment est indiqué dans mes notes. Ne te pose pas de question, fais ce que je te demande, on les tient. La fin est proche.

Judex a posé le pied sur la première marche du passage. Il s'est tourné vers Hugo, qui a pu voir pour la première fois le regard de son mentor grâce à la lumière de l'applique murale lui faisant face. Des yeux d'homme âgé, ridés et délavés, mais animés d'une forme de folie rageuse, fébrile. Pour la première fois aussi, l'homme des ombres s'est laissé aller à un commentaire personnel, dévoilant une bribe de sa vie.

– Ces mots pourront te paraître simples. Mais je me souviens d'un photographe de mariage renommé à qui ma sœur reprochait ses tarifs un peu élevés. Elle lui faisait remarquer que, pour une photo prise en quelques secondes, l'addition était corsée. Il lui avait répondu ceci : « Vous croyez que cette photo a été prise en deux secondes, mais si je l'avais prise hier, dans les mêmes conditions, elle aurait été différente. Mon regard, il m'a fallu cinquante-huit ans pour l'acquérir, le développer, le peaufiner. Chaque photo m'a pris cinquante-huit ans d'un travail acharné et quotidien. » Eh bien, ces mots, et ce qu'ils vont engendrer, m'ont pris encore plus de temps, Hugo, près de soixante années de maturation et de colère accumulée pour pouvoir tout dévaster en quelques lignes.

La pluie tombe maintenant à verse, fait ruisseler les pavés et s'ouvrir les parapluies. Les passants pressent le pas, se serrent sous les abribus ou rentrent dans les magasins. Indifférente aux éléments et aux projections d'eau des voitures, la silhouette attendue se rapproche. Le flic qu'Hugo guettait traverse en regardant autour de lui. Un des Roms le suit à distance, caché derrière les voitures stationnées. Hugo écrase son sac McDonald's et le balance dans une poubelle verte à l'angle du passage de la Madeleine. Il va devoir agir.

Tout dévaster en quelques lignes.

Comme dans un jeu vidéo, trouver le combo dévastateur… Hugo se cache sous un porche et laisse passer le policier. Derrière lui, le Rom se faufile de pare-chocs en pare-chocs. Le jeune homme attend à l'angle, la main serrée sur un flacon glissé dans la poche de son sweat-shirt noir et or à capuche.

Sans visage, j'ai celui de tous ceux qui veulent me suivre.

42

Une longue procession de berlines sombres défile devant les portes automatiques du parking. Leurs occupants – des couples habillés pour dîner ou aller au théâtre – prennent leur ticket de stationnement puis leur véhicule ruisselant d'eau de pluie s'enfonce dans le ventre de Paris. Rossi les regarde passer avec attention. Il a garé sa Lancia juste après l'entrée du parc souterrain et il dévisage tous les occupants des voitures qui se présentent. Il n'a remarqué aucune filature depuis la rue de Malte jusqu'au boulevard de Sébastopol. Il se gare dans ce parking chaque soir, ses éventuels poursuivants s'attendent sans doute à ce qu'il rentre chez lui. Il laisse passer un dernier couple avec un soupçon d'aigreur quand il réalise que cela fait des années qu'il n'a pas vécu une soirée en tête à tête. Cette complicité, cette tendresse manquent à sa vie.

Toutes ses tentatives de construire une vie de couple se sont fracassées sur la rage qu'il met dans l'exercice de sa profession. Aucune femme n'a su résister à ce bouillonnement qu'il ne peut laisser derrière lui, ni le soir ni pendant ses rares week-ends ou congés. Sa dernière compagne lui a sèchement résumé ses sentiments : « J'ai l'impression de vivre avec un rottweiler sur la piste d'un gibier. » Elle n'avait pas tort, même si les rottweilers font de piètres chiens de chasse. Si l'affaire Judex doit se solder par une grande purge qui l'emporterait vers une autre affectation, il aura peut-être une chance d'y remédier. *Une dernière chance*, soupire-t-il en se dirigeant vers la sortie pour piétons.

Les couples qui sortent du parking le dévisagent avec inquiétude ou pressent le pas en baissant les yeux. Il attend encore quelques minutes, appuyé le long du mur à côté de la porte. Il observe tous les mouvements, tous les usagers, tous les véhicules. Une fois presque sûr que personne ne peut l'avoir filé, il éteint son téléphone portable et se dirige vers une autre issue dont l'escalier donne sur une rue opposée à celle de son domicile. Il sort rue du Cygne, une voie calme à deux pas du forum des Halles. Là encore, il inspecte les véhicules stationnés. Puis il longe l'église Saint-Leu-Saint-Gilles, traverse la rue de la Grande-Truanderie et se rend vers une brasserie du boulevard Sébastopol où il a ses habitudes et dont une particularité devrait lui permettre de larguer les derniers poursuivants.

Le serveur le salue avec la chaleur réservée aux habitués, et lui sert, sans qu'il ait à le demander, une double dose de Jack Daniel's. Il lui tend même une poignée de serviettes en papier pour que le commandant essuie l'eau qui ruisselle sur son front. Il pleut à verse et il n'y a pas prêté attention. Il avale son whisky, s'éponge et constate que personne n'entre à sa suite dans la brasserie où une vingtaine de tables sont occupées. Si quelqu'un le suit encore, il doit l'attendre sur le boulevard. Rossi pose un billet de dix euros sur le comptoir en zinc et fait un signe au serveur.

– Je vais partir par la sortie des artistes, tu peux me donner le code ?

Son ami obtempère, les sourcils levés dans une interrogation muette que Rossi ignore, se contentant d'ajouter :

– Tu ne le donnes à personne d'autre dans les minutes qui viennent, OK ?

Après avoir recueilli l'assentiment du serveur, le

commandant traverse la brasserie et pénètre dans les cuisines, au fond de l'établissement. Il salue d'un signe de tête le cuisinier puis, sans un mot, pousse la porte de l'issue de secours qui donne sur une cour intérieure encombrée par les bennes à ordures des restaurants voisins. Deux commis fument une cigarette à l'abri du passage dont le fond est barré par des grilles qui donnent sur la rue Saint-Denis. Rossi passe le bras au travers des barreaux et compose le code qui permet l'ouverture sans clé du passage. Il referme derrière lui et descend vers le forum des Halles à vive allure.

Sans ralentir le pas, il s'engouffre dans les escaliers mécaniques qui descendent sous le forum, il court presque dans l'échangeur central de la station et, le souffle court, il arrive sur le quai de la ligne 14. La rame automatisée ne tarde pas. À Pyramides, la station suivante, il descend, longe la rame, met le pied dans un autre wagon et regarde des deux côtés si son manège provoque un mouvement. Il ne voit personne qui aurait suspendu sa marche après ses changements de direction. La sonnerie indique la fermeture des portes. Il monte dans le wagon et, juste avant que les portes claquent, fait demi-tour et sort du métro avec le souffle des portes sur la nuque. Il laisse partir la rame, il est seul sur le quai. Il marche le long de la station et observe avec soin les personnes qui le rejoignent par petits groupes. Sans avoir décelé de comportement suspect, il laisse passer deux rames avant de prendre la troisième, convaincu désormais que personne ne peut l'avoir suivi, et descend à la Madeleine.

La boutique du traiteur libanais qu'il a choisie pour satisfaire le caprice du sénateur Marchioni se trouve au milieu du passage de la Madeleine. Sa devanture lambrissée ne cherche pas à attirer les foules, obsédées par le luxe ostentatoire, qui envahissent le quartier. Le traiteur a une solide réputation et une clientèle d'habitués qui le mettent à l'abri de ces dérives mercantiles. Rossi entre dans l'échoppe et transmet la commande particulière du sénateur : taboulé libanais, houmous au poulet et aux noix, laban au concombre et moujadara pour les entrées, kébbé au four en plat et un assortiment de maamouls et de mafroukés en dessert pour compléter le festin. Le traiteur, un Libanais au visage rond et jovial, dont le tour de taille témoigne de son amour pour ses produits, lui propose d'attendre en prenant un thé à la menthe. Rossi opte pour une bouteille de Massaya blanc et s'assied, verre de vin à la main, face à la vitrine de la boutique.

Le divisionnaire Leterrier lui a demandé de l'appeler pour faire le point sur l'affaire à vingt et une heures précises. Pour ne pas avoir à allumer son téléphone et risquer de se faire repérer au cas peu probable où Judex s'avérerait capable de le localiser, le commandant emprunte, moyennant un pourboire conséquent, celui de la boutique. Il revient s'asseoir à sa table pour composer le numéro de la ligne directe du bureau de son directeur. Celui-ci répond en personne, sa secrétaire devant être partie depuis déjà quelques heures.

– Numéro inconnu, mais je me doutais que c'était vous, en mode furtif. Comment va le sénateur Marchioni ?

– Bien, pour ce que j'en sais. Je suis en chemin pour aller m'en assurer, répond Rossi, la voix aussi ferme que sa lassitude le lui permet.

– Je ne veux évidemment pas que vous me disiez où il se trouve, mais vous m'assurez que personne à part vous ne peut le savoir ?

– Moi, de Malicandre et les deux légionnaires qui sont sur place, mais ils ne connaissent rien à la politique et ils ignorent son identité réelle.

– Vous les avez sélectionnés au hasard, n'est-ce pas ?

– J'ai pris les meilleurs sous-officiers d'un régiment choisi au hasard, je vous le confirme.

Le divisionnaire assomme Rossi de questions que

celui-ci aurait trouvées insupportables dans toute autre circonstance. Mais ce soir où tout peut basculer il comprend la pression qui pèse sur les épaules de sa hiérarchie et il y répond avec patience. À son tour, après avoir donné toutes les garanties possibles, il insiste sur le dossier Al-Joubouri. Leterrier semble convaincu que Judex essaye de les lancer sur une fausse piste et que s'il a laissé ce nom à leur intention, ça ne peut que servir à leur faire perdre du temps, en aucun cas à les mener jusqu'à lui. Rossi demande pourtant à avoir les informations de la DGSE. Il peut aussi s'agir d'un message de leur adversaire et ils doivent tenter de le comprendre.

Le commandant trouve le divisionnaire pusillanime, désabusé, presque vaincu. La fatigue qui se lit sur ses traits depuis quelques semaines paraît avoir corrompu la volonté de Leterrier au point que Rossi s'en inquiète ouvertement.

– Avez-vous lu la presse du soir, commandant ? lui demande le divisionnaire, avec un soupir.

– Hélas, non, je ne cesse de courir, répond Rossi en se levant pour s'emparer d'un exemplaire du *Monde* abandonné sur une table voisine.

Une poignée de jeunes Roms s'agitent devant la boutique et harcèlent les clients qui en sortent. Le traiteur doit aller dans la rue pour les houspiller. Il leur donne un sachet de pâtisseries orientales et les fait décamper. Les mômes hirsutes fuient comme une horde d'animaux sauvages qui se disputent une proie. Le commerçant débonnaire rentre en haussant les épaules et prend à témoin un ado couvert d'un sweat-shirt noir à capuche qui attend sa commande.

– Pauvres gosses, ils crèvent de faim…

L'adolescent hausse les épaules à son tour, mais ne répond pas. Rossi trouve la page du *Monde* où s'étale la cause de l'abattement du divisionnaire. Une interview du ministre de l'Intérieur où celui-ci martèle que « la sécurité des Français constitue toujours la principale préoccupation du gouvernement » et qu'une « grande réflexion sur l'organisation des services de police doit être menée pour les adapter aux nouvelles menaces, améliorer leur efficacité et la protection des citoyens ». Les analystes ne manqueront pas d'écrire qu'il s'agit là d'un nouvel écran de fumée destiné à masquer la difficulté croissante du gouvernement à faire face à la crise économique qui démembre l'économie et le système social du pays. Mais Rossi et Leterrier savent, eux, ce qu'annoncent ces mots. Leterrier reprend :

– Le bourreau aiguise sa hache. Sous couvert de réorganisation, les têtes vont tomber. L'affaire Judex arrive au meilleur moment pour lui. Il va pouvoir se débarrasser de tous les hommes mis en place par l'ancienne majorité. Nous ne passerons pas l'hiver, commandant…

– Même si nous protégeons Marchioni et que nous arrêtons Judex ?

– Il y a déjà eu deux morts. Notre ministre déteste Marchioni, il n'est pas de son bord, sa mort ne l'empêchera pas de dormir… Par contre, si nous finissons par un succès éclatant et une arrestation publique et spectaculaire de Judex, nous lui compliquerons la tâche, c'est évident.

Leterrier, le ministre, Boniperti… tous semblent considérer comme acquis que l'affaire Judex va finir par éclater au grand jour et que leurs gesticulations pour la garder secrète finiront par se révéler vaines. Difficile de leur donner tort… et dans ce cas, l'arrestation rapide de Judex constitue leur seule manière d'en sortir par le haut. Leur meilleure chance d'y parvenir est retenue prisonnière dans un appartement de la rue de Malte. Le commandant ne préfère pas parler de cet aspect de son enquête avec le divisionnaire. D'expérience, il sait que ses sorties de route doivent rester cachées. Leterrier et Boniperti savent pertinemment que Rossi utilise des méthodes qui sortent du cadre légal, et s'ils lui confient un dossier, cela veut dire qu'ils l'acceptent. Le jeu consiste à ne pas les informer de ces débordements. Si cela tourne mal, ils pourront toujours dire, de bonne foi, ne jamais avoir été informés des initiatives individuelles regrettables du commandant. En cas de fiasco, Rossi sera seul responsable, fusible parfait, consentant et muet. À la DGSI, on ne partage que les succès.

La commande prête, Rossi termine son verre, laisse un tiers de la bouteille sur le comptoir, paye et se met en route, un sac isotherme sous le bras. Il retourne à la station Madeleine, descend sur le quai et prend la ligne 8 jusqu'à Invalides. Il recommence ses manœuvres, monte et descend plusieurs fois à chaque station, change de wagon, reste à quai et laisse passer une rame. Il change à Invalides et prend la ligne 13 jusqu'à Porte-de-Vanves. Pour le faire suivre, il aurait fallu que Judex puisse mettre en place un dispositif mobilisant des dizaines d'hommes de main entraînés et équipés, et même là, le commandant l'aurait remarqué. Rasséréné, il sort à Porte-de-Vanves et parcourt à pied les cinq cents mètres qui le séparent de l'immeuble de la Gendarmerie nationale, où ils ont isolé le sénateur.

Le gendarme en faction regarde la carte du commandant sans faire de commentaire et lui ouvre les grilles de la résidence. Celle-ci se compose de trois bâtiments de huit étages regroupant près de deux cents appartements réservés aux gendarmes affectés en région parisienne. Malic dispose d'un double des clés laissé par son frère colonel, qui n'occupe pas le sien pour pouvoir y passer en cas d'urgence. Personne ne le sait, cet appartement n'a été mentionné dans aucun courriel, lors d'aucune communication téléphonique. Malic a juste sorti le trousseau de sa poche quand Rossi lui a demandé s'il connaissait un endroit où enfermer Marchioni. Rossi prend l'ascenseur du bâtiment B et monte au sixième étage. La porte blindée de l'appartement 34 s'ouvre sur un légionnaire tenant son FAMAS au creux de son bras. Le sergent-chef se met au garde-à-vous et annonce l'arrivée du commandant à son frère d'armes, en faction dans le salon. Les deux soldats sont tendus, tant Rossi leur a martelé l'importance de leur mission et des consignes de sécurité alors que la perspective d'une attaque frontale dans une résidence où vivent près de deux cents gendarmes reste improbable. Rossi s'assure qu'ils n'ont pas de téléphones et que celui de l'appartement ne fonctionne pas. Comme il le leur a demandé, les fenêtres du F5 sont condamnées par des planches de contreplaqué, pour empêcher le tir d'un éventuel sniper. Rossi pose son sac isotherme sur la table du salon au moment où la voix du sénateur Marchioni retentit dans l'appartement.

– Que Dieu me patafiole ! J'ai bien cru que vous comptiez me faire mourir de faim, commandant. J'ai assez de problèmes avec ce Ju-de-hex pour que la police elle-même tente de m'affamer…

Le sénateur fait une entrée fracassante dans le salon, vêtu d'une robe de chambre en soie bordeaux à sequins dorés, d'un pyjama bleu ciel et de pantoufles en cuir rouge vif. Le vieux lion s'installe dans le canapé et plonge des mains avides dans le sac isotherme.

– Ah ! J'adore ce traiteur, excellent choix, commandant. Vous pourrez toujours vous reconvertir dans la livraison à domicile quand on vous aura mis dehors, claironne le sénateur.

– Pourquoi dites-vous ça ? répond Rossi, un peu surpris.

– Dans votre geôle, je n'ai pas d'autres loisirs que la lecture des mémoires de Talleyrand et les chaînes d'info. D'après vous, d'où puis-je tenir mes sources ?

– Le ministre est passé au JT ?

– Voilà ! Quand vous voulez, vous n'êtes pas plus

idiot qu'un autre. Son histoire de réorganisation pue la chasse aux sorcières. C'est bientôt carnaval, mais je vous déconseille ce déguisement. N'oubliez pas que j'ai été à sa place il y a quelques années, je connais ces petits jeux par cœur, commente Marchioni en déballant ses victuailles sur la table du salon.

Puis il fait signe à un des légionnaires.

– Apportez-moi cette bouteille de condrieu que je vous ai fait mettre au frais, sergent. Le locataire des lieux m'excusera cet emprunt. Vous voyez, commandant, je suis toujours en vie, que puis-je faire d'autre pour vous être agréable ?

Le passé de Marchioni fait penser au commandant qu'il pourrait être une source précieuse d'informations concernant Al-Joubouri. Il inspire profondément et tente sa chance :

– Que pourriez-vous me dire concernant Hussein Ibrahim Saleh al-Joubouri ?

Pendant quelques instants, Marchioni semble ne pas avoir entendu la question, puis il repose son bol de houmous et se tourne vers Rossi. Il lui balance un regard noir et lui crache d'une voix d'où a disparu toute faconde méridionale :

– Vous seriez journaliste, je vous raconterais que je ne connais pas cet homme. Vous seriez juge, je dirais que ces éléments sont classés secret défense. Vous seriez mon épouse, je vous dirais que, dans votre intérêt, il vaut mieux que vous l'ignoriez. Vous êtes un petit flic, alors je vous dis que cet entretien est terminé. Cela vous convient-il, comme réponse ?

– C'est pour votre sécurité que je pose cette question. Il semblerait qu'il y ait un lien entre cet homme et Judex, insiste Rossi, mal à l'aise.

– Al-Joubouri est mort depuis des années, il n'a plus guère de liens avec qui que ce soit. Tout cela est du même niveau que les saloperies contenues dans la lettre de Judex. Contentez-vous d'assurer ma sécurité et ne perdez pas de temps avec ces sottises, explique Marchioni en faisant signe au légionnaire de lui ouvrir la bouteille.

– Vous ne nous aidez guère à faire disparaître la menace qui pèse sur vos épaules, risque le commandant alors que le légionnaire, sommelier pour l'occasion, sert son vin au sénateur.

– Ne vous inquiétez pas pour mes épaules, elles en ont vu d'autres. Maintenant, laissez-moi dîner en paix. J'ai passé l'âge de manger sur le pouce en débattant, le congédie le sénateur d'un geste dédaigneux.

43

– T’aurais pu lui faire un massage, pendant que tu y étais…

Le commandant jette un regard réprobateur à son adjoint et lui tend le kebab-frites qu’il lui a acheté en allant récupérer sa voiture. Toujours attachée au radiateur, Lucy dort, allongée sur des oreillers. Le vomi a été nettoyé, et, sur la table du salon, Rossi peut voir des sachets vides de Doliprane et des cachets de Motilium. Le lieutenant, tenaillé par sa mauvaise conscience, a fait ce qu’il pouvait pour améliorer les conditions de captivité de la jeune femme. Il hausse les épaules en regardant le commandant.

– Tu m’as dit de faire le bon flic… On a renvoyé SOS médecins, mais je ne pouvais pas la laisser souffrir sans raison, justifie-t-il. J’ai aussi appelé Jérémy, sans lui donner de détails, pour qu’il récupère l’ordinateur portable et qu’il recherche toute trace de communication avec Judex. Il connaît l’affaire, j’ai pensé qu’il serait plus efficace que les spécialistes de la DGSI. Il est passé il y a dix minutes, tu l’as raté de peu. Je ne l’ai pas laissé entrer pour ne pas le rendre complice de nos écarts. Je lui ai aussi donné la mallette au nom d’Al-Joubouri pour qu’il la dépose à la DGSI. Les patrons s’impatientaient de l’avoir.

– Tu as bien fait, valide le commandant.

Puis, se retournant vers la jeune femme endormie, il grommelle :

– Pour elle, l'ambiance va un peu se détériorer.

Alors que Malic s'attable pour manger, Rossi entreprend d'accélérer le réveil de Lucy. Il allume la lumière, la télévision, monte le son, tire une chaise jusqu'au chevet de la jeune endormie et la pousse du bout du pied. Elle grogne, se retourne, agite ses jambes pour se débarrasser de ce qui la gêne, mais l'insistance du commandant finit par la sortir de son sommeil. Elle cligne des yeux pour s'habituer à la lumière et peste quand elle reconnaît Rossi.

– Oh, c'est pas vrai, il est revenu…

– Que veux-tu, on me jette par la porte, je reviens par la fenêtre… J'ai raté ma vocation de VRP.

– Allez vous faire foutre, crache Lucy en se rallongeant.

– Mauvaise réponse !

Rossi se lève, arrache les oreillers à la jeune femme et ajoute :

– Il va falloir me parler maintenant, mademoiselle Merpaz.

Les questions du commandant restent lettre morte. Lucy se referme sur elle-même, les genoux sous le menton dans une position ostensiblement rebelle. Rossi cherche un angle d'attaque pour forcer la boudeuse à réagir. Il essaye de toucher sur la corde sensible indiquée dans son dossier. Il n'a pas de remords à employer cette méthode brutale et grossière, car elle seule correspond à l'urgence de la situation.

– Tu crois que d'avoir été violée quand tu avais quinze ans te donne le droit de faire payer tous les hommes ? Si tu as des comptes à régler, la prescription est de dix ans pour les crimes. Il est encore temps de porter plainte, si tu te décides. Par contre, rien ne t'autorise à te venger sur des hommes qui n'ont rien à voir avec ton viol. Rien, tu m'entends ? Si des gens t'ont fait croire le contraire, c'est pour te manipuler. Eux non plus ne te respectent pas, ce qu'ils t'ont fait ne vaut pas mieux qu'un viol. Certes, Delaunay était un salaud, mais ils ont joué avec toi pour te pousser à le tuer, ils ne valent pas mieux. Tu es assez naïve pour les protéger alors qu'aujourd'hui, tu vas porter le chapeau ? Tu as envie de payer pour eux ?

Lucy soupire avec dédain mais ne répond pas. Elle se plonge dans la contemplation de ses orteils fins et droits qu'elle fait onduler de droite à gauche. Elle a le pied grec et musclé. Pour échapper au trouble qu'il ressent à les regarder, Rossi se lève et marche dans le salon. Il attrape une photo dénichée dans les tiroirs de Lucy où des hommes aux masques porcins attachent une femme à une croix. Désignant le cliché du menton, il interpelle la muette.

– C'est comme ça que tu vois les hommes ? Tu as un problème, Lucy, il faut te faire soigner.

– Les photos sont de moi, mais l'idée était de Roxana. On a fait ça par jeu, rien de plus. J'en ai vendu plein de ces clichés, et souvent à des hommes. On ne les prend pas pour des porcs, arrêtez avec votre psychanalyse de comptoir. Vous ne savez rien de mon passé, alors gardez vos jugements et vos conseils pour vous…

– Roxana que tu recherches partout aujourd'hui, enchaîne le commandant qui jubile d'avoir trouvé un angle pour engager le dialogue. C'est comme ça que Judex t'a fait chanter ? Il sait où elle est ? Il la retient prisonnière ? Il a promis de t'aider à la retrouver ? C'est quoi, votre accord ?

– Je ne connais pas de Judex. L'homme qui retient Roxana s'appelle Dantrebert et, si je comptais sur les flics pour aller la récupérer, elle ne s'en sortirait jamais.

– Il a plein de fric et il est vieux, Dantrebert, elle est sans doute très bien avec lui. Qui te dit qu'elle a envie de te revoir ? Le confort, ça a du bon, ironise le commandant.

– L'amour me dit ça. Mais c'est sans doute un concept qui ne figure pas dans vos manuels, jette la jeune femme, piquée au vif par les sarcasmes du commandant.

– Si tu veux voler à son secours, il va falloir collaborer, Lucy. Sinon on va te garder et ta Roumaine finira ses jours avec son milliardaire sénile.

Le visage de la jeune femme s'assombrit. Cet argument porte plus que ce que le commandant espérait. Il pousse l'avantage avec un ton de voix conciliant, compréhensif :

– Allez, réponds à nos questions et on verra ce qu'on peut faire pour toi. Qu'est-ce que tu lui voulais, à Monestier ?

– Les trois mecs qui ont tenté de m'enlever ce soir m'avaient déjà rendu visite pour me convaincre d'arrêter de chercher Roxana. Je les ai suivis jusqu'à cette boutique, ils voulaient lui acheter des urnes, ça avait l'air d'être très important pour eux. J'ai essayé de me renseigner, pour voir si je pouvais avoir un moyen de pression sur Dantrebert… Mais je me suis fait envoyer sur les roses.

– Tu sais qu'il s'est fait tuer le vieux ? Cet après-midi, dans sa boutique, et ce n'était pas joli à voir…

Le visage de la jeune femme se fige. La peur y pose son empreinte quelques secondes, mais elle se reprend :

– Non, je l'ignorais et vous êtes bien placés pour savoir que je n'y suis pour rien puisque vous me suiviez…

– Qui t'a prévenue qu'on te filait ? Judex ? coupe Rossi.

– Je ne sais pas qui c'est, votre Judex ! Non, mais vos mecs ne sont pas vraiment discrets…

– Tu mens et j'en ai la preuve. Tu n'es pas assez prudente et tu navigues souvent hors cryptage. Ton navigateur Tor n'est efficace que pour des utilisateurs rigoureux, ce que tu n'es pas. Tu es trop sûre de toi et désinvolte. Ton historique Google est truffé de recherches sur Judex, et ce bien avant que son nom n'apparaisse sur les forums des hacktivistes. On ne t'aidera pas si tu nous mens.

– J'aime le cinéma, c'est interdit ? Et vous me croyez assez gourde pour m'imaginer que vous alliez vraiment m'aider à coincer Dantrebert ? Comme si je ne savais pas que vous n'êtes qu'une milice privée au service des grosses fortunes du pays !

Elle ajoute avec une moue dédaigneuse :

– Ne jouez pas aux justiciers, vous n'êtes que des dobermans attachés devant la villa d'une bande de mafieux…

– C'est Judex qui t'a appris cette tirade ? Il doit être fier de toi.

Rossi se laisse emporter le temps d'une réplique acerbe, mais il sait qu'il ne doit pas répondre à ces provocations. Il inspire un grand coup et se ressaisit :

– Tu pourrais reconnaître les trois types masqués qui t'ont agressée ce soir ?

– Je sais qui ils sont, soupire Lucy soudain moins hargneuse. Des Brésiliens qui travaillent pour Dantrebert. Mais je ne peux pas le prouver…

– Les preuves, c'est notre métier, mais c'est donnant-donnant. Que faisais-tu au 13, rue Milton hier ?

– Je suis allée voir un client, vous savez, « sucer des bites pour payer des Louboutin », comme vous l'avez si joliment résumé, persifle la jeune femme avec un air de défi.

– Mais tu vas arrêter de me mentir ! Au vu de tes tarifs, il n'y a pas un locataire de cet immeuble qui pourrait s'offrir un tour de ton manège ! Et tu indiques partout sur ton site que tu ne travailles pas à domicile – ce qui est plus prudent, je te le confirme.

– Pour un bon client, je peux parfois faire une exception.

– Il s'appelle comment, ton bon client ?

– Vous vous doutez bien que je ne peux pas vous le dire…

– Tu sais quoi, Lucy ? soupire le commandant. Va te faire foutre ! Je veux bien essayer de t'aider, mais si tu es trop bête pour comprendre que tu vas écoper d'au moins quinze ans pour le meurtre de Delaunay et que tu ne reverras jamais ta copine… tant pis pour toi. Je te laisse réfléchir là-dessus, petite conne.

Rossi se lève pour rejoindre la chambre à coucher. Il tombe de fatigue, Malic aussi, et il espère que la nuit portera conseil à la jeune femme. Il donne ses dernières consignes au lieutenant qui termine son repas sommaire.

– Tu laisses la lumière allumée et tu mets la télé à fond, et surtout, pas d'oreiller ! On va se relayer, mais je ne veux pas qu'elle ferme l'œil de la nuit. Elle veut jouer à la plus maligne, on va voir combien de temps elle tient.

Dans la chambre, le commandant résiste à la tentation de se jeter sur le lit sans attendre pour chasser l'épuisement accumulé par ses courses incessantes de la journée. Il n'a pas encore fouillé cette pièce, et même s'il doute que la jeune femme conserve un élément qui permette de l'impliquer dans l'assassinat de Delaunay, il doit s'en assurer. Il ferme la porte, plus aucun bruit de l'extérieur ne lui parvient. Lucy a dû faire calfeutrer cette pièce pour qu'elle soit aussi silencieuse qu'un tombeau, ce qui le conforte dans l'idée qu'il se trouve bien au cœur de son sanctuaire. Demain, si elle s'obstine dans son mutisme, il ruinera cet abri avec méthode devant elle, il en souillera les moindres recoins. Ce spectacle provoquera peut-être les aveux, surtout si elle ne ferme pas l'œil de la nuit, comme ils s'y emploient.

Les tiroirs de la coiffeuse ne lui réservent aucune surprise, il y découvre un abondant matériel de maquillage et de coiffure. Par acquit de conscience, il ouvre les poudriers, les hume, secoue les flacons, inspecte le manche des pinceaux, soupèse les brosses et le sèche-cheveux, tâte les onguents et les tubes de crème. Rien d'anormal ne lui apparaît. Le dressing, par contre, lui arrache une exclamation. Ses deux portes se déplient comme les ailes d'un papillon et dévoilent une profondeur insoupçonnée. Le meuble s'enfonce dans le mur sur plus d'un mètre. Son organisation maniaque scinde son contenu en deux univers. Du côté gauche se trouvent les vêtements de ville, sophistiqués, de nombreux tailleurs vintage remis à la mode par la série *Mad Men*, des kimonos noirs de taekwondo et des tenues de moto renforcées italiennes ou anglaises. Du côté droit, un arsenal SM, une débauche de cuirs et de latex, des combinaisons, des jupes, des corsets, des cuissardes, des gants, des fouets, martinets, cravaches, paddles, capes et des masques de toutes tailles et pour tous usages. Le repaire d'un super-héros de bande dessinée. Rossi s'abîme corps et âme dans la vérification des poches et doublures, le parfum entêtant du cuir le prend à la gorge ; en plus des combinaisons de moto et des vêtements fétichistes, le fond du dressing accueille une impressionnante collection de chaussures, bottines, escarpins et bottes de tous types et couleurs, dont de longues cuissardes aux semelles ferrées avec un authentique fer à cheval. L'inspection de ces tenues troublantes n'apporte aucun élément nouveau, il referme les portes comme étourdi. Un dernier placard lui révèle une garde-robe beaucoup plus sobre. Le commandant en déduit qu'il doit s'agir de celle de Roxana. Elle est soigneusement rangée même si la jeune Roumaine en a emporté une bonne partie, Lucy a conservé ce qui reste avec dévotion. Les cintres vides pendent à leur place, en attente du retour des tenues de l'absente.

Sa fouille terminée, le commandant s'allonge sur le lit de Lucy. Il respire son parfum à pleins poumons, épuisé mais convaincu de parvenir à la faire parler après sa nuit blanche. La jeune femme va l'accompagner dans ses songes, autant par sa beauté que par son attitude provocatrice. La force de Lucy lui plaît, il doit bien se l'avouer, et cette perspective le dérange. Il espère que le sommeil lui rendra un peu de lucidité, mais il a à peine fermé les yeux depuis une heure que le cataclysme se déclenche.

44

Derrière un épais rideau de pluie, les trains de banlieue défilent sans interruption sur le pont qui longe la résidence de la gendarmerie. Leur fracas emplit l'air, le directeur Boniperti se demande comment les habitants peuvent trouver le sommeil avec un tel tumulte métallique. La force de l'habitude, sans doute. Le lever du jour et l'heure de départ pour les bureaux se rapprochent et les premiers gendarmes sortent des halls d'immeuble pour rejoindre leurs affectations. Ils s'arrêtent tous quelques instants pour tenter de comprendre la raison de l'attroupement policier au pied du bâtiment B. Dix véhicules de police stationnent en épi autour de l'entrée, une ambulance de l'IML vient d'arriver et se gare devant les portes. Voir autant de policiers dans une enceinte de la gendarmerie peut surprendre.

Après s'être extirpé de la foule de ces curieux en uniforme, Boniperti écrase sa cigarette du talon, soupire et se dirige vers le commandant Louvion qui écoute les premiers comptes rendus de ses équipes. Ils ont eu de la chance que le drame soit découvert par un gradé de la gendarmerie qui a su contacter les bonnes personnes. Mais malgré tout, d'ici à peine une demi-heure, la presse aura vent de l'affaire et les camionnettes des chaînes d'information commenceront à s'agglutiner autour des barrières d'entrée de la résidence. La confidentialité vient de se déchirer avec fracas. Judex et sa cohorte de révélations vont devenir l'affaire de tous, le directeur ne peut plus qu'espérer gagner quelques heures, une journée tout au plus, avant de devoir s'expliquer publiquement sur l'affaire. D'ici là, il doit trouver des éléments pour tempérer la place Beauvau, avoir une piste tangible, pouvoir affirmer que l'arrestation de Judex surviendra sous peu. Sinon, le tumulte l'emportera. Louvion vient vers lui et le salue avec respect. Le commandant de la SDAT[1] n'a pas de parapluie, il ruisselle d'eau, les gouttes crépitent sur son crâne rasé et son bomber luisant reflète la lueur des RER qui passent au-dessus d'eux. Il a le visage fermé et le regard souffrant d'un chef de guerre en pleine déroute.

– Ce coup-ci, on va avoir un juge d'instruction dans les pattes, monsieur le directeur. On ne pourra pas dissimuler les causes du décès.

– Je sais, Louvion, on va devoir s'habituer à la lumière. Pouvez-vous me montrer la scène de crime ?

Dans le salon de l'appartement 34, un légionnaire effondré prend un café, entouré de deux lieutenants de la Crim et d'un médecin qui lui fait une prise de sang. Le directeur les salue d'un signe de tête, attrape les gants, le masque et le bonnet de protection que lui tend un technicien de scène de crime de la PTS et pénètre dans la chambre à coucher. Il n'entend plus rien, il voit des lèvres remuer mais ne distingue aucun son, toute la scène baigne dans une pâleur irréelle qui lui donne l'aspect d'un cauchemar. Louvion s'équipe à son tour et lui emboîte le pas. Boniperti se demande pourquoi il s'inflige ce spectacle. Il n'a aucune compétence d'enquêteur et sa curiosité morbide ne répond qu'au souhait inconscient de voir l'endroit où sa propre

1. Sous-direction anti-terroriste.

carrière risque de se briser. Là où s'est achevée la vie du sénateur Marchioni.

Boniperti serre les dents en découvrant l'ampleur du carnage et se félicite de ne pas avoir pris de petit-déjeuner.

L'atmosphère de la chambre tranche avec la clarté du salon. Les murs peints couleur chocolat, les épais doubles rideaux de la même couleur, les meubles en chêne et la parure de lit bordeaux composent un camaïeu sombre, chaleureux, que dénature l'atrocité qui vient de s'y dérouler. Deux techniciens s'écartent en voyant arriver Boniperti et Louvion. Sur la chaise face au lit, une longue traînée de sang sur le dossier rappelle que c'est là qu'a été retrouvé le deuxième légionnaire. Les yeux de Boniperti s'arrêtent sur cette tache sombre, incapables d'affronter le reste de la scène. Puis, peu à peu, il tourne la tête vers la droite. Son regard accroche une autre trace de sang qui part du pied du lit, remonte sur la parure et s'achève sur un amas sanguinolent de viscères. Il ferme les yeux une seconde puis les rouvre sur le visage de Marchioni, assis sur le lit, la tête basculée en arrière et la bouche ouverte dans une interminable plainte muette. Le pyjama qu'il porte est ouvert sur un ventre blanc, gras et distendu par la proéminence de l'estomac du sénateur. Les mains du mort sont crispées sur son bas-ventre où une longue ouverture suinte encore de sang. Une des mains tient un couteau de cuisine qui reste planté dans ses tripes. Ce couteau, peu prévu pour un tel usage, a pourtant déchiré les viscères du sénateur de part en part. L'autre main du vieil homme encore plongée dans la plaie attrape et extirpe ses propres intestins. Malgré son masque, Boniperti peine à supporter l'odeur d'excrément qui imprègne la scène.

Avant de perdre connaissance, Marchioni a réussi à sortir plusieurs mètres de son grand côlon qui se sont enroulés et accumulés en un tas immonde au centre du lit. Le vieil homme, de toute évidence insensible à la douleur, a fini par succomber à l'hémorragie qu'a provoquée ce *seppuku* étrange. L'horreur de la scène et la personnalité de la victime ne pourront pas rester secrètes. Le vieux lion du Var est une figure marquante de la Ve République, sa mort dans des conditions aussi particulières deviendra un des secrets sur lesquels gloseront les journalistes et les historiens. Boniperti sait que tous ses efforts ne feront que retarder l'inéluctable propagation de la rumeur. Les hyènes viendront se repaître des viscères du prédateur éventré – ainsi le veut l'ordre naturel. L'odeur devenant insupportable, Boniperti se replie dans le couloir où il s'adosse au mur, retire le masque et respire profondément. Louvion le rejoint, l'air sombre.

– Vous allez bien, monsieur le directeur ?

– Oui, ça ira, l'odeur est un peu désagréable.

– Les intestins, grimace Louvion. Quand la digestion est en cours…

– Qu'a-t-il pu se passer pour que Marchioni en vienne à se faire une chose pareille ?

– Je ne sais pas encore, l'expertise toxicologique de l'IML devrait nous en dire plus. Mais le légionnaire était encore vivant quand les secours sont arrivés. Il a pris une trousse à outils et s'est planté des clous de tapissier dans le crâne. Cinq, avant qu'un des clous n'atteigne un centre nerveux et le rende incapable de continuer. Il avait l'air d'être sous l'emprise d'un hallucinogène violent.

– Il va s'en sortir ?

Louvion hausse les épaules et montre le salon d'un coup de menton. Le médecin s'y trouve encore, ces questions le concernent. Les deux hommes le rejoignent. Le praticien ausculte le légionnaire restant et l'interroge pour vérifier sa lucidité. Le sergent y répond, affecté, éberlué, mais lucide. Boniperti interpelle le docteur :

– Avez-vous une idée de ce qui a pu se passer ?

– Les analyses nous en diront plus, mais si je devais me hasarder à un diagnostic, je dirais à première vue qu'ils ont été victimes d'un hallucinogène très violent. Pas une drogue commune, ni même un dérivé, mais quelque chose comme le benzylate quinuclidinyl, une arme biologique militaire dont les effets incluent délires paranoïaques ou maniaques et bouffées de violence.

– Le légionnaire contaminé a-t-il une chance de s'en sortir ?

– Je ne peux pas encore vous le dire. Il a de multiples fractures crâniennes et sûrement des lésions cérébrales importantes. On l'a transféré au Val-de-Grâce. Il faudra attendre le résultat des examens, mais il aura des séquelles graves, au minimum. Par chance, le sergent ici présent n'a pas été infecté, ajoute le docteur en souriant au légionnaire qui le dévisage avec anxiété.

Un des lieutenants de police, qui s'affaire à ramasser les reliefs d'un repas et les glisse dans des sachets en plastique, saisit l'occasion :

– La drogue pourrait avoir été ingérée avec le repas puisque le sergent est le seul à ne pas y avoir touché. Un régime, ça peut sauver une vie…

Le directeur le remercie d'un signe de tête, préoccupé par le fait que cela pourrait impliquer une défaillance directe de leur dispositif de protection. Il pose sa main sur l'épaule du légionnaire qui vient de terminer son café.

– Vous vous sentez bien ?

– Oui, je vous remercie, mais ça m'a fait un choc. Je dormais, c'était le tour de garde de Thierry, j'ai été réveillé par ses cris, il hurlait, il hurlait…

– Il voulait vous dire quelque chose ?

– Il avait les bras ballants, mais son corps était agité de soubresauts. J'ai essuyé son visage couvert de sang. Putain, il avait ces clous dans le crâne, sur le front… Il criait qu'il avait des cafards dans la tête et qu'il fallait les faire sortir. Le sénateur était déjà mort, les tripes sorties… Putain, Thierry se cognait la tête en arrière comme un dément en insultant ces cafards… Ça puait le sang et la merde…

Boniperti lui tapote l'épaule en signe de réconfort. Son téléphone sonne, Rossi essaye de le joindre à cause du message qu'il lui a laissé quelques minutes auparavant. Il hésite à répondre. Louvion voit le nom affiché sur l'écran du BlackBerry et commente :

– Il ne faut pas qu'il vienne ici. Il est impliqué dans le meurtre, personne d'autre ne savait où trouver Marchioni et c'est lui qui a apporté le repas. On ne peut pas le laisser accéder à la scène de crime.

– Je ne peux pas croire un seul instant que Rossi soit complice de cette boucherie. Il a certes des défauts mais il manque de vice et d'ambition pour s'associer à une telle traîtrise.

– Je ne vous dis pas le contraire, mais il va vous falloir des coupables à désigner, et vite. Tout l'accuse… La meute va réclamer du sang.

Le téléphone cesse de sonner. Boniperti a un sourire las, il sait que Louvion a raison, il le savait avant que l'arrogant commandant de la Crim ne le formule. Défendre son équipe ne sert qu'à sauver son image de meneur d'hommes intègre et juste. Rossi servait de paratonnerre sur cette partie de l'affaire, il l'avait placé là pour ça. La foudre vient de frapper, les conclusions s'imposent d'elles-mêmes.

– Dans un premier temps, indique Boniperti, ne dévoilez rien des éléments de l'enquête. Puisqu'il s'agit d'un suicide en apparence, nous servirons cette histoire à la presse. Le légionnaire est vivant, espérons qu'il s'en sorte et nous dirons qu'il est en état de choc. Briefez tout le monde de manière très claire, même si je sais que ça ne tiendra pas. Marchioni est une figure publique, la presse va s'en mêler, l'instruction va vouloir se faire mousser et ses familles personnelle et politique voudront la vérité pour laver son honneur. On ne cachera pas longtemps les causes réelles du décès, mais on va gagner un peu de temps. Quand nous devrons dévoiler nos cartes, nous aurons des agneaux à sacrifier…

45

Nous nous trouvons porte de Vanves, à la sortie de la résidence de la gendarmerie où le corps sans vie du sénateur Marchioni aurait été retrouvé cette nuit. Comme vous pouvez le constater, il règne ici une certaine effervescence alors que les voitures de police commencent à quitter les lieux. Selon des sources proches des forces de l'ordre, il s'agirait d'un suicide, mais les circonstances exactes du drame ne nous ont pas été communiquées. Un point presse est prévu en fin de matinée, espérons qu'il nous apporte plus de précisions sur le décès du sénateur, éminente figure de la vie politique française de ces quarante dernières années...

BFM, LCI, iTélé, France 24... toutes les chaînes d'info diffusent la même image : des envoyés spéciaux arrivés en urgence sur les lieux, à quelques centaines de mètres des sièges de leurs rédactions, bravent la pluie et le vent pour étaler leur absence cruelle d'informations sur l'affaire qu'ils commentent pourtant abondamment. Rossi grimace en changeant de canal, il attend depuis plusieurs heures que Boniperti le rappelle, il n'a pas eu de nouvelles depuis un SMS lapidaire lui intimant de ne pas venir sur place avant d'en avoir reçu l'ordre. Dépendre des journalistes pour obtenir des informations sur une affaire aussi sensible confine au ridicule. Quelque chose cloche ; ce silence ne présage rien de bon. Depuis le début de la mission de protection de Marchioni, Rossi savait qu'il risquait de servir de bouc émissaire en cas d'échec, mais cela va un peu vite pour lui. L'enquête sur Judex avance, ils peuvent obtenir des résultats et les mettre sur la touche maintenant risque de leur faire perdre un temps précieux.

La machine à expresso finit par cracher son breuvage. Malic s'échine à la faire fonctionner depuis de longues minutes. Lui non plus n'a plus les gestes calmes, la situation le perturbe d'autant plus que le drame a eu lieu dans l'appartement de son frère et qu'il va devoir en assumer les conséquences familiales. Lucy reste tapie sur le sol, mutique. Elle n'a pas répondu au lieutenant concernant le mode d'emploi de la machine et Rossi ne se sent pas apte à reprendre le fil de l'interrogatoire. Alors, la jeune femme attend son heure, prostrée, les bras serrés autour de ses jambes. Elle n'a pas un mot ni un geste pour Malic quand il pose une tasse fumante devant elle. Rossi s'affale dans le canapé, son café à la main. Depuis que Boniperti l'a réveillé pour lui annoncer la mort de Marchioni, il ressasse sans cesse sa dernière journée pour comprendre où il a bien pu commettre une erreur.

L'appartement a été choisi hors système, sans trace écrite ni communication à quiconque. Malic l'a emprunté à son frère en ayant juste pris la peine de s'assurer qu'il ne serait pas là. Marchioni a subi une batterie de tests médicaux impressionnante avant qu'ils le placent à l'isolement. Les légionnaires n'ont su pourquoi on les réquisitionnait que quand Rossi les a accueillis à l'appartement. Ils n'avaient aucun moyen de communication. Personne n'a pu les suivre, ils ont pris toutes les précautions imaginables pour s'en assurer. Il a choisi le traiteur au hasard, sans en parler à personne, et il a récupéré le repas lui-même après l'avoir vu préparer devant ses yeux. Depuis le début de l'affaire, ils devinent que Judex a des complicités internes à la DGSI. Rossi a tout organisé en fonction de cette crainte, personne ne pouvait savoir où se trouvait le sénateur. Il croit devenir fou. Seul l'appel du divisionnaire Leterrier parvient à le sortir de cette torpeur.

– Vous avez besoin de repos, commandant ? Je crains que vous ne soyez contraint à prendre un peu de recul sur l'affaire, le temps que cela se tasse. Ce qui vient de se passer va nous obliger à constituer de nouvelles équipes. Louvion va être officiellement chargé par le parquet de l'enquête sur les morts de Delaunay, Le Morvant et Marchioni…

– Je ne comprends pas. Que la protection ait échoué, c'est un fait, mais sur l'enquête j'avance assez vite, je suis sûr de parvenir à des résultats rapidement, affirme Rossi avec un regard vers Lucy. Que l'instruction confie l'affaire à la Crim, ça me semble normal, mais rien ne m'interdit de continuer à suivre mes pistes…

– Rossi ! coupe Leterrier, l'heure n'est pas à vous justifier ou à insister. L'IGS a déjà été saisie. Vous allez vous y rendre et demander à être reçu par le commandant Fischer. C'est lui qui sera chargé de votre dossier. Aller le voir avant qu'il vous convoque vous permettra peut-être de vous en sortir lavé de tous soupçons plus vite et de pouvoir reprendre le service. En tout cas, pour vous, l'affaire Judex vient de s'arrêter définitivement. Vous attendez que Louvion vous contacte s'il l'estime nécessaire, et vous lui transmettrez vos conclusions. Je sais que cela doit vous sembler injuste et difficile à accepter, mais je vous assure qu'au vu des circonstances, nous n'avons pas le choix.

Les circonstances… Rossi se lève et se met à arpenter l'appartement en long et en large, évitant avec soin de croiser le regard moqueur de Lucy. La jeune femme le provoque, il ne veut pas perdre le fil de sa réflexion. Louvion ne l'appellera pas, ce crâne de pioche mettra un point d'honneur à dénigrer son travail, ce choix nuira à l'enquête, Rossi ne peut pas l'accepter. On doit continuer à suivre ses pistes, Lucy, Hugo Castellin, Al-Joubouri, Stransky… Judex se cache derrière eux, juste là, dans l'ombre, il ne peut pas arrêter. Mais un autre point l'obsède : les circonstances… Pourquoi l'envoyer à l'IGS parce que son dispositif de protection a échoué ? Un échec n'est pas un crime. Qu'on lui retire le dossier, qu'on le blâme, que sa carrière soit compromise… il pourrait le comprendre. Mais l'IGS ? Rossi connaît Fischer de réputation, un larbin du pouvoir, un servile exécuteur des basses œuvres de Beauvau et de la DPN[1]. Au moins, le commandant sait qui appuiera sur le bouton, sa mise à l'écart se fera ou non pour des raisons politiques. On le jettera en pâture si cela sert les intérêts du ministère, si cela peut aider à justifier le grand nettoyage… mais il leur faut un motif, un fondement, une apparence de justice… La seule que Rossi puisse trouver serait qu'un élément factuel l'incrimine directement dans la mort de Marchioni. Il ne voit que le repas.

La dernière gourmandise libanaise de Marchioni lui a coûté la vie. Du coup, tout prend un sens. Le commandant qui a apporté le repas en mains propres devient le suspect, le seul complice possible de Judex. Leterrier n'a pas voulu lui dire pour ne pas interférer avec l'enquête de l'IGS à venir, mais le commandant ne voit pas d'autre « circonstance » pour expliquer sa mise à l'écart brutale et l'enquête administrative immédiatement déclenchée. Rossi soupire, sort son téléphone portable, retire la puce, prend celui de Malic et fait de même… Son choix est fait : ils vont entrer dans la clandestinité. Le lieutenant le dévisage avec stupeur. Ne voulant pas parler devant Lucy, Rossi entraîne Malic dans la chambre.

1. Direction de la Police Nationale.

– Ils vont chercher des boucs émissaires. Notre seule chance est de trouver Judex nous-mêmes, avant qu'ils ne me fassent porter le chapeau.

– Je ne te laisserai pas seul, tu t'en doutes, sourit Malic. Tu crois qu'ils vont nous suivre avec nos téléphones ?

– Peut-être. Mais je crois surtout que Judex, lui, le fait depuis le début.

– On les a éteints pour accompagner Marchioni !

– Oui, mais le mal est plus profond. C'est la nourriture que je lui ai apportée qui a tué Marchioni. J'ai cherché le traiteur avec mon BlackBerry. Je n'en ai parlé à personne et je n'ai pas pu être suivi.

– C'est impossible, Paul… bredouille Malic. On a plusieurs appareils, ils sont archi protégés et on les fait vérifier tous les mois. Personne ne peut y avoir introduit un logiciel espion.

– Il n'y a pas d'autre explication à ce qui se passe. Judex sait tout ce qu'on fait avec nos téléphones, il nous suit et il doit même pouvoir écouter les conversations que nous avons entre nous tant qu'ils sont allumés. Tu oublies qu'il a pu se faire passer pour Boniperti et obtenir des dossiers DGSI confidentiels. C'est un des nôtres, ou il contrôle un des nôtres. Ouvre les yeux, Malic, on ne doit plus faire confiance à personne.

Rossi a raison, et cela anéantit le lieutenant. Le respect de la hiérarchie et la confiance dans les institutions de la République lui servent de colonne vertébrale depuis trop d'années pour que cette révolution copernicienne se fasse sans douleur pour lui. Les yeux dans le vide, il s'assied sur le lit de Lucy et bafouille avec peine :

– On ne va pas s'en sortir seuls… Qu'est-ce que tu comptes faire ?

– D'abord, acheter des téléphones et des cartes dépackées, assène le commandant avec une détermination qu'il espère communicative, puis me rendre à l'IGS pour gagner un peu de temps. Ils ne vont pas oser me mettre à pied si vite, pour l'instant personne ne conteste la thèse du suicide et ils vont attendre qu'elle se lézarde pour se jeter sur moi. Je vais profiter de ce répit pour contacter mes sources à la DGSE et en savoir plus sur Hussein Ibrahim Saleh al-Joubouri. Après ça, je vais entrer dans la clandestinité, toi tu vas te mettre officiellement en congé et on va jouer notre dernière carte : forcer le loup à sortir du bois.

46

Avec l'âge, on progresse en sagesse. Il y a quelques années, je lui aurais collé mon poing dans la figure, se félicite Rossi en traversant la rue Antoine-Julien-Hénard. Son entrevue avec le commandant Fischer au siège de l'IGS a été un hymne à l'hypocrisie et à la duplicité mondaine. Fischer, un grand technocrate sec aux sourcils proéminents, l'a assuré qu'il ne s'agissait que d'une banale procédure préliminaire pour l'information du ministère. Rossi l'a assuré en retour qu'il l'entendait bien ainsi et qu'il répondrait à toutes les questions et donnerait tous les éléments utiles à la constitution de son rapport.

Personne n'a été dupe une seule seconde, mais les apparences cordiales et professionnelles ont été préservées. Sur le fond, Rossi a joué le jeu, il a décrit l'intégralité du dispositif de protection mis en place pour protéger Marchioni et n'a pu que partager avec Fischer son incompréhension quant aux origines du drame. La confidentialité entretenue autour des causes réelles du décès lui a épargné l'enregistrement de la conversation et la présence de témoins. L'entretien a duré une demi-heure en tête à tête mais le commandant se sent sali, écœuré par les regards en biais et la suffisance de Fischer qui, de toute évidence, n'attend qu'un feu vert de la DPN pour le lyncher.

Le commandant profite de la proximité de la rue Montgallet et de ses innombrables revendeurs informatiques chinois pour acheter le matériel dont il a besoin. Il remonte la rue de Reuilly et entre dans une boutique exiguë, encombrée jusqu'au plafond de carcasses de PC, d'écrans, de périphériques et de tout un amas de composants décrits en chinois dont le commandant peine à déterminer l'usage potentiel. Le magasin surchauffé sent la transpiration à plein nez, mais en moins de cinq minutes Rossi embarque sa commande, règle et rejoint sa Lancia. Il a du mal à la faire démarrer et se rend compte que, pour la mise en œuvre de son plan, il va lui falloir une voiture plus neuve, plus fiable, plus puissante et plus discrète… Il s'arrête à une agence de location de la gare de Lyon et loue une Audi S3 noire. Doté de deux cent cinquante chevaux sous le capot et relativement discret, ce bolide satisfait le commandant, qui laisse son antique Lancia au parking longue durée sous la gare. Puis il remonte jusqu'à République avec son nouvel engin et dépose le matériel à Malic en l'abreuvant de consignes pour l'exécution de leur plan. Il n'a pas le temps de l'aider à sa mise en œuvre, il doit repartir sans délai.

En chemin, la radio ne lui apporte aucune nouvelle concernant l'affaire. Aucune station ne mentionne le nom de Judex, mais la mort ne remonte qu'à une dizaine d'heures. Pour l'instant, l'émotion et les hagiographies politiques du sénateur occupent tout le temps d'antenne disponible. On s'interroge un peu sur les raisons du suicide : âge, maladie, dépression… mais personne n'ose encore émettre un son discordant, même ses opposants politiques chantent les louanges d'un grand serviteur de la République. Rossi trouve ce cirque écœurant, Marchioni ne méritait certes pas une mort atroce, mais l'ériger en une sorte de chevalier blanc dévoué à la cause publique prêterait à sourire si les circonstances tragiques n'interdisaient la plaisanterie. Le cynisme tient la corde pour l'instant, le reste viendra plus tard avec la chasse au scoop des journaux du soir et des hebdomadaires. Il coupe la radio et entre dans le parking du Louvre. L'heure de son rendez-vous approche.

Le carrousel bruisse de ses cohortes habituelles de touristes en mal de souvenirs hors de prix ou d'alimentation rapide. Le commandant fend la foule d'un pas décidé sans un regard pour les échoppes bariolées. Il achète son billet d'entrée à une borne sous la pyramide et pénètre dans le musée par l'aile Richelieu. Le plan lui indique que son lieu de rendez-vous se trouve au rez-de-chaussée de cette aile, à quelques pas, dans la partie réservée aux sculptures françaises pré-XVIIIe siècle. Son contact à la DGSE lui a imposé cet endroit. Ce côté théâtral se rencontre souvent chez les normaliens passés dans la sphère du renseignement, qui se sentent obligés de se comporter comme dans un roman de John le Carré.

Philippe de Maroussem, directeur adjoint du service de renseignements politiques de la DGSE, quinquagénaire rond et dégarni au physique de comptable de province mais à l'élégance maniérée, l'attend déjà, assis sur un banc, dans une salle peu fréquentée consacrée aux œuvres de Simon Hurtrelle. Le commandant s'assied et le salue d'un signe de tête ; Maroussem lui tend un sachet ouvert de caramels mous.

– Il y a quelque chose pour moi là-dedans ? interroge le commandant croyant recevoir des documents.

– Oui, de très bons caramels ! glousse l'espion. Je me suis dit que tu devais avoir besoin de douceur en ce moment.

– Épargne-moi tes vannes, grogne Rossi en repoussant le sachet, déjà que ton lieu de rendez-vous frôle le ridicule.

– Pas tant que ça. Il me fallait un endroit public plein de monde et une salle dont on peut contrôler la fréquentation, explique Maroussem en désignant la petite salle vide qui les entoure. Figure-toi que je n'ai aucune envie d'être vu avec toi aujourd'hui. Nos restaurants habituels étaient hors de question…

– Il faut croire que les sculpteurs français n'attirent pas les foules, valide Rossi en plongeant finalement la main dans le sachet de caramels.

– Les foules ont tort, comme souvent. Cette sculpture me fascine, reprend Maroussem avec un regard appuyé vers l'œuvre qui règne au centre de la salle.

Saturne dévorant l'un de ses enfants, petit marbre du XVIIe siècle de soixante centimètres de hauteur à la blancheur immaculée, leur fait face. Saturne/Cronos avance vers eux d'un pas viril, il porte une faux dans sa main gauche et enserre un nourrisson de son bras droit. L'enfant se débat, jette la tête en arrière et pousse un cri déchirant, mais son père, vieillard au corps de guerrier musculeux prolongé d'ailes majestueuses, le tient fermement et dévore déjà une de ses mains.

– On pourrait trouver ce Cronos moins effroyable que le dément pathétique de Goya ou l'enragé de Rubens, raconte Maroussem sur un ton goguenard, mais moi, il me terrifie bien plus. Regarde-le, Paul. Il avance et mange son propre fils sans même arrêter sa marche, sans aucun sentiment, comme une machine implacable. Il est bien plus terrible. Il sacrifie sa progéniture à son destin et à son appétit de pouvoir sans aucun état d'âme. L'appareil avant les individus.

– Toi, tu as déjà eu vent de l'affaire Judex et de mes petits ennuis, sourit le commandant en avalant le caramel qu'il vient de déballer.

– Pas suffisamment, hélas, d'où ma présence ici. Même si nous avons les regards braqués vers l'extérieur, la tempête qui couve en France pourrait bien inonder nos locaux aussi. Nous sommes donc obligés de nous y intéresser avant d'avoir les pieds mouillés.

– Arrête de tourner autour du pot, Philippe ! s'agace

Rossi. Tu veux tout savoir sur l'affaire Judex en échange des infos sur Al-Joubouri parce que vous avez les foies que le ministre utilise ce scandale pour imposer à son collègue de la Défense une chasse aux sorcières dans le renseignement extérieur. Je comprends, mais pourquoi passer par moi dans ce cas ? Je ne suis pas le meilleur cheval dans cette course.

– Parce que tu n'es pas en situation de négocier, parce que tu es un bon flic, le meilleur que je connaisse, et ça m'agace donc de te voir porter le chapeau, et parce qu'il n'y a pas beaucoup d'autres personnes dignes de confiance à la DGSI.

L'agent de la DGSE a raison. Rossi ne se trouve pas en situation de négocier. Il entame donc une longue explication de l'affaire Judex, depuis l'assassinat de Delaunay jusqu'à aujourd'hui. Il reste flou sur ses pistes et évite surtout de mentionner qu'il a acquis la certitude que Judex a ses entrées au plus haut niveau de la DGSI – *a minima*. Tout au long de l'explication, Maroussem jette des regards nerveux de droite et de gauche dès qu'un visiteur traverse la salle. Rossi se dit que sa hiérarchie doit ignorer cette tractation s'il craint tant que cette entrevue soit connue. Son contact doit jouer sa propre carte, se préparer aux soubresauts de la réorganisation. Maroussem aime la discrétion, le complot, l'intrigue, les costumes anglais, prendre son temps pour déjeuner et les hommes plus jeunes que lui. Rossi termine par les circonstances de la découverte de la mallette portant le nom d'Al-Joubouri et évoque en un mot la mort de Marchioni et sa possible disgrâce dont la rumeur est déjà parvenue jusqu'à la « piscine[1] ». Maroussem grimace de perplexité quand le commandant termine son exposé.

– Mais qu'est-ce qu'il peut bien vouloir, ce Judex ? Il

1. Surnom du siège de la DGSE, boulevard Mortier à Paris.

ne demande que des choses qu'il ne peut pas obtenir et qui ne lui rapporteraient rien… C'est un anarchiste qui ne cherche que le chaos ? questionne le quinquagénaire, les sourcils levés.

– Sans doute un peu. Mais il ne cherche pas tant la publicité que compromettre le renseignement intérieur le plus possible. J'en viens à croire qu'il règle des comptes personnels contre le système, soupire Rossi en haussant les épaules.

Un touriste espagnol mitraille les statues devant eux avec son Canon. Par réflexe, l'agent de la DGSE baisse la tête et pose ses mains sur son visage pour qu'on ne puisse pas l'identifier sur un éventuel cliché. Une fois l'intrus parti, il se redresse et se lance à son tour dans une longue explication de l'affaire Al-Joubouri.

– Je ne te raconte pas son parcours, tu as dû en prendre connaissance dans les archives de l'ex-DST. Tu sais qu'Hussein al-Joubouri était un grand ami de la France à qui il a rendu de nombreux services.

– Et aussi un criminel de guerre responsable de génocides, tempère Rossi.

– Oui, à Rome il faisait comme les Romains. Il n'était pas pire que les autres, mais lui, il nous était utile et fidèle… Du coup, quand l'intervention américaine est devenue d'actualité, au moment où Chirac et Villepin menaient leur fronde anti-Bush, il nous a été très utile. L'Élysée voulait à tout prix damer le pion aux Yankees qui ne nous respectaient pas assez sur ce dossier et Al-Joubouri était notre contact le plus fiable à Bagdad. On a perdu la bataille à l'ONU et Al-Joubouri nous a demandé de l'aider à fuir l'Irak. On a hésité longtemps, les Américains ne nous l'auraient jamais pardonné, il fallait être très prudents. Mais quand leurs troupes sont entrées dans le pays, on a aidé Al-Joubouri.

– En échange de ? demande Rossi qui ne croit guère à la loyauté envers un ancien « honorable correspondant ».

– Dix millions d'euros, qui devaient être répartis entre les différentes formations politiques de la majorité de l'époque, ainsi que toutes les informations, accompagnées d'échantillons, concernant les armes chimiques qu'il avait développées pour Saddam. De quoi motiver nos dirigeants et préparer les mesures de protection et éventuels antidotes contre les armes du régime baasiste. Si les Américains avaient eu à essuyer une attaque de ce type, nous aurions pu jouer aux chevaliers blancs et redorer notre blason… qui en avait bien besoin.

– Et pour ce prix, on le loge où notre grand ami ? ironise le commandant en prenant un nouveau caramel.

– Nulle part, c'est bien le problème. Al-Joubouri a été acheminé clandestinement à Venise par un navire syrien. À son arrivée, il nous a contactés et deux agents sont partis de Paris pour aller le récupérer. On devait lui donner de faux papiers, une couverture solide et l'installer en Bourgogne pour qu'il y finisse ses jours en paix. Mais on ne l'a jamais retrouvé. Sa chambre d'hôtel au *Bauer* était vide. Pas d'argent, pas de dossier, pas d'armes chimiques, pas d'Al-Joubouri, rien. Chou blanc et un fiasco ridicule pour nos services. Je t'épargne les détails, on a longuement enquêté pour remettre la main dessus, en vain. L'affaire est donc confidentielle à plusieurs titres. On ne tient pas à ce que les Américains apprennent que nous avions prévu de l'exfiltrer, l'image de la France pâtirait d'un tel arrangement avec un homme recherché pour crimes contre l'humanité, l'efficacité de la DGSE serait à nouveau brocardée, et les politiques ne tiennent pas à ce qu'on dévoile leurs petits arrangements financiers…

– Une belle plantade… siffle Rossi qui ne pensait pas tomber sur un tel imbroglio. Et vous n'avez aucune idée de ce qu'il est devenu ?

– Aucune, plus personne ne l'a jamais vu. Jusqu'à ce que cette mallette apparaisse. Je sais que vos services l'analysent. Si elle a réellement appartenu à Al-Joubouri, c'est une vraie bombe… Il faut retrouver celui qui l'a mise là.

– Les armes chimiques utilisées par Judex ressemblent beaucoup à celles qu'aurait pu apporter Al-Joubouri, donc il est fort probable que la mallette soit authentique. Vos patrons devraient communiquer ces infos aux miens. J'ai l'impression qu'ils n'accordent pas assez d'importance à cette partie de l'affaire…

– Ce n'est qu'une impression, Paul. Ils sont extrêmement concernés par cette affaire et ils la connaissent très bien. Tu veux que je te donne les noms des chefs de mission en charge de l'opération Al-Joubouri ?

– À ton avis ? Demande à un aveugle s'il veut voir…

En guise de réponse Maroussem tend à nouveau son paquet de caramels au commandant. Il le secoue un peu et lui sourit avec ironie.

– Reprends donc un caramel et va bien au fond du paquet cette fois-ci.

Rossi plonge sa main dans le sachet. Il fouille un peu et sent un papier roulé, tout au fond, entre les sucreries. Il l'attrape et le ressort entre deux doigts. Il le déroule avec nervosité et lit les noms des responsables de l'exfiltration de l'Irakien. Dix noms parmi lesquels trois attirent particulièrement son attention :

Ange Boniperti
Pierre Leterrier
Karl Stransky

Stupéfait, Rossi cligne des yeux à plusieurs reprises, cherchant à comprendre les implications de ce qu'il a sous les yeux. La DGSE avait laissé l'affaire au renseignement intérieur ; logique, puisqu'il s'agissait d'accueillir Al-Joubouri sur le territoire national. Ces hommes formaient, et forment toujours pour plusieurs d'entre eux, le fleuron du service. Rien d'étonnant à les voir associés à la mission. Le commandant peine à comprendre le sens du message de Judex. Salir ces hommes en espérant voir l'affaire éclater au grand jour afin qu'ils endossent la responsabilité de l'échec semble hypothétique.

Loin de l'aider à comprendre, cette entrevue ne fait qu'embrouiller les idées du commandant. Il comprend, par contre, qu'il vient de se faire rouler par Maroussem. Si ses patrons connaissent tout d'Al-Joubouri, transmettre les détails de l'affaire Judex ne se justifiait pas. Boniperti et Leterrier n'auraient rien eu à lâcher à la DGSE. Le directeur adjoint du renseignement politique a tenté un coup de bluff en misant sur l'absence de communication interne de la DGSI, et il a emporté la mise. Maroussem se lève et lisse son pantalon en silence. Il salue Rossi d'un signe de main, lui souhaite bonne chance avec un sourire en coin. Le commandant ne lui en veut pas, il a profité de leur faiblesse et il a bien joué son coup. Il lui rend son sourire alors que Maroussem se dirige vers la sortie.

En le regardant partir, Rossi se frotte les joues, perplexe. Il n'arrive pas à savoir si cette nouvelle information renforce ou non les soupçons qu'il avait contre Stransky. Le voir apparaître une deuxième fois dans l'affaire est une coïncidence un peu grosse, mais quel intérêt aurait la vieille gloire à s'impliquer elle-même dans l'affaire avec cette mallette ? Le commandant soupire. Devant lui, Cronos avance et dévore son enfant.

47

Enragée.

Lucy a traversé de nombreux états depuis qu'elle a repris connaissance, attachée au radiateur de son salon. Peur, lassitude, dégoût, honte, culpabilité, tristesse, regret, mais ce qui domine, alors que les flics viennent de la laisser seule quelques minutes, a la forme d'une colère noire – une sombre détermination à faire payer ceux qui la traitent ainsi et qui bafouent son intimité. Elle a fait de sa vie un manifeste contre le joug des hommes, elle ne peut pas accepter de se faire ainsi rabaisser, humilier, infantiliser par un connard prétentieux et machiste. Elle ne lui donnera aucune information sur Judex, autant par fidélité à ses choix que par rejet de la méthode et refus de la soumission. Maintenant, il lui reste à trouver une échappatoire.

Malgré la nuit blanche passée à subir le son strident d'une chaîne musicale dédiée à la musique de club qui a déversé un flot ininterrompu d'eurodance immonde, elle se sent mieux. Les nausées ont disparu, le mal de crâne aussi. Elle a faim, soif, et des fourmis dans les bras et les jambes, mais les effets de l'éther ne se font plus sentir. Elle tire tant qu'elle peut sur les menottes, l'absence de ses geôliers lui fait espérer une libération et une fuite rapides, mais le lourd radiateur en fonte résiste à ses ruades sans broncher. Elle ne parvient qu'à se faire mal aux bras et à s'irriter les poignets. Elle change de méthode et décide d'étendre ses jambes pour faire tomber la table du salon sur laquelle les flics ont laissé leurs téléphones portables après en avoir extrait les cartes SIM. Si elle y parvient, avec un peu de chance elle pourra récupérer un téléphone et une carte pour appeler de l'aide.

Le temps lui est peut-être compté, le jeune flic aux allures d'Harry Potter blond peut remonter d'un moment à l'autre. Son collègue aux manières de soudard l'a appelé via l'interphone il y a cinq minutes. Lucy ignore ce qu'ils manigancent, mais elle doit à tout prix essayer de profiter de ce premier relâchement dans leur surveillance. Elle tend ses bras dans son dos et les remonte au maximum, jusqu'à ses omoplates. Ses tendons et ses muscles tirent douloureusement, elle grimace mais tient bon. Elle glisse sur les fesses, elle sent les rivets de son jean rayer le parquet au fur et à mesure de sa reptation. Son corps en M étiré fait porter de plus en plus de poids sur ses bras tendus en arrière, la douleur devient insupportable, mais elle s'étend encore de quelques centimètres et ses pieds atteignent presque ceux de la table. Il faut qu'elle gagne encore un peu d'allonge. Elle reprend son souffle, la douleur lancinante lui signale qu'elle risque de se déboîter une épaule si elle insiste. Elle n'a pas le choix. Ses années de taekwondo l'ont aidée à repousser son seuil de tolérance à la douleur et à améliorer sa souplesse. Au prix d'un dernier effort, son pied droit se glisse derrière celui de la table. Elle a mal. Les muscles de ses bras, remontés dans son dos à un angle peu naturel, menacent de se déchirer, ses épaules brûlent. En bout de course, son pied n'a aucune force. Elle se sent étirée et distendue comme un pantin désarticulé. Elle peine à maintenir sa position, tout son corps lui demande de reprendre une position normale. Les larmes lui montent aux yeux. Elle souffre tant que ses gémissements couvrent le bruit de la porte de l'appartement qui s'ouvre et elle crie de surprise quand une voix l'interpelle.

– On dirait que ça va mieux. Je comprends que tu aies besoin de te dégourdir les jambes, mais comme ça, tu n'arriveras à rien, la brocarde le jeune flic.

– Va te faire mettre avec ta gueule d'Harry Potter ! lui crache-t-elle, incapable de contenir sa colère.

– Souple, jolie, mais malpolie… On ne peut pas tout avoir.

Malic l'aide à reprendre une position normale en la sermonnant avec un ton paternaliste qui serait insupportable s'il n'avait pas l'air sincèrement bienveillant. Lucy se laisse faire, s'adosse au radiateur et profite de sa proximité pour essayer de le raisonner.

– C'est du kidnapping ce que vous faites là… Tu sais que ça va t'attirer des ennuis ? Même les flics n'ont pas le droit de faire ça.

– T'inquiète, on en a vu d'autres… Je vais te chercher à boire, reste tranquille.

Le verre ferait le plus grand bien à la gorge sèche de Lucy, mais il tarde à venir. Le jeune flic a un nouveau téléphone qui se met à sonner alors qu'il se dirige vers la cuisine. Elle tend l'oreille et ne perd pas une miette de ce que dit le lieutenant même si les réponses de son correspondant restent inaudibles.

– Merci de me rappeler, Jérémy. Je voulais savoir si tu avais eu le temps de regarder l'ordinateur portable qu'on t'avait déposé.

– …

– Je sais, nous ne sommes plus censés nous charger de l'enquête, mais ne me dis pas que ça ne te démange pas aussi.

– …

– OK, rien de bien passionnant. Continue de chercher.

La conversation se reconstitue sans peine. Lucy jubile d'avoir écouté les conseils d'Hugo et d'avoir systématiquement utilisé Tor et bitmessage pour brouiller leurs échanges concernant la soirée chez Delaunay. Les flics peuvent toujours chercher, à part l'historique de recherche Google qu'elle se maudit d'avoir oublié, ils ne trouveront rien sur Judex dans cet ordinateur. Le jeune flic se rapproche d'elle, un verre d'eau à la main, toujours en conversation.

– Tu es parvenu à accéder à la messagerie de son site ? Ça, c'est mieux ! Parmi ses clients pervers, il n'y a rien de suspect ?

Lucy se mord les lèvres. Elle vient de se souvenir du dernier message d'Hugo qu'elle n'a pas pensé à effacer immédiatement. La brute n'avait pas tort, elle manque de rigueur pour ces jeux de dissimulation.

– Comment dis-tu ? Jshadow ? Oui, ça pourrait bien être une piste intéressante, l'ombre de J pour Judex… Envoie-lui un message en te faisant passer pour Lucy, regarde sa manière d'écrire et essaye de l'imiter. Demande-lui un rendez-vous. S'il accepte… Je pense savoir qui cela pourrait être… Hugo Castellin, n'est-ce pas ? balance-t-il vers Lucy qui ne peut s'empêcher de sursauter en entendant le nom de son complice.

Elle a réagi malgré elle et craint de s'être un peu trahie. Elle se maudit de sa légèreté. Ces flics ne manquent pas de flair. Elle se rassure en se disant qu'Hugo ne mordra pas à l'hameçon. Ils ont convenu de ne pas se revoir avant que l'affaire se tasse, et il se méfiera de cette demande. Le flic salue son collègue, raccroche et se penche vers elle. Il lui porte le verre aux lèvres et la fait boire.

– Il va falloir être raisonnable, Lucy. On va remonter jusqu'à tes amis. Ce n'est plus qu'une question d'heures. On va choper Castellin, on aura bientôt Judex. Ils se croient malins, mais on les attrape toujours. Je t'assure. Tu n'as plus que quelques heures devant toi pour choisir ton camp. Si tu nous aides, on trouvera un arrangement. À part nous, personne ne connaît ton implication dans la mort de Delaunay. Mais il faut que tu te décides maintenant, sinon tu vas foutre ta vie en l'air. Tu comprends ?

– Non, je ne vois pas de quoi tu me parles, lui crache Lucy avec dédain.

– Mais qu'est-ce que tu as dans le crâne, Lucy ? soupire Malic. Tu n'es pas une extrémiste, tu te fiches de la politique. On n'a rien trouvé ici qui ressemble à de la prose anarchiste. Tes engagements connus vont vers la cause des femmes. Ces types ne sont pas tes compagnons de lutte, ils ont utilisé tes faiblesses pour te manipuler et te faire faire une énorme connerie. Tu ne leur dois rien ! Au contraire, tu devrais leur en vouloir, car malgré leur soi-disant aide, tu n'as pas retrouvé ta copine. Reprends-toi, Lucy, tu es en train de laisser filer ta dernière chance.

La réponse ne vient pas. Lucy se réfugie dans le mutisme. Le jeune flic est incapable de la comprendre, le dialogue ne mènerait à rien. Elle ne peut plus faire confiance à la police, au système, à ceux qui le contrôlent. On a abusé d'elle, longtemps, douloureusement. Elle a construit sa vie dans le rejet de ces institutions, de ces hommes qui les dirigent, pas par conviction politique, mais par choix de vie, personnel et intime. Elle ne peut pas se faire comprendre d'un boy-scout élevé au lait républicain. Leurs mondes ne se rejoignent pas. Le jeune flic se lasse d'attendre une réponse. Il se relève et sort des clés de sa poche.

– Je vais te détacher pour que tu ailles prendre une douche, après tu mangeras. Tu pues le vomi et tu dois crever de faim. J'ai retiré tous les objets coupants de la salle de bains. Ne perds pas de temps à en chercher un. Je sais que tu es douée en taekwondo, alors je vais prendre mon Taser. Ne t'avise pas de tenter quoi que ce soit, ou je te fais repartir dans les vapes pour un bon moment. D'accord ?

Lucy acquiesce. Le jeune flic prend le Taser de la main droite et le lui met sous le menton. De sa main libre, il lui enlève ses menottes. Lucy se lève, fait des mouvements pour se dégourdir les bras, mais elle doit s'appuyer contre le mur quelques secondes car la tête lui tourne. La crainte du flic ne se justifie pas, elle ne se sent pas capable de tenter une action violente. Elle marche d'un pas peu assuré jusqu'à la salle de bains tandis que son geôlier lui donne ses dernières consignes.

– J'attends derrière la porte. J'ai retiré la clé, mais je ne te dérangerai pas. Tu as dix minutes pour te laver. Ne fais pas la maligne, ton dossier est déjà bien assez lourd comme ça.

Dans le cocon rose de sa salle de bains, Lucy cherche ce qui pourrait l'aider à s'enfuir. Elle ouvre les robinets pour couvrir le bruit puis elle fouille la pièce à la recherche d'un instrument susceptible de lui venir en aide. Ses recherches n'aboutissent pas, les lieux ont été inspectés et vidés de toute bombe de laque, de tous ciseaux, tout flacon, ou produit toxique. Elle soupire de dépit et se déshabille. Son chemisier et son jean puent le vomi et l'éther, un nettoyage s'impose. Elle se faufile sous la douche sans se soucier de rattraper le temps perdu à fouiller la salle de bains. Elle masse ses épaules endolories sous le jet chaud plus longtemps que le flic le lui a autorisé, mais son corps a besoin de cette pause et l'odeur de l'éther dans ses cheveux ne disparaît qu'au terme du troisième shampooing. Elle entend des coups contre la porte quand elle commence à se sécher. Elle ne se hâte pas pour autant. Qu'il se mette en colère, ça l'indiffère ; ils ont besoin d'elle, pas l'inverse.

Son chemisier sent encore l'éther, elle hésite à le remettre. Elle se regarde dans la glace et se trouve assez bonne mine malgré sa nuit blanche. À cet instant, le flic tambourine contre la porte. L'alchimie de ces trois événements lui donne une idée. Même flic, Harry Potter reste un mâle. Elle sait comment utiliser leur testostérone, et les circonstances s'y prêtent. Devant la glace, elle se coiffe du bout des doigts pour donner un peu de volume à sa crinière humide. Elle applique du gloss sur ses lèvres pour leur donner de la brillance et dépose une goutte d'Opium entre ses seins. Derrière la porte, le flic s'énerve. Lucy se sourit dans le miroir. Elle gonfle la poitrine, il n'a aucune chance.

Alors que le lieutenant menace d'entrer, Lucy ouvre la porte d'un seul coup et se tient nue en face du policier qui en reste bouche bée, le bras suspendu en l'air dans un mouvement interrompu. Lucy passe sa main sur sa nuque et bredouille en fausse ingénue, ses seins lourds pointés en avant par la cambrure volontaire de ses reins dénudés :

– Je n'ai pas de vêtements de rechange, ceux-là puent l'éther.

– Ah oui ?… Euh… attends, je vais…

Troublé par la vision de ce corps offert sans pudeur, le lieutenant se tourne vers la chambre, son bras portant le Taser reste ballant le long de sa cuisse. Il vient de commettre l'erreur qu'attendait Lucy, croire que, parce qu'elle est nue, elle devient inoffensive. Elle ne lui laisse pas le loisir de corriger sa faute, ses mains plongent vers le bras du lieutenant et, avant qu'il n'ait le temps de réagir, elle saisit le Taser. Elle ne cherche pas à le lui arracher des mains, mais elle le plaque contre son ventre et elle presse le déclencheur. Le jeune flic la regarde l'espace d'une seconde, l'air ahuri, puis le grésillement de l'appareil se fait entendre et il s'effondre dans le couloir, pris de soubresauts. « Tchao poulet », murmure Lucy qui prend le Taser, fouille dans les poches du lieutenant et récupère les clés de sa moto et de l'appartement, dont celle de la salle de bains où elle tire le lieutenant inconscient. Il l'a bien traitée. Reconnaissante, elle lui met un coussin sous la tête et lui dépose un léger baiser sur les lèvres.

– T'es mignon, mais t'es un peu naïf, mon petit Harry Potter…

Lucy l'enferme, s'habille, s'empare du sac de voyage avec lequel elle s'apprêtait à fuir et, après avoir pris une pomme et une barre de céréales, quitte son sanctuaire bafoué. Dans la cour, sa Kawasaki, remise à sa place par les flics, l'attend. Elle veut poursuivre sa quête interrompue par l'agression. Roxana ne peut compter que sur elle. Elle ne doit pas la décevoir.

48

Le siège de la DGSI a beau bourdonner d'activité, le commandant prend soin de ne croiser aucun regard, de n'échanger aucun salut. Son échec et sa disgrâce ont dû fuiter, au moins dans les étages de direction des divisions. Ces rumeurs se propagent toujours, car l'appétit de ses confrères pour ce type de commérages n'a pas de limites. Il ne veut pas lire dans les yeux de ses collègues la moindre trace de pitié ou d'arrogance. Ces humiliations le rendraient fou de rage et incapable de se maîtriser alors que les circonstances lui demandent un grand contrôle de lui-même. Il a garé son nouveau bolide à quelques rues du siège dans une artère commerçante de Levallois pour éviter d'être filmé par les caméras de la DGSI. Pas question de leur faciliter la tâche s'il doit devenir un fugitif dans les jours qui viennent. Il ne veut pas arrêter son enquête, surtout à la demande d'un technocrate de l'IGS.

La seule personne qu'il aimerait croiser dans les couloirs, Boniperti, il ne la verra pas. Sa secrétaire vient de lui apprendre que le directeur participe à une réunion de l'Unité de coordination de la lutte antiterroriste (UCLAT), dont l'affaire Judex constitue l'ordre du jour. Le commandant aurait aimé lui parler d'Al-Joubouri et comprendre l'apparition de cette mallette dans les mains de Judex. Dépité, il s'apprête à rejoindre son bureau quand Leterrier l'intercepte et lui demande de le suivre.

Rossi s'assied et constate que le divisionnaire a de plus en plus mauvaise mine. Sa peau tourne au gris et devient si fine qu'on peut compter les veines qui parcourent son front. Ses cheveux ont blanchi et deviennent trop rares pour masquer son crâne tacheté. La dernière affaire du divisionnaire l'épuise, ces quelques mois avant la retraite le dévorent de l'intérieur, le commandant craint qu'il n'en profite pas longtemps. Leterrier et lui se sont affrontés pendant des années, mais depuis peu, leurs rapports se sont apaisés. Du coup, Rossi regrette sincèrement de le voir décliner. Les lèvres pâles du divisionnaire forment un éphémère sourire désabusé alors qu'il prend la parole.

– Je voulais vous dire que vous conservez toute ma confiance, Rossi. Je suis sincèrement désolé que vous vous retrouviez dans cette situation lamentable. Vous n'êtes pas en cause, nous le savons tous.

– Mais il va falloir un bouc émissaire à désigner au ministère et à la presse. Je sais, répond le commandant en haussant les épaules avec fatalisme.

– Si je vous dis que je préférerais porter le chapeau moi-même, vous me croiriez ? Mais ça ne serait pas une solution acceptable, je suis trop haut placé dans la hiérarchie. Nous remettre en cause, moi ou Boniperti, c'est remettre en cause le système lui-même. À une heure où le ministère fourbit des plans de réorganisation, on ne peut pas se le permettre.

– Les bœuf-carottes ne me font pas peur. Ce qui m'ennuie, c'est d'abandonner l'enquête.

– Louvion va s'en charger. Il est ambitieux, mais efficace, tempère Leterrier.

– Il n'a même pas essayé de me joindre ! s'emporte Rossi même s'il sait qu'il aurait mis beaucoup de mauvaise volonté à lui transmettre ses informations.

– Il a eu les comptes rendus. N'oubliez pas qu'il est aussi sur l'affaire depuis le début et surtout qu'officiellement, l'enquête n'existe toujours pas. Les morts de Delaunay, Le Morvant et Marchioni n'ont aucun lien judiciaire à ce jour. Ce n'est plus qu'une question d'heures, mais le parquet n'a encore rien initié. Certes, Louvion héritera du dossier, c'est convenu, mais c'est à venir. Toutes les procédures que nous avons lancées, les écoutes, la communication des fadettes… Tout ça, nous n'avions pas le droit de le faire et ça ne peut pas figurer dans le dossier, donc vous ne pouvez pas le transmettre à la Crim, vous le savez bien.

– Oui, j'enrage juste parce que je suis sûr d'être proche du but… Vous étiez au courant pour la disparition d'Al-Joubouri à Venise ? tente le commandant, faute de pouvoir en parler directement à Boniperti.

– Je connais bien ce dossier, oui. Dans l'intérêt de tous, on ne va pas le rouvrir, même si ça semble être l'objectif de Judex… surtout si ça semble être l'objectif de Judex ! Comment en avez-vous eu connaissance ?

– J'ai des amis à la DGSE qui m'ont renseigné, je ne peux pas vous en dire plus, je m'y suis engagé. Comment Judex, lui, peut-il être au courant ? Cette affaire est un secret d'État. Je n'en avais jamais entendu parler.

– Vous n'êtes pas le centre du monde, Rossi. Beaucoup connaissent cette vieille histoire, mais ce sont tous des gens discrets qui savent que ça ne doit pas s'ébruiter.

Leterrier a légèrement haussé le ton, presque malgré lui. Il reprend plus doucement :

– Je faisais partie de l'équipe envoyée à Venise pour essayer de le récupérer. Je connais bien cette histoire, Boniperti aussi. Il n'y a rien à en tirer, croyez-moi. Judex s'amuse à déterrer de vieilles affaires pour semer la zizanie. Il a ses sources, c'est évident, mais il ne faut surtout pas entrer dans son jeu. On tirera ça au clair quand on l'aura appréhendé. Ce qui ne devrait pas tarder, j'espère.

– Les armes biologiques qu'il utilise, le labo qu'on

a découvert… ce ne sont pas de vieilles affaires. Le risque est bien actuel.

– L'UCLAT se réunit aujourd'hui pour aborder ce problème. Évidemment, la menace est réelle ! répond le divisionnaire en levant les yeux au ciel. Même si nous n'avons à ce jour que des assassinats, pas des attentats. La posture Vigipirate a déjà été placée au niveau rouge, elle ne redescendra pas tant que nous n'aurons pas mis un terme aux agissements de ce fou mais elle ne passera pas en écarlate. La menace n'est pas dirigée vers la population. Il ne faut pas céder à la panique à cause des agissements d'un assassin.

Le niveau écarlate alerterait les médias et l'opinion. Le commandant n'insiste pas, il rumine l'information pendant que l'assistante de Leterrier leur apporte un plateau chargé d'expressos fumants. Leterrier faisait partie de l'équipe terrain sous les ordres de Stransky et Boniperti… Le divisionnaire a raison, beaucoup d'agents connaissaient cette vieille histoire et les motivations de Judex seront plus claires quand ils l'auront identifié. Rossi avale une gorgée de café et aborde le dernier sujet qui le préoccupe :

– Qu'est-ce que vous pouvez me dire sur Alexandre Dantrebert ?

– Un citoyen aussi modèle que désargenté, ironise Leterrier. Qu'est-ce que vous voulez à Dantrebert ? Ne croyez-vous pas qu'il a déjà assez de soucis avec ses bateaux qui coulent ?

– Mettez ça sur le compte de mon intuition, mais je pense que son nom va finir par apparaître dans l'affaire.

– Mettez ça sur le compte de ma pudeur, mais je ne vais pas colporter des rumeurs sur un industriel de premier plan et une famille impliquée avec dignité dans la vie publique de notre pays, répond Leterrier avec un sourire en coin tout en ouvrant un tiroir de son bureau.

Le divisionnaire penche sa tête de momie au-dessus

du tiroir, fouille quelques secondes et en sort une chemise. Il la pose sur le bureau et la fait glisser vers le commandant du bout des doigts.

– Cela clôt notre conversation, je vous laisse terminer votre café, je dois me rendre aux lieux d'aisances.

Le dossier contient quelques « blancs » concernant Alexandre Dantrebert. Alors que Leterrier quitte le bureau, Rossi feuillette les documents, abasourdi que le divisionnaire le laisse les consulter. Les temps ont bien changé et, à ce rythme, Leterrier va finir par lui manquer. Le commandant parcourt les pages, atterré par ce qu'il découvre. La rumeur sur les turpitudes du vieillard ne faisait qu'esquisser un fusain hâtif de la fresque de ses errances réelles. Le groupe Dantrebert comprend des actifs stratégiques dans la presse et les médias, et sa surface économique fait que le pouvoir ne peut pas le laisser partir à la dérive. Des écoutes illégales ont été mises en place chez ses avocats, chez sa famille et chez le milliardaire ; de vieux dossiers remontant à sa brève carrière politique ont été exhumés, des témoins réentendus. Le tout de manière non officielle, rien ne peut être diffusé et rien ne peut servir à une instruction judiciaire, mais le portrait d'Alexandre Dantrebert que cela dresse glace le sang du commandant.

Leterrier revient, l'air toujours plus épuisé, et sans échanger un mot sur le dossier. Ils se saluent sèchement, mais avec plus de respect qu'à l'accoutumée. Le commandant n'a plus le temps de passer à son propre bureau, Malic l'attend rue de Malte. Il file récupérer son S3 pour le rejoindre. En direction du centre de Paris, la circulation reste fluide pour une fin d'après-midi. Les radios d'info continuent à déverser leur litanie de louanges sur Marchioni, le grand public a de la sympathie pour les politiques véreux. Toujours le vieil adage américain : « Mieux vaut le diable qu'on connaît à celui qu'on ignore. » Un magouilleur reconnu n'a plus rien à cacher. *Si seulement cela pouvait être vrai*, se dit Rossi en passant sur une radio musicale.

L'appartement de Lucie Merpaz est désert. Rossi pousse la porte ouverte et appelle en vain le lieutenant. La jeune femme n'est plus dans le salon, ses menottes reposent sur le sol, au pied du radiateur. Le commandant traverse l'entrée, prend le couloir qui dessert la chambre et la salle de bains. Personne dans la chambre, Rossi appelle encore son adjoint sans obtenir la moindre réponse. Il s'assied sur le lit et se frotte le crâne, circonspect. Il sort son nouveau téléphone pour vérifier ses appels en absence, mais le lieutenant n'a pas essayé de le joindre. Il ressort de la pièce et, par acquit de conscience, pousse la porte de la salle de bains dont la fermeture a été forcée. Sur le tapis de sol rose reposent des sous-vêtements féminins, un chemisier et un jean. La buée sur les glaces signale que la douche a été utilisée il y a peu de temps. Mais les oiseaux ont quitté le nid. Le commandant pose la main sur son Glock et retourne dans le salon. La porte de l'appartement s'ouvre et son adjoint apparaît, un sandwich à la main et la bouche pleine.

– Putain, Malic ! Tu m'as foutu les jetons.

– Pardon, Paul, je crevais de faim et il n'y a plus rien dans le frigo. Lucy vient de partir, il y a dix minutes. À la vitesse où elle roule, on ferait mieux de ne pas traîner…

– On serait déjà en route si tu n'étais pas parti gueuletonner…

Les deux agents dévalent l'escalier et montent dans le S3. Malic installe le navigateur GPS sur le tableau de bord de la voiture pendant que Rossi démarre en trombe. Une fois allumé, l'appareil leur permet de suivre le capteur installé sous la calandre de la Ninja de Lucy. La jeune femme fonce à toute vitesse sur le périphérique et arrive presque à l'échangeur de l'A13. Rossi désigne l'écran d'un coup de menton.

– Elle part en Normandie, on dirait. Elle a de la suite dans les idées. Ça s'est bien passé son « évasion » ?

– Pas mal. Mais le Taser, même au minimum de puissance, ça fait sacrément mal, grimace Malic.

– C'était ça ou elle te collait son genou dans les parties… T'es tombé dans les pommes, petite chose ?

– Non, quand même pas, ce qui m'a permis d'avoir quelques compensations, soupire le lieutenant avec un sourire rêveur.

Le commandant ne répond pas, la conduite absorbe toute son attention, il fonce vers le périph à la même allure démente que Lucie et zigzague sur les boulevards. Ils vont jouer leur dernière carte. L'enquête officielle va leur échapper, mais il leur reste cette tentative un peu désespérée.

Les circonstances leur dictent leurs lois. Ils suivent la jeune femme sur l'A13, la moto traverse Évreux quand ils arrivent à la barrière de péage. Ils n'ont pas repris un pouce de terrain malgré leurs deux cents kilomètres à l'heure en moyenne sur l'autoroute.

– Elle roule vraiment comme une dingue, jure le commandant en sortant le bras pour payer.

– Oui, sacrée personnalité… Tu trouves que je ressemble à Harry Potter ? demande le lieutenant après une courte hésitation.

Le commandant tourne la tête, le dévisage avec un air surpris, puis il éclate de rire.

– Oh putain, Malic, t'es un cas désespéré ! Je ne sais même pas à quoi il ressemble Harry Potter, mais tu ressembles surtout à un puceau travaillé par ses hormones… sermonne Rossi, à peine amical.

– Pardon, bredouille le lieutenant, je sais, je suis un

imbécile et ce n'est pas le moment. Mais depuis ma séparation… Je dois être devenu une proie facile pour les femmes.

– Tu l'as toujours été, Amaury. Sinon, tu n'aurais jamais épousé le dragon écaillé à qui tu as fait trois mômes… Mais là, tu as raison, ce n'est pas le moment. Même si ça l'était, cette tigresse te boufferait tout cru. Pour te remettre le pied à l'étrier, tu peux trouver plus simple…

Un peu honteux, le lieutenant se replonge dans la contemplation silencieuse du paysage des champs balayés par la pluie qui défile le long de la nationale qu'ils viennent de rejoindre. Rossi sent confusément qu'il vient de le blesser, mais il ne sait pas trouver les mots pour s'excuser. Il ne sait pas tendre la main ni écouter, ces contingences humaines lui donnent l'impression de le ralentir ou de le détourner de ses buts. Il sait qu'il a tort, qu'il est indigne de la confiance et de l'amitié de Malic, mais il reporte sans cesse le moment de se montrer compatissant et fraternel. Pourtant, il a une part de responsabilité dans l'échec de la vie familiale du lieutenant. Son mode de fonctionnement, l'intensité qu'il met dans l'exercice de ses fonctions ont entraîné son adjoint à sa suite. Un tel investissement laisse peu de place au reste, voire le détruit. Malic aurait pu demander une mutation, ou un simple changement de service, il n'en a rien fait, par fidélité, amitié et sens du devoir. Un tel sacrifice mériterait un meilleur traitement. Rossi s'en convainc, il réfléchit avec soin à la phrase qu'il va prononcer en ce sens. Il finit par trouver les mots, s'éclaircit la voix et jette un coup d'œil sur sa droite. Les mots restent bloqués dans sa gorge ; la tête appuyée contre la vitre, Malic dort, épuisé par sa nuit blanche.

49

Les hurlements de Métal urbain s'éloignent quand Lucy retire les écouteurs de ses oreilles. *Snuff Movie*, un de ses titres préférés des pionniers français du mouvement punk, dont elle a du mal aujourd'hui à apprécier l'ironie dévastatrice. Les quatre cylindres de sa Ninja ZX 10r fument doucement sous les peupliers qui bordent le quai des Remparts. Derrière cette barrière végétale, la Touques traverse Lisieux dans un silence écrasant pour une Parisienne comme Lucy. Devant elle, quelques bars accueillent une clientèle d'adolescents en phase d'alcoolisation d'avant-week-end. Plus loin sur le quai, une discothèque n'a pas encore ouvert ses portes. Lucy devra attendre quelques heures pour établir un premier contact avec sa cible. Elle hésite à entrer dans un des bars, une jeune femme seule comme elle risque d'attirer des dragueurs et des ivrognes, mais rester assise sur sa moto attirerait l'attention, et elle ne le souhaite pas.

Une R25 mangée par la rouille passe le long du quai, propageant un nuage de fumée noir qui empeste le gasoil. L'odeur pousse Lucy vers le café *Le 1900* sous les regards inquisiteurs d'une poignée d'ados en train de fumer devant ses portes. Elle s'installe à une petite table au fond du bar, pose son casque, retire son blouson et commande un café. La jeunesse lexovienne s'ébroue bruyamment autour d'elle. Elle s'applique à n'accrocher aucun regard, pour ne pas inciter un des clients à venir l'aborder, et reste fascinée par la diffusion d'un jeu télévisé crétin sur l'écran accroché au mur. Après quelques minutes, elle constate que personne d'autre ne prête attention au programme proposé. Elle se lève et passe sur une chaîne d'info en continu. Un gamin à peine pubère, aux cheveux couverts d'une dose potentiellement mortelle de gel, se plante devant elle et lui demande si elle veut un verre. Derrière lui, ses copains pouffent en le regardant en biais. Lucy soupire et lui répond : « Plutôt crever. » Le gamin essaye de fourbir une réponse, mais elle ne lui en laisse pas le temps, l'écartant du bras sans ménagement. Le sujet du journal télévisé vient de capter son attention par une bande noire qui barre l'écran : « Marchioni, victime d'un acte terroriste ? »

Lucy se rapproche de la télévision pour entendre le commentaire du journaliste.

... Depuis hier, les réseaux sociaux colportent la rumeur d'une revendication de l'assassinat du sénateur Marchioni par un groupe d'activistes inconnu. Cette revendication aurait été postée plusieurs jours avant le supposé suicide d'Edgar Marchioni. Par respect pour les proches du défunt, la rédaction d'iTélé a choisi de ne pas diffuser le texte attribué à ce groupuscule, car il porte gravement atteinte à la mémoire du sénateur. Néanmoins des questions se posent et, selon des sources proches de l'enquête, le suicide est maintenant remis en cause...

Indifférente au jeune homme qui insiste maladroitement pour lui tenir compagnie, Lucy se rend au bar. Elle se fait une place aux côtés d'un vieil ivrogne aux oreilles décollées et au nez plus raviné que la face cachée de la Lune. Elle commande une double vodka, on lui sert une rasade tiède et sans saveur qu'elle avale en une gorgée. L'ivrogne en veste de velours grommelle son admiration pour la descente de la « petite ». Lucy lui sourit, son esprit loin de ce bar sordide, vers Paris et ce maelström qui risque de l'emporter encore plus vite qu'elle ne le craint. L'homme à la face de lune avinée lui met la main sur l'épaule et lui propose de partager son ballon de rouge. Lucy crève d'envie de le lui balancer au visage, mais elle se retient, car la personne qu'elle cherche vient d'entrer dans le bistrot et salue à la cantonade. Elle fait un effort pour contenir sa mauvaise humeur et lui rend son salut avec son sourire le plus chaleureux.

Dans l'Audi S3 garée à cent mètres de la moto, Rossi et Malic hésitent à aller jeter un œil dans le bar. Ils attendent que passe un groupe de jeunes noctambules pour remonter les quais à leur suite et éviter de se faire repérer par Lucy. La bande qu'ils observent chahute autour d'un banc abrité par les peupliers. Les deux policiers remarquent l'étrange manège de plusieurs d'entre eux qui paraissent se mettre du collyre dans les yeux sous les encouragements de leurs congénères.

– Qu'est-ce qu'ils fabriquent ? interroge Malic.

– Ils se saoulent, soupire Rossi.

– Je ne vois pas la moindre canette de bière !

– Ils se mettent de l'alcool dans les yeux, ça brûle mais il passe directement dans le sang et l'effet est presque immédiat. Ça ne coûte pas un sou, ne te fait pas prendre de poids et tu es ivre mort avec l'estomac vide… Pas mal, si tu ne fais pas un coma éthylique et que tu ne te bousilles pas la cornée.

– C'est immonde !

– Il y a pire. L'autre méthode à la mode, qui a au moins le mérite d'éviter des dommages de la cornée, consiste à s'introduire un tampon hygiénique imbibé d'alcool dans l'anus. Radical, mais un peu brutal, les urgences finissent remplies de comateux éthyliques avec des Tampax dans le fion.

– Où va le monde ? soupire le lieutenant. Et comment sais-tu tout ça ?

– J'ai été jeune et légionnaire, Malic…

Le lieutenant n'ose demander aucune précision, les turpitudes de la jeunesse du commandant lui font peur. La petite bande s'ébroue, titube, rit et finit par remonter la rue. Les deux agents sautent sur l'occasion qu'ils attendaient et leur emboîtent le pas. Quand les trois garçons et les deux filles passent devant *le 1900* en chahutant comme des hyènes en maraude, ils se glissent derrière eux et regardent dans le bar. Lucy se tient au comptoir, elle leur tourne le dos et discute avec une jeune femme brune à la tignasse épaisse, en collants noirs, minijupe à carreaux noirs et blancs et perfecto à franges. Malic prend l'inconnue en photo et fait suivre le cliché à Jérémy pour qu'il essaye de l'identifier. Indifférentes à la horde de gamins qui les entoure, les deux jeunes femmes rient et semblent s'amuser. Juste avant que le groupe ne les entraîne hors de vue, ils voient Lucy poser la main sur celle de son amie et échanger un regard complice. Les deux flics se séparent du groupe d'ados, tournent vers la droite dans une petite ruelle bordée de façades en colombages et regagnent leur voiture.

De retour dans le S3, pendant que Rossi prend connaissance par la radio des derniers développements de l'affaire, Malic interroge à distance le répondeur de son portable resté à Paris. Il raccroche et balance son téléphone sur le tableau de bord en pestant contre ce qu'il vient d'apprendre :

– Je suis convoqué à l'IGS demain matin. Merde, on n'avait pas besoin de ça maintenant !

– L'affaire est en train d'exploser, Malic, dit Rossi en désignant le poste de radio du doigt. Tu ne pouvais pas y échapper. Il faut que tu y ailles, ne te mets pas hors jeu.

– Et s'ils me placent en garde à vue ?

– Ça ne durera que vingt-quatre heures, je laisserai des messages sur ton répondeur pour te dire où j'en suis. Tu n'as pas apporté le repas empoisonné de Marchioni. Tu nies tout, tu ne sais rien, ils n'ont rien de tangible contre toi. Tu as fait ton boulot et tu as suivi mes ordres. Tu en sortiras sans dommage.

Après une brève hésitation, le lieutenant se range à l'opinion de Rossi et appelle un taxi. Il doit promettre cinq cents euros au chauffeur pour qu'il accepte une course si longue et si tardive, mais il n'y a plus de train pour Paris à cette heure. Sous les trombes d'eau qui commencent à inonder les quais, ils attendent le taxi et les prochains mouvements de Lucy dans un silence anxieux. Leur virée normande ressemble de plus en plus au baroud d'honneur d'hommes désespérés.

50

Les fesses, blanches et velues, se contractent et s'agitent de plus en plus vite. Rossi soupire, le calvaire touche sans doute à sa fin. Le couple de fêtards qui a bravé le froid pour venir s'accoupler sous les peupliers, à deux mètres de la vitre latérale teintée du S3, arrive à l'apothéose de son coït furtif. Le commandant a hésité à baisser sa vitre quand l'homme s'est adossé à la portière de l'Audi et a ouvert sa braguette pour que la petite blonde boulotte et trop maquillée lui prodigue une fellation. Le couple d'amants ivres a finalement titubé jusqu'au banc sur lequel la jeune femme s'est agenouillée face au dossier pendant que son partenaire remontait sa jupe sur sa croupe rebondie. « Putain de clair de lune », a craché Rossi en essayant d'ignorer la scène. À quelques pas de cette farce impudique, d'autres noctambules sortent de la boîte de nuit *Le Dupleix* en respectant plus ou moins les injonctions au silence émises par le portier de la discothèque.

Dans moins de deux heures, le jour se lèvera. Le commandant n'a pas fermé l'œil de la nuit, perdu dans ses pensées et dans l'attente de Lucy. Les flashs info nocturnes, qui se contentent de recycler en boucle les informations de la veille, ne lui ont rien appris de plus. Malic l'a quitté en début de soirée. Peu de temps après, l'amie de Lucy est sortie du bar, a rejoint la boîte de nuit voisine avant son ouverture, saluant le personnel comme une employée du lieu. Rossi a envoyé un texto à Jérémy pour lui demander de se renseigner sur le personnel de l'établissement. À la fermeture du bistrot, Lucy a fumé une cigarette devant les portes du club en bavardant avec le videur jusqu'à l'ouverture. À plusieurs reprises, leurs regards se sont croisés au travers du pare-brise teinté et Rossi n'a pu s'empêcher de craindre qu'elle le remarque. La jeune femme a fini par entrer dans le club, d'où elle n'est pas réapparue tandis que Rossi doit supporter ce voisinage exhibitionniste.

L'heure de fermeture préfectorale des établissements de nuit approche, les derniers clients quittent le club. Parmi eux, Lucy plaisante avec un groupe de motards. À la droite du commandant, le couple se rajuste sans un mot. Dans la rue, Lucy salue ses amis d'un soir et se dirige vers sa moto. Elle démarre, Rossi met le contact, elle roule au pas et s'arrête devant les portes du club. Deux minutes s'écoulent et la jeune femme brune du bistrot sort à son tour et embrasse le videur. Elle a un casque qu'elle enfile avant de sauter en selle derrière Lucy. La Kawasaki s'élance en trombe dans un grondement rageur peu respectueux des riverains assoupis. En un rien de temps, la moto rejoint le bout des quais et disparaît sur un grand rond-point. Le commandant allume son GPS et se lance à sa suite sous les regards effarés des deux amants à peine rhabillés qui réalisent qu'ils avaient de la compagnie.

Sur l'écran du GPS, la moto remonte la longue côte de Saint-Désir en direction de Caen. Elle quitte l'agglomération et traverse la plaine. Rossi suit, à un kilomètre de prudence derrière le bolide. Passé quelques villages aux chaumières coquettes, dans une grande étendue de champs de betteraves, il peut apercevoir les feux arrière de la moto. Après quelques kilomètres, celle-ci bifurque sur une route vicinale qui s'enfonce dans des terres boueuses. Rossi doit attendre quelques minutes pour ne pas risquer que ses cibles remarquent ses phares. La route irrégulière et parsemée de nids-de-poule béants ralentit la course de la moto, elle disparaît entre des taillis de chênes et redescend dans un vallon boisé. Au creux de celui-ci, la moto quitte la route pour emprunter un chemin de terre défoncé qui se faufile entre des vergers de pommiers en sommeil hivernal. La balise s'immobilise après un virage. Les jeunes femmes doivent avoir atteint leur destination. Elles ne se trouvent qu'à cinq cents mètres. Rossi, qui a besoin de se dégourdir les jambes, gare son S3 au couvert d'un bosquet et se dirige vers elles à pied.

Le vent froid le saisit à la gorge. Le commandant ne porte pas la tenue adéquate pour une virée dans les champs au lever du jour. Ses chaussures de ville s'enfoncent dans la boue et il remonte le col de sa veste en frissonnant. Après le virage, il aperçoit un bâtiment, une ferme, dont les lumières sont allumées. Il entend aussi les aboiements de plusieurs chiens déchaînés en provenance de la cour, devant la bâtisse. Il n'y a aucune autre construction aux alentours et, sans surprise, il distingue en s'approchant une Kawasaki garée devant les portes. La propriété est ceinturée d'un mur en vieilles pierres, écroulé à de nombreux endroits. La ferme se compose d'une habitation principale en briques rouges de deux étages, d'un corps de ferme long de dix mètres aux murs couverts de torchis blanc, d'une bergerie au toit effondré mangée par la broussaille et d'une grange mal entretenue sous laquelle rouillent du matériel agricole hétérogène et deux carcasses de vieilles voitures américaines partiellement désossées. Dans la cour boueuse, un enclos grillagé sert de chenil à des chiens de chasse excités qui aboient sans discontinuer.

Pas de noms sur la boîte aux lettres, pas de numéro, pas de nom de rue, la ferme doit constituer un lieu-dit perdu à peine connu du facteur et des habitants de la région. L'endroit sinistre donnerait envie de fuir à toute personne sensée, mais Lucy vient d'y pénétrer et Rossi n'a pas d'autre choix que de suivre la jeune femme. Il rentre dans la cour en enjambant le muret effondré et vient se coller à la paroi de brique de la demeure principale. À l'abri du vent et de la pluie, il laisse les chiens s'égosiller dans le vide et longe le mur jusqu'à la seule fenêtre éclairée. Les volets entrouverts ne lui permettent de distinguer que le pied d'un lit. Il s'accroupit et jette un œil indiscret dans l'ouverture lumineuse pour découvrir le reste de la chambre.

51

Le jour commence à poindre sur les toits de Paris. Malic le regarde émerger par les fenêtres du bureau du commandant Fischer. Antipathique au possible, l'inquisiteur de l'IGS a à peine pris le temps de justifier l'horaire de l'interrogatoire en évoquant les exigences d'information de la DPN avant les premières réunions matinales au ministère. Fischer étire ses doigts, longs et pâles, autour d'une tasse de café fumant. Ni lui ni son adjointe revêche aux mâchoires proéminentes n'ont jugé bon de lui en proposer un. Leur accueil glacial indique à lui seul l'inflexion de leur enquête. *Le climat se dégrade à vue d'œil*, pense le lieutenant alors que l'interrogatoire débute, dépourvu de préliminaires et de courtoisie. Malic répond sans perdre le fil de son véritable objectif : rejoindre Rossi au plus vite avant que son baroud vire à la catastrophe. Il sait son patron capable du pire quand il s'entête à ne pas s'avouer vaincu, emporté par son orgueil et sa rage de prouver encore et toujours qu'il n'a pas d'équivalent comme enquêteur – en flair et en ténacité. Si cette course s'arrête, le commandant plonge dans l'abîme de l'autodestruction.

Sous le feu roulant des questions croisées de Fischer et de son assistante dont Malic ignore le nom, il leur fait le compte rendu objectif de l'histoire depuis son début. Jusqu'au décès de Marchioni, il n'omet aucun fait. Il passe juste sous silence leurs soupçons d'une complicité interne de Judex dans les instances dirigeantes de la DGSI. Inutile de passer pour un paranoïaque, si l'IGS fait son travail, cette conclusion s'imposera d'elle-même. Comme il s'y attendait, les questions se font très insistantes autour du dernier repas de Marchioni. En toute sincérité, le lieutenant peut leur assurer ne jamais avoir su où Rossi l'avait commandé et ne pas avoir eu l'occasion d'être en contact avec ces aliments. Cet intérêt confirme ce qu'avait deviné Rossi : Marchioni a été empoisonné par ce biais. Malgré la multiplication des questions et leur retour systématique sur chaque point à plusieurs minutes d'intervalle, Malic reste cohérent, ne se contredit pas et ne leur donne aucune prise. À sa grande satisfaction, il constate que le pouce de l'assistante appuie de manière de plus en plus saccadée sur le poussoir de son stylo et que Fischer souffle sans cesse sur son café déjà froid. Ils perdent patience. Fischer se lève et vient se placer face à la fenêtre, dos au lieutenant. Il cherche à masquer son agacement.

– Vous avez divorcé il y a un an, Malicandre, c'est bien ça ? s'enquiert le commandant d'une voix au calme travaillé.

– Tout à fait, commandant Fischer.

– Diriez-vous que votre investissement professionnel a causé cette séparation ?

– Non, les raisons sont plus profondes. Cette union ne reposait pas sur de bonnes bases. Mais ça ne vous regarde pas, s'agace le lieutenant qui n'apprécie pas la tournure que prend l'interrogatoire.

– Tout ce qui concerne la recherche d'un traître dans les rangs de la DGSI nous concerne. Ne nous mentez pas, nous avons une copie des témoignages de votre épouse et de votre belle-famille lors de l'audience de divorce.

Lorsque Fischer prononce ces mots, son assistante sort un épais dossier du tiroir et le pose sur la table. Elle l'ouvre et laisse Malic voir les minutes de son divorce houleux, contradictoire, amer, violent, s'étaler devant eux.

– Vous aimez fouiller dans les ordures, crache-t-il, dépité.

– Vous pensez que votre vie est une poubelle ? persifle l'assistante avec un sourire narquois qui manque de peu de faire exploser le lieutenant.

– Allons, Malicandre, la responsabilité de votre travail dans votre divorce est une évidence. Vous n'aimiez plus votre femme, sans doute, mais dans votre famille, on ne divorce pas. Ils vous ont tous tourné le dos, ce désaveu a dû vous faire souffrir, non ?

Fischer se retourne et regarde le lieutenant avec un air qui se veut compatissant. Malgré sa détermination, la souffrance remonte dans la gorge de Malic comme une nausée. Ses enfants qu'il ne voit plus qu'entre deux portes, ses frères qui le méprisent, sa mère qui se désespère, sa carrière qui s'enlise malgré tout ce qu'il lui sacrifie. Il a envie de hurler de rage. Mais il ne veut pas faire ce cadeau à Fischer et il se contente de hausser les épaules en feignant l'indifférence.

– J'ai connu des heures plus faciles, mais j'assume mes choix.

– Malicandre, tout le monde à votre place aurait ressenti de la colère contre ceux qui vous ont demandé ce sacrifice. Vous devez haïr votre métier, la DGSI, ces politiques que vous devez protéger… Jouer le bon soldat vous a fait tout perdre… L'injustice peut rendre fou le meilleur des hommes.

– Où voulez-vous en venir ? Vous sous-entendez que je pourrais être le complice de Judex ? s'emporte Malic.

– Je cherche juste à comprendre ce qui a pu pousser deux officiers de la DGSI à trahir. Soit vous êtes complice de Rossi, soit il se moque de vous depuis des années, et je pense que vous êtes trop intelligent pour vous être fait mener en bateau si longtemps.

– Allons, commandant, vous n'avez pas l'ombre d'une preuve. Rossi est un grand flic, il vous faudra bien plus pour le faire passer pour un criminel.

– J'ai un mobile, ajoute Fischer avec une voix doucereuse en désignant du doigt les documents éparpillés sur le bureau, et surtout, j'ai une évidence. À part Rossi, personne n'a pu empoisonner Marchioni. Personne, vous m'entendez ? J'en ai bien assez pour vous envoyer devant un juge d'instruction dès aujourd'hui ! martèle le commandant de l'IGS en tambourinant de l'index au rythme de ses mots sur l'épaule de Malic.

– Foutaises. Demandez à Rossi. Je suis incapable de vous dire ce qui a pu arriver au plateau-repas de Marchioni, vous n'avez rien pour m'y associer.

– Je ne vous ai jamais dit que le repas était empoisonné, jubile le commandant de l'IGS.

– Oh, arrêtez de jouer au plus fin, ça, c'est une évidence ! Vous m'avez posé dix questions à ce sujet, je ne suis pas un imbécile.

Fischer se tait, il se rassied et regarde les feuilles posées devant lui. Il prend une photo des enfants du lieutenant et la pousse devant lui.

– Vous êtes intelligent, Malic. Personne ne le conteste. Alors faites le bon choix. Soutenez Rossi et votre carrière est terminée. Si vous échappez à la prison, vous n'échapperez pas au chômage et à la disgrâce. Autant dire que vous ne reverrez pas vos gamins de sitôt. L'audience pour votre demande de garde partagée est le mois prochain, pensez-y avant de me répondre. Votre implication dans cette affaire fera un mauvais effet au juge des affaires familiales. Le commandant Rossi ne peut pas être innocent : il a empoisonné Marchioni, les faits l'accablent. Il nous faut juste un homme assez courageux pour pouvoir le déclarer sous serment. Dites-nous où est Rossi et avouez que vous avez des soupçons sur lui. Choisissez bien votre camp. Nous, nous pouvons vous offrir une réhabilitation aux yeux de votre famille et une belle promotion. Rossi, lui, ne peut que vous entraîner dans sa chute.

– Je ne sais pas où est Rossi, s'empresse de répondre Malic qui ne veut pas donner l'impression de réfléchir à la proposition induite par les propos de Fischer.

Son interlocuteur ne renchérit pas. Il ne ferme pas la négociation et fait mine de ne pas avoir entendu la réponse hâtive du lieutenant. L'air sûr de lui, il s'enfonce dans son fauteuil et dévisage Malic sans un mot. Le lieutenant sait que la raison voudrait qu'il accepte, qu'il leur donne le témoignage qu'ils attendent, qu'il accable Rossi. L'affaire cherche son bouc émissaire, la pression médiatique et donc le ministère l'exigent. Rossi pourra tenir ce rôle, il en a toutes les caractéristiques. À ce niveau, la vérité devient secondaire, seul compte ce qui sert les intérêts en place. La négociation pourrait s'ouvrir, Malic pourrait faire monter les enchères, obtenir le prix fort pour sa trahison, mais il ne peut pas s'y résoudre. En faisant cette proposition, Fischer sous-estime son amitié pour Rossi. Lui ne le trahirait jamais. Leurs années de complicité ne peuvent pas se terminer ainsi, par une minable trahison bureaucratique.

– Je ne sais pas où est Rossi, répète Malic en détachant les syllabes.

– Bien, soupire Fischer. Si cela vous revient, il sera peut-être encore temps de vous sauver. Vous avez jusqu'à ce soir. Après, on vous jette aux lions, menace-t-il.

– J'en déduis que cette entrevue touche à sa fin, conclut le lieutenant en se levant de son fauteuil.

– Cette entrevue touche effectivement à sa fin, mais vous allez rester dans ce bureau jusqu'à ce soir. Hors de question que vous communiquiez avec Rossi. Ça va vous laisser le temps de réfléchir à notre proposition généreuse.

– Vous n'avez pas le droit de me retenir !

– Non, mais j'ai l'accord du parquet pour vous faire placer en garde à vue. Je ne souhaite pas en arriver là. Mais si vous préférez, on le fait tout de suite… Sinon, vous restez là jusqu'à ce soir à réfléchir aux options qui s'offrent à vous.

Fischer et son adjointe se lèvent de concert, ramassent leurs documents, prennent le téléphone de Malic et sortent. Ils ne laissent sur le bureau que la photo des enfants du lieutenant qui le fixent en souriant. *Tu en sortiras sans dommage*, lui a promis le commandant. Malic serre les poings jusqu'à en faire craquer les jointures et espère que Rossi ne s'est pas trompé.

52

Le tronc du cerisier japonais remonte le long de la colonne vertébrale de Lucy, ses racines s'étendent sur le haut de ses fesses et ses branches fleuries s'épanouissent sur ses épaules. Le *sakura* rose, noir et blanc paraît presque réel, le jeu des muscles de la jeune femme donne l'illusion d'agiter son feuillage alors qu'elle remonte ses cheveux en un chignon improvisé. Le tatouage fascine le commandant. Il se concentre en vain pour essayer de déchiffrer la phrase écrite sur son écorce qui ondule au gré du glissement des muscles dorsaux de Lucy. Elle se tient droite, à califourchon sur le bassin de la brune du bar, elle ne porte qu'une culotte de coton qui lui rentre dans les fesses. Sa partenaire, dont Rossi ne voit que les jambes, est allongée sur le dos entre les cuisses de Lucy et elle s'agite avec vigueur. Accroupi derrière le rebord de la fenêtre, le commandant se sent mal à l'aise de jouer ainsi les voyeurs, mais il ne parvient pas à détacher les yeux du dos de Lucy.

La brune s'agite de plus en plus. Elle remue les pieds et se tortille dans tous les sens, au risque de désarçonner sa partenaire. Rossi ne sait pas ce que Lucy peut bien lui faire, mais de toute évidence, cela fait de l'effet. Les soubresauts s'amplifient, Lucy manque de tomber, cette résistance ne la stimule pas et semble même l'énerver. Elle lève la main et gifle la brune à deux reprises. Rossi écarquille les yeux d'étonnement, visiblement, il ne s'agit pas de jeux sexuels ou alors il n'en comprend pas le déroulement. Dans la chambre, Lucy se relève, Rossi voit que la brune a les mains attachées aux montants en fer du lit. Nue, les bras en croix, elle a les poignets entravés par des menottes. Elle crie, mais l'épais double vitrage de la fenêtre empêche le commandant de distinguer ce qu'elle dit, d'autant plus que, dans la cour, les chiens de chasse ne cessent pas d'aboyer. Avec une moue dédaigneuse, Lucy hausse les épaules, enfile un tee-shirt blanc et sort de la pièce. Le commandant baisse la tête quand elle passe devant lui. Il se demande s'il ne ferait pas mieux d'intervenir avant que la jeune femme ne commette un acte illégal irréversible sous ses yeux.

Son cas de conscience devient encore plus épineux quand Lucy revient, un couteau de cuisine à la main. L'air très agacé, elle se jette sur le lit et invective la brune en lui agitant la lame sous le nez. Les réponses ne doivent pas la satisfaire, car Lucy s'emporte et commence à donner de violents coups de couteau dans le matelas tout autour de sa prisonnière qui hurle à en perdre haleine. Des morceaux de mousse, de draps et des plumes volettent dans la chambre. Lucy, comme possédée, continue de massacrer la literie. Rossi jure entre ses dents serrées, il ne peut pas laisser la situation dégénérer. Il pose la main sur la crosse de son Glock et se dirige vers l'entrée de la ferme.

La porte s'ouvre en frottant contre le carrelage irrégulier. Une odeur désagréable saute à la gorge du commandant, mélange de crasse, de tabac froid et de pourriture, avec, pour couronner le tout, un relent de produits chimiques âcres qui lui pique les yeux. Il entre dans une grande cuisine agencée autour d'une table rectangulaire couverte d'une toile cirée rapiécée. De grandes bassines métalliques contenant des croûtons de pain trempés dans de l'eau encombrent le passage. Rossi les contourne et se dirige vers le couloir qui dessert les chambres. Au fond du couloir, une porte en métal peinte en kaki et fermée par une épaisse chaîne cadenassée attire son attention, mais avant toute investigation, il doit remonter à la source des hurlements de la femme qui emplissent la ferme.

Les cris entrecoupés de hoquets et de pleurs de la brune cessent à l'instant où Rossi entre dans la chambre en pointant son flingue. Lucy, de nouveau à califourchon sur sa proie, lui assène des gifles à s'en faire saigner les mains. Elle regarde entrer le commandant avec une moue désabusée. Elle monte ses paumes ouvertes au niveau de ses épaules et soupire dans une parodie de reddition. Entre les cuisses de Lucy, sa victime dévisage Rossi, stupéfaite et soulagée. Son maquillage coule sur ses joues, rougies par les baffes. Le couteau repose sur la table de chevet et des plumes volent encore dans toute la chambre à la literie éventrée. Rossi se saisit du couteau alors que Lucy l'apostrophe :

– Merde ! Voilà les kidnappeurs assermentés. Si vous mettiez autant d'énergie à rechercher les disparues qu'à me harceler, cette histoire serait terminée depuis longtemps.

– Tu ferais mieux de changer de registre, Lucy… Séquestration, coups et blessures, ton dossier vient de s'alourdir, répond le commandant en lui faisant signe de se relever.

– Pour ça, il faudrait encore qu'il y ait un délit. On était juste en train de s'amuser quand un flic voyeur et violent s'est permis de pénétrer dans une propriété privée sans y être invité. Hein, ma chérie ? demande Lucy en caressant la joue de la brune qui manque de s'étouffer.

– Quoi ? Putain ! T'es gonflée, salope ! enrage la brune en s'agitant à nouveau.

– Tu préfères que je raconte aux flics que tu m'as proposé une pipe de *crystal meth* ?

D'un mouvement de menton, Lucy désigne la table de

chevet. La mention de la méthamphétamine fait sursauter le commandant. L'odeur chimique désagréable qu'il a sentie en entrant dans la ferme. Son instinct crépite, comme le bouquet final d'un feu d'artifice : des relents aussi puissants ne viennent pas d'une simple pipe, il parierait une petite fortune sur la présence d'un labo clandestin quelque part derrière la porte kaki. Rossi ouvre le tiroir de la table de chevet. Il y trouve du gel lubrifiant, des capotes, une petite pipe en métal et un pot transparent dans lequel il reste un fond de petits cristaux semblables à du verre pilé. La pipe n'a pas servi dans les minutes qui viennent de s'écouler, l'odeur vient d'ailleurs, imprégnée dans les murs et meubles de la ferme. Ses occupants n'ont pas conscience qu'ils s'empoisonnent, les fumées dégagées par les labos clandestins qui produisent de la méthamphétamine sont extrêmement toxiques et explosives.

À la lumière crue de la chambre, l'apparence de la jeune femme coincée sous les fesses de Lucy confirme les soupçons du commandant. Des côtes saillantes sous des seins affaissés, des cuisses trop fines, une peau usée, de l'acné, des dents qui jaunissent… De loin, la jeune femme fait illusion, on lui donne la trentaine ; son maquillage épais masque les ravages de la drogue. Mais de près, alors que son fond de teint se liquéfie, Rossi se rend compte qu'elle a moins de vingt ans, et que la méthamphétamine la détruit. Des croûtes éparses mutilent ses avant-bras, son cou et ses épaules, stigmates des hallucinations habituelles engendrées par la meth qui fait croire à ses consommateurs que des fourmis grouillent sous leur peau au point qu'ils la déchirent avec leurs ongles. Les graisses et les muscles de la gamine ont fondu, bouffés par les molécules toxiques qu'elle inhale. Rossi lui donne deux années avant de n'être plus qu'un déchet pathétique, ou une figurante idéale pour un épisode de *Walking Dead*. Pour l'instant, la toxico décharnée s'agite avec fureur sous Lucy qui ne bouge pas.

– Lucy, tu descends de là, tu vas finir par l'étouffer, ordonne le commandant. Et toi, la tox, tu me dis où sont les clés du cadenas qui ferme la porte kaki au fond du couloir. Et vite, vous me tapez sur les nerfs toutes les deux !

– Je ne les ai pas ces clés, mes parents ferment la porte en partant et ils sont en Angleterre toute la semaine. Mais putain, qu'est-ce que vous me voulez ?

Mes parents… ces mots résonnent dans l'esprit du commandant. La gamine se fournit en meth auprès de ses propres parents qui la tuent à petit feu. Les fermiers qui occupent les lieux doivent former une famille exemplaire. Cette perspective lui coupe la parole, il ne sait plus quoi répondre, il se contente de jeter son pantalon et son blouson à Lucy et de lui faire signe de sortir de la pièce avec lui. La ferme doit contenir assez d'outils pour forcer cette porte ou en couper le cadenas, et il veut entendre les explications de Lucy sur ce qu'elle vient faire dans ce lieu sordide. Pendant que la jeune femme se rhabille, il remonte les draps sur le corps maigre et nu de la brune en ignorant ses supplications et menaces qui oscillent du « Vous n'avez pas le droit ! » au « Mes frères vous tueront ! », entrecoupées de cris et de sanglots.

La cuisine malodorante à l'évier plein de vaisselle sale et au sol jonché de détritus ne contient rien qui puisse l'aider à forcer le cadenas. L'étage ne comprend que des chambres aux draps sales et aux meubles rafistolés. Pour trouver des pinces ou une barre de fer, Rossi pousse Lucy vers la sortie du bâtiment et ils traversent la cour sous les hurlements des chiens. Au lever du soleil, la ferme apparaît à Rossi sous son vrai jour : des outils agricoles rouillés jonchent la cour, des carcasses de poules desséchées pourrissent de-ci de-là. Tout part en ruine, le toit de la bergerie où ils pénètrent s'effondre sur un tracteur aux pneus crevés. Sur un établi poussiéreux, Rossi trouve ce qu'il cherche : une pince coupante mangée par la rouille mais encore utilisable et une burette d'huile qui crache quelques gouttes de lubrifiant à la dixième tentative sur l'articulation grippée de la pince. Équipé de cet outil, il fait signe à Lucy de retourner dans la ferme. Il pose la pince sur la table, ouvre les placards, trouve une cafetière en état de marche et leur prépare un café.

Il pose une tasse fumante devant Lucy qui ne prend pas la peine de le remercier et continue à le dévisager avec un air de défi. Il soupire :

– Je crois que l'heure d'arrêter de me prendre pour un con est venue…

– Je ne sais pas, tu ne m'as pas laissé le temps de mettre ma montre.

– Continuer comme ça ne te mènera à rien. Je ne sais pas ce que tu es venue faire ici, mais si tu ne me parles pas, tout va s'arrêter pour toi, prévient Rossi en soufflant sur son café pour s'efforcer de garder son calme.

– Je suis venue chercher Roxana. Désolée, ça n'a rien à voir avec Judex. Tu as perdu ton temps, nargue Lucy.

– Qu'est-ce que cette famille de malades a à voir avec la disparition de ta copine ?

La jeune femme hésite un long moment. Elle fait tourner sa tasse de café du bout des doigts, les yeux dans le vague. Le commandant se tait, conscient qu'elle doit hésiter entre continuer ses provocations ou livrer une parcelle de vérité à celui qu'elle perçoit comme un ennemi. Il la laisse choisir sans lui donner l'impression d'essayer de lui forcer la main. Il commence à comprendre les réactions de cette rebelle farouche, allergique à toute forme de contrôle. Seuls les cris de rage de la toxico continuent de résonner dans la ferme, alors que Rossi contemple le profil volontaire de Lucy baigné dans la pénombre. La jeune femme lui offre un sourire à demi-bouche et laisse sortir sa réponse, premier signe d'apaisement :

– Directement, rien. Mais Manon, la fille attachée dans le lit, travaille comme serveuse lors de la soirée annuelle organisée par Dantrebert, le Carnaval de la chair. On a la même taille, la même couleur de cheveux. Habillée et maquillée comme elle, je peux me faire passer pour elle. Il faut juste que Manon me dise où elle a rangé son badge et son contrat, et comment ça se déroule.

– Tu as l'intention d'aller fouiller chez Dantrebert ?

– Bien vu, Columbo, t'es trop malin, je ne comprends pas comment Judex peut encore t'échapper ! ricane Lucy.

– Tu crois qu'ils vont te laisser faire ? lui répond le commandant en désignant la ferme qui les entoure d'un cercle de l'index.

– C'est plus compliqué que ce que je pensais. J'ai dragué Manon dans un bar à côté de la boîte où elle travaille pour avoir des infos et éventuellement son aide. J'ai eu l'idée de ce plan quand elle m'a dit qu'elle était seule chez elle cette semaine et qu'elle pouvait m'héberger cette nuit. Je serais venue la libérer le lendemain de la soirée…

– Tu as le chic pour te foutre dans des situations pas croyables, soupire Rossi en se levant. Bon, allez, il faut que j'aille voir où on est tombés.

Le commandant empoigne la pince et demande à Lucy de le suivre jusqu'au bout du couloir. Il glisse son revolver dans sa ceinture et entreprend de couper non pas le cadenas, trop épais, mais l'anneau en fer qui relie la chaîne à la porte. Depuis sa chambre, Manon leur hurle des « Si vous ouvrez, ils vous tueront ! » à s'en faire dérailler la voix. Mince et rouillée, l'attache n'oppose qu'une brève résistance et le commandant parvient vite à ouvrir la porte kaki. Rossi retire la chaîne, balance la pince dans le couloir et reprend son Glock avec lequel il fait signe à Lucy de le précéder dans les quelques marches qui descendent vers une pièce obscure d'où émane une intense odeur de dissolvant. Lucy tâtonne le long du mur. Sa main rencontre un interrupteur, l'actionne.

– Qu'est-ce que c'est que ce truc de malades !

53

L'attente fait germer les graines pernicieusement semées par Fischer. Malic doute du bien-fondé de leur méthode. Rossi vient de se mettre hors la loi. Ceux qui cherchent un coupable auront beau jeu d'instrumentaliser cette fuite pour le désigner à la foule avide d'une résolution policière à cette affaire. Il se demande s'ils ont bien évalué l'urgence. Poursuivre Lucy pour essayer de se faire mener jusqu'à Judex pourrait s'avérer moins capital que de s'expliquer avec l'IGS. Sauf à rapporter des résultats concrets et décisifs de son périple normand dans la journée, la nasse pourrait se refermer sur eux. L'angoisse du lieutenant ne se dissipe que lorsqu'il repense à Lucy et au trouble délicieux qu'il a ressenti en partageant, l'espace d'un instant, son intimité. Ce sentiment qu'il n'a plus éprouvé depuis de longues années le déconcerte. S'il se montre plus fort que l'angoisse, ce désir ne rassure pas Malic qui se demande vers quoi ces pensées peuvent bien le mener.

Las de ses propres atermoiements, le lieutenant s'étire sur sa chaise inconfortable et se frotte le visage pour sortir de sa torpeur. Il repousse la photo de ses enfants avec laquelle l'IGS essaye de le faire culpabiliser et se demande comment retourner la situation à son avantage sans trahir le commandant. Fischer met un terme à ses interrogations en entrant dans la pièce. Il jette un tas de journaux devant Malic et s'assied face à lui. Sans un mot, il allume le PC et pianote quelques secondes pendant que le lieutenant parcourt des yeux les gros titres qui s'étalent au travers des unes éparpillées sur le bureau.

Le Figaro : « La thèse du suicide battue en brèche ».

Libération : « La mort étrange du sénateur ».

Le Parisien : « Marchioni, victime d'un acte terroriste ? »

Le commandant remarque son regard, tend le bras et ouvre les journaux aux pages contenant les articles sur l'affaire.

– Ne vous arrêtez pas aux premières pages ! Les articles sont passionnants ! Les journalistes se retiennent encore un peu, faute de preuves ou de source fiable, mais entre les lignes vous comprendrez qu'ils font déjà allusion à la disparition d'un commandant de la DGSI responsable de la protection de Marchioni. Et qui dit dispositif de protection dit menace, donc ils ne vont pas tarder à parler de Judex… Et s'il n'y avait qu'eux !

Le commandant de l'IGS tourne l'écran de son PC vers Malic. Une page d'accueil de Google s'ouvre, il tape JUDEX et laisse les réponses s'afficher. Plus de cinq cent mille entrées remontent. Malic se souvient avoir fait la même recherche il y a quelques jours et n'en avoir dénombré que cent quinze mille. Fischer ouvre une page au hasard sur un forum de discussions apparenté à Telecomix, fait défiler les messages en commentant ses recherches à voix haute :

– Sur Internet, on ne s'embarrasse pas de tant de précautions. Les hacktivistes s'en donnent à cœur joie, tout y est : les courriers de Judex, les circonstances des morts de Delaunay et Le Morvant détaillées… Et en commentaires : des débats interminables sur qui est Judex. Pourquoi fait-il cela ? Où a-t-il eu ses informations ? À quel point ses accusations sont-elles fondées ? Quel rôle a joué la DGSI dans toutes ces affaires ? La boîte de Pandore vient de s'ouvrir, lieutenant. Il nous incombe de la refermer, et vite avant que ces débats se fassent au journal de vingt heures ! Vous rendez-vous compte des conséquences de votre silence ?

– Rossi sait très bien ce qu'il fait. Il peut trouver Judex. Si vous l'arrêtez, c'est vous qui faites le jeu de ce terroriste.

– Ce n'est pas le seul policier compétent de France ! s'emporte Fischer. Même s'il est persuadé du contraire, d'autres sont capables de faire ce boulot et, s'il ne vient pas s'expliquer rapidement, il va passer du mauvais côté des barreaux !

Comment expliquer à Fischer que Rossi ne peut pas s'arrêter ? Que le commandant court depuis des années d'affaire en affaire sans interrompre le mouvement par peur du vide ? Que l'angoisse le paralyserait sans doute à la seule pensée de devoir lâcher sa piste ? Pourtant, Malic craint que leur attitude ne soit trop suicidaire. Ils doivent essayer de transiger, de ménager les formes et les procédures, sinon leur baroud sera sans retour possible. Pire, ils pourraient nuire à l'enquête en ne partageant pas toutes leurs informations. Le lieutenant ne peut pourtant pas se résoudre à trahir Rossi. Fischer s'impatiente, il souffle si fort que le lieutenant perçoit son haleine, désagréable, qui indique que le commandant doit développer un ulcère où, au moins, souffrir de reflux gastriques chroniques. L'inquisiteur tape du plat de la main sur la table, pivote l'écran vers lui et sermonne Malic :

– Lieutenant… Pourquoi avez-vous été planquer le sénateur Marchioni dans l'appartement de votre frère ? Vous l'avez impliqué dans l'affaire… Il est interrogé par le commandant Louvion en ce moment même… Un colonel de gendarmerie exemplaire comme lui… Allez-vous laisser Rossi entraîner votre propre frère avec vous dans la chute ?

La méthode, bien que grossière, fonctionne… Malic se sent coupable, tiraillé entre deux fidélités. Il a utilisé l'appartement de fonction de son frère sans son accord et un drame s'y est produit, un drame tel que la carrière de son frère risque de se voir compromise par ses répercussions. Il doit trouver un accord. La marge de manœuvre étroite dont il dispose tient dans la capacité du commandant à accepter de ralentir sa course. Il doit au moins essayer.

– OK, commandant Fischer. Je ne peux pas vous dire où est Rossi, car je n'en sais rien. Par contre, si vous me rendez mon téléphone portable, je sais comment le joindre et je peux essayer de le convaincre de répondre à vos questions.

La proposition de Malic se voit accueillie par un silence glacial. Le commandant Fischer fixe son écran, l'air abasourdi et le visage livide. Quelque part sur l'échiquier virtuel où se déroule la partie qui oppose Judex à la DGSI, leur adversaire vient de jouer un coup inattendu qui laisse pantois l'inquisiteur de l'IGS.

54

La porte s’est ouverte sur une étable au sol de terre battue et aux murs de briques nues. Lucy se tient au bas des marches, les bras ballants. Elle secoue la tête, atterrée. Comme l’odeur pouvait leur laisser supposer, ils sont entrés dans un laboratoire clandestin équipé au mépris de toute règle de sécurité. Sur une longue planche posée sur des tréteaux, ils découvrent un assemblage hétéroclite et désorganisé de becs Bunsen, de tuyaux de tailles et couleurs variées, de bassines, d’éprouvettes, de flacons gradués, de pipettes, de balances, de centrifugeuses. Certains de ces éléments semblent neufs et coûteux, d’autres rafistolés et bons pour la benne à ordures. Au pied de la table, des bassines en métal recueillent les déchets chimiques toxiques issus de la production de la meth.

Ces résidus empestent toute la ferme. Les incidents, explosions et incendies qu’ils provoquent aux États-Unis font régulièrement des victimes, pourtant les occupants des lieux n’estiment pas nécessaire de prendre la moindre mesure de sécurité, hormis quelques gants en plastique et des masques chirurgicaux sales qui prennent la poussière au milieu des instruments. Le long du mur, la matière première est entreposée dans un capharnaüm inquiétant de sacs d’engrais, de pots de peinture, de boîtes de médicaments vides, de cartons de vernis à ongles, de laque et de bidons blancs sans étiquettes que Rossi regarde rapidement en poussant les cartons du bout du pied. Parmi tous ces déchets, le commandant sait qu'un chimiste peut trouver les molécules nécessaires à la réalisation de cristaux de méthamphétamine. Leur quantité indique une production importante.

La percée annoncée depuis des années des drogues de synthèse, méthamphétamine et dérivés, ne s'est jamais produite. La France et l'Europe continentale restent étrangères à ce phénomène qui dévaste les États-Unis et l'Amérique latine. Pour ce qu'en sait le commandant, seule l'Angleterre subit aujourd'hui les premières vagues de ce tsunami. La drogue ne se trouve pas dans le laboratoire, seuls quelques cristaux croupissent dans un bac au bord de la table. Le voyage des fermiers au Royaume-Uni prend tout son sens, ils y écoulent en ce moment la production de leur labo. L'idée se tient : produire en France, où les forces de police ne recherchent pas les labos clandestins puisque le fléau ne concerne pas les autorités françaises, puis vendre outre-Manche. Les occupants de la ferme sont peut-être inconscients des risques, sales, dénués de scrupules et monstrueux au point de laisser leur propre fille se détruire sous leurs yeux, mais ils ne manquent pas de sens du commerce, ni d'esprit d'initiative.

Rossi ouvre la seule autre porte de l'étable et découvre un débarras rempli de matériel hétéroclite au milieu duquel il ramasse un Luger P08 graissé, entretenu et en parfait état de marche. Il constate que le chargeur du vieux pistolet est approvisionné en balles de 9 mm Parabellum. Le commandant le glisse dans sa ceinture et se retourne vers Lucy qui regarde le labo, l'air terrorisée. Sans parvenir à être narquois, car tout ce qu'il vient de découvrir l'inquiète aussi, il l'interroge avec un regard lourd de reproches.

– Dans la gueule des loups… Tu comptais vraiment gérer cette famille de tarés toute seule ?

– Je ne pouvais pas imaginer que j'allais tomber là-dessus.

– J'ai bien compris, mais si tu veux mon aide, il va falloir me renvoyer l'ascenseur. Tu en as bien conscience ?

Pour la première fois, Lucy n'écarte pas cette hypothèse d'un revers de main ou d'une moquerie acerbe. Elle se détourne en silence et ressort du laboratoire. Rossi la suit ; l'odeur qui règne dans l'étable lui pique le nez, les yeux et la gorge, et il éprouve lui aussi le besoin de respirer un peu d'air pur. Il suit la jeune femme dans la cuisine jusqu'à la porte de la ferme et ils sortent respirer quelques instants un oxygène non vicié par la transformation de la meth. Ils s'appuient contre le mur pour s'abriter de la pluie qui clapote dans la cour de plus en plus boueuse. Les chiens continuent d'aboyer comme des possédés depuis leur chenil de l'autre côté de l'enceinte. Rossi soupire.

– Il va falloir leur filer à bouffer, je suis sûr que c'est pour ça qu'ils sont excités. Les seaux pleins de croûtons, ça doit être pour eux.

Lucy ne répond rien, elle se contente de hocher la tête, perdue dans ses pensées. Le commandant suppose qu'elle pense à Roxana, à son amie qu'elle espère secourir et aux obstacles qui ne cessent de se dresser devant elle. Lucy a soudain l'air fragile et perdue. Pour un instant, elle devient une jeune femme dépassée par l'ampleur des éléments qu'elle doit affronter. Sa volonté et son courage se sont fait absorber par sa nuit blanche et par ces dernières découvertes funestes. Dans un geste maladroit, Rossi lui pose la main sur l'épaule et lui adresse une moue compatissante. Elle tourne la tête, sans agressivité malgré la surprise, et d'une voix à peine audible, propose :

– Si je vous dis ce que je sais sur Judex, vous m'aiderez à aller chercher Roxana chez Dantrebert ?

– Tu deviens raisonnable, on va pouvoir en parler,

dit-il en lui ouvrant la porte. Rentre nous faire du café, pendant ce temps je vais cacher ta moto dans la bergerie et nourrir les chiens… J'en peux plus de les entendre hurler.

La Kawasaki rangée le long du tracteur rouillé, Rossi patauge dans la boue pour apporter les gamelles pleines de croûtons de pain aux bêtes affamées. Il fouille dans la cuisine jusqu'à trouver quelques boîtes de cinq kilos de nourriture pour chiens qu'il ouvre et verse dans les derniers seaux. L'accueil des dogues le conforte dans sa décision : les cinq chiens sautent, gémissent et se bousculent le long de la grille de leur chenil quand ils sentent l'odeur de leur repas. Les molosses à la robe fauve et aux têtes carrées souffraient de la faim depuis plusieurs jours. Les trafiquants se trompaient en faisant confiance à leur fille toxico pour nourrir les bêtes en leur absence. Pour Rossi, le plus dur reste de se faufiler dans le chenil grillagé pour leur poser leur pitance sans se faire bousculer et jeter dans la boue par les dogues affamés. Il y parvient tant bien que mal, les cinq bêtes se précipitent babines écumantes dans les seaux pour en engloutir le contenu avec des glapissements de contentement. Sous les trombes d'eau, le costume de Rossi en ressort couvert de boue glacée.

Malgré les relents d'odeurs chimiques, le commandant frissonne d'aise en regagnant la chaleur de la cuisine. Lucy a posé une cafetière sur la table et elle s'affaire devant le réfrigérateur. Ils n'ont pas mangé depuis une journée complète et Rossi grogne qu'il va « finir par rejoindre les dogues au-dessus de leurs gamelles si le frigo ne contient rien de solide ». Lucy sort de la cuisine, triomphale, avec du fromage blanc, du beurre, de la confiture, du lait, des céréales et des biscottes.

– Tu vas pouvoir épargner ta compagnie désagréable à ces pauvres chiens, sourit-elle en s'asseyant.

Pour toute réponse, le commandant bâille derrière sa main ouverte. Lucy l'imite dans les secondes qui suivent. Ils en sourient et se plongent sur leur petit-déjeuner de fortune avec un appétit comparable à celui des dogues. Ils se passent les divers aliments sans un mot. Rossi attend que Lucy lui transmette les informations qu'il espère ; il sait que la brusquer risque de faire reculer la jeune femme. Elle finit par rompre le silence. Sa voix tremble sous l'effort qu'elle doit faire sur elle-même.

– Je ne suis pas une criminelle, affirme-t-elle. Même si ce n'était qu'une pourriture, je ne voulais pas tuer Delaunay. Je ne savais pas ce que je lui faisais boire.

– Ne me prends pas pour un con, tu devais bien te douter que ce n'était pas de la vitamine C, râle Rossi en reposant sa tasse de café.

– Je ne pensais pas que c'était du poison… Franchement, je croyais qu'il s'agissait d'un diurétique ou d'une connerie dans ce genre, pour lui pourrir sa soirée. Pour moi, Hugo ressemblait plus à un plaisantin qu'à un assassin… Je leur ai bien demandé ce que c'était exactement, ils ne m'ont jamais répondu et j'avais tellement besoin d'aide pour retrouver Roxana que j'aurais accepté n'importe quoi.

– Ils t'ont menti et ils ont fait de toi la complice d'un assassinat, affirme Rossi. Pourquoi leur rester fidèle ?

La réponse tarde à venir. Rossi se maudit d'avoir rejeté les premières assertions de Lucy. *La maïeutique demande plus de subtilité*, se répète-t-il en reniflant la brique de lait qui sent le caillé. Il regarde la date de péremption, sourit amèrement à Lucy et la repose en haussant les épaules. La jeune femme reprend ses explications dans un rictus haineux.

– Delaunay méritait ce qui lui est arrivé. Vous le protégiez, je n'ai pas honte d'avoir rendu la justice à votre place. Après la mort de cette ordure, ils me tenaient… Je n'allais pas me rendre à la police. Et Hugo m'a aidée, sans lui je ne serais pas là aujourd'hui. Les flics claquent des dents dès qu'ils entendent le nom de Dantrebert !

Le visage de Lucy se contracte à nouveau. Alors que Rossi l'écoute détailler comment Hugo l'a contactée et comment ils communiquaient, les éléments qu'il a découverts dans le dossier DGSI du milliardaire normand reviennent à sa mémoire. Il reste silencieux quelques secondes, le temps que ces informations renforcent sa détermination à franchir les limites. La haine de Lucy l'inquiète un peu, mais il ne revient pas sur son choix. Il la regarde dans les yeux et lui confirme leur accord tacite.

– D'accord, Lucy, je vais t'aider à entrer chez Dantrebert, à gérer cette famille de cinglés et à te sortir au mieux de cette affaire. Mais il faut que tu me donnes de quoi remonter jusqu'à Judex et vite, le temps nous est compté.

– Vite… Ça dépendra de vous. J'y ai réfléchi longuement depuis que vous m'avez mis la main dessus. Judex, je ne l'ai jamais vu et je ne sais même pas s'il existe vraiment. Hugo, lui, je le connais, j'ai même une certaine influence sur lui, mais il est super prudent et il n'acceptera pas un nouveau rendez-vous. Du moins pas dans les jours qui viennent.

– Il va me falloir quelque chose de plus tangible, dit Rossi en étalant avec précaution de la confiture de prunes sur sa biscotte.

– Il y a un truc que j'ai remarqué quand je suis passée chez Hugo. Ça peut marcher. Sinon, il faudra attendre que l'affaire se tasse un peu et je réussirai à l'attirer.

– On n'a pas le temps… C'est quoi ton… merde ! crie-t-il alors que sa biscotte vient de se briser et de tomber sur le sol crasseux de la cuisine.

– Hugo est complètement accro aux jeux vidéo, répond

Lucy avec un sourire amusé. Il collectionne les statuettes, les figurines, les goodies, et il achète des jeux toutes les semaines. Même sous pression, il ne tiendra pas longtemps sans aller en chercher.

– Génial ! Il doit y avoir à peu près cinq mille points de vente sur Paris et sa banlieue… Comment veux-tu qu'on utilise ça ? s'emporte le commandant en chassant du bout du pied les morceaux de biscotte sous la table.

– J'habite en plein quartier des boutiques de jeux vidéo, je les connais bien. Hugo va toujours dans la même. Il ne peut pas avoir deviné que j'ai reconnu les sacs d'emballage dans sa planque… S'il est caché dans Paris, surveillez cette boutique, vous mettrez la main sur lui dans quelques jours au maximum. J'en suis sûre !

– On peut essayer, valide Rossi avec une moue sceptique.

Agacé par sa maladresse, le commandant s'empare du pot de fromage blanc, le renifle, soupire de soulagement et y plonge sa cuillère. Lucy lui donne le nom du magasin en picorant des céréales au chocolat desséchées. Rossi envoie un texto avec ces informations à Malic. La jeune femme a rempli une part de ses obligations. Si ces informations ne suffisent pas à arrêter Hugo, il lui demandera d'essayer de l'attirer dans un traquenard à leur retour sur Paris. Pour sa part de leur contrat, Rossi craint que la haine de Lucy pour Delaunay et Dantrebert l'aveugle. Pour s'éviter un naufrage, il doit mieux la cerner avant de se lancer à ses côtés dans cette initiative hasardeuse. Hors de question que son aide serve à assassiner Dantrebert dans un accès de rage incontrôlée. Rossi cherche encore ses mots quand Lucy lui tend en souriant une biscotte beurrée recouverte de confiture.

– Nous sommes partenaires maintenant, je te dois assistance !

– Merci, bredouille-t-il, un peu surpris. Lucy ? Je…

j'ai besoin de savoir… Delaunay ? Qu'est-ce qu'il t'a fait ? Qu'est-ce qu'on t'a fait pour que tu haïsses autant ?

La jeune femme ne sourit plus, Rossi s'en veut d'avoir terni son humeur, mais elle lui doit cette explication et semble l'avoir compris. Le commandant reste pendu aux lèvres de Lucy. Dans la ferme, le silence est à peine entrecoupé par les vociférations de moins en moins violentes de leur prisonnière que la fatigue commence à terrasser.

55

Pas moins de quatre voitures banalisées stationnent le long du boulevard Voltaire. Le dispositif mis en place par le commandant Louvion peut sembler disproportionné pour l'arrestation d'un seul ado, mais il doit faire face à tous les cas de figure possibles, même les plus inattendus. Tassé dans le fauteuil passager de la Mégane grise, Malic mange sans conviction un jambon-beurre acheté dans un bistrot voisin de la boutique de jeux vidéo. Le dernier coup de Judex lui a servi. L'urgence ne cessant de croître, la brigade antiterroriste a accepté sa demande de participer à la planque. Le lieutenant connaît mieux Hugo que les hommes de Louvion, il a interrogé son père et analysé toutes les traces que l'adolescent a laissées derrière lui. Cette connaissance du dossier peut s'avérer utile. Sans cela, jamais l'IGS et Louvion n'auraient accepté de l'associer à la traque. La peur d'échouer leur a donné envie de partager les responsabilités et ils ont, à contrecœur, rendu son statut de chasseur à Malic. Louvion lui a juste refusé, avec dédain, de venir avec lui dans la voiture de tête du dispositif, le reléguant dans le véhicule de deux brigadiers débutants.

L'étoile du lieutenant brille plus qu'il y a quelques heures, mais hélas pas assez pour que son opinion sur le dispositif à mettre en place soit prise en compte. Il aurait préféré un dispositif léger et confidentiel. Vu les sources internes de Judex, celui-ci n'a aucune chance de lui être inconnu. Le lieutenant n'a pas rallumé son BlackBerry de service, autant pour échapper aux oreilles indiscrètes que pour se soustraire aux relances de son ex-femme, mais il craint que Judex sache exactement ce qu'ils préparent et prévienne son complice avant qu'il ne pointe son nez.

Ce matin, leur adversaire invisible a fait son entrée dans le cirque médiatique. Pas directement, mais par la plume de Louis Vidal, un des éditorialistes les plus craints de la presse internet française et sans doute le plus indépendant. Dans sa tribune du jour, le rédacteur en chef de Mediapart a annoncé avoir reçu une lettre de Judex dans laquelle celui-ci revendique les assassinats de Marchioni, Delaunay et Le Morvant. Vidal affirme ne pas pouvoir fermer les yeux sur les rumeurs qui agitent la Toile depuis la mort de Marchioni. La lettre reçue contient des éléments tangibles, factuels, suffisamment troublants pour remettre en cause la thèse officielle sur la mort de ces trois hommes. La mèche est allumée, Vidal et son équipe, bien que détestés par la plupart de leurs confrères, ont sorti les plus grands scandales de ces dix dernières années. La voix du journaliste est écoutée, reprise et elle donne le ton au reste de la presse qui doit suivre, commenter ou s'opposer aux révélations et opinions de Mediapart. Pour l'instant l'éditorialiste fait preuve de prudence, il ne veut pas servir de porte-voix à un terroriste, il garde donc pour lui le détail des accusations de Judex, le temps que ses équipes recoupent les informations et fassent leur travail d'investigation. Mais Vidal utilise cette tribune pour demander la vérité sur l'enquête aux pouvoirs publics arguant que la version officielle n'a plus aucune crédibilité et qu'elle laisse le champ libre à toutes les rumeurs et revendications. Si la situation n'évolue pas, Vidal se réserve la possibilité de publier les preuves corroborant les accusations que

Judex annonce détenir et qu'il va bientôt transmettre dans des lettres publiques.

Le ministère de l'Intérieur va devoir réagir publiquement à cette tribune, la pression sur l'enquête atteint son paroxysme. Le SMS de Rossi a permis à Malic de retourner la situation. Au vu des circonstances, Louvion ne peut pas se permettre d'écarter une piste ou de prendre le risque de la compromettre même si elle provient de son concurrent au titre de meilleur limier de France. Le lieutenant a répondu à Rossi pour lui demander où en est la filature de Lucy, mais le commandant a dû éteindre son téléphone pour ne pas donner une chance à quiconque de remonter sa trace.

Les deux brigadiers l'observent du coin de l'œil comme une bête curieuse et détournent les yeux dès qu'il leur rend leurs regards. Les rumeurs autour de la mort de Marchioni leur sont parvenues et l'animosité entre Louvion et le lieutenant n'a pas pu leur échapper. Du coup, l'ambiance dans la Mégane a la chaleur d'une pierre tombale. Malic s'en accommode et reste plongé dans ses pensées ou dans l'écoute des flashs info. Il n'a aucune envie de faire la conversation avec deux bleusailles aux cerveaux lavés par les jugements à l'emporte-pièce de cette brute de Louvion. À intervalles réguliers, leur radio crépite. Rien ne ressemble plus à un adolescent qu'un autre adolescent et les fausses alertes se multiplient au gré des allées et venues autour de la grande boutique, à la vitrine encombrée de peluches géantes qui représentent des personnages célèbres de jeux vidéo.

56

Dans une penderie d'où émane une pénible odeur de renfermé, Rossi trouve un pantalon en toile épaisse, un pull-over gris à coudes renforcés et une veste de chasse verte neuve avec un col en cuir brun. Il troque son costume Paul Smith maculé de boue contre cette tenue plus adaptée à sa situation actuelle. Au rez-de-chaussée, Lucy s'est allongée dans une chambre adjacente à celle de leur otage pour y dormir enfin quelques heures. Ses confessions ont fini d'épuiser la jeune femme et elle n'est parvenue à leur terme qu'au prix d'un effort sur elle-même, dont elle efface les traces dans un sommeil profond. Le commandant fouille dans des placards bas à l'entrée de la ferme. Il y découvre ce qu'il cherche, une paire de bottes en caoutchouc boueuses, à sa taille. Il s'en équipe et soupire de soulagement d'avoir constitué une tenue qui le met à l'abri de la météo délicate de leur escapade normande.

Les bocaux de confiture ouverts laissent apercevoir les couches de moisissure qui recouvrent leur contenu ; celui-ci reste comestible, mais peu appétissant. Les biscottes rances, le lait caillé, les céréales sèches et le pot de fromage blanc vide achèvent de convaincre le commandant qu'il va devoir aller faire quelques courses à Lisieux pour qu'ils s'alimentent avant le lendemain soir et la réception chez Dantrebert. Ce que Lucy lui a appris sur les causes de sa haine ne l'a pas pleinement rassuré, mais elle lui a fait confiance. Elle a terminé ses aveux les yeux humides et la voix défaillante. Il ne lui en a pas fait la remarque, comprenant qu'elle ne voulait surtout pas de pitié ni de compassion. Il n'a fait aucun geste pour la réconforter. Il a eu raison, elle lui a souri avec reconnaissance avant d'aller se coucher. Le commandant termine de ranger les restes de leur petit-déjeuner frugal. Lucy lui semble digne de confiance, mais par prudence, il glisse les clés de la Kawasaki dans sa poche avant de sortir de la ferme. Une fois dehors, Rossi regrette son geste. Il se sent presque indigne d'avoir reçu ces confidences, un tel sentimentalisme ne lui ressemble guère. Il hausse les épaules ; cette affaire va finir par le rendre chèvre. Il traverse la cour boueuse et se dirige vers sa voiture abandonnée plus loin sur le chemin, derrière un taillis clairsemé.

Le commandant ne se trompait pas quand il envisageait qu'un drame avait fait basculer la vie de la fille de bonne famille au milieu de son adolescence. Lucie Merpaz a bien laissé la place à Lucy Marvel l'été de ses quinze ans, comme il le pensait. Les causes de ce revirement constituent les racines de sa rage, de sa farouche volonté d'indépendance et de son rejet de l'autorité masculine sous toutes ses formes. Rossi balance son costume sale dans le coffre et s'installe au volant. Il constate que conduire avec des bottes en caoutchouc s'avère un exercice difficile. Il retraverse la plaine vers l'agglomération et repense à l'histoire abjecte qui a transformé l'adolescente d'alors.

Un premier amour détermine souvent la suite de la vie amoureuse d'une jeune femme. Sur ce point, Lucie n'a pas eu la main heureuse. Avec sa beauté et sa féminité précoce, elle attirait des hommes plus âgés qu'elle, mais elle n'avait pas les armes pour lutter contre ces sollicitations déplacées. À quinze ans, dans son club d'équitation, Lucie a rencontré un jeune homme, fils d'une famille de notables. Celui-ci l'a séduite, subjuguée, avec la fougue et l'absolu que peuvent avoir les amours adolescentes. Mais ce bellâtre de vingt ans cachait un comportement de prédateur sexuel déviant dont son père s'employait depuis des années déjà à effacer les traces. Le jeune monstre utilisa son influence totale sur Lucie pour en faire le jouet de ses pulsions les plus sordides. Il l'offrit à des amis, la filma, l'initia à toutes sortes de pratiques effroyables. L'adolescente était incapable de lui refuser quoi que ce soit. Pour finir, son père lui ayant coupé les vivres, il la prostitua, la livra à tous les pervers que sa fraîcheur et sa jeunesse attiraient. Parmi ces salopards défilèrent bon nombre de notables, de fils de notables, de personnalités en vue dans la région. Pour beaucoup d'entre elles, ces séances furent filmées, et les films revendus une fois les visages des protagonistes floutés. Lucie croyait en l'amour de son prédateur, il lui disait qu'il l'admirait pour ce qu'elle faisait pour lui. Il la couvrait de mots, de gestes d'affection. Elle croyait vivre une histoire d'amour intense, en dehors des normes, belle et unique.

Mais le mensonge s'effondra, comme souvent, au détour d'une conversation saisie à l'insu du proxénète débutant. Lucie entendit l'amour de sa jeune vie se moquer d'elle avec une autre femme, plus âgée, qui s'avéra être sa maîtresse. Dans ces propos qui la marquèrent pour le restant de ses jours, il la qualifiait de *serpillière à sperme juste bonne à lui ramener un peu de fric* et annonçait qu'il la jetterait *dès que la clientèle se serait lassée de son cul*. Le bellâtre sous-estimait le caractère de Lucie, qui pouvait déjà être aussi entière dans l'amour que dans la haine. Dans un accès de rage, Lucie se rendit dans l'appartement, théâtre de sa prostitution, le dévasta et récupéra les vidéos encore non floutées. Elle retourna chez ses parents et téléphona à son amant pour lui annoncer son intention de tout balancer, d'aller à la police avec les preuves et de les faire arrêter, lui et sa clique de pervers.

Ces quelques mois de dérive auraient de toute façon marqué Lucie ; mais une famille compréhensive et des coupables appréhendés et condamnés lui auraient peut-être permis de reprendre le cours presque normal de sa vie. Elle n'a pas eu cette chance. Le père de son amant, informé par son fils paniqué, réagit avec une célérité remarquable. Il contacta l'ensemble des clients concernés par les révélations de Lucie et ils mirent en branle leur réseau. L'homme qui passa les portes du pavillon familial dès le lendemain matin portait une enveloppe contenant une offre financière mirobolante. Lucie ne l'avait encore jamais vu. Elle se souvient de sa voix doucereuse, de sa compassion de pacotille et de sa condescendance envers elle. Plus jamais elle ne tolérerait de telles attitudes, une telle hypocrisie. Désormais, pour elle, les hommes ne seraient plus que des monstres cyniques qui ne comprennent que les rapports de force.

Le mandataire, un grand avocat parisien spécialiste de ce type d'arrangement, parvint à convaincre les parents de Lucie qu'un demi-million d'euros, une promotion et le silence valaient bien mieux qu'un scandale public, leur nom souillé, et un licenciement inévitable au vu des retombées de l'affaire. Malgré les cris de leur fille et son désespoir, son père accepta l'offre et reprit de force les films à Lucie. Sa propre mère resta silencieuse, incapable de cautionner la brutalité de son père, mais tout aussi incapable de s'y opposer. Ses frères ne furent pas informés des détails, ils se réjouirent juste de l'aisance nouvelle de la famille.

Pour Lucie, cet arrangement fut la trahison de trop. Elle attendit patiemment ses dix-huit ans, laissant croire à sa famille qu'elle acceptait ce *statu quo*, et elle demanda l'argent qui lui revenait avant de s'enfuir du domicile familial, la fureur chevillée au corps.

Le commandant ne peut que la comprendre. La haine de la jeune femme s'est focalisée sur l'intermédiaire cynique ; pour l'effacer il faudrait des années de psychanalyse. Lucy brûle de colère. Delaunay en a fait les frais, mais Rossi craint que ce feu la pousse à de nouvelles extrémités. Alors qu'il s'apprête à la suivre dans une expédition hasardeuse, cela lui donne matière à réflexion.

Le centre-ville de Lisieux est encombré par un grand marché et par les Parisiens en week-end qui viennent y approvisionner leurs maisons de campagne. Rossi peine à garer son S3 sur le parking de la médiathèque et doit patienter de longues minutes dans la file d'attente du Monoprix. Éreinté par sa nuit blanche, pas rasé, pas lavé et fort peu patient, il s'attire les regards apeurés des clients et de la caissière à qui il peine à grommeler un bonjour caverneux. Enfin débarrassé de cette corvée, il regagne le S3 avec ses sacs de courses et remonte la côte de Saint-Désir. Arrivé à la ferme, il hésite à se garer à nouveau derrière le taillis, craignant que sa voiture finisse par être aperçue, voire dépouillée pendant la nuit. Il finit par la rentrer dans la cour, mais la dissimule dans la grange. Il entre dans la cuisine chargé de sacs et commence à ranger les victuailles dans le frigo malgré les traînées jaunâtres qui maculent celui-ci. Les deux jeunes femmes dorment à poings fermés et la ferme baigne dans un silence total.

Alors que le commandant termine son rangement, des bruits de portières qui claquent dans la cour le font sursauter. Il a juste le temps de se précipiter à la porte d'entrée de la ferme pour la verrouiller que des coups retentissent contre son bois épais. Des voix masculines appellent Manon. Rossi court vers la chambre où la jeune femme dort pour s'assurer qu'elle ne hurle pas pour les alerter. Il la réveille sans ménagement en lui fourrant des bas dans la bouche pour l'empêcher de crier. Manon se met à s'agiter comme un serpent sur une plaque brûlante, mais ses menottes tiennent bon et elle s'agite en vain. Rossi se félicite d'avoir fermé les volets et d'avoir caché sa voiture dans la grange. Dans la poche de son blouson jeté au sol, le portable de Manon se met à vibrer. Le commandant le saisit et voit s'afficher « Bruno » avec une photo où la jeune femme embrasse un colosse au crâne rasé. Rossi fourre le téléphone dans sa poche et va vérifier que les volets de la chambre de Lucy sont bien fermés.

La fatigue a terrassé la jeune femme avant qu'elle ne ferme les deux panneaux en bois aux attaches rouillées. Elle dort, la fenêtre heureusement masquée par des rideaux opaques. Rossi les entrebâille pour jeter un œil aux visiteurs. Dans la cour, une grosse Jeep kaki attend ses occupants. Seul son chauffeur y est assis, son portable collé à l'oreille. Bruno, le petit ami de Manon, essaye toujours de la joindre. Devant la porte de la ferme, Rossi voit deux autres types au crâne rasé frapper et appeler. Ils sont vêtus de bombers noirs et de jeans sombres, et leurs bottes coquées montant jusqu'aux genoux leur donnent l'air de miliciens fascistes. Ne manquent à leur attirail que des battes de base-ball et des couteaux, et encore, Rossi pourrait parier que la Jeep en contient une palanquée. Les deux intrus ont des carrures imposantes, Rossi tâte machinalement les poches de sa veste de chasse, à gauche le Glock 19 compact, une petite merveille, à droite le Luger, une funeste antiquité en état de marche. Avec ces deux compagnons, le commandant se sent prêt à proposer aux deux nazillons sa propre version du débarquement en Normandie, mais il préférerait éviter d'en arriver là.

Le petit ami de Manon sort de la Jeep, il rejoint ses deux compagnons et tous trois tiennent un petit conciliabule devant la porte de la ferme. Ils ont probablement rendez-vous avec Manon, son absence et son silence les alarment. Le commandant se dit qu'il enverra un SMS avec le portable de la captive pour les rassurer dans quelques minutes. Pour l'instant, les trois hommes longent la ferme en l'appelant. Rossi doit écarter un peu plus les rideaux pour les suivre des yeux alors qu'ils se rapprochent de la grange. S'ils y découvrent la Kawasaki ou l'Audi, la situation va dégénérer.

Les trois intrus n'entrent pas dans la grange, ils se contentent d'appeler leur amie en vain. Celle-ci continue de s'agiter dans la chambre voisine, sans réussir à produire autre chose que des gémissements et les grincements de son lit. Les brutes font demi-tour et remontent vers la porte de la ferme. Rossi se recule un peu trop vite et relâche les rideaux qui ondulent quelques secondes. Le commandant jure entre ses dents, le mouvement du tissu a attiré les regards de leurs visiteurs. Ils se rapprochent. Rossi s'éloigne des rideaux et vient au chevet de Lucy. Trois silhouettes noires apparaissent dans le cadre de la fenêtre, l'une d'elles cogne contre la vitre en appelant Manon. La voix est rauque, puissante, inquiète. Le commandant craint que ces appels réveillent Lucy et qu'elle se fasse remarquer à son tour. La jeune femme dort sur le dos, un bras passé sous la nuque. Sa poitrine soulève et tend son tee-shirt blanc en coton. Le commandant pose une main protectrice sur sa bouche pour éviter qu'elle ne se réveille en criant.

Les appels se font entendre quelques secondes encore, Rossi sent le souffle chaud de Lucy dans le creux de sa main. Son souffle à lui est comprimé par l'angoisse. Il entend les trois hommes parler de « chiens nourris » et de « courses en ville ». Bruno hausse les épaules et les trois silhouettes s'éloignent vers la Jeep. Le commandant soupire de soulagement. Même avec ses deux compagnons dans les poches, il préfère éviter la confrontation directe avec ces trois brutes.

Le moteur de leur voiture se fait entendre dans la cour puis s'éloigne dans le chemin vers la plaine. Alors que la perspective d'un danger immédiat s'écarte, Rossi sent Lucy lui mordiller la main. Il se retourne vers elle, surpris. La jeune femme ne cherche pas à se défaire de son emprise désormais inutile, ses yeux grands ouverts appellent avec malice une autre forme d'étreinte. Tétanisé par cette tentation impromptue, Rossi tarde à retirer sa main et sent la langue de Lucy parcourir sa paume. Soudain portée par une bouffée de désir, sa bouche remplace sa main contre les lèvres de la jeune femme. Tout en lui rendant son baiser, Lucy repousse les draps et l'attire à elle dans le lit sans prononcer un mot.

57

Le chauffeur arrête la berline sombre devant le 144 de la rue Montmartre. Le directeur Boniperti descend et lui demande d'attendre dans le quartier pendant une heure. Il frissonne en se rendant compte qu'il ne se trouve qu'à une centaine de mètres de l'église de Bonne-Nouvelle, théâtre de la mort odieuse de Le Morvant. Il écarte cette pensée et sonne à la porte du club. Le portier vérifie qu'il figure sur la liste des invités du soir et le laisse descendre par un inquiétant escalier noir qui le conduit six mètres sous terre vers un des cercles les plus prisés de la nuit parisienne. *Le Silencio*, voulu et créé par le cinéaste David Lynch, accueille chaque soir financiers et jeunes talents du monde des arts, des lettres, de la télévision et du cinéma dans un club privé chic, exclusif et un peu prétentieux. Boniperti y vient pour la première fois. La sphère du renseignement intérieur croise rarement celle de la création, du moins dans cet aspect festif et démonstratif.

Un long couloir recouvert de feuilles d'or amène le directeur de la DGSI jusqu'à la salle du bar. À cette heure, la clientèle du club n'a pas encore pris ses quartiers ; au comptoir, une seule personne attend devant un verre de single malt. Bossuant, le directeur de cabinet du ministre de l'Intérieur, a choisi un lieu de rendez-vous insolite. Alors même que le monde du renseignement bruisse de murmures, de suppositions et de jeux d'influence, cet endroit en dehors du périmètre habituel du milieu leur évitera au moins les oreilles indiscrètes et les rumeurs colportant une énième version du remaniement à venir. Ici, personne ne les connaît, ils ne sont que deux quinquagénaires à l'allure triste et conventionnelle et aucun regard ne s'attardera sur eux. Boniperti salue Bossuant et commande un Yamazaki vingt-cinq ans d'âge, un single malt japonais exceptionnel que lui sert une barmaid blonde glaciale aux cheveux tirés en arrière dans un chignon strict.

La salle du bar du *Silencio* forme une grande voûte imbriquée de cubes de bois dorés. Tout en boiserie brillante, le comptoir et les tables appellent aux confidences dans un calme et une ambiance imprégnés par le mystère que sait distiller dans ses films le concepteur de ces lieux. Ne manque au décor qu'une belle jeune femme masquée qui leur ferait signe de la suivre du bout du doigt en murmurant : « Silencio. » Brisant le charme, Bossuant invite Boniperti à se lever et à le suivre vers la bibliothèque du club. Ils passent devant une salle de projection de cinéma et s'installent face à face sur des banquettes rouges, au milieu de livres anciens. Bossuant repose son verre sur la table basse et met un terme aux échanges de banalités courtoises.

– Le temps nous est compté, Boniperti. Demain matin, le ministre va convoquer la presse pour s'exprimer publiquement sur l'affaire.

– N'est-ce pas un peu prématuré ? Officiellement, il n'y a toujours pas d'affaire, tempère le directeur, un peu contrarié par cette précipitation.

– Médiatiquement, il y en a une, coupe sèchement Bossuant, et vous savez bien qu'aujourd'hui, c'est la seule chose qui compte. Le ministre ne peut pas donner l'impression de rester inactif, il doit faire mine d'être aux commandes. Donc, il nous faut du solide pour alimenter son discours, et vite…

Boniperti fait tourner son verre de single malt dans la paume de sa main. Il masque son agacement de voir le calendrier lui échapper à cause d'une nouvelle ruade de Mediapart. Comme s'il devinait ses pensées, Bossuant relance dans ce sens :

– Avez-vous mis en place votre dispositif « contre-souffle » ?

« Contresouffle », un agent infiltré dans la rédaction de Mediapart, leur arme ultime à n'utiliser qu'en cas de crise majeure. Toutes leurs tentatives pour placer des micros, des logiciels espions, pour faire intercepter le courrier ou pour écouter les lignes téléphoniques des journalistes de cette rédaction ont échoué. Mediapart a su s'adapter et résiste à toute velléité d'espionnage, aidé par des hacktivistes et des anciens du contre-espionnage qui découvrent l'idéalisme sur leur fin de carrière. La seule arme qui leur restait consistait à utiliser les méthodes issues de la guerre froide et à « retourner » un de leurs journalistes. À l'issu d'une opération délicate, la DGSI a depuis quelques mois un agent dormant dans la rédaction du journal. Son existence constitue un des secrets les mieux gardés de France. Sans cela, le moindre ministre mis en cause par le journal demanderait qu'il soit utilisé pour le sortir d'un mauvais pas. Devant son mutisme, Bossuant relance :

– Vous comprenez bien qu'on ne peut pas courir le risque que les propos du ministre soient contredits dès le lendemain par une nouvelle révélation !

– Contresouffle a été activé il y a deux jours. Avant même les premières révélations de Mediapart. Il a mis en place un système d'écoute dans le bureau de Vidal et nous a communiqué toutes les lignes de portables utilisées par ce fouineur en ce moment. Mais nous n'avons rien. Cette surveillance n'a rien donné, on a tout juste été avertis quelques heures avant sa publication de la teneur de l'édito de Vidal. On ne sait pas comment Judex le contacte, Contresouffle ne sait rien à ce sujet. Pourtant, c'est un proche de Vidal qui lui fait totalement confiance…

– Je me moque de cet édito, balaye Bossuant avec un geste dédaigneux de la main. Ce que je ne veux pas, c'est que les preuves annoncées soient communiquées. Renforcez la surveillance, mettez autant d'hommes que possible sur le dos de Vidal, mais il ne doit rien recevoir. Vous me comprenez, Boniperti ?

– Évidemment. Vidal est surveillé nuit et jour. Mais il le sait, il a l'habitude et il est bien entouré…

– C'est l'avenir du renseignement français qui est en jeu. Vous savez bien que, depuis le début de l'affaire, les partisans d'une profonde réorganisation marquent des points. Un nouvel échec, et le ministre se laissera convaincre. Je me suis mouillé jusqu'au cou pour défendre l'organisation actuelle, nous jouons notre peau sur ce coup-là !

Boniperti encaisse sans broncher. Lui aussi a consacré sa carrière à la défense du système actuel. Dans la sphère du ministère, deux logiques s'affrontent : police contre renseignement. Des haines féroces sont nées pendant des années de compétition acharnée entre services. L'œuvre de Boniperti et Bossuant, avoir imposé la fusion des RG avec la DST pour créer la DGSI, c'était la fusion de l'eau avec le feu. Nombre de conseillers annonçaient l'échec de cette organisation. Ces Cassandre pullulent dans les couloirs du ministère et pondent chaque mois leur nouveau rapport, chacun au service de leurs propres intérêts. Le contre-terrorisme est devenu un enjeu de pouvoir aux retombées immédiates qui fait vivre beaucoup de monde. Entre ceux qui hantent les commissions, les réformateurs et les donneurs de leçons, le ministre ne manque pas de conseillers prêts à lui suggérer une profonde réforme du renseignement. À ce jour, leurs constats menacent de remettre en cause des années de construction et d'efforts. Les rapports qui pointent la perte de compétences, la mauvaise coordination, le manque de formation, l'absence de confiance dans les équipes en place abondent sur le bureau du ministre et la tentation du coup de balai se fait de plus en plus forte. Bossuant termine son verre avec un claquement de langue. Le directeur de cabinet retrouve son calme et questionne Boniperti :

– Sur le plan de l'enquête, avez-vous du nouveau ?

– Un faisceau d'indices concordant nous amène à soupçonner que Karl Stransky est impliqué. Nous allons l'interroger ce soir. Personne n'en saura rien. Et s'il devait avoir un accident de voiture, aucun lien avec nous ne pourra être fait.

– Stransky… répète pensivement Bossuant ignorant l'assassinat suggéré par les paroles de Boniperti. Après une telle carrière… Vous êtes sûr de votre coup ?

– Le commandant Rossi a soulevé quelques coïncidences troublantes, et il y a les armes chimiques d'Al-Joubouri. C'était lui, le responsable de l'exfiltration de l'Irakien, il nous doit au moins quelques explications à ce sujet. La surveillance n'a rien donné, on doit passer à la vitesse supérieure. S'il est innocent, il comprendra – il a fait partie du jeu assez longtemps.

Boniperti passe sous silence qu'il participait lui aussi à l'opération, ce qui augmente son ressentiment contre Stransky. De toute évidence, l'Irakien, ses armes et ses millions n'ont pas disparu pour tout le monde, et quelques zones d'ombre dans l'agenda du superflic font craindre au directeur d'avoir été victime d'une supercherie organisée par Stransky.

– La vengeance est un plat qui se mange froid, soupire-t-il en avalant une gorgée de son Yamazaki.

L'arôme puissant du meilleur malt du monde panse les plaies du directeur, qui reprend l'initiative de la conversation :

– Nous sommes aussi sur le point d'arrêter le jeune hacker qui aide Judex dans ses attaques virales contre nos systèmes et diffuse ses messages sur la Toile. Avec ces deux avancées, je pense que nous n'entendrons plus jamais parler de Judex.

– Vous suggérez donc que demain le ministre nie en bloc l'existence du terroriste ?

– Oui. La suite nous donnera raison, Mediapart y perdra beaucoup de son crédit, ce qui ne sera pas un mal. Nous ferons en sorte que Judex n'apparaisse plus et que leurs preuves demeurent un fantasme. Ils se mordront les doigts d'avoir sorti cette affaire un peu trop vite, conclut le directeur avec hargne.

Bossuant approuve en silence. Son regard semble indiquer qu'il regrette que son verre soit vide, mais sa soirée, consacrée à la rédaction de l'intervention du ministre, ne lui permet pas de commander un autre whisky. Avec une moue agacée, le directeur du cabinet récapitule leur feuille de route pour les heures à venir.

– Judex ne sera qu'un canular organisé par un gamin surdoué en informatique, qui se sera amusé à créer un lien entre les morts de Delaunay, Le Morvant et Marchioni sans qu'il y ait quoi que ce soit de réel… Une légende pour gamins accros aux jeux vidéo. Et Mediapart sera ridiculisé, jubile le haut fonctionnaire.

– On en sortira vainqueurs, approuve Boniperti. Mais pour Marchioni, il faudra donner une explication à sa mise sous protection. Le commandant Rossi portera le chapeau pour avoir cru à ce canular et avoir, de sa propre initiative, placé le sénateur sous surveillance rapprochée. Blessé, humilié par les accusations de Judex, le vieux lion aura préféré mettre un terme à ses jours plutôt que de vivre sali par ces soupçons.

– Rossi jouera le jeu ? s'inquiète Bossuant, il ne faudrait pas qu'il se répande dans la presse…

– On lui offrira une sortie digne, matériellement très

confortable. Pour protéger l'institution, Rossi acceptera de se sacrifier… De toute façon, c'est un flic à l'ancienne, un anachronisme, nous en débarrasser rendra service à la DGSI.

Boniperti termine son verre, il fait signe à la barmaid vêtue de noir de lui en apporter un autre. Sa soirée à lui s'annonce musclée ; un peu d'alcool ne peut que l'aider à mener à bien l'interrogatoire de son « vieil ami » Karl Stransky. Bossuant se lève, il salue le directeur avant de partir pour le ministère. Quelques clients entrent dans le club pour assister à une projection d'*Irma Vep* d'Olivier Assayas. Leurs plaisanteries viennent briser la belle qualité de silence du lieu. L'entrevue doit se terminer, mais Bossuant insiste une dernière fois :

– Tout ceci ne tiendra que si nous n'entendons plus jamais parler de Judex… Ne vous ratez pas, Boniperti.

Le directeur répond d'un hochement de tête. Il n'a nulle intention de se louper. Cette nuit, Judex doit retourner pour toujours dans les ténèbres qui l'ont créé.

58

Les mains de Lucy agrippent Rossi pour le retenir quand il se recule et que leurs bouches se désunissent. Il retire sa veste de chasse, ses armes dans ses poches font un bruit sourd en tombant sur le sol carrelé de la chambre. Lucy fait voler les draps d'un geste brusque et passe son tee-shirt au-dessus de sa tête. Elle ne porte pas de soutien-gorge, ses seins ronds fascinent Rossi qui sent son sexe se durcir. Il se débarrasse maladroitement de ses bottes, les yeux rivés sur Lucy qui le dévisage sans sourire, l'air presque sombre, intense, avec ses cheveux noirs qui lui couvrent les épaules. Quand il se rapproche d'elle, la jeune femme se saisit de sa ceinture avec impatience et souffle :

– La peur m'excite.

En quelques secondes, son pantalon tombe, son caleçon lui est arraché et il se jette sur Lucy, ventre contre ventre. Elle n'a pas retiré son string, elle l'a tout juste écarté d'une main fiévreuse et il entre en elle avec rage, sans préservatif ni même le temps d'y songer, les yeux rivés dans ceux de Lucy. Elle gémit de contentement, serre son vagin autour de la queue qui la pénètre, la main posée sur la nuque de Rossi. Puis, lentement, les hanches de la jeune femme se plaquent et s'éloignent de lui au rythme qu'elle souhaite donner à leur étreinte. Quand il essaye de prendre le contrôle pour s'enfoncer en elle selon ses envies, elle lui serre la nuque, le châtie de ses ongles et s'écarte. Il ne peut que lui obéir, dominé à en hurler par son besoin de sentir la chaleur du sexe de Lucy lui inonder le pubis. Il tente de l'embrasser, mais elle détourne la bouche et lui plante un regard noir de défi. Elle lui griffe les reins et lui murmure avec morgue :

– Tu veux me défoncer, hein ?

Rossi ne peut qu'acquiescer tant il brûle de donner libre cours à son envie de la posséder sans retenue. Elle sourit, comblée de le sentir si obéissant et torturé par le désir. Elle se recule jusqu'à faire sortir son sexe de son ventre, Rossi en geint de déception. Il sent la main de Lucy pousser sur son flanc gauche et le faire basculer dans le lit à côté d'elle. La jeune femme retire son string et s'assied à califourchon sur son bas-ventre. Elle noue ses cheveux en un chignon improvisé sans lui jeter un regard. Puis elle glisse une main dans son dos et saisit le sexe raide qu'elle vient d'abandonner. Elle se soulève un peu, frotte le gland sur ses lèvres intimes et prévient :

– Je donne le rythme et je décide quand tu jouis. Ne discute pas.

L'envie de la gifler, de la retourner et de la prendre comme une chienne traverse l'esprit de Rossi et contribue encore à augmenter son érection déjà presque douloureuse. Mais il se retient et accepte de se laisser chevaucher par l'amazone, captivé par le ventre musclé et les lourds seins fermes qui se soulèvent au gré des roulements de hanches de sa maîtresse. Écartant de timides tentatives, elle lui interdit de toucher sa poitrine. Ses mains doivent rester le long de son corps, sans se poser sur elle. Lucy joue avec lui durant de longues minutes, elle le pousse aux limites de l'éjaculation, mais dès qu'elle sent qu'il se raidit sous la montée du plaisir, elle ralentit ses gestes et lui serre la base de la queue d'une main ferme qui coupe la montée du sperme. La sueur inonde le visage de Rossi, mais il ne souhaite rien d'autre que de continuer ce supplice autant de temps qu'il le supportera. Voir Lucy onduler et gémir sur lui, sentir son sexe couler sur son ventre, rien ne pourrait l'arracher à ce jeu. Sa maîtresse, elle, ne semble pas s'en satisfaire. Elle pose ses mains sur le torse de Rossi et les fait glisser jusqu'à son cou, puis lui susurre son nouveau désir :

– C'est pas mal, mais tu peux me donner plus. Laisse-toi faire. Je vais t'emmener là où tu n'aurais jamais cru pouvoir aller.

Les mains de Lucy entourent le cou de Rossi, juste au-dessus de sa pomme d'Adam, leur prise s'affermit peu à peu. La jeune femme garde ses yeux plongés dans ceux de son partenaire qui ne refuse pas l'étrange étreinte. Les lents mouvements de bassin de sa maîtresse l'hypnotisent. Subjugué par son désir et par la montée du plaisir, il accepte la strangulation, il l'attend, il la réclame. Peu à peu, le poids de Lucy bascule vers l'avant et la pression sur sa gorge augmente en douceur. D'une simple gêne respiratoire, elle devient un étouffement complet. Rossi n'essaye pas de se débattre, il se laisse priver d'oxygène alors qu'elle accélère le mouvement de ses fesses. Il peut lire la folle excitation dans ses yeux, dans son sourire, dans sa poitrine qui se dresse et dans les frissons qui la parcourent. Le jeu la rend ivre de plaisir, il se sent raidir encore, comme un pendu, comme un animal traqué. La peur l'emplit d'adrénaline, son corps répond par une érection renforcée. La peur et le plaisir sexuel sont liés au plus profond, réflexes primitifs, et la bête en lui est excitée à l'extrême.

Lucy crie, de plaisir, de surprise, de rage érotique. Rossi sent des picotements dans ses mains, ses pieds, ses poumons le brûlent. Toute la pièce se nimbe d'une lueur dorée, il flotte dans les airs. Ses sensations fusionnent, il ne perçoit plus la séparation entre son corps et celui de sa maîtresse. Toute notion du temps lui échappe, il ne sait plus depuis quand il a cessé de respirer. Son expérience de plongeur lui rappelle vaguement qu'il doit connaître une expérience proche de l'ivresse des profondeurs, son corps entre en hypoxie. Il sait que dans quelques poignées de secondes il perdra connaissance et frôlera la mort, mais pour l'instant, il ne sent plus que des vagues de plaisir le submerger dans une ambiance irréelle.

L'étreinte autour de son cou se desserre, mais il ne respire pas, sa vision se trouble et la pièce passe du doré au noir, ses yeux se ferment, il a l'impression de glisser peu à peu loin de ce lit, loin de ce jeu. Il doit rester inconscient brièvement, mais une paire de gifles le réveille. Il inspire profondément, l'air entre en lui en trombe, frais et libérateur, il n'a jamais rien goûté de si bon, de si doux, de si sain. Il jouit alors que l'air emplit ses poumons, un orgasme long et d'une intensité nouvelle pour lui. Les spasmes durent près d'une minute.

À la fin des soubresauts qui l'agitent, Lucy se laisse tomber sur son ventre, collée à son torse couvert de sueur. Apaisée, elle l'embrasse sur la joue avec tendresse et se redresse sur une dernière confidence.

– Tu vois que tu peux avoir confiance en moi. Je sais me contrôler…

Alors que leurs corps se séparent, il geint et essaye de la retenir, mais la force lui manque encore, il ne peut empêcher sa maîtresse de se relever. Elle reste quelques instants à son chevet, comme pour vérifier sa respiration. Quand elle semble rassurée, Lucy remonte le drap sur lui et éteint la lumière pour le laisser se remettre. Rossi plonge aussitôt dans un sommeil profond.

Quittant la chambre sans faire de bruit après avoir ramassé son string et son tee-shirt, Lucy se sent soudain prise d'une mélancolie inattendue. Elle éprouvait le besoin de reprendre la main, d'effacer les humiliations des heures écoulées. Ce besoin satisfait, avec un plaisir non feint, elle devrait se sentir soulagée et sereine. À son grand regret, elle n'éprouve que tristesse et honte. L'état de la salle de bains ne fait rien pour améliorer son humeur. Elle peine à soutirer un filet d'eau tiède à un pommeau de douche pour moitié dévoré par la rouille. Elle reste sur la pointe des pieds tant le bac couvert de traînées noires la répugne et ne se lave pas les cheveux faute d'avoir trouvé une serviette propre. Après cette toilette rapide, elle va dans la cuisine. Les provisions apportées par le flic vont lui permettre de chasser enfin la faim tenace qui lui vrille l'estomac. Elle pose de la charcuterie, du pain, des fruits et une crème à la vanille sur un plateau.

Ses gestes sont fébriles, elle a envie de chialer, quelque chose ne passe pas et elle parvient à mettre un nom sur sa douleur : Roxana. Lucy se sent sale, indigne. Ce n'est pas le rapport sexuel qu'elle regrette, elle n'a jamais promis fidélité à Roxana ni à qui que ce soit. Mais le plaisir qu'elle a ressenti, l'attirance qu'elle éprouve pour ce flic bourru, maladroit et écorché vif, la font culpabiliser. Son amour maintenait la jeune Roumaine en vie, sa trahison pourrait bien l'avoir tuée. Elle reste le front appuyé contre la porte du réfrigérateur et ne sort de sa torpeur que quand leur prisonnière secoue une nouvelle fois son lit pour tenter de se libérer de ses menottes. Manon est attachée dans cette position depuis de longues heures, Lucy se dit qu'elle doit au moins lui porter à manger et à boire.

La captive fait peine à voir. Son maquillage a coulé sur son visage décharné et sa peau écorchée ressemble à des écailles de serpent. Lucy lui retire les bas que Rossi lui a fourrés dans la gorge.

– Si tu cries ou si tu m'insultes, je te remets ça dans la bouche et je me casse sans te filer à bouffer, OK ?

La captive acquiesce et reste calme. Lucy lui fait boire un verre d'eau, indifférente aux menaces de Manon qui répète que ses frères vont revenir et qu'ils les massacreront s'ils les trouvent ici. Une fois l'eau bue, Lucy lui fait manger quelques morceaux de pain et des fruits, lui donnant la becquée, sans la détacher. Manon mange peu, elle prétend ne pas avoir faim. Lucy remarque la sueur qui perle sur son front et ses grincements de dents. Elle montre tous les signes des prémices d'une crise de manque. Les consommateurs de meth subissent la plus violente des addictions, quelques heures sans prise deviennent vite un supplice atroce, quelques jours un véritable enfer. Lucy ne se sent pas l'âme à marchander une pipe de cristaux contre des informations. Elle ressent de la peine pour Manon, mais la captive la devance.

– Je n'en peux plus… Laisse-moi me faire une petite pipe et je te dis tout sur la soirée chez Dantrebert. Je t'en supplie, ça fait vingt-quatre heures que je n'ai rien pris, j'ai trop mal, gémit la captive en se tortillant dans le lit.

Lucy remarque ses poignets ensanglantés. À force de tirer sur ses menottes, la jeune tox a fini par se blesser. Elle ne semble pas le sentir, continue à tirer sur les montants du lit et à réclamer sa dose de poison. Lucy connaît ces crises par cœur, Roxana lui en a fait vivre toutes les nuances. Elle ne peut pas envisager de céder à cette demande, ce serait cautionner le suicide de cette pauvre fille. Elle se relève et prend un sachet dans la poche de son blouson de moto. Elle l'agite en détaillant son offre.

– Hors de question que je te file une dose de ta merde. Par contre, j'ai de l'herbe, de la sinsemilia assez forte. Si tu me balances des infos utiles sur la soirée, je te roule quelques joints, ça t'aidera à passer les heures les plus pénibles de ton sevrage.

La captive refuse, jure, implore, menace, se tortille, pleure, mais Lucy ne répond pas. Elle s'assied sur le sol de la chambre et commence à rouler un joint d'herbe. Elle aussi en a besoin ; elle le fumera seule s'il le faut pour chasser les remords qui la tenaillent. Son premier pétard prêt, Lucy l'allume et tire une longue taffe. Elle s'étire et soupire de contentement. L'herbe, forte et parfumée, la relaxe presque instantanément. Elle s'assied à côté de Manon et lui approche le joint des lèvres.

– Allez, tu en crèves d'envie. File-moi ces infos. De toute façon je vais y aller à ta place à cette soirée. Ne te fais pas souffrir pour rien.

La prisonnière inhale une bouffée énorme, ce qui arrache un sourire amusé à Lucy. Manon garde la fumée en elle quelques secondes et la relâche lentement par le nez. Son corps se détend et un rictus presque amical se fixe sur ses lèvres. Les deux jeunes femmes finissent le joint, puis Lucy en roule un deuxième, elle ne tire pas trop dessus pour conserver sa lucidité. Elle doit veiller sur la ferme et réveiller Rossi en cas de visite impromptue ; elle ne peut pas se permettre d'être défoncée. La beuh fait son effet et les confidences finissent par arriver. Tout en écoutant ses paroles, Lucy prend le portable de la captive et envoie un SMS à son petit ami pour lui dire de ne pas s'inquiéter, qu'elle passe le week-end avec une copine à Caen. La scène de ménage qui en découlera ne concerne pas Lucy, qui éteint le portable.

Entre deux bouffées, Manon lui confirme avoir déjà travaillé pour Dantrebert lors de la soirée de l'an passé. Elle lui indique le nom de son responsable direct et le lui décrit. Elle lui dit où trouver son contrat de travail et lui donne le lieu et l'horaire d'embauche. La tenue lui sera fournie sur place et le travail lui-même n'a rien de compliqué. Manon devait assurer le service au bar du rez-de-chaussée du manoir. La fête rassemble une centaine d'invités fortunés, venus du monde entier pour assister aux spectacles et happenings organisés par le vieux Dantrebert. Manon ne peut pas dire grand-chose sur la soirée elle-même. Confinée au bar, elle n'y a participé qu'indirectement, quelques bribes de conversation lui étant parvenues de-ci de-là. Elle n'a rien appris par ses collègues d'un soir, le contrat comprenant une clause de confidentialité explicite et menaçante. La rémunération proposée triple le salaire normal d'un serveur de nuit le week-end, soit plus de sept cents euros pour une nuit et pour une discrétion absolue.

Les quelques informations communiquées par Manon sur le Carnaval de la chair évoquent à Lucy une soirée très prisée organisée tous les ans en Autriche et à laquelle se rend l'élite de la communauté fétichiste mondiale. Une fois Manon endormie par l'herbe, Lucy recherche des informations sur son portable et retrouve des textes racontant les soirées dont semble s'inspirer le Carnaval de la chair de Dantrebert. Chaque année, pour ses convives, Hermann Nitsch, un peintre autrichien, organise dans son château de Prinzendorf une fête aux allures de sacrifice sanglant, nommée *Orgien Mysterien Theater*, le « Théâtre des orgies et des mystères ». Elle se déroule dans une immense demeure au milieu des vignes, où sont conviés les habitants des villages voisins, des musiciens et des dizaines de participants, venus du monde entier, pour être initiés à la mort… et à la renaissance. Une débauche de spectacles grand-guignolesques et de happenings autour du thème de la viande et des abattoirs, réservés à un public averti. Nitsch adore la controverse ; l'objectif de ses soirées, où s'accumulent les parodies sanglantes de la liturgie catholique, est de parvenir à l'œuvre d'art totale, celle qui permet aux spectateurs de prendre vraiment conscience de leur propre existence.

Lucy n'a jamais participé à ces soirées, pourtant prisées des amateurs de Sade ou de Bataille. Elle ignorait que Dantrebert en organisait de similaires en France, mais elle comprend la confidentialité qu'un personnage public comme le vieux milliardaire souhaite conserver autour d'un tel événement.

Rien dans les Nuits Démonia, les Soirées élastiques ou les Torture Gardens auxquels Lucy est invitée tous les ans ne ressemble à la débauche de ces événements. L'évocation de sacrifices d'animaux et de bains de sang chaud la fait frémir. Si elle avait le choix, elle ne se rendrait à cette fête pour rien au monde…

59

La soirée permet au lieutenant de Malicandre de prendre des nouvelles de ses fils. Comme il pouvait le craindre, ils lui réservent un accueil glacial. À cet âge, aucune excuse ne peut justifier le manquement à une promesse, surtout quand leur mère ne cesse de mettre de l'huile sur le feu. Sûre de son pouvoir du moment, elle laisse même planer des menaces sur les week-ends pendant lesquels il doit garder ses garçons lors des quelques mots qu'il échange avec elle. L'urgence dans laquelle Malic exerce son métier le sépare de ses enfants peu à peu, malgré ses efforts, sans qu'il puisse inverser le mouvement. L'appel qu'il passe ensuite à son frère pour s'excuser ne contribue pas à lui remonter le moral. Ce dernier ne montre aucune compréhension pour les circonstances particulières qui ont amené le lieutenant à utiliser son appartement de cette façon. La rupture avec sa famille devient, elle aussi, de plus en plus irrémédiable.

Éreinté, Malic se réfugie sur son ordinateur et discute avec Jérémy sur MSN. Après quelques minutes, il accepte l'invitation du geek qui insiste pour aller prendre une bière dans un pub irlandais de la rue Saint-Denis, pour lui remonter le moral.

Autour de bières belges d'abbayes, Malic presse Jérémy de questions sur les derniers rebondissements de l'affaire.

Le lieutenant a été convoqué par Boniperti pour s'expliquer, mais en attendant l'issue de cette entrevue, il n'a plus accès aux dernières informations qui concernent le dossier. Son collègue lui apprend que le dernier développement notable consiste en la multiplication des fausses lettres de Judex. Le service de protection des personnalités tourne à plein régime, on dénombre plus de trente lettres de menace suffisamment bien formulées pour susciter l'inquiétude de ceux auxquels elles sont adressées.

Chacune de ces lettres a été transmise à Jérémy qui a vu apparaître la plupart sur les mêmes sites que ceux utilisés par le vrai Judex. Certaines se sont révélées être des faux grossiers, leurs expéditeurs ont parfois été identifiés et leur interpellation devrait survenir sous peu. Mais dans le cas de courriers plus crédibles, dévoilant des informations sensibles et dont l'auteur ne peut pas être identifié, la seule solution reste de mettre sous étroite protection le destinataire. Même si Jérémy et la DGSI peuvent affirmer qu'aucune de ces lettres ne provient réellement de Judex, un vent de panique s'est emparé de l'oligarchie parisienne. Les victimes de ce chantage font toutes partie du cercle étroit des décideurs et des nantis et on ne peut laisser leur inquiétude sans réponse.

L'affaire ne va pas cesser de croître car elle permet aux vieux démons français de s'exprimer. La haine naturelle pour ceux qui possèdent et qui dirigent trouve par ce biais un nouvel exutoire. Les fausses lettres de Judex servent l'égalitarisme forcené depuis toujours chevillé au corps de la société française. Au-delà de la haine atavique des Français pour leurs élites et de leur goût immodéré pour la dénonciation anonyme, les forces de police ne peuvent pas exclure que ce climat et les précédents meurtres attribués à Judex par la rumeur permettent à d'autres rancœurs de trouver là une façon de brouiller les pistes. Attribuer un meurtre à Judex pourrait sembler une stratégie payante pour un criminel qui hésite à passer à l'acte.

Par ailleurs, sur un plan politique, Jérémy confirme à Malic que la bannière Judex fédère de plus en plus de révoltés et d'anarchistes. Il est persuadé que les Judex aperçus lors des dernières manifestations altermondialistes sont appelés à se banaliser. Ils se multiplient sur la Toile, le personnage de Feuillade est en passe de devenir une icône de la contre-culture. Les deux hommes se quittent et rentrent se reposer avec une pointe de nostalgie pour les œillades prometteuses d'un groupe de touristes espagnoles attablées non loin d'eux.

Le lendemain matin, à l'heure de l'ouverture des boutiques de jeux vidéo autour de la place de la République, Malic pense encore à ces échanges en feuilletant la presse quotidienne à l'arrière de la Mondeo grise du dispositif de surveillance. Le lieutenant n'a pas l'habitude de boire autant de bière, Jérémy l'a poussé à s'alcooliser plus que de raison ; il a un mal de crâne redoutable depuis le réveil et une lessiveuse en marche dans l'estomac, maux que son petit-déjeuner n'a pas pu dissiper. Il se plonge dans un article détaillant « l'étrange rumeur Judex » dans lequel le journaliste abuse de conditionnels pour reprendre à son compte la plupart des informations qui bruissent sur Internet. Le lieutenant s'étonne de constater que la Toile ajoute des faits d'armes à Judex : on lui attribue quantité d'autres actes – de fuites sur l'affaire Merah à celles concernant l'évasion fiscale de ministres… La rumeur le place partout ; dès qu'il y a de l'ombre, l'imagination y voit son ouvrage. Malic ne peut que s'avouer admiratif de l'œuvre de leur adversaire : *Si vous ne pouvez contrôler le chaos, faites mine d'en être l'organisateur*. Internet s'emballe et lui écrit sa propre légende, qui sera difficile à faire disparaître. Jérémy en a conscience. La veille, il lui a répété que seule une arrestation infamante et publique pourrait briser ce cercle, et qu'il faudrait qu'elle soit transparente et rapide. Mais Malic a compris que les souhaits de Jérémy ont peu de chances de se réaliser. Si Judex se fait prendre, il ne parviendra pas jusqu'aux tribunaux et il n'y aura jamais aucune transparence sur l'affaire. Au grand dam de son ami informaticien, le mythe de leur adversaire va pouvoir prospérer.

Cette constatation inquiète le lieutenant, mais ce qui le préoccupe surtout depuis la veille tient dans le creux de sa main. Le téléphone qui doit le relier au commandant reste muet en dépit de ses appels et de ses messages. Depuis le SMS qui lui a transmis le nom du magasin de jeux vidéo, Rossi n'a plus donné signe de vie. Ce silence dure depuis trop longtemps. Le souci de confidentialité ne justifie pas un tel black-out. Il aurait dû appeler, ne serait-ce que pour rassurer Malic. Le lieutenant s'angoisse à imaginer ce qui a pu arriver au commandant pour le contraindre à un tel silence.

Un message sur le scanner radio de la Mondeo tire Malic de ses ruminations. Un ado à capuche descend le boulevard Voltaire et les occupants des deux véhicules du dispositif s'agitent. Louvion ne participe pas à la planque ce matin, il les a quittés la veille au soir, le visage fermé et encore moins aimable qu'à l'accoutumée. Le capitaine qui commande en son absence mobilise ses troupes et leur demande d'identifier le gamin qui arrive au niveau du magasin. Le cœur de Malic s'accélère, il vient d'apercevoir le visage du jeune homme et c'est Hugo Castellin. L'information de Rossi valait la peine de prendre des risques. Après ce qu'il vient de traverser, une bouffée de fierté remplit la poitrine du lieutenant quand il confirme aux quatre autres flics en planque que leur cible vient d'entrer dans la boutique. Il referme son journal et essaye de ne pas perdre de vue la silhouette d'Hugo, malgré le Pikachu géant et l'affiche d'Arkham Asylum qui obstruent une partie de sa vision de l'intérieur du magasin.

En quelques secondes, deux policiers se placent de chaque côté de la porte de la boutique, faisant mine de s'absorber dans la contemplation des vitrines d'un magasin de vélos et d'une chocolaterie. Un troisième s'assied sur un banc, face à la boutique, et se colle son téléphone portable à l'oreille sans perdre de vue un seul instant l'intérieur du lieu. Quand Hugo va sortir, il ne pourra pas faire deux pas sur le boulevard avant qu'ils ne lui mettent le grappin dessus. Malic ouvre la portière de la Mondeo et toise une jeune femme blonde qui fait vrombir le moteur de son scooter sous le porche de son immeuble à dix mètres d'eux. À part elle, personne ne se trouve dans l'environnement proche de la boutique. Si Hugo sort maintenant, les risques d'interférence dans l'arrestation paraissent faibles.

Pourtant cette interpellation désole le lieutenant. Malic regrette qu'on n'ait pas écouté son avis, il pense qu'il aurait été bien plus judicieux de filer leur cible jusqu'à son repaire et d'essayer de remonter jusqu'à celui qui le manipule dans l'ombre. Il ne comprend pas cet empressement à mettre la main sur un gamin qui ne sera peut-être même pas capable d'identifier le vrai coupable. Cette décision n'a pas de fondement logique, à se demander si leurs supérieurs souhaitent vraiment les voir remonter jusqu'à Judex. Peut-être savent-ils déjà qui il est et ne cherchent-ils qu'un lampiste à agiter devant les caméras pendant qu'ils règlent leurs comptes ? La paranoïa du commandant finit par contaminer Malic qui se tend sur son siège quand Hugo ressort de la boutique.

Dès que leur cible franchit le seuil, tout s'accélère. Les deux policiers de la Crim qui faisaient du lèche-vitrines l'encerclent et le troisième quitte le banc et vient le bloquer en lui collant sa carte tricolore sous le nez. Les deux flics saisissent Hugo par les épaules de leurs mains libres lui prennent les poignets et lui passent les menottes. Les trois hommes doivent chacun peser le double du poids d'Hugo, il ne peut pas lutter, mais il a une réaction qui les surprend. Au lieu de se débattre ou de tenter de fuir, ce à quoi les policiers s'attendaient, il se laisse tomber au sol. Il lève les bras et ceux-ci glissent dans les manches de son sweat-shirt qui reste dans les mains des deux policiers. Stupéfaits, les trois hommes se baissent pour saisir l'anguille humaine, mais celle-ci leur réserve une autre surprise. Hugo a une bombe lacrymogène dans les mains, sans doute serrée dans son poing dès qu'il sort dans la rue, et il vaporise abondamment leurs faces avant de se faufiler entre leurs jambes. Alors que les trois policiers hurlent et portent leurs mains aux visages, Hugo se relève déjà et part en courant le long du boulevard, abandonnant son sac et son sweat aux policiers qui vomissent leurs tripes sur le béton.

Le capitaine sort de la voiture de tête comme un boulet de canon et se lance à la poursuite d'Hugo. Malic se précipite à son tour, mais sa voiture est garée un peu plus loin et il a du retard sur les deux hommes. En déboulant, le capitaine bouscule la jeune femme au scooter qui perd l'équilibre ; sa machine se renverse. Malic arrive à sa hauteur et l'aide à se relever, mais au lieu de la laisser partir, le lieutenant enfourche le petit 50cc3 Vespa en s'excusant et démarre sans écouter les cris de protestation de la jeune femme. Cent mètres plus loin, Hugo vient de tourner à gauche dans un passage couvert qui rejoint la rue de Malte. Quand ils auront récupéré l'usage de la vue, les trois policiers ne pourront pas le suivre en voiture. Malic se lance à sa poursuite sur le large trottoir du boulevard Voltaire, le doigt enfoncé sur l'avertisseur sonore du scooter pour faire s'écarter les quelques passants.

La petite Vespa cahote sur les pavés du passage couvert. Mal à l'aise sur l'engin, Malic évite de justesse un clochard qui a installé un matelas au milieu de la voie. Arrivé sur la rue de Malte, il regarde à droite, à gauche juste à temps pour apercevoir le capitaine passer devant la vitrine d'un caviste et tourner à l'angle de la rue Jean-Pierre-Timbaud. Le lieutenant accélère et échappe de peu aux mains du clochard qui n'apprécie pas de le voir rouler sur son matelas de fortune. Il descend en trombe la rue à contresens. Le lieutenant maudit ses collègues d'avoir sous-estimé Hugo ; si celui-ci leur échappe, le fiasco sera difficile à faire accepter à la meute qui piaffe d'impatience de voir l'affaire avancer. Malic arrive à l'angle de la rue quand une 407 verte s'engage dans la voie devant lui. Il ne se trouve qu'à trois mètres du pare-chocs avant. Le conducteur, un sexagénaire dégarni, pile et le regarde, effaré. Le lieutenant se colle sur la gauche, percute un rétroviseur qui se brise et crie de peur quand il arrive au niveau de la 407. Il résiste à la tentation de fermer les yeux et voit la berline verte le frôler. Il passe à quelques centimètres de la voiture, érafle les portières des véhicules entre lesquels il se faufile. Une boule au ventre, il refoule une giclée acide qui lui enflamme la gorge et trouve le courage d'accélérer et de tourner à gauche dans la rue où vient de s'engager le capitaine.

Malgré son entraînement, l'officier de la Crim quinquagénaire perd du terrain sur Hugo. Le jeune homme, plus vif, traverse déjà le boulevard Richard-Lenoir avec deux cents mètres d'avance sur son poursuivant qui peine à suivre son rythme. La rue Jean-Pierre-Timbaud est aussi à sens unique, Malic doit passer en trombe sur le trottoir étroit, les gens s'écartent en jurant, certains essayent même de lui donner des coups de sac. Il ne tarde pas à dépasser le capitaine et est près de rattraper Hugo. Le fuyard traverse une aire de jeu sur le terre-plein du boulevard. Entre Malic et lui, la circulation vient de reprendre au feu vert dans la grande artère. Si le lieutenant attend une accalmie du trafic, Hugo aura disparu dans le dédale des rues qui montent vers Belleville. Il ne veut pas lui laisser cette chance, il ne peut pas accepter de voir partir en fumée le résultat d'une telle prise de risque. Il décide d'en prendre un nouveau, accélère et se lance au travers du boulevard.

Dans un concert de klaxons et de crissements de freins, Malic traverse le boulevard Richard-Lenoir. Il lui semble bien avoir aperçu l'avant d'une camionnette à moins d'un mètre de sa Vespa, mais il a traversé sans autre dommage que la sueur qui lui inonde le visage. Il monte sur le trottoir et pénètre dans le square. Il zigzague entre les jeux pour enfants et fonce vers le fond du parc où le fuyard enjambe une barrière. S'il abandonne son deux-roues pour passer par-dessus la grille à son tour, Malic va permettre au gamin de prendre de l'avance. Castellin court, très vite, trop vite. Il vient une idée un peu folle à Malic, mais il n'est plus à ça près.

Au lieu de ralentir en approchant de la barrière, le lieutenant accélère pleins gaz et fonce droit vers Hugo qui a déjà traversé et reprend sa course de l'autre côté. Malic implore l'aide divine et fonce dans la grille. Suite au choc, la Vespa s'arrête net dans un fracas de tôle. Sa roue arrière se soulève et projette Malic en avant. Au lieu de se retenir, le lieutenant accompagne le mouvement en poussant sur ses jambes, l'élan le fait décoller et il passe par-dessus la barrière en vol plané. Il voit le dos d'Hugo se rapprocher. Après quelques mètres de vol, il tend les bras et retombe lourdement sur l'ado. La puissance de l'impact les fait chuter et ils roulent tous les deux dans le sable de l'aire de jeu. La chance sourit au lieutenant qui se retrouve au-dessus du fuyard à la fin de leur roulé-boulé. Hugo, essoufflé et maintenu entre ses jambes, n'a pas assez de force pour le repousser. Malic sent les bières remonter dans son œsophage, mais il parvient, malgré sa nausée, à sortir ses menottes et à saisir le poignet du gamin. Les frustrations des dernières heures rejaillissent et il pousse un cri de rage, adressé autant à Louvion et à Fischer qu'au gamin qu'il interpelle. Que la Crim et l'IGS aillent au diable, c'est lui, le flic !

60

Un soleil souillé par les brumes matinales s'extirpe au-dessus des champs dénudés et vient frapper contre les vitres de la ferme. La lueur pâle éclaire le taudis et révèle la crasse que l'obscurité masquait avec pudeur. Rossi éteint le plafonnier. Il a transformé la table de la salle à manger en QG de campagne, il a imprimé les vues Google Maps de la propriété de Dantrebert, les cartes routières de la région, tous les articles traitant du manoir du milliardaire normand et il analyse ces pièces avec soin à la lumière du jour naissant. Lucy et lui n'ont fait que se croiser pendant la nuit. Quand il s'est réveillé, elle a pris sa place dans le lit. Le prétexte d'assurer un roulement dans la surveillance de la captive et de la ferme leur a évité d'avoir à reparler de ce qui s'était passé. Malgré l'heure matinale, le commandant a abandonné le café pour se risquer à ouvrir une bouteille de calva trouvée au fond du placard de la cuisine. Sans étiquette, le breuvage artisanal, production d'un bouilleur de cru local, s'avère exceptionnel. Le goût de pomme qui envahit son palais constitue la seule bonne nouvelle de sa nuit.

Pour le reste, le manoir de Courtonne et la propriété qui l'entoure laissent le commandant perplexe. Le parc couvre plusieurs hectares, les vues aériennes montrent des routes privées et une rivière qui le traversent, un étang, des pavillons de chasse, de pêche, une écurie, un garage, une demeure des domestiques, des gardiens, une résidence des invités, deux courts de tennis, une piscine couverte, une serre tropicale… Le tout disséminé dans le parc autour de la bâtisse principale du XIXe siècle en U, entièrement rénovée et désormais chapeautée d'un toit en verre des plus modernes, œuvre d'un architecte coréen. Desservi par la mauvaise qualité de l'impression – le matériel informatique des occupants de la ferme étant au diapason du reste de leurs possessions –, Rossi a passé une heure à identifier tous les bâtiments. Le domaine de Dantrebert est ceint d'un mur en pierre de taille massif et haut de trois mètres. En revanche, il ne semble pas que l'accès soit protégé par un système d'alarme. Les animaux sauvages pullulent dans le bocage et les sangliers, blaireaux, buses, cerfs et autres chats errants le déclencheraient en permanence. De même, le soir de la réception, des chiens de garde éventuels auront les sens troublés par la quantité d'invités en vadrouille dans le manoir. Il pense donc possible d'y pénétrer sans alerter les occupants, mais l'accès lui-même reste un problème. Il devra vérifier sur place, mais il craint que le mur soit couronné d'une herse et rende son escalade impossible. La grande entrée principale par laquelle doit pénétrer Lucy et où se trouve la demeure des gardiens a un pendant de l'autre côté du parc. Il ira l'inspecter, ainsi que les deux portes de service situées sur les flancs du domaine. Il prendra du matériel dans les réserves de la ferme, et il espère qu'une fois sur place, une solution s'imposera d'elle-même. Sinon, il n'y a plus qu'à espérer que Lucy se débrouille sans son aide…

Son téléphone portable reste éteint, posé sur une des cartes. Il ne veut ni le rallumer ni contacter Malic. L'action illégale qu'il s'apprête à entreprendre implique son isolement total, il ne veut pas associer le lieutenant à cela. Il l'a déjà entraîné bien trop loin hors des sentiers battus et l'informer de ce qu'il compte faire ferait de lui un complice, au moins par son silence. Dans ces conditions, le mutisme complet jusqu'à la fin de cette expédition lui semble la meilleure solution. Il se doute qu'à Paris les questions sur l'endroit où il se trouve doivent pleuvoir. Mais c'est un dimanche. Il assumera de ne pas avoir été, pour une fois, sur le pont. Son image en pâtira, mais une journée de repos au cœur d'une affaire sensible sera moins difficile à faire passer que sa complicité dans l'intrusion de Lucy chez Dantrebert.

Le « blanc » que Leterrier lui a laissé lire dans son bureau lui revient à l'esprit. Rossi se sert un nouveau verre de calva pour dissiper l'angoisse que génère ce qu'il a appris. Il se masse le cou, il a un peu mal et quelques hématomes bruns témoignent de la brutalité de leur jeu de la veille. Cette violence ne le rassure pas sur la fiabilité de la jeune femme, mais elle l'attire. Le danger et le risque ont toujours fait partie de sa vie, il recherche ces poussées d'adrénaline depuis son plus jeune âge. Il a toujours eu besoin d'être brûlé par le feu de la peur ou de la colère pour se sentir exister. Lucy provoque en lui cette sensation mêlée à une attirance sexuelle impérative.

Selon le « blanc » de la DGSI, leur cible a un profil tel qu'il ne peut pas écarter l'hypothèse de Lucy. Son amie peut effectivement se trouver retenue contre sa volonté, quelque part dans le manoir du vieil oligarque. Cette constatation l'aide à passer outre ses réticences à suivre sa complice dans son projet.

Alexandre Dantrebert a longtemps réservé ses apparitions à la presse économique. Jusqu'à sa fugace carrière politique au milieu des années 1990, la seule affaire qui ait défrayé la chronique a été la mort de son épouse, riche héritière à l'origine d'une bonne partie de la fortune de l'entrepreneur. Élise Dantrebert fut victime d'un accident de voiture tragique un soir de décembre 1988. L'accident donna lieu à quelques rumeurs sur le divorce qui se préparait et risquait de porter un coup sévère au capital d'Alexandre Dantrebert. Après son décès, le milliardaire a investi une partie importante de son argent dans le rachat de titres de presse, de stations de radio et d'une chaîne de télévision. Il est devenu une personnalité influente et respectée du cercle politique et a fini par se faire élire sénateur en 1992. Brillant parcours pour celui qui a commencé sa vie professionnelle comme orpailleur dans les affluents de l'Amazonie dans les années 1960. Avant de monter un commerce d'importation de bois précieux qu'il a fait prospérer grâce à la fortune familiale de son épouse – dont il a également hérité un important groupe de BTP. Depuis la fin de son unique mandat de sénateur, son astre a pâli peu à peu.

Les rumeurs de corruption dans des marchés publics, les articles de presse l'associant à des malversations, son implication économique au cœur des dictatures les moins fréquentables et quelques procès ont annoncé son déclin médiatique. Ses propres titres allumaient des contre-feux, mais le mal se propageait. Arrogant et hautain, la moindre de ses apparitions publiques menaçait de tourner au scandale. Ses propos racistes et homophobes ont même fini par causer sa radiation de son parti politique. Depuis trois ans, on ne l'a plus revu en public. On sait qu'il a fait un AVC il y a deux ans et que, depuis, ses héritiers ont entamé une procédure pour le déclarer inapte à gérer le groupe. L'affaire tourne à la guerre de tranchées, la brouille avec ses enfants semble définitive. Son fils a même déclaré, lors d'une interview donnée au *Point*, avoir des soupçons sur les causes de la mort de leur mère. Tout cela ne constitue que la partie officielle du personnage. Pour avoir lu le « blanc », Rossi sait ce que cache cette biographie édulcorée.

Depuis le début du procès avec ses héritiers, le pouvoir,

inquiet des répercussions de l'affaire sur un des premiers groupes français, a commandité une mise sur écoute permanente d'Alexandre Dantrebert, de ses conseils et de ses héritiers. Ce que ces écoutes illégales – donc inutilisables dans une instruction – ont révélé fait frémir quant à la santé mentale du vieillard. Les enregistrements confirment que Dantrebert a bien tué son épouse pour éviter qu'elle ne dévoile ses frasques, ses obsessions sexuelles et sa violence. Ces révélations auraient constitué des arguments terribles dans leur divorce et Dantrebert aurait perdu sa fortune. Il a préféré organiser l'accident de son épouse. Ses pulsions violentes ont continué à traverser le milliardaire qui a battu toutes ses maîtresses successives. Deux d'entre elles n'ont gardé le silence sur leurs passages à l'hôpital que contre de copieuses indemnisations. Les enregistrements apportent aussi la preuve de ses contacts réguliers avec des proxénètes nigérians peu scrupuleux qui lui fournissent des filles pour donner libre cours à ses pulsions. De toute évidence, Dantrebert constitue un suspect de premier ordre pour la disparition de Roxana. Il ne tue pas, certes, mais ces derniers temps, ses appels vers les proxénètes ont cessé. Soit ses pulsions le laissent en paix, soit il a trouvé une nouvelle manière de les soulager…

Cette constatation fait frémir Rossi qui se sert un nouveau verre de calva. Il s'arrête avant de le boire. Le bras suspendu à mi-course, il sent un changement dans l'air de la pièce, une soudaine densité, une tension. Il se retourne et, sans surprise, découvre Lucy, plantée dans le sol de la ferme comme un poignard d'obsidienne. La jeune femme, nue, le regarde avec un sourire narquois, la tête penchée sur le côté. Le désir le frappe en plein ventre et lui coupe le souffle. Il bafouille avec maladresse :

– Je te proposerais bien un verre de calva, mais tu préfères sans doute un café ?

– En effet… non merci. La pomme, je préfère la croquer, minaude-t-elle.

– Tu as tort, ils devraient continuer à en faire plutôt que de la meth. Il est bon, leur tord-boyaux, plaisante-t-il en vidant son verre.

Lucy se penche dans le réfrigérateur pour prendre du jus d'orange. La vue de ses reins fait soupirer Rossi.

– Va t'habiller s'il te plaît, c'est juste pas possible de te voir comme ça.

– Petite nature ! Essaye de tenir dix minutes, je viens de faire ma gymnastique matinale et il faut que je finisse de transpirer avant de me risquer dans la douche de ce taudis, dit-elle en passant la main sur son ventre pour y récolter la fine couche de sueur qui le couvre.

L'apparition se dirige vers la table en roulant des hanches et en vidant directement à la bouteille le jus d'orange qui déborde légèrement et coule sur son menton. Elle passe dans le dos de Rossi et laisse traîner sa main sur la nuque du commandant. Il regarde son cul d'héroïne de Manara et le tatouage qui le surplombe et questionne, autant par curiosité que pour tenter de faire diversion à son désir :

– Il est magnifique ton tatouage… Tu sais que c'est grâce à lui qu'on t'a retrouvée ? Elles veulent dire quoi, les inscriptions sur le tronc du cerisier ?

– Va me faire un café et je te raconte. Après tu m'expliques ton plan de bataille, général Patton.

Son café servi, Lucy se montre assez diserte. Son tatouage est le signe de sa deuxième naissance. Quand elle a rejoint Paris et qu'elle a pu prendre la décision de ne plus regarder en arrière, de ne plus rien regretter et de ne plus jamais accepter d'être la victime de qui que ce soit, c'est ce dessin qu'elle a choisi de se faire tatouer. Au Japon, le *sakura* symbolise le printemps et la renaissance. Sur son tronc, elle a fait graver, en caractères stylisés à peine déchiffrables, une courte maxime : « Je te tuerai avant d'être ta victime. »

Cette devise martiale ne rassure en rien Rossi, mais ce qui lui fait peur chez Lucy l'attire encore plus. Il ne parvient pas à sortir de ce cercle vicieux ; cette fille distille un poison dont les effets court-circuitent tout raisonnement.

61

Un banc, le long d'un mur couvert de carrelage blanc. Une salle insonorisée, sans aspérité, blanche, surexposée par une lumière vive. Le silence et l'aveuglement, voilà, pour les deux prochains jours, l'univers d'Hugo Castellin. Une petite caméra HD filme toute la scène dans ses moindres détails. Cette salle d'interrogatoire, inspirée par les spécialistes américains de Guantánamo, sert pour les gardes à vue des personnes impliquées dans des actes terroristes. La méthode obtient plus de résultats que les tortures physiques et les menaces. Le blanc et le silence deviennent rapidement insupportables. Rien de pire, après quelques heures, les détenus sont nerveux, irritables, mal à l'aise. Au bout d'une journée, sans leurs entraves ils se jetteraient contre les murs pour mettre un terme au supplice. Avant la fin de la deuxième journée, les battements de son propre cœur lui sembleront si puissants qu'ils assourdiront le jeune homme. Amené aux portes de la folie, Hugo sera prêt à signer n'importe quoi. Avant que son avocat n'ait le droit de lui rendre visite, il aura passé des aveux complets, exhaustifs, et ce, sans aucune violence. La souffrance psychique atroce que cause cette salle blanche est indescriptible. Les jurés ne saisiront pas que ce que l'antiterrorisme a fait vivre à Hugo constitue une torture redoutable. Les aveux tiendront devant un tribunal.

Malic comprend que les circonstances imposent de

recourir à de tels moyens, Hugo doit leur donner Judex, et le plus vite possible. Ils n'ont pas le temps de conclure un accord négocié avec son avocat. Le lieutenant s'inquiète par contre de la valeur de ces aveux. Sous cette contrainte, le jeune homme racontera n'importe quoi, s'accusera de tout, et les informations risquent de ne pas avoir la fiabilité nécessaire à l'arrestation de son mentor. Avoir Hugo ne résout rien, l'objectif reste Judex. Ils doivent se focaliser sur cet objectif quitte à alléger les charges qui peuvent peser sur le môme.

Dans les sous-sols du 36, quai des Orfèvres, le lieutenant sait qu'il joue sur les terres de Louvion et que son avis ne pèsera pas lourd, mais son statut de sauveur lui donne l'assurance d'interpeller le commandant et de lui exposer ce point de vue. Avec un petit pincement au cœur pour le gamin idéaliste qui se retrouve au cœur de cette affaire et risque de passer de longues années en prison pour avoir cru aux sornettes d'un malade, il quitte la salle d'observation. Il se fait raccompagner par un brigadier dans le dédale de tunnels qui constitue les caves de la Crim et regagne les locaux de la section antiterroriste, au quatrième étage du prestigieux bâtiment.

Assis à son bureau, les traits tirés, Louvion ne montre aucun signe de satisfaction de voir l'enquête avancer. Il grogne à peine quelques félicitations pour le rôle décisif que Malic a tenu pendant l'interpellation qui les a sauvés du naufrage. Puis il frotte sa grosse main à la chevalière argentée sur son crâne rasé, dont les cheveux commencent à repousser et coupe court aux courtoisies :

– On vous remercie pour votre aide, lieutenant, mais il va falloir regagner la DGSI maintenant… Le reste de la procédure ne vous concerne plus.

– Je sais, je vais vous laisser le champ libre. Je voulais juste vous donner mon avis avant de partir, insiste le lieutenant.

– Je ne suis pas friand des enquêtes d'opinion, tranche le commandant.

– Je ne pense pas que vous obteniez de bons résultats en torturant ce gamin, persiste le lieutenant. Hugo n'est qu'un ado surdoué, enfermé dans son monde virtuel déconnecté de la réalité qui s'est laissé embobiner par un manipulateur. Si vous persistez dans cette voie, il vous balancera n'importe quoi pour avoir la paix. Je doute qu'il en sache beaucoup sur Judex, sinon celui-ci ne nous aurait pas laissés l'attraper. Il faut obtenir sa collaboration pour essayer de coincer son mentor. Il a peut-être commis une petite erreur, un détail qui nous permettra de remonter la piste. Pour le trouver, on a besoin d'un Hugo lucide et de bonne volonté.

Louvion ne fait même pas semblant d'écouter la tirade de Malic. Il fouille dans son bureau, sort un dossier de quelques pages et commence à le feuilleter. Vexé, le lieutenant s'interrompt et fixe son interlocuteur qui finit par jeter le dossier qu'il lit sur son sous-main. Il le montre du doigt à Malic.

– Je me fous de ce que ce gamin peut avoir à nous raconter, lieutenant. Vous n'avez pas idée à quel point. Ses aveux sont là, je n'ai plus qu'à les faire signer… Alors votre sentiment sur la manière dont je mène l'interrogatoire…

L'en-tête du document indique bien qu'il s'agit du procès-verbal de l'interrogatoire d'Hugo Castellin. Malic ne comprend pas, de toute évidence l'enquête a déjà trouvé sa conclusion, pré-écrite par ceux qui devraient chercher la vérité. Le sang quitte le visage du lieutenant, l'écœurement le gagne alors qu'il comprend que l'affaire va se solder par une manipulation politique.

– Eh oui, petit Rouletabille. On est chez les grands, ici. Les scouts n'ont rien à y faire. Alors dégage et va retrouver ton alcoolo de patron. Cherche dans les poubelles des bistrots du quartier, je ne sais pas s'il y est, mais il devrait, c'est là sa vraie place…

La colère de Malic l'empêche de répondre. La gorge serrée, il se lève et quitte le bureau. Il ne répond pas à la provocation de Louvion. Le commandant a l'air épuisé et la dureté de ses propos ne lui ressemble pas, lui habituellement si taciturne. L'affaire doit aussi lui peser. Malic prend sur lui pour saluer l'équipe de la SAT sans laisser transparaître son humeur. L'heure de son rendez-vous avec Boniperti approche et il compte bien en tirer quelques éclaircissements sur la conclusion pré-écrite de l'enquête.

62

La confusion dans la salle de presse de l'hôtel de Beauvau atteint un niveau inhabituel. Les journalistes se bousculent, jouent des coudes, les caméras s'agitent. Les attachées de presse du ministère tentent de se multiplier pour colmater les brèches, mais rien n'y fait. Les images rendent bien compte de la précipitation dans laquelle a été organisée cette conférence de presse du ministre de l'Intérieur. Depuis qu'il a entendu une station de radio l'annoncer, Rossi se torture l'esprit pour savoir ce que le ministre va déclarer. Se jeter dans l'arène alors que l'affaire continue de piétiner constituerait un choix hasardeux auquel le fin tacticien de la place Beauvau ne les a pas habitués. Les pensées du commandant se figent, le ministre vient de faire son entrée dans la salle.

La salle bruisse quelques instants, le temps que le ministre marque son impatience, droit derrière son pupitre, ses yeux bleu acier fusillant l'assistance. Les derniers journalistes à se taire sentent passer sa désapprobation glaciale et se statufient, comme pris dans le regard de Méduse. Le calme obtenu, sans un sourire ni un salut, le ministre prononce son allocution :

– Il me revient la tâche délicate de me présenter dans une salle de presse, devant ce qui constitue l'élite de cette profession, pour pointer du doigt son coupable égarement. Depuis plusieurs jours, une rumeur attribuant plusieurs décès récents à une organisation terroriste fantaisiste n'a cessé d'enfler. Ce canular sordide aurait pu rester confidentiel si, dans leur précipitation à vouloir révéler de soi-disant scandales, certains d'entre vous ne s'étaient pas abaissés à donner un écho à ces diffamations.

Le ministre marque une pause, le temps qu'un murmure finisse de parcourir la salle. Il reprend :

– Cette erreur de jugement tragique a fait une victime : un grand serviteur de la République qui, voyant son honneur bafoué et son nom piétiné après cinquante années au service de la France, a fait le choix regrettable de mettre fin à ses jours. Ce drame, qui n'est pas sans rappeler la mort de Pierre Bérégovoy, pour lequel j'ai une pensée toute particulière en ce jour, doit inciter la presse française à plus de retenue, de déontologie et de prudence. Ne cédez plus aux sirènes du sensationnalisme, cessez d'aboyer en meute et retrouvez la sérénité qui convient à une grande démocratie apaisée.

» En la mémoire du sénateur Marchioni, je tiens à dire que l'auteur de ce sinistre canular a été appréhendé ce jour même et que rien dans la lettre diffusée n'aurait dû résister à l'examen lucide de la raison. Qu'un organe de presse reprenne à son compte les allégations d'un jeune homme perturbé et cause autant de torts doit tous nous inciter à une profonde réflexion sur une presse avide de scandales, dont le modèle économique semble être de salir chaque semaine un nouveau responsable politique. Il n'y a pas d'affaire puisque ce terroriste n'a jamais existé. Il pèse suffisamment de menaces sur notre pays pour que nous ne nous inventions pas des ennemis intérieurs. Cette sinistre plaisanterie a assez duré. Je compte sur vous pour tirer les enseignements de cette tragédie. »

La voix nouée par l'émotion à l'évocation des disparus, le port digne et le verbe clair… Rossi applaudirait presque la prestation de l'acteur qui quitte la scène sans répondre à la moindre question ni même jeter un regard aux représentants de la profession qu'il vient de vilipender. Le commandant se demande si l'anarchie qui régnait dans la salle de presse n'a pas été savamment calculée et préparée pour joindre l'image au discours du ministre. La presse brouillonne, dissipée, incapable de se contrôler ; face à l'homme d'État serein et responsable.

Aux propos du ministre, le commandant comprend sans peine que ses indications ont dû permettre l'arrestation d'Hugo Castellin, et que le ministère préfère continuer de nier l'existence de Judex. Les révélations du justicier contiennent des informations trop embarrassantes pour qu'on lui donne la moindre crédibilité. Cependant, l'attitude affirmative du ministre le trouble. Sans assurance sur la mise hors d'état de nuire de Judex, une telle attitude, bravache et donneuse de leçons, face à la presse serait un véritable suicide politique. Si Judex refait parler de lui, cette affaire marquera, si ce n'est la fin, au moins un sérieux coup d'arrêt dans la carrière jusqu'ici brillante du ministre. Le politicien doit avoir la certitude de ne pas courir le risque que Judex le contredise. La seule arrestation d'Hugo ne peut pas garantir cela. Il a dû se passer quelque chose d'important.

La sensation d'être en train de passer à côté de la conclusion de l'enquête obsède Rossi. Il se lève et marche en long et en large dans la salle à manger. L'envie de téléphoner au divisionnaire Leterrier ou de sauter en voiture pour rentrer à Paris le tenaille. Lucy, qui a regardé l'intervention alors qu'elle sortait de la salle de bains enroulée dans une serviette de plage, doit sentir ce bouillonnement et en comprendre les raisons. Elle se plante sur le chemin du commandant, l'oblige à s'arrêter et à la regarder dans les yeux.

– Demain, dit-elle, tu seras à Paris demain. Cette nuit, tu me la dois. Je te l'ai payée.

– Je dois savoir qui est Judex. Il le faut, tu comprends ?

En réponse, Lucy lui pose la main sur la joue comme

pour prendre la mesure de la fièvre qui le ronge. Il la regarde quelques secondes et la serre contre lui. Il se fait manipuler, il le sait, mais certaines envies sont plus fortes que la raison. Elle se laisse couler entre ses bras, il glisse ses doigts dans ses cheveux humides et l'embrasse. La jeune femme ne s'abandonne pas, sa bouche s'entrouvre à peine et elle le repousse même doucement quand ses mains essayent de faire tomber la serviette. Lucy reprend ses distances et murmure, les yeux baissés vers ses pieds nus :

– Pas maintenant… Roxana… Tu comprends ? Je ne peux pas… On verra plus tard. D'accord ?

– Oui, concède-t-il du bout des lèvres en ravalant sa déception. Bon… il faut que tu ailles te préparer pour la soirée. Tâche de ressembler à la toxico. Je vais aller lui filer à bouffer.

Une fois Lucy retournée dans la salle de bains pour se préparer, Rossi soupire et se sert le dernier verre de la bouteille de calva. Puis il prépare un plateau-repas pour Manon et va lui rendre une ultime visite. Leur captive ne se plaint plus, depuis son réveil elle n'a presque plus bronché. Lucy lui a fait fumer toute sa provision d'herbe et elle plane mollement dans le lit, les yeux mi-clos. Ce matin, elle a juste essayé une fois de les convaincre de lui préparer une pipe de *meth*. La sinsemilia ne pallie pas son addiction, il lui faudrait quelque chose de plus fort, mais elle encaisse plutôt bien le sevrage. Rossi la détache, désinfecte ses poignets et la laisse manger pendant qu'il lui explique comment il envisage la suite de sa captivité.

– Ça fait quarante-huit heures que tu n'as plus pris de ta merde. Si j'étais toi, je continuerais sur ma lancée. Tu as fait le plus dur.

– T'es quoi ? réplique-t-elle sèchement, un flic qui joue au kidnappeur ou un cinglé qui se prend pour mon ange gardien ? Pas besoin de toi pour savoir ce dont j'ai besoin, connard !

– OK, capitule-t-il, fais ce que tu veux. Chacun son chemin vers le cimetière, le tien risque juste d'être un peu plus court que d'autres. Mais tu as raison, ce ne sont pas mes oignons. On va partir. On va te laisser attachée, la clé sera sur la table de la salle à manger. Demain matin, j'enverrai un SMS à ton petit copain pour lui dire que tu es là et que tu as besoin de lui. La porte de la ferme sera ouverte. Tu n'entendras plus jamais parler de nous. Lucy t'a laissé sept cents euros dans ton blouson. Tu ne perdras pas l'argent que tu aurais dû gagner ce soir. Je me moque de ce que vous foutez dans cette ferme. Je ne suis pas aux stups, et même si je désapprouve, j'ai vraiment d'autres chats à fouetter. Oubliez-nous et on n'en parlera pas. Plains-toi de ta séquestration et on déballera tout. C'est clair ?

– Moi aussi j'ai d'autres chats à fouetter, mais je ne suis pas sûre que le reste de la famille soit d'accord avec ça…

La menace sous-jacente dans les propos de la jeune femme semble n'être que pure rhétorique. Le commandant ne voit pas quel intérêt sa famille de dégénérés aurait à attirer l'attention sur elle et ses activités. Il rattache Manon aux montants du lit et rejoint la salle à manger. Il ramasse ses cartes, puis sort ranger dans le S3 les quelques outils qu'il a « empruntés » sur l'établi abandonné des occupants des lieux. Une pioche à la pointe rongée par la rouille, une pelle branlante, un maillet vermoulu, des cordes, deux crocs de boucher qui peuvent faire office de crochets, un pied-de-biche et une trousse à outils encore utilisable viennent encombrer le coffre de la voiture de sport. Quand il traverse la cour, les chiens recommencent à s'exciter dans leur chenil. Pris d'une soudaine compassion, Rossi rentre chercher quelques boîtes qu'il mélange avec les restes de leurs courses. Les dogues le reconnaissent et le laissent même caresser leurs gros crânes carrés quelques secondes avant de plonger leurs mufles dans les seaux.

À son retour dans la ferme, il sursaute à la vue de la transformation accomplie par Lucy. Ses cheveux ébouriffés, crêpés accueillent quelques mèches colorées en mauve. Un maquillage épais lui couvre le visage, lui donnant le teint blanc uniforme avec lequel Manon dissimule les ravages de son addiction. Ses yeux cerclés de noir et ses lèvres peintes de la même couleur s'harmonisent avec sa tenue de lolita gothique, toute en cuir et dentelles sombres. Impossible de reconnaître Lucy sous cet accoutrement. Par contre, la ressemblance entre le visage que lui compose le maquillage et celui de Manon sur sa photo d'identité devrait suffire à abuser ses employeurs du soir. Le commandant hoche la tête en signe d'approbation.

– Beau travail, tu es méconnaissable.

– C'est du maquillage à la truelle, pas de quoi s'enthousiasmer, ironise la jeune femme.

– Je te rappelle une dernière fois ce qu'on doit faire, enchaîne le commandant : tu passes par l'entrée principale à l'heure de l'embauche. Tu fouilles et si tu trouves la moindre trace du passage de Roxana, tu m'appelles. Au plus tard à deux heures du matin on fait un point au téléphone. Même s'ils t'ont pris le tien à l'entrée, entre ceux du manoir et ceux des invités, tu parviendras à en trouver un. Sinon, tu prétextes un malaise, tu quittes ton poste et tu ressors. Sans nouvelles de toi à deux heures du matin, je rentre dans la propriété pour venir te chercher. Deux heures du matin, d'accord ?

– Je trouve toujours que c'est un peu trop court, grimace Lucy.

– Tant que la propriété sera pleine de monde, tu courras moins de risques. Tu ne resteras plus longtemps que si la situation est favorable. On en parlera à deux heures.

– Après tu retransformes ma moto en citrouille, c'est ça ?

Rossi hausse les épaules, il a compris que Lucy ne peut pas accepter une consigne sans donner l'impression de s'en moquer. Il ne sert à rien d'insister pour obtenir une approbation plus formelle. L'heure du départ vers le manoir vient de sonner, ils quittent la ferme et démarrent leurs bolides respectifs. Le Carnaval de la chair d'Alexandre Dantrebert va débuter dans deux heures, le personnel intérimaire doit embaucher dans les minutes qui viennent. Ils quittent la cour miteuse dans une grande giclée de boue, sous les aboiements frénétiques de la horde de dogues.

La Kawasaki fait des merveilles sur les petites routes vicinales. Lucy ne repasse pas par Lisieux et le commandant la suit au prix de nombreux excès de vitesse sur un itinéraire qui contourne l'agglomération. Ils passent en trombe dans le lieu-dit de Malicandre, dont l'homonymie fait sourire Rossi, et traversent de grandes étendues de champs de betteraves déserts jusqu'à Saint-Martin-de-la-Lieue. Le commandant ne peut qu'admirer la mémoire visuelle de la jeune femme qui n'a fait que jeter un œil sur les plans avant de prendre la route et qui semble pourtant très à l'aise sur ces voies peu fréquentées. Passé le bourg de Saint-Martin, le parcours devient sinueux. Dans les successions de virages, la Ninja oblige Rossi à pousser sa voiture dans ses retranchements. Il pilote au mieux, chassant du train arrière dans la plupart des boucles et faisant hurler les quatre cylindres de son S3. Il sait qu'il ne doit pas lâcher pour retrouver Lucy devant le manoir. La jeune femme le teste, il se sent obligé de mériter son respect.

Les vingt kilomètres qui les séparent du manoir de

Courtonne prennent l'allure d'une spéciale de rallye. Lucy ralentit à peine quand ils traversent un village. Le commandant doute. Il se lance dans une aventure à haut risque avec une jeune femme qui semble jubiler à la perspective de se mettre en danger. Il aime l'adrénaline, mais il calcule ses coups et il sait garder son sang-froid. Il craint que ça ne soit pas le cas de Lucy, alors que, devant lui, elle oblige un automobiliste à s'enfoncer dans le bas-côté de la route pour l'éviter. Ils finissent par rejoindre la forêt domaniale qui borde le parc du manoir. Rossi s'arrête dans une grande côte bordée de peupliers qui longe le mur du parc. Lucy a ralenti, le temps de lui faire un signe de main, puis a repris sa route vers les portes du manoir. Le commandant souffle. Le ventilateur du refroidissement du S3 tourne à plein régime. Il transpire à grosses gouttes, mais il a tenu le rythme… Quelques secondes plus tard, son téléphone vibre. Lucy vient de lui envoyer un SMS.

Joli coup de volant pour un vieux ! Repose-toi bien, je me jette dans la gueule du loup.

63

Après avoir parcouru des bureaux vides et déserts en cette fin de week-end, Malic monte au dernier étage des locaux de la DGSI. Dans une ambiance de sanctuaire, au bout d'un couloir sombre, de la musique émane du bureau de Boniperti ; une voix de baryton résonne dans tout l'étage :

A year and a day hence,
we will settle our account.
And then, I promise you, you shall pay me
no more and no less than what you yourself
acknowledge to be just[1].

Le lieutenant frappe contre le bois, la secrétaire du directeur ne travaille pas le dimanche soir. La musique étouffe son appel, il entrebâille la porte à l'instant ou le ténor répond au baryton :

A fair offer. Tis agreed[2].

1. « Dans un an et un jour, nous réglerons nos comptes. Et alors, je vous le promets, vous me payerez ni plus ni moins que ce que vous-même reconnaîtrez être juste. »

2. « La proposition est honnête. Elle est acceptée. » (*The Rake's Progress*, opéra d'Igor Stravinsky, acte I scène 1, livret de Wystan Hugh Auden, 1951.)

S'apercevant de son arrivée, le directeur fait pivoter son fauteuil en cuir noir pour lui faire face. La pièce, éclairée par les seules lueurs de Levallois au travers des vitres, baigne dans la fumée d'un Cohiba immense qu'il agite comme une baguette de chef d'orchestre. Seule une liseuse nimbe d'une aura dorée le livret de l'opéra posé sur le sous-main. Boniperti sourit au lieutenant et lui fait signe d'entrer, sans cesser d'accompagner le chant du ténor par ses murmures et ses directions imaginaires. Malic n'a pas souvenir d'avoir vu le directeur de la DGSI faire preuve d'un tel relâchement. L'austère Boniperti a l'habitude de donner une image de grande rigueur, de port militaire et de réserve dans les relations humaines. Il abuse même parfois de cette attitude en théâtralisant la froideur de ses colères pour contrebalancer l'image que donnent ses origines méridionales et son nom corse. Une fois Malic assis, le directeur baisse le volume et interpelle son visiteur :

– Vous avez le sens de l'à-propos, Malicandre. Vous arrivez juste au moment où ce pauvre Tom Rakewell se fait abuser par Nick Shadow et passe un contrat avec le diable alors qu'il pense avoir trouvé un ami et un serviteur fidèle. Il faut toujours se méfier de ceux qui prétendent avoir des solutions faciles à vos problèmes…

L'entretien ne commence pas sur les bases auxquelles s'attendait Malic. Le directeur a les traits tirés et les yeux rougis. Si ce n'était pas si improbable, le lieutenant estimerait que Boniperti vient de pleurer. Il se demande si cet entrain factice ne sert pas à masquer un profond désarroi. Destabilisé, il bafouille une réponse incohérente et attend que Boniperti réoriente la conversation sur le sujet qui l'intéresse. Mais là encore, le directeur de la DGSI le prend à contre-pied.

– Il faut profiter de la vie, lieutenant, on ne se rend pas compte à quel point elle peut nous filer entre les doigts.

Joignant le geste à la parole, il souffle la fumée de son cigare entre son majeur et son index, puis reprend :

– Appelez vos enfants, prenez quelques jours, emmenez-les à Disneyland ou je ne sais quel endroit qui leur conviendra… Vous avez donné votre meilleur, et je n'ai malheureusement que des mauvaises nouvelles à vous annoncer.

Le directeur marque une pause, s'assombrit en chassant de son épaule une plume de pigeon incongrue plantée dans la laine de son costume gris. Puis il dévisage le lieutenant et lui annonce, avec une grimace attristée :

– La nouvelle sera officialisée demain, vous êtes un des premiers à le savoir après moi et sa famille proche : le divisionnaire Leterrier vient de mettre fin à ses jours, cet après-midi, à son domicile parisien.

– Le divisionnaire Leterrier ? Ce n'est pas possible !

– Malheureusement si. Vous l'ignoriez, nous l'ignorions tous, mais le divisionnaire luttait depuis maintenant deux ans contre un cancer du foie qui allait finir par l'emporter dans les semaines à venir. Ses jours étaient comptés, il a préféré choisir sa sortie, tant qu'il conservait sa lucidité et sa dignité. Il a tenu jusqu'à la fin de l'affaire Judex et a décidé de s'éclipser.

– C'est vrai qu'il avait l'air fatigué ces derniers temps… mais de là à imaginer ça…

– La maladie le rongeait, mais il n'était pas homme à le laisser paraître. Son courage est une véritable leçon, lieutenant.

Le directeur enchaîne sur une tirade où il détaille la nouvelle organisation du service en attendant la nomination du remplaçant de Leterrier. Quelques sous-entendus laissent penser à Malic qu'il pourrait s'agir de Louvion. Cette perspective fait entrevoir au lieutenant des manœuvres souterraines, des compromis. Cette perspective et la mort de Leterrier l'affligent. Depuis une semaine et le début de l'affaire, son environnement a été bouleversé chaque jour un peu plus. Le commandant ne donne plus signe de vie, sa famille le bat froid et Louvion lui annonce les conclusions d'un interrogatoire avant de l'avoir mené, en le congédiant comme un laquais. Le lieutenant a depuis longtemps tiré un trait sur l'idéalisme qui l'habitait à son début de carrière ; il connaît le fonctionnement de la DGSI, la police politique, les « blancs » et les écoutes illégales permanentes, mais il peine maintenant à en comprendre l'objet.

Malic se permet de relancer Boniperti sur le sujet qui lui tient à cœur.

– Excusez-moi, monsieur le directeur, mais qu'en est-il de l'affaire Judex ?

– L'affaire Judex ? interroge Boniperti en écarquillant les yeux de façon outrancière. Enfin, Malicandre ! Vous n'avez pas entendu le ministre ?

– Si, à la radio, tout à l'heure, en sortant du 36. Mais nous n'avons pas encore identifié Judex…

– Parce qu'il n'a jamais existé, pfft, ironise Boniperti en faisant mine de balayer son sous-main. Tout cela n'était qu'un canular grossier monté par un ado surdoué mais dérangé. Il est fort regrettable que le commandant Rossi et le sénateur Marchioni y aient cru… Quelle triste farce, vraiment !

– Mais, bafouille le lieutenant qui peine à croire ce qu'il entend, Delaunay, Le Morvant, Marchioni… ils ont été assassinés, vous le savez bien ! Et les informations dont dispose Judex, ses contacts dans la DGSI, Al-Joubouri, Stransky… On ne peut pas en rester là !

Le directeur s'assombrit et regarde Malic dans les yeux quelques secondes. Puis il inspire une profonde bouffée de son cigare et explique, d'une voix calme mais un peu éraillée :

– Lieutenant. Officiellement, Le Morvant est mort d'un arrêt cardiaque et Marchioni s'est suicidé. Il ne reste que l'affaire Delaunay sur laquelle la Crim avance vite. Tout comme vous, ils ont identifié la suspecte, la marginale dénommée Lucie Merpaz. Ils vont l'appréhender dans les jours qui viennent. C'est une dérangée qui agit par haine des hommes, vraiment une triste histoire. Pour le parquet, l'affaire Judex se limitera donc à l'arrestation d'un jeune hacker, auteur d'une farce sinistre. Le gamin s'en sortira avec juste une amende pour diffamation et une peine avec sursis pour incitation à la violence… Vous avouerez qu'il serait idiot de ne pas en rester là. En ce qui concerne Al-Joubouri, Stransky va devoir rendre des comptes à la DGSE, ils vont s'en charger, cela ne nous concerne plus.

Le directeur se redresse, pointe Malic du doigt. Son ton devient autoritaire, cassant.

– Par contre, je ne sais pas ce que trafique Rossi depuis hier, et, ça, ça m'inquiète. Allez le chercher, ramenez-le !

Malic réalise qu'il assiste à l'enterrement de première classe d'une affaire qui aurait sans doute révélé de profonds dysfonctionnements de la DGSI et mis au jour les graves turpitudes, connues et tolérées, de personnalités proches du pouvoir. Il comprend qu'on doive protéger l'institution ; la DGSI forme un rempart contre les actes terroristes, ses réseaux et ses pratiques participent à la sécurité du pays et la préserver est essentiel dans cette période troublée. Toutefois, il n'accepte pas l'impunité dont bénéficiera un criminel récidiviste aux dépens d'une jeune femme qu'il a manipulée. Un criminel qui restera en liberté, prêt à frapper de nouveau quand cela lui plaira…

– Tout ça, c'est complètement faux, on ne peut pas se contenter de ça !

Un jour ordinaire, Boniperti l'aurait congédié avec perte et fracas pour une sortie de cette nature. Mais en ce dimanche soir, les réactions du directeur surprennent Malic. Le haut fonctionnaire se lève sans un mot et marche vers les baies vitrées de son bureau et leur vue sur les tours grises de la Défense. Il appuie sa main sur la vitre et soupire.

– La vérité, la vérité… Qui peut s'offrir ce luxe, lieutenant ?

– Pardon… Je suis fatigué, je n'aurais pas dû…

– Non, non lieutenant ! Vous avez raison, votre probité vous honore. Mais nous devons faire des choix.

Le directeur se retourne et s'adosse à la fenêtre. Derrière lui, deux pigeons viennent se poser sur la rambarde le long du bâtiment. Boniperti parcourt le bureau de long en large, donnant l'impression de se parler autant à lui-même qu'au lieutenant.

– Offrir la vérité à tous, rendre justice jusqu'au bout… Juger toutes les fautes, sans exception… Enfin, lieutenant, vous savez bien qu'aucune société humaine n'est parfaite ! Aucune élite n'est exempte de crime. Toutes sont avides de possessions et de pouvoir, il n'y a pas d'autre moteur… Que voulez-vous que nous fassions ? Que nous jugions tous ceux qui franchissent la limite ? C'est ça ? Nous n'aurions plus d'État, ce serait le retour de Robespierre et le règne de la Terreur… Une République apaisée doit maintenir l'ordre et non pas créer le désordre par désir de pureté ! Ce que les gens veulent, c'est que leurs enfants puissent aller à l'école et leurs anciens faire leurs courses sans avoir à paniquer à tous les coins de rue ! La corruption de quelques-uns n'a pas d'importance, si la société est en paix. Votre Judex, c'est Nick Shadow[1]. Il vous propose une voie qui a l'air droite, simple et juste : condamnez tous les coupables ! Que la société soit purgée du crime ! Et dans un an, il vous demandera ses gages… Et ses gages, c'est que les rues de Paris soient couvertes de sang ! Un fleuve de sang dans les rues ! Il y aura toujours des coupables

1. Personnage derrière lequel se cache le diable dans l'opéra *The Rake Progress* qu'écoutait Boniperti.

à châtier ! Toujours ! Ça ne s'arrêtera jamais. Ce que nous devons préserver, c'est la République, la paix civile et le fonctionnement de nos institutions... Ceux qui prétendent le contraire mentent, ce sont des Électre qui veulent précipiter notre ruine par orgueil, parce qu'ils ne tolèrent pas le compromis... Ne les écoutez pas, lieutenant !

La tentation de répondre : *Faire appliquer la loi de la même manière pour les faibles et les puissants, dans le respect des droits des accusés, rien d'autre*, traverse l'esprit de Malic, mais il a compris que la tirade ne lui est pas adressée et qu'il ne servirait à rien d'argumenter. Boniperti se bat contre ses propres démons. Le directeur a le front collé à la vitre. Sous ses yeux, les pigeons s'ébrouent et agitent leurs ailes. Il termine sa plaidoirie d'une voix atone :

– Je maintiens l'ordre... Je protège les institutions contre...

La phrase reste en suspens, le directeur reste figé quelques secondes devant le spectacle des volatiles qui piétinent devant ses fenêtres. Quand il se retourne, son visage a la pâleur de la cire. Son sang a quitté ses joues et ses pommettes, le lieutenant jurerait voir de la sueur luire sur son front. En proie à ce qui semble être un doute violent, le directeur continue à se parler à lui-même sans qu'aucun son sorte de ses lèvres. Puis il se rassied à son bureau, les couleurs lui reviennent. À nouveau conscient de la présence du lieutenant, il éteint la liseuse qui éclairait son sous-main et reprend une contenance martiale.

– Qu'est-ce que vous attendez, Malicandre ? Ne vous ai-je pas dit de me ramener Rossi ? Allons, ne restez pas planté là ! Vous jouerez au chevalier blanc un autre jour !

Malic quitte la DGSI sans attendre. Il veut regagner la Normandie dès ce soir pour chercher le commandant dont il va finir par saturer la messagerie. Tout en regagnant sa Clio dans les sous-sols de Levallois, il repense à son entretien avec le directeur. Il donnerait cher pour savoir quelle pensée a pu lui traverser l'esprit à la fin de leur conversation. Boniperti avait l'air terrorisé, comme s'il venait de comprendre quelque chose d'effarant. La pièce manquante du puzzle.

64

La sangria laisse sur sa langue un subtil arrière-goût de cannelle. Dans un premier temps, Lucy s'est étonnée qu'on lui demande de servir une boisson aussi simple, populaire, dans le contexte sophistiqué à l'extrême de cette réception, mais il lui a suffi de tremper le bout de ses lèvres dans un des verres en cristal pour comprendre son erreur. Comme tout ce qui l'entoure, cette sangria n'a rien d'ordinaire. Lucy a pris son poste au bar du manoir. Elle sert les invités de Dantrebert derrière un comptoir en chêne massif dont les panneaux sculptés représentent des scènes de chasse ciselées à la main par un artiste doué pour saisir les expressions de panique du gibier aux abois. Devant s'étend une longue salle de réception dans laquelle une cinquantaine d'invités en habits de soirée prennent un verre en attendant l'arrivée de leur hôte, à la lueur tremblotante d'immenses chandeliers médiévaux en fer forgé.

Sa prise de poste ne lui a posé aucune difficulté. La responsable du personnel ne connaissait pas Manon, elle n'a même pas vérifié ses papiers. La blonde au chignon strict qui l'a accueillie à la porte a répété les consignes de discrétion écrites dans le contrat avant de tendre sa tenue à Lucy. Préparés selon les mesures transmises par Manon, la veste bordeaux à épaulettes dorées, le corset lacé noir, les bas et la minijupe ne lui ont pas posé de problèmes à l'essayage. Par contre, les escarpins à talons hauts, une bonne pointure en dessous de la sienne, lui meurtrissent les orteils. Son habitude des talons inconfortables et des chaussures aux courbures extrêmes lui permettent de garder un maintien normal. Mais, dès qu'elle le peut, elle se déchausse à l'abri du comptoir pour soulager ses pieds. Pour l'instant, elle n'a vu que la salle de réception, l'entrée du manoir, les cuisines et une réserve où on lui a demandé de se changer. Lucy a laissé ses affaires et son téléphone portable dans une caisse à son nom qu'elle doit récupérer à la fin de son engagement. Depuis, la jeune femme attend son heure. Les invités se pressent autour du bar pour le moment, mais elle pense que, lorsque le Carnaval de la chair aura débuté, ils migreront vers l'immense cour intérieure du manoir et lui laisseront l'opportunité de s'éclipser pour aller visiter les parties privées de la demeure du milliardaire.

Son attente ne tarde pas à se voir récompensée. Alors que la nuit tombe, les deux portes noires de la salle de réception s'ouvrent sur la cour intérieure où des projecteurs s'allument. Les convives se dirigent tous vers cet espace qui s'étend entre les ailes du manoir. Lucy se retrouve seule avec les deux garçons qui débarrassent la pièce. La blonde au chignon absente, rien ne s'oppose à ce qu'elle quitte le bar. Par signes, elle fait comprendre aux deux serveurs qu'elle va fumer une cigarette et elle rejoint à son tour le début des festivités.

S'élançant du haut des façades des trois ailes du manoir, une pyramide de verre surplombe et recouvre la cour intérieure pavée. Un pan de cette œuvre, qui peut évoquer celle du Louvre, descend jusqu'au sol en face de l'aile principale et referme ainsi l'espace par une paroi vitrée. Le long de cette baie, une estrade en bois sépare les convives du parc. Les fenêtres des trois étages des ailes latérales du manoir sont illuminées, mais les portes restent pour l'instant fermées. Les invités attendent, tous debout devant l'estrade. Les projecteurs n'éclairent que cet espace, vide, et un murmure interrogatif parcourt l'assistance.

Quatre hommes vêtus d'un plastron de cuir et d'une cagoule aux allures de bourreaux du Moyen Âge montent sur l'estrade. Ils se saisissent de cordages sur lesquels ils tirent, faisant apparaître un crucifix qui s'élève depuis l'arrière de l'estrade jusqu'à tenir droit. Accroché à cette croix dans une parodie macabre, un cadavre de taureau a pris la place du Christ. Pour rester dans cette posture, le corps de la bête a subi un traitement contre nature. Son poitrail gonflé paraît sur le point d'exploser. Les ligaments de ses épaules ont été coupés et ses omoplates brisées dans la torsion qui l'a mis en croix. Ses jarrets sont plantés dans le bois par de grands clous noirs qui le percent des sabots aux genoux. La nuque de l'animal a été brisée pour que son mufle soit perpendiculaire à son poitrail boursouflé. Lustré, le pelage noir de l'ancien grand reproducteur luit sous les projecteurs. Le plus choquant se trouve entre ses cuisses. Le sexe du taureau se dresse comme un éperon surdimensionné, une érection *post-mortem* sans doute fabriquée par les créateurs de cette « œuvre ».

Devant cette tauroctonie sacrilège, la foule reste muette, stupéfiée. Une seule personne réagit, une superbe femme blonde d'une quarantaine d'années, plus grande que la plupart des hommes, les cheveux courts coupés à la garçonne, moulée dans une robe de soirée blanche qui suit sa silhouette longiligne et met en valeur le galbe de ses fesses. La femme avance vers l'estrade d'une démarche chaloupée. Au fur et à mesure, les regards convergent vers elle, les bustes se tournent. Ceux qui se trouvent sur son chemin s'écartent avec déférence, ou comme apeurés. Arrivée au pied de la croix, la femme passe ses mains sous les bretelles de sa robe, les fait glisser sur ses épaules et laisse tomber son vêtement à ses chevilles. Elle ne porte rien sous la fine soie blanche ; elle se tient nue, dos à la foule, uniquement parée d'un collier de perles au ras de son cou long et gracieux. Son cul perché sur d'interminables talons monte les quelques marches jusqu'au taureau. Les quatre bourreaux quittent la scène alors qu'elle rejoint la bête crucifiée.

Le corps élancé de la blonde vient se lover contre le Minotaure vaincu. Elle pose sa joue contre le poitrail et caresse son pelage. Sa main descend et finit par s'emparer du sexe obscène qui se dresse vers la foule. Un sourire vicieux, plein de cruauté et de joie malsaine lui déforme le visage. Lucy soupire, mi-consternée, mi-écœurée, mais la foule paraît se réjouir en silence de ce spectacle grotesque. Elle aperçoit même un cameraman qui filme la scène depuis une des fenêtres du manoir. Elle continue d'observer le haut du bâtiment, autant par curiosité que pour détourner les yeux de l'estrade et de ce qui s'y déroule. Elle se fige, son estomac se noue et une boule glaciale lui glisse le long des reins. Elle vient d'apercevoir les trois Brésiliens. Les hommes de main de Dantrebert scrutent la foule avec attention, appuyés à la rambarde d'une des baies vitrées de l'aile droite.

Leur présence n'a rien d'étonnant, Lucy s'y attendait et s'était préparée à les croiser. Son maquillage, sa coiffure et sa tenue la rendent méconnaissable hors examen attentif. Elle sait qu'elle doit éviter tout tête-à-tête avec l'un d'eux et que pour le moment, dans la foule des invités et du personnel, elle ne risque pas qu'ils la reconnaissent. Mais quelque chose dans l'attitude des trois hommes la perturbe. Ils ne regardent pas le spectacle monstrueux, ils dévisagent toutes les personnes présentes dans la foule, comme s'ils cherchaient quelqu'un. Cette perspective fait frissonner Lucy et elle recule vers les portes de la salle de réception. Pourtant, un murmure dans l'assistance lui fait à nouveau tourner la tête vers l'estrade.

La prêtresse de Mithra d'un soir a cessé de caresser le cadavre. Elle se tient debout devant l'animal, le ventre collé contre le sien. Ses mains levées au-dessus de son visage se glissent dans une ouverture, une plaie située à la base du cou du taureau. Sans cesser d'onduler de la croupe, elle écarte les bords de la plaie. Les chairs prédécoupées du taureau s'écartent et se déchirent sans opposer de résistance. Quand l'ouverture atteint la taille d'un hublot, elle cesse d'écarter les bords et se laisse glisser à genou face au faux sexe du Minotaure sacrifié.

L'ouverture dans le poitrail du taureau continue de bouger, seule. Du sang se met à couler de la plaie, un bouillonnement l'agite. Peu à peu, une forme claire apparaît au centre de la plaie béante. Lucy, malgré la distance, discerne un crâne humain qui émerge entre les organes déchiquetés et broyés de l'animal. L'homme redresse la tête et son visage couvert de sang et de matières organiques se montre à la foule. Lucy détourne les yeux quelques secondes, les trois Brésiliens ont disparu de la fenêtre, elle aimerait savoir où ils sont partis. Elle décide d'explorer en priorité les étages de cette aile du manoir, si elle en a l'occasion. Alors qu'elle regarde en l'air, une main se glisse sous sa veste, s'appuie sur son ventre et la plaque en arrière contre un corps inconnu.

Les yeux exorbités par la surprise et la peur, Lucy ne réagit pas. L'inconnu ne dit pas un mot, elle sent son souffle sur sa nuque mais il ne bouge pas. Devant eux, le spectacle inaugural du Carnaval de la chair atteint son paroxysme.

L'enfantement absurde touche à sa fin. Une petite tête de vieillard décharné, chauve, aux oreilles décollées, toise l'assistance avec malice. Alexandre Dantrebert crache un filet de sang, s'ébroue pour se débarrasser de quelques résidus organiques et regarde la femme agenouillée devant son sexe taurin. Riant comme un gamin fier de sa plaisanterie, Dantrebert s'exclame :

– Je bande comme un taureau !

Puis le vieillard glisse ses bras maigres par l'ouverture et hisse son torse hors du corps de la bête. Il se frotte le visage pour le débarrasser du sang qui y reste collé et annonce le début des festivités en articulant lentement :

– Amis dionysiaques : la nuit descend, on y pressent un long festin de sang !

À cette incantation, les portes des ailes du manoir s'ouvrent sur des salles éclairées et une musique retentit et emplit la cour intérieure. Lucy reconnaît le prologue d'un opéra de Wagner, *Le Crépuscule des dieux*. Les invités se tournent vers les salles, les bourreaux montent sur l'estrade pour aider Dantrebert à sortir entièrement du cadavre. Le Carnaval de la chair commence.

L'inconnu qui tient Lucy contre lui sort de sa torpeur et lui murmure à l'oreille :

– Ça t'a plu ?

C'est une femme. Lucy se raidit, elle a reconnu la voix de la chef du personnel. Elle a très envie de se retourner et de la gifler, mais elle a conscience d'avoir besoin de la bienveillance de cette garce. Alors elle se laisse aller, se détend et se retourne avec un sourire.

– C'est étonnant, oui.

– Tu n'as encore rien vu, plaisante la blonde, et elle ajoute avec un clin d'œil : Si tu veux, tout à l'heure, je te ferai faire le tour des réjouissances. Mais là, il faut que tu retournes au bar mériter son salaire…

Lucy accepte la proposition avant de regagner sa place derrière le comptoir. Un couple de quinquagénaires en smoking et robe noire attend une coupe de sangria avec impatience. Elle s'excuse et leur sert le breuvage couleur sang.

La salle de réception dispose de trois sorties, l'une donne sur la cour intérieure, une autre sur l'entrée par laquelle Lucy est arrivée. Cette entrée dessert aussi l'aile gauche du manoir et on doit la traverser pour accéder aux cuisines. Lucy peut s'y rendre sans attirer l'attention. Par contre, emprunter l'escalier pour rejoindre les étages devant les autres serveurs lui sera difficile, sans compter que les portes de l'étage risquent d'être fermées. La troisième porte doit permettre d'accéder à l'aile droite du manoir, celle que Lucy veut visiter en priorité. Cette porte se trouve juste à côté du bar, mais elle reste close en permanence. Elle n'a vu que la chef du personnel l'emprunter, en la refermant à clé derrière elle. Lucy décide d'essayer de lui subtiliser son trousseau lors de la visite qu'elle lui a promise.

Les clameurs distantes de la soirée lui parviennent au gré de l'ouverture et de la fermeture des grandes portes qui séparent la salle de la cour. Elle voit peu à peu la tenue des invités se dégrader ; les smokings se tachent de sang, les robes de soirée se déchirent, les visages se maculent et les coiffures se défont. Le carnaval bat son plein sans que Lucy puisse mesurer son ampleur, clouée derrière son bar où elle sert des coupes de sangria et du champagne rosé à une cadence telle qu'elle en a des courbatures aux triceps. Minuit vient de passer quand la blonde au chignon strict la retrouve au bar avec un sourire qu'elle souhaite complice, mais qui la fait frémir de dégoût. Elle lui propose de la suivre dans un tour des festivités, ce que Lucy accepte avec entrain alors qu'un des garçons de salle vient prendre sa place derrière le comptoir.

La blonde la prend par le bras et lui fait passer les portes vers la cour intérieure. Celle-ci ressemble à un asile de fous, ou au panneau de droite d'un triptyque de Jérôme Bosch, dont Lucy ne se souvient plus du nom. Une fontaine à la romaine y a été dressée, du sang coule dans ses vasques et jaillit en son sommet dans un jet qui éclabousse les pavés et les convives qui dansent autour. Certains d'entre eux, dans cette folle sarabande, se sont recouverts de carcasses d'animaux éventrés, de fourrures de gibiers… D'autres se vautrent nus dans les bacs de la fontaine où du sang frais dégorge de leurs lèvres, macule leur poitrine, leurs cuisses et leurs pieds, tandis que sur leur tête coulent des liquides écarlates, visqueux et chauds.

Autour de la cour, certains se laissent envahir par l'ivresse du carnage. Ils enfouissent le visage dans des boyaux et des viscères extraits de la cavité abdominale de porcs éventrés et écartelés… Sous les pieds des danseurs, des entrailles ont été jetées. Ils les piétinent, les réduisent en une purée qui brunit sur le pavé. La cour prend des allures de charnier. Partout, aux fenêtres du manoir, des gens nus ou aux vêtements couverts de sang mangent, boivent, baisent et célèbrent les noces barbares du Carnaval de la chair.

L'odeur âcre et cuivrée de l'hémoglobine saisit Lucy à la gorge. Elle soupire en voyant l'installation morbide mise en place sur l'estrade. Des carcasses d'animaux ont été dépecées, coupées en morceaux et réassemblées selon l'imagination délirante de l'« artiste ». Une tête de cerf greffée à un corps de chien, une tête de taureau sur un corps de cochon prolongé par huit jambes de cheval pour composer une araignée monstrueuse, un chat écorché dont la peau étirée depuis sa colonne vertébrale forme les ailes d'un papillon… une dizaine de ces chimères regardent la cour de leurs yeux noirs artificiels. Mal à l'aise, au bord de la nausée, Lucy n'oppose aucune résistance quand sa guide lui saisit la main et l'entraîne vers la salle du rez-de-chaussée de l'aile gauche. Elle se rapproche d'elle en marchant, ses lèvres la frôlent et elle lui murmure dans le creux de l'oreille :

– On va pouvoir se détendre quelques minutes dans la salle des Saturnales.

Les deux femmes se rapprochent d'une vaste pièce d'où provient la plainte mélodieuse d'instruments à cordes. À l'entrée, deux musiciennes aux yeux bandés jouent un duo de Paganini. Elles s'accrochent à leurs violon et violoncelle et se plongent dans leur sonate sans prêter attention à la scène qui se déroule près d'elles.

Au centre de la pièce, un grand lit rond tendu de velours rouge accueille les ébats d'une femme et de ses deux amants. La rousse aux formes généreuses et à la peau laiteuse chevauche l'un d'eux qui reste allongé en travers du lit alors que l'autre, un Noir sculptural au crâne rasé, se scarifie les avant-bras, debout au-dessus de ses partenaires. L'homme s'entaille avec une lame de rasoir et laisse couler des gouttes de son sang dans les bouches ouvertes des deux amants accouplés dans un coït frénétique et bruyant. Les deux tendent des bouches avides vers le liquide, la femme avalant sa verge tendue quand il y fait tomber quelques gouttes. Lucy sourit et se tourne vers la chef du personnel pour lui demander si elle veut vraiment se mêler à ces ébats. Mais la blonde ne se tient plus à ses côtés.

Sa compagne de visite a reculé de quelques pas, entre elles se tient un des trois Brésiliens dans un costume noir impeccable, vierge de toute éclaboussure. Lucy grimace et peine à avaler sa salive. Pourtant l'homme ne semble pas menaçant, il sourit même et tend la main vers elle. Elle la serre, abasourdie. Rien n'indique dans son regard qu'il l'ait reconnue. Il lui demande d'une voix amicale :

– Bonsoir, mademoiselle, nous avons besoin d'aide pour le service d'un salon privé à l'étage. Voulez-vous me suivre, s'il vous plaît ?

65

Avec un peu d'imagination, le commandant comprend ce que doit ressentir un père qui attend sa fille sur un parking lors de sa première virée en boîte de nuit. Il ne peut pas venir en aide à la jeune femme derrière les murs de la propriété de Dantrebert ; il ne peut que craindre le pire et espérer ne pas regretter la confiance donnée. Habitué à être l'électron libre, l'élément incontrôlable, il accepte très mal de devoir tenir le rôle du modérateur raisonnable.

Pour rester en contact avec Lucy, Rossi a rallumé son téléphone portable. Il voit que Malic ne cesse d'essayer de le joindre, mais il continue à l'ignorer. Le moment de lui parler n'est pas encore venu, son adjoint ne sera pas associé aux événements de cette nuit, quels qu'ils soient. Il l'a déjà entraîné trop loin dans cette affaire. Il veut le préserver, assumer seul les conséquences de cette expédition hasardeuse.

La nuit vient de tomber sur la grande côte en faux plat bordée de peupliers où il attend dans le S3 depuis deux heures. Il n'a vu passer aucune autre voiture sur la route forestière. Tous les invités doivent arriver et repartir directement par la route qui passe devant les portes de la propriété. Les voies latérales qui traversent le bois restent désertes et cela sert les intérêts du commandant. Autour de lui, l'obscurité déploie ses sortilèges, les peupliers deviennent des silhouettes fantomatiques. Les bruits de la faune nocturne font résonner une menace diffuse dans le bois quand Rossi se décide à sortir de sa voiture. Il fait assez sombre, il ne risque plus d'être vu.

Dans le coffre, il récupère une Maglite qu'il fourre dans la poche de sa veste de chasse. La fête doit maintenant battre son plein, mais hormis quelques craquements de branches et des cris de prédateurs nocturnes, aucun son ne trouble la quiétude de la forêt. Le commandant longe le mur d'enceinte, il marche sur la route forestière boueuse à la recherche d'une des portes latérales du parc. Chaque pas qui s'enfonce dans la terre lui rappelle pourquoi il déteste la campagne. Il n'a jamais supporté de passer plus de quelques heures en dehors du tumulte rassurant d'une ville. Le calme l'ennuie, la terre le salit, il dépérit à toute vitesse dans la misère des zones sans câble. Le jour, la beauté impassible des paysages peut faire illusion quelques instants, le distraire de son aversion pour le vert et le grand air – si grand qu'il ne parvient pas à le respirer. La nuit, l'hostilité de la nature le frappe comme un fouet. La nature n'aime pas l'homme, ou du moins ne l'aime pas lui, et il ne comprendra jamais ceux qui s'échinent à la protéger au lieu d'en optimiser l'exploitation pour le bien des hommes.

Perdu dans ses pensées, il manque de peu de rater ce qu'il cherche : une porte, à quelques centaines de mètres de l'Audi. Mais Rossi bougonne ; elle ne s'ouvre que de l'intérieur et son épaisseur laisse craindre que, sans un outillage adéquat, il ne parvienne pas à la forcer. Écartant cette possibilité, il continue de marcher vers sa deuxième option : la Courtonelle, la rivière qui traverse le domaine. Il peut entendre le murmure de l'eau derrière le sommet de la côte. Il suit ce bruit et rejoint le cours d'eau, large d'à peine deux mètres, qui passe par une ouverture ovale creusée sous un pan du mur. Mais elle est équipée de barreaux de taille imposante, trop serrés pour envisager de se faufiler entre eux. Reste au commandant une dernière option : la voie des airs. Il rebrousse chemin et monte sur un terre-plein naturel de l'autre côté de la route pour jeter un œil sur le faîte de l'enceinte.

Le froid commence à percer sous les épaisseurs de sa tenue de chasseur. Rossi frissonne et enrage de ne pas atteindre le haut du mur avec le faisceau de sa Maglite. Il doit grimper le long d'un peuplier pour se surélever d'encore un mètre. Il s'agrippe aux branches les plus basses et se hisse. Il serre le tronc entre ses jambes et se maintient d'un bras, posé au-dessus de la branche. Dans cette position, ce qu'il aperçoit enfin le rassure. Il n'y a ni herse, ni pointes, ni tessons de bouteilles ; le sommet est plat, lisse et ne présente aucune difficulté apparente. Avec les cordes et les crochets que le commandant a pris à la ferme, passer par-dessus les trois mètres de la paroi ne lui prendra que quelques minutes. Mais cette apparente facilité finit par l'inquiéter. Malgré le vent qui lui balaye le visage de bourrasques chargées d'eau glacée, il inspecte avec soin tout ce que sa lampe lui permet de voir de l'autre côté du mur.

Le faisceau de la Maglite se réfléchit sur quelque chose de métallique entre les branches des arbres. Il fixe son halo et discerne ce qu'il craignait de trouver. À défaut de pouvoir installer des alarmes, les occupants paranoïaques du manoir ont disposé des caméras de vidéosurveillance dans certains des peupliers. L'objectif de celle qu'il aperçoit reste braqué vers le pied du mur. De son perchoir, Rossi voit une seule caméra, mais le dispositif doit en compter des centaines pour couvrir toute l'étendue. Le boîtier a la taille d'un paquet de cigarettes, le commandant ne croit pas qu'une si petite caméra puisse détecter les mouvements et les variations de chaleur. Donc de nuit, s'il se passe d'éclairage, il a de bonnes chances de passer inaperçu. Rossi éteint sa lampe. Son inspection n'a duré que quelques secondes et une brève lumière un soir de fête ne risque pas de déclencher un mouvement de panique chez les gardes du manoir. Il redescend du peuplier et consulte sa montre.

Dans trois heures, Lucy doit l'appeler. Sinon, il ira la chercher.

66

L'escalier de service en colimaçon qui leur permet d'accéder aux étages s'avère trop étroit pour être monté à deux côte à côte. Lucy profite de cette interruption dans leur conversation pour reprendre ses esprits loin du regard du Brésilien. Elle suit la queue-de-cheval de son agresseur dans la lente montée vers les salons privés. Il ne se retourne pas et paraît toujours détendu et bienveillant. Lucy se persuade que tout va pour le mieux et que les occupants du manoir ignorent tout de son identité réelle.

Courtois, Alkindar Wasu lui tient la porte du salon dans lequel il l'invite à pénétrer. Des gémissements lui parviennent, puis une odeur de chair, de boucherie saute à la gorge de Lucy avant même qu'elle ait passé le pas de la porte. Une fois entrée, elle reste le souffle coupé devant la folie libérée et ravageuse qui s'épanche dans la pièce. Alors qu'elle se tient les bras ballants et n'ose faire un pas dans la salle, Alkindar se rapproche d'elle et lui pose la main sur le bras.

– Fermez les yeux si cela vous dérange, suggère-t-il d'une voix prévenante et onctueuse, ce n'est pas ici que nous avons besoin de vous. Je vous guiderai par le bras jusqu'au salon où vous êtes attendue. Mais si vous gardez les yeux ouverts, n'oubliez pas votre clause de confidentialité.

– Ce ne sera pas la peine de me guider, merci, le rassure-t-elle en repoussant doucement sa main. Je ne parlerai à personne de ce que je vois, je m'y suis engagée.

Personne ne croirait ce qu'elle pourrait raconter, pense Lucy dans un soupir, en suivant les pas de son hôte. La grande salle qui occupe un quart de l'aile du manoir a les murs et le sol couverts de bâches grises. Sur cette étendue de plastique, des carcasses d'animaux écorchés glissent dans une épaisse couche de sang et de viande hachée. L'odeur de cette barbaque l'écœure, elle en aurait presque un haut-le-cœur, mais cela reste supportable en comparaison de l'orgie qui se déroule sur, autour et dans ces restes d'animaux. Des hommes, des femmes, tous nus, se roulent dans le sang, s'accouplent dans la chair, baisent sur les carcasses, en se jetant des poignées de viande hachée, de tripes et d'abats. Ils s'entourent dans des intestins, jouissent dans la fange écarlate que devient la chair qu'ils piétinent. Leurs cheveux dégoulinent de sang et ils râlent comme des possédés en exécutant toutes les combinaisons sexuelles que leurs pulsions leur imposent.

Lucy et Alkindar tentent de ne pas se faire éclabousser quand la mêlée s'excite à leur passage. Une jeune femme blonde ruisselante de sang abandonne le sexe flasque de son amant quinquagénaire bedonnant pour venir se planter sur le chemin de Lucy. Ses yeux irradient de folie. Elle semble avoir abusé de substances psychotropes. Lucy ne sait pas quelles drogues ont prises ces partouzeurs carnassiers, mais de toute évidence, ils sont tous défoncés à mort. La femme tente de l'attraper par les épaules. Lucy a juste le temps d'apercevoir les bagues serties de diamants qui ornent ses doigts manucurés et maculés de sang quand Alkindar la repousse sèchement. La possédée crie comme un succube et exhibe ses dents dans une pause bestiale avant d'abandonner et de se jeter en riant sur le ventre d'une autre participante qui se roule dans la viande hachée. Le Brésilien s'enquiert de son état. Lucy le rassure, lui affirmant qu'elle en a vu d'autres. Ils accélèrent le pas et quittent la pièce sans un dernier regard pour l'orgie carnassière. Derrière la porte capitonnée, le contraste stupéfie la jeune femme.

Un tout autre univers s'ouvre devant eux. Ils entrent dans une salle à manger au mobilier ancien, décorée de tableaux de maîtres français du XVIIIe. En son centre, une grande table ronde est dressée. Un immense lustre en cristal diffuse une lueur chaude sur les dix convives attablés. Un maître d'hôtel en livrée sert du vin rouge dans une carafe sur l'indication muette des invités. Seul un air doux, joué au clavecin, coule entre les occupants aux gestes lents et précieux. Une femme au visage couvert d'une voilette tient un long fume-cigarette, les hommes sont tous en smokings et se murmurent à l'oreille en échangeant des sourires complices. Les assiettes en porcelaine décorées de fins traits bleu azur attendent qu'on les remplisse.

Au centre de la table, une desserte surélevée expose des objets dont la vue fait frémir Lucy. Elle comprend que, sous sa douceur et son raffinement apparent, le repas qui va avoir lieu dans cette salle à manger s'annonce encore plus barbare que ce qui se passe dans le salon voisin.

Lucy reconnaît au premier coup d'œil les urnes dorées, gravées de symboles étranges, aperçues chez le vieux receleur de la rue Lepic. Se rappelant l'acharnement des Brésiliens à les récupérer, elle devine sans peine la raison de leur présence et leur contenu. Les urnes sont maintenant vides, exposées comme des trophées. La tournure de la soirée indique que c'est un repas de chair humaine qui se prépare dans cette salle. Une sorte de luxe ultime offert à une poignée de privilégiés décadents, l'apogée de la fête, un pacte pour initiés. Confirmant leur importance, Alkindar salue d'un signe de tête plein de déférence chacun des convives, puis fait signe à Lucy de le suivre. Elle se sent soulagée ; pour rien au monde elle n'aurait voulu participer au service d'un tel repas et voir Alkindar lui indiquer une porte au fond de la salle à manger lui enlève un poids de la poitrine.

Lucy le suit sans attendre. La sueur fait peu à peu couler son maquillage. Elle a pourtant mis le paquet, mais ses angoisses depuis qu'elle a quitté le bar font subir un test de résistance extrême à son fond de teint waterproof. Elle a un nécessaire dans une poche de sa veste, un tour aux toilettes va s'avérer indispensable. Alkindar lui tient ouverte la porte d'un salon puissamment éclairé qui exhale une fumée odorante et les boucles de guitare d'un hymne heavy metal de Black Sabbath. Elle entre.

Au centre du salon, entre ses banquettes basses, un vieillard nu et décharné danse comme un possédé. Ses jambes maigres pivotent et le font tourner sur lui-même dans une ronde malhabile. Ses fesses flasques tressautent à chaque pas, il manque de chuter en croisant ses tibias, mais il se redresse et continue de tourner en secouant sa tête de bas en haut au rythme des riffs de guitare de Tony Iommi. Lucy se fige à l'entrée alors que la voix d'Ozzy Osbourne se fait entendre.

All day long I think of things but nothing seems to satisfy
Think I'll lose my mind if I don't find something to pacify[1].

La ronde du vieillard s'arrête devant Lucy. Elle reconnaît Alexandre Dantrebert. Son visage est constellé de

1. « Toute la journée j'essaye des trucs mais rien ne me satisfait ! Je pense que je vais devenir fou si je ne trouve rien pour me calmer. »

taches brunes qui lui composent une face de lépreux. Sa bouche se tord dans un rictus qui dévoile des dents jaunies et déchaussées. Sa peau pend sur son corps comme un drap blanc fripé jeté sur des barbelés. Il se balance d'un pied sur l'autre comme s'il menaçait de s'effondrer. Un filet de salive coule de sa bouche et tombe sur sa poitrine frêle, grêlée et parsemée de poils gris épars. Il essuie sa bave d'un revers de la main. Ses yeux vitreux dévisagent Lucy comme s'il peinait à la discerner. Puis, d'une main tremblante, il porte à sa bouche une pipe à crack et fume une longue bouffée de poison. Son inspiration émet un bruit proche du râle, il gémit d'aise et ferme les yeux avec une grimace béate.

Can you help me, occupy my brain ? Oh yeah[1] *!!!*

Le sourire disparaît, Dantrebert ne semble déjà plus voir Lucy, son esprit embrumé par la drogue ne se fixe pas sur ce qui l'entoure plus de quelques secondes. Il recommence à secouer la tête et à tourner comme un derviche. Lucy voit que le haut de ses cuisses est souillé de matières fécales qui lui coulent de l'anus sans que personne s'en soucie. Autour de lui, avachis sur les banquettes, les deux autres frères Wasu regardent la scène avec l'air de s'ennuyer à mourir. À côté d'eux, deux jeunes filles nues et maigres, paraissant complètement défoncées, se penchent vers d'imposantes pipes à eau et fument le contenu de petites coupelles chauffées à la flamme. La fumée qui envahit la pièce vient des tuyaux de leurs pipes. Alkindar tire sur le bras de Lucy pour la sortir de sa contemplation passive. Elle le suit vers l'angle du salon aménagé en alcôve autour d'une table basse.

1. « Pouvez-vous m'aider, occuper mon cerveau ? Oh yeah !!! »

Le cœur de Lucy s'arrête quand elle voit les personnes attablées dans le coin obscur du salon. Elle reconnaît au premier coup d'œil les frères et le petit ami de Manon qui discutent en buvant du Jack Daniel's. Un quatrième homme plus âgé sert les verres et jette un regard curieux à Lucy. Sans aucun doute, l'homme au crâne rasé à blanc comme celui de ses fils est le père de Manon. Lucy se raidit. De toute évidence, sa couverture ne tient plus. Si cet homme a demandé qu'on lui amène sa fille, elle est foutue. À moins d'essayer de leur faire croire à une méprise… Après tout, Alkindar ne l'a jamais appelée Manon depuis qu'il est venu la chercher, elle peut leur dire que la jeune femme sert toujours au bar du rez-de-chaussée. Mais si ça marche, elle devra fuir sans délai, et cela risque d'être difficile. Ses pensées se bousculent, lui coupant le souffle. Mais la catastrophe ne lui apparaît pleinement que quand une silhouette se penche en avant et lui sourit, tête inclinée devant le torse de ses frères. Manon se cachait dans le fond de l'alcôve, assise aux côtés de sa mère. Brusquement, Lucy se sent stupide, et cette vexation surpasse son angoisse.

La famille de dealers réunie éclate d'un rire moqueur alors qu'Alkindar se colle à son dos et lui serre les épaules sans prononcer un mot.

And so as you hear these words telling you now of my state,
I tell you to enjoy life I wish I could but it's too late[1].

1. « Tu entends ces paroles qui décrivent mon état actuel,/ Profite de la vie, j'aurais aimé le faire, mais pour moi, il est trop tard. » (Black Sabbath, « Paranoid », chanson tirée de l'album *Paranoid*, 1970.)

67

Des trombes d'eau se déversent sur le toit du S3. Dans l'habitacle, leur martèlement feutré finirait presque par bercer le commandant si l'heure avancée ne le tourmentait pas. Lucy aurait dû l'appeler depuis vingt minutes, de toute évidence son infiltration a rencontré une difficulté. Il va devoir aller escalader le mur de la propriété et ajouter un peu de folie à cette incursion hasardeuse.

De son point d'observation sur la butte, Rossi repère l'arbre depuis lequel la petite caméra surveille le mur. Il décide de passer juste derrière elle ; la caméra suivante doit se trouver dans le bosquet voisin, à une cinquantaine de mètres. Dans l'obscurité, il a une bonne chance de passer inaperçu. Au bout de la quatrième tentative, ses crochets agrippent une branche du peuplier qui supporte ses tractions. Il se hisse sans problème jusqu'au faîte, l'enjambe, se pend à bout de bras et se laisse tomber de l'autre côté. La terre meuble et boueuse amortit sa chute. Le manoir se trouve à un demi-kilomètre de là, après un étang et une chênaie qui lui en masque pour l'instant la vue. Il tire sur sa corde, la roule au pied du mur, se courbe et court vers l'étang. Il vient d'entrer par effraction dans la demeure d'un milliardaire, il ne peut plus reculer.

Entre le bosquet où il se trouve et l'étang s'étend une bande de pelouse entretenue, rase et dénudée. Au-delà, il peut distinguer une cabane de pêcheur en bois, prolongée d'un ponton qui s'élève au-dessus des eaux secouées par la pluie. Rossi déteste devoir avancer à découvert. Il entraperçoit les lueurs du manoir derrière les chênes et cette perspective le galvanise. Il s'élance pour contourner au plus vite l'étang par la gauche et se cacher à nouveau sous les arbres.

La pente descendante le fait courir à un rythme effréné. Il se laisse emporter pour écourter son passage à découvert. Il approche du plan d'eau dont la régularité de la rive laisse deviner son origine artificielle. Il le longe quand un bruit attire son attention depuis la lisière du bois. Il suspend sa course, le souffle court. Il distingue nettement, à la faveur d'une trouée de la lune dans les nuages, des mouvements sous les chênes. Jurant entre ses dents, il s'accroupit et serre la crosse de son Glock 19. Des formes noires agitent les herbes hautes de la chênaie. Il voit émerger des ombres, hautes de plus d'un mètre au gré de leurs bonds.

– Des chiens, putain !

Cinq molosses jaillissent du bois de l'autre côté de la cuvette presque au même instant. Rossi ne les distingue pas clairement, leurs robes sombres se fondent dans la nuit, mais leur taille le fait frémir. Avec son Glock semi-automatique et les quinze balles de son chargeur, il peut faire un carton et abattre toute la meute quand elle sera proche de lui, mais c'en serait fini de sa discrétion. La vitesse de course des chiens ne lui laisse que quelques secondes pour se décider. À deux mètres de lui se trouvent les eaux noires de l'étang. Il court dans la boue et une fois enfoncé jusqu'à mi-cuisse, se jette tête la première dans l'eau glaciale.

La température lui balance un électrochoc. Ses muscles se raidissent mais il parvient à surmonter la morsure du froid et nage vers le ponton malgré sa veste de chasse qui entrave ses gestes. Sur la rive, les chiens grognent et jappent, énervés de voir leur piste s'évanouir. Le temps qu'il traverse à la brasse, sans bruit, il perçoit les mouvements de la meute autour du plan d'eau. Les chiens secouent les roseaux, piétinent dans la boue. Rossi glisse sous le ponton, il va devoir sortir et le bruit qu'il fera risque d'attirer la meute. Il se rapproche le plus possible de la cabane. Il finit allongé dans la boue, le ventre enfoncé dans la vase, sous le couvert du ponton.

Les chiens continuent de tourner autour de l'étang sans s'approcher de lui. Chaque clapotis de l'eau le fait sursauter. Heureusement, la pluie battante fouette l'étang et les bourrasques frappent les arbres ; tout cela génère un bruit de fond qui masque sa reptation lente vers la terre ferme. Quand il ne perçoit plus aucune bête dans les alentours immédiats de la cabane, il se hisse hors de la boue et se rue vers la porte.

Rossi a l'impression de traîner toute la vase de l'étang sur ses vêtements. Chacun de ses pas s'accompagne d'un bruit de succion répugnant. Il franchit les quelques mètres qui le séparent de la cabane sans attirer la meute. Par chance, l'abri de pêche n'est pas fermé à clé ; il y entre, s'adosse à la porte et soupire. L'angoisse passée, l'adrénaline envolée, il se met à trembler comme une feuille et à claquer des dents. Trempé et glacé, il n'ira pas loin. Il se débarrasse de la veste, du pantalon de chasse, de son pull et il retire ses bottes pour les vider. Des griffes grattent le bois du ponton. Au moins deux chiens viennent renifler devant son refuge. Il se colle à la porte pour les empêcher de la pousser. Il ramasse son Glock et caresse sa queue de détente. Aucune chance que son séjour dans la boue ait détérioré l'arme, la carcasse en plastique du pistolet autrichien, l'AK47 des armes de poing, peut résister à de bien pires traitements.

Les chiens continuent de renifler devant la porte. Il sent dans son dos l'un d'eux essayer de la pousser du bout de la truffe. Ces fichues bestioles ne lui laissent pas le choix. Il éclaire l'intérieur de la cabane avec sa

Maglite. Une combinaison de pêcheur grise pend à un portemanteau au milieu de cannes et de sièges pliables. Le commandant saisit le coussin d'un des fauteuils et le plaque contre le canon de son Glock pour en étouffer le bruit. Il se met face à l'entrée et braque sa lampe vers elle, attendant que les chiens viennent le chercher.

Les bruits de griffes se multiplient, leur crépitement continu indique que les cinq chiens doivent maintenant piétiner devant l'abri. Rossi se tient prêt à faire un carton.

La porte de l'abri s'ouvre lentement. La tête carrée d'un dogue allemand noir apparaît dans l'entrebâillement. Rossi attend les autres bêtes. Quitte à les abattre, il préfère que ça se passe dans la cabane. Un deuxième dogue se dresse sur ses pattes arrière et ouvre en grand. La meute au complet se tient, silencieuse, sur le seuil. Bizarrement, les dogues ne grognent pas, ne menacent pas. Leurs silhouettes noires se faufilent dans l'abri sans un bruit. Rossi se crispe, il détend son doigt, respire avec calme. Il ne tire pas. La meute n'a pas l'attitude agressive à laquelle il s'attendait.

Rossi baisse son arme. Le premier dogue vient vers lui, il tend la main et caresse la grosse tête carrée du molosse. Il a reconnu les chiens de la ferme, et eux aussi l'ont reconnu. Il peut se féliciter de les avoir nourris ; les cinq dogues allemands le reniflent sans aucune agressivité.

Cette menace n'en est plus une, mais la présence dans le parc des chiens de la ferme soulève beaucoup de questions. Le lien entre Dantrebert et les fermiers paraît plus étroit que la simple présence de Manon au service lors des soirées du milliardaire. La famille de dealers s'occupe apparemment de dresser les chiens de garde du manoir, peut-être se charge-t-elle aussi de sa sécurité ?

La couverture de Lucy n'a pas dû tenir une seconde. Pire, il se demande si tout cela n'était pas qu'un piège destiné à les faire venir d'eux-mêmes dans la propriété, sans violence et dans la plus grande discrétion.

Soudain hésitant quant à la suite à donner à son expédition nocturne, le commandant éteint sa lampe et enfile la combinaison de pêcheur. Les chiens continuent de lui réclamer des caresses. Il flatte leurs flancs musclés. Ces braves bêtes de quatre-vingts kilos chacune ne doivent pas y être habituées et semblent y prendre goût. Il remet ses bottes boueuses et sort de l'abri où il abandonne sa tenue trempée et le Luger P08 que le séjour dans l'eau a sans doute endommagé. Sur le ponton, il sort son téléphone portable et envoie un SMS à Malic pour lui dire où il se trouve et ce qu'il compte faire. Au moins, s'il tombe lui aussi dans le traquenard de Dantrebert, quelqu'un saura où il a disparu et pourquoi. Puis il remonte vers l'épaisse chênaie au travers de laquelle il entend quelques bribes de musique, signe que la fête bat son plein dans le manoir.

Après quelques pas entre deux rangées de chênes, le commandant remarque des lueurs qui dansent entre les branches du taillis. Des hommes portant des lampes torches sillonnent la chênaie. Rossi distingue au moins trois individus vêtus de noir qui marchent avec prudence entre les alignements d'arbres voisins. Le commandant se courbe dans les fougères et les herbes hautes qui lui montent à mi-cuisse. À couvert, il essaye de remonter sans faire de bruit vers les lumières du manoir.

Le moindre craquement de branche sèche menace d'attirer l'attention des patrouilleurs. Rossi marche le plus prudemment possible, mais ses bottes de chasse ne l'aident pas à rester discret. Il sécurise la pose de son pied droit sur une épaisse racine quand il sent quelque chose retenir son pied gauche. Il tire pour se dégager, mais avant qu'il y parvienne, sa jambe est violemment tirée en arrière. Il perd l'équilibre et chute sur le ventre. Son Glock lui échappe, le choc lui coupe le souffle. Il n'a pas le temps de reprendre ses esprits qu'un homme se relève d'entre les fougères et lui balance un énorme coup de pied dans les côtes. La douleur le transperce et il roule sur le côté pour essayer d'échapper aux coups de son agresseur qui le nargue.

– C'est plus difficile de rentrer ici que dans notre ferme, hein ?

L'agresseur s'avance d'un pas et arme son pied pour frapper à nouveau le commandant qui continue de rouler dans les fougères pour l'esquiver.

– Vous nous avez bien fait marrer en enfermant Manon et en vous pointant ici. Dire qu'on n'arrivait pas à choper ta copine, vous nous avez bien mâché le boulot !

Le type plastronne et pèche par excès de confiance. Il sous-estime le commandant qui, avec ses vingt ans de boxe et de DGSI, a une solide expérience des explications musclées et encaisse plutôt bien. Rossi profite de ce répit pour reprendre ses esprits et, quand le garde balance un coup de pied vers son visage, il bloque l'attaque et saisit le Ranger montant. Déséquilibré, l'agresseur essaye de se dégager. Le commandant tire sur la jambe pour s'en servir de point d'ancrage. Avec cette prise, Rossi pivote sur les hanches et frappe de toutes ses forces avec la semelle de sa botte sur le genou de son agresseur. Sous le choc, l'articulation se plie dans le mauvais sens et craque comme une des branches sèches qui les entourent. L'homme tombe en arrière en hurlant.

Sans un regard, ni un mot pour lui, Rossi se rue à quatre pattes dans les fougères pour retrouver son Glock. Il tâtonne entre les racines. Les lumières des autres lampes se rapprochent à toute vitesse. Une horde fond sur lui. Son arme reste introuvable. Les gardes arrivent trop vite. Il abandonne ses recherches et part en courant vers le manoir. Ils ne pourront pas le capturer au milieu des invités. Il déclinera son identité. On ne capture pas un flic en public. Le scandale éclabousserait Dantrebert devant ses convives. Il doit rejoindre la soirée avant qu'ils ne l'attrapent.

Le commandant court dans la chênaie. Les branches basses lui fouettent le visage et ses bottes raclent les racines. Sa course ne lui permet pas de distancer ses poursuivants. Les lueurs des lampes progressent au même rythme vers les lumières du manoir. Il les aperçoit entre les troncs. Leurs trajectoires convergent. Ils vont lui bloquer le chemin. Il arrive en lisière du bois. Le manoir lui apparaît, éclairé, impressionnant. La pyramide qui se dresse entre les ailes à colombages de la demeure constitue une prouesse architecturale. Toutes les fenêtres brillent, une foule s'amuse à en perdre la tête. Mais ses poursuivants jaillissent du bois avant lui. Ils sont trois. Deux hommes en costumes sombres, bruns avec des queues-de-cheval et une brute au crâne rasé qu'il a vue à la ferme. Ils le voient et le toisent. Ils ne portent pas d'armes. Inutile d'espérer se cacher.

Derrière lui, des bruits de course d'autres poursuivants se rapprochent. Il joue le rôle de la bête forcée à la fin d'une chasse à courre. Un contre trois, ses chances sont minces, mais il n'a pas d'autre option. Acculé comme un animal sauvage, il leur fonce dessus en criant.

Que le meilleur gagne…

68

Les camionnettes blanches aux flancs couverts des logos d'un traiteur et d'une entreprise d'événementiel quittent l'une après l'autre la propriété d'Alexandre Dantrebert. Le portail automatique s'ouvre à leur approche et se ferme aussitôt qu'elles s'engagent sur la chaussée. Malgré le crachin glacial de cette fin de matinée, deux gardes au crâne rasé et à la mine patibulaire les regardent passer, adossés aux poteaux. Ils ont vite remarqué Malic, garé au bord de la départementale dans sa Clio grise aux côtés maculés de boue noire. Il n'y a pas d'autre voiture sur la route, au milieu des champs et en lisière des bois. À part les visiteurs du manoir, personne n'a de raison de venir stationner ici. Le lieutenant hésite sur la conduite à adopter, puis il se décide à essayer une approche frontale.

La veille au soir, Malic a sillonné les rues du centre-ville de Lisieux jusqu'à ce que les derniers bars ferment et que les noctambules les plus acharnés regagnent leurs domiciles. Il n'a pas trouvé trace du S3 du commandant, ni de la Kawasaki de Lucy. Il n'a reconnu personne parmi la clientèle du bar qu'avait fréquenté la jeune femme quand il l'avait suivie avec Rossi. De guerre lasse, les yeux brûlants, les pensées confuses et les gestes engourdis, il a décidé d'aller dormir dans un Formule 1 en périphérie de la ville. L'inconfort de sa chambre ne l'a pas empêché de sombrer dans un sommeil profond peu après minuit.

Il n'a découvert le message du commandant qu'à son réveil, en milieu de matinée. Faisant l'impasse sur les affreuses cabines de douche communes de l'hôtel, il a bu une gorgée du thé proposé par le distributeur dans le hall et jeté le gobelet encore plein de ce breuvage imbuvable. Puis précédé par des ouvriers polonais qui se rendaient sur un chantier en partageant un thermos de vodka, il a pris la route vers le manoir de Dantrebert avant de s'arrêter devant les imposantes portes métalliques de la propriété. Il a patienté quelques minutes, à la frontière de deux mondes : devant lui, des murs de pierre de taille et la lisière d'une forêt de chênes, dans son dos, de vastes champs nus et boueux d'où émergeaient des pylônes électriques.

Agacé par ce début de journée sordide, il peine à comprendre pourquoi Rossi a laissé Lucy pénétrer chez le milliardaire. Il comprend encore moins ce qui a pu pousser le commandant à la suivre. Ils pensent sans doute que Dantrebert est responsable de la disparition de la petite amie roumaine de Lucy, mais pour justifier une intrusion illégale, il faut qu'ils l'aient crue en danger de mort. Quoi qu'il en soit, dans son SMS, Rossi ne laisse pas de place au doute : s'il n'a pas donné de nouvelles dans la matinée, il faut aller les chercher chez le milliardaire. Reste à savoir comment…

Pas question de demander une commission rogatoire ni de justifier une intervention d'urgence sur la base d'un SMS énigmatique émis une dizaine d'heures plus tôt. Malic va devoir compter sur la bonne volonté des occupants du manoir pour pouvoir y pénétrer. Le lieutenant appuie sur l'interphone, à droite du portail. Il attend une longue minute avant qu'une voix métallique lui réponde. Il décline sa qualité de lieutenant de police. Son interlocuteur renonce à lui demander la raison de sa venue et ouvre le portail. Les deux gardes, à la dégaine de skinheads, qui le dominent d'une bonne tête, le toisent de haut avec une hostilité palpable. Le plus grand des deux détaille sa carte de police pendant que l'autre l'ausculte de bas en haut avec un sourire cynique fort déplaisant pour le lieutenant.

– Vous n'avez pas la carrure d'un policier, ironise le plus grand en cessant de lire la carte au liseré tricolore. Qu'est-ce que vous venez faire ici ?

– Un flic ne se juge pas au nombre de ses kilos, répond Malic avec fermeté tant l'attitude des deux brutes lui tape sur les nerfs. Je suis à la recherche de deux personnes disparues qui sont venues dans ce manoir hier soir.

– Il y avait une grande soirée ici hier, mais il ne reste plus que les femmes de ménage et les occupants du manoir. Les personnes dont vous parlez doivent être reparties, à moins que vous ne cherchiez une femme de ménage ?

– Je recherche Paul Rossi et Lucie Merpaz, précise sans sourire le lieutenant.

– Inconnus au bataillon. Je ne pense pas qu'ils figurent sur la liste des invités de M. Dantrebert.

– Pourtant, je suis sûr qu'ils sont venus hier soir. Ne m'obligez pas à revenir avec une commission rogatoire et à vraiment gâcher la journée de M. Dantrebert, insiste le lieutenant en affichant les portraits du commandant et de Lucy sur son téléphone portable pour les montrer aux deux vigiles.

– Je ne les ai jamais vus, répond l'un des deux en secouant la tête en signe de dénégation.

– J'aimerais pouvoir poser la question à tous les occupants du manoir, insiste Malic.

– Ça ne va pas être possible, M. Dantrebert et ses proches se reposent, leur nuit a été courte et ils ne tiennent pas à être dérangés. Ces personnes ne sont jamais venues ici, point final. Je ne sais pas ce que vous faites seul, à venir enquêter dans une zone de la gendarmerie sans commission rogatoire, mais je vous conseille de ne pas insister. Les avocats de M. Dantrebert sont très pointilleux.

– Vous n'avez rien à me conseiller, s'emporte Malic, montrez-moi vos papiers d'identité, si vous ne voulez pas collaborer, je vais être obligé de changer de méthode !

Pour toute réponse, les deux vigiles sourient et referment le portail. Dans une propriété privée, Malic ne peut rien faire d'autre. Il a bluffé, il a perdu. Furieux, il claque la porte de sa Clio. Rossi a rallumé son portable, il n'a plus qu'à demander à la DGSI de le géolocaliser. Hors Paris, les bornes risquent d'être un peu éloignées, mais la triangulation lui dira au moins si le téléphone du commandant en active une dans les environs proches du manoir. Il en a marre du rôle de petit flic en Clio. Le sang lui tambourine dans les tempes, l'envie de faire ravaler leur morgue aux deux crânes d'œuf lui tenaille les tripes. Il hurle sur un technicien télécom de la DGSI qui renâcle devant l'irrégularité de sa requête quand il aperçoit dans le rétroviseur de sa voiture un étrange cortège à l'approche. Il ordonne au technicien de procéder à la demande auprès des opérateurs de téléphonie sans délai et raccroche pour assister à l'arrivée du convoi.

Trois fourgons de gendarmerie précédés par un break Renault de commandement avancent tous gyrophares allumés sur la petite route départementale. Dans une gerbe de boue, ils viennent se garer devant le portail d'entrée du manoir. Un commandant et un capitaine descendent de la voiture de tête et marquent une pause face aux portes fermées. Ils jettent un œil soupçonneux vers Malic qui se décide à prendre les devants et va à leur rencontre, impatient de découvrir les raisons de la présence de la gendarmerie sur les lieux. Il sort sa carte et s'approche des deux officiers. Le commandant doit mesurer près de deux mètres. La peau de son visage est rougie par le feu du rasage. Juste en dessous, sa pomme d'Adam proéminente paraît si dure et pointue que Malic se dit qu'elle a sans doute ébréché la lame, cause de l'inflammation cutanée. Ce drôle de personnage tout en os et en longueur se penche vers Malic quand il lui explique les raisons de sa présence sur les lieux, mais se refuse à la réciproque.

– Nous sommes ici pour assurer la sécurité de M. Dantrebert. Je ne suis pas autorisé à vous en dire plus.

– Pourrais-je entrer avec vous et en profiter pour vérifier si les personnes que je cherche se trouvent à l'intérieur ?

– Sûrement pas, si les occupants des lieux ne vous y autorisent pas ! tance sèchement le commandant à la gorge brise-glace. Vous n'avez rien à faire ici et je ne peux pas laisser votre présence compromettre notre mission. Je vous demanderai donc de ne pas interférer dans nos échanges avec M. Dantrebert et de regagner votre véhicule.

La frustration du lieutenant atteint des sommets, mais les gendarmes ne laissent pas place à la discussion. Porté par sa colère, Malic insisterait volontiers quand une idée lui vient. L'envie de vérifier sur-le-champ ce que lui dicte son instinct le détourne d'une querelle sans doute stérile.

Il regagne sa voiture pendant que les officiers sonnent à leur tour à l'interphone du manoir. Avec fébrilité, il ouvre le navigateur de son smartphone, tape l'URL de 4chan, recherche le forum où apparaissaient les messages de Judex et fait défiler les sujets.

Devant le portail qui vient de s'ouvrir, les gendarmes se heurtent au même mur de mépris et de cynisme que le lieutenant. Les deux skinheads leur interdisent l'accès à la propriété et ne semblent même pas vouloir avertir Dantrebert de la requête des gendarmes. *S'ils savaient*, se dit Malic qui vient de trouver ce qu'il craignait de voir. Le texte s'affiche sur son écran. La forme correspond aux premiers messages, le canal aussi. Il est daté du matin même et son texte contredit Boniperti et le ministre… Judex a bien l'intention de frapper à nouveau.

Alexandre Dantrebert,

Judex sait,

Judex sait que, non content de ruiner et de déshonorer les gens, il faut encore que vous les assassiniez. Judex vous donne l'ordre, Dantrebert, pour expier vos crimes, de verser la moitié de votre fortune à l'Assistance publique. Vous avez jusqu'à ce jour treize heures pour vous exécuter.
Judex sait que vous corrompez et utilisez votre groupe de presse pour obtenir des concessions et des marchés publics en France depuis des années.
Judex sait que vous avez participé au financement de groupes politiques pour acheter vos investitures et bénéficier de l'immunité qui vous a permis d'échapper à la justice.
Judex sait que vous avez assassiné votre femme qui menaçait de révéler vos pratiques, votre violence et de vous priver de la direction de votre groupe.
Judex sait que vos perversions ont fait de vous un profanateur de sépultures et un abominable nécrophage dérangé et drogué.
Judex sait que vos perversions sans limites vous ont fait capturer, torturer et assassiner Roxana Mircea et que vous usez de violence pour empêcher qu'on remonte jusqu'à vous.
Judex sait, car il a les preuves de tous ces crimes. Quand l'heure sera venue, Judex les rendra publiques.
Judex sait que la justice ne peut pas vous atteindre, mais Judex, lui, vous a condamné.
Dantrebert.

Abandonnez votre immorale fortune ou, à treize heures, Judex vous tuera.

Vous qui connaissez le visage de l'injustice,
Rejoignez-nous.

Demain, Judex sera légion.

Le message pourrait être un canular, ils pullulent sur la Toile depuis quelques jours, mais les informations qu'il contient et la présence des gendarmes font penser à Malic que Jérémy et la DGSI ont estimé que la menace qu'il représente doit être prise au sérieux. Quoi qu'il en soit, les gendarmes ne pourront pas protéger Dantrebert ; les portes du manoir viennent de se refermer devant eux. Malic imagine la panique qui doit régner au ministère et à la DGSI, il ne serait pas surpris de voir débouler dans les minutes qui viennent des équipes du GIGN et une délégation de la DGSI. En hélicoptère, la propriété du milliardaire ne se trouve qu'à quelques minutes de Paris. Mais ils ne pourront pas forcer ses portes, et si le vieillard refuse d'accepter leur aide, le GIGN restera lesápieds dans la boue, tout autant que la gendarmerie de Bernay. L'ultimatum expire dans un peu plus d'une heure.

Malic décide d'appeler Boniperti pour savoir sur quel pied danser. Il insiste auprès de l'assistante pour qu'elle le lui passe sans attendre. Sa voix doit contenir assez de stress et d'urgence pour qu'elle cède et lui passe le directeur. La réponse de celui-ci claque comme un fouet dans l'habitacle de la Clio :

– Malicandre, votre obsession m'agace et m'alarme, tonne le directeur. Judex n'existe pas. Nous ne prenons que quelques mesures pour rassurer ceux que ces menaces fictives inquiètent. Maintenant, vous allez cesser de vous disperser et de me faire perdre mon temps. Vous retrouvez Rossi et vous le ramenez avant que j'envisage les sanctions disciplinaires à prendre à votre encontre.

Le camouflet cingle l'honneur du lieutenant. Boniperti vient de lui rappeler qu'il n'est qu'un petit flic en Clio, que son opinion est négligeable et que les arcanes du pouvoir lui resteront fermés. Au moins, il sait qu'il ne pourra pas compter sur l'intervention du GIGN. Il aimerait comprendre quelle mouche pique Boniperti, ce déni jusqu'à l'absurde de la menace qu'ils combattent n'a pas de sens. Il appelle Jérémy pour avoir son point de vue. Le geek de l'OCLCTIC peine lui aussi à comprendre les derniers rebondissements de l'affaire, mais son hypothèse retient l'attention du lieutenant.

– Je ne sais pas ce qui s'est passé ce week-end exactement, mais c'est comme s'il y avait eu un énorme *reboot* dans les bureaux des big boss. D'un seul coup, ils ne s'intéressent plus aux menaces de Judex ou à qui il peut bien être… le seul truc qui les fait flipper, c'est la transmission de ses infos. Ils sont au taquet là-dessus, tous les journalistes un peu indépendants de Paris sont dans le collimateur de tes collègues. À mon avis, ils l'ont eu. Je ne vois pas ce qui pourrait expliquer les déclarations du ministre hormis qu'ils ont dézingué Judex. Maintenant, ils flippent qu'il ait laissé des traces derrière lui. Après avoir dit que tout ça n'était qu'une mauvaise blague, ils n'ont pas intérêt à ce que leur linge sale soit lavé en public…

– Mais le message de ce matin… Tu crois que c'est un canular ?

– Non, ce n'est pas un *fake*, il y en a eu quelques-uns, mais celui qui vise Dantrebert a l'air authentique. Judex a pu programmer sa publication à l'avance. Les tauliers s'en foutent, au contraire, c'est bon pour eux. Puisque rien ne va arriver à Dantrebert, Judex perdra de sa crédibilité… Ça va dans le sens du baratin ministériel d'hier.

Le long du mur d'enceinte de la propriété, les gendarmes se déploient. Un fourgon et la voiture de commandement restent aux alentours du portail. Les deux autres véhicules démarrent pour aller patrouiller autour du parc. Malic ressort de sa voiture, indifférent à la pluie. Il n'a plus de repères, ses patrons mentent et éliminent leurs adversaires comme des mafieux, un criminel peut se cacher derrière des murs et des hordes d'avocats et menacer la vie de son ami sans que personne puisse intervenir. Malic en a marre de cette fange, marre de son impuissance, marre de tout sacrifier à un système qui n'accorde aucune place à la justice et à la morale.

Le petit flic en Clio piétine sa rage dans la boue quand une voiture aux couleurs d'UPS s'arrête devant les portes. Le livreur en combinaison marron siglée de lettres dorées regarde sur son écran de téléphone et, au lieu de sonner à l'interphone, se dirige vers le lieutenant en le saluant d'un doigt sur la visière de sa casquette.

– Vous êtes Amaury de Malicandre ?

– Oui, s'étonne Malic.

– J'ai un paquet pour vous.

Le livreur sort du coffre de sa voiture un colis volumineux qu'il porte avec effort jusqu'à l'arrière de la Clio de Malic, abasourdi par cette livraison inattendue.

– Mais comment saviez-vous que je serais là ?

– On nous a donné un nom, un lieu, une photo et une heure précise à respecter. Quand on y met le prix, tout est possible, sourit le livreur.

– Pouvez-vous me dire de qui ça vient ? demande le lieutenant en regardant l'étiquette collée sur le paquet.

– Aucune idée, et ce n'est pas marqué sur le colis. Si vous voulez le savoir, il faudra demander à mes patrons. Normalement, ça devrait être indiqué sur le bon de livraison, mais comme je vous dis, quand on y met le prix, tout est possible…

Le lieutenant n'épilogue pas et signe le bon de livraison. Anxieux, il espère que le contenu du colis l'éclairera sur l'identité de son expéditeur. Il déballe le paquet sur la banquette arrière de la Clio et sort du papier kraft une longue caisse en fer-blanc, du type de celles utilisées pour transporter des instruments de musique.

Alors qu'il s'apprête à ouvrir la boîte, le technicien télécom de la DGSI le rappelle pour lui dire que le téléphone de Rossi a activé une borne relais proche du manoir à trois heures du matin, mais la triangulation manque de précision, impossible de dire si l'appareil se trouvait dans le manoir ou à quelques centaines de mètres de ses portes. Depuis, plus rien, le téléphone doit être éteint. Cette information ne justifie pas plus qu'avant une intervention d'urgence. Malic jure et balance son smartphone de dépit sur le tableau de bord de la voiture. Il ne peut pas accepter de laisser un criminel, fût-il milliardaire, mettre son partenaire en danger à quelques mètres de lui sans agir.

Le lieutenant reste debout quelques secondes, les mains appuyées sur le toit, exhalant une frêle vapeur blanche dans le froid de la campagne. L'analogie entre cette livraison et celle de la fin de *Seven* lui arrache un sourire amer. Contrairement à Brad Pitt, il ne serait pas si triste de découvrir la tête de son ex-femme dans la caisse. Il doute que ce soit ce qu'elle lui réserve. Après l'avoir tournée pour en masquer le contenu aux regards curieux des gendarmes, il ouvre ses deux fermetures à grenouillère pour pouvoir soulever le couvercle.

69

Le col de chemise amidonné d'Alexandre Dantrebert serre son maigre cou de poulet décharné. Un bourrelet de peau déborde sur le bord de ce garrot de tissu, comprimé par un nœud de cravate double Windsor exécuté à la perfection. Le vieillard porte une veste de blazer bleu marine, une chemise rayée bleu ciel et blanche et une cravate rouge brodée des armoiries de sa famille. Un carré de soie rose sort de sa poche gauche et la cravate est fixée à sa chemise par une barrette en or sertie de trois diamants. Ses cheveux blancs et fins sont plaqués sur son crâne et une couche de fond de teint masque à la perfection sa peau ravagée, lui donnant l'air hâlé d'un plaisancier méditerranéen. Il trône au bout d'une table dressée à la française et porte à sa bouche une cuillerée de velouté aux asperges. Il la vide sans un bruit, sa main ne tremble pas et son regard clair ne laisse apercevoir aucune séquelle de ses excès de la nuit.

Derrière lui, le long du mur de la salle à manger du rez-de-chaussée du manoir, une œuvre de Damien Hirst impose sa présence dérangeante aux convives du milliardaire. *In His Infinite Wisdom* est une des créations les plus emblématiques de l'artiste : il a trempé dans le formol un veau né avec six pattes puis l'a plongé dans un aquarium scellé dans un cadre d'aluminium. Orientée vers le haut de l'aquarium, la bête donne l'impression de se débattre pour l'éternité en essayant de rejoindre la surface. La cote de cette interrogation sur le caractère aléatoire et cruel de l'existence est de plusieurs millions d'euros et constitue un des fleurons de la collection privée d'Alexandre Dantrebert.

Les trois Brésiliens, debout le long des baies vitrées qui donnent sur le parc, regardent le vieillard manger. Alkindar, qui fait office de médecin personnel, vient poser quelques gélules sur un napperon en dentelle. Le vieillard les picore, les accompagnant de gorgées de romanée-conti. La pièce baigne dans un silence recueilli, les seuls sons proviennent du parquet qui grince lorsque Alkindar s'approche du vieillard sans que celui-ci lui accorde un seul regard. Le milliardaire termine son velouté, se tapote les lèvres avec sa serviette brodée et fait tinter son verre à pied du bout du couteau pour signifier qu'il vient de terminer sa mise en bouche. Puis le vieil homme au port de tête altier se tourne vers ses convives et jette un œil glacial à leurs assiettes creuses toujours pleines. Sa désapprobation muette fait réagir le plus jeune des frères Wasu. Il apostrophe les deux captifs à qui on fait la grâce d'un repas le temps de s'assurer que leur présence dans le manoir n'était connue de personne d'autre.

– Maître Dantrebert vous fait l'honneur d'un dernier repas à sa table, je vous conseille de faire bonne figure. Les choses pourraient devenir vraiment désagréables pour vous si vous ne mangez pas.

Assis face à face à la table du milliardaire, Rossi et Lucy penchent au même moment leur visage vers l'assiette qu'on leur demande de vider. Ils ont tous les deux la taille liée à leur chaise de chêne massif et ne communiquent que du regard depuis qu'on leur a intimé l'ordre de garder le silence. Lucy est coiffée de manière très stricte, les cheveux tirés en arrière en une queue-de-cheval austère. Elle porte un chemisier gris et une jupe droite qui lui donnent dix années de plus. Son visage n'est pas maquillé, elle a les yeux rougis d'avoir trop pleuré et les traits fatigués par une nuit odieuse. Rossi porte les séquelles de son baroud d'honneur de la veille. Malgré le costume et le pull à col roulé noirs qu'on lui a prêtés, son visage trahit la violence de sa capture. Arcade ouverte, œil poché, nez cassé, une vraie tronche de boxeur mal soigné un lendemain de défaite. Sous le pull, une côte fêlée et des dizaines d'hématomes complètent le tableau. Rossi réussit à prendre la cuillère entre ses doigts gonflés, aux articulations rouges et raides, et fait un effort pour avaler quelques centilitres de soupe. Ses lèvres éclatées lui causent un mal de chien et les quelques cuillerées qu'il ingère lui font subir un véritable supplice.

Malgré sa douleur, Rossi s'acquitte de sa tâche ; Lucy fait de même avec des gestes mécaniques, le regard dans le vague, absente. Rossi n'essaye plus de parlementer, chacune de ses tentatives pour leur rappeler sa fonction ou pour tenter de leur proposer un arrangement s'est soldée par des coups supplémentaires. Il ronge son frein en espérant un moment plus propice à la négociation. La scène se poursuit dans un silence minéral. Le plus jeune des frères emporte les assiettes vides et revient servir des pièces de bœuf accompagnées d'un chutney d'amandes grillées, d'une sauce à l'échalote et de brocolis. La main de Lucy tremble d'épuisement quand elle découpe la viande rouge. Au bout de la table, le vieillard dévore avec un appétit remarquable ; ses dents déchaussées et jaunies par la drogue déchirent sans peine de pleins morceaux de viande. D'un signe du menton désignant l'assiette de Rossi, le plus jeune des frères Wasu lui rappelle son devoir d'invité. Le commandant s'exécute en coupant des morceaux le plus fins possible pour épargner sa mâchoire douloureuse.

Heureusement pour lui, la viande est fine, tendre et

se mâche sans peine. Cuite à point, elle doit provenir d'une bête exceptionnelle tant elle a une saveur et une fraîcheur rares pour une pièce de bœuf. Le commandant se dit que déjeuner à la table d'un milliardaire a au moins cet avantage. Il s'étonne du dédain souverain affiché par Dantrebert pour les trois Brésiliens. Le vieillard ignore Rossi, jette des coups d'œil vicieux vers Lucy à intervalles réguliers, mais il déborde de mépris et de suffisance dès qu'il regarde les trois hommes. De toute évidence, l'hypothèse selon laquelle ils le manipulent ne tient pas, du moins pas complètement.

Le plus jeune des frères ricane en regardant Rossi peiner à mastiquer. Piqué au vif, le commandant ne peut se retenir de lui adresser une grimace moqueuse et pointe de l'index ses incisives pour rappeler au Brésilien les deux dents qu'il lui a cassées d'un coup de talon la veille, lors de leur mêlée sauvage. Le jeune homme se rapproche de la table, les poings serrés. Le commandant s'attend à recevoir un nouveau coup de poing et il serre son couteau à viande, arme dérisoire comparée aux M500 Smith & Wesson glissés dans les ceintures de ses ravisseurs. Une seule balle de ces monstres arracherait la tête d'un cheval en pleine course. Mais le frère s'arrête devant le commandant et balance une phrase préparée à l'avance qui fait presque autant de dégâts que son gros calibre.

– Mâche bien, sale flic. Toi et ta pute vous venez de faire d'une pierre deux coups : vous mangez à l'œil chez ceux dont vous violez la propriété ; et vous avez retrouvé la petite copine de la pute… du moins un morceau.

Rossi reste bouche bée, il ne peut accepter ce qu'il vient d'entendre. Lucy crache dans son assiette le dernier morceau qu'elle s'apprêtait à ingérer. Les yeux écarquillés, le commandant fixe son interlocuteur comme s'il cherchait la confirmation de l'impossible.

– Eh oui, sales fouineurs, vous voilà récompensés de vos efforts. Vous venez de manger un bout de fesse de votre copine, un morceau de choix, on ne vous refuse rien !

Le commandant lâche le couteau et se prend la tête à deux mains. Lucy fait voler son assiette d'un revers du bras et, prise d'un spasme violent, vomit au pied de sa chaise. Dantrebert arrête de manger et applaudit du bout des doigts, avec la mine réjouie d'un garnement facétieux. Rossi a la tête qui bourdonne, la table lui semble floue, tout cela est tellement énorme, malade, impensable. Pourtant, il sent qu'on ne lui ment pas, que le jeune frère lui dit la vérité, que cette révélation fait partie de leur jeu malsain. Il a dans la bouche la saveur si particulière de la viande, maintenant écœurante. Il se retourne vers Alexandre Dantrebert et le dévisage alors que le vieillard continue de taper des mains, fier de son mauvais tour, les yeux malicieux, le sourire extatique. Le commandant ne dit rien, il le regarde avec une gravité telle que son « pourquoi ? » muet doit parvenir jusqu'au milliardaire. Ce dernier écarte les paumes en signe d'impuissance et répond :

– Le monde est absurde !

Puis Dantrebert se remet à manger à bouchées gourmandes, indifférent aux spasmes bruyants de Lucy et aux hochements de tête consternés du commandant. Faute d'autre solution immédiate, celui-ci profite de la confusion pour glisser discrètement son couteau à viande dans la manche de son pull. Il en vient à se dire que peu importent les flingues, s'il parvient à le planter dans la gorge du vieillard avant de se faire descendre, ça en vaudra toujours la peine. Il reste fasciné par le spectacle du milliardaire qui dévore sa viande à belles dents.

Avec l'œuvre de Hirst en arrière-plan, la folie de Dantrebert explose dans toute son ampleur. Rossi sait qu'un AVC peut bouleverser les notions de morale et d'empathie si la zone du cerveau qui les abrite est touchée. Il ferait volontiers ce diagnostic pour le vieil homme. Cette séquelle, ajoutée à une vie passée à planer au-dessus de l'humanité, persuadé de sa propre supériorité, et à une propension naturelle à la violence et au sadisme, a mené le capitaine d'industrie au dernier stade de l'humanité. L'homme dans sa décadence a perdu toute valeur, tout sentiment, il ne lui reste plus comme moteur que la satisfaction immédiate de ses pulsions, sans limites ni raison. Le vieil homme doit tout juste pouvoir faire preuve de ce qu'il faut de lucidité et de malice pour faire illusion lors de ses apparitions publiques et pour combattre ses héritiers.

Alors qu'un des frères s'emploie à nettoyer la flaque de vomissure de Lucy, tous les regards convergent subitement vers le parc où un incident inattendu vient de se produire. Aucun son ne traverse le double vitrage de la baie vitrée, mais de leur table, ils peuvent distinguer le mur d'enceinte de la propriété après deux cents mètres de pelouse à l'anglaise et quelques peupliers. Le long du mur, un immense nuage de fumée se répand, gonfle et recouvre les arbres. Un tel nuage ne peut pas provenir d'une canalisation d'eau rompue, ni même d'un incendie. Pour le commandant, quelqu'un vient de faire exploser un fumigène dans le parc. Alkindar, qui doit faire le même diagnostic, bafouille :

– Les gendarmes ? Qu'est-ce qu'il leur prend ?

– Non, ils sont toujours derrière les grilles, ils n'ont pas bougé, annonce l'un des gardes en pénétrant dans le salon, un fusil de chasse à la main.

– Lâchez les dogues allemands, ordonne Alkindar.

Ses deux frères emboîtent le pas au garde et sortent de la salle à manger en urgence, leurs énormes pistolets aux poings. Dans le parc, Rossi voit les trois autres vigiles au crâne rasé courir, précédés par leurs chiens qui filent ventre à terre vers le nuage. Ils en sont à quelques mètres quand une rafale fauche les dogues en pleine course. Comme soufflés en arrière par une déflagration, les molosses valsent l'un après l'autre sous un déluge de plomb qui arrache des mottes de terre, dans un large arc de cercle. Le tir provient du nuage, les gardes ripostent et mitraillent au jugé dans la fumée. En retour, un projectile oblong jaillit de la brume artificielle et tombe au milieu de la pelouse. Un jet de fumée blanche en sort, le commandant reconnaît un fumigène militaire à phosphore blanc. Tout le parc ne va pas tarder à être pris dans le brouillard.

– Qu'est-ce que c'est que ce bordel ? tonne Alkindar. Vous avez quelque chose à voir avec ça ?

Le Brésilien pointe son Smith & Wesson sur le crâne de Rossi qui ne répond pas. Son attention est absorbée par ce qu'il voit dans le parc. Alors que la fumée du nouveau fumigène se propage peu à peu, une silhouette apparaît à la lisière du premier nuage. La silhouette d'un homme portant une grande cape noire et un chapeau à large bord avance vers le manoir. Les gardes lui tirent dessus au fusil de chasse, l'inconnu accuse le choc ; pourtant, il ne tombe pas. Il vacille un instant, tend ses bras devant lui et mitraille les skinheads. L'un d'eux, sorti trop vite de son abri croyant avoir fait mouche, se fait cisailler par la rafale. Le garde tombe, les tripes explosées par les balles, ses acolytes crient et redoublent leur tir de barrage. L'inconnu ne bronche pas. Il continue d'avancer alors que la fumée du deuxième fumigène recouvre ses assaillants et les coupe du monde. Rossi ne voit plus rien hormis les flammes qui jaillissent sans cesse de la gueule des canons. Alkindar insiste, la voix blanche :

– Vous savez qui fait ça ?

Le commandant lève les yeux vers lui et se force à sourire de ses lèvres douloureuses. De l'autre côté de la table, Lucy a repris ses esprits et mime un égorgement au milliardaire indifférent. Rossi finit par répondre au Brésilien :

– Judex. Il vient pour vous faire payer vos fautes.

70

Les infiltrations d'eau pourrissent de plus en plus les murs de sa cave. Stransky a dû déplacer la majeure partie de ses bouteilles de vin pour éviter un désastre œnologique. Pour une fois, il ne maudit pas le plombier qui peine à trouver l'origine de la fuite et reporte sans cesse le début des travaux. Karl Stransky n'a aujourd'hui pas le cœur à se battre. Il a descendu un tabouret, son fusil de chasse et reste assis au centre de la cave, éclairé par la lueur pâle d'une ampoule nue, pendue à un fil. Sa femme ne reviendra pas de son club de bridge avant plusieurs heures. La villa froide et triste lui donne un avant-goût du cercueil. Depuis deux jours, sa vie tourne au cauchemar. Tout ce qu'il a construit depuis cinquante années va s'effondrer. Il a perdu le contrôle. La visite de Boniperti et de Louvion, la violence de leurs accusations, leurs menaces l'ont ébranlé. Mais ce qu'ils lui reprochent ne tient pas debout. Comment peuvent-ils croire, avec sa carrière et sa réputation, qu'il se soit lancé dans une entreprise terroriste aussi sordide ?

Les quelques heures d'interrogatoire brutal ont meurtri sa vieille carcasse et son amour-propre. Il ne pèse plus rien dans la police d'aujourd'hui, son nom ne le protège plus. N'importe quel flicaillon peut le filer, on peut débarquer chez lui en pleine nuit pour l'insulter, le questionner comme un petit dealer de banlieue. Il n'a même pas le droit de se plaindre, de rendre l'affaire publique, d'en parler à un avocat. Ils le tiennent, sa faute est connue de tous. Il ne peut que se taire en espérant que tous fassent de même. L'envie de vomir qui lui serre le ventre ne vient pas que de l'odeur tenace de moisi de la cave.

Le coup de fil des pontes de la DGSE pour le convoquer à un entretien n'a pas été le plus difficile à encaisser. Stransky sait qu'il peut les garder à sa main ; eux aussi ont beaucoup à perdre si les détails de l'affaire s'ébruitent. La France entière a intérêt à ce que la procédure d'exfiltration d'Al-Joubouri, au nez et à la barbe des alliés américains, ne soit pas révélée. Ils vont lui mener la vie dure, mais ils ne pourront pas lui reprendre l'argent déjà dépensé, ni gêner publiquement sa carrière politique. La DGSE est pieds et poings liés. Tout ce qu'ils pourraient faire serait de se risquer dans une procédure d'élimination discrète à son encontre. Très risqué, pour une simple vengeance. La DGSE n'a pas d'autre choix que celui de passer l'éponge. Après toutes ces réflexions, il remontait la pente peu à peu quand ce satané volatile a fait son retour sur la margelle du puits. Juste à côté de l'endroit où il avait installé son pigeonnier.

Le pigeon biset revient toujours là où il a été élevé. Quels que soient la distance ou les éléments, le *Columba livia* ne se laisse jamais détourner. Stransky se demandait pourquoi son ancien complice avait développé cette soudaine passion pour la colombophilie, lui, le citadin, le Parisien acharné… Stransky avait accepté sans trop rechigner d'abriter une partie de son élevage dans le grand terrain de sa villa. Le traître préparait déjà sa funeste machination. Stransky a reconnu le pigeon, il a vu la bague glissée à sa patte. Il a ouvert le petit tube métallique et lu le message. Il l'a relu tant de fois qu'il peut en réciter de mémoire le court contenu.

Stransky,

Il n'y a pas de pire faute que celle de l'homme qui se croit vertueux. Il n'y a pas de crime plus infamant que celui de l'homme qui se pose en modèle, en garant de la morale. Comme tu te plaisais à me le répéter : « Quand on a la merde au cul, on ne se promène pas en maillot de bain ! »
J'aurais pu passer l'éponge sur ta faute au nom de notre vieille amitié, il y a tant d'autres assassins à châtier... mais pourquoi faut-il que tu plastronnes ? Que tu te laisses aspirer par la lumière des plateaux télévisés et par le mirage d'une carrière politique ? Ne pouvais-tu pas profiter de tes larcins dans l'ombre, comme tout bon criminel ?
Nous avons tué Al-Joubouri, moi par idéalisme, pour ne pas offrir l'hospitalité à un criminel odieux et gêner mon pays par sa présence scandaleuse sur son sol, toi par appât du gain et par calcul. Ce crime, nous devons le payer.
Au moment où tu lis ce texte, des journalistes et des membres du réseau Wikileaks reçoivent, par le même biais suranné et imprévisible, les documents qui attestent la véracité de mes accusations.
Au nom de notre ancienne amitié, je tiens à te prévenir qu'ils recevront tous les détails de notre crime. Tu n'échapperas pas au jugement de nos pairs, sauf si tu profites du délai que je t'accorde pour emprunter la seule voie qui te reste.

Judex

Son vieux complice a perdu la raison. Il s'est mué en une sorte de fanatique anarchiste, reniant au passage ses anciennes amitiés et sa carrière. Dans sa folie, inutile d'espérer une issue discrète. Le nom de Stransky sera souillé, sa carrière politique brisée, et il n'aura plus que la prison et un destin de paria comme perspective pour ses dernières années. Son seul espoir serait que sa mort dissuade les journalistes de mentionner son nom, par respect pour sa famille et ses proches, pour ne pas accabler un mort qui ne peut plus répondre de ses crimes. Judex le suggère, ce monstre a sans doute raison.

La vieille gloire de la police rechigne à utiliser son ancienne arme de service pour en finir. Une sorte de dernière réticence à souiller ce qu'il a fait de bien dans sa vie. À quoi bon argumenter ? Il a volé les dix millions d'Al-Joubouri, l'a tué et a balancé son corps lesté dans le Grand Canal de Venise. Tout le monde le saura, il ne veut pas voir ça. Il ne veut pas voir ses fils l'apprendre. Il appuie le canon de son fusil de chasse sous son menton. Il tend les bras et peine à atteindre la détente de son Beretta calibre 28 à double canon. Sa grande taille lui rend ce dernier service et lui permet de presser la détente.

71

Les lueurs des détonations s'intensifient, certaines semblent se déplacer, d'autres s'éteindre, mais celles qui continuent de déchirer le brouillard chimique deviennent de plus en plus frénétiques. Le parc se mue en champ de bataille. Alkindar sort de sa torpeur pensive et pose des clés devant le commandant en lui intimant l'ordre de se détacher et de se lever. Pendant que Rossi s'exécute et se débarrasse de la chaîne qui le lie à sa chaise, le Brésilien parle au milliardaire qui paraît pour la première fois un peu soucieux. Le vieillard triture un morceau de pain avec nervosité et soupire d'agacement alors qu'Alkindar tente de le rasséréner :

– Avec la fusillade, les gendarmes vont intervenir. Il faut que je fasse disparaître vos deux invités avant qu'ils n'arrivent. Je vais descendre celui-là à la cave d'abord. Je reviens dans cinq minutes. Vous ne risquez rien, la seconde reste attachée et ce Judex ne fait pas le poids contre six hommes armés.

Le commandant se lève, incapable de détacher ses yeux du champ de bataille recouvert par les fumigènes. Jamais il n'aurait cru que Judex s'incarnerait. Il l'imaginait en menace collective, infiltrée dans la DGSI, organisée et n'agissant que selon un agenda secret. Jamais il n'aurait pensé voir un jour le pseudo-justicier anarchiste en costume, et encore moins le voir venir à son secours. Il sent dans sa manche la présence froide du couteau à viande et suit Alkindar vers les profondeurs du manoir. Avant de sortir de la salle à manger, il essaye d'accrocher le regard de Lucy pour lui redonner confiance et jauger son état mental, mais la jeune femme continue de dévisager Dantrebert avec une rage farouche et reste indifférente à tout ce qui l'entoure, hormis l'objet unique de sa haine.

Les caves du manoir s'enfoncent sur plusieurs niveaux sous le sol. Le premier, aux murs blancs, sert de réserve aseptisée et d'office pour le personnel du milliardaire ; le deuxième, aux murs bruts et au sol pavé, est une cave à vins et une zone de stockage pour un tas de vieilleries, matériel d'entretien, meubles cassés, caisses vides, vélos hors d'usage, équipement sportif obsolète. Les deux hommes descendent encore d'un niveau par une étroite porte creusée dans la roche et cachée derrière un tas de bois de chauffe vermoulu. En bas de l'escalier mal éclairé, Alkindar déverrouille une porte métallique épaisse. Il jure en ouvrant les cinq verrous de sa main libre, son humeur paraît morose et il s'épanche avec aigreur :

– Des grains de sable, toujours des grains de sable… Des petits riens qui nous obligent à nous salir les mains. Ça ne s'arrêtera donc jamais ? Vous croyez que ça m'amuse de faire l'homme de main, moi, un médecin diplômé de la meilleure université de São Paulo ? Vous croyez que je m'imaginais ce destin, moi qui pensais soigner mon peuple et assurer un avenir à ma famille ? Ça commence par cette fille qui fait du stop le mauvais soir et qui réveille les pulsions du vieux, ça continue par le naufrage du cargo et ces pillards qui s'y introduisent avant nous, nous piquant les pièces de collection qu'on rapportait du Brésil… Après, il faut qu'on écarte la curiosité d'une pute hystérique et d'un flic débile… Maintenant, les gendarmes font le siège de la propriété et, en bouquet final, un illuminé prend le manoir d'assaut… Quand cela va-t-il finir ? Que va-t-il falloir que l'on fasse pour que ça s'arrête ? Combien de meurtres encore ?

La porte s'ouvre sur une grotte creusée par la main de l'homme, une marnière. Ces vastes étendues souterraines d'où les paysans extrayaient la marne, une terre riche et fertile, pour augmenter le rendement de leurs champs et qui aujourd'hui menacent de s'effondrer un peu partout dans la campagne normande. Alkindar fait signe au commandant d'entrer tout en continuant son monologue atrabilaire :

– Vous êtes bien trop lourd pour que je vous traîne dans la marnière jusqu'à votre voiture. Vous allez attendre ici que je revienne avec de l'aide. Vous allez voir, vous serez en charmante compagnie. Je vais vous la présenter et vous attacher à côté d'elle pour que vous ne vous sauviez pas dans les souterrains en mon absence.

Au-delà de ces vociférations, Rossi croit discerner chez le Brésilien les prémices d'une dépression sévère. L'homme se ronge lui-même et n'assume pas ce qu'il fait par appât du gain. On croit souvent qu'il n'y a que le premier meurtre qui coûte, mais en fait, il entraîne les autres, crée une spirale dont on ne peut se sortir et qui vide l'assassin de sa personnalité. Ses crimes le résument entièrement. Alkindar en fait l'amère expérience.

Le commandant se laisse guider dans le souterrain vers une salle aménagée et éclairée. En marchant, il réfléchit à ce qu'il va dire. Alkindar a l'air vulnérable, mais il peut aussi devenir violent si Rossi se trompe dans son approche. Le choix de ses premiers mots pourrait lui coûter la vie. À la grande surprise du commandant, la salle voûtée où ils pénètrent ressemble en tout point à un bloc opératoire en état de marche. Son sol couvert d'un revêtement en plastique vert est creusé de rigoles qui convergent vers une bonde d'écoulement centrale. Des lampes halogènes à pied éteintes et des plateaux roulants couverts d'instruments chirurgicaux attestent de la fonctionnalité de l'installation. Dantrebert doit être suffisamment paranoïaque pour s'être fait installer un poste hospitalier dans les caves de sa propriété. Le commandant réalise avec étonnement que le matériel de réanimation est allumé le long du mur du fond et qu'un lit, derrière un rideau en plastique vert, semble occupé. La voix d'Alkindar prend un ton grandiloquent, il simule la fierté alors que des sanglots remplissent sa gorge :

– Vous allez voir mon grand œuvre de chirurgien. Une commande de M. Dantrebert, qui est un homme de goût !

Alkindar tire le rideau. Ce que le commandant découvre le balance dans les abysses de la folie de son hôte. On le plongerait dans un lac gelé que la sensation lui serait plus douce. Ce qu'il voit n'a plus rien d'humain.

– Commandant, laissez-moi vous présenter Roxana Mircea. Vous avez fait beaucoup d'efforts pour la retrouver. J'espère que vous êtes comblé !

Un tronc amputé de tous ses membres repose au milieu d'un lit blanc, devenu trop grand pour lui. Le chirurgien malade lui a coupé les deux bras au ras des épaules, les deux jambes à l'aine. Son buste a été rogné, de gros pansements couvrent ses flancs où on a découpé des lambeaux de chair. Sous son dos, un coussin en plastique lui surélève le bassin afin que ses fesses meurtries, cisaillées et bandées soient accessibles. Les seins de la jeune femme ont été ôtés, il ne reste plus que deux cicatrices rondes et à vif. Deux grandes balafres suturées grossièrement lui zèbrent le ventre, signe que le dépeçage ne s'arrête pas à la surface. Voyant la surprise du commandant, Alkindar éclate d'un rire où pointe la folie qui progresse. Mais Rossi ne sert que de prétexte, d'exutoire. La conscience du chirurgien vacille sous le poids de la honte et des remords, et l'ironie qui baigne ses propos n'a pour réelle cible que lui-même :

– Vous êtes déçu, commandant ? Elle ne vous plaît pas ? Vous pensez que nous avons un peu abusé d'elle ? Mais je vous assure, nous ne l'avons pas violée ! C'est ce dont elle avait peur, cette pauvre gourde, quand elle a compris, un peu trop tard, que notre hospitalité cachait quelque chose… Voyez-vous, ce qui obsède notre mécène, c'est la fraîcheur de la viande consommée. Il voulait manger cette jeune femme sans trop gâcher et seul, il ne pouvait pas l'ingérer en un unique repas, vous en conviendrez. Son raffinement lui interdit évidemment le surgelé, alors il s'est souvenu de son passage chez les Guaranis. Nos ancêtres avaient une tradition qui doit vous sembler un peu barbare, mais qui permettait de réduire le gaspillage. Il faut que vous compreniez que la vie dans la jungle peut s'avérer difficile ! Les Tupi-guarani Omaga avaient dans leurs villages des enclos où ils gardaient en vie leurs ennemis capturés dans les tribus voisines destinés à servir d'alimentation. Oui, je dois vous le confesser, mes ancêtres étaient d'affreux cannibales. Le meilleur moyen de conserver la fraîcheur de la viande quand vous ne pouvez pas manger toute votre proie en quelques jours est de commencer par un bras, une jambe et de la maintenir en vie jusqu'au prochain repas. Mes ancêtres parvenaient à conserver ainsi leur nourriture quelques mois, ce qui n'aurait pas été possible sans cette pratique. Ce que vous voyez devant vous est donc la brillante rencontre entre les traditions séculaires de mon peuple d'anthropophages et les merveilles de la médecine européenne. Vous pouvez applaudir, si le cœur vous en dit !

Sous son crâne rasé, le visage de Roxana ressemble plus à un masque mortuaire qu'à celui d'une femme.

Ses orbites sont vides, ces monstres ont poussé le vice jusqu'à l'énucléer, il faut croire que les yeux peuvent se manger. Elle ne bouge pas, seule sa poitrine se soulève avec régularité, sans doute aidée par le tuyau enfoncé dans sa gorge pour la relier à un respirateur bruyant. De ce qui subsiste de son corps partent des dizaines de drains qui assainissent ses cicatrices les plus récentes. Ses sutures sont grossières, bâclées, boursouflées, de gros fils noirs lui sortent du corps le long de bourrelets de chair torturés, comme des araignées qui chercheraient à s'extirper d'un cadavre. Au-dessus du lit, une énorme poche de sang la perfuse massivement, et si elle voulait bouger sa dernière articulation valide, les aiguilles de perfusion plantées dans sa carotide l'en empêcheraient. *À partir de quand cesse-t-on d'être un être humain ?* se demande Rossi autant pour la jeune femme dont presque plus rien ne subsiste que pour ses bourreaux que l'humanité a désertés. *Roxana sait-elle qu'on se tient à son chevet ?* Dans le doute, Rossi lui murmure :

– Roxana ? Lucy est là, on va t'emmener !

– Allons, commandant, coupe Alkindar, ne lui mentez pas ! Vous ne l'emmènerez nulle part. Votre chemin s'arrête ici. Je vais vous injecter une dose d'alcool pur dans le sang, et vous perdrez connaissance. Nous placerons votre corps dans votre Audi et nous arrangerons un petit accident pour mettre un terme à votre carrière. Quant à votre amie, elle va prendre la place de Roxana. Dantrebert a encore bon appétit pour son âge, voyez-vous. Il faut croire que je suis meilleur en gériatrie.

– C'est faux, Roxana, il est fou, nous allons t'emmener, promet le commandant, des sanglots dans la voix.

– Ne perdez pas votre salive, elle a perdu la raison il y a bien longtemps. Juste après m'avoir imploré de la tuer. Je dois vous confesser que, malgré mes soins, elle a assez mal vécu la perte de ses membres. Pour éviter ses suppliques agaçantes, je lui ai coupé la langue… Pour être franc, afin de vous recevoir, nous avons un peu tiré sur la corde : la moitié de son foie et ses fesses… ça fait beaucoup pour un repas. On a gratté tous les organes non vitaux. Elle a le cœur solide, mais le prochain déjeuner la tuera. Elle n'est déjà plus en vie que grâce à notre appareillage. Je vais la débrancher et elle va partir. Rien au monde ne pourrait plus la sauver… Et moi non plus, plus rien ne pourra me sauver…

Le colosse brésilien fixe sa main libre comme s'il la découvrait couverte de sang, des larmes coulent sur son visage décomposé. Il regarde Rossi dans les yeux pour lui jeter une dernière salve de mots.

– Ne soyez pas trop sévère avec mes frères. Ce sont des enfants de l'Amazone, ils ne comprennent rien à votre monde qu'ils ont découvert, contraints et forcés, bien trop tard pour faire la différence entre le bien et le mal selon vos critères hypocrites. À force de voir la violence partout autour d'eux, ils ont fini par trouver normal d'être violents eux aussi. Vous n'avez pas idée d'à quel point votre monde est barbare. Quand Dantrebert m'a convaincu de le suivre en France, tout ce qu'il me demandait, c'était d'utiliser mes contacts médicaux pour faire venir du Brésil des morceaux de cadavres dans des urnes, afin d'exaucer ses fantasmes anthropophagiques de vieux fou… Il est difficile de renoncer à la fortune quand vous avez mis les mains dans le sang pour la gagner… Le vieux a fait de nous ce qu'il a voulu en agitant la promesse d'un testament sans cesse repoussé. Combien de temps cela pourra-t-il encore durer ?

Un silence se fait pendant lequel le chirurgien semble murmurer des excuses à Roxana du bout des lèvres. Puis, en réponse à sa propre question, Alkindar braque son énorme Smith & Wesson vers le respirateur et, malgré la supplique du commandant, vide méthodiquement son chargeur en tirant sur les appareils qui maintiennent Roxana en vie. La salle voûtée se remplit du bruit infernal du calibre 500 et les machines explosent dans un fracas métallique et une odeur de poudre étouffante. Une poche de sang éclate et recouvre le lit de son contenu écarlate. L'électrocardiogramme émet un dernier son d'alarme et s'éteint. Rossi n'a pas le temps de réagir que l'appareillage s'effondre en grésillant. Pendant que le commandant constate les dégâts en se protégeant de la fumée, le chirurgien part en courant dans la marnière. Roxana cesse de respirer, son calvaire s'achève. Conscient qu'il ne peut, ni ne doit, rien faire pour elle, le commandant a le choix entre suivre Alkindar dans les souterrains ou remonter pour libérer Lucy. Il se précipite dans l'escalier. L'homme s'est déjà condamné lui-même.

Le commandant déboule dans la salle à manger, le souffle court, grimaçant de douleur pour avoir réveillé ses blessures de la veille. Lucy et Dantrebert ne se tiennent plus à table. La grande pièce est déserte. Il jure entre ses dents et pose une main sur le dossier d'une des chaises pour reprendre son souffle. Dehors, la bataille paraît avoir cessé. La fumée blanche se dissipe peu à peu et Rossi voit des corps étendus sur la pelouse. Il aperçoit les portes du manoir qui s'ouvrent pour laisser entrer des fourgons de gendarmerie. Judex semble avoir disparu. Avant de décider de la conduite à adopter face aux gendarmes, il doit retrouver Lucy et Dantrebert. Il se dirige vers la sortie quand une silhouette noire apparaît sur le seuil.

Sa grande cape porte des traces de brûlures et d'impacts de balles, son col couvre le bas de son visage et s'agite au rythme de sa respiration haletante. Son chapeau à large bord est maculé de boue et de sang. Il porte d'étranges lunettes épaisses insérées dans un masque de cuir moulant. Rossi croit reconnaître des lunettes amplificatrices de lumière. Dans chacune de ses mains, Judex tient un pistolet-mitrailleur Skorpion d'où du sang coule, formant de petites flaques à ses pieds. Il abaisse leurs canons encore fumants en découvrant le commandant, stupéfait face à lui.

72

Le pigeon reste impassible sur le rebord de la fenêtre. Louis Vidal doit claquer dans les mains et crier pour que le volatile reprenne son envol au-dessus de la place de la Bastille. Le rédacteur en chef a mis de longues minutes à le reconnaître. Le pigeon biset a dû cogner son bec contre la vitre du petit bureau de Vidal, dans les combles de son appartement, pour qu'il ouvre le vasistas et réalise que son ancien pensionnaire venait lui rendre la visite qu'il attendait tant. Mais avec sa voisine âgée qui passe le plus clair de ses journées à jeter du pain à ces rats des villes, les ramiers pullulent tellement sur le toit qu'il devient difficile de les distinguer.

On ne peut rêver messager plus discret. Vidal frotte ses épaisses moustaches et sourit. Il a encore parié qu'il les raserait s'il n'avait pas les informations suffisantes pour étayer son édito au vitriol du samedi. À ce qu'il lit dans le bref courrier, ses bacchantes ont encore de belles heures devant elles.

Sur son bureau, à côté d'un mug plein de thé vert fumant, Vidal a déposé la lettre contenant le nom de la taupe infiltrée dans son journal, le code d'un coffre à la banque Barclays des Champs-Élysées où se trouvent les originaux des documents ainsi que quelques microfilms fleurant bon la guerre froide mais bien pratiques pour faire contenir autant d'informations dans la bague d'un pigeon voyageur. Le sous-marin de la DGSI en bas de chez lui, les filatures, l'écoute de toutes ses lignes téléphoniques, l'espionnage de sa correspondance et la visite de sa boîte mail n'auront servi à rien. Mis en déroute par un mode de communication datant du Moyen Âge. Le journaliste allume son iMac, il jubile, il tient là de quoi semer la zizanie dans les petits cercles des profiteurs de la République. Le cénacle des corrompus, qui agitent la raison d'État pour maquiller leurs compromissions, peut trembler. Le *whistleblower*, le lanceur d'alerte, celui qui se fait appeler « Judex », a tenu toutes ses promesses.

Entre les mains tremblantes d'excitation de Vidal se trouvent les notes internes et les rapports de la DGSI, les « blancs » qui accablent les victimes de Judex. Leurs fautes s'étalent ; la compromission de la DGSI aussi. Les renseignements généraux ont étouffé ces affaires, fait pression sur les magistrats pour qu'elles restent lettre morte, ont utilisé des moyens illégaux pour maquiller ces morts, écarter la police des véritables coupables et mener une enquête parallèle. Judex lui a transmis plus que le nécessaire pour prouver l'opération de désinformation : les photos des scènes de crime de Delaunay, Marchioni et Le Morvant ; les comptes rendus des réunions auxquelles ont participé des commandants de la Crim et un directeur de cabinet du ministre ; les menaces et intimidations à l'encontre de Telecomix et de journalistes indépendants… Une affaire dans l'affaire, tant la machinerie policière, paniquée à l'idée de voir s'étaler ses fautes, les a multipliées.

Un bon nombre de technocrates arrogants vont devoir descendre de leurs trônes et rendre des comptes au peuple qu'ils sont censés servir. Rien ne saurait faire plus plaisir à Louis Vidal.

73

Le plus discrètement possible, Rossi fait glisser le couteau à viande depuis la manche de son pull. Il se sent ridicule avec cette arme dérisoire comparée aux deux Skorpion fumants que tient Judex, mais c'est un pur réflexe d'autodéfense. Pourtant, il constate vite que l'attitude du terroriste n'est pas menaçante. Il a baissé ses armes, une telle occasion de le mettre hors d'état de nuire ne se représentera sans doute pas. Le commandant ne prend pas le temps de réfléchir aux causes ; après cette folle semaine de traque, la sensation de toucher au but lui procure un shoot d'adrénaline. Judex a l'air essoufflé, il vacille sur ses pieds. Son manteau porte de nombreux impacts de balles et des traces de sang. Le terroriste a l'air éprouvé par le combat qu'il vient de mener, Rossi sait qu'il doit tirer profit de cet instant. Il fait mine de marcher vers Judex le long de la table qui les sépare, et, quand il arrive à son niveau, il accélère brusquement. Rossi met le pied sur une des chaises de chêne, monte sur la table, et du haut de ce promontoire, il saute sur le terroriste masqué.

Judex n'a pas eu le temps d'esquisser un mouvement. Sous le choc du poids du commandant, il bascule en arrière et tombe sur le dos. Rossi se retrouve sur lui, à califourchon. Il pointe le couteau à viande sous sa gorge et lui intime l'ordre de lâcher ses pistolets-mitrailleurs s'il ne veut pas être égorgé. Judex a perdu son chapeau dans la chute. Le masque en cuir brun qui recouvre son visage comporte bien des lunettes amplificatrices de lumière mais aussi un filtre à oxygène qui siffle au gré de sa respiration haletante. Sur le côté gauche de son crâne, une longue estafilade sanglante lui macule le cuir chevelu. Manifestement épuisé, le terroriste lâche ses armes et capitule.

Rossi devrait triompher, mais il est assailli par une sensation étrange, un sentiment de déjà-vu. La carrure, les cheveux, la forme de la tête… Il connaît Judex.

Celui-ci le laisse lui retirer son masque. Sous la carapace de cuir apparaît le lieutenant Amaury de Malicandre, essoufflé et blessé.

– Paul ! Descends de ma poitrine, tu m'écrases ! grimace Malic.

Le commandant obtempère, stupéfait. Soudain inquiet des impacts de balles sur le manteau, il en écarte les pans alors que le lieutenant reprend son souffle. L'intérieur du manteau est intégralement recouvert de plaques de kevlar. Sous cet imposant gilet pare-balles, Malic est indemne. Le sang qui le couvre vient de ses adversaires. À part sa blessure superficielle au crâne, il ne souffre que de quelques contusions dues à la violence des impacts.

– Qu'est-ce que… bredouille le commandant.

– Un cadeau du vrai Judex. Je sais qui il est. Mais ce n'est pas le moment pour de longues explications. Les gendarmes arrivent, il faut qu'on s'enfuie. Vite !

– On doit retrouver Lucy d'abord, précise le commandant en se relevant.

L'envie d'entendre le lieutenant tenaille Rossi, mais la disparition de Lucy et de Dantrebert lui paraît plus urgente et inquiétante. Ils doivent faire vite ; dans quelques secondes, les gendarmes vont forcer les portes du manoir. Rossi remarque des éclats de bois au pied du mur de la salle à manger. Il jette un œil aux chaises le long de la table : il en manque une. Faute de parvenir à la briser, Lucy s'est sans doute enfuie avec la chaise attachée sur son dos.

Le commandant fait signe à Malic et ils se précipitent dans la pièce voisine. À nouveau, Rossi trouve des éclats de bois et un pied de chaise sous un mur qui montre des traces d'impacts là où la jeune femme a tenté de fracasser son fardeau. Chacun de son côté, ils jettent un œil dans les salles suivantes et repèrent à nouveau des débris de bois. Lucy leur a laissé une piste, involontaire mais fiable. Elle les mène à l'escalier qui monte vers les étages de l'aile centrale du manoir. C'est en bas des marches que repose la chaise brisée. Les deux policiers se ruent dans les étages et tournent les poignées à la recherche d'une porte ouverte. Ils s'engouffrent dans un couloir traversant le dernier niveau du bâtiment. Ses fenêtres donnent sur la cour intérieure du manoir, sous la pyramide de verre. Rossi ouvre les portes à coups de pied quand Malic lui saisit le bras pour l'arrêter. Du bout du doigt, le lieutenant lui montre ce qu'ils recherchent.

Pour l'entretien de la structure de verre et d'acier qui surplombe la cour intérieure, une petite passerelle en métal gris part du toit du manoir et s'avance jusqu'au centre de la pyramide, à quinze mètres du sol. Au bout de cette passerelle, un corps pend et se balance mollement devant les vitres du troisième étage, sous les yeux des deux policiers. À l'angle que fait son cou et à la langue noire qui sort de sa bouche, il ne fait aucun doute qu'Alexandre Dantrebert vient de mourir, pendu, au centre de sa mégalomanie. Lucy a réussi à le rattraper et à accomplir sa vengeance. Rossi soupire en regardant la frêle carcasse du milliardaire.

– J'espère que ce salaud a souffert. Je t'assure qu'il le méritait.

– Judex avait raison. Il a annoncé sa mort pour treize heures, commente Malic avec un sourire désabusé.

– Tu veux dire qu'il a publié une nouvelle lettre ?
– Oui.
– Il nous manipule depuis le début ! enrage Rossi.

Malic n'a pas le temps de répondre. Le bruit des portes d'entrée du manoir qu'on fracasse se fait entendre jusqu'à leur étage. Les gendarmes pénètrent dans le bâtiment. Les deux policiers doivent fuir s'ils ne veulent pas se retrouver accusés de l'ensemble du carnage. Pourtant, Rossi rechigne à suivre le lieutenant. Lucy ne doit pas être loin. Le temps de pourchasser le vieillard malade et de lui régler son compte n'a pas pu lui laisser la possibilité de quitter les lieux. Elle doit chercher une issue dans le manoir, à quelques mètres d'eux. Il sait que s'il ne la trouve pas dans les minutes qui viennent, la bête sauvage prendra la fuite, et qu'il ne la reverra sans doute jamais. Cette perspective lui fait atrocement mal.

Paniqué, Malic le presse, le tire par le bras. Il se sait coupable du massacre des vigiles. Rossi résiste.

– Paul ! Il faut y aller, Lucy est assez grande pour se sortir toute seule de la merde où elle s'est fourrée…

Rossi le suit comme un robot. La tête ailleurs, il regarde à droite et à gauche dans l'espoir vain d'apercevoir la jeune femme. Il ne peut pas avouer à Malic qu'il est tombé amoureux. Il ne veut pas fuir sans celle qui cause cette brûlure et risquer de ne plus jamais la revoir. Dans leur course chaotique, il aperçoit la porte de la cave, ouverte. Rossi sort brusquement de sa torpeur angoissée. Lucy… Personne d'autre ne peut avoir emprunté ce passage, dans ce manoir rempli de cadavres. Porté par l'espoir, le commandant se précipite vers l'escalier qui mène au souterrain.

– Ramène-toi Malic, on va sortir par les caves ! Le bâtiment est relié à une marnière qui s'étend sous le parc. On va pouvoir fuir par là.

Le lieutenant ne se fait pas prier alors que les bruits de bottes des gendarmes résonnent déjà dans la salle à manger voisine. Ils ont juste le temps de disparaître dans l'escalier avant que la meute bleue les repère. Rossi ne perd pas de temps, la perspective de marcher sur les pas de Lucy lui donne des ailes et il ne sent plus les séquelles de sa raclée de la veille. Ils s'enfoncent sous le manoir. À chaque palier, Rossi s'arrête pour appeler Lucy. En vain. Ils ne trouvent pas trace de la jeune femme. Arrivés au dernier niveau des souterrains, ils contournent l'amas de matériel usagé et poussiéreux. Derrière, la porte ouverte indique que Lucy les a devancés. La lumière éclaire l'étroit passage qui les conduit jusqu'aux portes de fer et à la salle d'opération.

Le commandant ne peut s'empêcher de frissonner. Il reste silencieux, ne trouvant pas les mots pour expliquer à Malic ce qu'il va découvrir. Il n'a pas envie de revoir le corps de Roxana, il donnerait tout pour ne pas avoir à contempler à nouveau ce cadavre mutilé tant il sait que cette image va hanter ses cauchemars pour de nombreuses années. Il espère que Lucy ne l'aura pas remarqué, trop pressée de trouver la sortie. Il ne peut pas imaginer ce qu'elle pourrait ressentir en découvrant le corps de sa compagne dans un tel état. Sa santé mentale risquerait de ne pas y résister.

Les vœux du commandant sont en partie exaucés. Dans le carnage d'appareils médicaux détruits par Alkindar, il ne voit plus aucune trace de Roxana. Mais le bref soulagement qu'il ressent s'évanouit aussitôt quand il comprend que seule Lucy a pu emporter le cadavre. Il reste les bras ballants, comme étourdi, incapable d'appréhender ce qu'a dû être la douleur de Lucy. S'alarmant de son inertie, Malic le secoue et lui désigne l'entrée du tunnel. Le commandant lui confie d'une voix éteinte :

– Le corps de Roxana était là. Lucy a dû l'emporter.

– Avec un tel poids sur les épaules, elle ne doit pas être bien loin. Viens, dépêche-toi, on va la rattraper.

Rossi ne parvient pas à dire à Malic que le corps de la jeune Roumaine ne doit plus peser grand-chose. Une vingtaine de kilos, tout au plus. Tout ce qui subsiste de la monstruosité absolue de Dantrebert. Il se laisse guider, conscient qu'il vient de perdre Lucy. Ils ne la rattraperont pas, elle ne pourra pas revenir à une vie normale après avoir vu ça. Rien ne pourra la ramener dans le monde des hommes.

La marnière s'étend sur plusieurs centaines de mètres. Elle a été aménagée et des halogènes l'éclairent à intervalles réguliers. Les deux hommes suivent la voie qui semble la plus aménagée, la plus empruntée. Ils finissent par remonter vers la surface par un étroit boyau qui se termine par une grille en acier ouverte. Ils sortent en plein bois, au-delà des murs du manoir. Dans la terre boueuse, ils découvrent les empreintes de pneus d'une voiture. Elles mènent vers le chemin qui longe la clairière où ils se trouvent. Rossi reconnaît le dessin des pneus du S3. Les Brésiliens l'avaient garée ici pour préparer son accident simulé. Un bruit de moteur leur parvient au travers de chênes. Lucy leur échappe, lestée de son frêle et tragique fardeau. Malic regarde autour de lui pour s'orienter, puis indique la direction présumée de sa Clio.

En marchant, Malic explique les derniers événements à son supérieur, qui continue de sombrer dans ses pensées noires et hoche la tête machinalement. Arrivé à sa voiture, le lieutenant ouvre le coffre et saisit une feuille de papier sur la plage arrière de la Clio. Il la tend au commandant. Pendant que Malic se débarrasse de son costume de justicier et le jette dans le coffre, Rossi lit la missive de Judex. Le message ne comporte que deux lignes manuscrites :

Quand les justes refusent d'agir,
Leur monde n'a aucun avenir.

Au dos, il découvre une photo en noir et blanc devant dater de la fin des années 1970. Elle a été prise lors d'un gala annuel de la police – tradition oubliée depuis lors. Elle montre Karl Stransky en train d'exécuter son numéro d'illusionniste. Il porte pour l'occasion un costume de scène assez proche de celui de Judex. À ses côtés, un peu en retrait, son assistant, vêtu de façon similaire, le regarde avec un sourire complice. Cet assistant, Rossi le reconnaît malgré les trente années qui se sont écoulées.

Le divisionnaire Leterrier, au début de sa carrière, participait au numéro de son mentor. Il leur laisse cette photo-souvenir en guise d'aveux posthumes.

ÉPILOGUE
(*La veille*)

... *disparaît comme par magie.*

Dimanche après-midi, dans le centre de Paris. Une foule bigarrée se concentre peu à peu sur la place Baudoyer, non loin de la tour Saint-Jacques. Au fur et à mesure que la procession s'achève, la rue du Bourg-Tibourg reprend son aspect habituel, la chaussée se dégage et des voitures la remontent au pas vers la rue Sainte-Croix-de-la-Bretonnerie. Le carnaval de Paris, appelé « la Promenade du bœuf gras », peine encore à créer l'événement. Seuls quelques milliers de personnes s'emploient à redonner son lustre à cette fête ancienne dont les origines remontent pourtant au cœur du Moyen Âge et à la corporation des bouchers parisiens. Il faut avouer que la météo glaciale de ce dimanche de carême ne se prête guère à l'organisation d'un défilé de rues.

Leterrier s'en réjouit, accoudé à la fenêtre de son appartement. Il ne tient pas à ce que ses projets pour la fin d'après-midi blessent quelques malheureux carnavaliers.

Devant la mairie du IVe arrondissement, un bœuf impavide et décoré de rubans multicolores est exposé à la foule ; autour de lui, quelques clowns et faux bouchers singent la cérémonie d'élection du bœuf gras. Ce jour marque la fin du jeûne, la fin de l'interdiction de manger de la viande et la fin du carnaval. Aujourd'hui, les masques tombent, les identités se dévoilent et l'ordre social se rétablit. Judex ne pouvait choisir meilleur jour pour parachever son œuvre, envoyer son ultime message. Au pied de son immeuble, Leterrier voit arriver Boniperti accompagné de cette brute de Louvion. Il regarde sa montre, l'allocution du ministre va se dérouler dans une heure à peine, il les attendait un peu plus tôt. Il n'a pas fermé à clé la porte de son appartement, il s'installe dans un fauteuil club face à son canapé. Il allume un Cohiba de bonne taille, son dernier. Il inspire quelques bouffées et le pose sur un cendrier à pied en cuivre. Pour une fois, malgré le cigare, la toux lui offre un répit, comme si son corps brûlé par la chimiothérapie acceptait de lui accorder de paisibles derniers instants. Il ferme les yeux et écoute son cœur, ses poumons et toute sa machinerie interne dévastés par les cellules cancéreuses. Il sent leur crépitement glacial dans ses veines, dans ses os. Quand il lui décrit ces sensations, son oncologue lui assure que c'est le fruit de son imagination. Mais ce mandarin ne connaît rien au sentiment de mort qui progresse inéluctablement en lui, chaque jour un peu plus. Il a arrêté de le voir, il a suspendu tout traitement, il ne lui aurait fait gagner que quelques mois alors que son plan devait être bouclé tant que son corps le lui permettait – et avec toute sa lucidité, que les rayons et les doses massives de chimio perturbaient de plus en plus.

Il y est parvenu, même le cancer s'est rangé aux côtés de Judex en lui accordant un moratoire inespéré.

La porte de l'appartement s'ouvre. Depuis son fauteuil, il salue ses visiteurs, les invite à entrer dans le salon et à s'installer dans le canapé en face de lui. Il ne compte pas nier. Il a même très envie de revendiquer ses actes. Boniperti s'assied, le visage contracté par le mépris et la colère. Louvion reste debout, appuyé contre la cheminée. Il vient de ranger son Glock dans son holster, constatant que Leterrier ne porte pas d'arme.

Ils se regardent en silence. Les laquais de l'ordre établi le dévisagent avec l'incompréhension de bergers allemands d'élevage devant une meute de chiens retournés à la vie sauvage. Boniperti décline le cigare que Leterrier lui propose et dit, après un soupir :

– Tout ça n'a servi à rien. Tu termines ta vie comme un voleur et un criminel. Ton Judex ne sera qu'une vague rumeur sur Internet, et toi, tu seras un Judas pour toujours. Pourquoi, Leterrier ? Pourquoi tout ça ? La maladie ? L'aigreur d'une fin de vie douloureuse ?

– La fin de vie oblige à prendre des décisions, mais elle ne les dicte pas. On ne peut plus reculer quand le temps est compté, il faut savoir ce qu'on veut vraiment laisser comme empreinte.

– Tu as réussi à nous cacher ta maladie pendant de longs mois, ton courage force l'admiration, mais pour quels résultats ? Trois morts ? Trois serviteurs de la République horriblement exécutés ?

Leterrier sourit de l'imbécillité de son directeur, incapable de comprendre qu'il se précipite tête baissée dans un piège. Judex ira bien au-delà de ces trois morts. Leterrier sait pouvoir compter sur la colère de Lucy et sur la frustration de Malicandre pour ajouter Alexandre Dantrebert à la liste. Au même titre qu'Hugo, la jeune femme constitue la clé de voûte de son projet. Son profil en a fait la recrue parfaite pour exécuter cette pourriture de Delaunay et pour traîner Rossi et son adjoint jusqu'à Dantrebert, deux cibles parmi tant d'autres.

Repérer et manipuler des personnes vulnérables, son savoir-faire policier, le fruit d'années d'expérience qu'il a finalement retourné contre l'institution qui l'a formé. Apportant sa contribution personnelle, il a lui-même versé le poison qui a tué Le Morvant dans le bénitier. Il a aussi installé le logiciel espion dans le BlackBerry de Rossi pour qu'Hugo s'occupe du dernier repas de Marchioni.

Il faudra d'autres actes similaires. Les métastases qui pourrissent la République sont si nombreuses que le traitement sera encore long et douloureux. Leterrier grimace et peine à masquer son agacement.

– Quand nous sommes entrés aux RG, Boniperti, nous savions que nous allions nous salir les mains. La police politique n'est pas une tâche simple, il faut savoir chaque jour arbitrer entre la liberté et le maintien de l'ordre public. Nous savions pour qui nous le faisions, pour un président et un exécutif élus par le peuple. Certes, ceux que le peuple portait au pouvoir n'étaient pas des premiers prix de vertu, les coups de poignard étaient légion. Mais nous pensions combattre ceux qui menaçaient le seul pouvoir légitime… Que reste-t-il de cette légitimité ?

– Allons, espèce de vieux fou, la France est encore une démocratie aux lois justes et équilibrées…

– Boniperti… l'heure n'est plus à la naïveté d'usage… Vous savez bien que les renseignements généraux ont toujours servi les intérêts des 10 % des Français les plus fortunés. Nous avons toujours été les garants de l'ordre bourgeois et de leur prospérité économique. Mais au moins, ces 10 % étaient des gens posés, discrets, à l'apparence vertueuse et liés à leur pays par le sang et par la terre. Aujourd'hui, ce n'est plus 10 % de la population que nous servons, mais un petit 0,1 % de multimilliardaires apatrides et cyniques. Le pouvoir a changé de camp, le politique ne peut plus rien. L'argent se concentre et s'affiche avec désinvolture. Nous nous écrasons tous les jours au moindre claquement de doigts de nos maîtres. Notre président élu ne sert plus qu'à endormir les foules laborieuses.

– Épargne-nous ces salamalecs révolutionnaires d'un autre âge… Judas, crache Boniperti avec une rage qu'il peine à contenir.

– Non, pas Judas. Judex, le juge. Je ne veux pas de

révolution, je ne veux que la justice et je l'aurai. Du moins, j'aurai montré la voie…

– Tu aurais dû faire comme tous ces traîtres anglo-saxons, s'emporte le directeur de la DGSI, balancer ton fiel sur Wikileaks. Avec un peu de chance, on ne t'aurait même pas identifié. Là, tes soi-disant preuves ne parviendront à personne. Tu as perdu, la mascarade est terminée. La dernière chose que tu vas nous dire, c'est l'endroit où tu gardes les documents, les « blancs » que tu as volés à la DGSI. Nous t'avons mis sur écoute et observé à la loupe depuis que Malicandre a retrouvé la mallette d'Al-Joubouri, nous ne savons toujours pas à qui et comment tu comptais transmettre des informations. Tu ne mourras pas sans que nous le sachions…

La mallette irakienne, la faute originelle que Leterrier n'a jamais cessé de se reprocher, la source de son désir tardif de pureté. Il ne demande pas à ses deux visiteurs s'ils sont allés rendre visite à Stransky, ni ce qu'ils lui ont dit. Il en connaît les grandes lignes et espère que son vieux complice saura se retirer avec dignité et sauver les apparences. Boniperti fait un signe de tête à Louvion, la brute sort une paire de menottes de sa poche et fait un pas vers Leterrier. Celui-ci tend la main vers son cigare, mais au lieu de saisir le havane ventru pour une dernière bouffée, il pousse le cendrier à pied vers l'avant, mettant en action un mécanisme de magicien, archaïque mais efficace.

Une fumée blanche opaque jaillit du cendrier et envahit le salon en une seconde. Louvion n'a le temps que de jurer et de sortir son arme avant de se retrouver encerclé par un épais nuage dans lequel il ne distingue plus rien. D'instinct, Boniperti se couche sur le canapé. Aucun coup de feu ne retentit, la pièce demeure silencieuse jusqu'à ce que le directeur hurle :

– Merde ! Il est en train de se barrer. Louvion, allez ouvrir les fenêtres !

Le commandant de la Crim s'exécute à tâtons. L'air frais de la rue entre dans l'appartement, avec la clameur du carnaval. La fumée se dissipe et le fauteuil réapparaît aux yeux des visiteurs. Vide. Leterrier n'a pas pu rejoindre la porte de l'appartement. Le salon est un cul-de-sac. Boniperti se relève et frappe du poing contre les murs de la pièce.

– Il a dû installer une sorte de passage secret. L'appartement dispose d'une terrasse sur le toit de l'immeuble, il a pu s'y réfugier…

La fouille ne leur prend pas longtemps. Un pan de la bibliothèque ressort, le passage ouvert par le pied du cendrier n'est pas complètement refermé. Ils découvrent un petit escalier en bois qui grimpe en colimaçon jusqu'à une trappe donnant sur le toit. Ils l'empruntent arme au poing, Louvion le premier. Quand il soulève la trappe, une chanson incongrue leur parvient aux oreilles. La musique est celle du vieil air de *La Carmagnole*, mais les paroles diffèrent…

Dansons la Ravachole,
Vive le son, vive le son,
Dansons la Ravachole,
Vive le son
D'l'explosion !
Ah, ça ira, ça ira, ça ira,
Tous les bourgeois goût'ront d'la bombe,
Ah, ça ira, ça ira, ça ira,
Tous les bourgeois, on les saut'ra... On les saut'ra !
Il y a les magistrats vendus,
Il y a les financiers ventrus…

Les deux hommes armés débouchent sur une terrasse de trente mètres carrés qui surplombe les immeubles voisins et offre une perspective dégagée sur les toits de Paris. Un pigeonnier en brique, une table en teck, quelques chaises et une glycine haute de trois mètres ornent la terrasse. Le pigeonnier est ouvert, mais ce qui retient l'attention des deux visiteurs, c'est la silhouette, debout sur la rambarde, qui fait face aux tuyaux bariolés du toit du centre Georges-Pompidou. Leterrier a enfilé son costume de Judex et il se tient en équilibre précaire au-dessus de la rue. En dessous, son manège doit se remarquer, car des cris montent de la rue du Bourg-Tibourg. Boniperti, qui se hisse sur le toit aidé par Louvion, essaye de le raisonner :

– Ne fais pas ça, il y a du monde dans la rue !

Mais Leterrier ne prête pas attention à lui. Il voit la foule s'écarter sur le trottoir. Surtout, il sait qu'il doit préserver ses secrets. Pour que son message soit perçu, sa mort en martyr sera le symbole de la lutte. Il attend donc que tous les yeux soient braqués sur lui et, avant que Louvion et Boniperti ne parviennent jusqu'à lui, il gratte une allumette et enflamme sa cape noire imbibée d'essence. Les passants hurlent, tous les regards des participants à la promenade du bœuf gras se tournent vers la terrasse. Une grande flamme apparaît et avale la silhouette noire et son chapeau. Sans un cri, Judex se laisse tomber en avant et rejoint les pavés de sa ville bien-aimée. Sur la table en teck, un antique électrophone Teppaz continue de gratter sa galette de vinyle noir.

Il y a les magistrats vendus,
Il y a les financiers ventrus,
Il y a les argousins.
Mais pour tous ces coquins,
Il y a d'la dynamite,
Vive le son, vive le son,

Il y a d'la dynamite,
Vive le son
D'l'explosion !

Dans le chaos qui s'ensuit, personne ne remarque les pigeons qui viennent de s'envoler. Les *Columba livia* filent au-dessus des toits, des échafaudages de la tour Saint-Jacques, des tuyaux de Beaubourg, du dôme du BHV, des gargouilles de l'église Saint-Merri et portent, dans leurs bagues, le testament de Judex.

Demain, Judex sera légion.

Le manuscrit de ce livre a été proposé
aux éditions de la Martinière
par l'agence Edito Dialog Michael Wenz-el, Lille.

www.edito-dialog.com

RÉALISATION : NORD COMPO À VILLENEUVE-D'ASCQ
IMPRESSION : CPI FRANCE
DÉPÔT LÉGAL : OCTOBRE 2016. N° 133960 (3018375)
IMPRIMÉ EN FRANCE